LOS ALAMOS

Joseph Kanon

Los Alamos

traduit de l'anglais
par Francis Kerline

Flammarion

*Publié avec le concours
de Henriette Joël*

Titre original de l'ouvrage :
Los Alamos

Editeur original :
Broadway Books, NY
© Joseph Kanon, 1997

Pour la traduction française :
© Flammarion, 1998
ISBN : 2-08-067360-2

Avril 1945

C'est une certaine Mme Rosa Ortiz qui trouva le corps. Elle avait l'habitude de se lever avec le soleil, mais, ce matin-là, elle était en avance et, comme il était encore trop tôt pour la messe, elle avait fait un détour en coupant par le parc, le long de l'Alameda. Le lit de la vieille rivière était encore enveloppé de brume. En marchant vite, elle ne l'aurait peut-être pas vu, mais elle allait lentement pour profiter des premiers rayons du jour. Comme elle n'avait pas entendu pleuvoir pendant la nuit, l'humidité des arbres la surprit et elle s'arrêta pour regarder luire les feuillages. Malgré le froid, un ciel bleu vif et sans nuages annonçait une journée chaude. Un instant éblouie par la réverbération, elle baissa les yeux, et ce fut alors qu'elle vit les chaussures.

Les jambes dépassaient des taillis. Sa réaction première fut de presser le pas et de le laisser cuver. *Poverito*, songea-t-elle en passant son chemin, trop saoul pour s'abriter de la pluie. N'était-ce pas malheureux, tout de même, de dormir ainsi au bord de l'Alameda, comme ces Indiens qu'on voyait recroquevillés sur la Plaza sous prétexte de vendre des couvertures ! Alors, elle s'arrêta et se retourna. Il y avait quelque chose d'anormal dans l'enchevêtrement des jambes. Personne ne pouvait dormir dans cette position. Elle s'approcha du taillis, écarta lentement une branche, puis retint son souffle en apercevant une tête éclaboussée de sang, avec la bouche fixement ouverte comme pour chercher de l'air. C'était la seule partie du visage encore reconnaissable. Mais ce fut surtout le corps qui la choqua. Le pantalon était rabattu sous les genoux, exhibant les parties génitales. Pourquoi ? Mme Ortiz n'avait pas vu d'homme nu depuis la mort de son mari, et jamais en public. Cet étalage de chair lui était incompréhensible. Elle agrippa son châle et, d'un geste ancestral, se signa. Elle était face au mal, elle le sentait autour d'elle, le humait dans l'air. C'était comme si toute la terre à ses pieds eût été trempée de sang. Prise de vertige, elle s'appuya sur la branche mouillée, d'où se détachèrent des gouttelettes qui humectèrent les parties intimes de l'homme. Elle recula, respira par saccades et regarda autour d'elle, craignant une agression, comme si le drame venait juste de se produire. Mais il n'y avait personne. Le bruit qu'elle entendait dans sa tête était sa propre respiration. L'Alameda s'écoulait calmement dans la fraîcheur du matin. Le monde n'avait rien remarqué.

Elle se hâta vers la cathédrale, l'esprit confus. Son devoir lui commandait d'alerter la police, mais elle parlait mal anglais. Et qu'iraient-ils penser ? Sa honteuse inspection du corps lui avait appris qu'il s'agissait d'un Anglo-Saxon, ce qui aggravait encore les choses. Peut-être valait-il mieux ne rien dire. Personne ne l'avait vue, après tout. Il se trouverait bien quelqu'un d'autre pour découvrir le cadavre à sa place et se débrouiller avec les tracasseries policières. Pourtant, elle ne pouvait s'empêcher de contempler ce corps, exhibé devant elle dans sa nudité. Elle n'avait même pas eu la décence de le couvrir. Et, bien sûr, Dieu l'avait vue. Alors, comme bien souvent par le passé, elle décida d'en parler au prêtre.

Hélas, le père Bernardo était déjà occupé par les préparatifs de la messe quand elle arriva. Elle ne pouvait pas l'interrompre. Elle s'agenouilla donc avec les autres et attendit. L'assistance était peu nombreuse – les éternelles vieilles femmes drapées dans des châles qui expiaient des vies sans reproche. Ses voisines durent la trouver particulièrement pieuse, ce matin-là, car elle pria bruyamment et, par moments, parut même vaciller. Entourée de cierges, de mots qui lui étaient familiers, avec le poids rassurant de son chapelet entre les doigts, elle commença à s'apaiser, mais le sentiment de malaise ne la quittait pas. Bien qu'elle n'eût rien fait, elle était tenaillée par une douloureuse culpabilité. Pourquoi l'avait-elle regardé si longtemps ? C'était ce qui la tourmentait le plus. Elle aurait dû détourner les yeux ; il n'y avait rien de si remarquable chez un homme, même sans prépuce. Seulement, elle n'avait encore jamais vu ça, et le fait que, plus que tout le reste, c'était ce détail qui l'avait frappée dans cette scène d'horreur, la troublait. Mais cela, personne n'aurait besoin de le savoir, surtout pas le père Bernardo. Elle ne serait pas obligée de décrire le corps, il lui suffirait de dire qu'elle avait vu un mort. Si elle disait quelque chose.

Une heure s'écoula avant que Mme Ortiz ne raconte son histoire au prêtre, puis une heure encore avant qu'il ne téléphone à la police, en anglais, et qu'une voiture ne soit dépêchée sur les lieux. Entre-temps, la rosée avait séché au bord de l'Alameda et il faisait chaud.

***

C'était la première fois que le sergent O'Neill voyait un cadavre. Il y avait eu des meurtres à Santa Fé, principalement des Mexicains réglant des conflits domestiques à coups de couteau, mais il n'en avait jamais été chargé. Lorsque le dernier vrai meurtre s'était produit, à l'occasion d'un vol de bijoux, il était à la pêche dans les montagnes. L'homme du parc était donc son premier cadavre officiel, et ça le rendait malade.

«Ça va, Tom?» lui demanda le chef Holliday pendant que les photographes prenaient des clichés.

Comme de bien entendu, Holliday était «Doc».

O'Neill acquiesça, gêné.

«Il est dans un sale état. Où est Doc Ritter, au fait? Vous ne pensez pas qu'on devrait le couvrir?»

Le chef Holliday, accroupi, tourna la tête du mort à l'aide d'un bâton qu'il avait ramassé.

«Ne soyez pas pudibond, il s'en fout. Bon Dieu, regardez-moi ça.» La nuque de l'homme était encroûtée de sang et de lambeaux de chair. «C'est là qu'on l'a frappé. La figure, c'est juste pour faire joli. Un grand coup de savate, peut-être, pour finir le travail.»

O'Neill griffonnait sur son calepin.

«Arme?

— Objet contondant. Qu'est-ce que vous en pensez?

— Objet contondant.

— Marteau, clef à mollette, n'importe quoi. En tout cas, ça lui a défoncé le crâne. Bizarre qu'il n'y ait pas plus de sang autour, quand même. A le voir, comme ça, on croirait qu'il n'avait plus rien dans les veines.

— Il a plu, cette nuit. Ça l'a peut-être rincé.

— Peut-être. Pas de papiers. Les gars ont trouvé quelque chose dans les parages?

— Rien. Ils ont ratissé toute la rive de l'Alameda. Quelques branchages cassés à l'endroit où on l'a trouvé, c'est tout. Vous ne pourriez pas au moins lui fermer la bouche?»

Holliday le regarda avec un petit sourire en coin. «Non, pas encore. Détendez-vous, O'Neill. Dès que le toubib sera là, on lui refilera le bébé. On s'habitue, vous verrez.

— Ouais.

— Pas de portefeuille, je suppose? Des clefs? Quelque chose?

— Rien.

— Génial. M. Tout-le-monde.

— Doc...

— Ouais? fit Holliday distraitement, en inclinant la tête du cadavre avec douceur.

— Son pantalon.

— Quoi, son pantalon ?

— Je veux dire… que peut faire un type, la nuit, dans le parc, avec le froc baissé ?

— Ce que ferait n'importe qui. Pisser, sans doute.

— Non. On baisse pas son froc en dessous des genoux pour pisser. » Holliday lui lança un regard amusé.

« Vous raisonnez en inspecteur, Tommy. Ça me plaît.

— Bon, mais…

— Ecoutez, vous avez un mec qui se balade la nuit dans les buissons du parc et qu'on retrouve le lendemain avec le cul à l'air et la tête défoncée. Franchement, d'après vous, qu'est-ce qui s'est passé ?

— Vous voulez dire… comme pour ce type à Albuquerque ? On n'a jamais eu d'affaire comme ça ici.

— Maintenant, on en a une. Ça vaut le coup d'œil, hein ? dit-il en désignant l'entrejambe de l'homme. On dirait qu'il a morflé là aussi. » Il souleva les testicules du bout de son bâton. « Un peu décolorés, vous ne trouvez pas ?

— J'sais pas.

— Voyons, de quelle couleur sont les vôtres ? Maintenant que j'y pense, ils sont peut-être bleus aussi. En tout cas, ils ne devraient pas avoir cet aspect-là. Il est circoncis, au fait.

— J'avais remarqué.

— Je dis ça pour le rapport.

— Ah, fit-il en prenant note. Heure de la mort ?

— Ce sera au toubib de nous le dire. Il y a la rigidité cadavérique, mais il faut peut-être tenir compte de la pluie. Et il a fait froid, cette nuit.

— C'est trop loin pour que je m'en souvienne, dit O'Neill en essuyant son front moite de chaleur.

— Voilà qui est intéressant, reprit Holliday en tapotant la bouche de l'homme. Il a un dentier complet. Pas la moindre quenotte. Un peu jeune pour avoir de fausses dents. »

O'Neill haussa les épaules.

« Enfin, maintenant au moins, on a un mobile. Il n'était probablement pas habitué à son dentier et il y est allé trop fort sur la queue de l'autre mec.

— Mon Dieu, Doc ! »

Quand le médecin légiste arriva, O'Neill avait déjà terminé l'inspection des lieux. « Dommage, cette pluie. Je vais envoyer Fred regarder en aval, au cas où quelque chose serait tombé dans la rivière. Son portefeuille, par exemple.

— Ouais, si Dieu veut vous jeter un os cette semaine, dit Holliday. Ne comptez pas trop sur le portefeuille. Des clefs, peut-être. C'est drôle qu'on lui ait pris ses clefs.

— Qu'est-ce que vous avez là, Ben? demanda Doc Ritter, appelant Holliday par son vrai nom. Ça fait un bail qu'on ne m'avait pas dérangé pour un meurtre.

— Et moi donc! Faites quand même gaffe aux vêtements. J'espère encore trouver des empreintes.

— Après la pluie?

— On peut toujours espérer. On n'a pas grand-chose d'autre. Monsieur X avec une tête enfoncée et un froc baissé.»

Le médecin l'observa.

«Ouais, je sais, ça ressemble à l'affaire d'Albuquerque. Je suppose qu'on va avoir les journalistes sur le dos, mais il vaudrait mieux les tenir à l'écart jusqu'à ce que j'aie pu parler aux gars de là-bas. Je préfère avoir une longueur d'avance.

— Vous avez toute la police du coin qui débarque sur les rives de l'Alameda en plein jour et vous voudriez que ça reste confidentiel? Vous allez faire les gros titres, Ben, c'est tout ce que vous aurez gagné.

— Tout ce que j'ai gagné, c'est un macchabée. Jetez un œil sur ses dents, voulez-vous? Il a un dentier bizarre, comme je n'en ai jamais vu dans la région. Il vient peut-être de l'Est.

— Qui c'est?

— Aucune idée. Les vêtements ne m'apprennent rien. Habillé en civil, mais il était peut-être en permission. Ou alors un touriste.

— C'est ça, visitez Santa Fé, où l'ancien monde rencontre le nouveau. Ne me dites pas que vous avez beaucoup de touristes en mars.

— Depuis la guerre, on n'en a plus beaucoup, quelle que soit la saison. Je vais quand même vérifier les hôtels, à tout hasard. Ça leur donnera quelque chose à faire.

— Il est peut-être de la Colline.»

Holliday soupira.

«Ne dites pas ça.

— Mais c'est une possibilité.

— Ouais, c'est une possibilité. Et, si c'est le cas, on va avoir tous les fouille-merde de l'armée dans les pattes.

— Vous avez intérêt à contacter la Sécurité, de toute manière. Ils ont peut-être quelqu'un qui manque à l'appel.

— Si vous voulez mon avis, je préfère que ce soit la Sécurité qui nous contacte. Parce que je connais la chanson, ils vont nous répondre que tout est top-secret chez eux et que les minables dans notre genre n'ont pas à se mêler de leurs oignons. D'ailleurs, si quelqu'un manque à l'appel, on en entendra vite parler. Difficile de passer inaperçu par ici, croyez-moi. C'est un vrai camp retranché. Pour le moment, tout ce qu'on a, c'est un inconnu avec une fracture du crâne. Il y a un mois, un pédé se fait poignarder à Albuquerque et tous les journaux sont sur le coup.

Aujourd'hui, j'ai un gars qui avait l'air d'avoir les mêmes penchants et les mêmes jeux. Donc, avant de me mettre en rapport avec l'U. S. Army et d'avaler leurs salades habituelles sur leur fameuse opération secrète, je crois que je vais avoir une petite conversation avec nos copains d'Albuquerque, histoire de voir si ça les intéresserait de reprendre l'affaire.

— Comme vous voudrez. Ils ont retrouvé le coupable, à Albuquerque?

— Pas encore. Mais ils n'ont peut-être pas bien cherché.

— Le même type?

— Je ne sais pas. Mais je vais m'en assurer avant d'annoncer à ces messieurs de la Colline qu'on a une folle à la morgue et qu'on la tient à leur disposition au cas où ils en chercheraient une. Je les entends déjà hurler. Quoi qu'il en soit, je vous conseille de soigner l'autopsie. Un travail de boucher risquerait de nous faire mal voir là-haut.

Ritter s'esclaffa. «Autre chose?

— Ouais, voyez s'il y a eu pénétration anale.»

O'Neill, qui était resté sagement debout à côté de lui, leva les yeux. «Qu'est-ce que vous voulez dire?

— Tommy, répondit Holliday en riant, vous devriez avoir un entretien avec votre papa, un de ces jours, pour qu'il vous explique certaines choses.» Puis il considéra le corps, tordu, blême, inerte. «Pauvre pomme, dit-il. Je me demande ce qu'il a fait pour mériter ça.»

1

Santa Fé a donné son nom à une voie ferrée, mais le train s'arrête à trente kilomètres au sud-est, à Lamy, une ville poussiéreuse en plein désert, qui semble avoir été poussée là par le vent et être restée accrochée aux rails. Michael crut être arrivé au milieu de nulle part. Le train était bondé – une marée de militaires, d'hommes d'affaires avec des billets prioritaires et de femmes avec des enfants sur les genoux – mais seuls quelques passagers étaient descendus sur le quai endormi. Derrière les bâtiments et la cohorte des pickups venus à la rencontre des voyageurs, ce n'étaient que prairies dégarnies à perte de vue, piquetées de buissons de sauge, jusqu'aux montagnes où disparaissaient les rails. Le jeune soldat qui scrutait tous les visages et n'en reconnaissait aucun était visiblement là pour lui. Avec ses oreilles décollées et sa coupe au carré, il avait l'air d'un collégien attardé.

«Monsieur Connolly? demanda-t-il quand il n'y eut plus que deux ou trois passagers sur le quai.

— Oui.

— Excusez-moi, monsieur. Je cherchais un uniforme.

— Ils ne m'ont pas encore mis le grappin dessus, dit-il en souriant. Je ne suis qu'un agent de liaison. C'est vraiment Santa Fé, ici?»

Le soldat se dérida. «Un avant-goût seulement. Je peux vous aider? dit-il en prenant la valise de Connolly. Je suis garé juste là.»

La voiture était une Ford neuve, qui rutilait encore sous sa pellicule de poussière.

Connolly s'essuya le front en regardant le ciel sans nuages.

«Vous avez toujours du ciel bleu, hein?

— Oui, monsieur. Journées chaudes, nuits froides. Ah ça, on peut pas se plaindre du temps. C'est ce qui a de bien, ici.

— Il y a longtemps que vous êtes ici? demanda Connolly en montant dans la voiture.

— Depuis janvier seulement. Première affectation. Y a pas grand-chose à faire, mais c'est mieux que sur le front.

— Tout est mieux que le front, j'imagine.

— Remarquez, ça me déplairait pas de voir un peu d'action avant que ça se termine.

— Alors dépêchez-vous.

— Non, j'ai idée que les Japs vont tenir encore un an au moins.

— Espérons que non.»

Une réplique sèche, presque un rappel à l'ordre.

«Oui, monsieur, répondit le soldat, à nouveau guindé.

— A part ça, quel est le programme?

— D'abord, vous devez vous faire enregistrer à Santa Fé. Mme McKibbin aura vos affaires. Ensuite, j'ai ordre de vous conduire fissa à la Colline. Le général Groves veut vous voir avant de rentrer à Washington ce soir.

— La Colline? C'est un nom de code?»

Il parut légèrement intrigué.

«Non, pas que je sache. En tout cas, on ne me l'a jamais dit. Tout le monde emploie ce mot-là ici.

— Je suppose qu'il y en a une. Une colline, je veux dire.

— Ce qu'ils appellent une mesa. Ça signifie table en espagnol, expliqua-t-il, jouant les guides touristiques à présent. Et ça y ressemble, faut reconnaître. Un plateau, si vous préférez. Il y avait une école, avant, un genre de ranch-pensionnat pour gosses de riches, je crois. Mais c'est sûr que ça ressemble plus du tout à une école, maintenant.

— Ça ressemble à quoi?»

Il sourit, retrouvant sa bonhomie. «A quoi? Ben, si vous me passez l'expression, à un sacré bordel.»

Santa Fé, toutefois, avait du cachet. Les constructions en argile, que Connolly n'avait jamais vues, semblaient aspirer le soleil, dont elles aimantaient la lumière et la couleur comme les contours d'une flamme. Les magasins américains, un Woolworth, un Rexall Drugs, qui bordaient les ruelles menant à la plaza, semblaient avoir été parachutés en territoire étranger. Même les passants, en jeans et chapeaux de cow-boy, avaient l'air de visiteurs. Seules les Mexicaines enveloppées de châles et les Indiens qui dodelinaient de la tête au-dessus de leurs piles de couvertures pour touristes étaient vraiment chez eux. La plaza elle-même était tranquille – un lambeau d'Espagne assoupi dans une sieste éternelle.

«Le Palais des Gouverneurs, dit le soldat en désignant le long immeuble en briques qui se dressait sur un côté de la place. Le plus vieux bâtiment administratif du pays, à ce que j'ai cru comprendre. Les bureaux du Q. G. sont juste au coin.»

L'enchantement perdurait. Ils traversèrent la cour paisible d'une petite bâtisse, où le seul bruit provenait d'une fontaine de carte postale. Mais, à l'intérieur, l'Amérique reprenait ses droits. Une femme accorte et éveillée, avec un grand chignon, parlait au téléphone en rangeant des papiers sur son pupitre.

«Je sais que les places manquent, mais il lui en faut une.» Elle masqua le micro du combiné et salua Connolly de la tête. «Je suis à vous dans une seconde.» Puis, reprenant sa conversation : «Je vous en prie, Edith, voyez ce que vous pouvez faire. Vous savez que, pour lui, un non n'est pas une réponse. Rappelez-moi quand vous aurez du nouveau, d'accord?» Elle sourit à Connolly sans reprendre son souffle. «Vous devez être M. Connolly. Bienvenue à Santa Fé, dit-elle en lui serrant la main. Vous avez mal choisi votre jour pour arriver. Mais nous n'avons que de folles journées ici. Bon, j'ai dû rassembler tout ça à la va-vite, mais je pense que tout y est, reprit-elle en lui tendant une enveloppe bulle. Carte d'identité, coupons de rationnement, permis de conduire. Pas de nom, bien sûr, il n'y a que des numéros sur la Colline. Les commerçants locaux ont l'habitude, vous ne devriez pas avoir de problème. Evitez toutefois de vous faire arrêter pour excès de vitesse, les policiers détestent coller un P. V. à un numéro. Vous avez droit à un badge blanc, qui vous donne accès à la Zone Technique, c'est-à-dire que vous pouvez aller partout, en fait. J'ai ajouté les horaires de la navette militaire pour Santa Fé, à tout hasard, mais vous aurez une voiture personnelle.» Elle haussa un sourcil. «C'est plutôt exceptionnel, ici. J'en déduis que vous devez être quelqu'un d'important, dit-elle avec un petit rire laissant entendre qu'elle était coutumière du fait. La Sécurité vous indiquera votre lieu d'hébergement. Nous n'avons rien pu trouver à Fuller Lodge, je suis navrée. Nous avons des visiteurs, en ce moment, et je n'ai rien pu faire. Evidemment, si l'un d'eux s'en va, nous vous relogerons immédiatement. Voyons, quoi d'autre? Ah oui, pour le courrier : boîte postale 1663, Santa Fé. Pas d'autre adresse. Vous devez savoir que le courrier est censuré. Ça ne nous enchante pas, mais c'est une mesure de sécurité. Vous vous y ferez.

— Il est censuré ici? demanda Connolly.

— Non, Dieu merci, répondit-elle, amusée. J'ai déjà bien assez à faire comme ça. Censure militaire. Hors site. Ce serait déplaisant de savoir que son courrier personnel est épluché par quelqu'un qu'on connaît et, bien sûr, je connais tout le monde.

— Bien sûr!»

Elle rougit.

«Non, non, attendez, je ne dis pas ça pour me vanter. Ça fait partie de mon travail, comme de trouver une place libre pour le général quand il décide de prendre l'avion à Albuquerque au dernier moment, ce qui nous oblige évidemment à évincer quelqu'un d'autre, qui sera vert de rage.»

Connolly sourit. «C'est la guerre, non?»

Elle lui retourna son sourire. «Peuh! Croyez-moi si vous voulez, il en faut beaucoup plus pour bousculer la routine de l'aéroport. Mais, bon, j'arriverai bien à le caser.»

Et, assurément, elle y arriverait. Connolly était sous le charme. Il se sentait déjà adopté. A Los Alamos, tout paraissait déconnecté – le train qui s'arrêtait ailleurs, cette ville qui ne semblait pas être en Amérique et, maintenant, cette femme enjouée et compétente qui régentait les physiciens émigrés et les généraux d'armée comme des clients pressés dans une kermesse paroissiale. Il se demanda si elle savait ce qui se tramait en coulisse, et ce qu'elle en pensait. Un projet de recherche secret qui devait permettre de gagner la guerre… Etait-ce une information suffisante? S'en contentait-elle? Lors de son entretien préparatoire, il avait appris qu'il y avait actuellement quatre mille personnes à Los Alamos. Mme McKibbin était ici depuis le début, assurait l'intendance, regardait les savants aller et venir comme de simples étudiants. Se doutait-elle de ce que faisaient tous ces gens, avec leurs noms imprononçables et leurs problèmes d'hébergement, qui potassaient jusqu'au milieu de la nuit au sommet d'une colline?

«A part ça, si vous avez besoin de quoi que ce soit, faites-le moi savoir.

— Merci. Je suis navré de vous créer tous ces ennuis. A l'improviste.

— Nous sommes là pour ça.»

Un instant, il crut lire dans ses yeux l'inévitable question : et vous, vous êtes là pour quoi, avec votre voiture et votre paquet de coupons? Mais, si elle y pensa, elle ne la formula pas.

«La voiture. Je la trouverai où?

— Eh bien, c'est celle qui vous a amené. Si le service des véhicules vous l'accorde.

— Ce qui sera le cas.

— J'espère bien. J'ai signé les papiers.»

Ils roulèrent presque une heure avant d'atteindre la longue route sinueuse menant à la mesa. Elle avait été nivelée et goudronnée, mais ressemblait encore à un chantier jonché de débris et de matériaux divers. Au détour des virages en épingle à cheveux, ils apercevaient ici un bulldozer, là une pioche abandonnée ou, de temps en temps, une voiture en panne, dont les pneus usés jusqu'à la corde avaient rendu l'âme, vaincus par les cailloux et les ornières. Autrefois, il n'y avait que de la poussière ici, un chemin de muletier, idéal pour l'école buissonnière; et, aujourd'hui encore, le tracé semblait provisoire et hasardeux, susceptible d'être envahi par les broussailles à tout moment. La conduite de nuit doit être drôlement casse-cou par ici, songea Connolly en regardant le soldat mouliner son volant dans les virages – un vrai circuit de grand-huit.

Le paysage changeait au fur et à mesure de leur ascension ; les sauges et les genévriers rabougris cédaient la place à des pins et autres résineux plus hauts. Les senteurs étaient fraîches, comme si l'air avait été purifié à l'astringent, et le ciel bleu s'étirait à l'infini. Connolly se sentait tonifié par l'altitude, après la torpeur de Santa Fé. Il y avait de la circulation sur la route à présent, des camions poussifs qui gravissaient la pente abrupte, d'autres qui redescendaient en hoquetant et en freinant. Tout s'accélérait. La colline était en effervescence. Quand ils arrivèrent à la porte Est, une grande animation régnait. Des voitures faisaient la queue devant le poste de contrôle et, derrière la barrière, Connolly aperçut la citerne géante et la ville-champignon, une ruche de bric et de broc, hérissée de bâtiments militaires vert sale, de guérites et de baraquements encore en construction. La vue était obscurcie par la poussière et tout un réseau de fils électriques. Martèlements divers. Bourdonnements de moteurs. Les hommes, principalement des civils, sillonnaient les rues boueuses du pas rapide des gens qui savent où ils vont. Une université tout entière larguée par erreur dans un camp militaire, telle fut la première impression de Connolly. Pendant que Santa Fé somnolait en bas, ici au grand air de la montagne, l'activité battait son plein.

Ils franchirent les sas de sécurité et se garèrent juste devant la Zone Technique, un groupe de bâtiments entourés d'une clôture grillagée surmontée de deux rangs de barbelés. Connolly lorgna vers les miradors, où des policiers militaires blasés contemplaient distraitement les montagnes. C'était un camp de concentration insouciant, trop bon enfant pour inspirer la moindre crainte. Des filles en jupe courte et chandail, sans doute des secrétaires, traversaient la clôture dans les deux sens en prenant à peine le temps de montrer leur badge aux jeunes plantons. Les deux bâtiments principaux étaient de longs baraquements de bureaux, reliés par une passerelle couverte qui donnait à la cité l'aspect d'un grand portail. C'était la fin de l'après-midi, les navettes se remplissaient d'ouvriers journaliers qui regagnaient leurs pénates au pied de la colline. Connolly remarqua tout un car d'Indiennes, à la mine austère, avec des tresses, qui se dirigeait vers la grille. Dans l'endroit le plus secret du monde, il y avait des femmes de ménage.

Connolly et ses bagages furent conduits au bureau de la Sécurité, auprès du lieutenant Mills, un grand jeune homme d'une vingtaine d'années, maigre comme un clou, au front prématurément dégarni, qui souriait nerveusement et détournait constamment les yeux comme s'il cherchait à observer son nouveau collègue à la dérobée avant de l'aborder de face.

«Ecoutez, nous avons beaucoup de choses à régler ensemble mais, comme le général Groves veut vous voir tout de suite, ça attendra. Je vous ferai la visite guidée après. Le colonel Lansdale est absent. Nous sommes donc seuls. Avec le personnel, évidemment.

— Combien de personnes ?

— En tout, 28 militaires et 7 civils. Mais, ici, nous ne sommes que quatre.

— C'est peu.

— Ma foi, nous n'avions jamais eu de problème de sécurité jusqu'ici.

— Et maintenant vous en avez un ?»

Mills le regarda en face et mordit à l'hameçon :

«Je suppose que vous êtes ici pour le découvrir.

— Mais on ne vous a rien dit ?

— A moi ? Je commande la garde rapprochée. Ils n'ont pas besoin de me dire quoi que ce soit.

— La garde rapprochée ? Pour qui ?

— Tous les savants de première classe – Oppie, Fermi, Bethe, Kistiakowski. Tous ceux qui sont considérés comme vitaux pour le projet et ont besoin d'être protégés à l'extérieur.

— Ou surveillés.»

Cette fois, il ne tomba pas dans le panneau.

«Ou surveillés.

— Ça doit vous rendre très populaire.

— On m'adore.

— Je n'en doute pas, répondit Connolly en riant. Bon, voyons le patron. Il est comment, au fait ?

— Il va droit au but, dit Mills en le conduisant dehors. Il a construit le Pentagone en un an. Il a créé cet endroit de toutes pièces. Boit, mais ne fume pas. Une vie sans complication. Aucun détail ne lui échappe.

— Un amour, en somme ?

— Oh, on ne peut pas se plaindre. Cette affaire Bruner l'a un peu refroidi, tout de même. Alors, laissez-lui le temps de se retourner.

— Les généraux sont tous les mêmes.

— Comme les familles heureuses.»

Connolly sourit. «Vous avez bien appris votre leçon.

— Nous y sommes. Attention à votre tête», dit-il en ouvrant la porte.

Ils entrèrent dans une antichambre très ordinaire, juste assez grande pour contenir le pupitre et la quadragénaire toute rose qui s'affairait derrière.

«Monsieur Connolly ? Dieu soit loué, vous voilà enfin. Le général a un avion à prendre et il a demandé après vous tout l'après-midi. Je vais le prévenir…»

Ce fut inutile, car un gros homme en kaki, à la carrure envahissante, apparut dans l'encadrement de la porte qui s'ouvrit derrière elle. C'était loin d'être un mollasson – sa tenue était aussi impeccable qu'un lit d'hôpital avant une inspection – mais il avait les rondeurs potelées d'un homme d'affaires trop bien nourri, et sa bedaine débordait de sa ceinture. Remarquant des taches humides sous ses aisselles, Connolly se dit que les étés de Washington devaient être une torture pour lui. Il avait quelque chose d'un gamin attardé, qui aurait gonflé à la puberté et serait, aujourd'hui encore, incapable de résister à un beignet à la confiture. Mais la petite moustache finement taillée qui barrait son visage rond et doux semblait empruntée à un employé de bureau… maigre.

«Vous êtes là, parfait. Connolly, c'est ça?

— C'est ça, général.»

Il tendit une liasse de papiers à la femme. «Le temps nous est compté, alors ne le gaspillez pas. J'ai un avion à prendre à Albuquerque et ce n'est pas la porte à côté. Betty, vous êtes sûre que la voiture est prête? Ces papiers sont signés et prêts à l'envoi. Vous veillerez à ce que le Dr. Oppenheimer reçoive une copie des deux premiers pour demain, il compte dessus. Pour les contrats de plomberie, je vous passerai un coup de fil de Washington. Connolly?»

Le bureau était simple, de la taille d'une grande chambre de caserne, avec une fenêtre donnant sur la rue principale et la clôture de la Zone Technique. Il n'y avait rien de personnel aux murs, juste un portrait de Roosevelt et une carte géographique du pays. La table de travail, jonchée de chemises et de contrats, avec la photo d'une femme en compagnie de deux petites filles, aurait pu être celle de n'importe quel rond-de-cuir. Seuls les deux téléphones noirs, un luxe en temps de guerre, suggéraient l'importance du personnage. Connolly savait par intuition que son vrai bureau au Pentagone ne devait pas être différent – simple, réduit au strict minimum, sans rien qui puisse le distraire de son boulot. Dans la corbeille à côté de la table, il aperçut un papier incongru, brun et brillant – l'emballage d'une barre de chocolat Hershey.

«Asseyez-vous, je vous prie, dit-il en lui désignant l'unique chaise. Excusez-moi de ne pas vous avoir vu à Washington, mais j'étais en déplacement, comme toujours. Ils ont beau dire que la guerre touche à sa fin, je n'en vois pas les effets. Bref. On vous a mis au courant?

— Pour la mort de Karl Bruner? Oui.»

La simple mention de ce nom semblait le mettre mal à l'aise.

«Moui, reprit-il en lançant un dossier sur la pile et en posant ses mains sur le dos de sa chaise. C'est la première fois qu'un truc comme ça se produit dans l'Opération. Un coup dur, de quelque façon qu'on le considère. Et, justement, toute la question est là : de quelle façon faut-il le considérer?

— Pardon?

— Est-ce la partie émergée d'un iceberg? Avons-nous un problème?

— En tout cas, vous avez un cadavre.

— Négatif. La police de Santa Fé a un cadavre. Nous, nous avons un officier de sécurité porté disparu. Ça peut être beaucoup plus sérieux.

— Jusqu'à quel point?»

Groves le considéra un instant, puis soupira. «Je ne sais pas. Je ne sais même pas si nous avons un problème. C'est peut-être un... banal fait divers, qui aurait pu arriver à n'importe qui, et sans aucun rapport avec l'Opération ou sa présence sur la Colline. J'ai bien dit "peut-être". Il nous faut en avoir la certitude. Et nous l'aurons.» Il s'interrompit pour regarder Connolly droit dans les yeux. «Epargnez-moi ce genre de mimique, on me l'a déjà servie un million de fois. Groves recommence à travailler du chapeau... il voit des espions partout... c'est un paranoïaque. Je connais. Je suis même prêt à parier, ajouta-t-il en se détendant un peu, que c'est ce que vous dira mon ami le Dr. Oppenheimer. Il me le répète sans arrêt. Mais je pense parfois que Robert est trop confiant et que ça lui fait du tort. Alors, où est la limite? Je préfère m'en tenir à ma façon de penser : il faut bien que quelqu'un ouvre l'œil. Dès le début, les gens d'ici ont traité les problèmes de sécurité par-dessus la jambe. Ce sont des hommes brillants, je suis le premier à le reconnaître, mais qui se comportent parfois comme des gamins irresponsables – à croire qu'ils cherchent les ennuis. Il y en a même qui s'amusaient à faire des blagues avec le courrier, vous vous rendez compte? Des adultes! Ils taillaient des brèches dans la clôture pour voir s'ils pouvaient entrer et sortir sans se faire remarquer. Des adultes! Des hommes *brillants*! Il faut donc que quelqu'un joue les proviseurs, et je suppose que c'est à moi de le faire. Je me moque de ce qu'on dira, du moment que l'Opération est sauve.»

Il s'interrompit brusquement, surpris lui-même de s'être laissé aller.

«Je ne suis pas un policier», dit Connolly. C'était presque une question.

«Je ne veux pas d'un policier. Tommy McManus m'a dit que vous étiez un type bien et que je pouvais vous faire confiance. Si Tommy le dit, c'est que c'est vrai. Il ne sait pas comment vous avez atterri à l'OWI[1], mais il m'a garanti que vous étiez capable de fouiner dans l'écurie sans affoler les chevaux.

— C'est pour ça que vous vouliez un civil?»

Groves sourit. «En partie. Les savants sont allergiques aux uniformes. Il faut à tout prix éviter de faire des remous. Nous arrivons à la fin de l'Opération. Les gars sont de plus en plus nerveux ici – j'ai parfois

---

1. Office of War Information. Service des informations de guerre.*(N.d.T)*

l'impression que, plus ils sont intelligents, plus ils sont nerveux – et il faut éviter de les provoquer. On ne peut pas se permettre de faire venir la police et je n'ai pas l'intention de laisser quiconque fourrer son nez dans des affaires qui ne le regardent pas. Nous nous débrouillons très bien tout seuls. Savez-vous combien d'enquêtes de sécurité nous avons dû effectuer depuis le début de cette opération? Plus de mille. Des femmes qui papotent dans les cocktails, racontent que leur petit mari est un génie. Des ouvriers d'usine du Tennessee qui se vantent de leur feuille de paie… Les journalistes deviennent vite curieux, et notre rôle est de les empêcher de le devenir trop.

— Général, laissez-moi vous dire que, si McManus m'a recommandé, c'est justement parce que, depuis deux ans à Washington, je passe mon temps à vous protéger des journalistes. Ça fait partie de ma mission. Le blackout de l'Opération. Les revues scientifiques. Tout.

— Donc, vous comprenez la science? demanda Groves, intéressé.

— Qui peut dire qu'il comprend la science?»

Groves fit les gros yeux.

«Un peu, reprit Connolly, comme pour s'excuser. Assez pour savoir ce qu'il faut taire. C'est-à-dire à peu près tout. Jusqu'au simple mot "atome". En tout cas, je sais de quoi il retourne.

— Bien. Comme ça, je n'ai pas besoin de vous l'expliquer. Plus de mille incidents. Et, jusqu'ici, pas une seule fuite et pas un seul jour de travail perdu. Il n'y a aucune raison pour que ça change. Si vous faites bien votre boulot, les savants ne s'apercevront même pas de votre présence. Quoi, qu'est-ce qu'il y a? dit-il en remarquant la moue de Connolly.

— Général, je commence à me demander si je suis ici parce que je ne sais rien ou parce que vous ne voulez rien savoir. Vous tenez vraiment à pincer ce type?»

Groves haussa les sourcils. «C'est une question intéressante, dit-il finalement. Je ne suis pas fixé. Si Bruner a été victime d'un crime crapuleux, j'espère que la police arrêtera le coupable. Mais, si ça doit retarder l'Opération, ne serait-ce que de cinq minutes, alors, négatif. Ça n'en vaut pas la peine. Ça m'ennuie de le dire, mais c'est la vérité. Avez-vous une idée de l'importance de ce que nous faisons ici? Je sais que vous vous êtes occupé du blackout, mais comprenez-vous bien ce que ça représente? Nous pouvons terminer la guerre.» Le ton sur lequel il avait dit cela, calmement, sans pathos, comme on énonce un fait, convainquit Connolly qu'il fallait le prendre au mot. «Actuellement, on a des milliers de gars qui meurent chaque semaine. On a Curt LeMay qui promène ses B-29 au-dessus du Japon comme la colère de Dieu. Nous ne pouvons même pas évaluer nos pertes. Et le débarquement les alourdira encore. Nous pouvons mettre un terme à tout ça si nous finissons le travail ici.

Alors, comment voulez-vous que je me passionne pour l'arrestation d'un petit tueur, quand nous pouvons en arrêter des millions ? Sauf si ce n'est pas un simple crime crapuleux. Sauf si ça concerne l'Opération. Et c'est ce que nous devons éclaircir.

— Compris. En somme, nous cherchons à savoir si le mobile du meurtre concerne la Colline mais en nous interdisant de suspecter qui que ce soit sur la Colline.»

Groves le regarda avec froideur. «Vous voulez faire de l'humour ? Très bien, je vous autorise une remarque drôle, une seule. Vous l'avez eue.

— Excusez-moi. Je me demande seulement si vous jouez franc-jeu avec la police. Ou avec moi, par la même occasion.

— Avec vous, c'est différent, vous travaillez pour moi. La police ? Ils ne se sont pas dépêchés de nous contacter. Quand ils ont daigné le faire, les indices matériels – à supposer qu'il y en ait eu – se résumaient à trois fois rien et les journaux étaient déjà au courant. C'est exactement ce que nous voulons éviter. Heureusement, c'est encore un inconnu pour eux, sans lien avec la Colline. Faites en sorte qu'il le reste.

— Donc, vous verrouillez.

— A double tour. Hermétiquement. La police collaborera. Enfin, je suppose qu'ils n'ont pas le choix. Ils n'ont même pas le droit de mettre les pieds ici.

— Et ils pensent toujours que c'est en rapport avec son homosexualité ?

— Et voilà ! Nous y sommes ! fit-il en haussant le ton. Où ont-ils pêché ça ? Qui leur a raconté ça ? Je ne veux pas d'allégations de cette nature. Nous n'avons jamais eu d'histoire comme ça ici. Quand ce genre de rumeur commence…»

Il n'acheva pas sa phrase. Il rougissait, et Connolly devina que le sujet le gênait.

«Général, dit-il calmement, s'il était homosexuel, ça constitue un risque en soi pour la sécurité. Vous le savez.»

Groves le regarda et parut s'affaisser, se tasser sur lui-même.

«Oui, je le sais. Mais vous n'imaginez pas à quoi on s'expose en laissant se développer ces rumeurs. J'ai vu ce que ça donnait à Miami. L'armée se lance dans une chasse au pédé et ça n'en finit plus. Chacun regarde par-dessus son épaule en se demandant si… enfin, bref, je ne veux pas de cette chienlit.» Il s'interrompit. «Tout ce qu'on sait, c'est que Bruner s'est fait surprendre avec son froc baissé. Que faut-il en déduire ? C'est à vous de le découvrir, mais sans mettre la pagaille dans ce camp. Il n'y a aucune raison de salir la réputation de cet homme. A ma connaissance, son seul tort a été de croiser le chemin d'un poivrot mexicain.

— Général, je vais être franc. Il est peu probable que la police arrive à quelque chose. On ne leur a même pas dit le nom de la victime. J'ai cru comprendre que vous ne vouliez pas appeler le FBI...

— Vous avez perdu la tête? Si vous faites ça, Washington va s'en mêler et je ne pourrai plus mener ma barque. Le FBI n'a pas mis son nez dans cette opération depuis 1943 et je n'ai pas envie que ça change. Le contre-espionnage s'occupe du district de Manhattan des Corps d'ingénieurs militaires. Ça me suffit.

— Sauf que Bruner *appartenait* au contre-espionnage.»

Grooves lui lança un regard en coin. «C'est là le hic. On ne peut pas se voiler la face. Il n'était pas n'importe qui. Il était du G2 [1]. Je ne crois pas aux coïncidences. Je suis paranoïaque, rappelez-vous. Je ne sais pas si cette histoire cache quelque chose, ou *quelqu'un*. Je ne sais pas si ce type était une folle ou non, mais, s'il l'était, nous l'ignorions complètement. Et c'est bien ce qui m'inquiète.

— Donc, quelqu'un de l'extérieur...

— D'après McManus, quand on vous donne un os, vous êtes capable de reconstituer le squelette.

— Ça, c'est quand j'étais reporter. J'ai un peu perdu la main. Et ça ne fait pas de moi un policier.

— La guerre nous amène tous à changer d'activité. Et tous les reporters que j'ai rencontrés étaient persuadés d'être meilleurs flics que les flics. D'ailleurs, je n'ai personne d'autre sous la main. Vous avez de l'instruction, ce qui vous permettra de parler à nos génies de service sans qu'ils se cabrent. Vous savez traiter avec la police – Tommy m'a dit que vous teniez la rubrique criminelle à New York avant la guerre. Si vous êtes capable de ça, ce n'est pas la police de Santa Fé qui va vous effrayer. A propos, vous serez notre agent de liaison auprès de leur chef. Nous ne voulons pas leur donner l'impression que nous refusons de coopérer. Et vous avez déjà été renseigné sur l'Opération. Il y a très peu de gens dans le secret, je vous assure, et personne ne sait vraiment de quoi il s'agit, à part Robert.

— Et vous.

— Et moi. Bien que, parfois, j'en doute.»

Connolly rit sous cape. Venant de Grooves, ce devait être de l'humour, et il appréciait l'effort.

«Bon, eh bien, maintenant au moins je connais mes attributions.»

---

1. Service de renseignement dépendant d'un état-major, équivalent du Deuxième Bureau français.(*N.d.T.*)

Au fond, Connolly n'était pas mécontent. Il ne s'était pas attendu à avoir le coup de foudre pour Groves, mais il se surprenait à présent à désirer son respect.

«Et vous étiez disponible, ajouta le général sans prendre de gants. Je n'avais pas le temps de chercher quelqu'un d'autre. Je ne sais pas ce que nous avons sur les bras, mais je vous conseille de le découvrir vite. Des questions?

— Pas pour l'instant, dit Connolly en se levant. Je suppose que tout le monde, au G2, sait que vous êtes mon supérieur immédiat.

— Mills le sait. En l'absence du lieutenant-colonel Lansdale, c'est avec lui que vous travaillerez. Pour tous les autres, vous êtes le remplaçant de Bruner. Pour Mills, vous êtes le remplaçant de Bruner *et* vous enquêtez sur sa mort. Si vous avez besoin de me joindre à Washington, Betty saura toujours où me trouver. Et, bien sûr, le Dr. Oppenheimer est au courant de tout. Si, pour une raison ou une autre, je ne suis pas disponible, considérez-le comme mon alter ego.»

La comparaison amusa Connolly.

«Autrement dit, c'est une grande personne, lui, non un collégien comme les autres.»

Le visage de Groves prit une expression grave. «Le Dr. Oppenheimer est un héros.» Ce fut dit sans la moindre ironie; c'était le plus bel hommage que pouvait lui rendre ce militaire bon teint, et Connolly s'interrogea sur la profondeur de ses sentiments – quelque chose comme l'affectueuse rudesse des vieux grognards jaloux de leurs cicatrices. «Il va peut-être gagner cette guerre pour nous. Et il a assez de tracas comme ça, dit-il en se levant et en déployant sa large carrure, sans avoir à se mettre martel en tête pour un agent allemand assassiné au coin d'un bois.

— Bruner était allemand? s'étonna Connolly. Je n'avais pas compris ça.

— Allemand de naissance. Il est américain maintenant, bien sûr. Enfin, *était*.

— C'est normal, ça? Au G2, je veux dire?

— Ça ne pose pas de problème. Il parlait couramment allemand et russe, ce qui est pratique ici. La moitié des gens de la Colline viennent d'Europe. Nous n'avons jamais eu à douter de sa loyauté, si c'est ce que vous insinuez.

— Vous le connaissiez bien?

— Disons que je savais qui il était. J'essaie de surveiller tout le monde mais, par les temps qui courent, c'est impossible. Le camp a pris trop d'ampleur. Lansdale a toujours eu une haute opinion de lui. Comme je vous l'ai dit, nous n'avons jamais douté de sa loyauté.

— Pourtant sa mort est douteuse.»

Groves hésita, ne sachant que répondre, puis balaya la question. «Mettez-vous au travail sans tarder. Autre chose?

— Non. J'apprécie votre confiance. Ah, si, une chose. Tous les reporters savent que la plupart des meurtres ne sont pas élucidés, à moins que le coupable ne soit la femme ou le mari. N'en attendez pas trop.»

Groves le toisa. «J'aime partir du bon pied – je pense que c'est ce que nous avons fait –, alors laissez-moi vous dire exactement ce que j'attends. J'attends de vous la même chose que de n'importe qui, à savoir que vous fassiez votre travail, et il n'y a pas d'excuse qui tienne. J'attends des entrepreneurs qu'ils construisent des bâtiments deux fois plus vite qu'en temps normal. Et j'attends de nos professeurs qu'ils nous livrent notre gadget dans les délais. Jusqu'ici, nous sommes dans les temps. Pas de fuite, pas d'embrouille. Notre seul problème vraiment difficile à résoudre est l'approvisionnement en eau. Maintenant, si vous revenez me dire que je n'ai aucun autre souci sur les bras, tant mieux, je serai l'homme le plus heureux du monde. Je déteste les soucis, ça ralentit le travail. Alors, allez-y, faites ça. Et autant vous prévenir tout de suite, j'obtiens toujours ce que je demande.»

Connolly trouva que sa tirade tournait à la comédie de boulevard mais, jugeant Groves très crédible dans le rôle, il salua. «Oui, mon général.»

Groves lui rendit son salut d'un geste vague de la main, avec une surprenante indolence. «Je serai de retour dans quelques semaines. Au fait, ajouta-t-il en esquissant un demi-sourire, ne croyez pas que j'aboie plus fort que je ne mords. Au contraire.»

***

Le bureau d'hébergement se trouvait dans l'un des vieux bungalows de l'école, à présent flanqué d'une énorme citerne. Mills lui avait attribué la chambre de Bruner et, d'après la mine boudeuse du préposé qui lui fit signer les formulaires, Connolly supposa que c'était une infraction aux procédures d'attente habituelles.

«La chambre n'a pas été faite, dit-il. Personne ne nous a prévenus. Vous avez intérêt à changer les draps. Lieutenant, ajouta-t-il en s'adressant à Mills, vous pouvez l'équiper en literie? On est plutôt serrés ici.

— Bien sûr. Et mon duplex Sundt, c'est pour bientôt?

— Comptez dessus et buvez de l'eau.

— La Suite Baignoires?»

Le préposé ne daigna même pas répondre.

«Vous pouvez traduire? demanda Connolly quand ils ressortirent.

— La Suite Baignoires est réservée au gratin. Ce sont les anciens bâtiments de l'école, ce qui signifie qu'ils ont réellement été conçus pour être habités. Ce sont les seuls logements de la Colline avec baignoire, les autres ont des douches. On les a donc attribués aux huiles mais, comme ils manquent d'eau, eux aussi, ça leur fait une belle jambe.

— Sundt?

— Une entreprise qui a beaucoup construit sur la Colline. On désigne les logements par le nom du bâtisseur. C'est ainsi que vous avez des unités Sundt, des duplex Morgan, des préfabriqués McKee – ceux qui ont le toit plat – et des Pascos. Ensuite, on passe aux roulottes, aux cabanes, tout ce qui peut abriter du froid.

— Je suppose que Bruner était dans un Sundt.»

Mills sourit. «Non, nous avons une jolie chambre de dortoir pour vous.»

Plus tard, cheminant sur la route poussiéreuse avec une brassée de draps et de serviettes, Connolly eut plus que jamais l'impression d'être retourné à l'école. Le dortoir était le baraquement militaire typique, vert triste, mais le foyer, avec sa table de ping-pong et ses gravures de cow-boys Remington, avait un côté estudiantin et les chambres étaient semblables à celles de n'importe quel campus. Il n'y avait pas de rideaux aux fenêtres, dont la lumière se reflétait sur le parquet ciré nu, mais il y en avait un devant une rangée de cintres pour délimiter une penderie de fortune. Outre le lit à une place, il y avait un petit bureau, un fauteuil pour lire, une bibliothèque basse et une commode dans le style standard des hôtels Sheraton avec, dessus, une radio en Bakélite. L'ordonnancement de la pièce était d'une rigueur presque agressive, comme si la moindre fantaisie dans la disposition des meubles avait été une incongruité condamnable.

«Et voilà, dit Mills en déposant le linge sur le lit, bienvenue au club. Ça n'est pas folichon et pas très douillet. J'en sais quelque chose, je suis logé à l'autre bout du hall.

— Je croyais que la chambre n'avait pas été faite.

— C'est exact.»

Connolly ouvrit le tiroir du haut pour découvrir des mouchoirs soigneusement pliés et un short.

«Il y a des signes de vie.

— Je vous laisse vous débrouiller. Le dîner est servi au mess, derrière le bâtiment P, celui avec la passerelle. Vous n'aurez aucun mal à le trouver, il suffit de suivre les odeurs de graisse. Mais ne confondez pas : de l'autre côté, c'est le garage. Le travail commence à 8 heures, mais je suppose que vous êtes libre de vos horaires.»

Connolly continua l'inspection du tiroir, déplaçant les vêtements du bout des doigts comme s'il avait craint de déranger le mort.

«Qu'est-ce qu'on fait de ces affaires? demanda-t-il.

— Aucune idée. Pas de proches parents, si c'est ce que vous voulez dire. J'ai pensé que vous aimeriez y jeter un œil avant qu'on ne les emballe. Je vous passerai un carton demain. Je suppose qu'on doit les garder. Comme pièces à conviction, peut-être?»

C'était une question, mais Connolly était préoccupé.

«Sans doute. Qu'est-il arrivé à ses proches parents?

— Bruner était un Juif allemand. On ne sait pas s'il a encore de la famille là-bas. Nous sommes obligés de faire comme s'il n'en avait pas. Aucun autre parent dans son dossier.

— En parlant de ça, je vais avoir besoin…»

Mills lui tendait déjà une enveloppe-bulle qu'il tenait sous le bras.

«Votre lecture de chevet», lui dit-il.

Connolly le regarda en souriant. «Pourquoi ai-je constamment le sentiment que vous avez une longueur d'avance sur moi?

— Vous me rattraperez, rassurez-vous. C'est tout ce qu'on a.»

Connolly considéra le dossier. «Vous le connaissiez?

— Il travaillait dans la section et il habitait à l'autre bout du hall. Donc oui. Mais sans plus.

— Vous l'aimiez bien?»

Mills hésita. «Vous appelez ça une question professionnelle? Je n'avais rien contre lui.

— Vous appelez ça une réponse?

— Ce n'était pas le gars avec qui on sympathise facilement.

— C'est-à-dire?

— A prendre avec des pincettes. Il avait souffert et ça se voyait. Incapable de se détendre. Perpétuellement sur le qui-vive. Beaucoup d'Allemands sont comme ça. Ils ne se sentent jamais en sécurité. Après tout ce qui s'est passé, ça se comprend. On ne peut pas leur en vouloir, mais on ne peut pas dire non plus que ce soient des boute-en-train.

— Qu'est-ce qui lui est arrivé, là-bas? Spécifiquement.

— Les nazis pensaient qu'il était communiste et ils l'ont coffré. Il en a bavé.

— Il l'était?

— Il disait que non. Il avait assisté à quelques meetings comme étudiant. Tout est là-dedans, précisa-t-il en désignant le dossier. Dans le rapport de sécurité. Même les nazis n'ont rien pu prouver et ils ont fini par le relâcher. Ça remonte à quelques années, à l'époque où ils essayaient d'expulser les Juifs au lieu de les déporter. Alors, ils l'ont envoyé chez les Russes.

— Ils lui ont donné asile?

— Mm-hum. Et puis ils l'ont arrêté comme espion allemand. Ils étaient encore pires que les nazis. Ils lui ont arraché les dents, une par jour. C'est pour ça qu'il avait ce dentier.

— Bon Dieu.»

Connolly imagina son attente chaque matin – le ferraillement du verrou de la porte, les tenailles, les cris, le sang. La chambre, dans sa propreté austère, lui parut différente tout à coup, comme une cellule où Bruner avait essayé de vivre en reclus, sans se faire remarquer et sans douleur.

«Ouais, je sais. Quand ils ont été à court de dents, ils ont commencé à lui charcuter les mains jusqu'au jour où ils ont décidé qu'il ne savait rien. Juste une petite erreur d'appréciation. Alors, ils se sont débarrassés de lui, eux aussi. Le reste est là-dedans. L'itinéraire classique du réfugié dans les méandres de l'administration, brinquebalé entre les margoulins et les bons Samaritains pour se retrouver finalement devant un milk-shake au pays du bon Dieu. Et maintenant ça. Quelle vie ! Le pauvre gars, on est forcé de le plaindre.

— Mais vous ne l'aimiez pas.

— Vous essayez de me donner des remords ? Non, je ne l'aimais pas. Ce n'était peut-être pas sa faute mais, au fond de lui-même, il méprisait les autres. C'était le genre de type qui cherche toujours une combine.

— Et, question boulot, il était au point ? Bon Américain et tout et tout ?»

Mills ricana. «Ouais, et tout et tout. Il aimait ce pays mais, à mon avis, c'était surtout parce qu'il détestait tous les autres. Il arrivait peut-être trop tard pour se faire des amis. Ce n'était pas le genre à venir dans votre chambre pour fumer une cigarette et tailler une bavette. Maintenant que j'y pense, je crois bien que c'est la première fois que j'entre dans sa chambre. On le voyait traîner dans le foyer... ce n'était pas un ermite, je ne dis pas ça, mais on avait l'impression qu'il ne se plaisait jamais nulle part.

— Pas d'amis intimes ?

— Peut-être que si. Personne de ma connaissance.

— Ses fréquentations ?

— Vous pensez à...

— Ce à quoi vous pensez que je pense.

— Mystère. J'ai toujours supposé qu'il y avait quelqu'un, mais il n'en parlait jamais. Et ça ne me regardait pas. Mais il ne m'est jamais venu à l'idée que ça pouvait être un homme.» Il regarda Connolly. «Je sais ce que la police a derrière la tête, mais il n'y a jamais eu d'histoires comme ça ici. Jamais.

— Vous essayez de me dire que je peux prendre une douche en toute sécurité ?»

Mills ne releva pas la pique.

«D'accord. Qu'est-ce qui vous fait croire qu'il voyait une femme ? Ou quelqu'un ?

— Sa voiture. Il adorait sa voiture. Il s'arrangeait toujours pour avoir des coupons en rab et il aimait crâner. Il proposait toujours aux gens de les conduire à Santa Fé, enfin, vous voyez. Et, comme il s'absentait de plus en plus souvent, j'en ai déduit qu'il avait une copine quelque part.

— Comment a-t-il obtenu une voiture ? Je pensais qu'elles étaient…

— Oh, c'était la sienne. Il l'avait achetée en 42, quand on en trouvait encore. Une Buick. Et, à voir comment il la bichonnait, elle devait être encore dans le même état que le jour où il l'avait sortie du garage.»

Connolly regarda autour de lui, imaginant les meubles comme des pièces de moteur immaculées. «Je devrais peut-être y jeter un œil. Où est-elle ?

— Aucune idée. Il est descendu avec samedi et on ne les a revus ni l'un ni l'autre.»

Connolly réfléchit une minute. «A présent, nous savons en tout cas où se trouve l'un des deux. Difficile de perdre une voiture, tout de même. Elle va forcément refaire surface quelque part. Je ne vous demande pas si vous connaissez les caïds du marché noir local ?

— Le marché noir ? Jamais entendu parler. Nous laissons ces choses-là à la police.

— Ce sont bien les seules, apparemment. Entendu, je vérifierai demain. Je suppose qu'elle est enregistrée sous un numéro de code, comme toutes les voitures ici ?»

Mills acquiesça.

«Vous aimez faire les choses simplement.

— Vous ne saviez pas ? Nous sommes le secret le mieux gardé de la guerre. On pourrait même dire que nous n'existons pas.

— Je suis au courant. Je suis payé pour maintenir le couvercle fermé.

— Tiens, c'est vrai, au fait, quelle est votre fonction ?» Leurs yeux se croisèrent. «Si je suis autorisé à poser la question.

— Agent de liaison entre l'OWI et le Renseignement Militaire. Je suis chargé de récrire.

— De récrire quoi ?

— Les dépêches. Les discours. Les nouvelles. Tout ce que l'armée estime devoir porter à notre connaissance. Pendant un temps, il n'y avait jamais de morts dans nos rangs. Seuls les Allemands se faisaient tuer. Ils ont fini par mettre un bémol. Même eux, ils ont reconnu que ça ne tenait pas la route.

— Vous voulez dire que vous écrivez de la propagande ? dit Mills, intrigué. Vous êtes le premier que je rencontre.

— Non, pas de la propagande, répondit Connolly en souriant. La propagande, c'est du mensonge pur et simple. Nous laissons ça à Goebbels. Nous n'inventons rien. On ne pourrait pas, aujourd'hui. Nous nous contentons de présenter les choses sous un angle plus rassurant. Pour ne pas affoler les gens. Au lieu de dire que nous subissons de lourdes pertes, nous disons que nous rencontrons une résistance farouche. Une percée allemande est toujours une contre-offensive de la dernière chance. Il n'y a pas de corps démantelés, pas de boucherie, pas de tripes qui sèchent au soleil, seulement des balles propres. Les villages français sont contents de nous voir – et je pense qu'ils le sont, d'ailleurs. Nos gars n'attrapent jamais la vérole… et ne la transmettent pas non plus, évidemment. Nous n'avons pas l'intention de bombarder des civils par erreur, donc nous ne le faisons jamais. L'armée ne mijote rien au Nouveau-Mexique. Il n'y a pas de Projet Manhattan. »

Mills ouvrait des yeux ronds, ébahi par l'insouciant cynisme de ce qu'il entendait.

« Juste quelques clauses de style, continua Connolly. Pour notre bien.

— Et vous n'avez jamais de scrupules ?

— Vous n'en auriez pas ? »

Mills détourna les yeux, soudain gêné.

« C'est pourquoi, en un sens, ça me plaît de m'occuper à nouveau d'une enquête criminelle, reprit Connolly d'un ton léger. Sauf que je ne suis pas réellement ici. »

Mills s'égaya. « La ville est pleine de gens qui ne sont pas réellement ici, cette semaine. Si vous n'avez pas peur des fantômes, il y en aura une belle brochette à la réception de ce soir. Vous êtes capable de reconnaître de vue les principaux physiciens mondiaux, j'imagine. Sinon, c'est peine perdue.

— Seulement s'ils ressemblent à Paul Muni.

— Ça y est, vous avez vendu la mèche. Vous êtes censé utiliser son nom de code. Enfin, bref, c'est à 8 heures, si vous êtes intéressé. Tout bien considéré, vous devriez l'être.

— C'est une soirée en quel honneur ?

— Ils n'ont pas besoin de raison particulière pour faire la noce. C'est une orgie ininterrompue ici, sur la mesa. Evidemment, s'ils fêtent quelque chose, on leur interdit de le dire.

— Compris. Alors, à ce soir peut-être. Une réception ordinaire, c'est toujours sympathique.

— C'est-à-dire… ordinaire pour ici. »

***

Etendu sur le lit de Bruner, trop fatigué pour changer les draps, il laissait ses pensées errer du dossier à la chambre muette autour de lui. Certaines chambres sont tellement habitées par la personnalité de leurs occupants que ceux-ci ne les quittent jamais tout à fait, continuent à les hanter, mais celle-là n'appartenait pas à cette catégorie. Bruner n'y était pas, n'y avait jamais été. Et pourtant… personne ne disparaît sans laisser de trace. Connolly promena un lent regard circulaire dans la pièce. Peut-être que son ordonnancement rigoureux était en soi un indice : une volonté de ficeler, de barricader sa vie pour faire place nette.

Ses affaires n'avaient rien de remarquable. Un livre de mots croisés – pour parfaire son anglais ou juste pour passer le temps ? – et un diction-naire anglais-allemand sur le bureau. Pas de courrier. Dans le tiroir, la photographie d'un couple vêtu à la mode des années 20, probablement ses parents. Une collection hétéroclite de livres – *Pour qui sonne le glas*, un album sur la vie des Indiens du Sud-Ouest, des westerns à l'usage de la troupe, une anthologie de dépêches de correspondants de guerre. Connolly l'avait feuilletée, en bon agent de l'OWI : des ténors de la presse qui haranguaient le troufion, en intriguant en coulisse pour qu'on continue les bombardements afin que leur nom se retrouve dans des recueils tels que celui-ci et que le lecteur puisse s'extasier devant leur article.

Des costumes, quelques paires de chaussettes, un porte-cravates dans la penderie et, dans les tiroirs, des vêtements ordinaires, dûment pliés, que Connolly avait entassés dans la valise vide. Un nécessaire de toilette avec les habituels rasoirs et brosses, une boîte de préservatifs et une poudre dentifrice spéciale. Un livret de comptes de mission avec des colonnes bien alignées de dépôts réguliers. Ce n'est qu'en retirant les chandails pour les emballer qu'il avait découvert quelque chose d'intéressant : quelques bijoux indiens, en argent et turquoise, cachés dans l'une des manches repliées.

A présent, sur le lit, il les exposait à la lumière en les faisant jouer entre ses doigts. Une boucle de ceinture, incrustée de turquoise, un pendentif (sans chaîne), des maillons pour ces colliers que les cow-boys espagnols portent en couronne sur leurs chapeaux. Pourquoi des bijoux ? Les vêtements de Bruner étaient si sobres qu'on ne l'imaginait guère attiré par ce clinquant. Un cadeau ? La nuit où il avait utilisé les préservatifs ? Tout était possible. Peut-être aimait-il ce genre de bijoux, tout simplement. Sa maigre bibliothèque semblait indiquer un certain intérêt pour les Indiens. Peut-être n'était-ce rien de plus qu'un hobby, comme une collection de timbres, une passion inattendue de Bruner. Se plaisait-il à les sortir de leur cachette la nuit pour les regarder, comme Silas Marner [1] regardait son or, pour illuminer sa triste chambre de leur lueur bleue et argentée ? Qui pouvait le dire ? Il les posa sur le lit et ouvrit le dossier.

---

1. Personnage d'un roman de George Eliot. (*N.d.T.*)

Un détail que personne n'avait mentionné : Bruner était bel homme. Il n'avait pas les traits avenants au sens conventionnel, mais il avait du caractère, avec ses pommettes saillantes et ses épais cheveux bruns coupés au cordeau qui centraient l'attention sur ses yeux. Même sur la photo d'identité, ils avaient un regard franc et direct qui leur donnait encore vie – un regard sans humour, mais avec une sorte de vitalité brute qui rejetait dans l'ombre le reste du visage. Le reflet sombre de la barbe d'après-midi qui grisait son menton, ses joues creuses, ses lèvres pleines passaient au second plan. Ce qui, au premier coup d'œil, n'était qu'un pâle visage sémite comme on pouvait en voir sur une centaine de photos était ici refaçonné comme s'il avait voulu en oblitérer la sensibilité pour ne laisser paraître que rudesse et détermination. L'extraction des dents avait probablement transformé l'homme autant que l'aspect extérieur de son visage.

Comment eût-il pu en être autrement ? La souffrance avait dû être atroce et sa répétition insupportable. Bruner avait-il compté, au fur et à mesure, les dents qui lui restaient, en se demandant, tandis que sa bouche à vif enflait sous la douleur, combien de jours encore il pourrait tenir ? Ou avait-il été déjà défiguré par les nazis, des mois plus tôt ? Connolly examina le nez sur la photo, cherchant à y déceler la marque oblique d'une fracture. Mais non, l'arête était droite. Il se concentra à nouveau sur les yeux. Ils étaient si brillants que, l'espace d'une seconde, il crut voir l'homme au travers, mais il avait beau les scruter, ils demeuraient indéchiffrables. Ils fixaient l'objectif, sans commentaire, comme si le simple fait d'être en vie leur suffisait.

Connolly reposa le dossier et, lassé, enfouit sa tête sous son bras. A la longue, toutes les photos se ressemblaient. Tous les dossiers aussi. Il en avait tant vus défiler sur son bureau. Des récits européens, non seulement des comptes rendus de bataille ou des statistiques, mais des histoires individuelles, toutes effroyables, des abîmes de souffrances infinies dont nous ne nous relèverions jamais, à moins de nous boucher les yeux et les oreilles. Pour lui, l'Europe d'aujourd'hui était comme un immense train fantôme, un grand guignol macabre et carcéral, où l'on était ballotté d'une épouvante à l'autre en se débattant sur son siège et en gigotant d'horreur entre des squelettes brinquebalants et des monstres bondissants, tandis que d'affreux hurlements mécaniques déchiraient l'air – un tunnel sans issue.

Une histoire en entraînait une autre. Ce qui était arrivé à Karl Bruner avait fait de lui une personne différente, qui à son tour avait fini par faire… quoi ? Peut-être rien. Mais, une fois que la violence avait commencé, plus rien ne l'arrêtait – tous les reporters criminels savaient cela –, car elle réclamait une vengeance ou au moins une riposte, et l'engrenage de la revanche n'avait pas de fin. Une fois lancée, une mitrailleuse ne s'enrayait plus; elle continuait à hacher sans relâche, encore et encore, toute vie qui se trouvait dans son faisceau. Comme une irrépressible réaction en chaîne… L'à-propos de la métaphore fit sourire Connolly malgré lui. La guerre en pratique.

Connolly aimait l'isolement de Los Alamos, le grand air de l'altitude qui l'éloignait des paperasses et des dépêches venues d'un monde en autodestruction. Au lieu d'une guerre, un simple homicide – la routine du policier. Une mission hors du train fantôme, en pleine lumière. Mais le visage de Bruner l'avait rejeté dans l'abîme – encore une histoire européenne. Il se demandait pourquoi elle avait fini dans la rivière de Santa Fé.

2

Connolly arriva en retard à la réception. Il n'y serait pas allé du tout si Mills ne l'y avait entraîné. Il avait davantage besoin de sommeil que de dîner mais, puisque Mills s'était donné la peine de réserver une table à Fuller Lodge, il considérait qu'il ne pouvait pas refuser.

« Mieux vaut partir du bon pied, avait dit Mills. On peut manger à toute heure ici. Le Lodge est ce qu'on fait de mieux. »

En effet, la cuisine était bonne et l'endroit instructif. La salle, surdimensionnée, haute de deux étages, avec une mezzanine et deux imposantes cheminées en pierre de chaque côté, ressemblait plus à un grand restaurant qu'aux différents mess où mangeait le commun de Los Alamos. Il n'y avait plus une seule table libre, et les conversations mêlées au cliquetis des couverts créaient un brouhaha continu.

Il fut surpris de voir autant de gens en costume et cravate. Il n'y avait apparemment aucun code vestimentaire – on voyait, çà et là, des cols ouverts et même des chemises de style western – mais la plupart des hommes portaient des complets et les femmes des robes légères, assez négligées. Un samedi soir au club-house.

« Si vous voulez repérer quelques savants, commencez donc par cette table, là-bas, dit Mills avec un geste de la tête. Voyons comment vous vous en tirez. »

Connolly avisa un homme de haute taille, dont les joues rondes gonflaient au rythme des bouffées de sa pipe. Il avait les cheveux blancs et le visage débonnaire d'un père Noël nordique.

« Niels Bohr, dit Connolly. Je suis impressionné.

— Nicholas Baker. Seulement les noms de code, s'il vous plaît. Tous les physiciens sont des "ingénieurs" et il est M. Baker.

— Je tâcherai de m'en souvenir. Qui d'autre ?

— Henry Farmer. »

Connolly réfléchit un instant.

«D'Italian Farmers?

— Vous y êtes.

— Il est là aussi?

— Le type à côté de M. Baker.»

Connolly l'observa. Une silhouette effacée, aux cheveux bruns et rares, qui se penchait pour capter la voix feutrée de Baker. Fermi.

«Je donnerai cher pour connaître leurs pensées.

— Vous n'y comprendriez rien même si vous les entendiez. A la longue, on se fait une raison.

— Vous êtes ici depuis quand?

— Depuis toujours. Depuis 43. C'était beaucoup plus petit, à l'époque. Quand je suis arrivé, il n'y avait que la vieille école et quelques bâtiments de la Zone Technique. Une seule ligne téléphonique. La route qui monte à la mesa était à peine carrossable.

— Le bon vieux temps?

— Pas vraiment. Pour les savants, peut-être. Ils étaient tout feu tout flamme. Une vraie aventure de pionniers, pour eux. Pour nous autres, c'était…» Il chercha le mot. «… tranquille. On avait l'impression d'être des planqués, comme si personne ne savait où on était.

— Personne ne le sait.»

Mills haussa les épaules. «Je vous l'ai dit, on s'habitue. Et puis, on est tellement débordé qu'on n'a pas beaucoup le temps d'y penser. Je suppose que c'est un peu comme sur le front, sauf que personne ne se fait tuer.

— Jusqu'à maintenant.

— Ouais, jusqu'à maintenant. Ce n'est pas la même chose qu'une mort au combat, tout de même.

— Non.» Connolly changea de sujet : «Qu'est-ce que vous faisiez avant la guerre?

— Avocat.

— C'est comme ça que vous avez atterri à la Sécurité?

— Mystère. Ils ont dû penser que juriste signifiait policier. Ils ne sont pas réputés pour leur logique. Ou alors, ils se sont simplement dit que je ferais un mauvais soldat et que je serais plus utile dans un bureau.

— Droit pénal?

— Droit des affaires. Je sais, ça a l'air ennuyeux, mais détrompez-vous. Et c'est une vraie mine d'or. Elles veulent toutes vous épouser. Elles ne remarquent même pas vos cheveux, ajouta-t-il, rieur, en passant la main sur sa calvitie naissante.

— Mais aucune ne l'a fait, dit Connolly en regardant l'annulaire sans alliance de Mills.

— Pas encore. Attendez que je me mette à mon compte.

— En attendant, justement, comment occupez-vous vos loisirs?

— Vous savez, vous avez une façon très élégante de poser des questions indiscrètes.

— D'accord. Je retire ce que j'ai dit.

— Non, je plaisante, je m'en fiche. En principe, il n'y a pas tellement de vie mondaine, ici. C'est une base militaire. Mais, en cherchant bien, on peut trouver son bonheur. Il vaut mieux éviter les femmes mariées. On a eu quelques histoires de ce genre et ça ne se passe jamais bien. Les bataillons féminins, c'est autre chose. On a essayé d'interdire les dortoirs aux hommes célibataires, eh bien, ce sont les femmes qui ont crié au scandale. Les réjouissances ont repris aussitôt. On ne peut pas leur en vouloir. Personne n'a le droit de fraterniser avec les gens de l'extérieur, pour raisons de sécurité. Alors, tous les soirs, c'est la fiesta. Elles n'auront jamais été aussi populaires.

— Et à Santa Fé ?

— Pas grand-chose. C'est une vieille ville et les Espagnols ne nous regardent même pas. Albuquerque, c'est mieux. Certains gars vont y faire la bamboula quand ils ont une permission. Quelquefois, on doit aller les récupérer au bloc mais, la plupart du temps, ils ont tellement peur de se faire sonner les cloches qu'ils se contentent de se saouler et de finir la soirée au cinéma.

— J'ai trouvé des préservatifs dans le tiroir de Bruner.

— Ah oui ?» Mills baissa les yeux. «Je ne sais pas ce que ça veut dire.

— Généralement, ça veut dire qu'on a une activité sexuelle.

— D'une manière ou d'une autre.

— Oui, d'une manière ou d'une autre.

— Bon sang, que voulez-vous que je vous dise ? Peut-être qu'il les conservait à tout hasard. Il y a des types qui en ont toujours dans leur portefeuille, vous savez.

— Possible. Mais nous devons supposer qu'il s'en servait.

— Ecoutez, je vois très bien où vous voulez en venir, mais je ne peux pas vous aider. Je ne sais rien de sa vie sexuelle. Je n'arrive même pas à l'imaginer. Il ne disait jamais rien. J'ai beau me creuser la cervelle pour essayer de me rappeler un mot, un regard… Enfin quoi, on travaillait dans le même bureau. Pendant tout ce temps. S'il y avait eu quelque chose, je m'en serais aperçu, non ? Et qu'est-ce que vous cherchez au juste ? Il est resté ici près d'un an et je n'ai jamais eu de soupçon. Jamais. Je ne peux toujours pas y croire.

— Ça vous embête ?

— Bien sûr que ça m'embête. Ça ne vous embêterait pas ? Je me fous de savoir s'il aimait les hommes. C'est son affaire. Il aurait pu se taper des chèvres, ça m'est complètement égal.

— Alors, qu'est-ce qui vous gêne ?»

Mills lui fit face. «Ce qui me gêne, c'est de me dire qu'il n'était peut-être pas celui que je croyais. Et que je ne me suis aperçu de rien. C'est un peu ennuyeux, non, quand on est chargé de la sécurité, vous ne trouvez pas?»

***

Ils marchaient vers le Théâtre 2. L'alcool lui fouettait le sang. Il était physiquement fatigué, mais son esprit était requinqué, impatient de s'atteler à la tâche. Au grand air, sous l'œil des projecteurs perchés tout autour de la Zone Technique, tout était plus net. L'endroit semblait un peu irréel. Au milieu de ces rues poussiéreuses et anonymes, de ces barbelés et de ces bâtiments en bois, on se serait cru dans une ville du FarWest, mais sans épaisseur, en demi-teinte. L'étrangeté de la mesa le ravissait. Après les mois qu'il avait passés à Washington, avec son architecture massive, ses pièces étouffantes, sa monotonie, tout ici paraissait primitif, neuf, plein d'intérêt. Il y avait encore des rigoles dans les rues pour l'écoulement des eaux. Malgré l'heure tardive, on voyait de la lumière dans les laboratoires et la police militaire patrouillait. L'air nocturne sentait le diesel et la pinède.

Ils entendirent la musique avant d'atteindre le bâtiment aux portes ouvertes – un orchestre country, dont les violons de bastringue faisaient penser à la bande-son d'une scène de western dans un saloon. La grande pièce était aussi enfumée et bruyante qu'il l'avait imaginé, mais les cow-boys n'étaient que des militaires en uniforme et des civils ébouriffés, tirés à quatre épingles, qui donnaient l'impression d'être venus s'encanailler dans une grange après une soirée en ville. C'était l'un des spectacles les plus bizarres que Connolly eût jamais vus. Au fond de la pièce, un orchestre improvisé de soldats, tous natifs de la campagne, accompagnait à grand tapage un aboyeur en blue-jean, un foulard autour du cou, qui martelait la cadence en criant des instructions aux danseurs, dont les pas résonnaient lourdement sur le parquet ciré du court de basket-ball. Il y avait des tables chargées de victuailles, de coupes de punch et de bouteilles le long d'un mur, et des chaises pliantes éparpillées un peu partout sur le pourtour de la piste de danse.

Les gens parlaient d'une voix forte et riaient de leur maladresse à la danse. Ils avaient tous l'air de s'être trompé de soirée, évoluaient avec gaucherie mais de bonne grâce, quinquagénaires bedonnants décidés à jouer le jeu ou jeunes gens pâlots engoncés dans des jeans qui leur résistaient comme une langue étrangère. Ici et là, l'un d'eux exécutait les pas avec précision et assurance, mais à contre-temps, comme s'il mesurait ses gestes à la manière d'une expérience scientifique. Ce qui aurait dû être fluide était saccadé et hésitant, mais personne ne renonçait et, plus la manœuvre était complexe, plus les faux pas s'enchaînaient, plus ils s'amusaient. Pour ces ingénieurs habitués aux mesures de précision, tout le plaisir était dans l'à-peu-près. La fine fleur de la science était venue se payer du bon temps au bal du village. La bonne humeur régnait.

«Quelle ambiance! dit Connolly en souriant.

— Attendez qu'ils se mettent vraiment à boire», répondit Mills.

Il conduisit Connolly vers le bar, où un homme rougeaud, aux tempes touffues, s'acharnait sur un bloc de glace. Les éclats volaient sur la table au rythme de ses coups de pic.

«Attention, professeur, dit Mills.

— *Gott im Himmel*, dit l'homme. Dans un endroit comme ici, on pourrait quand même inventer une *machine* pour ça. Tenez, dit-il en tendant à Mills un verre avec des glaçons. *On the rocks*, hein?

— Toujours. Je vous présente Mike Connolly. Otto Weber.

— Hello, monsieur Connolly. Vous êtes nouveau? Vous devez être dans le groupe de Kisty. Ils ont un nouveau chaque jour. Nous, on n'arrive pas à avoir une seule personne supplémentaire, mais chez Kistiakovsky, ça n'arrête pas.

— Non, je travaille avec le lieutenant Mills, dans les services de sécurité.

— Ah.» Il s'interrompit pour détailler Connolly. «Je vois. Vous remplacez ce pauvre Karl.

— Oui.»

Il hocha la tête. «Une chose terrible. Terrible. Si jeune. Et pour quoi? Un portefeuille? Un peu de monnaie? Un homme comme lui, qu'est-ce qu'il pouvait avoir?

— Vous le connaissiez bien?

— Non, pas bien. Il était mon garde du corps, parfois. C'est bien ça? Garde du corps?

— Nous préférons dire "escorte" », corrigea Mills en souriant. Il se tourna vers Connolly. «Le professeur Weber est l'un des ingénieurs qui ont droit à une protection permanente à l'extérieur.

— Ach! Protection, fit Weber avec bonhomie. Des pots de colle. Cette fois, c'est le protecteur qui aurait eu besoin de protection. Quelle époque! Enfin, passons. Vous aimez la musique, m.onsieur Connolly? Pas ces miaulements, la vraie musique.

— Beaucoup.

— Vous jouez? demanda-t-il, intéressé.

— Non.

— Evidemment, ç'aurait été trop beau. Nous avons perdu un de nos membres, l'an dernier, expliqua-t-il. J'essaie de lui trouver un remplaçant, mais rien à faire. Jamais un musicien parmi les nouveaux arrivants.

Mais vous aimez écouter? Nous nous réunissons le jeudi. Ma femme est toujours ravie de recevoir un visiteur. Vous seriez le bienvenu.

— Merci. J'en serais enchanté.

— Bon, on verra bien. Comme dit le proverbe, il ne faut pas vendre la peau de l'ours avant de l'avoir tué. Nous ne sommes que des amateurs. Mais parfois ce n'est pas mal.

— Oh, voilà Oppie, dit Mills, qui cherchait un prétexte pour s'éclipser avec Connolly. Je dois faire les présentations, dit-il à Weber. Vous savez qu'Oppie adore accueillir les nouveaux.»

Weber sourit et esquissa une bénédiction de la main.

«Circulez, circulez.»

Oppenheimer était en grande conversation avec un collègue mais, quand il se retourna pour être présenté, il leur accorda toute son attention, comme si la soirée avait été organisée uniquement pour permettre cette rencontre. Bien qu'il eût déjà vu l'homme en photo, Connolly fut frappé par l'intensité de son regard, un regard si expressif que, avant même d'avoir ouvert la bouche, Oppenheimer semblait déjà lui parler. Il était mince, presque frêle, et la maigreur de son visage concentrait toute l'attention de l'interlocuteur sur ses yeux. Comme chez Bruner, songea Connolly, mais ces yeux-là étaient plus habités, plus vifs, plus curieux. On devinait, derrière, une fatigue si profonde que leur éclat pouvait passer pour de la fièvre. Comme il avait une cigarette dans une main et un verre dans l'autre, il se contenta d'un salut de la tête, à l'orientale, avec une grâce ironique. Sa voix était basse, mais aussi animée que ses yeux.

«Désolé de ne pas vous avoir vu plus tôt... J'avais une réunion dont je ne pouvais pas me libérer. Vous avez vu le général, m'a-t-on dit.

— Oui.

— Que pensez-vous de G. G.?

— Haut en couleur.»

Oppenheimer éclata de rire.

«Il vous a dit qu'il fallait craindre sa morsure?

— Oui, en effet, répondit Connolly, surpris.

— Bien, c'est que vous avez dû lui poser un problème», dit-il en tirant sur sa cigarette.

Ses répliques fusaient comme des balles de ping-pong. Oppenheimer pratiquait la conversation comme une sorte de sport récréatif.

«Et c'est vrai? reprit Connolly. Il mord?

— Oh oui, très fort. Le général ne ment jamais. Je crois qu'il en serait incapable. L'homme le plus honnête que j'aie jamais rencontré. Pas une once de malice. Je ne sais pas comment il fait pour éviter les pièges de l'administration. Il part à la charge, bille en tête et, avant que vous n'ayez eu le temps de dire ouf, il a obtenu ce que vous demandiez.»

En somme, avec son élégance presque féline, Oppenheimer venait de décrire son contraire, et Connolly s'interrogea sur leur étrange amitié. Chez Oppenheimer, tout était charme, persuasion, subtilité – il n'avait pas d'autre recours. L'homme de guerre devait lui inspirer cette sorte d'admiration particulière que le fin tacticien éprouve parfois pour le fonceur.

«Peut-être que, justement, ils s'attendent à une ruse là où il n'y en a pas et qu'il les prend par surprise.»

Oppenheimer apprécia la réponse. Il sourit. «C'est bien possible. Vous avez dû connaître tout ça à Washington. Ils adorent intriguer. L'air y est malsain.

— Il est vrai qu'on respire mieux ici, mais la bureaucratie est toujours un peu la même, où qu'on aille.

— En parlant de bureau, pensez-vous pouvoir trouver le mien demain matin ? A 7 heures et demie, disons ?»

Connolly sourcilla.

«Oh, ne vous laissez pas tromper par les flonflons, dit Oppenheimer en levant son verre. Nous commençons tôt ici. Officiellement à 8 heures, mais j'ai une réunion importante en début de matinée et il faudra nous voir avant. Excusez-moi, ce n'est pas très civil, je sais. Mais Janice vous fera une bonne tasse de café, il y a tout ce qu'il faut au mess. D'ailleurs, vous verrez, c'est le meilleur moment de la journée, ici. Idéal pour une promenade à cheval. Vous montez à cheval ?

— Non. Je prends le métro.»

Il avait dit cela malgré lui, sans vouloir être blessant. C'était une manière anodine de rappeler la distance qui séparait son New York de Riverside Drive, où avait grandi Oppenheimer, de leçon particulière en cocktail, au milieu des privilèges. Mais Oppenheimer ne parut pas le remarquer.

«Dommage, dit-il. Nous avons encore quelques chevaux de l'ancien ranch et rien ne vaut l'équitation de bon matin. Il y a de magnifiques balades dans les Monts Jemez. Vous trouverez peut-être quelqu'un pour vous donner des leçons… Ça ne coûte rien d'essayer.

— Je doute d'en avoir le loisir.»

La repartie était un peu sèche, mais Oppenheimer préféra ne pas la relever.

«Bien sûr, bien sûr, nous en sommes tous là. Le temps presse. Mais il faut bien nous distraire, dit-il en indiquant la piste de danse du bout de sa cigarette, si nous ne voulons pas sombrer dans la mélancolie. Je suppose que vous allez être particulièrement occupé. Mais nous discuterons de tout ça demain matin. Un autre verre ?» Il se tourna vers la table, où son collègue attendait de reprendre la conversation interrompue. «Je suis désolé, Friedrich. Je te présente M. Connolly. Professeur Eisler.»

Connolly détailla le personnage : grand, le cheveu grisonnant, l'œil clair. Mais, après une brève et timide inclinaison de la tête, Eisler l'ignora.

«Nous parlions des conférences de Planck, expliqua poliment Oppenheimer. Presque plus personne ne les lit et c'est regrettable.»

C'était à nouveau Eisler qui retenait toute son attention, et Connolly comprit que l'essentiel du charme d'Oppenheimer résidait justement dans cette capacité d'attention : il vous donnait le sentiment d'être si intéressant que plus rien d'autre ne comptait. Qu'y avait-il de plus flatteur? Peut-être que les savants, ici, se disputaient l'honneur d'un entretien en privé, comme des étudiants. Connolly lui-même s'était senti un peu floué quand la lumière était tombée sur un autre. Et tout cela s'était fait en douceur, avec une courtoisie sans faille. Il n'avait pas été congédié, mais autorisé à disposer.

Il déambula lentement dans la salle, s'apprêtant à boire un dernier verre avant d'aller se coucher. L'altitude et sa disgrâce inopinée lui avaient vidé la tête, au point qu'il se demandait s'il avait encore assez de jugement pour analyser ce qu'il voyait. Cette soirée était invraisemblable. Parmi ces gens qui trébuchaient gauchement sur des airs folkloriques, il y avait des prix Nobel. Ce jeune Américain en bottes de cow-boy était peut-être un expert en mécanique quantique. Ce monsieur en costume à carreaux qui tenait un gâteau au chocolat était peut-être… quoi? un chimiste, un minéralogiste, un mathématicien? Ces deux gandins endimanchés, échappés d'un thé mondain pour commères, discutaient peut-être de la séparation isotope ou, allez savoir, des secrets de l'univers. Rien n'était impossible ici. Les gens vivaient dans l'atmosphère raréfiée de l'altitude. Raréfiée et euphorisante : leurs idées sautaient d'un esprit à l'autre sans rencontrer de résistance. L'armée avait tendu des barbelés autour d'eux pour les préserver du monde extérieur, et ça marchait. Malgré le rationnement en eau, malgré le mauvais état des routes, malgré le manque de confort, ils vivaient dans un état d'excitation permanent. Tout le monde était intelligent; tout était possible. Un événement aussi ordinaire qu'un meurtre semblait ici vulgaire et déplacé.

L'orchestre joua quelques fox-trot et même un charleston bégayant mais, quand Connolly remplit son verre, on s'alignait pour un nouveau quadrille. Echauffé par l'alcool, il s'adossa contre le mur, non loin de la soupière de punch, pour essayer de capter le courant d'air qui soufflait des portes ouvertes. Mills, qu'il avait perdu de vue, fit sa réapparition sur la piste, dansant bras dessus bras dessous et sans faux pas avec une séduisante jeune fille qui, conformément à ses prédictions, le couvait des yeux comme une fiancée potentielle. A côté d'elle, un homme basané fronçait ses sourcils broussailleux d'un air studieux – des sourcils qui captivaient

Connolly : arqués comme des fenêtres mansardées, ils frisotaient sur le haut et partaient en vrille sur les côtés comme des tire-bouchons. Sa partenaire, une femme d'allure sympathique, en robe imprimée et chaussures de marche, regardait fixement devant elle avec un sourire figé. Connolly s'amusa à leur inventer des aventures.

Encore un verre, et il aurait pu continuer comme ça toute la nuit.

«Charmant, n'est-il pas? dit-elle. On croirait du Norman Rockwell.»

Il y avait du mépris dans sa voix. On devinait une intention de provoquer. Chez un homme, la même intonation aurait été perçue comme une volonté de chercher la bagarre. Mais elle avait un regard absent, comme si elle ne s'adressait à personne en particulier. C'était une voix anglaise, une voix de gorge, empâtée par la boisson. Elle portait des bottes d'équitation, des jodhpurs et un chemisier blanc, mais sans avoir l'air déguisé. Loin de la grossir, le pantalon soulignait la sveltesse de ses hanches. Ses vêtements étaient poussiéreux, comme si elle rentrait effectivement d'une randonnée à cheval sans s'être donné la peine de s'habiller pour le bal. Elle était coiffée comme une ouvrière, avec un chignon – il ne lui manquait que le fichu –, et portait des lunettes. Son absence de maquillage, son insouciance, son indifférence au qu'en-dira-t-on mettaient en valeur ses charmes naturels : sa peau somptueuse et la finesse de sa silhouette. Et surtout sa voix. Voyant qu'elle vacillait imperceptiblement, il imputa son insolence à un léger excès de boisson. Mais il était sûr que la voix resterait toujours parfaitement posée et maîtrisée, que l'ivresse n'en fausserait jamais la note. S'il la sentait capable de s'emporter, il savait d'avance que ce serait sans agressivité, seulement par agacement, comme si elle avait acquis une lucidité qui lui rendait insupportable l'aveuglement des autres.

«Vous n'aimez pas le quadrille?» demanda-t-il, pour dire quelque chose.

Elle daigna enfin poser les yeux sur lui.

«Et vous?

— Pas beaucoup.

— Eh bien, alors, buvons et reprenons depuis le début. Pas terrible, comme dialogue, hein? Le quadrille! On dirait des danseurs de morris [1] qui se trémoussent avec leurs clochettes à la gomme.

— Vous êtes anglaise?

— Mon Dieu! Vous ne vous améliorez pas, dit-elle en riant. Eh oui, je suis anglaise. Et après? Oui, je viens ici souvent. Trop souvent, d'ailleurs. Non, nous ne nous étions encore jamais rencontrés. Oui, j'aime le cinéma mais je ne suis pas sûre d'avoir envie d'y aller un de ces

---

1. Folklore anglais. (N.d.T.)

soirs. Et… quoi d'autre ? Que dit-on encore pour rompre la glace ? Je ne voudrais pas manquer une réplique.

— Vous pensez que j'essaie de rompre la glace ?

— Ce n'est pas ce que vous faites ?

— Non.

— Bon, mettons que je me sois trompée, dit-elle en buvant une gorgée. Excusez-moi. Ça ne vous plairait pas ?

— Si».

Elle sourit. «Merci, mais il vaut mieux pas. Je suis mariée et heureuse en ménage.

— Oh, quel dommage ! J'avais tellement envie de vous connaître.

— Evitez ça aussi. Je suis folle, mal élevée et dangereuse. Vous êtes nouveau. Qui êtes-vous, au fait ?

— Michael Connolly, répondit-il en lui tendant la main. Et je ne suis pas dangereux.

— Oh, c'est vous qui le dites. Tous les hommes sont dangereux quand on les connaît.»

Elle contempla son verre, comme si ses paroles lui avaient échappé et méritaient une minute de réflexion.

«Pas ici, dit-il en montrant la piste de danse. Tout le monde a l'air de bien s'entendre.»

Elle éclata de rire et suivit son regard. «Oui, n'est-ce pas touchant ? L'archétype de la société américaine. Nous mériterions une photo dans votre maudit *Saturday Evening Post*. Nous avons tout ce que vous pouvez désirer. Des scouts, des guides, un club d'échecs, de base-ball, une petite compagnie de théâtre amateur – petite à tout point de vue –, des dames patronnesses et…» Elle se reprit. «Excusez-moi, je radote encore, n'est-ce pas ? Je devrais me contrôler. Mais quoi, nous sommes de vraies petites abeilles dans une ruche, ici. Nous avons tout ce qu'il nous faut pour passer le temps… je parle pour nous, les dames, bien sûr.

— Et comment passez-vous le temps ?

— Vous voulez dire quand je ne fais pas de broderie ou de confitures et quand je ne pose pas de questions ? Pas grand-chose. Oh, ils encouragent les épouses à avoir une activité. De peur qu'on se promène toutes nues, sans doute. Il y en a beaucoup qui travaillent dans l'administration ou qui enseignent, mais moi je n'y suis pas autorisée… Pas d'étrangères, vous comprenez. A l'école, on ne veut que des Américaines.

— Il doit pourtant y avoir de nombreux enfants originaires…

— De l'étranger ? Eh oui. Marrant, hein ? Ça doit être à cause de nos *valeurs*. Nous risquerions de corrompre la jeunesse. Et les jours passent comme ça. En vérité, je m'en fiche. Je n'ai pas envie d'enseigner dans leur sale école. Ce que je voudrais bien, en revanche, c'est un autre verre, dit-elle en se resservant un punch. Oh, n'ayez pas peur, je ne suis pas une poivrote. Je tiendrais mieux l'alcool, si je l'étais. Et ne me regardez pas comme ça, je sais que je suis pompette. Et je n'en suis pas fière, si ça peut vous rassurer.

— Ça m'est égal. Je crains seulement pour votre tête demain matin.

— Pour ma tête maintenant, vous devriez dire. Mon Dieu, je déteste me saouler. Mais je savais que ça arriverait. Ces fêtes de quartier ne me réussissent jamais.

— Vous vous en sortez très bien.

— Oh, nous nous en sortons tous très bien. Compte tenu de ce que nous faisons ici. Et vous, à propos, qu'est-ce que vous faites ? Je ne suis peut-être pas censée poser la question ? Mon mari travaille avec Bethe… mais, même ça, je ne devrais pas le dire, n'est-ce pas ? De toute façon, je n'en sais pas plus. Vous imaginez comme nos conversations de table doivent être passionnantes.

— Je suis de la Sécurité. »

Elle écarquilla les yeux, un peu secouée. « Aïe. » Elle reposa son verre. « Vous auriez dû me prévenir. Qu'allez-vous penser de moi ?

— Ne vous inquiétez pas. Je ne suis pas en service.

— Que vous prétendez ! L'ennemi ne dort jamais. A ce qu'ils disent… »

Sa voix avait perdu de son mordant.

« Ce sont des histoires que nous racontons pour vous mettre en garde, dit-il. Je ne vous trahirai pas. Je ne connais pas Bethe et j'ai horreur du théâtre amateur, moi aussi. D'ailleurs, je ne connais même pas votre nom. Vous persistez à ne pas me le dire.

— Seigneur, voilà qu'il devient aimable. Evitez ça, je vous en prie. Je n'ai vraiment aucune envie d'être aimable, particulièrement ce soir. Emma Pawlowski. » Elle remarqua sa surprise. « Nee Lawson, comme ils disent dans le *Tatler*.

— Pourquoi particulièrement ce soir ?

— Je ne sais pas. Un mauvais jour. Restons-en là. Oh, et puis zut avec ça, dit-elle en repoussant son verre.

— Vous détestez donc tellement cet endroit ?

— Au contraire, je l'adore. L'endroit, je veux dire. Ce que je ne supporte pas, c'est cette ambiance de bal populaire.

— Alors, pourquoi venez-vous ?

— Daniel ne veut pas manquer ça. Je me demande bien pourquoi. Il doit penser que c'est un rite d'intégration. Comme le culte des Pères Fondateurs. »

Il sourit. « Vous semblez allez mieux.

— Je vais on ne peut plus mal, pour tout vous dire. » Et, de fait, elle était pâle et luisante de sueur. « Passez-moi une cigarette, voulez-vous ?

Et je vais gentiment rentrer à la maison avant de devenir trop indiscrète. Gardons ça pour la prochaine fois.

— J'espère bien», dit-il en lui offrant du feu.

Elle toussota en exhalant la fumée. «Je ne pensais à rien en particulier.

— Je sais.

— Je veux dire, c'était sympa mais, en ce qui me concerne, si nous ne nous…»

Elle s'arrêta net. Elle avait l'air mal en point.

«Vous allez bien?

— O Seigneur.» Elle écrasa sa cigarette et chercha des yeux la sortie. «Je déteste boire et courir. Présentez mes excuses aux autres convives.»

Elle s'éloigna de la table en chancelant.

«Vous allez bien?» répéta-t-il en la suivant.

Mais elle se rua vers la porte. Quand il la rattrapa dehors, elle était pliée en deux contre un mur. Elle vomissait.

«Ne me regardez pas, par pitié!» lança-t-elle, en s'étouffant.

Il détourna le regard et contempla le merveilleux ciel nocturne, ne sachant que faire – il était aussi inconvenant de rester qu'impoli de s'en aller. Il sortit un mouchoir en l'entendant hoqueter. Enfin, quand elle fut apaisée, il se tourna vers elle et lui tendit le mouchoir. Elle le prit sans lever les yeux.

«Mon Dieu, comme c'est gênant, dit-elle en reprenant son souffle. Je n'avais jamais vomi. Vous n'étiez pas obligé de *rester*.

— Navré, dit-il en s'écartant. Vous êtes sûre d'aller bien, maintenant?

— Bien sûr que non. Oh, fit-elle en se tenant l'estomac.

— C'est l'altitude.

— L'altitude, mon œil… C'est le punch, oui.» Elle redressa la tête et inspira profondément. «Eh bien, voilà qui est plutôt intime, non? reprit-elle pour se moquer d'elle-même. A moins que vous ne m'ayez suivie pour raisons de sécurité.

— Voulez-vous que j'aille prévenir votre mari?

— Non, laissez-le danser. Bagatelle. Je suis parfaitement capable de…» Elle fit quelques pas incertains, puis s'arrêta, titubante. «Seigneur. Ecoutez, puisque vous êtes là, est-ce que vous avez le bras qui va avec le mouchoir? Je vais par là.»

Il lui donna le bras, elle s'appuya sur lui et ils cheminèrent lentement sur la route poussiéreuse. Son corps était chaud et elle frissonnait – le froid, peut-être, ou le contre-coup de sa nausée. Elle se taisait, comme si la marche lui demandait un gros effort de concentration, et le silence lui donnait encore plus de présence. Tout était si confus ici, songeait Connolly. A la voir ainsi se presser contre lui, agrippée à son bras, ils semblaient former un couple rentrant du bal, avides de s'enlacer, grisés par l'alcool et la promesse des ébats. Mais ils n'étaient pas un couple. Elle était la femme d'un autre et, le lendemain matin, avec sa migraine, elle ne se souviendrait même plus de lui.

«C'est ici. Mon palais Sundt. Merci. Je suis désolée.

— Il n'y a pas de quoi.

— Au contraire, dit-elle avec un sourire en coin, je crois que je vais avoir de plus en plus de raisons d'être désolée. Enfin, bon. Vous vous êtes conduit en gentleman. Maintenant, si vous êtes vraiment un gentleman, vous oublierez tout ceci. Maman ne doit rien savoir.» Elle essayait de plaisanter, mais elle avait un peu perdu de sa vivacité d'esprit. «Oubliez que vous m'avez rencontrée.

— Non, ce serait dommage.»

Elle le regarda. «Merci. Mais faites-le quand même, voulez-vous?

— Vous avez votre clef?

— Quoi? dit-elle, intriguée, comme si elle ne savait déjà plus pourquoi elle était là. Oh… Non, ce n'est pas fermé. Nous ne fermons jamais à clef ici.» Elle indiqua, d'un geste approximatif dans la nuit, les clôtures et les gardes. «C'est l'endroit le plus sûr du monde.»

3

Oppenheimer était aussi alerte qu'il l'avait promis et le café aussi bon. Son bureau n'était pas beaucoup plus grand que celui de Groves, mais il était décoré de toutes sortes d'objets personnels tels qu'on en emporte avec soi quand on compte rester longtemps quelque part. Connolly observa la pièce, embrassant du regard les cendriers, les poteries indiennes, les dossiers entassés partout. Il aurait voulu s'attarder sur les photos accrochées aux murs – des collègues de Berkekey ? des souvenirs de Gottingen ? – mais en présence d'Oppenheimer, c'était impossible. Assis à sa table, une cigarette à la main, il dégageait une telle vitalité que tout le reste, en comparaison, avait l'inconsistance d'une nature morte.

«Je suppose que vous avez l'intention de parler à la police, dit-il. Je vous saurai gré de me rapporter votre entretien. Mes informations se limitent à ce que le lieutenant Mills a bien voulu me dire. A partir de maintenant, je m'en remets à vous.» Il lui lança un regard malicieux. «Il n'est pas suspect lui-même, j'espère ?

— Vous n'avez pas parlé à la police ? demanda Connolly.

— N'oubliez pas que, officiellement, je n'existe pas. Aucun de nous. Il n'y a ici que des fantômes.»

Et, avec son visage émacié, entouré de volutes de fumée, il en avait presque l'air, effectivement.

«C'est vrai. Autant pour moi.

— Ce n'est pas grave. Il nous arrive de l'oublier nous-mêmes. C'est difficile de ne pas exister. Je suis certain que le bon général vous a déjà fait son petit laïus sur la sécurité et je ne vais pas vous importuner avec ça. Rien ne doit compromettre la sécurité de l'opération. De ce point de vue, vous aurez notre totale collaboration. Cela dit, évidemment, je tiens à préciser que cet incident ne doit en aucun cas interférer avec nos travaux.

— C'est exactement ce qu'a dit le général Groves.

— Vous m'étonnez. Je le soupçonne de vouloir profiter de cette histoire pour mettre le camp en coupe réglée. Le général ne pense qu'à regarder sous les matelas et par les trous de serrure. Il ne se sent rassuré que quand tout le monde ignore tout.

— Il a dit aussi que vous diriez ça.»

Oppenheimer esquissa un sourire et éteignit sa cigarette.

«Bah, c'est un sujet que nous avons souvent abordé ensemble. Nous sommes sur la corde raide. D'un côté, l'opération doit rester secrète – tout le monde est d'accord là-dessus – mais, d'un autre côté, son succès dépend de la libre circulation des idées. Au début, G. G. voulait tout cloisonner. Les unités de production devaient être éparpillées dans le pays et, même ici, les équipes devaient suivre des voies parallèles et séparées. C'est impossible, évidemment. Les chercheurs ne peuvent pas travailler avec des œillères. Ça ne mènerait à rien. Nous avons donc élaboré un compromis à la Salomon. Les directeurs de recherche se réunissent une fois par semaine et font le point pour que chacun garde une vue d'ensemble du tableau.

— Et qu'est-ce que le général a obtenu en échange?»

Il sourit à nouveau et alluma une autre cigarette. «Eh bien… nous acceptons de ne pas communiquer avec l'extérieur. Rappelez-vous que, dans le jugement de Salomon, le bébé n'a jamais été coupé en deux.

— Mais tout le monde a sauvé la face.»

Oppenheimer acquiesça. «C'est pourquoi nous faisons notre possible pour respecter les consignes de sécurité dans le sens où l'entend le général. Cependant…» Il prit le temps d'allumer sa cigarette. «Je ne veux pas que cette affaire lui serve de prétexte. Après tout, ce malheureux n'a pas été tué ici. Le général Groves n'admet peut-être pas qu'il puisse y avoir des homosexuels dans son armée – je me demande même s'il croit à leur existence dans le reste de la société, il est resté une oie blanche, à sa manière –, mais ce n'est pas une raison pour nier l'évidence et lancer une vaste enquête dans l'espoir de trouver une autre explication.

— Parce que c'est une évidence?

— C'est ce qu'on m'a dit, répondit-il, quelque peu surpris. C'est faux?

— Je ne sais pas. Peut-être.»

Il soupira et se pinça l'arête du nez. Connolly se rendit compte que, malgré les apparences, il était déjà fatigué.

«Evidemment, ce serait commode. Embarrassant pour vos services, peut-être. Pour tous les services, même… Mais enfin, bien commode. Ce n'est pas la fin du monde.

— Pour lui, si, commenta Connolly en repensant à la photographie dans sa chambre.

— Oui, certes. Vous me trouvez insensible. J'espère ne pas l'être.»
Il continua à se frotter l'arête du nez, en fermant les yeux pour se décontracter. «Nous avons tendance à oublier l'individu. C'est plus facile.»
Ses paroles dérivaient vers la rêverie. Pour Connolly, c'était fascinant; il avait l'impression de regarder le savant en pleine réflexion. «On s'endurcit, à la longue.» Il se redressa et montra du doigt l'une des piles qui jonchaient son bureau. «Comment faire le tri, comment décider de ce qui est important? Il y a de nouveau des algues dans l'eau, certaines femmes se plaignent. Est-ce important? Ça l'est pour elles. Conant nous envoie une délégation de Washington demain. Ils voudront un état des recherches, qui n'est pas prêt, puis une visite guidée, qui va nous retarder, mais c'est important et il faudra bien nous y plier. Le Dr. Teller veut me voir. Ça aussi, c'est important même si ça ne l'est pas, parce que, si je n'y vais pas, il va bouder, cessera le travail et, là, ce sera très grave. Tout est important et parfois on l'oublie, parce qu'on est débordé. Mais une vie humaine… oui, vous avez raison, ça compte. J'aimerais pouvoir vous aider. Sincèrement, je vous assure. C'est le temps qui manque.

— J'en suis conscient, Dr. Oppenheimer. Je n'ai pas l'intention d'abuser de votre temps.

— Savez-vous où en sont les Allemands avec leur gadget?

— Non, répondit Connolly, qui ne voyait pas bien où il voulait en venir.

— Moi non plus. Aucune idée. Nous savons qu'ils ont Heisenberg et quelques-uns des plus brillants cerveaux du monde. Nous devons présupposer qu'ils y travaillent. Après tout, les mêmes informations sont accessibles à tous. L'étaient, du moins, avant la guerre… Aujourd'hui, tout est cloisonné. Nous ne savons pas. Mais supposez que nous manquions de temps.

— Actuellement, il semblerait que les Allemands commencent à manquer de tout.

— Il y a un an, on affirmait que Londres ne serait plus bombardé, et puis les V2 sont arrivés. Personne ne sait rien. On vous a renseigné sur notre gadget à Washington, je suis au courant, mais je me demande si vous en mesurez vraiment la puissance destructrice. Si les Allemands le mettent au point avant nous, ils peuvent contraindre l'Angleterre à la reddition.»

Connolly haussa les sourcils avec scepticisme.

«Vous ne me croyez pas? dit Oppenheimer. Vous avez tort. C'est un pari que nous ne pouvons pas nous permettre. Nous devons être les premiers. C'est pourquoi les drames individuels… passent parfois au second plan. D'un côté, chaque petit détail a son importance; de l'autre, rien ne compte en dehors de l'Opération. La balance penche tantôt dans un sens, tantôt dans l'autre. Mais, bien sûr, un meurtre… pèse son poids, n'est-ce pas? Alors, on négocie? Quel genre de marché avez-vous à me proposer?»

Connolly hésita. Cette façon abrupte d'en revenir au fait le prenait de court. Oppenheimer avait décidément l'esprit d'escalier.

«Je veux avoir accès à tous les dossiers concernant la sécurité, sans restriction. Je veux pouvoir parler à quiconque me semblera utile sans avoir à en référer d'abord. Ma situation de remplaçant facilitera les choses, il est tout à fait naturel que je pose des questions. Je veux davantage d'informations sur les détails scientifiques du projet : s'il y a un lien, j'ai besoin de savoir où le chercher. Et je veux la collaboration de tout le personnel – de tout le G2 si nécessaire.

— Accordé», fit Oppenheimer, qui ajouta, songeur : «Mais je suis sûr que vous avez déjà obtenu tout ça du général Groves.

— J'aimerais l'obtenir de vous.

— Je vois. C'est d'accord. Quoi d'autre?

— Quels sont les ragots? Qu'a-t-on raconté aux gens, quelle est la version officielle et qu'en pensent-ils? Il ne peut pas y avoir un meurtre dans une petite communauté sans quelque explication.»

Il médita un instant. «Non, en effet. Mais, maintenant que vous m'y faites penser, on en parle très peu. Je ne sais pas pourquoi. Probablement parce qu'il ne faisait pas vraiment partie de la communauté – la communauté active, en tout cas. Ils savent qu'il a été agressé et détroussé. Ça crée un certain malaise, surtout dans une petite ville comme Santa Fé, mais la vie continue. Ce n'est pas comme si c'était arrivé à l'un des chercheurs... Ne vous scandalisez pas, je dis les choses comme elles sont. Si ç'avait été Kisty ou Enrico...

— Ils savent pourquoi?

— Vous voulez parler de son homosexualité? Non, il n'y avait aucune raison de le leur dire. Je suis certain que ça ne leur a jamais traversé l'esprit. A moi non plus, je vous assure. Ce genre de révélation aurait quelque chose de... d'irrespectueux. Le pauvre homme était déjà mort, inutile d'étaler sa vie privée. Ça n'aurait servi qu'à le ridiculiser.

— Lui ou l'armée?»

Oppenheimer fronça les sourcils. «Ça n'a rien à voir. Nous ne sommes peut-être pas des anges, mais j'espère que nous ne sommes pas des hypocrites. C'était ma décision et je n'ai jamais pris en considération les sentiments de l'armée. Je me fiche de savoir ce qu'était sa vie sexuelle, mais ce n'est pas le cas de tout le monde. Est-ce un péché? Qu'est-ce que le péché? Dans la mesure où Karl n'en a jamais parlé, il me semble que nous devons respecter son secret.

— S'il n'en a jamais parlé, c'est peut-être par crainte d'être révoqué.

— Pour moi, la question n'était pas là, rétorqua-t-il. Il était mort.

« — Mais il a pu avoir des associés, tout aussi vulnérables, tout aussi…»

Connolly suivit le regard d'Oppenheimer pour apercevoir la tête sans corps de la secrétaire, pointée dans l'entrebâillement de la porte.

«Vous avez une réunion dans cinq minutes, dit-elle.

— Exact.» Oppenheimer consulta sa montre et se leva. «C'est où, cette fois?

— Bâtiment B. Vous aurez besoin des notes des assemblées critiques.

— Accompagnez-moi, voulez-vous?» dit-il à Connolly.

Un ordre en forme d'excuse. Il ficha sa cigarette entre ses lèvres pour ramasser un épais dossier sur le bureau, et le voilà déjà dehors, obligeant Connolly à trottiner derrière lui.

«Je n'aime pas la tournure que prennent les événements, dit-il, comme ils traversaient la Zone Technique, en adressant de courtois signes de tête aux gens qu'ils croisaient. Je vous conseille de laisser ce pauvre homme reposer en paix. Et ses amis. S'il en avait, ce qui m'étonnerait. Vous oubliez que ça s'est passé à soixante kilomètres d'ici. Ce n'est pas comme s'il était allé se cacher derrière un buisson pour satisfaire une envie soudaine. Peut-être qu'il avait besoin de cet éloignement, mais peut-être aussi qu'il ne trouvait aucun partenaire ici. Je ne sais pas.

— Vous admettrez cependant que, s'il y a quelqu'un qui sait, ce serait utile de lui parler. Quelqu'un qui pourrait nous renseigner sur sa vie.

— Oui, bien sûr, concéda-t-il. Mais comment voulez-vous le dénicher? En épluchant les fiches de la bibliothèque pour savoir qui lit André Gide?»

Cette vision universitaire du monde fit sourire Connolly malgré lui. Dans le bâtiment B, ils s'arrêtèrent devant une porte ouverte. Par-dessus l'épaule d'Oppenheimer Connolly put voir les savants déjà assemblés. Des chaises de metteur en scène en toile formaient un cercle improvisé autour d'un tableau noir portatif, dont une moitié était couverte de diagrammes à la craie représentant un anneau d'arcs pointés autour d'un cœur, comme une fleur reployée. Un petit homme en costume croisé fripé alignait, sur l'autre moitié, des formules mathématiques hiéroglyphiques, des chiffres et des symboles aussi incompréhensibles qu'une langue morte pour Connolly. Personne ne se retourna. La plupart des hommes portaient des vestes et des cravates, mais on en voyait quelques-uns en bras de chemise, assis sans façon, une jambe par-dessus l'accoudoir, le menton posé sur un doigt, en pleine concentration. La bonne franquette tapageuse du bal de la veille faisait place à un calme intense, comme s'ils écoutaient plus qu'ils ne lisaient le parcours de la craie sur le tableau. Connolly, qui s'était attendu à voir des blouses blanches, des becs Bunsen, des éprouvettes, se crut de retour au collège. Ils faisaient la guerre dans une salle de classe. Mais que se disaient-ils réellement ? Cette pièce lui semblait aussi impénétrable que la vie de Karl.

«J'ai trouvé des préservatifs dans sa chambre. Il a dû avoir des rapports sexuels.»

Oppenheimer soupira. «Nous n'avions vraiment pas besoin de cette histoire. Enfin, faites ce que vous avez à faire. Mais, si je peux me permettre, je vous prierai de commencer par les lieux du crime avant de vous lancer trop hâtivement dans des interrogatoires sur la Colline. Le travail passe avant tout, dit-il en montrant la pièce studieuse derrière lui.

— C'est ce que je compte faire. A mon avis, son secret lui faisait tellement peur qu'il a voulu s'éloigner au maximum avant de s'en ouvrir à quelqu'un.

— C'est possible. Mais pas par peur. Karl n'avait jamais peur de rien.» Il tira pensivement sur sa cigarette. «Je pense que c'était plutôt la sournoiserie de la chose qui l'attirait. Il n'était pas du genre à se confier. Et, franchement, il avait des raisons de se méfier – ne fût-ce que par déformation professionnelle.

— Vous le trouviez sournois ?

— Je le connaissais à peine. Sournois est peut-être un mot excessif. C'était un survivant. Au sens littéral. Nous sommes souvent surpris de découvrir que les survivants ne sont pas très sympathiques. Ça nous gêne, vous comprenez. Nous préférerions penser que c'est la noblesse de l'âme qui nous pousse à nous sublimer, alors que souvent... Comment dire ? Je crois que cela n'a rien à voir avec une quelconque qualité morale. C'est une résistance instinctive. Comme chez les insectes. Mais qui sommes-nous pour juger ? Vous demandez-vous parfois de quoi vous seriez capable pour survivre ? Je ne sais pas ce que Karl a enduré, des souffrances terribles sans doute, mais ça ne le rendait pas plus sympathique. Je sais que la vie ne lui a pas fait de cadeaux mais, je vais peut-être vous paraître odieux, il m'a toujours fait l'effet d'un sale type.»

***

La descente de la mesa fut spectaculaire. La matinée était radieuse et le paysage s'étirait à l'infini sous un ciel bleu immaculé. Des vagues de terre rose et brune, piquetées de bouquets de pins, déferlaient jusqu'aux lointains monts Sangre de Cristo. Après l'effervescence confinée de la base, le pays semblait sans limites et Connolly se sentit revivifié par ces nouveaux horizons dès qu'il eut franchi les grilles. Il laissait derrière lui les clôtures et les guérites pour découvrir la liberté des grands espaces. Mills lui avait dit que c'était Oppenheimer qui avait choisi ce site, parce qu'il possédait un ranch de vacances dans la région, à une centaine de kilomètres. Encore un de ces paradoxes qu'il affectionnait, songea Connolly : choisir l'un des paysages les plus vastes du monde pour étudier les plus infimes particules de la matière.

Dans la longue vallée du Rio Grande en crue, aux eaux brunies par les boues printanières, Connolly apercevait les sillons de cotonniers et les prairies verdoyantes qui avaient attiré les anciens colons. C'était la première fois qu'il voyait l'Ouest et il était subjugué. L'immensité n'avait rien d'écrasant, au contraire, elle était enivrante. Le panorama purgeait son esprit des centaines de questions qui le tracassaient. Comment broyer du noir sous des cieux aussi clairs ?

La route, en revanche, ne s'était pas améliorée depuis la veille et, jusqu'aux abords de Santa Fé, les cahots lui firent craindre pour ses pneus neufs. Il contourna la cathédrale et se perdit dans un dédale de rues inconnues avant de trouver enfin le poste de police, une bâtisse en briques qui ressemblait à une prison de western. A l'intérieur, cependant, tout était moderne et fonctionnel.

« Vous pouvez m'appeler Doc, dit Holliday. Tout le monde finit par m'appeler comme ça tôt ou tard, alors inutile de faire durer le suspense. Maintenant, si vous avez l'intention de me faire la leçon, d'entrée de jeu, en me rabâchant que vous êtes tous des grossiums intouchables classés secret-défense, vous pouvez épargner votre salive, je connais tout ça par cœur. Je suppose que vous ne daignerez même pas me dire *qui* est notre inconnu.

— Il s'appelle… s'appelait Karl Bruner.

— Ma parole, je veux bien être pendu ! C'est la première fois qu'un agent de liaison me dit quelque chose. D'habitude, les liaisons sont à sens unique ici : vous ne dites rien et je dois m'estimer heureux. Un Allemand ?

— De naissance. Citoyen américain. Militaire. Et aussi flic. »

Holliday ouvrit des yeux ronds. « Sans blague ! Quel genre de flic ?

— Agent de sécurité. »

Holliday était interloqué. Incrédule. Il lui fallut un peu de temps pour se ressaisir.

« Est-ce que je continue, dit-il finalement, ou est-ce que vous m'éjectez comme un malpropre au nom du secret-défense ?

— Je suis nouveau. Ils vous malmènent tant que ça ?

— Ils ne me disent pas grand-chose.

— A moi non plus. Peut-être qu'il n'y a pas grand-chose à dire. En tout cas, voilà qui il était. Maintenant que vous le savez, vous allez devoir l'oublier. Officiellement, c'est toujours un inconnu. Si c'était un savant, je ne pourrais même pas vous dire son nom, mais puisque ce n'est pas le cas… A présent, vous savez presque tout ce que je sais. Mais, à mon tour, je voudrais savoir ce que *vous* savez.

— Vous n'essayeriez pas de me flatter, par hasard?

— Ça marcherait?»

Holliday ricana. «A tous les coups. Dites, sur votre lancée, vous pourriez peut-être m'expliquer ce que vos gars fabriquent, là-haut?

— Doc...

— C'est bon. J'ai juste tenté le coup. En fait, je m'en balance. Si on a envie de savoir, voyez, c'est uniquement parce que vous ne voulez rien dire. On entend des explosions à 5 heures du matin, qui se répercutent dans toute la vallée, mais on est censé faire comme si on n'avait rien remarqué. Les petits futés disent que c'est des fusées, un genre de V2 dernier cri. J'espère seulement que vous ne les pointez pas par ici, parce que vous aurez un peu de mal à justifier les dégâts.

— Pour le moment, tout ce qu'on a, c'est un cadavre.

— Ouais. Un agent de sécurité. En d'autres termes, l'armée me reprend l'affaire, c'est ça? Vous me conseillez, poliment mais fermement, de me retirer sur la pointe des pieds et d'aller me faire une tasse de café. Au fait, vous en voulez? dit-il en indiquant la plaque chauffante derrière lui. C'est du café de cow-boy, du jus de chaussette bouilli, mais puisqu'on est de si bons amis...

— Non, merci. Vous gardez l'affaire. Pour tout vous dire, personne ne pense qu'elle ait un rapport avec la Colline. Donc, le cadavre est à vous.

— Mais sans nom, sans grade et sans matricule.

— Voyons déjà ce que vous avez. Qui a trouvé le corps?

— Une Espagnole. Elle a failli en faire une crise cardiaque et, depuis, elle radote. Rien à en tirer, mais peut-être que mon espagnol n'est plus ce qu'il était. Le curé dit qu'elle a pratiquement installé ses pénates à l'église pour se remettre du choc. Rien à en tirer, je vous dis. Elle l'a trouvé le matin, mais il avait visiblement traîné là toute la nuit.

— Visiblement?

— La rigidité. Et il était trempé de pluie. Le légiste fixe l'heure de la mort dans la soirée, sans plus de précision. Il refuse d'en dire davantage. Je suppose qu'il a été tué après 11 heures. Avant ça, on peut penser que quelqu'un l'aurait vu, mais, après, c'est plutôt tranquille ici, même sur l'Alameda.

— Ça correspond à l'état du corps?

— D'après le légiste, oui. Vous avez vu son rapport, non?

— Pas très détaillé.

— Bah, disons que Ritter est un type prudent. Il ne s'avance pas trop.

— Disons qu'il est incompétent. Votre estimation?

— Minuit, 1 heure.

— Pas de témoin, pas de signes de lutte, rien qui puisse nous apprendre quelque chose?

« — Tout juste. La pluie a lessivé les lieux. Quelques branches cassées sur les broussailles, mais il a pu les entraîner en tombant. A première vue, pourtant, je dirais qu'on l'a amené là.

— Pourquoi ?

— Il n'y avait pas assez de place pour deux à l'endroit où on l'a trouvé. Si on suppose qu'il était accompagné. J'en déduis donc qu'il a été transporté sur place. On a d'ailleurs trouvé des empreintes de pied. Partielles.

— Intéressant.

— Non. Pas de marque particulière, juste une botte de travail standard. Tous les Mexicains du coin en portent.

— Seulement les Mexicains ?

— Non, ce n'est pas ce que j'ai voulu dire. N'importe qui. N'importe quel travailleur.»

Connolly sourcilla. «Hum. Ça vous semble normal ?

— Ils ont des queues aussi.»

Connolly leva les yeux, surpris par la crudité de la repartie. «Bien, justement, parlons-en. Son pantalon... Il y a des traces de pénétration anale ?

— Non.

— Du sperme ?

— Non.

— Et ce parc ? C'est un lieu de rencontres ?

— Je ne sais pas.

— Vous devriez. Vous êtes le chef de la police.

— Ma foi, c'est une ville sans histoires, ici. Je ne dis pas que nous sommes des culs-bénits... nous savons ce que c'est. Allez à Taos, où se rassemblent tous les artistes, ou à Albuquerque, je suis sûr que vous trouverez ce que vous cherchez. On a bien quelques antiquaires et quelques artisans d'art qui ont l'air plus à voile qu'à vapeur, mais ils ne font de mal à personne. On n'a jamais eu d'ennuis de ce côté-là. Franchement, je ne saurais pas où chercher.

— Vous voulez dire que vous n'avez pas ratissé les bars et les endroits louches ?

— Je vous propose un marché : vous me dites où sont les bars et les endroits louches, et je vous promets de les ratisser.

— J'ai un autre marché à vous proposer. Vous envoyez vos hommes cuisiner leurs indics pour qu'*ils* vous disent où vont les gens la nuit. Ensuite, vous vous rendez sur place et vous essayez de voir ce que vous pouvez en tirer. Faites ça et je vous promets d'oublier que vous avez négligé votre travail élémentaire de policier. Vous clamez que ce type était homosexuel et vous vous tournez les pouces en disant qu'il n'y en a pas ici. Alors, qui l'a tué, d'après vous ?»

Holliday prit la mouche. «A vous de me le dire. Je vous répète que nous n'avons aucun problème dans ce parc. C'est ma réponse. A prendre ou à laisser.

— Eh bien, je laisse. Pour l'instant. Mais vérifiez les bars, vous voulez?

— D'accord. Maintenant, si nous descendions tous les deux de nos grands chevaux pour nous intéresser à ce que nous avons.

— Comme quoi, par exemple?

— Comme par exemple une autre affaire, à Albuquerque, il y a trois semaines.

— Même genre?

— A peu près. Un parking derrière un des bars dont vous parlez. Un autre gars retrouvé avec le froc baissé. Poignardé, cette fois. On l'a ramassé derrière sa voiture.

— Qui était-ce?

— Un commerçant local. Il possédait plusieurs blanchisseries, une bonne affaire en temps de guerre. Apparemment, il a rencontré quelqu'un au bar et ils sont sortis ensemble pour discuter. Une question d'argent, probablement, parce qu'il ne lui restait rien dans son portefeuille quand on l'a retrouvé.

— Et tout ça au dire de…?

— Du barman. C'est lui qui l'a découvert.

— Un suspect?

— Non. Les gars pensent que c'est un Mexicain, à cause du couteau, mais ils soupçonnent toujours les Mexicains, alors ça ne veut rien dire.

— Le barman leur a donné un signalement?

— Ouais, je vous passerai le dossier. Plutôt vague, dans l'ensemble. Taille moyenne, corpulence moyenne, tout moyen. Faut dire que sa mémoire laisse à désirer. Il ne se souvient pas des autres clients. Je crois qu'ils n'ont pas beaucoup d'habitués. En tout cas, maintenant, ils n'en ont plus du tout. Plus personne ne s'aventure dans les parages.

— Il aurait pu être obligé de fermer.

— La police en a eu l'idée aussi.

— Et la victime? Des traces de rapports sexuels?

— En pagaille. Au moins, il en a eu pour son argent.»

Connolly fronça les sourcils et se leva pour se verser du café. Il parlait en marchant de long en large, comme s'il réfléchissait à voix haute.

«Bon, voyons un peu. Reconstituons.

— Merde.

— Essayons toujours. Un type entre dans un bar, rencontre un autre type et ils vont ensemble sur le parking pour faire ami-ami. Soit parce qu'ils se plaisent, soit parce que l'un des deux paie. Bon, qu'est-ce qu'ils font?

— Connolly, je vous en prie.

— Non, non, suivez-moi une minute. Que s'est-il passé? Que dit le rapport du labo?

— Le sperme, vous voulez dire? Partout. Dans sa bouche, sur sa figure.

— Mais rien derrière?

— Non.

— Donc, ils ont fait intimement connaissance. Puis, l'un poignarde l'autre et lui fauche son fric. Nous pouvons en déduire que ce n'était pas une querelle d'amoureux, l'argent n'aurait pas disparu. Quel âge avait la victime, au fait?

— Quarante et un ans.

— Bien. Et l'autre, d'après le barman?»

Holliday ouvrit une chemise et consulta un feuillet. «Une vingtaine d'années. Pas un mineur, évidemment, le barman ne l'aurait jamais servi. Tu parles! Des foutaises, tout ça, on peut passer, dit-il en refermant la chemise avec dégoût.

— Sûrement. Mais il n'a pas dit "âge moyen", c'est déjà ça. Les vêtements?

— Jean. Chemise bleue. Je vous l'ai dit, n'importe qui.

— Même un ouvrier. Il y en a parmi la clientèle?

— Je ne sais pas. A vue de nez, ça m'a l'air d'un endroit plutôt démocratique. Je ne pense pas qu'ils demandent une carte professionnelle à l'entrée.

— Bien. Prenons ce type – vous supposez que c'est le même type, n'est-ce pas? — et intégrons-le dans notre tableau pour voir ce que ça donne. A votre avis, comment ça s'est passé?

— Vous voulez vraiment me le faire dire, hein? A mon avis, ils se sont rencontrés quelque part, peut-être dans un de ces bars que je ne connais pas mais qui pullulent dans la ville à vous en croire, ou peut-être simplement sur la plaza. Bref, ils se rencontrent, vont dans le parc et font ce qu'ils ont à faire dans les buissons. Puis, l'un frappe l'autre sur la tête, le traîne dans les buissons, prend son portefeuille et disparaît.

— Eh bien, qu'est-ce qui cloche là-dedans?

— Je ne sais pas. Quoi?

— Je ne sais pas non plus, mais il y a quelque chose. Imaginons notre gars d'Albuquerque. Il est jeune, toujours en jean et en bottes, et il se laisse tailler des pipes par des hommes. Probablement pour l'argent. A Albuquerque, quelque chose tourne mal. Peut-être que l'autre ne paie pas, peut-être que notre gars se dégonfle, peut-être que… Ensuite, il aborde Bruner, ou Bruner l'aborde et ils s'entendent sur un prix. Mais pourquoi Bruner paierait-il? Il est jeune aussi. Bel homme.

— Ça n'a rien à voir. Pourquoi les hommes vont-ils voir les putes?

— Admettons. Il trouve ça pratique. Ou l'idée le séduit. Ils vont dans le parc. Ils font l'amour mais, avant de terminer, notre type tue Bruner, prend son fric, ses clefs, tout, vole sa voiture… est-ce le même type ? Pourquoi ne pas finir ? Pourquoi s'arrêter au milieu d'une pipe ?»

Holliday le suivait autour de la pièce, captivé, comme s'il assistait à une plaidoirie. «Personnellement, je n'apprécierais pas, c'est sûr. De la part d'une femme, je précise. Sauf si je voulais…

— Passer à autre chose. Exact. Mais ils ne l'ont pas fait.

— A Albuquerque non plus, rappelez-vous.

— Oui, mais notre gars avait déjà fini. Peut-être que l'autre espérait encore. Alors pourquoi s'arrêter, cette fois-ci ? Il y a quelque chose qui ne colle pas. Pourquoi tout prendre ? Il lui suffisait de se débarrasser du portefeuille quelque part… pourquoi s'en faire ?

— Peut-être qu'il n'est pas très futé.

— Et la voiture. Il cherchait vraiment à s'attirer des ennuis. Ce n'est pas facile de refourguer une voiture.

— Là, je ne suis pas d'accord avec vous. Tout le monde veut une voiture, de nos jours. Vous en avez vu une à vendre dernièrement ? Nous pouvons suivre la piste de la carte grise – elle n'en aura plus, évidemment –, vérifier les parcs de voitures d'occasion et le marché noir – car, oui, nous avons du marché noir – mais je parie qu'elle est déjà vendue. Il suffit de passer au Mexique et, hop, l'affaire est dans le sac et l'argent dans votre poche. Ils ne sont pas regardants là-bas. Du moment qu'elle a des roues, vous pouvez vous ramasser un joli petit paquet de pesos.

— Mais il ne l'a pas fait, la fois précédente, et il était dans un *parking*.»

Holliday ne répondit pas tout de suite. «Ouais, vous avez peut-être raison, dit-il finalement. Mais vous savez ce que ça signifie ?»

Connolly acquiesça. «C'est un autre qui a fait le coup.

— Et nous voilà beaux. Une victime dont on ne sait rien et un tueur dont on ignore tout. Pas de victime, pas de suspect. Seulement, l'affaire d'Albuquerque est tout ce qu'on a à se mettre sous la dent. Sans ça, on peut faire ceinture.»

Connolly s'appuya sur le dos de la chaise. «Mais ça ne cadre pas.

— Moi qui commençais à m'amuser et à me prendre pour un détective de grande ville. Je passe mon temps à coller des amendes pour stationnement interdit et, pour une fois que j'ai un vrai meurtre bien saignant, je me retrouve dans une impasse. Ça ne cadre pas, qu'il me dit ! Autant rendre mon tablier tout de suite. Il faut pourtant bien que ça cadre, d'une manière ou d'une autre. Ecoutez, on coupe les cheveux en quatre. Cela a très bien pu se passer comme on l'a dit au début.» Il interrogea Connolly du regard. «Non ?»

Connolly haussa les épaules. «Si, c'est toujours possible.

— Je dirais même qu'il n'y a aucune raison, aucune raison sérieuse, de penser que ça ne s'est pas passé comme ça. Bon, il a piqué la voiture. Et alors? Il avait besoin de rentrer chez lui. Nous ne savons pas où ils se sont rencontrés. Peut-être que votre homme l'a embarqué à Albuquerque et qu'il n'avait pas envie de se taper le retour en stop. En fait, il est même hautement probable que ça s'est passé comme on a dit.

— Je veux bien, mais je n'arrive pas à visualiser.

— Visual…? C'est ça, votre fameux travail élémentaire de policier dont vous parliez tout à l'heure? Celui que nous ne faisons pas?»

Connolly sourit. «C'est bon. N'empêche que ça ne tient pas debout. Pourquoi le pantalon?

— Qu'est-ce que vous voulez dire?

— Pourquoi aurait-il baissé son pantalon? Ça lui servait à quoi?

— Peut-être qu'ils faisaient ça à tour de rôle.

— Peut-être, mais ça ne ressemble pas à votre gars du parking.

— Alors, peut-être qu'il se besognait tout seul. C'est possible aussi.

— D'accord. Pourtant je n'y crois pas. Je ne peux pas m'imaginer Bruner en train de faire ça.

— Si ce n'est qu'une question d'imagination, c'est peut-être parce que vous… enfin, vous ne…

— Non, je ne pratique pas, si c'est ce que vous voulez savoir.

— Je ne veux pas le savoir», répliqua Holliday du tac au tac, avant d'ajouter en souriant : «Ça aurait pourtant tout simplifié. On est en plein brouillard, pour l'instant.

— Mouais. Vous avez autre chose?

— Si vous pouviez m'en dire plus sur sa voiture…

— Une Buick de 42. Probablement en excellent état. Il paraît qu'il la bichonnait. Il aimait les balades. Je vous communiquerai l'immatriculation et le numéro de série. Vous comptez lancer un avis de recherche de l'autre côté de la frontière, au cas où votre intuition serait fondée?

— A la *Policia*? Hum… autant pisser dans un violon, si vous voyez ce que je veux dire.

— D'accord. Restons chez nous. Mais il faudrait que la police d'Albuquerque se penche de plus près sur ce barman. Ils vous écoutent ou voulez-vous que je sorte la grosse artillerie? Je préférerais qu'ils ne sachent pas qu'on est mêlé à ça.

— Ils me doivent un ou deux petits services.

— Alors, profitons-en. Je parie qu'on peut faire parler le barman. Un honnête citoyen comme lui!

— Vous avez une idée de ce que votre homme pouvait avoir sur lui, à part son portefeuille?

— Non. Il devait garder toutes ses clefs dans le même trousseau. C'était son genre.

— C'est-à-dire?

— Propre et ordonné. Jusqu'à l'obsession, même.

— Je vois. Le genre à ne pas vouloir se salir les genoux dans l'herbe, c'est ça?

— Vous lisez dans mes pensées.

— C'est parce que je me pose les mêmes questions. Ça me turlupine aussi. Pourquoi lui avoir tout pris? Vous avez raison, ça ne cadre pas avec ce type de crime. Je pense que c'était plutôt pour empêcher son identification.

— Et ça a marché.

— Momentanément. Maintenant, nous savons tout, dit-il, la bouche en coin. Au fait, qui réclame le corps? Il avait de la famille?

— L'armée, je suppose.» Connolly se leva. «Tenez-moi au courant pour Albuquerque. Et les bars.

— Vous saurez tout. Nous n'avons rien à cacher, nous.

— Doc, jusqu'ici, nous n'avons rien à cacher non plus. Comment les journaux ont traité la chose?»

Holliday sortit un classeur de son bureau. «La sensation du jour. Vos gars ont essayé d'étouffer l'affaire, mais c'était trop tard. Un touriste assassiné, agresseur inconnu. La police est sur une piste. Un fait divers comme ça peut faire nos choux gras pendant des semaines ici, mais ils ont été muselés dès le lendemain. Si vous voulez être sympa, allez régler ça avec les journalistes pour qu'ils arrêtent de me faire la gueule.

— Je ne peux pas. Pas encore. Ils ont fait le lien avec l'affaire d'Albuquerque?

— Pas directement. Juste la montée de la criminalité, la société qui fout le camp, etc., le couplet habituel. Ils avaient épuisé le filon d'Albuquerque, faut les comprendre. Toute une semaine de gros titres. Ils avaient même publié des photos du bar. Pas étonnant que la clientèle se fasse rare. Mais, ici, les gens n'ont pas eu le temps de s'inquiéter. On a mis une voiture en patrouille le long de l'Alameda pour quelques nuits, et puis c'est tout. Les gens parient sur le crime d'un vagabond.

— Qui a quitté la ville depuis.

— Quelques malins prétendent l'avoir repéré vers le nord.

— Doc, je suis ravi de travailler avec vous», dit Connolly en lui serrant la main.

Il se dirigea vers la porte.

«A votre service. La boutique est toujours ouverte.

— Tiens, ça me fait penser…, dit Connolly en se retournant. Vous connaissez quelqu'un qui vend des bijoux indiens par ici?

— Vous voulez rire? *Tout le monde* vend des bijoux indiens par ici. Quel genre?»

Connolly sortit un mouchoir de sa poche et le déplia soigneusement pour présenter les turquoises. «Je n'ai pas l'intention d'en acheter, je voudrais seulement faire estimer ceux-ci. Vous vous y connaissez, en turquoises?

— C'est généralement de la camelote. Ne le répétez pas, vous me feriez mal voir en ville, mais j'ai toujours considéré ça comme de la pacotille. Qu'est-ce-vous voulez savoir?

— Leur valeur.

— Allez montrer ça à Sonny Chambers, dans San Francisco Street. La plupart des nouveaux magasins se sont installés à Canyon Road, mais Sonny ne veut pas bouger. En tout cas, c'est votre homme. Chalmers de Santa Fé. Au coin à gauche et deux rues plus loin. Vous les avez trouvés où, ces trucs? Ils appartiennent à quelqu'un qu'on connaît?

— Doc…»

Holliday le congédia d'un geste.

***

Sonny Chalmers avait été gamin au siècle dernier, et il l'était un peu resté. La belle jeunesse qu'il affichait aujourd'hui encore lui venait sans doute d'avoir su éviter les fatigues excessives, car, si San Francisco Street était une rue tranquille – quelques rares passants dans la lumière du matin –, un calme absolu régnait dans le magasin. Chalmers ne leva même pas les yeux quand la sonnette de l'entrée rompit le silence. Debout derrière l'un des présentoirs en verre, il feuilletait le journal. Une moitié de la boutique était dévolue à la joaillerie traditionnelle – alliances et colliers porte-bonheur –, l'autre aux turquoises locales – boucles de ceinturon sophistiquées et médaillons de cravates-lacets pour touristes.

«Je peux vous aider? dit-il, toujours sans un regard.

— J'espère. J'aimerais que vous jetiez un œil à ces pièces», répondit Connolly en déballant les bijoux de son mouchoir.

Chalmers posa son journal. «Vous voulez les vendre?

— Non. Seulement les faire estimer.»

Les lunettes de Chalmers tenaient à une chaîne qui pendait à son cou. Il les chaussa et examina les turquoises. «Ah, oui. Très joli. Navajo. Voyez comme la monture est fine… Il n'y a que les Navajos pour travailler l'argent comme ça. Les pierres sont belles, mais c'est l'argent qui fait toute la valeur. Ils utilisent des moules en grès. Ça se voit tout de suite.

— Vous avez une idée de leur valeur?

— Oh, très précise. C'est moi qui les ai vendues.»

Connolly n'en espérait pas tant. «Ces bijoux-là? Vous-même?

— Mais oui. On n'oublie pas des pièces pareilles. Puis-je vous demander comment ils sont entrés en votre possession? Je serais curieux de savoir combien vous les avez payés.

— Ils ne sont pas à moi. Le chef Holliday m'a conseillé de m'adresser à vous pour une estimation.

— Vous êtes de la police?

— Pas exactement. Je les aide.

— Ça m'a l'air bien mystérieux. Puis-je vous demander de quelle manière? reprit-il en le lorgnant par-dessus ses lunettes.

— Je m'intéresse à l'homme qui les a achetés. Vous vous souvenez de lui?

— Je ne connais pas son nom, si c'est ce que vous voulez savoir.»

Connolly sortit la photo de Bruner. «C'est lui?»

Chalmers acquiesça. «Oui. Qu'est-ce qu'il a fait?

— Il est mort.

— Oh.»

Il se tut, attendant que Chalmers en dise davantage. «Vous vous rappelez combien il les a payés?

— Deux cents dollars. Chaque fois.

— Ils valent deux cents dollars? dit Connolly, surpris.

— Eh bien, c'est le prix qu'il a payé. Au départ, ils étaient plus chers, mais c'était un homme qui aimait marchander. Oui, ça lui plaisait. Il adorait ça.

— Mais ils valent plus?

— Je n'ai pas dit ça. J'ai dit que c'était le prix qu'il avait payé. Le même à chaque fois. Il choisissait une pièce – toujours parmi les plus belles – et il disait : "Je vous en donne deux cents."

— Et vous acceptiez?

— Ben, c'est dur de refuser deux cents dollars. Avec la guerre, vous comprenez, le tourisme…» Il indiqua le magasin endormi alentour. «Faut bien vivre, quoi.

— Mais vous n'avez pas vendu à perte?

— Ah non, jamais. Ce n'est pas le genre de la maison. Mais ce sont de belles pièces. Il a fait une affaire.

— Il s'y connaissait, en joaillerie?

— Pas du tout. Il se fiait au prix sur l'étiquette. Je crois que les bijoux en eux-mêmes ne l'intéressaient pas. Evidemment, comme les plus chers sont les plus beaux, il ne se trompait pas. Je ne l'ai pas roulé. Il est revenu, vous savez.

— Voyons, s'ils ne l'intéressaient pas, pourquoi les achetait-il?»

Chalmers le regarda bizarrement. «Pour une femme. J'ai supposé que c'étaient des cadeaux.

— Ce sont des bijoux de femme ?

— Oh, oui. Vous voyez la finesse de la monture ? Ce n'est pas du tout pour un homme, ça. La concha… je ne dis pas, mais les deux autres, aucun doute, c'est pour une femme. Mais, si je comprends bien, il les a gardés ?

— En effet. Est-ce que ça peut être un placement ?

— Ceux-ci, oui. Autrement, non. La turquoise n'est pas une pierre très précieuse, il y en a en pagaille ici. Et le tourisme a cassé les prix. Les Indiens ne vendent plus que du second choix, aujourd'hui, et ils auraient tort de se gêner, personne ne fait la différence. Mais une pièce de cette qualité… Regardez-moi un peu ce travail. De la belle ouvrage comme ça, vous n'en reverrez pas de sitôt. Il y aura toujours un marché pour ça.

— Mais pourquoi pas des diamants ou des rubis ? se demanda Connolly à mi-voix.

— Ce n'était peut-être pas dans ses prix, hasarda Chalmers, qui essayait de montrer de la bonne volonté. On ne peut pas avoir des pierres de grande valeur pour deux cents dollars. La turquoise, c'est autre chose. Celles-ci, c'est du premier choix.

— Il les a achetées quand ?

— La première ? A l'automne dernier. Avant Noël, en tout cas, parce qu'il est revenu à Noël.

— Et la dernière ?

— Un peu après. Je peux vous le dire exactement si vous me donnez une minute.

— S'il vous plaît. »

Chalmers sortit un livre de comptes noir et en tourna les pages. « Ah, voilà. Je peux noter les dates pour vous, si c'est important, dit-il en prenant un bout de papier. Novembre. Eh, je n'étais pas loin. » Il nota. « C'est lui, le pauvre gars qui a été tué dans le parc ? » reprit-il sans lever les yeux.

Connolly ne répondit pas.

« Affreux. Si jeune. Et vous pensez que ça a quelque chose à voir avec les bijoux ?

— Franchement, non. Mais nous ne devons rien négliger. Ça représente beaucoup d'argent.

— Oui, ça m'a intrigué, d'ailleurs. Il était bourré de fric et ça ne semblait pas être son genre. Evidemment, avec la guerre…

— Il payait en liquide ?

— Oui, toujours en liquide.

— C'est habituel ?

— Habituel ? Une somme pareille ? A Santa Fé ? Vous plaisantez. Mais je dois dire que ça m'arrangeait bien de ne pas être obligé d'attendre la confirmation d'un chèque.

— Mais vous n'avez pas trouvé ça bizarre ?

— Bizarre ? Il n'y a jamais rien de bizarre avec l'argent liquide, mon ami. Comment il le gagnait, ça, c'était son affaire. Il n'avait pas l'air d'un truand. Peut-être qu'il jouait. Peut-être qu'il vendait des pneus au marché noir. Peut-être qu'il préférait le liquide, tout simplement – il y a des gens comme ça. Je ne demande pas de références bancaires aux clients quand ils me tendent un gros billet. Je ne pouvais pas prévoir qu'il se ferait tuer.

— Je n'ai pas dit que c'était lui.

— Non, vous ne l'avez pas dit. Mais je ne vois pas qui ça pourrait être d'autre. C'est peut-être l'explication, tout cet argent qu'il avait sur lui. A Santa Fé ! Vous vous rendez compte ? Se faire dévaliser en plein jour…

— Nous pensons que ça s'est passé de nuit. Nous ne savons pas si c'était un vol. Il avait peut-être un rendez-vous. Avec un ami. »

Connolly regarda le bijoutier dans le blanc des yeux. On aurait pu entendre une mouche voler.

Chalmers soutint son regard, puis répondit en détachant bien ses mots, comme il s'agissait d'un code qu'il voulait faire déchiffrer à Connolly : « Peut-être. Mais je n'ai jamais entendu parler de ce genre de rendez-vous. Pas là. A Santa Fé, les amis se retrouvent dans leurs maisons. En privé. Ce serait très dommage que cette bonne habitude se perde. Les gens s'entendent parce qu'ils ne se mélangent pas. Personne n'a envie de remettre en cause cette harmonie. Pas ici. »

4

Il ne la reconnut pas tout de suite. Elle marchait vers lui sur la plaza. Elle portait le même corsage et la même culotte de cheval que la veille, mais elle n'avait plus de chignon, sa chevelure flottait mollement derrière elle et son visage était partiellement dissimulé par des lunettes de soleil. Elle tenait quelques livres sous un bras et balançait l'autre au rythme de ses longues enjambées. Elle s'arrêta net en l'apercevant sur le trottoir.

«Mon Dieu, c'est vous, dit-elle. Vous ne m'avez pas laissé le temps de préparer ma défense. J'espérais que vous m'auriez oubliée au bout de quelques jours.» Il la regarda en silence et elle retira ses lunettes, comme pour lui permettre d'achever l'identification. «Ne me dites que vous *m'avez* oubliée. Je ne sais pas ce qui m'ennuierait le plus. Emma.»

Il sourit. «Oui, je sais. Comment vous sentez-vous?

— Pas trop mal, en fin de compte. Ecoutez, je suis désolée. Je ne sais pas ce qui m'a pris. Vous devez penser... ma foi, je ne sais pas ce que vous devez penser. Vomir sur vos chaussures en guise de présentation...

— Non, vous avez gardé vos distances. Ne vous inquiétez pas pour ça.

— Tout de même. Comment s'excuse-t-on, quand on sait vivre? Dois-je vous envoyer des fleurs? Je ne connais pas le protocole.

— Vous pourriez déjeuner avec moi.

— Il est un peu tôt. A moins que ce ne soit une formule de politesse?

— Non, une invitation. Je déteste manger seul.»

Elle le considéra un instant. «D'accord. Je peux affronter une omelette. Vous êtes déjà allé au La Fonda? Non, c'est vrai, vous venez juste d'arriver. Ça vaut le coup d'œil, alors. Venez, dit-elle en tournant à gauche, c'est juste dans cette rue. On dit que c'est le meilleur hôtel de la ville. Ce qui n'est pas très difficile. On dit aussi que le barman est un espion – un de vos petits copains. FBI ou je ne sais quel nom vous vous donnez par les temps qui courent.

— C'est un bon barman, au moins?

— Je suppose. En fait, c'est probablement un brave type et rien de plus. Il ne doit même pas se douter que les gens chuchotent dans son dos et l'épient du coin de l'œil. Ça vaudrait presque le coup de rester ici après la guerre pour voir s'il retourne effectivement à Washington ou s'il continue à essuyer le comptoir.»

Il y avait des *huevos rancheros* à une table, inondée de soleil, près de la fenêtre.

«Où irez-vous après la guerre? demanda Connolly.

— Autrement dit, où est mon port d'attache? Londres, je pense. En réalité, ça dépend de Daniel, mon mari. Peut-être aura-t-il des raisons de rester ici. Je ne sais pas. Il pourrait retourner au Cavendish, mais Dieu m'en préserve.

— Pourquoi? C'est le meilleur laboratoire d'Angleterre.

— Oui, et pensez à tous ces merveilleux dimanches à Maddlington Road. De vieux universitaires gâteux, des plantes vertes et un malheureux verre de sherry éventé… Vous devez avoir l'impression que je suis obsédée par la boisson, dites?

— J'ai surtout l'impression que vous en auriez grand besoin là-bas.

— Exact. Ailleurs, alors. Mais où?

— Votre mari n'est pas anglais, il me semble.

— Si, il l'est devenu. Par son mariage. C'est à cause de son nom? Il était polonais. Juif polonais. C'est-à-dire doublement inexistant aujourd'hui. Alors, autant qu'il soit anglais, non?

— Où l'avez-vous connu?

— A Berlin. Il était au KWI.» Elle répondit à sa question non formulée : «Excusez-moi, j'oubliais que vous n'étiez pas un "ingénieur". Kaiser Wilhelm Institute. Il travaillait avec Lise Meitner.»

Connolly haussa les sourcils en signe d'admiration.

«Eh oui, c'est quelqu'un, reprit-elle. Ecoutez, est-ce que vous m'avez invitée à déjeuner pour parler de mon mari? Je ne cherche pas les compliments, mais vous pourriez penser à une centaine d'autres choses plus flatteuses.

— Comme quoi?

— Eh bien, vous pourriez dire que vous regrettez que je sois mariée, pour commencer.

— C'est important pour vous?

— Très.

— Eh bien, voilà au moins un point établi.

— Et avec tact, j'espère que vous l'avez remarqué.

— Ça ne m'a pas échappé.

— Alors, retenez-le bien.

— Dois-je interpréter cela comme une façon élégante de m'éconduire ?

— Etait-il besoin ? dit-elle en souriant. Vous savez, je suis un flirt sans espoir. Je n'y peux rien, j'ai été élevée comme ça. Nous l'avons toutes été, dans mon milieu. Voyez comme je suis, la lumière m'éblouit, j'ai encore la gueule de bois et, pourtant, je ne m'aviserai jamais de remettre mes lunettes de soleil. Ce serait impoli, vous comprenez. Mais vous allez devoir modérer vos ardeurs… ça n'ira pas plus loin.

— Message reçu. Ce n'est qu'une omelette, vous savez, dit-il en désignant son assiette.

— On n'en fait jamais sans casser d'œufs. Maintenant, parlez-moi de vous.

— C'est ce que j'appelle passer du coq à l'âne, si l'on peut dire, commenta-t-il en souriant.

— Répondez-moi quand même. Que faisiez-vous avant la guerre ?

— Journaliste. A New York.

— Du vrai journalisme ou les chiens écrasés ?

— Je crois pouvoir dire du vrai journalisme. Les problèmes de la ville. La rubrique criminelle. Rien de très spécial.

— Et après la guerre ? Vous comptez reprendre ?»

Ayant fini ses œufs, il alluma une cigarette. «Bien sûr, mais reprendre quoi ? Pendant toute la guerre, on passe son temps à vouloir revenir en arrière sans se rendre compte que tout aura changé. Ce sera autre chose. On ne sait pas quoi, seul l'avenir nous le dira.»

A son tour, elle alluma une cigarette, en le regardant d'un air songeur. «Ce n'est pas ce qu'ils pensent sur la Colline. Ils sont passionnés par ce qu'ils font, là-haut.

— Ça vous ennuie ?

— Non, je les envie. Ils ne passent pas leur temps à s'interroger sur le lendemain, eux. Vous avez raison. Ils n'imaginent pas à quel point la vie est assommante pour nous autres pendant qu'ils bûchent.» Puis son visage s'éclaircit. «Mais ils sont heureux. Daniel est heureux.

— Ainsi, vous êtes jalouse de l'Opération ?

— Faut-il être idiote, hein ! Non, je suis contente pour lui. C'était sa vocation. Ils font l'histoire. C'est ce que répète toujours Oppie. Que demander de plus ? Si seulement je savais quelle est ma vocation à moi…, dit-elle en écrasant sa cigarette d'un geste brusque.

— Et… en attendant la révélation, que faites-vous ?»

Elle l'observa, puis se mit à rire. «Il faudra que je me méfie de vous. Vous me démasquez, vous me forcez à me couvrir de ridicule et je n'y prends pas garde. Comment ça se fait ?

— Peut-être que je ne m'effraie pas facilement.

— Ah, c'est donc ça. Je leur fais peur. Je m'étais toujours demandé. Je pensais que c'était mon charme qui les faisait fuir. Mais pas vous.

— Non, je suis toujours là.

— Trop aimable. Après hier soir, je pensais ne plus jamais vous revoir.

— Cessez de vous excuser. Nous avons réglé ça.

— Admettons. Ensuite ?

— Je regrette que vous soyez mariée.

— Nous avons réglé ça aussi. Ecoutez, il vaut mieux que je m'en aille. Demandons l'addition.

— Maintenant c'est moi qui vous fais peur. Je suis désolé. C'était par gentillesse. Ne fuyez pas... regardez, je reste sagement de ce côté de la table.

— Il faut tout de même que j'y aille.

— Je pensais que vous me feriez visiter Santa Fé.

— Vous avez tout vu», dit-elle en riant. Puis elle hésita et sembla le regarder avec une arrière-pensée. «J'aurais tout de même une proposition à vous faire. Si vous voulez réellement voir quelque chose – dans la région, je veux dire – j'allais justement rendre visite à une amie dans son ranch. Derrière Tesuque. Vous pourriez m'accompagner. Ça vous plairait ?

— Oui.» Il marqua un temps. «Si je vous pose une question, me répondrez-vous sincèrement ?

— Non.

— Est-ce que ça *vous* plairait ?

— Sincèrement ? Eh bien, si ma mémoire est bonne, mon cher, vous avez toujours des tas de coupons d'avance, au G2, alors que je suis toujours à court. C'est votre voiture qui m'intéresse. Sincèrement.»

***

Ils prirent au nord, à travers les champs de coton, par la route de Tesuque, qui longeait de vieilles bicoques en briques, fraîches et ombragées ; mais, passés les derniers faubourgs, le paysage s'éclairait à nouveau. La campagne s'étendait jusqu'aux monts Jemez, sur leur gauche. Bien qu'il regardât droit devant, attentif à la route, il était obnubilé par sa féminine présence à côté de lui. Penchée en arrière, elle fumait, la fenêtre ouverte, en repliant soigneusement une jambe pour ne pas le toucher. Elle avait remis ses lunettes de soleil. Avait-elle les yeux ouverts ? Il paria qu'ils étaient fermés et hasarda quelques coups d'œil latéraux en espérant qu'elle ne s'en apercevrait pas. Il pouvait sentir son odeur.

«Je croyais que vous n'aviez pas le droit de sympathiser avec les gens du cru, dit-il.

— Oh, avec Hannah, c'est différent. L'Opération s'est servi de son ranch avant la construction des logements. Ils nous avaient casés un peu partout, au début. Avant de tendre leurs barbelés.

— Donc, vous étiez sa locataire?»

Elle rit. «Oui, si l'on veut. Je ne l'ai jamais considérée comme une propriétaire. Vous comprendrez quand vous la verrez.

— Une figure locale?

— Une figure, certes, mais pas locale. Elle vit à Los Angeles. Elle est décoratrice ou je ne sais quoi dans le cinéma. Ici, elle peint. Et avec beaucoup de talent, d'ailleurs. David et moi dormions dans son atelier – les autres étaient dans la maison principale –, si bien que j'ai passé mes premières semaines ici entourée de maïs.

— De maïs?

— Oui, vous avez bien entendu. Des épis géants sur des toiles démesurées. C'est ce qu'elle appelle sa période céréalière. Elle dit qu'elle a passé deux ans de sa vie à *vivre* dans le maïs. Je veux bien le croire. Nous, en tout cas, nous y avons vécu deux semaines, qui resteront probablement les meilleurs souvenirs de mon séjour ici. C'est à cette époque que je suis vraiment tombée amoureuse de la région. Quelle immensité! Elle nous prêtait ses chevaux et nous pouvions nous promener pendant des heures sans apercevoir âme qui vive. Ça me dépaysait vraiment de l'Angleterre.

— C'était ce que vous recherchiez?

— Oh, personne n'aime autant le dépaysement que les Anglais. A part quelques ours qui ne veulent jamais quitter leur tanière. J'étais impatiente de prendre le large. Et ici, dit-elle en ouvrant sa main sur le panorama, ici on respire.

— Mais votre famille est restée en Angleterre?

— Oui. J'étais tout aussi impatiente de m'éloigner d'eux… quoiqu'ils doivent le prendre assez mal et se demander ce que je deviens. Boîte postale 1663, Santa Fé. C'est tout ce qu'ils savent. Ça ne leur dit sûrement pas grand-chose. Nous devons nous abstenir de toute précision sur le lieu et la nature de nos activités.

— Et que croient-ils que vous faites?

— Ils n'en ont aucune idée. Ils savent que je monte à cheval et que Daniel est un chercheur, ça s'arrête là. Pour le reste, ils ont probablement renoncé à chercher la clef de l'énigme. Bien sûr, mère s'est toujours fait du tracas, elle court dans tous les sens dans leur immense maison pendant que mon père enseigne le maniement des armes aux civils des environs, et tout le monde est content de son petit sort. Seigneur, quel bonheur d'être ici!

— Des frères et des sœurs?

— Vous n'avez qu'à lire ma fiche. Oui, deux sœurs. Bien sous tous rapports. Le bal des débutantes, un beau mariage, des chiens… tout ce qu'il faut.

— Pas comme vous…

— Non. Moi, je ne suis pas une femme bien.

— Et vous en êtes fière.»

Elle lui lança un regard bref et acquiesça. «Et j'en suis fière.

— Qu'avez-vous d'autre à m'apprendre?

— Gardons-en un peu pour un autre jour. Vous pourrez me dépiauter comme un oignon.»

Il lui sourit.

«Ce n'est qu'une façon de parler, mon cher, dit-elle. Rien de plus.»

Quelques kilomètres plus loin, ils tournèrent à droite, sur une route boueuse, parallèle aux contreforts des monts Sangre de Cristo.

«Il est grand, ce ranch?

— Pas très. Hannah a des chevaux, mais le ranch n'est plus en activité. Il faut des milliers d'hectares pour ça. Au début, ce n'était qu'une bicoque. Elle a ajouté l'atelier et les écuries au fur et à mesure de ses rentrées d'argent. Elle a vadrouillé pendant une dizaine d'années.

— Comment a-t-elle fini à Hollywood?

— En fait, elle a fini *ici*. Elle a commencé à Hollywood. Elle a quitté l'Allemagne en 34, avec tout un groupe de la UFA qui s'est expatrié en Californie. Je ne sais pas comment elle a atterri ici. Demandez-le lui.

— Il n'y a que des étrangers, dans cette région?

— Attention à ce que vous allez dire.

— Je ne pensais pas à vous.

— Je sais. Mais c'est vrai qu'on peut se poser la question. Comme s'ils avaient voulu nous parquer tous ici. C'est bizarre qu'ils aient choisi justement une région qui n'a pas l'air américaine, vous ne trouvez pas? Je veux dire… tous ces expatriés vont finir par croire que l'Amérique est comme…

— L'Espagne.

— Non, pas l'Espagne. J'y suis allée. Ça n'a rien à voir. C'est affreux. Bien sûr, il y avait une guerre, ce qui n'arrangeait rien.

— Que faisiez-vous là-bas? Vous conduisiez une ambulance?

— Je regardais surtout voler les mouches en rongeant mon frein. Tous ces petits hommes qui se pavanaient en se prenant pour Cortez. Vous imaginez comme ça devait me plaire. Pas du tout comme ici.

— Pourquoi l'Espagne?

— Oh, je ne sais pas. C'était dans l'air du temps… une façon de s'émanciper pour les jeunes Anglaises. Celles qui tournaient mal, en tout cas. Nous avons été nombreuses à partir… vous savez, pour défendre une noble cause contre le fascisme. Et prendre un amant espagnol dans la foulée.»

Il la regarda, intéressé. «Mais pas vous.

«Je n'ai pas dit ça. J'ai seulement dit qu'ils n'étaient pas ma tasse de thé. A cause des moustaches, peut-être… je trouve ça ridicule.

— Une chance que je me sois rasé.

— Vous auriez fait un malheur avec Hannah. Elle adore les énormes moustaches.» Elle pouffa. «Elle aime tout ce qui est énorme, en fait. Attendez d'avoir vu Hector.

— Son mari?

— Son régisseur. Son aide. Son amant, à ce qu'on dit.

— Et il est énorme?

— Hum. Ils auraient dû l'appeler Ajax, plutôt. J'aime cette façon qu'ont les Mexicains de donner des prénoms antiques. En tout cas, il est fort comme un bœuf, il peut soulever n'importe quoi. Comme elle s'apprête à quitter le ranch, il travaille dans une entreprise de bâtiment sur la Colline, maintenant. Elle jure qu'elle a le cœur brisé. Elle est folle de lui, mais il ne veut pas la suivre à Los Angeles. Peut-être que ça les arrange tous les deux, au fond. Hannah dit que c'est un dieu aztèque mais elle le traite comme un domestique. Je me demande bien de quoi ils peuvent parler. Peut-être qu'ils ne parlent pas. J'aime beaucoup Hannah, mais je ne peux pas m'empêcher de rire quand je les vois ensemble. Ils me font penser à ces publicités pour maisons closes à Berlin.

— Vous en savez, des choses.»

Et elle n'avait pas tort : ce couple étrange provoquait une sorte de comique érotique. Hannah s'avéra être une petite femme mince, encore coiffée avec une chienne à la mode des années 20, comme si elle sortait d'un décor de Pabst. A côté d'elle, penché au-dessus d'un bac de mortier, un grand Mexicain, torse nu, au dos noueux, remuait une matière boueuse avec un pieu. Quand il se redressa pour s'essuyer le front en entendant la voiture, on eût dit un mur de muscles. Des échelles étaient posées contre la maison, et deux Indiennes vêtues de longues jupes appliquaient sur les murs la boue qu'elles lissaient avec leurs mains d'un ample mouvement répétitif. Leurs gestes avaient l'assurance et la régularité d'un savoir-faire séculaire. Dans un tel environnement, Hector avait vraiment la silhouette primitive d'un bâtisseur de l'Antiquité.

«Emma! s'écria joyeusement la femme en ouvrant les bras. Tu es venue!»

Elle avait une voix germanique, grave et épaissie par le tabac, mais sans pesanteur – chantante et malicieuse, au contraire.

«Juste à temps pour la dernière couche. Tu vois mes *enjaradors*? dit-elle en montrant les Indiennes. Hector les a trouvées à Acoma. Elles ont la technique, hein? Des perles. Regarde les murs… comme neufs.

— Hello, Hannah, dit Emma en l'embrassant vite. J'ai amené un ami. Plus exactement, c'est lui qui m'a amenée. Michael Connolly, Hannah Beckman.»

Hannah leva ses mains maculées et le salua de la tête. «Excusez-moi, dit-elle en souriant, aujourd'hui, je fais le maçon. Je n'ai pas pu résister, la sensation de la terre sur les mains est fantastique. Je voulais construire ma propre maison... comme les trois petits cochons.»

Elle s'essuya avec un torchon. Hector et les Indiennes continuaient à crépir, indifférents, le visage grave et impassible. Hannah piocha une cigarette dans sa poche.

«Je suis si contente que tu sois venue. Je ne pensais pas te revoir avant mon départ. Et Daniel... comment il va?

— Il travaille beaucoup.

— Ah, c'est bien.

— Hum, bien pour lui.

— Si c'est bien pour lui, c'est bien pour toi, ma chérie.» Elle regarda le pantalon d'Emma. «Ma pauvre, tu es venue pour faire du cheval et j'ai renvoyé tous les chevaux. Tu vas être déçue.

— Non, je suis venue pour te voir. Nous ne pouvons pas rester longtemps. Ce n'est pas un peu tôt pour cimenter?

— Eh si! Ç'aurait été mieux le mois prochain, mais je n'ai qu'une semaine. Prie pour moi, apaise les dieux.» Elle leva les yeux au ciel. «Pas de pluie, s'il vous plaît, pour que la maison d'Hannah puisse sécher.»

Mais la journée était chaude et claire. Jusqu'ici, la chance était de son côté. La maison était une grande construction carrée en briques, avec une terrasse couverte, dans le style hacienda, ornée de longues *ristras* de piments séchés. Au soleil, les vieux murs patinés prenaient une couleur fauve, encore accentuée par les traditionnelles bandes de peinture bleu clair qui soulignaient l'encadrement des portes et des fenêtres. Le mortier sécherait en douceur, sans une craquelure.

«Mais pourquoi te donner tout ce mal si tu fermes la maison? demanda Emma. Ça ne pouvait pas attendre ton retour?

— Je ne sais pas quand je reviendrai. Regarde les fissures de cet hiver. Il faut protéger les briques si on veut qu'elles durent. Sinon...» Elle laissa les conséquences à leurs imaginations. «Ça doit être fait avant les orages de juillet, alors c'est maintenant le meilleur moment. Pendant qu'Hector vient encore. Avec le pont d'or que vous lui faites là-bas, il ne reviendra peut-être plus jamais.»

Elle parlait de lui comme s'il n'était pas là.

«Viens. Je veux que tu voies mes *enjaradors* avant de prendre le thé. Tu as vu comme elles jaugent l'épaisseur de la couche? Elles se fient à leurs mains. Ni trop fine, ni trop épaisse pour qu'elle ne se détache pas.

Tout est une question de toucher. Ce sont de grandes sculptrices, ces femmes, et tout ce qu'elles font vient de la terre. Songe un peu... de la terre, de l'eau et de la paille, c'est tout. Des bâtiments en terre. Des tableaux en paille. Oh, mais vous n'êtes pas d'accord, monsieur Connolly, je vois ça.» Elle se tourna vers Emma. «Il me trouve trop romantique.

— Pas du tout, dit Connolly. Je me demandais seulement si vous étiez obligée de refaire ça souvent... Les murs.

— Qu'est-ce que je disais? fit Hannah en riant. J'avais raison. Un pragmatique. Tous les deux ou trois ans, lui répondit-elle, ça dépend de la rigueur des hivers.

— Alors, ce n'est pas très différent d'une peinture murale ordinaire.

— Mais pensez à ce que ça signifie. Vous prenez de la terre et vous reconstruisez... votre œuvre est contenue dans la maison. Ce n'est pas du cosmétique, pas du Max Factor.»

Connolly sourit. «Sauf pour le fard à paupières bleu, dit-il en désignant les encadrements des fenêtres.

— Oui. Le bleu éloigne les démons. Tout le monde sait ça.

— Pourquoi le bleu? A cause des turquoises?

— C'est drôle que vous disiez ça. Les Navajos pensent que les turquoises chassent les esprits malins. Mais ces décors... c'est un héritage des Maures. Ils ont introduit cette coutume quand ils ont pris l'Espagne. Donc, ça n'a rien à voir avec les Indiens. Et pourtant c'est bleu... dans les deux cas. Etrange, hein?

— Peut-être que ça plaît aux gens du désert, dit-il. Une façon de se rapprocher du ciel.»

Hannah s'extasia. «Tu vois, c'est quand même un romantique. Belle prise, Emma.»

Il n'y avait probablement aucun sous-entendu – une simple tournure de phrase sans allusion particulière – mais Connolly fut ravi qu'Emma la laisse dire, sans rectifier. L'espace d'un instant, il savoura le plaisir volé d'une éphémère complicité.

«Hector, je vais faire du thé pour nos invités, dit-elle en prenant Emma par le bras. Tu en voudras?

— Plus tard. Faut que je finisse les *canales*», répondit-il dans un anglais sans accentuation, avec une inflexion hispanisante. Il adressa un rapide signe de tête à Emma et à Connolly, son seul salut, et reprit son travail.

«Comme tu voudras», dit Hannah en entraînant Emma vers la maison. Elle se pencha vers elle. «Tu vois, il est fâché contre moi. Je devrais être flattée, eh bien, non.

— Ce n'est pourtant pas la première fois que tu t'en vas.

— Non, mais, cette fois, c'est différent. L'appel du large.

— Allons donc, il sera ici à ton retour. Il revient toujours.

— Oh, toujours…, fit-elle, dubitative. Rien n'est éternel, ma chérie. Sauf les briques. Il faut bien vivre sa vie. Non, tu vois, je crois que c'en sera fini d'Hector.

— Alors, pourquoi partir? demanda Emma, comme elles entraient dans la maison.

— Mon nouveau patron. Ils n'aiment pas les congés prolongés, à la Fox. Tous les jours sur le pont. Qu'est-ce que je peux faire? Fini, le free-lance. M. Zanuck dit que j'ai des responsabilités maintenant. Oui, mon colon.» Elle singea un salut militaire. «Alors j'obéis. En bon soldat.

— Toi? Il ne sait pas à quoi il s'expose.»

Le spacieux vestibule, avec deux pièces de chaque côté, était sombre et frais, mais il menait à une immense pièce qui s'étendait sur toute la longueur de la maison, en bordure du patio. En fait, c'était la réunion de plusieurs pièces plus petites, dont on avait abattu les cloisons, et qui faisait office de galerie d'art. Les murs blanchis à la chaux étaient couverts de grandes toiles aux couleurs vives. Au-dessus de la cheminée, Connolly reconnut deux tableaux de la période céréalière, de gigantesques épis multicolores tendant vers l'abstraction, mais il y avait aussi d'autres sujets – des paysages désertiques, des natures mortes de piments, un mur de briques bordé de belles-de-jour, si semblable au vrai mur visible en arrière-plan qu'il produisait un effet de trompe-l'œil. Des jarres en terre cuite étaient posées sur le sol dallé couvert de tapis indiens à motifs géométriques. Quelques objets trouvés étaient exposés sur des consoles – un instrument aratoire rouillé, de petites pyramides de cailloux roses. Rien n'était déplacé. C'était une pièce entièrement conçue pour servir une esthétique.

Le thé fut prêt en un clin d'œil. Elle devait garder une bouilloire en permanence sur le poêle. Il fut servi dans de jolies tasses à fleurs en porcelaine de Dresde, dont la délicatesse avait quelque chose d'incongru dans cette austère pièce sudiste – un reste de nostalgie, sans doute.

«Ce n'était pas du tout pareil, avant, dit Hannah. A la Paramount, ils s'en fichaient. Enfin, peut-être pas, mais ils ne disaient rien. C'était la grande époque de M. da Silva. Buddy da Silva. Un prénom qui lui allait comme un gant. *My Buddy* [1].» Elle prit une voix grave pour évoquer la chanson et s'esclaffa. «On était libre de ses mouvements. Ils appréciaient les artistes, à la Paramount. Depuis le début. Pense à Sternberg, à tout ce qu'il leur a apporté. Quelle classe! Maintenant, c'est la pagaille. Personne n'y connaît rien. Avant, c'était Marlène. Maintenant, Betty Hutton. Il était temps de tirer ma révérence.

---

1. Mon pote. (Ndt)

— Hannah, tu ne cesses de te plaindre d'Hollywood depuis que je te connais.

— C'est vrai? Ça ne fait pas si longtemps. Non, c'était vraiment différent avant. C'est peut-être moi qui étais différente. Alors, aujourd'hui, je fais des décors de comédies musicales. Ça remonte le moral. Et M. Zanuck est content, ajouta-t-elle en souriant.

— Ça te plaît?

— Ma chérie, pense à l'argent. Ils ont tellement d'argent, ce serait dommage de ne pas en profiter. Si je me retrousse les manches, si j'en mets un bon coup, je pourrai revenir ici définitivement. Je passerai mon temps à peindre pendant qu'ils continueront à faire des claquettes dans leur coin.

— Tu ne le feras pas. Tu aimes trop ton métier.

— Non, maintenant, j'aime l'argent. D'ailleurs, je n'ai plus d'avenir là-bas. L'Europe est finie. Ils avaient besoin de moi pour ce qu'ils appelaient l'"European touch". Ils me disaient: "Hannah, mets-y un peu d'European touch." Qu'est-ce que l'Europe, aujourd'hui? Un abri anti-bombardement? Des ruines? Non, c'est fini, tout ça. C'est trop grave maintenant. C'est un pays d'enfants, ici.» Elle jeta un œil vers Connolly. «Oh, mon pays aussi. Mais maintenant tout est pour les enfants. M. Zanuck et ses partenaires de polo. Je ne pense pas que l'European touch l'intéresse encore.

— Qu'est-ce qui l'intéresse? demanda Hannah.

— Aujourd'hui?» Elle retrouva sa bonne humeur. «Les night-clubs de La Havane. Les palmiers. Les filles. Encore les filles. Donc, maintenant, nous allons à La Havane pour faire la noce. Et puis je rentrerai pour peindre.

— Tu y vas vraiment?

— Non, façon de parler. Ce qui les intéresse, ce n'est pas le voyage, c'est les night-clubs. *Le* night-club, toujours le même. Je suis allée au Ciro. Ils ont un immense escalier. Tu t'arrêtes en haut des marches quand tu entres et tu t'y arrêtes à nouveau en ressortant. *Deux* apparitions, tu vois. Tous les producteurs y vont. Alors, quand ils voient mes décors, ils disent oui, ça, c'est un night-club. Magnifique. Hannah est la meilleure. Peut-être que, maintenant, j'aurai la Ciro's touch.»

En les regardant ainsi papoter en fumant et en s'animant comme du vif-argent, Connolly comprit que, pour Emma, c'était comme feuilleter une revue en couleurs du monde extérieur. Le divorce de Selznick. Le décor délirant de Dali pour *La Maison du docteur Edwardes*, que Selznick avait voulu produire à cause de sa propre psychanalyse. Brecht qui ne se lavait jamais. Thomas Mann qui avait recréé son appartement berlinois à Santa Monica. La difficulté de photographier Veronica Lake sans qu'elle paraisse rétrécie. Autant de messages de ce monde étranger à la mesa, où personne ne travaillait derrière des barbelés, où l'on ne se souciait pas des algues dans l'eau, où l'on pouvait parler de tout. Mais qu'en faisait-elle ? L'observant discrètement, il s'aperçut, avec un sursaut, qu'elle l'observait aussi et qu'Hannah remarquait leur jeu. Il ne participait pas à la conversation, mais Emma lui lançait des œillades à la dérobée, pour voir ce qu'il pensait derrière son masque poli. En quelque sorte, il était devenu leur public, elles ne s'adressaient jamais directement à lui. Leurs propos étaient aussi superficiels que des brèves dans un journal et, au bout d'un instant, il se rendit compte que ni l'une ni l'autre ne s'y intéressaient vraiment – Emma parce qu'elle était trop consciente de sa présence dérangeante, Hannah parce qu'elle se retrouvait spectatrice involontaire d'une pièce qui ne la concernait pas. Il se sentait comme un prétendant qu'on invite à la maison pour avoir l'approbation de la famille et se demandait si Emma regrettait de l'avoir entraîné avec elle. C'était son approbation à lui qu'elle semblait rechercher.

Quand il alluma une cigarette, elle réagit au craquement de l'allumette et, quand il la regarda à travers la fumée, elle parut frémir comme s'il l'avait touchée. Heureusement, Hannah vint à la rescousse.

« Assez de sornettes, dit-elle en se levant. Vous devez me trouver égoïste, monsieur Connolly, je ne parle que de moi. Mais c'est Emma la coupable, elle aime m'écouter et j'avoue que je n'y résiste pas. Je vois peu de gens, vous savez. Maintenant, parlez-moi de vous.

— Il travaille sur la Colline, dit Emma pour couper court, sans lui laisser le temps de répondre. Attends, laisse-moi t'aider à faire la vaisselle.

— Compris, je ne dois pas poser de questions. Au fond, mon bavardage arrangeait tout le monde. Je connais les règles. Emma a dû vous dire que certains de vos collègues avaient habité ici au début. Avec les savants, jamais de questions. »

Emma, qui rassemblait les tasses, ne fit aucun commentaire.

« Ça devait être frustrant, dit Connolly.

— Pour moi ? Pas du tout, répondit-elle gaiement. Et ils étaient tous si charmants. Comment va le professeur Weisskopf ? Il joue toujours aux échecs avec le Dr. Eisler ? Et ce drôle de jeune homme du New Jersey avec sa jolie femme ?

— Je ne les vois plus, dit Emma. Ils se dispersent. Trop occupés. Toi non plus, d'ailleurs, je ne te vois plus. Nous sommes comme des gens qui se rencontrent en vacances et perdent le contact ensuite.

— Pas toi, ma chérie. Puisque tu es venue me dire aurevoir avant mon départ pour La Havane. Et maintenant tu veux jouer les femmes de ménage. Très bien. Fais la vaisselle, sois gentille avec Hector, dis-lui du bien de moi et, de mon côté, je vais montrer le ranch à ton ami et lui dire plein de belles choses sur toi. »

Emma la regarda, déconcertée. «Ça ne prendra pas longtemps, dit-elle.

— Ça dépend de ce qu'il veut savoir. Vous voyez, je suis une incurable commère, dit-elle à Connolly. La visite vous plairait?

— Beaucoup», répondit-il.

Emma, une tasse dans chaque main, haussa les épaules avec dépit. «Tâchez de rentrer pour le dîner.»

Ils s'éloignèrent. De façon inattendue, Hannah s'appuya sur son bras et ils marchèrent lentement vers le corral, sans un mot, comme un vieux couple. Le silence ajoutait à l'intimité du moment.

«Elle voudrait que je vous trouve à mon goût», dit-elle finalement.

Ils s'arrêtèrent devant la barrière du corral et regardèrent à l'ouest, vers les monts Jemez.

«Et vous me trouvez comment?

— Moi? Aucune importance. Vous lui plaisez.

— Ecoutez, je ne voudrais pas que vous pensiez…

— Chut, fit-elle en mettant un doigt sur la bouche. Tout va bien. Parfois, vous savez, c'est plus facile de parler à un inconnu. Ça vous ennuie si je vous confie quelque chose?»

Il était tout ouïe.

«Soyez prudent avec elle. Je me faisais du souci dernièrement. Je savais que quelque chose la tourmentait… maintenant je vois que c'était vous.

— Vous vous trompez.

— Non. Nous pouvons être sincères entre nous. Comme des inconnus. Je vois bien que vous êtes… "amoureux" n'est pas le mot. C'est bon pour les night-clubs, une passade, hum? Bon pour les enfants. Non, je dirais… attiré, lié à elle. C'est tout aussi fort, vous savez. Plus fort que vous, même. Ça se voit. Vous n'arrêtez pas de la regarder.

— Vraiment?» dit Connolly. Il se sentait pris dans ses filets et voulait savoir jusqu'où elle l'entraînerait.

«Bien sûr. Sinon je ne vous le dirais pas. Je pense que vous pouvez être une bonne aubaine pour elle. Au début, j'ai pensé que c'était une lubie, par désœuvrement. Comme sa passion pour les Indiens. Or je m'aperçois que ça va plus loin. Avec Emma, ça va toujours plus loin, vous savez? Elle ne peut pas prendre les choses à la légère. Alors, ne les prenez pas à la légère non plus, mon ami. Ne lui faites pas de mal. Elle mérite d'être heureuse.

— Tout le monde mérite d'être heureux.

— Vous croyez? C'est bien une idée américaine. Non, pas tout le monde. Mais elle, oui.» Elle lui tapota le bras. «Alors rendez-la heureuse.

— Elle est amoureuse de son mari.

— Ach! fit-elle avec un geste d'agacement. Ne soyez pas idiot. Elle est entichée de son propre héroïsme. Elle l'a fait sortir, c'est pour ça qu'elle l'a épousé.

— Sortir d'Allemagne?

— Oui, d'Allemagne, bien sûr. Elle ne vous l'a pas raconté? C'était son seul moyen de partir… En devenant citoyen britannique. Elle l'a épousé pour lui sauver la vie.

— Ils sont toujours mariés.

— C'est bien ce que je vous disais. Elle ne fait jamais les choses à moitié. Sur un coup de tête, elle lui fait un cadeau magnifique. Un acte politique, en réalité. Seulement, avec Emma, tout est personnel, rien n'est politique. Et après? Est-ce qu'elle va vivre avec ça jusqu'à la fin de ses jours? Evidemment. Elle le suit en Amérique, dans ce camp. Elle joue les fées du logis pendant qu'il va au laboratoire. Elle étudie les Indiens. Anasazi.» Elle détacha chaque syllabe du mot, comme si c'était une blague intraduisible. «Est-ce une vie pour elle? Quelle obstinée! Ce mariage… qu'est-ce que c'est? Un devoir moral? Je me le suis demandé. Peut-être que vous nous apporterez la réponse.»

Il avait l'impression d'être aspiré dans le terrier du lapin d'Alice, entre le passé et le futur, piégé par une logique incontrôlable. La contredire maintenant eût été absurde. Comme Alice, il commençait à douter de sa propre perception des choses et se laissait entraîner par sa curiosité. Elle ne savait pas de quoi elle parlait, mais elle avait peut-être raison.

Il devait avoir une mine un peu déconfite, car elle se remit à lui tapoter le bras en disant : «D'accord, mais un autre jour, c'est ça? Il y en a marre de cette… enquiquineuse. C'est ce que vous pensez, mais vous ne le dites pas parce que vous êtes poli. Pas fâché, j'espère?

— Ni l'un ni l'autre. Je ne sais pas quoi répondre.»

Elle soupira. «C'est déjà une réponse.» Ils reprirent lentement le chemin de la maison. «Vous avez raison, bien sûr. Comment pourrions-nous savoir? Nous allons à la rencontre de notre destin et, alors seulement, nous savons.

— Vous y croyez vraiment? demanda-t-il, impatient de changer de sujet.

— Oh oui, bien sûr. Je crois beaucoup au destin. Tous les Allemands sont comme ça. Ça les aidera peut-être à se faire une raison quand l'Histoire les aura rattrapés, maintenant que ces idiots les ont détruits.

— Ils ne sont pas encore finis.

— Les soubresauts de l'agonie, mon ami. Ils sont anéantis. Il ne restera bientôt plus rien de l'Allemagne. Plus rien. Au moins, nous en aurons fini avec les gangsters.» Elle hocha la tête comme pour secouer ses idées noires. «Mais c'est à cela que nous travaillons, n'est-ce pas? Vous avec vos recherches, moi avec mes palmiers. La fin des gangsters.

76

— C'était peut-être leur destin depuis le début, objecta-t-il.

— Ce qu'il y a d'intéressant dans le destin, c'est que parfois il a besoin d'un petit coup de pouce.»

Emma les attendait devant la maison, visiblement contrariée d'être mise à l'écart. Hector était monté sur le toit et elle restait seule à côté du nouveau mur humide qui luisait au soleil.

«Je suis contente que vous soyez venu voir mes terres, dit Hannah à Connolly. C'est mon seul pays désormais.

— Mais tu dois le quitter, dit Emma en les rejoignant.

— Je reviendrai. Je n'ai pas d'autres attaches. Hollywood n'est pas un domicile, on ne peut pas vivre là-bas. Ici, c'est un domicile.

— Tu ne peux pas trouver quelqu'un pour garder la maison? Comme ça, au moins, tu ne serais pas obligée de renvoyer les chevaux.

— Non, c'est mieux ainsi. Je ne veux pas d'étrangers ici. Tu n'auras qu'à venir de temps en temps pour surveiller. Tu sais toujours où est la clef. Aussi souvent que tu voudras. Comme ça, je n'aurai pas de soucis à me faire.»

Emma, gênée, se contenta d'acquiescer d'un signe de tête.

«Les amis peuvent venir, expliqua Hannah à Connolly. Mais je ne veux pas d'étrangers.

— Vous en avez pourtant accueilli», dit Connolly.

Elle parut intriguée par l'intérêt qu'il lui portait. «Là, je ne pouvais pas refuser. C'était Robert qui me l'avait demandé.

— Robert Oppenheimer?

— Oui. Robert a sonné chez tous les anciens. Nous le connaissions tous, vous comprenez. Que pouvions-nous faire? Un militaire quelconque nous a dit que c'était notre devoir de patriote – ils parlent toujours comme ça – mais Robert a été plus malin. Il a simplement dit qu'il avait besoin d'un service. C'est un charmeur, on ne peut rien lui refuser.

— J'avais oublié qu'il avait eu un ranch ici.

— Oui, dans les montagnes. Pendant des années. Il aimait monter à cheval, à l'époque. Il monte toujours?

— Vous ne l'avez pas revu?

— Personne ne l'a revu. Il ne vient jamais ici. Est-il toujours sur la Colline ou est-ce encore une question prohibée?»

Connolly haussa les épaules.

«Très bien, alors je ne la pose pas. Mais si d'aventure vous le croisez, saluez-le de ma part. Il devrait surveiller sa santé, celui-là. Et dites-lui bien que nous attendons toujours de savoir ce qu'il mijote. Ils font l'histoire, disait-il… une formule ronflante, mais quel genre d'histoire, hein? En tout cas, toi, oublie un peu l'histoire, ma chérie, dit-elle à Emma en l'embrassant sur la joue. Sois heureuse. Quant à vous…, reprit-elle en serrant la main de Connolly, bonne chance avec votre destin.

— Et le vôtre, répondit-il en souriant.

— Oh, ne vous inquiétez pas pour moi. J'ai la Ciro's touch.»

***

Emma voulut conduire pour le retour. Il fut surpris de la trouver inex-périmentée. Elle arrivait trop vite dans les virages et rétrogradait au dernier moment en tirant sur le levier de vitesse comme sur des rênes. Il s'était tellement accoutumé à son assurance que cette maladresse avait quelque chose de touchant. Un défaut de la cuirasse. Elle agrippait fermement le volant, de peur qu'il ne lui échappe.

«Désolée, dit-elle après avoir fait grincer la boîte de vitesses. Je n'ai pas encore la voiture bien en main.»

Elle gardait les yeux rivés sur la route pour ne pas se déconcentrer.

«Il n'y a pas de mal. Les vitesses sont un peu dures.

— Non, elles passent très bien. Merci quand même. Comment avez-vous trouvé Hannah?

— Elle semblait penser que nous nous connaissions depuis quelque temps.

— Ah bon? Je me demande pourquoi. Qu'est-ce que vous lui avez dit?

— Je n'ai pas pu placer un mot.

— Ça ne m'étonne pas. Elle ne changera jamais. Elle devrait écouter davantage Hector, tout de même. Il y a du louche, là-dessous. Il s'est conduit comme un ours. Or, d'habitude, il est plutôt aimable, à sa façon.

— J'ai du mal à le croire.

— A sa façon, j'ai dit. Mais là, il était vraiment fermé. Il s'est passé quelque chose.

— La rupture?

— Peut-être. Ne riez pas. Je sais qu'ils forment un drôle de couple. Mais c'est toujours triste de voir un couple se séparer. Ils allaient bien ensemble, d'une certaine manière.»

Un instant, il eut le sentiment que, eux aussi, maintenant, ils formaient un couple discourant négligemment de l'avenir d'une séparation après un dîner chez des amis.

«De quelle manière? dit-il.

— Oh, vous êtes impossible. Je ne sais pas, moi... *leur* manière. Ça ne s'explique pas.

— Non.»

Elle lui jeta un regard furtif, puis se concentra de nouveau sur la route.

«Elle a dit que vous aviez épousé votre mari pour le sortir d'Alle-magne.

— Elle a dit ça ? fit-elle, mal à l'aise. Je l'ai épousé. Il est sorti d'Allemagne. Les deux ne sont pas nécessairement liés.

— Pas nécessairement. »

Elle se tut un instant, évitant la conversation. «De toute façon, qu'est-ce qu'elle en sait ? reprit-elle pour clore la question.

— J'ai pensé que vous le lui aviez peut-être dit.

— Non. C'est son imagination.

— Son intuition, peut-être.

— Dites, pour un agent de renseignement, je ne vous trouve pas très à la hauteur. Vous croyez toujours la première chose que vous entendez ?

— Quand ça me convient.

— Eh bien, pas moi. » Elle commençait à se vexer. «Qu'est-ce qu'elle a dit d'autre ?

— Pas grand-chose. Elle a parlé de tout et de rien. De l'Allemagne, du destin.

— Quelle bavarde !

— Ténébreuse et wagnérienne.

— Hannah ? » Elle éclata de rire. «Vous devez réveiller quelque chose en elle. D'habitude, elle ne va guère plus loin que Louella Parsons [1]. Louella O. Parsons. Il veut dire quoi, ce O, d'après vous ?

— Vous essayez de détourner la conversation ?

— J'essaie.

— D'accord. Si nous parlions banque ?

— Que voulez-vous dire ?

— Y a-t-il une banque où tout le monde va, à Santa Fé ? Vous, par exemple, vous allez où ? »

Elle rit. «C'est vraiment ce que j'appelle changer de sujet. Je ne vais nulle part. Nous n'avons pas le droit d'ouvrir un compte à l'extérieur.

— Comment faites-vous ? Vous avez un bas de laine sous le lit ?

— Il n'y aurait pas grand-chose dedans. Le peu que nous avons, nous le mettons sur un compte postal. Tout le monde fait de même, je pense. Pourquoi voulez-vous le savoir ?

— Donc, si deviez faire un achat important, vous devriez d'abord retirer l'argent de ce compte ? Vous ne feriez pas de chèque ?

— Non. Du liquide. Si c'est une somme importante, je suppose qu'il faut un aval de la poste. Ça ne m'arrive jamais. Je me débrouille comme ça. »

Connolly médita une minute.

«Je peux vous demander pourquoi ? reprit-elle.

---

1. Chroniqueuse mondaine à Hollywood. (Ndt)

— Je cherchais à savoir ce qui peut pousser une personne quelconque à garder une grosse somme sur elle alors qu'il est si simple de faire un chèque.

— Pas une personne quelconque. Vous pensez à Karl, n'est-ce pas?» Elle changeait de ton, tout à coup. «On dit qu'il a été volé. C'est pour ça? Parce qu'il portait une grosse somme?

— Je ne sais pas.

— Vous êtes…» Elle hésita. «De la police?

— Non, répondit-il sans ambages, mais, naturellement, nous avons notre petite curiosité aussi.

— Naturellement.

— J'ignorais que vous le connaissiez.

— Tout le monde le connaissait. Il était de la Sécurité. On ne peut pas vous échapper.

— Vous l'aimiez bien?»

Elle parut un peu désarçonnée par la question. «Oh… je n'avais rien contre lui, dit-elle.

— Vous n'étiez pas tentée par ses coupons?

— Quoi?

— Vous m'avez dit tantôt que le G2 avait beaucoup de coupons.

— Moi? Vous avez un certain toupet. Non, je n'étais pas tentée par ses coupons.

— Seulement par les miens.»

Elle se carra sur son siège, avec un demi-sourire. «Seulement par les vôtres.

— Eh bien, c'est déjà quelque chose. Peut-être que, la prochaine fois, ce sera pour le plaisir de ma compagnie.

— Il y aura une prochaine fois?

— Vous ne voulez pas?»

Elle se tourna vers lui. «Je ne sais pas, dit-elle gravement. Ne me le demandez pas, d'accord? Je ne sais pas.»

Quand elle changea de voiture à Santa Fé, elle le quitta sur une poignée de main faussement désinvolte qui ne parvint pas à masquer son trouble. En fait, comme ils retournaient tous deux vers la Colline, elle ne le quitta pas tout à fait. Il suivit sa voiture jusqu'au plateau Parajito et remarqua qu'elle le surveillait du coin de l'œil dans le rétroviseur tout en essayant de le distancer. Finalement, elle se laissa rattraper et ils foncè-rent, l'un derrière l'autre, à travers le désert, tels des oiseaux de la mesa virevoltant à la saison des amours. Elle roulait vite, indifférente à la limi-tation de vitesse, mais il collait à ses roues en cherchant toujours à croiser son regard dans le rétroviseur. Elle finit par lui faire un signe de la main en riant pour montrer qu'elle acceptait le jeu, et ils continuèrent la route ensemble.

5

Mills se montra étrangement pointilleux au sujet des comptes de Bruner.

«Il nous faut un ordre écrit, dit-il. Ils sont protégés par le secret bancaire comme partout ailleurs. On ne peut pas…

— Ça prendrait combien de temps pour les obtenir?»

Mills soupira. «Environ une heure.»

Mais les comptes de Bruner n'étaient pas plus instructifs que son passeport. Aussi nets que sa chambre. Connolly examina les colonnes de chiffres : des dépôts mensuels réguliers, aucun retrait significatif. La comparaison avec ses feuilles de paie ne faisait qu'épaissir le mystère de sa vie. Après déduction du loyer prélevé d'office, il lui restait chaque fois la même somme et le même montant d'argent de poche.

«Regardez ça, dit-il à Mills. Il ne dépensait rien.

— C'est-à-dire que Karl était plutôt radin. Il ne retirait que le strict nécessaire.

— Mais ça remonte jusqu'en 44. Et on trouve tout au plus une différence de dix dollars par-ci par-là.

— Pour les vêtements, sans doute.

— Et sa voiture? Ça coûte les yeux de la tête, ces temps-ci.

— Il se débrouillait.

— Comment?

— Quand il avait besoin d'essence, il signait une note de frais au titre de l'escorte – vous savez, protection des chercheurs hors site. Idem pour les fournitures et les réparations. Il était comme ça. Qu'est-ce que vous cherchez au juste?

— Trois retraits de 200 dollars dans les six derniers mois.»

Mills siffla. «Vous me faites marcher. Où aurait-il dégoté une somme pareille?

— C'est ce que je veux savoir. Au vu de ces chiffres, il économisait tout. Alors où trouvait-il le reste? Il n'a pas touché à ce compte depuis plus d'un an.

— Peut-être qu'il avait des économies… antérieures.

— Possible, mais pourquoi ne pas les déposer à la banque?

— Typiquement européen, ça. Ils se méfient des banques. Ils préfèrent cacher leurs économies, les convertir en or ou en valeurs transportables. C'est un truc de réfugiés. Il avait peut-être emporté des objets de prix qu'il a revendus.

— Non. A ce moment-là, pourquoi aurait-il acheté autre chose?

— Qu'est-ce qu'il a acheté?

— Des bijoux en turquoise.

— Karl?

— Ça m'a surpris aussi.»

Mills réfléchit. «Alors, c'était de l'argent maquillé.

— Qu'est-ce que vous voulez dire?

— Qui n'apparaissait pas sur les comptes. Pour brouiller les pistes. Le coup classique : vous cousez ça dans la doublure de votre veste pour passer la frontière et vous oubliez de le déclarer en arrivant.

— Vous allez trop au cinéma.

— Peut-être, mais ça se fait. On leur interdisait d'emporter quoi que ce soit. La femme du professeur Weber s'est fait arracher ses boucles d'oreilles dans le train.»

Connolly grimaça. Encore une histoire européenne.

«D'accord, mettons que ça vienne d'un autre compte. Il n'a pas déposé l'argent à son nom, mais quelqu'un a dû le retirer pour lui. Vous savez quoi? On va éplucher tous les comptes.

— Vous rigolez? Vous savez combien il y a de personnes ici?

— Plus de quatre mille. Mais elles n'ont pas toutes des comptes et nous pouvons éliminer le personnel de service et les appelés – tous ceux qui gagnent moins de 2000 dollars par an, en fait. Ils n'auraient pas laissé dormir un pactole pareil. Ça nous ramène à quelques centaines, au plus.

— Ça va prendre des semaines.

— Alors, dépêchez-vous.

— Pourquoi moi?

— Nous deux. Ça ne doit pas être difficile de repérer 600 dollars.

— En admettant que ce soit quelqu'un qui ait un compte ici. En admettant qu'ils aient retiré l'argent. En admettant tout simplement que ce soit *quelqu'un d'ici*.

— En admettant tout ça.

— Je ne savais pas qu'on soupçonnait un résident de la Colline.

— On ne soupçonne personne encore. On cherche 600 dollars. C'est un point de départ. Vous pouvez éliminer les femmes aussi.»

Mills le regarda de travers. «Voilà donc où vous voulez en venir. Vous pensez que Karl aurait fait ça?

— Qu'est-ce qui se serait passé s'il avait été accusé d'homosexualité?

— Il aurait été révoqué.

— Il avait donc tout intérêt à ce que ça ne s'ébruite pas. Toute personne dans son cas aurait recherché la discrétion. Il le savait. Alors, imaginez qu'il n'ait pas été le seul à traîner ce genre de casserole, imaginez que quelqu'un d'autre, ici, ait eu le même problème. Il aurait pu y voir, disons… une occasion à exploiter. Ça vous semble tiré par les cheveux?

— Pas vraiment tiré par les cheveux mais… pas très sympa. Vous pensez que Karl tenait la jambe de quelqu'un?

— Il m'en a l'air capable. Pour moi, cet argent était un cadeau. Peut-être qu'il avait un amant. Peut-être que ça n'a aucun rapport. Mais nous avons un général qui préfère ne pas savoir, un directeur qui ne veut pas savoir et une police qui refuserait de le croire même si on lui en apportait la preuve parce qu'elle est persuadée que la région est peuplée d'enfants de chœur. Il faut bien commencer quelque part. Vous voulez vous occuper de ces comptes?

— Il va nous falloir l'accord d'Oppie. Fouiner dans les comptes de Bruner, passe encore, mais une vérification générale, c'est une autre paire de manches. L'ami Eddie va pousser des hauts cris. Les gens ne vont pas apprécier qu'on mette le nez dans leur argent. En tout cas, moi, je n'apprécierais pas.

— Vous n'êtes pas obligé de le leur dire. Et puis, vous ne gagnez pas assez pour être aussi chatouilleux, répondit Connolly en souriant.

— Ce n'est pas la question. C'est personnel.»

Tout à coup, une détonation venue de l'ouest fit vibrer les vitres.

«Bon sang, qu'est-ce que c'était?

— Le groupe de Kisty. Des explosifs. Ils font leurs tests dans les canyons qui entourent le plateau.» Une seconde détonation résonna au loin. «On s'habitue.

— Comment garder les bombes secrètes si vous les faites exploser?

— Ce ne sont que les détonateurs. Et comment les tester sans les faire exploser? Autrefois, ils faisaient ça la nuit, mais il y a eu des plaintes. Plus personne ne pouvait dormir d'ici à Santa Fé, paraît-il. Je me demande qui nous croyons tromper.

— Tout le monde, tout le temps.

— Ouais.» Une autre explosion claqua au moment où il prenait congé. «Vous parlez d'une vie tranquille pour un vérificateur de comptes.»

***

Quand les relevés arrivèrent enfin, assortis d'un appel à la discrétion de la part d'Oppie, ils s'avérèrent plus absorbants que Connolly ne l'avait cru. Il s'était attendu à une fastidieuse lecture de chiffres, à la recherche d'un couac, mais c'est toute la complexité de la vie quotidienne à Los Alamos qui lui apparut, étalée sur son bureau comme un indéchiffrable message codé. Pour comprendre l'épargne, il fallait que Mills lui explique les dépenses. Les chèques de paie étaient endossés à l'économat, les fournitures achetées au magasin de la base. Certains frais étaient fixes : le loyer était proportionnel au salaire annuel – 29 $ par mois pour 2 100 $, 34 $ pour 3 400, etc. — les charges proportionnelles à la superficie – 9,65 $ pour un trois pièces McKee. Mais, derrière tout cela, il y avait l'infinie variété des modes de vie – les épargnants sages, les dépensiers endettés, les thésauriseurs cachottiers qui devaient avoir leur propre tirelire. Il comprenait mieux pourquoi les audits passaient si souvent pour des fâcheux : ils devaient être fascinés par le vécu qui se dissimulait derrière les chiffres. Il fut toutefois surpris par la modicité des sommes. Ces gens écrivaient peut-être l'Histoire, mais aucun d'eux ne roulait sur l'or. Une somme de 200 $ sauterait sûrement aux yeux. Mais, jusqu'ici, elle était encore invisible.

Hélas, quoique passionnante, une telle entreprise de décodage présentait un grave inconvénient : la durée. Il leur fallait d'abord dégauchir le travail pour y voir plus clair, à l'instar des scientifiques qui avaient élaboré une classification des éléments pour sérier les données. Ce fut Mills qui eut l'idée du tri matinal systématique, une méthode qu'ils appliquèrent tous les jours suivants. Connolly commençait par téléphoner à Holliday pour s'informer des progrès de la police, buvait un café pour faire passer sa déception, puis s'asseyait avec Mills pour procéder au tri quotidien. Les dossiers affichant des dépôts réguliers étaient immédiatement écartés. Ceux qui présentaient des variations de moins de 100 $ étaient rapidement vérifiés, puis écartés à leur tour. Tous les autres étaient mis en réserve pour une étude plus approfondie dans l'après-midi, quand le volume des paperasses aurait diminué. Mais il ne diminuait guère. La pile des dossiers à creuser augmentait plus vite que celle des dossiers à écarter.

Ils procédaient par ordre alphabétique, mais sans prêter attention aux noms. Seuls les chiffres les intéressaient, même lorsqu'ils s'attardaient plus longuement, après un second tri, sur un dossier comportant une opération qui leur paraissait suspecte, si bien que, dans l'ensemble, l'intimité des résidents était sauve aux yeux de Connolly : les noms n'avaient pas plus de signification pour lui que des numéros.

Ce ne fut qu'au moment d'examiner le compte du mari d'Emma qu'il partagea les scrupules de Mills : là, ça devenait personnel. Il se sentait mesquin, comme un voleur fouillant dans les tiroirs. Bien que le compte en lui-même n'eût rien de suspect – des dépôts en dents de scie mais pour des montants minimes –, il le fixait des yeux, tel un voyeur fasciné. Qui tenait les cordons de la bourse ? Emma ou lui ? Pourquoi n'y avait-il pas de dépôts, certains mois ? Un dîner ? Un week-end à Albuquerque ? Se disputaient-ils ? Utilisait-elle ses coupons d'habillement au fur et à mesure de ses besoins ou attendait-elle d'en avoir assez pour quelque achat extravagant ? Tous ces chiffres alignés sur du grossier papier de l'armée ne lui apprenaient rien. Il palpa la feuille, comme pour en extraire un aveu, mais les chiffres n'étaient que des chiffres. La vie était ailleurs. Tout à coup, cet audit lui sembla idiot. Quelle révélation pouvait-il en attendre ? Il avait sous les yeux la vie financière de la Colline, mais les gens restaient des inconnus pour lui. Les chiffres gardaient leurs secrets. Comment y déceler un lien quelconque avec Bruner ? Même lorsqu'il pouvait mettre un visage sur un dossier, comme c'était le cas ici, il n'en tirait rien de significatif. Couchaient-ils souvent ensemble ? Comment était-ce ? Et en quoi cela le regardait-il ?

« Vous avez trouvé quelque chose ? demanda Mills en levant la tête.

— Non. Je rêvais. » Il posa le dossier sur la pile des "moins de 100 $" avant que Mills n'ait pu en lire le nom, et alluma une cigarette. « Vous savez, peut-être que ce n'est pas la bonne méthode.

— Je vous avais prévenu.

— Non, je veux dire que ce n'est pas ce qu'il y a dans ces dossiers qui est intéressant, mais ce qui n'y est pas. »

Mills le regarda bizarrement.

Connolly sourit. « Je sais, je ne suis pas très clair.

— Si, si, mais c'est drôle que vous disiez ça, parce que Bruner avait eu exactement la même formule. "C'est ce qui n'y est pas", disait-il. Les mêmes mots. Je me rappelle très bien. »

Connolly en fut un peu déconcerté. Bruner ? Avaient-ils eu la même idée ? Qu'avait-il en tête ?

« Quand ? demanda-t-il.

— Eh bien, justement, c'est ce qu'il y a de drôle… C'était exactement dans les mêmes circonstances, en étudiant des dossiers.

— Ces dossiers-là ?

— Non, des fiches de sécurité. Karl adorait compulser le sommier. Ça faisait partie de son boulot, bien sûr, mais il répétait que c'était le meilleur moyen de connaître les gens. Alors il les lisait et les relisait. J'ai fini par lui dire : "Tu dois savoir par cœur tout ce qui est là-dedans". Et il m'a répondu : "C'est ce qui n'y est pas." Exactement comme vous. »

Connolly réfléchit. « Vous les rangez où ?

— Dans un coffre en T-1. Oh non, ne me dites pas…

— Et il les a sortis du coffre… Je suppose qu'il y a un registre ?»

Mills confirma.

«Voyons qui il a surveillé au cours des six derniers mois… non, des neuf derniers mois.

— Pourquoi pas un an, pour faire bonne mesure ?

— D'accord.

— Je blaguais.

— Imaginez qu'on puisse recouper un de ces noms avec un de ceux de notre pile des exceptions. Ça nous arrangerait bien, non ?

— Vous croyez au père Noël.

— Eh, qui sait ?

— Mike, ce n'était qu'une *formule*. Des mots en l'air, pour dire quelque chose. Ça ne nous mènera à rien.

— Possible. Mais ça l'intéressait. Le moins que nous puissions faire est de regarder ce qui l'intéressait. Ça nous renseignera peut-être sur lui.

— Vous voulez que j'aille chercher un chariot élévateur ou que je vous les apporte un à un ?

— Commençons par le registre. Je veux savoir à qui il s'intéressait en particulier.»

***

Bruner avait souvent été affecté au fichage – il était l'un de ces officiers de sécurité chargés d'interroger les nouveaux employés et de mettre à jour les dossiers des autres –, si bien que ses initiales se trouvaient un peu partout sur le registre. Même en procédant par élimination comme pour les comptes bancaires, ils avaient une longue liste à traiter.

«Concentrons-nous sur les noms récurrents, dit Connolly. Sur ceux qui le préoccupaient. Il y a forcément quelque chose là-dessous.» Il vit Mills faire la moue. «Qu'est-ce qu'il y a ?

— Oh, rien. Sauf que… il ne portait peut-être pas toutes ses entrées et ses sorties sur le registre.

— C'est possible, ça ?

— Il était de la Sécurité. Il avait accès au sommier. Personne ne vérifiait ce qu'il faisait.»

Connolly médita une minute. «Non, ça ne lui ressemble pas.

— Qu'en savez-vous ? Vous ne le connaissiez pas.

— Je vis dans sa chambre. Il aurait signé le registre.

— En d'autres termes, il aurait fort bien pu commettre un crime mais il n'aurait jamais enfreint le règlement.

— Vous savez, on a connu des assassins qui, après avoir éventré un type, essuyaient soigneusement leur lame par souci de propreté.

— Il n'était pas comme ça, dit calmement Mills, qui se leva en faisant grincer sa chaise.

— Qu'est-ce qu'il y a? Quelque chose qui vous chiffonne?

— Allons prendre l'air. Je n'ai pas les idées claires et vous non plus.»

Surpris, Connolly le suivit dehors et attendit d'être dans la rue pour le questionner. Mills s'adossa contre un poteau. Sa calvitie luisait au soleil.

«Eh bien?

— Ecoutez, je ne suis qu'un avocat, pas une vedette du journalisme. Peut-être que ça va trop vite pour moi. Pour commencer, vous ne saviez même pas ce qu'il fallait chercher, et maintenant vous savez déjà ce qu'il faut trouver. J'ai dû rater un épisode.

— Détendez-vous. C'est moi qui suis à la traîne.

— Sans blague? Au début, Karl était la *victime*. Ensuite, on en a fait une tante et, pour finir, un maître-chanteur. Vous avez déjà votre théorie toute prête. Je ne marche pas. J'ai travaillé avec ce type. Ce n'était pas exactement mon meilleur copain, d'accord, mais il était réglo. Qu'est-ce qu'on essaie de prouver? Qu'un assassin se balade parmi nous?» Il désigna la rue, les camions et les jeeps qui se croisaient en soulevant de la poussière, les techniciens qui déambulaient entre les bâtiments.

«Ça n'aurait rien d'aberrant.

— Je n'y crois pas. La police n'y croit pas. Qu'est-ce qui vous rend si sûr de vous?

— Rien. Mais il y a quelque chose qui cloche dans la version de la police. Ils se trompent sur Karl.

— Que voulez-vous dire?

— Ça ne tient pas. Ce n'était pas son genre. Vous le voyez en train de draguer des types en bottes de travail?»

La question intrigua Mills. «Pourquoi en bottes de travail?

— La police a trouvé des empreintes de pied. Ça ne vous paraît pas louche? Vous ne croyez pas qu'il aurait été plus sélectif?

— Mouais.» Mills fronça les sourcils et regarda au loin, vers les anciens bâtiments scolaires, comme s'il espérait trouver une réponse dans l'air ambiant. «Avant, j'aurais pensé comme vous. Maintenant, je ne sais plus.» Il haussa les épaules. «Je m'aperçois aujourd'hui que je ne savais rien de lui. Pendant tout ce temps, il… il était un autre.

— Parlez-moi de lui, alors. Aidez-moi, Mills… au lieu de vous braquer. J'ai besoin de savoir comment il était.

— Je croyais que votre religion était faite.

— Ça vous semble normal, à vous, qu'un type qui a survécu à deux camps de prisonniers soit aussi peu méfiant avec des inconnus?

— Vous connaissez le dicton, cul affamé n'a pas d'oreilles… hum, si je peux me permettre.»

Connolly ne fit pas de commentaire. «Est-ce que ça vous semble normal? insista-t-il.

— Non, mais rien ne me semble normal. D'accord, il n'était pas du genre dragueur… il ne *semblait* pas l'être. Mais on l'a tout de même retrouvé là. Et il n'était pas seul. Alors, avec qui?

— Je pense qu'il avait un rendez-vous.»

Mills allongea le visage. «Vous voulez dire… avec quelqu'un d'ici?

— Peut-être.

— Alors pourquoi aller jusqu'à Santa Fé?

— Je ne sais pas.» Il réfléchit. «Vous avez dit qu'il ne laissait rien au hasard, question surveillance… Est-ce qu'il filait quelqu'un, ce jour-là?

— Non.

— Sûr?

— Certain. C'était son jour de congé. Vous pouvez vérifier sur la feuille de présence. Je m'en souviens parce qu'on était à court de personnel, ce week-end-là. Je lui ai demandé de rester, mais il a refusé.

— Comment faites-vous quand vous manquez de personnel?»

Mills haussa les épaules.

«Ils sortent sans protection?

— Pas ceux de la liste prioritaire. Oppenheimer, Fermi… il y a un petit groupe qui ne doit jamais quitter la base sans garde du corps. Pour les autres, on s'arrange. Voyez-vous, ils ne savent pas quand ils sont suivis, alors ils font comme s'ils l'étaient. Et ça marche. Personne n'a été enlevé jusqu'ici.

— Félicitations.

— Il n'y a jamais eu de problèmes. Ce n'est pas leur genre. Ils font des balades, c'est tout. Des pique-niques. En famille. De temps en temps un dîner au La Fonda. Vous ne pensez pas sérieusement que c'était un des savants?

— Pourquoi pas? Ça expliquerait l'argent. Ce sont les seuls ici qui gagnent plus de six unités par an. 200 dollars, c'est un véritable magot pour les autres.

— Non, dit Mills en secouant la tête. C'est ridicule. Ce sont des professeurs. Des cerveaux. La moitié du temps, ils sont dans les nuages, pas sur le plancher des vaches avec nous autres. Ils ne sont pas…» Il chercha le mot. «Violents. Tout sauf violents.»

Connolly sourit. «Ils fabriquent une bombe.

— Ce n'est pas pareil. Pour eux, c'est un problème à résoudre. Ils voient ça comme ça.

— Si vous voulez. D'accord, ils ne vont pas défoncer des crânes pour le plaisir, c'est entendu. Mais nous ne savons pas pourquoi il a été frappé. Sous le coup de l'émotion, on fait parfois des choses inattendues. Admettez au moins qu'il pouvait avoir un ami ici.

— Tout est possible.

— Il avait un rendez-vous. Pourquoi pas avec un ami?

— Ça nous ramène à notre point de départ. Pourquoi aller à Santa Fé?

— Par discrétion. Ils préféraient peut-être se retrouver loin de la Colline.»

Mills regimbait. «Bon sang, je n'aime pas ça. Vous allez finir par me convaincre et je vais commencer à regarder tout le monde de travers en me demandant: "C'est lui?" On n'est pas à New York ici, vous savez.

— Ne me faites pas le coup du provincial. Vous êtes un grand garçon.

— Mais c'est une petite ville... c'est la province. Vous savez combien d'incidents sérieux on a eu depuis le début de l'opération? Zéro. Quelques gosses qui se faufilent par la clôture. Quelques parties de jambes en l'air dans le dortoir des femmes. Une bagarre de temps en temps dans les baraquements. C'est tout. Ça paraît fou, mais c'est l'endroit le plus agréable que j'aie jamais habité...

— Avec un cadavre au milieu.

— Pas au milieu, à soixante kilomètres d'ici. Mais, comme ça vous dérange, vous voulez à toute force qu'on ait un tueur en liberté dans le secteur. Et on va le pincer en décortiquant son compte en banque. Bah, fit-il avec un geste de dépit. On fait fausse route.

— Vous ne pouvez pas faire l'impasse sur l'argent. Il le tenait bien de quelque part, son fric.

— Si son petit copain est si riche, pourquoi portait-il des bottes de travail?

— Vous marquez un point. C'est peut-être sans rapport.»

Mills voulut répliquer, mais quelque chose attira son attention. Leurs pas les avaient ramenés vers la Zone Technique. Ils s'arrêtèrent à côté de la clôture, à deux pas d'une jeep. Une fille en chaussures à talons, le visage en pleurs, fila en coup de vent sous le nez du garde de la police militaire. Son badge blanc sautillait contre son chandail. Elle regarda le soleil déclinant en plissant les yeux, puis, éblouie, continua son chemin d'un pas mal assuré. Elle faillit buter contre Mills au passage.

«Qu'est-ce que c'était? dit Mills.

— Du grabuge au paradis, murmura Connolly. Son patron lui a passé un savon. Son fiancé l'a plaquée. Ou alors...

— Non, regardez, fit Mills en le retenant par l'épaule. Il est arrivé quelque chose.»

Soudain, la rue se remplissait de gens qui affluaient des bâtiments et restaient plantés là, déconcertés, comme si une explosion venait de se produire à l'intérieur. Quelques femmes s'enlaçaient. D'autres déambulaient, en groupes improvisés, sur la place devant le bâtiment administratif, à la fois anxieux et distraits.

Mills s'approcha du garde. «Qu'est-ce qui se passe?

— C'est le Président. Roosevelt est mort», répondit-il sans le regarder.

Silence. Connolly était soufflé, comme s'il avait reçu un coup de poing à l'estomac. Il n'eût jamais cru que la nouvelle lui causerait un tel choc. Chacun s'attendait à la fin de la guerre, non à la fin de l'Etat. Qu'adviendrait-il maintenant? Il s'imaginait à Washington : les cloches sonnant le glas, les gens hébétés dans leurs bureaux labyrinthiques, les rumeurs sur l'avènement prématuré d'un ordre nouveau. La plupart des gens qu'il connaissait étaient venus à Washington pour Roosevelt et mesuraient leur avenir à l'aune de ses succès, sûrs du lendemain. Désormais, les autres allaient tenter de faire main basse sur la ville. C'était le moment. Pour la première fois depuis son arrivée à Los Alamos, il regrettait la capitale, cette impression palpitante de se trouver au cœur des choses, quand les téléphones se mettent à sonner, quand tout semble important. Tout à coup, il se sentait idiot sur ce plateau ensoleillé, occupé à élucider un crime inconséquent pendant que le reste du monde retenait sa respiration.

Ils rejoignirent les autres, qui cheminaient vers le bâtiment administratif comme des enfants pressés de rentrer avant la nuit. Ce fut seulement en apercevant Oppenheimer en haut des marches qu'il comprit pourquoi ils étaient venus. Il y avait une autre Maison Blanche ici, qui, malgré sa couleur verte et son austérité militaire, était aussi centrale et rassurante que celle de Lafayette Square. Comme il n'y avait pas de haut-parleurs et qu'Oppenheimer ne forçait pas sa voix, Connolly ne saisit pas tout ce qu'il disait. Un office religieux serait célébré dimanche. Il savait que tout le monde était sous le choc et que, tous, ils prolongeraient les idéaux du Président. Ses paroles étaient à peine audibles, mais personne ne regardait ailleurs. Visiblement ému, Oppenheimer les soutenait par la magie de sa personnalité, la puissance de son dévouement. Le charisme mimalicieux mi-bravache et l'aisance mondaine de Roosevelt étaient ici relayés par la lumineuse intelligence d'Oppie. C'était sa ville. Quand quelque chose tournait mal – un problème d'approvisionnement en eau, une mort dans la famille –, chacun lui faisait confiance, absolument, aveuglément.

Connolly observa la foule de ses nouveaux concitoyens. Des hommes de petite taille en costumes croisés, aux cheveux blancs ou complètement chauves. Des infirmières, des filles des bataillons féminins et de jeunes dactylos aux ongles rouge vif. Des policiers militaires. Des étudiants diplômés, au visage poupin, en gilet de laine et cravate, qu'on s'attendait presque à voir lever le doigt comme de bons élèves. Certains pleuraient sans se cacher, mais la plupart restaient impassibles, comme dessaoulés après une fête. Quand Oppenheimer en eut terminé et descendit les marches pour se joindre à la foule, les gens se dispersèrent lentement, comme pour ne pas l'importuner davantage.

Mais Connolly ne pouvait s'empêcher de l'observer. Oppenheimer surprit son regard et parut hésiter un instant avant de mettre un nom sur son visage. En le voyant marcher vers lui, Connolly se sentit étrangement honoré d'être distingué, puis un peu déconfit de s'apercevoir qu'il se dirigeait en fait vers le professeur Weber.

«Eh oui, Hans, dit-il en posant une main sur son épaule, une triste journée.»

Weber, d'habitude si animé, semblait éteint. «Affreux. Affreux. Un cadeau des nazis. Un cadeau.»

Oppenheimer sourit et regarda sa montre. «C'est déjà demain, là-bas. Vendredi 13. Le Dr. Goebbels n'aura même pas besoin de consulter son astrologue. Pour une fois, le signe est clair, hum?

— Mais, Robert... la musique. Que devons-nous faire? Annuler la soirée? Ce n'est pas très respectueux.

— Non, non, n'annulons rien, surtout, dit Oppenheimer. Laissons les nazis scruter les entrailles. Nous, c'est dans la musique que nous lisons les présages.»

Weber acquiesça. Oppenheimer, se rappelant les bonnes manières, se tourna vers Connolly. «Tu connais M. Connolly?

— Oui, excusez-moi, je ne vous avais pas vu. Nous nous sommes rencontrés au bal.

— Vous vous acclimatez? demanda Oppenheimer.

— Oui, très bien, je pense.

— Parfait. Tu devrais l'inviter à ta soirée, Hans.» Puis, s'adressant de nouveau à Connolly : «Après le travail, le jeu... sans quoi, ce serait invivable ici. Et ils jouent très bien, vous savez.

— Mais je l'ai déjà invité. Non? Vous vous rappelez? Alors, venez.

— J'y compte bien. S'il y a de la place.

— Oh, il y a toujours de la place, dit Oppenheimer. Et les gâteaux sont encore meilleurs que la musique.

— *Vays mir*, fit Weber en se tapant sur la tête. Johanna! Vous m'excusez, n'est-ce pas?»

Mais il s'éclipsa sans attendre leur confirmation.

Oppenheimer alluma une cigarette et tira de longues bouffées, comme un fumeur d'opium. «Il aime aider. Des schnecks. Des gâteaux au sésame. Je crois que la musique est un prétexte. Alors, comment avance l'enquête?

— Lentement. Merci de nous avoir donné accès aux dossiers.

— J'espère qu'ils en valent la peine. On dit "jamais deux sans trois". Peut-être que vous trouverez quelque chose maintenant.

— Pourquoi trois? Il s'est passé quelque chose d'autre?

— Non, j'anticipe. Au contraire, j'ai de bonnes nouvelles. Aujourd'hui, Otto Frisch a terminé la synthèse des expériences sur l'U 235.» Il s'interrompit, guettant la réaction de Connolly. «Je suppose que c'est du chinois pour vous, n'est-ce pas? Tant mieux. Ça m'a échappé, je ne devrais pas parler de ça. Disons simplement que c'est une avancée significative. La meilleure nouvelle de la semaine. Et maintenant ceci. Il doit y avoir un message philosophique là-dessous, mais je suis bien incapable de le déchiffrer.

— Vous le connaissiez bien?

— Le Président? Non, pas très bien. Je l'ai rencontré, bien sûr, mais je ne peux pas dire que je le connaissais. C'était un charmeur. Mais ce n'est pas ça, le problème.

— C'est quoi?

— C'était son projet. C'est lui qui a donné le feu vert. Désormais, qui sait si…

— Truman s'y est opposé?

— Il n'est pas au courant.

— Quoi?»

Oppenheimer sourit. «Je suis toujours surpris de voir l'étonnement des agents de sécurité quand ils découvrent qu'une opération secrète est effectivement tenue secrète. Non, il n'est pas au courant. Personne ne savait rien, là-bas, à part Roosevelt et le comité. Et j'imagine qu'il sera furieux quand Stimson lui apprendra ce qu'on lui cachait.

— Vexé, en tout cas. Mais il ne va tout de même pas couper les crédits maintenant?

— Connaissez-vous vraiment Washington? Ce projet a coûté près de deux milliards de dollars.» Les yeux de Connolly s'agrandirent. «Aucun des élus que vous envoyez à Washington pour voter les budgets n'est au courant.

— Pas facile de dissimuler une somme de cette importance, commenta Connolly en songeant à sa propre investigation bancaire.

— Seul Roosevelt pouvait en donner l'ordre. Il fallait que ça vienne du sommet. Il le faut toujours.

— Donc, vous partez pour Washington avec votre chapeau à la main?

— Non. On n'en est pas à ce point. Le général Groves va s'occuper de ça. Il n'a pas son pareil pour trouver son chemin dans leurs champs de mines. Mais il y a…» Il hésita, écrasa lentement sa cigarette. «… Un os. C'est une course contre la montre, ici, et nous arrivons au sprint final. C'est un mauvais moment pour changer de patron.

— C'est toujours un mauvais moment.

— Particulièrement maintenant.

— Je peux vous poser une question? Si ça n'aboutissait pas?

— C'est une question que, personnellement, je ne me suis jamais posé. Ça marchera.

— Parce qu'il le faut ?

— Parce que c'est scientifique. Ça marchera. La question est de savoir ce qui se passera après. Les généraux voudront se l'accaparer. Nous allons avoir besoin de tout un nouveau système de contrôle civil. Sinon, tout notre travail…» Il eut un regard absent, comme s'il reprenait le fil d'un discours intérieur. «Sinon, ce sera une tragédie. Roosevelt l'avait compris. Mais, maintenant, qui le remplace ? Un politicien dont personne n'a jamais entendu parler. Comment lui demander de prendre une telle décision ? Il va sûrement penser que c'est une espèce de grenade géante.» Il se reprit. «Enfin, espérons qu'il sera à la hauteur. Un peu de musique pour l'âme. 7 heures. Il est dans la Suite Baignoires. Vous n'aurez qu'à demander, tout le monde sait où. Au fait, j'espère que vous ne regardez pas de trop près mon compte en banque. Ça me fait le même effet que si quelqu'un fouillait dans mon linge sale.»

***

Un message l'attendait dans son bureau. Il devait rappeler Holliday.

«J'ai quelque chose pour vous», dit celui-ci sans la moindre allusion à Roosevelt. La plupart des gens de la Colline avaient pris un congé officieux et quitté leur service de bonne heure. «On a trouvé où est allé votre gars, cette nuit-là. Où est allé sa voiture, en tout cas.

— Vous avez trouvé le bar ?

— Pas un bar. Une église.

— Une église ?

— San Isidro, sur la route de Cerrillos. Une paroisse mexicaine.

— Qu'est-ce qu'il aurait fait dans une église ? Il était juif.

— Je n'ai pas dit qu'il faisait ses prières. J'ai juste dit que sa voiture était garée là. Une allée à côté de l'église. Ce n'est pas vraiment un parking, mais les gens se garent là.

— Qu'est-ce qu'il y a autour ?

— Des maisons. Une station-service. Pas de bars. Tranquille.

— Et un habitant du quartier l'a vu ?

— Non. En fait, c'est un de mes hommes. Vous aviez raison, il suffit de passer le mot et on finit toujours par glaner quelque chose. Il avait reçu un appel, la nuit du meurtre, une plainte quelconque, et, en traversant le quartier, il a repéré la Buick. Il n'y avait plus repensé, mais ça lui est revenu quand j'ai fait circuler une description de la voiture.

— Pourquoi l'avait-il remarquée ?

— Une Buick de 42 ! Dans un quartier mexicain !

— Mais il ne s'est pas arrêté ?

— Elle n'était pas en stationnement interdit. Il s'est dit que c'était un visiteur.

— L'église était ouverte ?

— Pas pour la messe. Ils ne ferment pas les églises ici. Celle-là attire quelques touristes de temps en temps. Ils ont un vieil oratoire qui vaut le détour, à ce qu'il paraît.

— A cette heure de la nuit ? Quelle heure était-il, au fait ?

— Dans les 9 heures. Il est un peu vague à ce sujet. A mon avis, il traînait la jambe pour aller répondre à cet appel mais il n'ose pas l'avouer.

— Et cette église... elle est proche de l'endroit où on a retrouvé Bruner ?

— C'est pas la porte à côté, mais il suffit de passer le pont, en direction de Cerrillos, pour être sur l'Alameda.

— Autrement dit, c'est le premier endroit pour se garer ?

— Dans cette direction, oui.

— D'accord. Donc, il a vu Bruner ?

— Non, seulement la voiture. Ça lui a paru bizarre, bien sûr, une bagnole pareille, mais, comme je vous l'ai dit, il a pensé que c'était un visiteur. Un Anglo-Saxon qui avait une petite copine dans le quartier.

— Ça se fait beaucoup, ça ?

— Partout dans le monde.

— Très drôle. En somme, on ne peut pas être certain que Bruner se soit effectivement rendu là.

— Oh, si. On a trouvé son sang. »

Il imagina la mine satisfaite d'Holliday, à l'autre bout du fil, qui avait dû prononcer ces paroles avec jubilation. Il observa un bref silence, puis : « Vous pouvez préciser ?

— Il y a une bande de terre le long de l'église, juste en dessous des tuiles qui dépassent, où il ne pleut jamais, pour ainsi dire. On a trouvé un sol sec avec du sang dessus.

— Du sang de Bruner.

— O négatif. Ça me semble une présomption suffisante.

— En résumé, Bruner reçoit un coup sur la tête près d'une église espagnole, son corps atterrit dans le parc et sa voiture disparaît...

— C'est à peu près ça.

— J'aimerais pouvoir dire que tout s'explique.

— Ça m'arrangerait aussi. Et, pendant que vous y êtes, essayez donc d'expliquer le pantalon maintenant. Ça change beaucoup de choses, vous ne trouvez pas ? Ça ne colle plus. On ne fait pas ça derrière une église. Vous le voyez en train de baisser son froc dans un coin pour trotter cul nu jusqu'au parc ? Ça n'a pas de sens. On s'est peut-être gouré sur toute la ligne, vous savez, ça ne s'est peut-être pas du tout passé comme on croyait.

— C'était votre idée.

— Ma foi, il m'est déjà arrivé de me tromper. Une ou deux fois.

— Alors comment expliquez-vous le pantalon?

— Je ne l'explique pas. Pas encore. Je dis seulement que c'est un drôle d'endroit pour forniquer.

— On peut dire aussi que c'est un drôle d'endroit pour tuer quelqu'un. Mais pourquoi l'avoir déplacé?

— Le ou les assassins n'avaient peut-être pas envie qu'on le retrouve trop facilement. Derrière l'église, on l'aurait remarqué comme un panaris sur une main manucurée, tandis que, dans le parc, il pouvait mariner plusieurs jours. Un jour, en tout cas.

— Alors pourquoi ne pas l'emporter simplement dans la campagne et l'enterrer?

— Ecoutez, si vous avez une meilleure idée, faites-le moi savoir.

— Vous avez interrogé les voisins?

— Sûr. Nada. C'est étonnant comme les Espagnols sont discrets quand la police débarque. Je n'ai jamais vu des gens se coucher aussi tôt.

— Mais pourquoi le déplacer? C'est ce que je ne pige pas.

— Je n'en sais rien. Mais je peux vous dire un truc : ce n'était sûrement pas par respect pour l'église.

6

Etait-ce un besoin de se serrer les coudes, comme après un décès dans la famille, ou les soirées du professeur Weber avaient-elles plus de succès qu'il ne voulait l'admettre? Toujours est-il que sa maison était bondée. Quelques pupitres avaient été installés dans un coin du living-room, et l'assistance se répandait par petits groupes dans le couloir menant à la cuisine, où le café et les viennoiseries étaient disposés sur une nappe crochetée. Il y faisait chaud et la fumée de cigarette se mêlait aux odeurs de beurre, de sucre et de cannelle. Connolly se sentit enveloppé dans la douceur accueillante d'une boulangerie d'avant-guerre et se demanda comment Frau Weber avait pu se procurer de telles provisions. Les célibataires lui confiaient-ils leurs coupons de rationnement pour revivre, une fois par semaine, ces instants de bonheur domestique? Le riche arôme du café dominait, mais on voyait autant de verres que de tasses, et le ton des conversations évoquait davantage un cocktail qu'un goûter en famille. Quelques femmes enceintes occupaient les rares fauteuils capitonnés, entourées d'amis perchés sur les accoudoirs et armés d'assiettes. Oppenheimer était là, un Martini à la main. Ses cheveux étaient si courts que, de loin, sans son chapeau, on aurait pu croire qu'il avait le crâne rasé. Il salua furtivement Connolly de la tête. Sa femme Kitty était assise sur un divan à côté de lui, les jambes repliées sous elle, un plateau sur les genoux, mais elle ne lui prêtait aucune attention; le regard perdu dans la fumée, elle semblait absorbée par quelque débat intérieur. Elle avait abandonné tous les devoirs d'hôtesse à Johanna Weber, qui s'agitait alentour, offrant les honneurs de sa table et faisant les présentations.

«Monsieur Connolly, oui oui, mon mari m'a parlé de vous. Je suis ravie que vous ayez pu venir. Vous connaissez Mme Oppenheimer? Kitty, M. Connolly.» Kitty leva les yeux, mais Johanna Weber entraînait déjà le nouveau venu vers d'autres convives. «M. Connolly, le professeur Weisskopf, sa femme Frieda… M. Connolly, Dr. Carpenter. Le Dr. Carpenter est en visite cette semaine…»

Et ainsi de suite. La parfaite maîtresse de maison. Un nom suivait l'autre, sans interruption et sans oubli. Connolly se dit qu'elle gâchait son talent sur la Colline : à Washington, elle aurait pu diriger une des grandes maisons de Rock Creek. Son esprit était un véritable répertoire photographique.

«Et voici Emma Pawlowski, continua-t-elle, remarquant à peine qu'Emma lui tournait le dos. Son mari, Daniel.»

Connolly le salua de la tête, démangé par la curiosité. Pawlowski était un jeune homme bien fait de sa personne, qui affichait une politesse de circonstance mais n'avait visiblement jamais entendu parler de lui et ne demandait qu'à reprendre sa conversation avec Carpenter. Il avait le teint pâle de l'universitaire et un système pileux qui lui bleuissait les joues et le menton.

«Oui, nous nous sommes déjà croisés», dit Connolly comme Emma se retournait.

Elle était très en beauté, les ongles et la bouche rouge vif, les yeux brillants. C'était la première fois que Connolly la voyait en jupe, ce qui, avec son maquillage et ses hauts talons, lui donnait un air presque trop habillé, comme si elle s'était trompée de réception.

«Encore vous! fit-elle. Décidément, vous êtes partout.» Puis, s'adressant à son mari, qui semblait intrigué : «Chéri, je te présente M. Connolly, dont je t'ai parlé… Je ne t'en ai pas parlé? Eh bien, il a eu la bonté de me conduire chez Hannah, alors sois très gentil avec lui. Il est nouveau sur la Colline.

— Bienvenue.» Pawlowski avait l'accent plat et monocorde des gens qui ont appris trop de langues. Conrad avait dû s'exprimer ainsi, songea Connolly, sans inflexion aucune, ni polonaise ni anglaise. «Dans quelle unité êtes-vous?

— Oh, chéri, ce n'est pas un chercheur. Il est de la Sécurité. C'est bien cela, n'est-ce pas?» demanda-t-elle innocemment.

Connolly acquiesça.

«Mais vous aimez la musique, reprit finalement Pawlowski, qui cherchait désespérément quelque chose à dire en se demandant si cela en valait bien la peine.

— Non, il est venu pour nous espionner, ironisa Emma. Il n'a aucune oreille. Incapable de reconnaître une note.»

Pawlowski, qui ne comprenait pas, sourit à sa femme avec une indulgence d'amoureux. Il lui suffisait de savoir qu'elle était belle et spirituelle pour admirer sans discussion ses traits d'esprit.

«Alors, je m'efforcerai de jouer plus fort», répondit-il sans saisir la plaisanterie.

Son étourderie le rajeunissait. Un enfant dans la cour des grands. Connolly médita sur la relativité des langues. Voilà un homme qui avait étudié avec Meitner, une sommité du KWI, mais qui, face à une conversation badine, était aussi maladroit qu'un adolescent. Comme tant d'autres sur la Colline, il devait se réfugier dans le langage scientifique pour retrouver sa maturité.

Johanna Weber le reprenait déjà en charge, comme un bateau remorqueur dans un port inconnu. «Aussi fort qu'il vous plaira, Daniel. Mais pas de fausses notes. Pas comme Hans. Venez, Monsieur Connolly. Un café?

— Vous préférerez peut-être un verre», dit Emma en levant le sien.

Un instant, Connolly se demanda si c'était l'alcool qui expliquait ses yeux brillants.

«Un café sera parfait», répondit-il.

Johanna Weber, rayonnante et ravie, l'entraîna par la main vers la fontaine à café. Emma lui envoya un bref salut ironique en portant son verre à ses lèvres.

«Tenez, dit Johanna Weber en lui tendant une tasse. Voulez-vous du gâteau?»

Mais elle fut distraite par un nouvel arrivant et planta là Connolly, qui regarda le jeu mondain des présentations reprendre son cours.

Si la journée avait été sombre – il reconnaissait çà et là quelques-uns des visages qu'il avait vus graves et défaits devant le bâtiment administratif –, la réception était plutôt animée et un joyeux bourdonnement de voix égaya bientôt la maisonnée. Les pièces étaient petites mais, à la différence d'autres intérieurs de la Colline, elles portaient l'empreinte d'un lointain vécu. Le mobilier massif, les napperons, les bibelots de porcelaine semblaient sortir d'une machine à remonter le temps, témoignages d'une époque où le monde était solide et lesté par le poids des choses. Il n'y avait ni cactus, ni objets indiens, ni quoi que ce fût pour rappeler au visiteur qu'il se trouvait quelque part sur le plateau Parajito et non dans une nuit allemande du vieil Heidelberg. Parmi les lampes tamisées, les odeurs de levure et de meubles cirés, les Weber étaient ici chez eux.

«Ne faites pas le fier», dit Emma en le rejoignant devant la fontaine à café. Elle lui passa un verre. «Buvez ça, plutôt. Vous en aurez besoin quand ils commenceront à jouer.»

Il prit le verre et sourit.

«Vous parlez par expérience?

— Des années d'expérience.

— Pourquoi cette attitude? dit-il en désignant l'endroit où ils s'étaient parlé un instant plus tôt. Un mari jaloux?

— Daniel ? Non, ça ne lui viendrait pas à l'idée. C'était à cause de Johanna. Toujours aux aguets. Elle me donne le cafard.

— Une mauvaise langue ?

— Terrible. Et elle est en manque. Elle pense déjà que je suis une femme de moralité douteuse.

— Pourquoi ? demanda-t-il en mordant dans un gâteau.

— Parce que je fréquente les sous-fifres, probablement. Elle est affreusement snob.

— C'est moi, le sous-fifre ?

— Eh bien, disons que vous n'êtes pas un savant. Il y a une hiérarchie, même ici.

— Qui d'autre fréquentez-vous ?»

Elle le fixa des yeux, puis but une gorgée avant de répondre : «Vous me suffisez pour l'instant.

— Votre mari a l'air sympathique.

— Ne commencez pas.

— Quoi ?

— Ne commencez pas. Mon Dieu, la revoilà.

— Ah, Monsieur Connolly ! dit Johanna Weber, comme si elle s'appliquait à répéter son nom pour le mémoriser. Vous faites connaissance, très bien. Emma est anthropologue, elle vous l'a dit ?

— Oui, nous parlions justement des Anasazis», répondit Connolly.

Johanna Weber hésita, surprise. «Fascinant, n'est-ce pas ? dit-elle en se ressaisissant. Emma est devenue une vraie experte en la matière.»

Elle regarda Emma pour qu'elle la contredise.

«Dilettante seulement», dit Emma.

Accaparée, une fois encore, par un nouvel arrivant, Frau Weber les laissa seuls.

«Quelle mémoire vous avez ! reprit Emma. Comment vous êtes-vous rappelé ces braves vieux Anasazis ? La plupart des gens sont incapables de prononcer le mot.

— Anthropologue ? fit-il, amusé.

— Cette vieille rombière ne peut pas s'empêcher de pontifier. Elle veut que tout le monde ait un titre ronflant. Sa bonne est probablement une princesse indienne, et vous...

— Dick Tracy ?

— Non, très cher, Hoover au moins. Au fait, que veut dire le *J* dans J. Edgar ?»

Connolly haussa les épaules. «Peut-être comme le *O* dans Louella O. Parsons. C'est peut-être la même personne.»

Elle rit. «C'est une idée. Vous prenez tout au sérieux ?

— Tout. Freud dit qu'on ne plaisante jamais.

— Vraiment ?

— Huhum. Il parlait d'autre chose, mais je ne pense pas qu'il ait eu beaucoup d'humour de toute façon.

— D'où tenez-vous cela? Qui êtes-vous au juste?

— Je m'instruis en lisant le journal.»

Elle le jaugea du regard. «Je n'en crois rien.

— Vous êtes pourtant anthropologue.

— Parfaitement. Et vous serez peut-être mon prochain sujet d'étude. Le mystérieux M. Connolly.

— Ne laissez pas tomber les Anasazis. Ce ne serait pas sérieux.»

Elle l'observa en silence par-dessus le rebord de son verre, puis reprit d'une voix douce :

«Parlez-moi de vous.

— Que voulez-vous savoir?

— Eh bien, à quoi ressemble votre famille, par exemple, et ce que vous vous racontez dans les garden-partys.

— Ma famille? Ma mère est morte. Mon père travaille dans une compagnie d'assurances. Il a passé le plus clair de son temps à faire des mots croisés et a toujours trouvé scandaleux que ses employeurs soient moins bons cruciverbistes que lui. Il s'est saigné aux quatre veines pour payer mes études.

— Et puis?

— Et puis, j'ai travaillé pour les mêmes personnes et, maintenant, il me reproche l'éducation qu'il n'a pas eue. C'est une histoire très américaine.

— Vous l'aimez.

— J'ai pitié de lui, ce n'est pas tout à fait pareil.» Il réfléchit. «En fait, oui, je l'aime.

— Et vous… vous êtes fort en mots croisés aussi?

— Je l'ai été. C'est dans les gènes, sans doute. J'aime résoudre les casse-tête, j'aime voir les pièces se mettre en place.

— Et vous y parvenez?

— Dans la vie, non. Seulement dans les puzzles.»

Elle se tut, mais sans cesser de le fixer des yeux et, quand elle reprit la parole, elle semblait ailleurs, comme hypnotisée.

«Et en ce moment, dit-elle, quel casse-tête essayez-vous de résoudre?

— En ce moment? Je ne sais pas. J'essaie de comprendre ce que je fabrique ici, dans une pièce pleine de j'en-foutre qui s'empiffrent, au lieu de me faire tuer à Okinawa. De comprendre ce que les autres fabriquent à Okinawa. Ce que pensent les pilotes japonais quand ils s'écrasent en piqué sur les navires. Pourquoi un type a été assassiné dans le parc. Ce que nous allons faire après la guerre…» Il s'interrompit pour l'observer. «Pourquoi je fais semblant de penser à tout ça alors que, en réalité, le seul problème qui me préoccupe vraiment est de savoir comment je pourrais coucher avec vous.»

Elle le regarda comme si rien n'avait été dit, mais son silence donnait encore plus de poids aux mots, qui restaient suspendus entre eux comme des formes visibles. L'espace d'un instant, il crut qu'il l'avait effrayée, mais il soutint son regard sans s'excuser, déterminé à jouer le jeu jusqu'au bout. Puis, sans autre réaction, elle but une gorgée et s'éloigna en emportant son verre.

Il la suivit des yeux, cherchant à déchiffrer un message dans son attitude, doutant de lui-même, jusqu'à ce qu'elle se perde dans la foule des convives et disparaisse. Quelqu'un, assis à une table près de lui, heurta son bras. Tiré de sa rêverie, il reprit peu à peu conscience des gens autour de lui, qui continuaient à mastiquer en papotant. Dans un coin, un violoncelliste accordait son instrument.

«Où est passé Hans?» demanda Johanna Weber, sans s'adresser à personne en particulier, toute à ses devoirs d'hôtesse. Connolly décida de chercher les toilettes avant que la musique ne commence. La pièce se réchauffait et, en dépit de la fraîcheur du dehors, quelqu'un ouvrit une fenêtre pour laisser entrer l'air de la nuit. Il frôla quelques fumeurs alignés dans le couloir, franchit une porte entr'ouverte et se retrouva dans une chambre. Le lit était jonché de vestes et de manteaux et, dans un coin, sous une lampe de bureau, le professeur Weber feuilletait une revue en compagnie d'un autre homme. Il régnait dans la pièce une solennité inattendue, contrastant avec la légèreté des conversations d'à côté. Cette impression provenait du mutisme des deux personnages, qui tournaient les pages avec une étonnante gravité. Remarquant l'intrusion de Connolly, Weber leva furtivement les yeux et inclina la tête avec une politesse distraite.

«Les toilettes? demanda Connolly.

— Par là», répondit Weber en montrant une porte. Puis, toujours courtois : «Je vous présente Friedrich Eisler. Friedrich, M. Connolly.»

Connolly salua, mais les deux hommes se replongèrent aussitôt dans leur lecture. «Oh, Friedrich…» fit Weber sur un ton plaintif, catastrophé, qui alarma Connolly. La solennité de la chambre céda la place à une sensation de profond malaise. Intrigué, Connolly voulut voir quelle était cette mystérieuse revue. C'était *Life* ou un magazine du même genre. Il tomba en arrêt, ébranlé.

Il avait déjà vu des photos de guerre, des champs de ruines, des corps démantelés et ravagés de douleur, mais, là, c'était nouveau. Des silhouettes décharnées, squelettiques, fixaient l'objectif d'un œil mort à travers une clôture grillagée. Certaines étaient vêtues d'uniformes de prisonniers, rayés et sales. En arrière-plan, des corps d'une maigreur terrifiante gisaient sur le sol. Sur une autre photo, des cadavres s'entassaient les uns sur les autres, dans des postures impossibles, la bouche grande ouverte. Connolly se figea. Des enfants. Les hommes semblaient s'accrocher au grillage pour tenir debout, comme si leurs jambes ne les portaient plus. Une autre image encore montrait une fosse comblée de crânes rasés et de corps dénudés. Ils étaient tous morts, même ceux qui mimaient la vie derrière la clôture, malgré leurs regards térébrants qui transperçaient l'objectif. Connolly se demanda qui avait pris ces clichés, qui avait, au-delà de ces corps sans vie, photographié l'idée même de la mort. Il imagina son doigt tremblant sur l'obturateur, ses yeux fermés pour ne pas regarder dans le viseur. Des larmes brouillèrent sa vue. Il sautait d'une image à l'autre, cherchant à comprendre ; le monde avait vacillé sur son axe, tout avait changé, tout avait pris un sens nouveau, encore impossible à interpréter. Sur un plan d'ensemble, on voyait des gardes nazis hébétés, somnambuliques. L'entrée d'un camp. Des corps empilés. Des gens sur des paillasses. Des bras sans chair tendus dans un appel au secours. Mais il était trop tard. Même ceux qui ouvraient encore les yeux étaient déjà morts.

Et, tandis qu'à deux pas on entendait le violoncelle s'accorder dans la confusion des conversations, ici dans la chambre, ils avaient pratiquement cessé de respirer.

La honte les étreignait, la honte du témoin impuissant, la honte de voir la ruine de leurs espérances. Depuis quelques semaines, les nouvelles d'Allemagne étaient enthousiasmantes. Le Rhin franchi. Une ville prise. Berlin à portée de canon. Des réfugiés en marche vers de nouveaux horizons âprement mérités. Depuis l'offensive de l'hiver, la guerre paraissait aussi simple qu'un match de football victorieux touchant à sa fin. Le monde retrouvait son équilibre. Mais à quoi bon, désormais ?

« Par milliers…, murmura Eisler.

— On croyait savoir, on ne savait pas. » Ils ne prêtaient pas attention à Connolly, qui s'était maintenant joint à eux. « Friedrich… ils ont tué tout le monde. »

Eisler posa la main sur l'épaule de Weber et regarda enfin Connolly. C'était un grand type maigre. Il avait la pâleur des laborantins assidus, le cou très long, la pomme d'Adam saillante et une légère tache de naissance sur la droite du menton. Connolly remarqua ses doigts fins et délicats, qui semblaient faits pour les travaux de précision. Ses cheveux en bataille retombaient en mèches folles sur son doux visage.

« Ils ont gagné, dit Weber.

— Non. Qu'est-ce que tu racontes ?

— Ils ont tué tout le monde. Il est trop tard, tu ne vois pas ? Tout ce travail. Nous arrivons trop tard. »

Il baissa les bras avec résignation, au moment où sa femme entrait pour le rappeler à l'ordre.

«*Liebchen*, il est temps de commencer, viens», dit-elle sans se rendre compte de la triviale frivolité de son intervention en un tel instant.

Docile, Weber se leva et sortit en traînant le pas, abandonnant Connolly et Eisler à un silence pénible. Le magazine à la main, Eisler s'assit lourdement sur le lit rembourré par les manteaux. Connolly considéra de nouveau les photos. Personnaliser le crime, un vieux truc de journaliste. Concentrez l'attention sur une personne – cet homme hagard derrière la clôture – pour construire le récit. Mais ils étaient tous désincarnés. Ce n'étaient pas des personnes, c'étaient des rangées d'yeux mornes. Eisler referma le magazine. Les couleurs vives d'une publicité pour Chesterfield s'étalaient en quatrième page de couverture.

«Qu'a-t-il voulu dire par "nous arrivons trop tard"?» demanda Connolly.

D'abord, il crut qu'Eisler n'avait pas entendu, mais la réponse vint, posée, réfléchie :

«Nous sommes venus ici pour vaincre les nazis. En soldats, vous comprenez?» Il sourit faiblement. «C'était notre façon de nous battre. Avec nos règles. Nos expériences.» Il n'avait presque pas d'accent. «Nous n'étions que de petits binoclards, nous n'avions ni les muscles, ni les bottes, ni les bataillons. Mais nous avions l'intelligence. Nos armes étaient ici, dit-il en se frappant la tempe. Nous allions fabriquer une bombe pour tuer les nazis. Une chose terrible, c'est vrai. Mais, avec les nazis, tous les coups étaient permis. Même la bombe. Ils voulaient tuer tout le monde. Et, vous voyez, ils l'ont fait. A quoi servons-nous maintenant?

— La guerre n'est pas encore finie.»

Eisler parut surpris de l'entendre. Connolly comprit qu'il réfléchissait à voix haute, il ne dialoguait pas, il parlait tout seul.

«C'est pour eux, dit-il en se levant lentement et en tendant le magazine à Connolly. Pour nous, c'est déjà la fin. Vous pensez qu'ils ont peut-être une arme secrète, hein? Une nouvelle fusée pour Londres? Moui, c'est une idée. Une idée commode.

— Commode?»

Il retira ses lunettes, qu'il essuya soigneusement avec un mouchoir. «Tant que les nazis sont menaçants, nous n'avons pas à nous poser de questions morales. Mais qu'allons-nous faire de cette bombe s'il n'y a plus de nazis?

— Je ne sais pas.

— Moi non plus, fit-il en souriant. Aucun de nous. Parfois, je me demande à quoi nous pensons. Les nazis nous ont transformés, nous aussi. Mais je vous prie de m'excuser. Vous êtes venu pour écouter de la musique, pas pour discuter de… de quoi, au fait?»

Dehors, le concert avait commencé. Une partita de Bach.

«De la musique allemande, dit Eisler, ironique. Une si belle musique. Vous devez admettre que nous sommes un peuple extraordinaire. Etions, en tout cas.»

A nouveau, Connolly eut l'impression d'écouter une conversation qui ne s'adressait pas à lui. Eisler semblait parler encore à Weber, non à un inconnu tenant un magazine. Il était ailleurs, dans un monde de tristesse invisible.

«Il y a toujours quelque chose qui survit, reprit Connolly, sans être sûr de ce qu'il voulait dire.

— Oui, nous survivons. Nous sommes des Américains, maintenant. Vous me trouvez sentimental, je le vois bien. Et vous avez raison. C'est très allemand, ça aussi. Mais notre culture est finie. Peut-être devait-elle s'achever ainsi – par un suicide. Très allemand. La fin du monde. Mais maintenant c'est vraiment fini. Il n'y aura plus de musique, vous savez. C'est terminé. Il ne reste que cette bombe… notre dernier cadeau. Je me demande ce que vous allez en faire. Vous allez peut-être vous germaniser. Tout le monde peut se transformer en monstre désormais.»

Connolly se sentait pris au piège, enfermé dans la vie intérieure d'Eisler et incapable de trouver la sortie. Los Alamos n'était plus, à ses yeux, le gigantesque campus international qu'il avait cru en arrivant. Pour Eisler, les Américains, les Hongrois, les Italiens, toute la communauté polyglotte, étaient simplement les spectateurs d'un violent drame national.

«Si quelqu'un doit l'avoir, je préfère que ce soit nous», dit-il finalement.

Le pragmatisme grossier de sa réponse énerva Eisler, dont les yeux clairs s'allumèrent. «Pourquoi? Parce que nous ne sommes pas des monstres? Si je dis "nous", c'est que je suis américain aussi, maintenant. Mais je ne suis pas sûr d'avoir confiance en nous. Autrefois, peut-être. Aujourd'hui, non. Cette guerre nous a appris à devenir des monstres. Est-ce une leçon que nous oublierons? Je ne pense pas.

— On ne gagne pas une guerre en faisant les jolis cœurs.

— Le feu par le feu. Vous voulez que je vous dise quelque chose? Je suis originaire de Hambourg. Vous savez qu'il y a eu des bombardements là-bas. Les journaux ont parlé des maisons, des docks, même du nombre de morts. Mais savez-vous bien ce que c'est, un bombardement de cette envergure? Les gens n'aiment pas lire ces détails. Le feu était si haut qu'il a aspiré tout l'oxygène. Sur des kilomètres. C'est facile à chiffrer avec une règle à calcul. Vous sortez de chez vous et vos poumons s'arrêtent. Il n'y a pas d'issue. Vous sautez dans les canaux et vous mourez ébouillanté. On a retrouvé des gens calcinés dans la rue, les pieds moulés dans l'asphalte, parce qu'ils avaient essayé de traverser la chaussée en fusion. Par centaines. Par milliers. Peu importe le nombre. Toute la population.»

Eisler le toisa, comme s'il savait que Connolly avait personnellement édulcoré ces premières dépêches pour mettre l'accent sur les statistiques de la victoire. Ils avaient payé pour Londres.

«Ce n'est pas nous qui avons commencé la guerre, répliqua bêtement Connolly, sans réfléchir.

— Mes amis de Hambourg non plus, monsieur Connolly.

— C'était un raid anglais.

— Vous cherchez vraiment la petite bête. Tokyo, c'était vous. Et c'était peut-être pire encore. Vous voulez établir des degrés dans la terreur? Vous croyez qu'il y a une hiérarchie de la souffrance?

— Je ne comprends pas où vous voulez en venir.»

Eisler soupira, affaissant les épaules en guise d'excuse. «Pardonnez-moi, je ne suis plus moi-même.» Il redevint physiquement celui qu'il était tout à l'heure, un garçon au visage doux et sensible, trop courtois pour être agressif. Quand il reprit la parole, il avait changé de contenance. «Où je veux en venir… Je suis désolé, je n'avais pas l'intention de vous provoquer. Je tiens seulement à vous dire ceci : faites très attention quand vous combattez des monstres. Faites attention à ce que vous devenez.»

Connolly brandit le magazine. «Nous n'avons jamais fait *ça*.

— Non, concéda Eisler, pas ça. Donc, ils nous permettent de fabriquer la bombe. Et après? Que vont-ils nous permettre encore?»

Il baissa la tête pour prendre congé.

Pour la première fois depuis son arrivée à Los Alamos, Connolly avait le sentiment d'être un intrus. Il avait toujours su que les problèmes scientifiques lui passeraient au-dessus de la tête – c'était une alchimie d'un genre nouveau qui se pratiquait dans ces laboratoires de fortune, trop mystérieuse pour être réduite à un ensemble de formules – mais il découvrait maintenant que tout était compliqué. Il était face à une série de questions sans réponses, hermétiques, contradictoires, insidieuses, aussi absconses parfois que des débats théologiques. Or il aimait les problèmes solubles. Il aimait remplir les grilles de mots croisés, expliquer les meurtres. Ici, il se sentait complètement hors jeu. Tous – les savants émigrés comme les potaches américains – vivaient dans l'abstraction, dans les hautes sphères, loin du monde. Il se tourna vers la porte et la réalité sonore de la musique.

Les gens écoutaient poliment, les yeux fermés parfois, en dodelinant de la tête. Bien qu'amateurs, les interprètes connaissaient leur affaire. Ils attaquaient la partition avec un respect prudent qui leur évitait la cacophonie et la logique interne de l'œuvre leur permettait de surmonter honorablement les passages difficiles. Les notes s'enchaînaient bien, la musique bondissait, la pièce s'illuminait. Connolly s'aperçut, avec quelque surprise, que tout le monde connaissait déjà le morceau – aussi familier à leurs oreilles qu'un tube de juke-box – et, une fois de plus, il se sentit étranger, tel un gamin collant le nez contre la vitre d'un magasin de jouets. Mais la musique en elle-même était accueillante, entraînante même, et personne dans la pièce n'était exclu.

Au violoncelle, le professeur Weber, d'habitude si animé, déchiffrait à vue avec une application sage qui semblait l'isoler du reste du monde. A côté de lui, un jeune Américain en pull à col en V jouait avec confiance en jetant des regards complices à l'assistance quand les instruments dialoguaient. Daniel, le Daniel d'Emma, ne quittait jamais son violon des yeux, sauf quand il fermait les paupières pour mieux se concentrer. Son coup d'archet était sûr et soigné. Connolly l'imagina petit garçon en Pologne, un brave garçon sérieux répétant des gammes par un après-midi pluvieux, ou sortant à toutes jambes du tram, cartable au dos, poursuivi par des garnements. Son imagination caracolait au rythme du staccato, malgré lui car, en réalité, il n'avait aucune envie de connaître son enfance. C'était un homme respectable, un savant reconnu – pourquoi chercher plus loin? Il touchait les cordes avec une précision chirurgicale, sans forcer le trait, en maîtrisant la sonorité. Que fallait-il en déduire? Qu'il était imbu de lui-même ou que les après-midi pluvieux lui avaient été profitables? Lors de leur précédente entrevue, il avait paru beaucoup moins sûr de lui, mais peut-être Connolly s'était-il trompé sur son compte. Soudain, il ouvrit les yeux, et Connolly dut détourner le regard, gêné. Il ne voulait pas le connaître. Mieux valait conjecturer sur les autres, ça ne prêtait pas à conséquence – le quatrième membre du quatuor, par exemple, avec son large costume croisé, ses pommettes slaves et ses doigts boudinés qui agrippaient l'archet comme une lance. Mais son imagination était tarie.

A part quelques maniements de tasses, l'assistance était silencieuse et attentive. Debout contre le mur, Connolly se laissa peu à peu bercer par la musique. Les brillantes envolées des violons faisaient place maintenant à la voix grave du violoncelle – interlude nostalgique pendant lequel des images défilèrent dans l'esprit de Connolly: les photos du magazine, le visage affligé d'Eisler, les buveurs volubiles dans le couloir, l'effervescence de Johanna Weber, la fuite d'Emma. Il regarda dans la pièce, essayant d'associer les visages aux colonnes de chiffres qu'il avait étudiées. Ils se seraient offusqués s'ils avaient su; il aurait aimé pouvoir leur dire qu'il avait fait chou blanc. Il se demanda combien d'entre eux avaient vu le magazine. Personne n'était endeuillé, même pas en mémoire du Président qui les avait tous conduits ici. Au contraire, on aurait pu se croire dans un dîner en ville ou un cocktail d'avant-guerre, une soirée allemande avec musique et petits-fours, relents de cette culture qu'Eisler disait en voie d'extinction mais qui, ici, dans la Suite Baignoires, était encore bien vivace.

Parmi ces visages placides et rêveurs, il remarqua soudain la mine anxieuse de Johanna Weber. Il suivit son regard. Hans Weber était toujours concentré sur sa partition, mais on voyait qu'il ne lisait pas – peut-être connaissait-il le morceau par cœur. Il écoutait sa propre musique, un passage si triste et si beau que le temps s'arrêtait. Des larmes involontaires coulaient sur ses joues, comme si la mélodie le faisait souffrir. Mais il continuait à jouer. Son visage était impassible, sans émotion apparente, si bien que les larmes semblaient provenir d'ailleurs, d'un chagrin si intime qu'il le croyait invisible de l'extérieur. Connolly était subjugué. Dans l'assistance apitoyée, on détournait les yeux. La musique déroulait ses accords, toujours plus belle, et les larmes coulaient, toujours plus tristes. Que pensaient-ils? Que Weber était un grand sentimental? Les avaient-ils habitués à de tels épanchements? Personne ne semblait trouver cela normal, pourtant. Il s'était passé quelque chose. Quelle attitude adopter? Fallait-il réagir ou faire comme si de rien n'était? Nul ne bougeait, par convenance sans doute, nul ne comprenait. Ce chagrin-là n'avait que faire des convenances. Ils ne savaient pas. Ils n'avaient pas vu le magazine. Ils ne savaient pas qu'il jouait pour les morts.

La chaleureuse et douillette atmosphère de la pièce commençait à changer. Connolly eut tout à coup envie de fuir – fuir l'Europe, les napperons, les meubles massifs, fuir l'irréparable. Bientôt, ils allaient tous s'étouffer dans leurs larmes, bientôt l'air serait irrespirable.

Alors Weber, sentant le malaise, s'interrompit brièvement pour s'essuyer le visage et enchaîna la mesure suivante, parfaitement dans le tempo. Ceux qui n'avaient rien remarqué crurent probablement qu'il épongeait de la transpiration. Les autres se détendirent. Oppenheimer, à l'autre bout de la pièce, l'observait avec stupéfaction, sans comprendre. Eisler, les mains sur les hanches, baissait la tête. Seule Johanna Weber, les yeux humides de larmes contenues, devinait qu'un événement inhabituel s'était produit. Que ce fût par dévouement aveugle ou par détresse partagée, son visage était un cri lancé à Weber à travers la pièce, et Connolly comprit qu'il s'était mépris à son sujet: agacé par les manières de la maîtresse de maison, il n'avait pas su voir la femme. En fait, se disait-il soudain, il s'était mépris sur tout le monde ici. Leur terrible passé était aussi obscur pour lui que leurs jeux d'apprentis sorciers. Combien d'entre ces déportés les Weber avaient-ils connus personnellement? Et, quand bien même ils n'en eussent connu aucun, cela changeait-il quelque chose? Cette pièce était trop petite pour lui, il n'y était pas dans son élément. Il se faufila discrètement et sortit dans la nuit.

Il aspira une goulée d'air frais, qui lui parut glacial, et contempla le ciel. Les étoiles étaient toujours magnifiques au-dessus des hauteurs de

Los Alamos mais, ce soir, elles semblaient particulièrement nombreuses, tel un immense dais tendu pour le concert.

Elle fumait une cigarette, au bout du bâtiment, emmitouflée dans un cardigan, les bras croisés pour se protéger du froid. La faible lueur jaune de la fenêtre n'éclairait pas son visage. Elle tourna furtivement la tête en l'entendant, puis reprit sa posture. Pour une fois, il n'y avait aucun mouvement sur la mesa, aucun gaz d'échappement, aucun grincement de boîte de vitesses, de sorte que la musique était parfaitement audible de l'extérieur. Elle frissonna et tira une bouffée de sa cigarette, dont le bout incandescent rougeoya dans le noir.

«Il pourrait bien neiger ce week-end, dit-elle d'une voix basse mais très distincte.

— Vous n'aimez pas la musique?

— J'adore la musique. Je n'aime pas les regarder. Ils sont si… tendus. Je ne supporte pas ça.

— Vous ne craignez pas qu'il s'en aperçoive?

— Non.»

Ses yeux s'étant accoutumés à l'obscurité, il vit qu'elle le regardait avec insistance, comme si elle n'avait engagé la conversation que pour pouvoir l'observer de près. Elle lâcha sa cigarette.

«Feu perdu, dit-elle en l'écrasant sous sa semelle. Saleté de feu perdu. Et vous? Déjà blasé?

— Non. J'avais besoin de bouger.»

Elle l'interrogea du regard, intéressée.

«Je ne sais pas ce que j'ai, expliqua-t-il. Tout ça me dépasse.

— Vous aviez pourtant l'air très sûr de vous, tout à l'heure. Il faut de l'aplomb pour dire ça à une femme.

— Je ne l'aurais pas dit à n'importe quelle femme. Seulement à vous.»

Elle le considéra sans un mot, jusqu'à ce que le silence tienne lieu de dialogue. Puis, elle s'adossa contre le mur et le laissa approcher.

«Que comptez-vous faire à ce sujet? dit-elle.

— Que voulez-vous que je fasse?»

Il était très près d'elle, à présent. Il pouvait sentir son souffle contre son cou.

«Je ne sais pas», répondit-elle avec une franchise provocante.

Il se pencha vers elle, lui décroisa les bras et, la sentant sans résistance, l'embrassa en la plaquant doucement contre le mur.

«Non, dit-elle, mais sans s'écarter, en le laissant faire.

— Pourquoi? chuchota-t-il entre deux baisers au creux de sa nuque.

— Ça ne donnera rien de bon», répondit-elle. Une phrase toute faite, pour rompre le charme.

«Si, dit-il sans cesser de l'embrasser.

— Oui.»

Elle ouvrit la bouche et lui rendit ses baisers, unissant leurs langues, l'enlaçant, l'attirant contre elle.

«Mon Dieu, murmura-t-elle. Ça ne mènera à rien. Rien de rien.

— Qu'en savez-vous? fit-il en se pressant contre elle, plein de désir.

— Ça ne marche jamais.» Elle enfouit sa tête dans sa poitrine. «Jamais.»

Mais il n'écoutait pas. Ses protestations n'étaient qu'une scansion, un simple rythme. Il l'embrassa avec plus de ferveur, en se collant contre elle pour qu'elle sente son corps. «Ça marchera», insista-t-il, deux mots qu'il prononça comme un sésame pour l'amour. Elle épousait ses mouvements, mais tout en essayant de se dégager, de reprendre son souffle, de se réveiller.

«Non», dit-elle.

Elle s'éloigna du mur et, sur le moment, il crut qu'il l'avait perdue, qu'il l'avait effrayée. Il la retint par le bras et la ramena vers lui mais, en voyant son regard courroucé, il la relâcha pour lui toucher délicatement la joue et lui caresser les cheveux. Alors, frissonnante et apaisée, elle posa la tête dans sa main.

«Je veux vous faire l'amour», dit-il.

Elle acquiesça.

Il l'embrassa encore, avec plus de douceur. «Depuis le premier soir.»

Elle acquiesça de nouveau.

«Pas ici, dit-elle. Pas sur la Colline. Ici, je ne pourrais pas.

— Où?

— Je ne sais pas… Je trouverai, répondit-elle en conspiratrice.

— Je vous conduirai où vous voudrez, dit-il en la couvrant de baisers. Avec mes coupons.»

Mais, quand il leva la tête, elle avait des yeux de chien battu, comme si elle était déjà coupable de quelque terrible crime.

«Oui, dit-il en soutenant son regard. Vous pourrez me conduire quelque part.

— Où vous voudrez.

— Où je voudrais. Nous nous évaderons.»

Il l'embrassa pour la rassurer.

«Mais, maintenant, rentrez, d'accord? reprit-elle. Laissez-moi. Je ne peux pas.

— D'accord.»

Il tourna les talons et s'éloigna lentement dans la rue sombre. Il entendait à nouveau la musique. Soudain, elle lui saisit le bras et se blottit contre lui.

«Je peux vous faire confiance, n'est-ce pas?»

Il la regarda et acquiesça. «Vous craignez de courir un énorme risque avec moi, c'est cela?»

Elle ne répondit pas.

«Je vaux peut-être mieux que vous ne le pensez.

— Je m'en fiche», dit-elle.

***

Quand il rentra, Mills l'attendait dans sa chambre, étendu sur le petit lit de Karl, les mains derrière la tête, le regard perdu dans le vide.

«Faites comme chez vous, dit Connolly, surpris de le trouver là.

— Merci. Vous n'avez pas fait grand-chose pour personnaliser les lieux, dit Mills en se levant et en regardant autour de lui. On croirait que ce vieux Karl est toujours ici.

— Je n'avais pas l'intention de prolonger mon séjour.

— Aucun de nous n'en avait l'intention.

— Vous avez quelque chose à me dire ou est-ce une simple visite de politesse?

— Jetez un œil là-dessus, répondit Mills en sortant une feuille de papier de sa veste. Je suis passé au bureau. Le film était nul. Lee Tracy et Nancy Kelly. Des espions japs et le canal de Panama. Un peu tard pour s'intéresser au canal, vous ne trouvez pas? On se demande qui invente ces histoires.»

Connolly lui fit signe d'en venir au fait.

«Donc, je suis retourné au bureau pour feuilleter quelques dossiers et celui-ci m'a sauté aux yeux. Ce n'est probablement rien mais vous avez dit que vous vouliez tout voir.»

Connolly examina les chiffres. «Deux retraits de 500. Ça fait un joli paquet. Qui est-ce?

— C'est là que ça devient marrant. Oppenheimer.»

Connolly considéra une dernière fois la feuille et la lui rendit. «Vérifiez encore.

— J'étais sûr que vous diriez ça.

— Ce qui signifie?

— Oh, rien. Je pense simplement que vous êtes sous le charme. Je connais les symptômes.

— Quel charme?

— Notre grand leader. Ces yeux bleus, cet esprit lumineux… Vous n'êtes pas le premier.

— Mills, vous avez bu?

— Pour ne rien vous cacher, oui. Mais pas à ce point-là. Bon sang, je ne le soupçonne pas non plus. Je ne soupçonne *aucun* d'eux. Je veux en finir une fois pour toutes avec ces comptes bancaires. Mais, ne serait-ce que par curiosité, vous allez l'interroger là-dessus?

— Oui.

— Il va adorer ça. Vous avez du cran, faut reconnaître. Douter de la femme de César...

— Sauf que César, c'est lui.

— Réfléchissez-y à deux fois», dit Mills.

***

Il neigea effectivement pendant le week-end et le sol était poudré de blanc quand ils se retrouvèrent au service funéraire du dimanche. Malgré le froid, un grand soleil d'avril miroitait sur la neige et donnait à la matinée un lustre surnaturel. Devant Fuller Lodge, le drapeau était en berne. Oppenheimer prit la parole dans le théâtre. Son émotion fébrile de vendredi avait cédé la place à une éloquence de circonstance. Tout Los Alamos semblait s'être rassemblé pour cet ultime hommage, et Connolly se mit à détailler l'assistance comme dans une séance d'identification policière. C'était absurde. Ils avaient tous des visages francs et intelligents; même une infraction au code de la route semblait impensable pour eux. Il observa les hommes, en manteaux classiques et chaussures cirées, habillés pour une sortie dominicale à Vienne en hiver. Quelques femmes portaient des chapeaux. Il y avait des enfants aussi, très solennels. Oppenheimer cita la Bhagavad-gîtâ : «L'homme est une créature dont l'essence est la foi. Il est ce qu'est sa foi.» Celle de Roosevelt, celle qu'ils partageaient tous, était la foi en un monde meilleur. Sa voix était simple et sans affectation. La salle était silencieuse.

Oppenheimer pouvait-il réellement être impliqué? César ne sacrifierait-il pas tout pour vaincre? Or qu'est-ce qui pouvait rendre Karl si important pour lui? Rien. Vraiment rien. Peut-être Mills avait-il raison : quand on commençait à soupçonner tout le monde, plus personne ne paraissait innocent. Il y avait toujours quelque chose, même sans conséquence, pour jeter le trouble. Ils poursuivaient des ombres.

Pendant qu'Oppenheimer discourait, Connolly laissa dériver ses yeux ailleurs. Elle était assise, trois rangées plus loin, le cou tendu avec attention vers la scène. Ses cheveux pendants captaient les luisances de la neige qui resplendissaient aux fenêtres. Ses épaules étaient droites, mais il les imaginait entre ses mains, chaudes au toucher, et les sentait s'alanguir au moment où leurs deux corps se joignaient. Sa peau devait être satinée. Il entendait parler d'exemplarité morale, de la quête d'un monde meilleur, mais c'était le lit défait qu'il voyait, le corps d'Emma sous un drap froissé, sa peau glissante de sueur, sa fougue sublimée entre ses bras. **Alors,** comme si elle avait lu dans ses pensées, elle tourna la tête pour le regarder droit dans les yeux et, dans cette intimité, ils étaient déjà amants. Jamais il n'avait prévu qu'une telle chose se produirait et, pendant un fugace instant, il voulut fuir avant qu'il ne fût trop tard, rentrer à Washington et les laisser tous mariner dans leurs insondables dilemmes moraux, avec leur meurtre inexpliqué et leurs affaires de cœur qui – elle avait raison, bien sûr – ne menaient à rien. Mais, sentant les palpitations d'une érection, il comprit qu'il ne pourrait pas partir maintenant. D'une façon ou d'une autre, le meurtre finirait par se résoudre dans l'insignifiant, les dilemmes moraux par se dissoudre dans le vague et lui par la posséder. Encore et encore. C'était aussi simple que ça.

Quand ils se levèrent tous pour partir, il s'aperçut, gêné, qu'il était encore en érection et croisa les pans de son manteau. Les gens sortirent à la file, lentement. Quand Emma passa près de lui, son mari à son côté, ils échangèrent un regard. Dans toute cette foule endeuillée, quelqu'un remarqua-t-il que leurs yeux brillaient? Non, personne, assurément – et cette clandestinité était un moteur supplémentaire de son désir pour elle.

Dehors, de petits groupes se formèrent, comme à la sortie d'une messe. Pour éviter de la regarder, Connolly s'entretint avec Pawlowski :

«Je n'ai pas encore eu l'occasion de vous dire à quel point j'ai apprécié votre musique. Jouerez-vous à nouveau cette semaine?

— Pas moi, j'en ai peur, répondit poliment Pawlowski.

— Vous étiez pourtant excellent.

— Non, ce n'est pas ça, intervint Emma. Daniel ne sera pas là. Il doit partir hors site.»

Bien qu'il évitât toujours son regard, il sentit une poussée de désir, comme si elle l'avait touché, comme si elle s'était déclarée.

«Emma, tu ne dois pas…

— Oh, excuse-moi, chéri. Mais il est de la Sécurité. Ce n'est pas trahir un secret, n'est-ce pas?» dit-elle à Connolly.

Elle avait réussi à attirer son attention et, tandis que Daniel débitait quelques banalités courtoises sur l'aptitude des autres à jouer sans lui, il la regarda enfin. C'est vraiment ce que vous voulez? disaient les yeux d'Emma. Alors, vous l'aurez. C'était le mot de passe. Le sexe ne serait qu'un début. S'il en était encore, lui, à imaginer leurs après-midi torrides, elle en mesurait déjà les conséquences, les complications, les mensonges, les faux-semblants et peut-être la fin tragique, comme ces Japonais du film, prêts à tout risquer pour des plans sans valeur du canal de Panama. Oui, c'est ce que je veux, pensa-t-il.

7

Mais ce ne fut pas Emma qu'il dut conduire cette semaine, ce fut Oppenheimer.

«Pourquoi veut-il que ce soit moi? demanda-t-il, contrarié par cette complication.

— Peut-être qu'il aime votre conversation, répondit Mills. Peut-être qu'il n'aime pas la mienne. Quoi qu'il en soit, vous devrez porter ceci», ajouta-t-il en lui tendant un revolver.

Connolly le prit à contrecœur. Il n'aimait pas les armes à feu, il avait toujours peur que le coup ne parte tout seul. «Je suis vraiment censé m'en servir?

— Je croyais que vous étiez un reporter baroudeur.

— Vous confondez avec Winchell. Moi, je me contente d'aller aux conférences de presse et je verrouille ma porte la nuit.

— Vous savez vous en servir, tout de même? Vous n'avez pas besoin d'un cours de maniement d'arme?

— Je me débrouillerai.

— N'oubliez pas le cran de sûreté. Encore que ce soit secondaire, puisque votre rôle consiste surtout à bloquer la balle du tueur.

— La bloquer? Comment?

— En mourant, généralement. Vous mettez votre corps en bouclier devant Oppie, ce sera votre petite contribution à l'effort de guerre.

— On ne peut pas envoyer quelqu'un d'autre?

— Vous avez mieux à faire?»

Connolly se demanda un instant si Mills soupçonnait quelque chose. Cela se voyait-il donc? Comme une sorte d'érubescence priapique? Non, ce n'était qu'une pique.

«Il nous reste des comptes à éplucher, non? Passez donc un coup de fil à Holliday. Il a tendance à se laisser aller si on ne lui remonte pas les bretelles de temps en temps. Quelle est ma destination, au fait?

— Le sud. Le site expérimental.

— Je ne savais pas qu'il y en avait un.

— Ils l'ont construit en décembre. J'ai idée que quelque chose se prépare, parce qu'il y a eu pas mal d'allées et venues récemment. Tâchez d'éviter le déjeuner si vous pouvez.

— Pourquoi?

— C'est de l'antilope. Les appelés n'ont rien à faire, là-bas, alors ils tirent des serpents à sonnettes et des espèces d'antilopes qu'ils font rôtir – les antilopes, pas les serpents. Ils prétendent que ça a un goût de bœuf, mais c'est parce que le soleil leur a tapé sur la tête. Ça a un goût d'antilope.

— C'est loin?

— Dans les trois cents kilomètres.

— Malheur, ça fait une journée de route.»

Mills ricana et lui tendit une carte d'accès au site expérimental, estampillée d'un grand T. «N'oubliez pas de lui parler de l'argent.»

En fait, ce fut la première chose dont ils parlèrent.

«J'espère que vous ne m'en voulez pas», dit Oppenheimer quand Connolly amorça la descente de la route abrupte sous le soleil matinal. Il était assis devant, à sa demande, et semblait enclin à la conversation. «Ça nous donnera l'occasion de faire le point. L'enquête avance? Des suspects?

— Seulement vous.

— Plaît-il? fit-il en pivotant sur son siège, le sourcil levé, croyant à une plaisanterie.

— Pourquoi avez-vous retiré mille dollars en trois mois cet hiver?»

Oppenheimer prit le temps d'allumer une cigarette avant de répondre:

«Ce ne sont pas vos oignons.

— Si vous le dites.

— Je le dis.

— Alors, je vous crois sur parole.»

Oppenheimer regarda par la fenêtre du passager en fumant. «Non, il n'y a pas de raisons, reprit-il. Je m'incline. C'est personnel mais ça n'a rien de secret. Je n'ai plus droit aux secrets.

— Je suis désolé. Je ne voulais pas...

— Vous ne faites que votre travail. Allez-y, ne vous gênez pas.

— Qu'avez-vous fait de cet argent?

— Deux mandats postaux, que j'ai envoyés à une amie dans le besoin.

— Pourquoi?

— Elle a suivi un traitement psychiatrique, si vous tenez à le savoir. Elle est fauchée. C'est un prêt à l'amiable, en quelque sorte.

— Ce n'est pas ce que je vous demande. Pourquoi un mandat postal?

— Je n'avais pas le choix. Nous n'avons pas de chèques ici, vous devriez le savoir.

— Vous avez encore les reçus?

— Oui.

— Votre femme est au courant?

— Oui.» Il hésita. «Vous avez un sacré culot, dites donc.

— Vous avez autorisé l'examen des comptes.»

Oppenheimer soupira. «Et voilà. Les bonnes actions se paient toujours. Je n'avais pas pensé que vous examineriez le mien. C'était pourtant évident. Suis-je bête! J'ai tout du détrousseur qui assomme les passants dans un parc. Vous n'avez jamais de scrupules?»

Connolly adopta le profil bas. «Je ne suis pas spécialement fier de moi en ce moment, si c'est ce que vous voulez dire.»

Oppenheimer soupira encore. «Bien sûr, je m'en doute. Et maintenant c'est à moi de m'excuser d'avoir été grossier, comme si tout cela était de ma faute, alors que c'est vous qui me harcelez. On marche sur la tête, vous ne croyez pas?

— Ne m'accablez pas. J'essaie simplement de procéder par élimination. Je ne cherche pas du tout à me mêler de votre vie privée. Oublions ça.

— Mais vous cherchez bien quelque chose, tout de même. Quoi? A quoi rime tout ceci?

— Bruner est entré en possession d'une certaine somme avant de mourir. Il faisait peut-être chanter quelqu'un. Je dois savoir d'où lui venait cet argent.

— Et vous avez pensé qu'il me faisait chanter, moi? Voyons! Vous imaginez bien que le gouvernement a déjà passé ma vie au peigne fin. Vous êtes-vous jamais demandé à quoi ressemblait une enquête de sécurité… du point de vue de l'enquête? Vous quittez vos meilleurs amis. Vos bras droits. Vos vieilles copines. Vos amis juifs. Vos étudiants. Ambulancier en Espagne? Etait-ce pour raisons politiques? Qu'avez-vous étudié en Allemagne? Vous buvez beaucoup? Vous arrive-t-il d'avoir des doutes sur votre loyauté? Bon sang, qui n'en a pas?

— Oublions ça, j'ai dit.

— Karl ne savait rien sur l'Opération.

— Je ne pensais pas à ça.

— A quoi, alors?

— Il était homosexuel. C'est un sujet très sensible.

— Oh…» Oppenheimer éclata de rire. «Ma foi, je vous l'accorde, c'est une question qu'ils ne m'ont jamais posée. Vous allez noter ça sur ma fiche? Dois-je le nier formellement?

— Je ne note rien.

— Ça en vaudrait presque la peine, rien que pour voir la tête de G. G., dit-il, amusé.

— Vous auriez pu vouloir protéger quelqu'un d'autre. Un ami. Quelqu'un qui avait besoin d'argent.»

Oppenheimer lui jeta un regard en coin. «Seulement d'argent», dit-il, et l'incident fut clos.

Connolly garda le silence un moment. Il faisait plus chaud dans la vallée. Ils avaient quitté les versants plantés de résineux et de genévriers, et abordaient le désert de sauges. Oppenheimer examinait quelques dossiers qu'il avait sortis de sa mallette, en secouant sa cigarette par la fenêtre ouverte. D'habitude, Connolly aimait conduire en musique, mais il était trop intéressé par son passager pour penser à allumer la radio. Ils allaient rester des heures ensemble, l'occasion était trop rare pour ne pas en profiter.

«Karl ne connaissait rien au projet, dites-vous? Qu'entendez-vous par là?» demanda-t-il.

Oppenheimer leva les yeux de ses papiers. «Rien qui pût représenter une menace. C'était impossible. Seul un scientifique pouvait comprendre.

— A ce qu'on m'a dit, il aimait fouiner. Il en savait peut-être plus que vous ne croyez.

— Il n'aurait pas pu faire le tri entre l'accessoire et l'essentiel. Les principes fondamentaux étaient parfaitement connus avant la guerre, vous savez. N'importe quel physicien digne de ce nom les comprenait. Quelqu'un comme Heisenberg était très bien informé sur la question. C'est la mécanique qui importe, maintenant. Un profane ne pourrait pas s'y retrouver. Il ne saurait même pas quoi chercher. En ce sens, la complexité même du projet est sa meilleure sécurité.

— Quand on ne sait pas quoi chercher, on regarde tout.

— Un peu comme vous le faites avec vos vérifications bancaires.»

La spontanéité de la repartie prit Connolly par surprise. «Un peu, en effet.

— C'est ainsi que procède la science. Vous commencez par deviner, vous en tirez des déductions et, si ça colle, vous prouvez ce que vous aviez deviné. N'est-ce pas ce que vous faites?

— Je n'ai encore rien deviné.

— Vous avez deviné *où* il fallait chercher. Maintenant, si vous deviez découvrir quelque chose sur notre gadget, où chercheriez-vous d'abord?»

La conversation tournait au jeu d'échecs. Connolly, toujours amateur de casse-tête, avança un pion : «Je pense que je commencerais par votre mallette.»

Oppenheimer parut apprécier la réponse, puis sourit. «Vous seriez déçu. Tout ce que vous apprendriez, dit-il en agitant une feuille de papier, c'est l'étendue de la pagaille qui règne dans notre bureaucratie.

— Dites plutôt le bordel.

— Vous avez raison, approuva Oppenheimer avec jovialité. Pourquoi s'embarrasser d'euphémismes? Tenez, ceci, par exemple.» Il montra une feuille. «Ça vient de Brainbrige, un brave homme, responsable de Trinity.

— Trinity?

— C'est là que nous allons. Le site expérimental. Il veut que l'appellation officielle soit "Projet T". Or, au bureau central, on dit "Projet A". Mitchell, au service d'approvisionnement, dit "T" mais adresse les fournitures à "S-45" et, la semaine dernière, on a opté pour l'appellation "Projet J" afin d'éviter toute confusion avec le bâtiment T ou le site T, mais tout le monde continue à dire "T" parce que les cartes d'accès sont marquées d'un T.

— Vous aussi?

— Oh oui. Je ne contredirais jamais Ken. Autre chose: l'Approvisionnement veut créer une nouvelle classification. Jusqu'ici, on avait X, A, B et C, X étant prioritaires. Maintenant, ils veulent subdiviser X en XX, X1 et X2.

— Que veut dire XX? Livraison spéciale?

— Virtuellement. Ça donne droit à la Direction de la Production de Guerre de dépêcher un avion cargo n'importe où sur le territoire national.

— Et vous approuvez?

— Certainement. Nous ne pouvons pas nous permettre d'attendre le matériel pendant que les services pinaillent sur les priorités.» C'était à nouveau l'homme de fer qui parlait, le chef intransigeant qui voulait avoir la haute main sur tout. «Bien sûr, il est facile de se gausser de cette panade alphabétique. Mais c'est important. Vraiment. Chaque détail compte. Il y a toujours quelqu'un pour qui c'est important.

— De quelle quantité de matériel parlons-nous?»

Oppenheimer soupira et alluma une autre cigarette. «Sur les trente-cinq tonnes qui transitent chaque jour par l'entrepôt, cinq environ sont expédiées sur le site.

— Cinq tonnes par jour? fit Connolly, époustouflé.

— Oui, confirma Oppenheimer, plus ou moins. En comptant tout, depuis la bière jusqu'à... enfin, tout le reste.

— Mais c'est énorme. Comment faites-vous pour cacher un tel volume? C'est la première fois que j'en entends parler.

— Oui... Et pourtant vous êtes agent de sécurité. Agent spécial, en tout cas. Parfois, je me le demande moi-même. Quand nous avons installé le site, nous avions besoin de notre propre longueur d'ondes pour le réseau ondes courtes intérieur et un hasard malheureux a voulu que ce soit la même que celle en usage sur les docks de San Antonio. Ils pouvaient nous entendre, mais je doute qu'ils aient pu comprendre quoi que ce soit. Nous avons détourné les lignes téléphoniques sur Albuquerque et Denver pour que personne ne puisse faire le lien avec la Colline. Un système de sécurité très élaboré. Mais nous sommes tout de même obligés de sortir la marchandise de la Colline. C'est incontournable. Alors, nous attendons la nuit pour envoyer nos camions. Il peut y en avoir jusqu'à dix par convoi et, pourtant, je crois que personne n'a jamais rien remarqué. C'est exactement ce que je vous disais, il faut d'abord savoir ce qu'on cherche, conclut-il en souriant, comme s'il venait de démontrer un théorème.

— Possible. Mais on peut avoir de la chance, parfois. Regardez, je viens de recueillir un tas d'informations sur l'échelle de l'Opération, les noms de code, les liaisons téléphoniques, le personnel en poste et je n'ai même pas fouillé votre mallette.

— En effet. Vous êtes peut-être plus dangereux que je ne pensais.

— Seulement si je dois me servir de ça, dit-il en tapotant son revolver. Encore une question?

— Pourrais-je vous en empêcher?

— Y a-t-il, oui ou non, dans cette mallette, quelque chose que les Allemands ne doivent pas voir?»

Oppenheimer réfléchit. «Oui.

— Mais vous l'avez emporté quand même?

— Il m'étonnerait que nous soyons attaqués par les nazis sur la route d'Albuquerque. Le trajet est long et j'ai beaucoup de paperasserie à régler. Ça valait le risque.

— Mais, au sens strict, c'est contraire au règlement, non? Est-ce que les autres gardes du corps le savent?»

Oppenheimer eut un sourire triomphant. «Bien sûr. Pourquoi croyez-vous que je vous ai requis?»

Ils déjeunèrent chez Roy, à Belen, une étape prévue pour les membres de l'Opération, et reprirent la route sous un soleil de plomb. Connolly était en nage. Après la fraîcheur de Los Alamos, le désert était un immense four évidé jusqu'au Mexique. Même les pins rabougris du haut plateau s'effaçaient devant les cactus et les scorpions. Dans son costume gris et sous son chapeau de feutre, Oppenheimer semblait supporter facilement la chaleur, se contentant de tamponner sa nuque avec un mouchoir, tandis que de grands pans de sueur traversaient la chemise de Connolly. Mais son stoïcisme ne dura pas. Bientôt vaincu par le courant d'air chaud, poussiéreux et irritant qui soufflait par les fenêtres, il renonça à travailler et se mit à contempler, maussade, les onduleuses réverbérations de la canicule sur les immensités arides.

«Oui, Virginia, l'enfer existe et nous y sommes, chantonna-t-il. Tout ça pour gagner la guerre.» Il rabattit son chapeau devant ses yeux et s'affaissa sur son siège en faisant semblant de dormir mais sans cesser de parler. «Les Espagnols l'appelaient Jornada del Muerto et, pour une fois, ils n'exagéraient pas. Si votre tacot tombait en panne, il ne vous resterait plus qu'à prier le chapelet.

— Eh bien, espérons que nous aurons assez d'essence. La jauge est au plus bas.

— Tss tss, manque d'organisation, ça. Il y a une pompe plus loin, vers San Antonio. Ouvrez bien l'œil : un battement de cils et vous risquez de la rater. Il y a un bar aussi. Nous ne sommes pas censés nous arrêter, mais tout le monde le fait et vous avez déjà enfreint le règlement.»

Curieusement, le bar était bondé. Connolly se demanda d'où pouvaient venir tous ces gens, dans cette étendue désertique. La salle était sombre – il dut plisser les yeux en franchissant la porte – et le mur du fond était hérissé de bouteilles, tels des trophées d'un passé plus convivial. Quand ses prunelles s'accoutumèrent à l'obscurité, il vit qu'une partie des clients venaient de la Colline. Ils firent semblant de ne pas remarquer l'entrée d'Oppenheimer, comme si la violation d'une règle de sécurité pouvait être rachetée par le respect d'une autre, mais Oppenheimer refusa de jouer le jeu et se porta immédiatement vers eux pour leur parler. A côté d'Eisler, Connolly reconnut Pawlowski, et la coïncidence le fit sourire : voilà donc quelle était sa mystérieuse destination. Dans ce désert si vaste, le monde était bien petit. Les deux rivaux avaient délaissé Emma pour se retrouver face à face, sans l'avoir voulu, devant une bière dans un bar mexicain. Une ironie du sort qu'Oppenheimer aurait sans doute appréciée, à la fois absurde et élégante. Un jeune barman mexicain s'activait d'une table à l'autre, décapsulant des cannettes, les yeux brillants, apparemment surpris par cette affluence inattendue. Eisler, dont la peau blanche luisait dans le faux-jour de la salle, réussissait à conserver un air digne et guindé malgré sa chemise de cow-boy à manches courtes et sa bouteille de Coca-Cola, comme un acteur égaré qui se serait trompé de film publicitaire.

Mais Oppenheimer ne voulait pas s'attarder – la route était encore longue – et son départ précipité mit fin à la pause de tout le monde.

«C'est donc ça que vous appelez "hors site", dit Connolly à Pawlowski en l'accompagnant dehors.

— Nous sommes tenus au secret, répondit-il simplement en lorgnant le revolver de Connolly, qu'il n'avait pas reconnu tout de suite. Je ne savais pas que vous viendriez aussi.

— Je conduis Oppenheimer. Il y a quelqu'un avec vous?»

Pawlowski eut un sourire modeste. «Non, je ne suis pas assez important. Le seul danger que je cours, c'est la conduite de Friedrich.

— Oh, je ne me suis pas trop mal débrouillé jusqu'ici, protesta Eisler en plaisantant.

Connolly remarqua qu'il avait pris un coup de soleil sur l'avant-bras, une marque rose vif qui contrastait avec le blanc de sa manche relevée, et l'imagina au volant, le coude sur la portière, comme un vieux maître d'école en vadrouille. De quoi parlaient-ils en voiture? Sans doute de problèmes très sérieux, des mécanismes abscons de leur gadget dont l'inviolabilité, au dire d'Oppenheimer, était garantie par sa complexité même.

«Nous vous suivons? C'est rassurant de voyager à plusieurs voitures. En cas de panne, vous comprenez.»

Et ainsi, avec une troisième voiture que Connolly n'avait pas remarquée d'abord, ils s'en allèrent en file indienne à travers le désert sans relief. Oppenheimer avait repris sa posture décontractée, avec son chapeau de guingois pour s'abriter du soleil.

«Vous pouvez dormir à l'arrière, proposa Connolly.

— Je pourrais même dormir devant si j'avais l'esprit en repos, soupira Oppenheimer en sortant une autre cigarette. Mais j'ai rarement l'esprit en repos. Et vous, qu'est-ce qui vous tracasse?»

Connolly sourit. «Rien. Parlez-moi de Pawlowski.

— Ne me dites pas que vous le soupçonnez aussi.

— Non, simple curiosité. Pour passer le temps.

— Hum. Comme la radio.» Il souffla la fumée, pensif. «C'est un bûcheur, il aime le travail. Bethe en dit le plus grand bien. Déterminé, voire obstiné.» Il semblait lire à haute voix une lettre de recommandation pour un candidat. «Un esprit brillant, mais introverti. J'ai toujours pensé que la physique était devenue un monde de substitution pour lui, mais ce n'est qu'une idée en l'air. En fait, ça n'a rien d'insolite, nous sommes tous un peu introvertis. Disons que ce n'est pas un boute-en-train. Il est peut-être même un peu… comment nous appelle Herr Goebbels? Collet-monté. Il estime que Teller est un crétin, par exemple, et refuse de travailler avec lui. Il n'est pas homosexuel non plus, au fait.

— Non. J'ai rencontré sa femme.

— Emma? Oui. Une sacrée fille.

— Ce qui veut dire?

— Une sacrée fille. Anglaise. Une cavalière hors pair. Il faut avoir grandi parmi les chevaux pour monter aussi bien.

— Un curieux mariage.

— Ah bon? Je ne sais pas. Pour moi, un mariage est toujours curieux, vu de l'extérieur.

— Non, je veux dire qu'ils viennent de milieux très différents.

— Quel snob vous faites! dit-il en riant. On voit que vous ne connaissez pas les Anglais. Ce sont les gens les moins conventionnels du monde, du moins dans l'aristocratie. Elle s'est battue en Espagne, vous savez, je crois qu'il y a de l'aventurière en elle. Vous devriez la voir à cheval. Le meilleur moyen de connaître une Anglaise, c'est de regarder comment elle se tient en selle.» Il tira sur sa cigarette et ajouta : «Cela étant, je me demande en quoi ça vous concerne.»

La remarque était tombée inopinément, comme une cendre sur le siège, prenant Connolly au dépourvu.

«Ça ne me concerne pas, reconnut-il.

— Vous cherchez dans toutes les directions, hein? Tout de même, je ne me doutais pas que vous ratissiez si large.» Il s'interrompit, pour lui laisser le temps de réagir, puis : «C'est une femme séduisante.

— Oui, en effet», dit-il d'un ton neutre. En parlant avec Oppenheimer, il avait toujours l'impression de jouer aux échecs. Mais la partie était inégale : il n'y avait pas d'enjeu pour Oppenheimer. «Je me demandais… à propos de la méthode scientifique. Si votre intuition est fausse, il n'y a pas de déductions possibles, n'est-ce pas?

— Si votre intuition est fausse, non.»

Connolly n'insista pas. Il était furieux contre lui-même d'avoir lancé la discussion sur ce sujet et encore plus furieux de ne pas savoir si les propos d'Oppenheimer dissimulaient un sous-entendu. Il avait commis une faute : un bon reporter cherche toujours à se cacher derrière un miroir sans tain. Or il venait de s'exposer. Le moindre faux pas, désormais, risquait de dévoiler son jeu.

«Le Dr. Eisler a dit quelque chose d'intéressant, l'autre soir.

— Ça m'étonne, fit Oppenheimer, contrarié. D'habitude, Friedrich est muet comme une carpe. Vous devez avoir un don pour tirer les vers du nez.

— Que se passerait-il si les Allemands capitulaient avant la fin de vos recherches?

— Friedrich a dit ça? demanda Oppenheimer en redressant le cou, comme une tortue.

— Pas exactement. Il a dit que c'étaient les nazis qui nous avaient donné, indirectement, la permission morale de mettre la bombe au point. Que ferions-nous sans eux?»

Oppenheimer retira son chapeau et se frotta la tempe. On voyait, à l'expression de son visage, qu'il désapprouvait.

«Nous ne l'avons pas encore mise au point, dit-il finalement. Ses remords sont prématurés. Et la reddition des nazis n'est pas acquise non plus.

— Mais si elle l'était?

— Nous ne pouvons que l'espérer de tout notre cœur. Cette guerre ne connaît pas de répit.

— Continueriez-vous à fabriquer cette bombe?

— Bien sûr. Vous croyez que nous avons fait tout ce travail pour ne pas la fabriquer ?

— Mais si nous n'en avons pas besoin pour gagner la guerre ?

— Nous en aurons besoin pour finir la guerre. Les Allemands ne sont pas les seuls à se battre. Nos amis européens ont trop tendance à l'oublier, ce qui est compréhensible. Combien de pertes pouvons-nous encore supporter dans le Pacifique ? Pouvons-nous tenir encore un an ? Davantage ? Moins ? Je ne sais pas comment on peut faire ce genre de calcul. Moi, je m'y refuse.

— Certes.

— La menace est trop importante pour ratiociner sur des histoires de "permission morale".

— Mais vous comprenez son point de vue. C'est pour ça qu'ils ont voulu la fabriquer.

— Nous avons voulu la fabriquer parce que, tôt ou tard, quelqu'un l'aurait fait. Nous préférions que ce soit nous. Ça vous choque ? Parfois, ça me choque aussi. Mais rendez-vous compte : nous essayons de libérer l'énergie de la matière, nous essayons littéralement de transformer l'ordre des choses. Quel physicien résisterait à cela ? La science est la science. Elle n'a pas besoin de permission. Elle a besoin d'être révélée. Mais c'est difficile. Et cher. L'armée a payé le prix. Qui d'autre aurait pu ? »

Le soleil était encore haut quand ils franchirent le périmètre du site expérimental et montrèrent leurs cartes d'accès au bureau de sécurité. Le camp de base, une autre ville champignon de hangards et de baraquements entortillée dans des kilomètres de fils électriques, rôtissait sous la canicule. La plupart des hommes étaient en maillot de corps, certains même en caleçon mais, malgré la chaleur, ils s'activaient avec détermination, comme des accessoiristes réglant les derniers détails d'un spectacle avant le lever de rideau. Les seules zones d'ombre se limitaient à quelques étroits rubans sur le côté est des bâtiments. A midi, ce devait être l'enfer.

Connolly fut à nouveau impressionné par la dimension de l'Opération. Sur la Colline, où l'on était protégé des ardeurs du soleil par les arbres, les citernes et les versants voisins, on se croyait dans une bourgade en expansion. Il y avait des épouses, des cordes à linge, des soirées musicales. Et il y avait de la vue, des montagnes, des ranchs. Mais ici, en plein cœur du désert, le site apparaissait dans toute son étrangeté : une oasis artificielle surgie de terre en une nuit. Connolly savait que le Manhattan Project comptait d'autres usines dans le pays, d'énormes installations conçues pour produire le carburant du gadget, mais il fallait avoir vu Trinity pour mesurer la véritable ampleur de l'opération, car tout, ici, était importé, artificiel, et tout disparaîtrait après la fin des essais. Une ville entière – des millions de tonnes de matériel – avait été érigée pour un unique instant dans le temps.

Oppenheimer devait inspecter un bunker en cours d'achèvement à une dizaine de kilomètres au sud avant de revenir au camp pour une série d'entretiens, si bien que Connolly fut libre de vaquer à ses propres occupations, pour ne pas dire congédié comme un domestique importun. Malgré un bruyant appareil de climatisation, le mess était suffoquant. Il prit un Coca bien frais et alla s'asseoir dehors, dans le vent poussiéreux. Les gouttes de condensation sur son verre s'évaporèrent instantanément dans l'air chaud. Adossé contre le mur, dans un bandeau d'ombre, il regarda les hommes tendre des fils en hauteur, équipés de gros gants de travail et de lunettes de protection. Des jeeps allaient et venaient en soulevant des nuages poudreux. Mais, entre leurs passages, le silence retombait. Il n'y avait pas d'oiseaux. Seuls les humains se risquaient ici à cette heure. Les créatures du désert se terraient en attendant la nuit.

Le camp était situé dans un bassin dont les limites, les monts San Andreas, étaient si lointaines qu'on en distinguait à peine les contours à l'horizon. Connolly n'avait jamais vu une telle immensité. S'aventurer au-delà des cahutes en contreplaqué et des piliers téléphoniques, c'était courir à sa perte. Lui qui avait toujours manqué d'espace – enfant déjà, sur son petit lit pliant dans le salon, et plus tard dans son bureau exigu où il n'avait même pas la place de poser une tasse de café –, il se trouvait soudain face à une étendue infinie qui défiait les plus audacieux marcheurs.

Ici, tout semblait loin – la guerre, son bureau de Washington, son passé. Le désert effaçait tout. Il regarda dans le vide. Il était impossible de réfléchir ici : le soleil empêchait tout raisonnement, faisait fondre les idées qui se dissolvaient dans l'air comme d'insignifiants pétales de cendre. Il vida son Coca. Le cul de la bouteille lui fit penser aux grosses lunettes de Manny Wonder, dont les épais verres étaient tout rayés à force d'avoir été essuyés. Manny était le chroniqueur du journal, un petit homme perpétuellement en sueur qui, chaque matin, lisait la page 10 du *Mirror* pour voir ce qu'avait fait Winchell et passait le reste de la journée à chercher des tuyaux dans les agences de presse pour ficeler un article original. En salle de rédaction, il ne retirait jamais sa veste, comme s'il risquait d'être envoyé au Maroc d'une minute à l'autre, et s'adressait aux linotypistes avec une courtoisie élaborée, d'une voix fluette à peine audible dans le cliquetis des machines à écrire. Comme sa rubrique ne parlait que de demoiselles de bonne famille dansant la rumba, de belles désœuvrées en instance de divorce ou d'actrices sacrifiant leur carrière sur l'autel du patriotisme, le public imaginait Manny en noctambule mondain alors que, dans la salle de rédaction, c'était un petit homme en sueur avec des manières de comptable. Il avait eu quatre femmes.

Connolly sourit. Quel était son vrai nom? Il ne **le** lui avait jamais demandé et ne le saurait jamais car Manny, lui aussi, comme les autres, s'était évaporé dans la nature. Encore un fantôme du désert qui n'avait peut-être jamais existé.

Il ne retournerait pas au journalisme. Il avait adoré son métier – les managers de boxe à City Hall, les flics à l'heure du déjeuner –, mais il n'avait plus le feu sacré. Il était fatigué de tout ça. La guerre l'avait arraché à son milieu pour le transplanter ici, dans un camp retranché sur la route 85, aux avant-postes de la modernité. Car ce qui rendait l'Opération aussi palpitante, ce n'étaient ni l'air euphorisant de l'altitude, ni la perspective de mettre un terme à la guerre, c'était ce sentiment d'assister à la construction d'un monde nouveau, de faire table rase du passé. Tout ici était neuf, le bois, les calculs, le mystère. Oui, même le mystère était neuf. Peut-être était-ce là ce qu'avait voulu dire Oppenheimer. Ils étaient face à une page blanche, vierge comme le désert autour d'eux. Personne ne savait ce qu'on y écrirait.

Il entendit un vrombissement dans le ciel et vit trois bombardiers venant d'Alamagordo. Ils se préparaient à l'attaque. Mais lui, que faisait-il ici? Tout le monde, à part lui, était occupé à quelque préparatif. Etait-ce un rêve, un délire, une insolation? Ce n'était pas son projet, il n'y comprenait rien. Eût-il encore été journaliste, il aurait pris des notes, trop content de se trouver au centre d'une histoire à faire pâlir tous les chasseurs de scoop. Mais il y avait renoncé. Il était ici pour élucider un crime qui n'intéressait personne, comme un gêneur venu perturber la routine quotidienne. Et, pourtant, il ne le regrettait pas. L'Opération lui avait permis d'entrevoir le futur. La guerre forçait tout le monde à vivre au jour le jour, sans rien promettre au-delà de sa propre finalité. Désormais, il éprouvait le besoin de commencer quelque chose, de partir – n'importe où. Il ne lui restait qu'à mettre de l'ordre dans sa vie pour pouvoir faire ses valises. Mais, maintenant qu'il était venu ici, il n'avait pas envie de chercher ailleurs. L'avenir était ici.

Il alluma une cigarette et se demanda si Bruner était déjà venu dans ce désert, avait déjà ressenti la liberté de ces grands espaces. Probablement non. Cela l'aurait terrifié. Il avait été trop longtemps confiné dans des cellules pour ne pas être effrayé par l'absence de murs. Cependant il aimait les promenades en voiture. Où allait-il donc? Peut-être voulait-il voir de ses propres yeux ce paysage de western pour se sentir vraiment américain. Connolly essaya de l'imaginer campé devant l'horizon, une main en visière au-dessus de ses yeux. En vain. Il n'arrivait pas à se représenter un homme comme Bruner debout sous le soleil. Il était trop pâle sur sa photo d'identité. Sa vie s'était construite dans des coins de pièce, à quémander de la nourriture, à taper contre les murs. Et puis, à quoi bon? Comment savoir? Même la méthode d'Oppenheimer – déduire à partir d'une intuition – était inefficace.

Bruner pensait en victime, c'est-à-dire qu'il croyait aux conspirations. Or, quand on croit aux conspirations, on est prêt à tout pour les découvrir. C'est le seul moyen d'assurer sa sécurité. Pour lui, le monde était organisé selon une série de réseaux invisibles – tant en prison, où la survie en dépendait, qu'au sein d'une communauté secrète, où la sexualité ne pouvait s'épanouir que dans la clandestinité. Voilà pourquoi c'était un fouineur : la recherche des réseaux invisibles était devenue une obsession chez lui. Il voulait savoir pour le simple plaisir de savoir. Pour être en position de force.

Donc Karl lisait des fiches. Lesquelles? Oui, il imaginait bien Karl assis sous une lampe, la nuit, absorbé dans un dossier, vérifiant les dates, cherchant une incohérence. «C'est ce qui n'y est pas», avait-il dit. Mais alors, pourquoi la voiture? Pourquoi se détourner de sa quête pour jouer les touristes? A moins que ce ne fût pour jouer au chat et à la souris. Pour traquer quelqu'un. Ou pour accompagner quelqu'un. Et sa curiosité lui avait été fatale. La souris avait tué le chat. Oui, c'était cela, il y avait quelqu'un d'autre. Nécessairement. Karl, dans sa méticulosité monastique, avait laissé des préservatifs dans son tiroir. Il y avait quelqu'un. Peut-être même, bien que Connolly eût encore du mal à le croire, quelqu'un qu'il avait dragué.

«T'as du feu?»

Désormais habitué aux délicates inflexions européennes, ce gros accent américain le surprit. Le Texas, probablement, ou l'Oklahoma. C'était un jeune gars qui avait dû pratiquer le football au lycée, large d'épaules, musclé, mal rasé et bravache. Il était torse nu, la poitrine couverte d'une pellicule alcaline, de sorte que son masque de protection rabattu pendait à son cou comme un faux-col sur une chemise inexistante. Ses oreilles décollées saillaient sous son calot d'ouvrier. Connolly lui tendit son briquet.

«T'es nouveau sur le site?» C'était un de ces types dont les questions les plus innocentes fusent comme des provocations, ces types incapables de contrôler leur agressivité naturelle. Un cul-terreux prompt à la castagne, que Connolly imaginait très bien dans une rixe de bar.

«Seulement pour la journée. Service de garde.

— Sans blague? Bienvenue au club.» Amadoué par la réponse de Connolly, il montra un badge d'agent de sécurité pour établir le contact. «Qui tu traînes?

— Oppenheimer.

— Veinard. Il reste jamais. Personne a envie de rester ici. Oh, putain, non.

— Tu es là depuis longtemps?

— Vingt-huit jours. Pas un de moins. Ils m'ont collé ici, le mois dernier, avec tout un groupe. Et, je vais te dire, y a pas pire.»

Connolly le regarda avec intérêt. Il croyait avoir parlé à tout le monde dans l'unité de renseignements, or personne ne l'avait informé de transferts à Trinity.

«Ouais, il fait chaud.

— C'est pas la chaleur. Il fait chaud aussi au Texas. C'est un trou à rats ici. On est serrés comme des sardines. Personne ne sort. Y a rien d'autre à foutre qu'à tirer des serpents. L'eau du puits est tellement merdique qu'on peut pas la boire – pleine de gypse et je sais pas quoi – mais, comme on se lave quand même avec, tout le monde a chopé la courante. Dans les latrines, tu marches sur des scorpions. Ils disaient qu'ils voulaient seulement les meilleurs pour Trinity, alors on a tous pensé que c'était quelque chose de spécial. Et pour être spécial, c'est spécial.

— Qu'est-ce que vous surveillez?

— Les lézards, principalement. Y a *rien* à surveiller ici. Leur seul problème, c'est les antilopes qui se prennent dans les fils électriques qu'ils branchent un peu partout.

— C'est pourquoi ils les chassent?

— Ouais, c'est le seul truc marrant. La chasse. Rien à bouffer et rien à baiser. Au moins, sur la Colline, ils ont des femmes. Une fois, y a eu des bataillons féminins qui sont venus nous tenir compagnie, mais elles couchent pas, alors qu'est-ce qu'on en a à foutre?»

Connolly éteignit sa cigarette.

«Bah, il n'y en a plus pour longtemps.

— Ah ouais? D'où tu tiens ça?»

Connolly haussa les épaules. «Ce n'est pas ce qu'ils vous disent?

— Tu déconnes? Ils nous disent rien, mon pote. On n'est au courant de rien. On a su pour la mort de Roosevelt, c'est tout. Pour moi, la guerre est finie.

— Elle n'est pas finie», dit Connolly.

Le jeune appelé retira son calot pour s'essuyer le front. Sous ses courts cheveux blonds, sa peau était rouge. «Bon, faut que j'y aille. C'était juste la pause. Content de t'avoir connu.»

Connolly crut qu'il plaisantait, mais il avait l'air sérieux.

«Fais gaffe aux mille-pattes, ils puent comme c'est pas permis.

— Entendu. Je peux te poser une question?»

Il s'en allait déjà. Il se retourna, l'œil méfiant tout à coup. Connolly connaissait ce regard. C'était la réaction instinctive des types habitués à la police, le legs de trop nombreuses bringues du samedi soir achevées au poste. Il attendit.

«Quand tu étais sur la Colline, est-ce que tu as connu un nommé Karl Bruner?

— Karl? fit-il, intrigué. Sûr. Il était du G2. Tout le monde le connaissait. Pourquoi?

— Il est mort.

— Karl?»

Sa surprise était sincère. Si même cette rumeur n'avait pas filtré, c'était que le black-out fonctionnait bien ou que l'indifférence était générale.

«Il a été tué.

— Sans blague? Comment?

— Assassiné.»

Le gaillard ouvrit des yeux ronds. «Tu me fais marcher?

— Non. Il a été retrouvé dans le parc de Santa Fé, près de l'Alameda. Tu n'étais pas au courant?

— Je te l'ai dit, on n'est au courant de rien ici. Qui c'est qui l'a tué?

— C'est ce qu'on essaie de découvrir.

— T'es un flic!»

C'était une accusation, comme s'il reprochait à Connolly de lui avoir caché sa véritable identité.

«Non. Renseignement militaire. Nous enquêtons par nous-mêmes.

— Je pige pas. Qu'est-ce qui s'est passé?»

Connolly guetta sa réaction. «Nous ne savons pas. La police pense qu'il s'agit d'un meurtre homosexuel.»

Le gars accusa le coup. Il retint son souffle et poussa un petit rire incrédule.

«C'te connerie!

— Pourquoi?

— Pourquoi? Karl était pas une lope.

— Comment tu le sais?

— Je le sais, c'est tout. C'était pas une lope. Vingt dieux. Karl?

— Tu le connaissais bien?

— C'était qu'un mec dans un bureau. C'est lui qui me donnait mes affectations quand j'ai quitté la cavalerie.

— Donc, tu ne connaissais pas ses amis? Tu ne sais pas s'il fréquentait quelqu'un?

— Non.

— Bon. Je pensais que tu avais peut-être pu remarquer quelque chose. Il te parlait souvent?

— Des fois.

— De quoi?

— De rien. De trucs, quoi.

— Quel genre de trucs?»

Il hésita. La question semblait l'embarrasser.

«Il t'interrogeait sur tes copines? reprit Connolly, pour orienter le dialogue.

— Pour savoir si j'en avais? Ouais, il me demandait ça.

— Et tu étais content de lui répondre.

— Va te faire foutre, répliqua-t-il, vexé.

— Je suis sérieux, c'est important. D'après toi, est-ce que ça l'intéressait vraiment ou est-ce que c'étaient juste des mots en l'air pour faire *croire* que ça l'intéressait?»

La nuance était trop subtile pour lui. Il répondit sans détour : «Ça l'intéressait. Il voulait connaître des adresses, des trucs comme ça.

— Et des noms?

— Ouais, des fois.

— Tu lui en donnais?»

Il détourna les yeux, cherchant une issue, gêné par le tour que prenait la conversation.

«Des fois.

— Mais c'était par pure curiosité? Il ne cherchait pas de filles pour lui-même?

— Non… Mais pas parce qu'il était pédé. Il se tapait déjà une femme.»

Connolly se tut, ne sachant ce qu'il fallait en penser. Il était possible que, dans l'esprit du Texan, blasé et adolescent, tout homme se tapait forcément une femme. Et il était possible que Bruner ait profité de cet état d'esprit vantard pour tromper son monde. Mais il était possible aussi que ce soit vrai. Le chaînon manquant.

«Qu'est-ce qui te fait penser ça?

— Je sais pas… rapport à ce qu'il disait. Quand il disait qu'il avait un rencard, par exemple.

— C'étaient ses mots exacts? Il avait un rencard?

— Exacts, je me rappelle pas. Mais ouais, quelque chose comme ça. Je faisais pas gaffe.

— Il a cité un nom? Comment tu savais que c'était une femme?»

Le Texan rougit. «Ben, qu'est-ce que ça aurait pu être d'autre? Vingt dieux, pourquoi qu'il se serait intéressé à ce que je faisais si c'était une lope?

— C'est une bonne question.

— Qu'est-ce que t'entends par là?» Il se rebellait tout à coup, comme si le seul fait d'aborder ce sujet était une offense à sa dignité.

«Est-ce qu'il te demandait des détails sexuels? Enfin, tu vois ce que je veux dire…

— Non, ça se raconte pas, ces choses-là.

— Donc c'étaient juste des formules du genre : "Je me suis pas ennuyé hier soir" ou "si t'avais vu ça"?

— Ouais, ce genre-là. Rien de vicieux. Il voulait savoir, quoi! Qu'est-ce que j'aurais dû répondre?

— Peut-être que ta réputation t'avait précédé. Peut-être qu'il cherchait des rabatteurs.

— T'essaies d'être drôle?

— Allons, vous aimez bien comparer vos notes entre vous, de temps en temps, non?

— Tu mériterais que je te foute mon poing dans la gueule. Et, d'abord, qui t'a donné le droit de poser toutes ces questions?

— Groves en personne.

— Merde, fit-il, dépité. Ecoute, y a pas de quoi en faire un fromage. C'est juste des histoires entre mecs, qu'on se raconte une fois de temps en temps.

— Je pensais que tu faisais ça tout le temps.

— Ouais, ben, sûrement plus souvent que toi, répliqua-t-il, boudeur comme un gosse.

— C'est probable, répondit Connolly en souriant. Tant mieux pour toi, ça m'est complètement égal. Un type a été assassiné, je veux simplement savoir ce que tu lui disais.

— Mais j'en sais rien, moi. Il détestait pas les blagues salaces, c'est tout, faut pas chercher plus loin. On comparait pas nos notes. Il avait une histoire en cours, de toute manière. Et puis ils ont rompu, je crois. Enfin, je suppose, parce qu'il en parlait plus beaucoup, dernièrement. Ensuite, je suis venu ici. Bon, je lui racontais quelques trucs, et alors? C'est pas un crime fédéral. Il aimait bien écouter. Il était comme ça. Et il était pas pédé! acheva-t-il avec conviction, comme s'il voulait à toute force convaincre Connolly.

— Je me demande comment tu peux en être aussi sûr.

— Je l'aurais *su*, je te dis, affirma-t-il en se redressant d'un air provocateur.

— Il y en a beaucoup au Texas, hein?

— Pas vivants.»

***

Il y avait quatre autres gardes qui avaient été détachés de la Colline. Au crépuscule, Connolly les avait tous interrogés sans rien apprendre qu'il ne sût déjà. Oppenheimer n'était toujours pas rentré quand il fit la queue avec les autres pour le dîner, trop préoccupé pour prêter attention à ce qu'il mettait sur son plateau. Il s'assit avec un groupe qui travaillait sur des lunettes de protection en aluminium pour l'essai. Il faisait plus frais dans le mess, maintenant, et il rêvassa devant son café après le départ de ses compagnons de table pour une séance de cinéma en plein air. Il sourit en repensant aux night-clubs d'Hannah, dont la vogue avait été importée jusqu'ici pour illuminer les nuits du désert, car même au cœur de la Jornada del Muerte les gens dansaient. Il remua son café en jouant distraitement avec la cuiller, qu'il sortait et replongeait dans la tasse pour observer les mouvements du liquide.

« La mécanique des fluides, dit Eisler, le tirant de sa rêverie. Vous voyez, les principes scientifiques ne changent jamais. Que ce soit Archimède dans son bain ou une petite cuiller dans du café. Puis-je me joindre à vous ? »

Connolly lui désigna une chaise en souriant.

« Est-ce qu'il a vraiment couru tout nu dans les rues en criant Eurêka ?

— J'espère, répondit Eisler. C'est une jolie histoire. Mais peut-être seulement après avoir rédigé son rapport pour le comité scientifique.

— En double exemplaire. Avec des copies pour les archives.

— C'est ça ! En double exemplaire. »

Eisler avait les traits tirés et la peau rosie par le soleil. Il mangeait penché sur son assiette, les épaules affaissées par la fatigue, comme Oppenheimer. Pendant que Connolly contemplait le désert et questionnait un adolescent attardé, les savants, eux, avaient travaillé dur.

« Où est Pawlowski ?

— Oh, il ne rentrera pas avec nous ce soir. Il est ici pour la semaine, le pauvre vieux. »

Une semaine... La bonne aubaine était si inattendue que Connolly, heureux comme un gosse recevant un cadeau, faillit trahir sa joie.

« J'espère que vous avez pu vous reposer, reprit Eisler. Oppie n'aime pas conduire la nuit et j'ai une mauvaise vue. La route est si longue. Je crois qu'il serait plus prudent d'attendre demain matin.

— Non, il n'est pas question de s'attarder », dit Connolly, impatient de repartir.

Eisler se méprit sur sa réponse. « Oui, je vous comprends, ce n'est pas Broadway ici. Pauvre Daniel. Toute la journée au poste Sud. Il faut sans cesse faire attention où on met les pieds.

— A cause des serpents ? »

Eisler frissonna. « Des serpents, des scorpions... on ne sait jamais. J'avoue que je suis très peureux dans le désert.

— Qu'est-ce qu'il fait ?

— Suis-je autorisé à vous le dire ? C'est un piège ?

— Vous n'avez rien à craindre avec moi. Je n'y comprendrais rien, de toute façon.

— Les instruments de mesure de la radioactivité. Pas la radioactivité réelle, bien sûr. Une simulation, à faible niveau.

— Ah bon? Ce n'est pas un essai en grandeur réelle?

— C'est un essai avant l'essai. Seulement du TNT. Cent tonnes, pour étudier les effets de la déflagration. En fait, c'est pour tester nos instruments. Nous mettons 1 000 curies de produit de fission dans la pile pour simuler la matière radioactive. Si vous comprenez ce que ça signifie...

— Je comprends ce que signifient cent tonnes de TNT. Seigneur!»

Eisler esquissa un sourire. «Ce n'est qu'un amuse-gueule. Le vrai gadget sera bien plus puissant. Personne ne sait à quel point au juste. Il y a une équipe chargée de l'évaluer. Un jeu de devinettes, en somme.» Il parlait à mi-voix, méditatif. «Combien de tonnes d'équivalent TNT pouvons-nous produire avec un seul gadget? Une centaine? Cinq mille? Davantage? Nous ne savons pas encore.

— Vous pariez sur combien?

— Moi? Je ne parie pas, monsieur Connolly. Ce n'est pas une loterie.

— Votre évaluation, alors.

— Vingt mille tonnes», répondit calmement Eisler.

Connolly le toisa, hébété. «Vingt mille, répéta-t-il, comme pour demander confirmation.

— Mon ami, que croyez-vous que nous faisons ici? Pourquoi croyez-vous que nous appelons ça un gadget? Un nom de code, par souci de sécurité? J'en doute. La raison profonde, c'est que nous voulons oublier la réalité de ce que nous fabriquons. Oui, vingt mille tonnes. Mes calculs sont très précis. Je prends tous les paris, dit-il avec un sourire ironique. Bien sûr, nous ne pouvons pas calculer les retombées. Il n'y a pas de bonnes formules pour la radioactivité. Même notre Daniel en convient.»

Connolly était estomaqué par ces chiffres. Ils discutaient tranquillement dans un mess de fortune, en plein désert, de quantités défiant l'imagination. Hagard, il chercha à se raccrocher à des détails, comme un patient en phase terminale qui essaie encore de s'intéresser à la procédure médicale.

«C'est votre rôle aussi? demanda-t-il. La mesure de la radioactivité?

— En partie. Nous ne sommes pas autorisés à en parler, vous savez.

— Vous travaillez avec Frisch à la division G, Groupe des assemblées critiques.»

Eisler tiqua, surpris. «Comment le savez-vous?» Connolly ne répondit pas. «Je vois. Encore un piège. Si vous le savez, pourquoi le demander?

— Je sais où vous travaillez. Je ne sais pas ce que ça signifie.

— Bien. Connaissez-vous les neutrons rapides? La masse critique? Comment vous expliquer ça?» Il regarda la table, cherchant des exemples pour illustrer son propos. «De quelle quantité d'uranium avons-nous besoin pour le gadget? Là est le problème. En théorie, nous le savons, mais comment tester une théorie?» Il plaça la tasse de Connolly entre eux. «Supposons que ce café soit de l'U 235. Si nous en prenons assez, si nous atteignons la masse critique, il y aura une réaction en chaîne et, bien sûr, une explosion. Mais à quel moment? Donc, nous prenons la quantité de café que nous croyons nécessaire mais en laissant un trou au milieu – là, je fais appel à votre imagination – pour que les neutrons puissent s'échapper. Pas de réaction. La cuiller sera le café que nous prélevons.» Il la souleva au-dessus de la tasse. «Si nous l'abaissons, comme ceci, le trou se remplit jusqu'à ce qu'il atteigne l'instant précis où les neutrons commencent à se bombarder réciproquement. Nous avons alors les conditions d'une explosion atomique.

— Mais pas l'explosion.

— Nous trichons un peu. Nous utilisons de l'uranium appauvri pour ralentir la réaction. Et nous envoyons la goutte très vite. Mais, effectivement, en traversant le cœur, dit-il en laissant tomber la cuiller dans la tasse, nous créons momentanément une masse critique. C'est une façon d'approcher une explosion atomique, au plus près possible, sans en avoir une.»

Connolly observa le café, puis Eisler, qu'il voyait sous un jour nouveau. Jamais il ne l'aurait cru si téméraire. «Vous devez avoir des nerfs d'acier, dit-il enfin. Vous jouez avec le feu.

— Avec le dragon.

— Pardon?

— Nous appelons ça l'expérience Dragon. Chatouiller la queue du dragon qui dort.

— Et vous n'avez pas peur de faire tout sauter?

— Non. Nous contrôlons cela. C'est la radiation qui est dangereuse.

— N'empêche que je n'aimerais pas être à votre place.

— Ne vous laissez pas impressionner, monsieur Connolly. C'est une expérience scientifique, sans plus. Parfois je me dis que, tous, qui que nous soyons, nous chatouillons la queue du dragon. Juste pour voir jusqu'où nous pouvons aller. Vous n'avez pas ce sentiment? C'est seulement…», il réfléchit, «la radiation qui reste imprévisible.

— J'imagine, dit Connolly avec l'impression qu'Eisler se parlait en fait à lui-même.

— Et maintenant puis-je vous poser une question? Que faites-vous? Vous n'êtes pas chauffeur.» Il coupa court aux protestations de Connolly d'un geste de la main. «Je vous en prie. Pas à moi. Les chauffeurs ne vont pas aux soirées musicales des Weber. Oppie a voulu faire la route seul avec vous. C'est très inhabituel, vous savez, ce sont des choses qu'on remarque. Vous avez mon dossier – et celui des autres aussi, je présume. Que faites-vous exactement ici? Suis-je autorisé à le savoir? Un agent du gouvernement ou quelque chose dans ce genre, je pense. C'est donc qu'il y a un problème, que ça ne tourne pas rond quelque part. Quel dragon chatouillez-vous ?»

Décidément, songea Connolly, les émigrés réagissaient toujours comme s'ils étaient encore dans un Etat policier.

«Détrompez-vous, dit-il. Je ne suis ici que pour collaborer à une enquête sur un meurtre.

— Ah ? Qui a été assassiné ? demanda-t-il d'un ton faussement intéressé, que Connolly interpréta comme de l'indifférence.

— Un agent de sécurité nommé Bruner.»

Eisler but une gorgée de café sans rien dire.

«Vous le connaissiez ?

— Non. C'est-à-dire... je le connaissais de vue. Nous formons une petite communauté ici. La nouvelle m'a fait de la peine, mais j'ignorais que c'était un problème de sécurité, dit-il sur un ton vaguement interrogatif.

— Pas forcément.»

Eisler haussa les sourcils – une question muette, à laquelle Connolly ne répondit pas.

«Mais vous ne savez pas qui l'a tué ?

— Pas encore.

— Je vois, dit-il en repoussant son plateau. Ainsi, vous êtes notre glaive de justice. Eh bien, je vous souhaite bonne chasse. Si on peut en attraper un, pour une fois... Il y a tellement de morts sans tueurs, ces temps-ci.

— Il n'y en a qu'un en particulier qui m'intéresse.

— Oui, bien sûr. Excusez-moi. Je suis toujours à philosopher alors que vous avez un travail à faire.

— Vous êtes marié ?»

Eisler le regarda d'un air médusé ; cette façon impromptue de changer de sujet le désarçonnait. Il parut se creuser la cervelle, sans comprendre, et finit par pouffer.

«Quelle question ! fit-il. C'est un interrogatoire ? Lieu de naissance, diplômes, situation familiale...

— Non, simple curiosité.

— Je ne crois pas, répondit Eisler, pensif. Vous ne faites rien par simple curiosité, monsieur Connolly.» Il vida sa tasse. «J'ai été marié. Elle est morte.

— Pardonnez-moi.

— Non, c'est vieux, tout ça. Très vieux. Trude. Elle a été assassinée... non, pas comme votre ami. Il n'y avait pas d'assassin. Une bataille de rue à Berlin. Ça arrivait souvent en ce temps-là. Les Corps francs, la Gestapo et... et qui sais-je encore ? Plus personne ne se souvient d'eux. Mais c'étaient de vrais combats, vous savez, avec du sang. Si vous aviez le malheur de vous trouver dans le quartier au mauvais moment, vous y passiez. Un accident de la circulation, en somme, comme si vous aviez pris un sens interdit. Et voilà.

— Vous n'avez jamais su qui l'avait tuée?

— Qui? Qui?» Il s'emportait. «L'Histoire, monsieur. L'Histoire l'a tuée. Personne en particulier. Comme une maladie.» Il haussa les épaules.

«Je suis désolé. Elle doit vous manquer cruellement.

— Non, monsieur Connolly. Je ne suis pas un romantique. Elle est morte. J'ai tiré un trait sur le passé. Sur l'ancien monde. N'est-ce pas une idée américaine? Repartir à zéro, sans se retourner?» Connolly repensa à ses propres méditations devant le désert blanc, à son désir de neuf. «Adieu l'histoire. Vous ne croyez pas à l'histoire ici. Et pourtant. J'ai parfois le sentiment que nous ne croyons qu'à ça. Enfin. Nous verrons bien qui avait raison.

— Qu'est-ce que vous pariez?

— Vingt mille tonnes, dit Eisler en souriant. Pour le reste, ne me le demandez pas. C'est dur de ne pas se retourner. On laisse toujours quelque chose derrière soi. On croit savoir ce qu'on fait et... on est toujours surpris. Elle est là, la queue du dragon.

— Où ça?» demanda Oppenheimer en posant son café sur la table et en s'asseyant avec eux. Il semblait nerveux et contrarié.

«Dans l'histoire et la philosophie, répondit Eisler. Entre autres.»

Oppenheimer échangea un regard avec Connolly. «Un autre séminaire qui commence? Si on s'occupait plutôt de trouver de l'essence? Il est temps de songer à rentrer si nous ne voulons pas rester ici toute la nuit.

— Tu ne manges pas, Robert? dit Eisler.

— Non, rien qu'un café, répondit-il en se grattant une main.

— Tu devrais manger un morceau, insista gentiment Eisler.

— Pas maintenant.» Il semblait vivre d'adrénaline. «Quel trou perdu! reprit-il en se grattant de nouveau la main. Pour peu qu'on veuille se laver, avec une eau pareille, on est couvert d'oxyde de magnésium! Maintenant, je vais me gratter toute la nuit.»

La précision scientifique de la récrimination amusa Connolly. C'était d'ailleurs la première fois qu'il entendait Oppenheimer se plaindre de quelque chose. Il l'avait vu écrasé de travail, irrité, soucieux, mais tout cela faisait partie du jeu pour lui. C'étaient les autres qui se plaignaient et s'appuyaient sur son indéfectible optimisme pour tenir le coup. Tant que le tableau de marche était respecté, les problèmes n'étaient que des puces de sable à ses yeux. Mais une puce peut être très agaçante quand elle pique, et c'était finalement un prurit qui avait raison de son stoïcisme.

«Nous avons cinq lignes téléphoniques ici. Ça ne devrait pourtant pas être sorcier d'en garder une ouverte en permanence. G. G fait une colère quand il est coupé. Maintenant, nous devons nous croiser les bras en attendant qu'ils aient rétabli la liaison. Du temps perdu.

— En ce cas, grignote quelque chose, dit Eisler. Tu vas te rendre malade. Un petit pain au moins.

— Friedrich, arrête de me materner. Je vais bien. Au fait, j'ai appris quelque chose aujourd'hui qui pourrait t'intéresser.

— Oui, Robert ? dit-il, assagi.

— L'armée a pris Stassfurt.» Il surveilla sa réaction, puis lâcha le morceau : «C'est là que les Allemands conservaient le minerai d'uranium. Plus de mille tonnes, le plus gros des réserves belges. Ils ne peuvent pas en posséder beaucoup ailleurs, donc je pense que nous pouvons éliminer l'hypothèse d'un gadget allemand.»

Connolly eut l'impression qu'Oppenheimer cherchait à provoquer Eisler, comme pour le punir d'avoir soulevé un cas de conscience, et cette cruauté le surprit. Finie, la permission morale des nazis. Il mettait Eisler au défi de renouveler ses scrupules sur l'Opération.

Mais Eisler ne tomba pas dans le panneau. «C'est tout ce que nous espérions, dit-il prudemment.

— Oui. Maintenant, il n'y a plus que les Japonais.»

Le visage d'Eisler s'assombrit. Ce fut éphémère, mais ce que Connolly y vit était terrible : une profonde résignation au destin, comme sous le coup d'un châtiment longtemps redouté. Puis, vite rasséréné, il se contenta de confirmer : «Oui.»

Oppenheimer était-il conscient de ce qu'il faisait ? Connolly regarda à nouveau Eisler, si facilement perturbé, si réceptif à la contrariété, et se demanda si, au fond, Oppenheimer ne voyait pas chez son collègue une partie de lui-même qu'il voulait dominer. C'était le prix à payer pour devenir général, pour garder le cap : balayer les états d'âme, s'interdire toute forme de doute.

«Téléphone, monsieur.» A peine le GI s'était-il approché de leur table qu'Oppenheimer se levait, impatient. «Non, monsieur, désolé, pas pour vous. Pour M. Connolly.»

Oppenheimer fut trop surpris pour être fâché. D'un geste poli, il invita Connolly à passer devant lui. L'incident lui avait rendu sa bonne humeur et il rit de lui-même.

«Ne monopolisez pas la ligne. Vous allez faire attendre le général. Et dites bien à votre mère que c'est illégal d'appeler ici.»

Connolly leva les yeux au ciel. «Je ne serai pas long.

— J'espère pour vous que c'est important.»

C'était Mills, qui semblait ravi. «J'ai pensé que vous aimeriez le savoir tout de suite... Ils l'ont eu.

— Quoi?

— L'assassin. Holliday a appelé. La police d'Albuquerque l'a épinglé. Pour les deux meurtres. Vous allez bientôt pouvoir regagner les lumières de la ville.»

Mais Connolly s'aperçut douloureusement que c'était la dernière chose qu'il désirait.

«Vous êtes toujours là? reprit Mills, plus fort, croyant que la liaison était mauvaise.

— Ça n'a pas de sens.

— Vous ne renoncez jamais, hein? Mais, cette fois, c'est fini. Ils ont refermé le dossier. Fermata, comme on dit sur les bords du Rio Grande. C'est un Mexicain, au fait. Comme ils le pensaient.

— Je veux le voir.

— Je m'en doutais. Holliday m'a dit de vous dire que la police d'Albuquerque vous priait poliment, tous les deux, de déguerpir. Ils enverront une copie du rapport, mais...

— Dites à Holliday que je serai là demain. Je dois reconduire Oppenheimer cette nuit.

— Il a dit qu'ils étaient catégoriques. Ils ont dû avoir des boutons à l'idée de voir l'armée s'en mêler...

— Vous m'écoutez? Dites à Holliday que je serai à Albuquerque demain et que j'interrogerai le suspect. Si on veut m'en empêcher, je téléphonerai au général Groves pour qu'il dise deux mots au gouverneur du Nouveau-Mexique, lequel menacera la police d'Albuquerque d'une sérieuse réduction de personnel. C'est clair?

— Vous pouvez vraiment faire ça?

— Probablement. Je ne sais pas. Mais c'est un risque qu'il ne voudra pas courir.

— C'est bon, calmez-vous. Je vais voir ce que je peux faire. Vous n'avez pas l'air très content... Moi qui pensais que vous sauteriez de joie.

— Je n'y crois pas.

— Comment ça?

— Je n'y crois pas, voilà tout. Ce n'est pas notre homme.

— Mike, vous devez le croire, répondit tranquillement Mills. Il a avoué.»

8

Ils roulèrent toute la nuit, Eisler endormi sur la banquette arrière, Oppenheimer recroquevillé dans un sommeil feint, tendu mais silencieux. Bien que la route fût complètement déserte, avec leurs phares pour seuls points lumineux sur des kilomètres d'obscurité, Connolly était sur le qui-vive, gagné par la nervosité d'Oppenheimer qui, intrigué par son mutisme, brûlait de le questionner sur sa conversation téléphonique.

Connolly n'avait aucune raison légitime de se taire. Oppenheimer avait le droit de savoir. Après tout, qu'y avait-il de plus concluant que des aveux ? Rien ne lui permettait de justifier ses doutes – sinon les conséquences que cela impliquait pour lui, car la suite était facile à deviner : un bref remerciement d'Oppenheimer, un billet de retour pour Washington, puis la maison de L Street avec toilettes communes dans le couloir, une année de plus à brasser des paperasses en attendant la fin de la guerre, la démobilisation et le retour à une vie qui n'existait plus. Mais tout n'était pas encore fini, ni l'enquête, ni l'aventure de Los Alamos. Il n'était pas prêt à partir. La vérité était qu'il se sentait revivre ici, enfin actif, avec même l'illusion de faire partie de l'Opération. Il comprenait mieux l'attitude des chercheurs, désormais, cette volonté de faire le vide autour d'eux pour ne pas se laisser distraire de leur objectif principal. Les loisirs viendraient plus tard. Pour l'instant, le temps pressait. Ils touchaient au but. Tant que cette affaire durerait, cette enquête périphérique, il serait l'un des leurs. Et puis, il devait bien cela à Bruner, il lui devait bien cette persévérance.

Mais n'était-ce pas un prétexte ? N'était-il pas en train de bâtir un absurde château de cartes ? Une entreprise d'autopersuasion ? Ce n'était pas *son* Opération. Il ne devait rien à Bruner, sinon des excuses pour essayer d'exploiter sa mort à des fins personnelles. Un Mexicain dragué dans un bar, un crime gratuit. La vie était ainsi. Son refus de s'en remettre aux conclusions de la police avait peut-être une raison plus simple :

quitter l'Opération, c'était quitter Emma. Il lorgna vers son passager. Oui, Oppenheimer avait le droit de savoir. Son silence était à la limite de l'insubordination militaire. Manquement au devoir. Et tout cela à cause du désir que lui inspirait une femme ? N'était-ce vraiment que cela ? Mais quelle importance, après tout, si Oppenheimer s'en fichait ? Il ne demandait pas un long délai, juste le temps de procéder à quelques vérifications avant de rendre son tablier.

Ils étaient encore au sud de Santa Fé quand les premières lueurs teintèrent les monts Sangre de Cristo, dissipant la brume au-dessus des sauges et des genévriers. Encore une splendide matinée qui s'annonçait, claire et pure, effaçant l'inconfortable mystère de la nuit. Oppenheimer, succombant enfin à la fatigue et au poids des soucis qui l'avaient tourmenté tout au long du trajet, sombra dans un sommeil profond. Eisler, dont les cas de conscience s'étaient finalement dissous dans la docile offrande d'un petit pain, ronflait paisiblement derrière. La voiture était redevenue sûre et ordinaire. Pourquoi la nuit était-elle toujours chargée d'ultimatums ? Chaque chose en son temps. Dans la lumière du jour, il verrait ce qu'il verrait.

Il déposa les deux hommes, somnolants, à l'entrée de la Zone Technique, puis rangea la voiture au garage, avide de prendre une douche et de repartir du bon pied. Mais Los Alamos dormait encore, scintillant et vide. Mills ne serait pas prêt avant plusieurs heures et Albuquerque attendrait. Seuls quelques camions troublaient la paix des lieux. Il aurait pu prendre un café, s'asseoir à son bureau ou simplement se promener, secouer sa torpeur en arpentant les rives d'Ashley Pond. Mais il ne fit rien de tout cela. Il resta planté sur le bord de la route, désœuvré, hésitant, puis déambula vers son dortoir, s'arrêta, prit la direction des bâtiments administratifs, s'arrêta encore… Il était comme un collégien qui se cherche des excuses, des prétextes pour rester dans la rue alors qu'il savait parfaitement ce qu'il avait à faire : gravir le perron et appuyer sur la sonnette.

Il gratta doucement la porte du complexe Sundt, craignant de réveiller les voisins. Elle avait dû se lever de bonne heure car elle ouvrit immédiatement. Ses cheveux étaient défaits. Elle était drapée dans un peignoir, un déshabillé en soie d'avant-guerre délicatement plissé sous les seins, et encore imprégnée de la chaleur de son lit.

« Vous êtes fou ? Vous ne pouvez pas venir ici, dit-elle en regardant furtivement à droite et à gauche, mais sans affolement.

— Alors, sortez.

— Chut. On va nous entendre. Vous savez quelle heure il est ? »

Il acquiesça, mais ne bougea pas.

Elle regarda de nouveau alentour, puis ouvrit plus largement la porte.

«Entrez, dit-elle en le tirant à l'intérieur avant de refermer derrière lui. Qu'est-ce qui se passe? Vous avez une mine affreuse.»

Il s'était tourné pour lui faire face, en la coinçant inconsciemment contre la porte. Il la regarda une minute, puis approcha son visage comme si la nécessité de parler à voix basse l'obligeait à réduire la distance.

«Pas vous», dit-il en la contemplant.

Elle esquissa un sourire. «Je vous ai tendu la perche, n'est-ce pas? A six heures du matin, franchement!

— Il faut que je vous parle.

— Pas ici.

— Il ne reviendra pas avant vendredi.

— Ce n'est pas pour ça. Nous ne pouvons pas… pas ici.»

Mais elle ne bougeait pas. Il sentait sa chaude présence tout près de lui. Leurs visages se touchaient presque.

— Il fallait que je vous dise… Je vais peut-être devoir partir.

— Ah? fit-elle en le fixant des yeux.

— Peut-être. Ils ont trouvé un coupable. Je vais peut-être devoir partir.

— Pourquoi me prévenez-vous? dit-elle sans le quitter des yeux.

— Je ne peux rien vous promettre. Il faut que vous le sachiez.

— Je le sais.

— Ça peut être important pour vous. Je ne veux pas être déloyal.»

Elle posa une main sur sa joue. «Mais vous n'êtes pas loyal, dit-elle en l'attirant contre elle. Il n'y a rien de loyal en vous.» Elle l'embrassa. «Un jour, vous êtes ici, dit-elle en l'embrassant encore, doucement, comme pour reprendre son souffle entre deux phrases, et le lendemain vous n'y êtes plus. Ce n'est pas loyal. Vous m'avez prévenue. Bon. Quoi d'autre?

— Je ne veux pas partir, dit-il en l'embrassant aussi.

— Alors restez un peu. Maintenant.

— Vous êtes sûre? reprit-il en l'embrassant toujours.

— Oui.

— Je ne veux pas vous faire souffrir.

— Quelle drôle d'histoire d'amour! D'habitude, c'est à la fin qu'on se trouve des excuses. Ce n'est pas fair-play.

— Non.

— Faisons comme si c'était le début.»

Il l'enlaça avec fougue et la plaqua contre la porte en la serrant dans ses bras. Il pouvait percevoir la chaleur de sa peau à travers la soie en palpant son dos et se colla contre elle pour que leurs corps se frottent. Le peignoir s'ouvrit. Il glissa ses mains sous l'étoffe pour sentir la peau nue et brûlante s'éveiller sous son toucher. Elle lui agrippa la nuque et couvrit son visage de baisers.

«Allons dans le lit, chuchota-t-il.

— Non, fit-elle, haletante. Pas ici.»

Il laissa sa main descendre le long de son corps, vers la cuisse. Alors, elle leva la jambe, comme pour l'inviter à la prendre sur-le-champ, et son sexe s'érigea brusquement. Il caressa l'intérieur de la cuisse, en remontant vers la toison, qui se hérissa, humide sous ses doigts, et cette moiteur attisa presque douloureusement son érection. Ses doigts se mouvaient le long des lèvres mouillées, de bas en haut, puis d'avant en arrière, tant et si bien qu'elle commença à se déhancher en gémissant sous ses baisers. Alors, il retourna sa main pour la tenir dans sa paume et, en frottant l'articulation de son poignet contre son pubis, aider le va-et-vient de son doigt mouillé. Elle détourna la bouche pour reprendre son souffle, mais sans interrompre les mouvements de son bassin. Il ne pouvait plus s'arrêter, maintenant – l'ardeur, l'urgence étaient plus fortes qu'eux. Il sentait son souffle saccadé dans son oreille. Il glissa sa langue dans sa bouche et déboutonna hâtivement sa braguette. Son membre jaillit pour aller vite prendre la place de sa main et s'insinuer en elle. Il la pénétra profondément. Elle bloqua sa respiration et renversa la tête sur son épaule. Sur le moment, enveloppé par sa chaleur, il crut qu'il allait éjaculer, immobile. Il perdait l'esprit, il était le jouet de sensations qui le dominaient. Puis, sentant les parois de son vagin l'enserrer de douces contractions, il se mit à bouger en elle. «Oh», fit-elle, la tête contre la porte – un gémissement rauque, venu de la gorge, qui l'excita encore davantage. Il l'embrassa ardemment, en l'agrippant par en dessous pour maintenir sa cuisse relevée et mieux la pénétrer. Il entendait leurs corps marteler la porte, oublieux comme des bêtes. Puis elle poussa un cri, en se contractant de l'intérieur, et, sachant qu'elle venait de jouir, il se sentit libre de jouir aussi, enfin. Après un ultime et violent coït, le fluide fusa, lui arrachant les entrailles et son dernier souffle.

Ils restèrent debout là quelques minutes, vissés l'un à l'autre, hors d'haleine. Il se dit qu'ils devaient avoir l'air ridicule dans cette posture, la bouche luisante de salive, pantelant comme des chiens, lui avec son pantalon baissé en dessous des genoux. Mais elle était radieuse et, en la regardant, il éprouva une immense gratitude. Tout s'était passé trop rapidement, mais elle s'était laissé faire, sans protester, en se donnant. Il avait voulu faire l'amour et non baiser à la va-vite, mais ils avaient déjà trop patienté pour prendre le temps de la lenteur. Il posa un tendre baiser sur sa bouche et la souleva, toujours rivé en elle, pour la porter en chancelant vers le divan, les mollets empêtrés dans son pantalon. Il ne voulait plus la quitter; peu importait leur allure, grotesque et débraillée, pourvu qu'il se maintînt en elle. Quand il la déposa sur le divan, elle lui sourit et, cette fois, ils changèrent de rythme, ralentirent leurs mouvements. Toutes les fibres de son corps étaient en éveil, chaque recoin de sa peau réagissait.

Il laissa ses mains courir sur elle, s'attardant sur le pourtour de ses seins, puis baisa son cou jusqu'à ce que leurs mouvements s'emballent à nouveau. Elle l'entoura de ses jambes, insistante, attendit qu'il jouisse et ils exultèrent ensemble, frissonnant dans le même élan de plaisir.

Ils demeurèrent ainsi un instant puis, apaisé, se sentant comme un poids mort sur elle, il glissa de côté, le pénis mollissant, en la tenant toujours dans ses bras. Alors, il vit qu'elle avait le visagé inondé de larmes.

«Non, dit-il d'une voix douce en essuyant ses pleurs.

— Ce n'est rien, tout va bien, répondit-elle en se tournant vers lui et en lui prenant la tête pour l'observer de face. A quoi ça va se ressembler, dis?

— Je ne sais pas.

— Non. Peu importe.

— A ceci, peut-être.

— Peut-être, dit-elle en suivant du doigt le contour de son oreille.

— Pourquoi se poser des questions?»

Elle sourit. «C'est bien un langage d'amants, ça.

— C'est probable.

— Je n'avais jamais fait ça debout.»

Il sourit. «Qu'est-ce que tu en penses?

— Je ne sais pas encore.»

Ils auraient pu continuer ainsi longtemps, insouciants et câlins, mais quelqu'un frappa à la porte.

«Oh non, murmura-t-elle en se redressant et en lui montrant la direction de la chambre. Bon Dieu de bois.»

En un instant, la caressante aisance de leurs ébats prit un tour de vaudeville. Il se sauva en trottinant vers la chambre et en s'emmêlant les pieds dans son pantalon.

«Entrez!» dit-elle.

Elle noua la ceinture de son peignoir et remit de l'ordre dans ses cheveux en attendant qu'il ait refermé la porte derrière lui. Il se laissa tomber sur le lit sans prendre la peine de se rhabiller, moitié par fatigue, moitié par peur de faire du bruit.

Il entendit une voix de femme dire:

«Emma! Dieu merci, vous êtes levée. Auriez-vous du café pour moi? Il ne m'en reste plus un grain et Larry est un vrai ours quand il n'a pas son café. Je vous rembourserai.

— J'étais justement en train d'en faire.» Bruit de ferblanterie. «Ça suffira, ça?

— Hum. Vous transpirez.

— C'est ce maudit chauffage électrique. Je devrais pourtant y être habituée, depuis le temps.

— Merci, dit la femme. Je suis navrée de vous déranger si tôt. Où est Daniel? Il m'a semblé entendre quelqu'un.

— Non, ce n'était que moi. Il est à l'extérieur. C'est affreux de parler toute seule, n'est-ce pas? Si je n'y prends pas garde, ils vont me renvoyer.»

Elles bavardèrent encore en s'attardant devant la porte, mais Connolly n'écoutait plus. Il contemplait le plafond, s'abandonnant aux langueurs de l'amour. Un bruit d'eau qui coule, le choc métallique d'une cafetière heurtant le fourneau, le grattement d'une allumette… Tout lui semblait érotique. Il imagina Emma mesurant le café, le peignoir entrouvert sur la naissance des seins, le mamelon pointant sous la soie. Il aurait voulu revivre cet instant chaque matin, l'écouter s'activer dans la cuisine en sentant sécher sur sa peau les moiteurs de l'amour. Quand elle ouvrit la porte, un doigt sur les lèvres pour l'inviter à faire silence, elle ne put s'empêcher de pouffer.

«Non, mais regarde-toi, chuchota-t-elle. Tu envisages de te rhabiller pour le café ou tu comptes rester comme ça toute la journée?

— Toute la journée. Viens dans le lit.»

Mais elle hocha la tête. «Non, je te l'ai dit. Je ne lui ferai pas ça. Le café est prêt», ajouta-t-elle en quittant la pièce.

Il se leva, remonta son pantalon et la suivit. «Tu as de drôles de scrupules», dit-il, moqueur.

Mais elle s'approcha de lui et le prit dans ses bras. «Ne me gronde pas. Je ne le ferai pas, c'est tout.

— Excuse-moi, dit-il en l'embrassant. Tu veux que je m'en aille?

— Non. Ne gâchons pas le café, maintenant que je l'ai fait. Cette vieille vache d'à côté. Sûrement en train d'écouter à travers le mur avec un verre contre l'oreille.»

Il s'assit devant la petite table de la cuisine près de la fenêtre, une cigarette aux lèvres, et la regarda. Elle versa le café et l'apporta sur la table. Chacun de ses gestes l'intéressait – sa façon de lisser son peignoir sous elle avant de s'asseoir, de souffler doucement sur le café, de prendre une allumette.

«Qu'est-ce qu'il y a? dit-elle, gênée.

— Rien, je te regarde. Je ne peux pas me lasser de toi.

— Attends, tu commences à peine, répliqua-t-elle en allumant une cigarette.

— Non. Ça fait des semaines. Depuis le début.

— C'est gentil, dit-elle, amusée, en buvant une gorgée. C'est en me voyant vomir pliée en deux que tu t'es décidé, c'est ça?

— Non. Au retour du ranch, dit-il sérieusement.

— Vraiment? dit-elle, intéressée.

— Hm hum. Quand il y a eu ce moment.

— Quel moment?

— Il y a toujours un moment, entre un homme et une femme, où on sent qu'il peut se produire quelque chose. Ce n'est pas obligatoire, ça peut être passager. Mais, sans ce moment, ça ne peut jamais se produire. Quand tu sens que c'est possible, tu vois.»

Elle rit. «Quel toupet!

— Tu ne l'as pas senti, toi?

— C'est différent pour une femme.

— Je ne crois pas. Pas ce moment-là.»

Elle haussa les épaules et arrêta son regard sur le rayon de soleil qui barrait la table entre eux.

«Qu'est-ce que tu me disais, tout à l'heure? Tu vas partir?

— Peut-être. Je ne sais pas. Mais nous pourrons nous revoir. Il ne rentrera pas de toute la semaine.

— Comment le sais-tu?

— Je reviens du site d'essais. Je l'ai vu là-bas.

— Ça devait être charmant. Ecoute, s'il doit se passer quoi que ce soit, laisse-le en dehors de ça. Je suis sérieuse.

— Je ne m'occupe pas de lui, je ne m'occupe que de nous deux. Toi et moi. Je te laisse fixer les règles.

— Alors, d'accord. Mais pas ici. Personne n'est jamais venu ici.

— Où allais-tu avec les autres?»

Elle le toisa. «Ne fais pas semblant d'être jaloux. Tu n'as pas le droit. Je n'ai jamais dit qu'il y en avait eu d'autres. J'ai seulement dit que personne n'était venu ici. Tu vois bien comment c'est», fit-elle en indiquant l'appartement voisin d'un geste de la tête.

Il suivit son regard et observa la pièce pour la première fois : des pots en terre cuite et des plaids navajos drapés sur des meubles fonctionnels et ordinaires. Il lui prit la main par-dessus la table. «Nous pouvons nous retrouver quelque part.

— Oui.

— Je trouverai un endroit.

— Il y a le ranch. Nous pourrions aller là.

— Elle t'a laissé une clef.»

Emma acquiesça. «Elle s'est dit que je pourrais en avoir besoin.

— Ce jour-là. Avant le retour. Tu y avais déjà pensé avant le retour.

— Non. Un soupçon. Je ne sais pas.

— Mais tu en as envisagé la possibilité, dit-il en riant. Tu étais en avance sur moi. Viens ici.»

Elle secoua la tête, mais il saisit sa main, qu'il tira gentiment vers lui. Elle se laissa entraîner, se leva, s'approcha et s'assit à califourchon sur ses genoux. Son peignoir s'ouvrit dans le mouvement. Il avait le visage à hauteur de ses seins et se mit à les baiser, en les effleurant d'abord, puis, sentant ses mamelons durcir, avec plus d'insistance, plus de pression. Anticipant chaque caresse de ses lèvres, elle ferma les yeux, tandis qu'il ouvrait déjà la bouche pour lécher les aréoles, savourer le goût salé de la sueur. Il appuya sa face contre sa poitrine et elle baissa la tête en murmurant : «Non… tu vas casser la chaise.» Un dernier vestige de sens pratique.

Il la porta de nouveau vers le divan, sans détacher sa bouche de sa peau. Il voulait la goûter toute entière et fit l'amour à chaque partie de son corps jusqu'à ce qu'elle lui enserre la tête entre ses jambes pour s'abandonner à ses baisers et jouir sous sa langue, de sorte que, lorsqu'il la pénétra, elle était déjà offerte, déjà toute à lui.

***

Mills attendait dans sa chambre, étendu sur le lit.

«Décidément, vous avez la manie d'entrer par effraction, dit Connolly.

— Il y a des heures que je suis là. Vous étiez si impatient au téléphone que je ne voulais pas être en retard. Je commençais à me demander où vous étiez passé.

— Peu importe, puisque je suis là. Tout est en ordre ?

— Holliday nous retrouvera là-bas. La menace d'appeler le gouverneur a porté ses fruits, comme vous l'aviez prévu. Pour ne rien vous cacher, il n'a pas vraiment sauté de joie. Il dit que vous l'avez mis dans le pétrin et il n'apprécie pas trop. Bon sang, vous n'avez pas l'air très frais.

— On a roulé toute la nuit.

— Bien sûr…

— Qu'est-ce que ça signifie ?»

Mills ricana. «Je n'avais plus vu une tête comme ça depuis la fac. Larry Rosen. Le joli cœur. Sacré Larry. Dehors toute la nuit et, quand il rentrait, il était trop crevé pour aller en cours. La seule différence, c'est que, lui, il nous racontait tout. Vous vous êtes bien amusé ?

— Ne faites pas l'idiot.

— Eh, je n'ai rien dit. Vous feriez bien de passer sous la douche, tout de même. Certaines odeurs sont éloquentes. Si les copains sentent ça, on ne pourra plus les tenir.

— Mills…

— Ça va, ça va, je suis jaloux, c'est tout. En fait, je vous tire mon chapeau. Je suis ici depuis un an et je n'ai jamais réussi à coucher.

— Pour l'instant, contentez-vous de vous asseoir… dans la voiture. Je vous rejoins tout de suite, dit-il en se déshabillant.

— D'accord. Vous êtes sûr de ne pas vouloir dormir un peu ? Ça peut attendre, vous savez. Ils ont des aveux signés et un témoin.

— Qui ?

— Le barman d'Albuquerque. Il a fini par l'identifier.

— Avant ou après qu'ils lui ont retiré sa licence ?

— Il n'était pas seul. Le type était un habitué. C'est lui, Mike.

— Je veux simplement le voir.»

Mills haussa les épaules. «Comme vous voudrez. Si j'étais vous, après une nuit blanche, j'irais me coucher.

— Eh bien, vous n'êtes pas moi. Je n'ai pas du tout sommeil.»

Mais il dormit pendant tout le trajet jusqu'à Albuquerque. Ses paupières s'alourdirent dès qu'ils eurent quitté la Colline et la voix enjouée de Mills se fondit dans un bourdonnement confus. Quand ils atteignirent l'autoroute, il était dans les bras de Morphée. Même le soleil ne le gênait pas. Il n'émergea qu'à leur arrivée à Albuquerque, un peu dans le cirage, face à la mine renfrognée de Holliday.

Si la prison de Santa Fé évoquait un décor de western, celle d'Albuquerque avait une architecture conforme aux crédits fédéraux de travaux publics, c'est-à-dire moderne, fonctionnelle et sévère. Le chef Hendron, en revanche, avait tout du shérif à l'ancienne, tel qu'on aurait pu l'imaginer devant une geôle à cellule unique. Il avait l'autorité de sa haute taille et la démarche du redresseur de torts prompt à dégainer son six-coups. Cette entrevue l'exaspérait visiblement. On sentait que seule la menace d'une autorité supérieure, d'un plus méchant que lui, rembarrait son hostilité naturelle.

«Holliday me dit que vous vous intéressez particulièrement à ce prisonnier, c'est vrai ? Ça vous ennuierait de m'expliquer pourquoi ?

— C'est une affaire d'Etat.

— Merde, ça me fait une belle jambe.» Il regarda la carte de Connolly et pouffa avec mépris. «Ma parole, le Génie Militaire s'intéresse vraiment à n'importe quoi ces temps-ci, pas vrai ? Je suppose qu'il faudra attendre la fin de la guerre pour que vous nous disiez ce que vous magouillez tous ici, hein ?

— Vous serez le premier à savoir.

— Holà, pas de ça avec moi, vu ? Parlez-moi sur un autre ton. Je suis toujours le patron ici et je me laisserai pas marcher sur les pieds.» Il lui rendit sa carte. «Si Holliday se porte garant pour vous, je m'incline. Mais ne venez pas me mettre des bâtons dans les roues. Si vous voulez parler à mon prisonnier, un de mes hommes vous accompagnera. On a un assassin qui a avoué et je vois vraiment pas en quoi ça vous concerne.

— L'autre victime était l'un de nos hommes.

— Un de vos *hommes* ? Elle est bien bonne, celle-là. Qu'est-ce qu'un de vos ingénieurs pouvait bien avoir à faire avec le vieux Ramon ?

— C'est ce que j'aimerais savoir.

— Sainte Mère de Dieu, elle est belle, l'armée! Si elle était sous mon commandement, j'aurais honte.

— Si elle était sous votre commandement, j'aurais honte aussi», répliqua Connolly, qui enchaîna rapidement: «Je peux le voir maintenant? Le chef Holliday m'accompagnera – ça devrait faire taire vos scrupules, puisque vous ne voulez pas que je le voie seul. Il a un avocat?»

Hendron le fusilla du regard, prêt à bondir, puis se calma.

«Il en aura un. Je vous accorde une heure avec lui, pas une de plus. Faudra que ça vous suffise. Et n'y revenez pas. Si vous interférez dans cette affaire, ça va chauffer pour votre matricule. Même le gouverneur ne pourra pas m'empêcher de vous botter le cul.

— J'apprécie votre coopération.»

Hendron le toisa. «C'est ça. Holliday, je compte sur vous pour veiller à ce que tout se passe bien. On est sûr d'obtenir une condamnation.

— J'ai cru comprendre que vous aviez des témoins? dit Connolly.

— Le barman les a vus partir ensemble. D'autres… euh, clients pourront confirmer. C'est pas la première fois que le vieux Ramon tapinait dans ce parking. C'est lui, y a pas de doute. On a des aveux signés, vous savez.

— On me l'a dit.

— Ouais. Bon, Arnold va vous montrer le chemin. Mais attention, ne le bousculez pas. Le vieux Ramon a eu des petits malheurs l'autre nuit, alors il doit pas se sentir au mieux.

— Quel genre de malheurs?

— Le genre qu'on a en prison quand on n'est pas trop populaire, fit-il avec un mauvais sourire. Il semblerait qu'ils aiment pas trop les gars comme Ramon par ici. Je crois qu'il devait plaire davantage aux ingénieurs militaires.»

Ils allèrent attendre dans une pièce au bout du couloir.

«Vous n'allez pas vous faire beaucoup d'amis ici, dit Holliday en lui tendant une copie du rapport.

— J'aimerais bien comprendre ce qui se passe. Qu'est-ce qui contrarie Hendron?

— Vous avez déjà marché sur un serpent par accident? Vous ne l'avez pas fait exprès et il ne voulait pas vous mordre, mais il mord quand même. C'est la surprise.

— Et après? Il retourne se cacher sous un rocher.

— Si vous le laissez tranquille.»

Connolly parcourut le rapport. «Kelly? Je croyais qu'il était mexicain.

« — Par sa mère. Son père devait travailler sur la voie ferrée. Il y en a beaucoup comme ça ici. Mais, généralement, ils ne restent pas assez longtemps pour laisser un nom.

— C'était peut-être par amour, dit Connolly distraitement en poursuivant sa lecture. Cinquante dollars? Bon sang! Il a poignardé quelqu'un pour cinquante dollars?

— Il y a des gens pour qui c'est beaucoup d'argent. De toute façon, c'était une simple rixe. Un accident est vite arrivé, dans ces cas-là.»

Connolly leva les yeux. «Homicide volontaire? fit-il.

— J'aurais plutôt vu ça comme un meurtre au second degré.

— Et on n'est pas pendu pour un second degré.

— Pas dans cet état.

— Avec Bruner aussi, c'était une rixe?

— Non. Il a défendu sa virilité, répondit-il en évitant le regard insistant de Connolly. C'est ce qui est écrit.

— Vous y croyez?

— Il n'y a pas de raison de ne pas y croire. C'est lui qui l'a dit, non? On ne plaisante pas avec le machisme par ici. N'importe quel jury comprendra ça.»

Connolly tourna la feuille, sans commentaire. «Combien a-t-il fauché à Bruner?

— Il ne l'a pas dit.

— Sûrement pas cinquante dollars, en tout cas. Karl n'avait jamais autant sur lui.

— Il dit que ce n'était pas pour l'argent.

— Exact, j'avais oublié. Il défendait son honneur. C'est pour ça qu'il a défoncé le crâne de Karl et lui a écrasé la figure.»

Holliday soupira. «Il ne connaissait pas sa force, sans doute.»

Mais, quand Kelly leur fut amené, il semblait n'avoir aucune force du tout. Il traîna les pieds, en se méfiant du garde, et s'arrêta devant la table, silencieux et boudeur comme un collégien conduit devant le proviseur. Il était mince mais sec et nerveux, les épaules voûtées, comme alourdies par les menottes. Son faciès portait la marque de son hérédité mêlée : sa peau cuivrée et l'oblique aztèque de ses pommettes contrastaient avec ses yeux étonnamment bleus, à demi masqués par l'enflure de sa joue marbrée de contusions. Une fine moustache dégarnie couronnant une lèvre supérieure bouffie et fendue achevait le portrait : c'était ce qu'on pouvait appeler une «sale gueule» – le masque dur de l'agressivité sournoise, l'expression fourbe d'un type à qui la vie n'a jamais fait de cadeau.

«Merci, dit Connolly au garde. Il a besoin de ça?» demanda-t-il en indiquant les menottes.

Le garde regarda Holliday, qui acquiesça, et déboucla les menottes à contrecœur. Kelly frotta ses frêles poignets, à la fois surpris et suspicieux.

«Je suis juste derrière la porte, dit le garde. Si le Ramon fait du grabuge, vous avez qu'à crier.

— Asseyez-vous», reprit Connolly sans écouter le garde. Il offrit une cigarette à Kelly, qui grimaça un peu en la glissant sous sa lèvre fendue, puis la laissa pendre au coin de sa bouche en fermant les paupières pour protéger ses yeux de la fumée.

«Je travaille pour le gouvernement et j'ai quelques questions à vous poser, commença Connolly.

— Non, non, je suis pas au courant.

— Au courant de quoi?

— C'te histoire de gouvernement. Qu'est-ce que j'ai à voir avec le gouvernement? On m'a rien dit de ça, à moi.

— L'un des hommes que vous avez tués travaillait pour le gouvernement.»

Pour la première fois, Kelly parut inquiet et plissa son front meurtri. «Non, non, je suis pas dans le coup, là. J'ai tué personne. C'était un accident.

— Et avec…» Il consulta le rapport. «Avec Jack Duncan, l'homme d'Albuquerque, c'était un accident aussi?

— Non. Avec Jack, c'était pas pareil. C'était une bagarre.

— A propos de quoi?

— Ben, une bagarre, quoi!

— Vous connaissiez Duncan?

— De vue.

— Vous avez eu des rapports sexuels avec lui?»

Il retira la cigarette de sa bouche. «Ah non, hein! Pas moi. C'est lui qui m'a baisé.»

Connolly saisissait mal la nuance.

«Qu'est-ce qu'il vous a fait?

— Hein? Vous vous foutez de moi? Il m'a taillé une pipe, tiens, qu'est-ce que vous croyez? Il aimait ça.

— Il vous a payé?

— Naan. C'était pour le plaisir. Je me laisse sucer des fois. Quand j'ai pas le choix. Qu'est-ce que ça change?

— Vous aviez cinquante dollars.

— Il me les a filés. C'était un prêt, si vous voulez.

— Et, malgré ce prêt généreux, vous vous êtes battus?»

Il haussa les épaules et écrasa sa cigarette.

«C'est là que vous avez récolté ces bleus?»

Il regarda les deux hommes, comme si c'était une question piège.

«La bagarre est déjà ancienne, continua Connolly. Ces blessures sont plutôt récentes.

— Je suis tombé.

— Où? Ici?

— Ouais, ici. Je suis tombé, répéta-t-il en détournant les yeux.

— Et l'homme de Santa Fé, vous le connaissiez?

— Non.

— Où l'avez-vous rencontré?

— Dans un bar.

— Lequel?

— J'sais pas. Un bar près de la Plaza.

— Qu'est-ce que vous faisiez à Santa Fé?

— Rien, j'étais là, c'est tout.

— Et qu'est-ce qui s'est passé?

— On est allé se balader. Et puis il… écoutez, j'ai déjà raconté tout ça. Pourquoi que vous me le demandez encore?»

Il prit une autre cigarette, avec plus d'assurance, cette fois.

«Je veux être sûr d'avoir bien compris. Donc, vous êtes allés vous balader. En voiture?

— Non. A pied.»

Connolly entendit Holliday bouger sur son siège, mais sans intervenir.

«Au bord de la rivière, c'est ça?

— Ouais.

— Et ensuite?

— Il a voulu me peloter.

— Ça vous a étonné?» La question sembla prendre Kelly de court. «Vous pensiez qu'il voulait seulement parler?

— J'sais pas. Peut-être. Bon, d'accord, je me doutais un peu qu'il avait peut-être autre chose en tête. Je peux pas dire que ça m'a pas traversé l'esprit.

— Il vous a parlé de lui? De son travail?»

Kelly était perplexe. «Non.

— Alors, de quoi avez-vous parlé?

— De rien. Je me rappelle pas.

— C'était un gars plutôt costaud. Ça ne vous a pas inquiété?»

A nouveau, Holliday bougea sur sa chaise.

«Je sais me défendre.»

Connolly considéra ses bras noueux, son visage congestionné et se demanda combien de fois il avait déjà dit ça, combien de fois ses airs bravaches l'avaient protégé. «Je vois ça.

— Eh, oh, fit-il, offensé. Je vous l'ai dit, je suis tombé.

— Donc, vous êtes allés vous promener et vous avez fini par le frapper. Pourquoi ?

— Il a joué au con. Je vous l'ai dit.

— Il ne voulait pas baiser avec vous ?

— Il voulait que, moi, je le suce. Je fais pas ça.

— Vous le lui avez dit ?

— Sûr, mais il voulait rien savoir. Alors, il s'est mis à me peloter et…

— Et vous l'avez frappé. Avec quoi, au fait ?

— Avec quoi ? »

Connolly le vit réfléchir, chercher une réponse.

« Oui. Vous vous êtes seulement servi de vos poings ou d'un objet quelconque ?

— Une branche. Une branche qui traînait par terre. Pourquoi que vous voulez savoir ça ?

— Et cette branche, vous l'avez jetée ensuite ?

— Ouais, je crois. Je me rappelle pas bien.

— Mais vous vous rappelez que vous l'avez frappé.

— Eh ouais, puisque je vous le dis. Je savais pas qu'il était mort, je croyais qu'il était juste sonné, voyez. »

Holliday se leva et s'approcha de la fenêtre.

« Vous deviez être très en colère, reprit Connolly.

— J'étais surpris, vous comprenez. J'ai réagi sur le coup, quoi, sans réfléchir. Je voulais pas le tuer.

— Qu'est-ce qui vous a surpris ? Le sexe ?

— Ouais.

— Vous n'attendiez pas ça de lui ? Pourquoi ? Parce qu'il était hispanique comme vous ? »

Holliday se retourna pour observer le visage confus de Ramon, qui hésita une minute avant de répondre : « Non, c'était juste la surprise, quoi.

— Ramon, êtes-vous déjà allé à San Isidro ?

— C'est quoi, ça ? Une église ?

— Oui. Vous connaissez ?

— Je pige pas.

— C'est une église à Santa Fé. Vous y êtes déjà allé ?

— Je vais pas beaucoup à l'église. » Puis, soupçonneux : « Pourquoi que vous demandez ça ?

— Parce que l'homme que vous avez tué, que vous avez frappé, disons, y allait de temps en temps. Je voulais savoir si vous l'aviez accompagné.

— Je vous l'ai dit, je l'avais jamais vu avant. Non, je suis jamais allé à l'église avec lui. Vous rigolez ? »

Holliday se rassit et prit la parole à son tour, d'une voix étrangement douce.

«Tu sais, Ramon, la police apprécie beaucoup la coopération.

— Ouais», fit Ramon en changeant d'attitude. Cette fois, il était en pays de connaissance. Connolly venait d'ailleurs. Holliday était un ennemi identifiable.

«Ça nous facilite le boulot, tu comprends, on apprécie. Et, si tu nous facilites le boulot, eh bien, nous, de notre côté, on est prêt à te faciliter la vie aussi, tu vois?

— Ouais.

— Quand on comprend ce qui se passe, on est mieux placé pour définir un chef d'accusation. Comme dans ton cas, par exemple. A première vue, on pourrait penser que c'est un meurtre caractérisé mais, quand on creuse un peu les choses, quand on connaît bien tous les faits, on se dit que c'est peut-être pas si grave. Ce serait trop bête de te pendre pour un crime que tu n'as pas commis.»

Connolly s'adossa pour le regarder travailler.

«Ça, c'est vrai, dit Kelly. Pour Jack Duncan. C'était pas un meurtre, c'était juste une bagarre, vous savez?

— C'est l'impression que j'ai. Les gars d'ici l'ont compris? Ils t'ont expliqué ça?

— Ouais, ils m'ont expliqué.

— Bien. Tu vois, c'est marrant, des fois, pour un gars dans ta situation, il arrive que les flics soient tes meilleurs copains.»

Ramon se frotta la joue, pensif. «Ouais.

— Donc, tu as intérêt à coopérer, pas vrai?

— Sûr.

— Tu comprends, on a deux cadavres dans cette histoire, alors pour nous c'est un problème. Mais pas forcément un double meurtre. Pas un meurtre caractérisé, je veux dire. Deux meurtres au second degré, c'est beaucoup moins grave qu'un seul au premier. Tu sauves ta peau. Ils t'ont expliqué ça?

— Ouais.

— Parfait. Maintenant, encore une question. Après avoir buté ce type, tu lui as fait les poches?»

Kelly hésita un instant, redoutant le piège, puis répondit : «Bon, d'accord, je reconnais. Mais merde, quoi, j'estimais qu'il me devait quelque chose.

— Hm hum. Tu as trouvé beaucoup?

— J'sais plus. Non, pas trop.

— Et tu as jeté le portefeuille aussi?

— Ouais, je crois.

— Et la voiture?

— J'ai pas vu de voiture.

— Non ? Il n'en avait peut-être pas, alors. T'as pas trouvé de clefs ? Juste le portefeuille, t'es sûr ?

— Ah, ouais. Juste un portefeuille.»

Holliday se tourna vers Connolly. «Vous désirez savoir autre chose ?

— Non, ça ira comme ça, dit Connolly. On peut appeler le garde.

— Z'auriez pas une autre clope ? demanda Ramon.

— Si, bien sûr. Il y a autre chose qu'on puisse faire pour vous ?»

Kelly se leva, la cigarette fichée derrière l'oreille. «Ben... ils m'ont mis à l'isolement. Si vous pouviez me sortir de là, je serais pas contre, voyez. C'est vrai, quoi, c'est pas comme s'ils m'accusaient d'être un assassin.»

***

Ils s'arrêtèrent sur les marches du perron, sous un éblouissant soleil. Holliday alluma une cigarette, indifférent à la présence de Connolly, le regard perdu dans la rue. Seules quelques voitures rompaient le silence.

«Eh bien, voilà qui explique leur chaleureux accueil», dit finalement Connolly.

Holliday tira une bouffée.

«Comment allez-vous jouer ça ? reprit Connolly.

— Je ne vois pas de quoi vous parlez, répondit Holliday à voix basse.

— Oh si, vous voyez. Ils ne pourront jamais faire avaler des aveux pareils. Non, mais pour qui ils se prennent ici ?

— Ça non plus, je ne vois pas.

— La loi de l'Ouest, hein ? Qu'est-ce qu'ils s'imaginent ? Qu'est-ce qui va se passer quand il parlera à un avocat ?»

Holliday soupira. «Justement, c'est là le plus drôle. L'avocat va le faire revenir sur sa déposition et il sera pendu à tous les coups.

— Mais ce n'est pas lui.

— C'est lui pour le premier mort.

— Bon, eh bien, qu'il paie pour celui-là.

— Vous n'êtes pas le juge. Je ne sais pas comment je plaiderais ça si j'étais son avocat.

— Ils le pendront de toute façon.

— Possible. On ne peut pas savoir. Il pense peut-être que ça vaut le coup d'essayer.

— Bon sang, c'est exactement ce qu'ils font en Allemagne.

— A New York aussi, à ce qu'on m'a dit.

— Nous n'extorquons pas de faux aveux par la force pour permettre à la police de faire bonne figure.

— Ah non ? J'ai dû me tromper, alors.

— Bref, vous n'allez rien faire, n'est-ce pas?»

Holliday lui fit face, plus dépité que fâché. «Si vous me disiez ce que vous avez derrière la tête?

— C'est une injustice.

— Je n'ai pas dit le contraire. Mais c'est comme ça. Kelly est une petite frappe qui n'a que ce qu'il mérite. Et, grâce à lui, les collègues vont pouvoir crâner. Il leur apporte une solution toute faite à deux crimes qu'ils n'auraient probablement jamais élucidés. Il n'y a rien de pire qu'un meurtre impuni. Les gens n'aiment pas ça. Ça les turlupine. Tandis que, maintenant, tout le monde est content. Jusqu'au prochain type qui se fera étendre dans le parking… Mais celui-là, au moins, ne sera pas embêté par la braguette et le couteau de Kelly. Au fond, ça rassure tout le monde.

— Sauf nous. Nous avons toujours un meurtre à élucider.»

Holliday ne répondit pas.

«Vous n'allez pas classer l'affaire, tout de même? Vous savez qu'il n'a pas tué Bruner.

— Je suis obligé, Mike. Il me retirera ma plaque. Je ne peux pas m'opposer à lui comme ça.

— Ne faites rien, alors. Mais ne classez pas l'affaire.

— Elle est classée.

— Doc, vous avez toujours été régulier avec moi. Du moins, je le pense.

— Alors, ne me demandez pas quelque chose que je ne peux pas faire», dit-il avec résignation.

Connolly le fixa des yeux. «Vous savez que je ne peux pas laisser tomber.

— Peut-être. Mais, du point de vue de la police, c'est classé. Vous pouvez faire ce que vous voulez sur la Colline, c'est pas mes oignons.

— J'ai encore besoin de votre aide.»

Il réfléchit en balayant la rue du regard. «Quelle aide? Je ne peux pas arrêter tous les vagabonds qui traversent la ville.

— Et je ne peux pas interroger tous les gens qui habitent autour de San Isidro. Il n'y a que la police qui puisse le faire.

— Pourquoi San Isidro?

— Parce qu'il a été tué là. Il doit bien y avoir quelqu'un qui a vu quelque chose. Il y a toujours quelqu'un.»

Holliday haussa les sourcils. «Alors pourquoi l'avoir déplacé?

— Je ne sais pas. Pour vous empêcher d'enquêter dans le quartier, au cas où il y aurait eu un témoin, justement. Sans crime, pas d'enquête. Les témoins ne se présentent pas spontanément, n'est-ce pas?

— Rarement.

— Et pour qu'on ne retrouve pas le corps.

— Ils l'auraient caché en pleine ville?»

Connolly soupira. «Moui.

«Drôle d'embrouille, hein? Vous braquez un type et, au lieu de vous tailler en vitesse, vous prenez le temps de le mettre à l'ombre. Admettons. Vous ne voulez pas qu'on le retrouve, vous essayez de créer une certaine distance entre vous et la police. Bon. Vous avez une campagne immense autour de vous, il vous suffit de le larguer quelque part dans les bois et de laisser les coyotes se charger du reste. Mais vous ne le faites pas. Vous le ramenez en pleine ville où vous *savez* qu'il sera découvert. Puis, vous le délestez de ses papiers d'identité pour que la découverte ne soit pas complète. Personne ne sait qui c'est. Le brouillard total.

— Continuez, dit Connolly, intéressé.

— Maintenant, prenez notre M. Kelly. Ça fait beaucoup de complications pour un type comme lui. Pour moi, il est plutôt du genre insouciant. Il profite de la grâce qui passe et adieu la compagnie. Il ne lui viendrait même pas l'idée d'effacer ses traces. Il déguerpit sans demander son reste.

— Nous savons que ce n'est pas lui, dit Connolly avec impatience.

— Ni un de ses semblables.

— Ce qui signifie?

— Ce qui signifie qu'il ne s'est pas fait braquer. Je pense que c'était quelqu'un qu'il connaissait. Ou, en tout cas, qui *le* connaissait.

— C'est ce que je répète depuis le début.

— Je ne vous ai jamais pris pour un imbécile. Seulement pour un emmerdeur.

— Bon, mais pourquoi l'assassin voulait qu'on le retrouve?

— Il aurait été retrouvé de toute façon. On ne laisse pas s'évaporer dans la nature un agent de sécurité d'une base ultrasecrète. La police militaire et le contre-espionnage auraient ratissé le secteur. La preuve, vous êtes là.

— Nous revoilà à la case départ. Pourquoi le déplacer?»

Holliday alluma une autre cigarette sans se presser. «Eh bien, j'ai ma petite idée là-dessus. Tout tient aux conditions dans lesquelles on l'a retrouvé. Réfléchissez. Nous ne savons rien de lui, c'est une victime anonyme. Si vous trouvez un cadavre dans le désert, vous êtes en plein mystère. Devant San Isidro, c'est autre chose. On se pose des questions… qu'est-ce qu'il faisait là? Tandis que, à l'endroit et dans l'état où on l'a retrouvé, il n'y avait aucun mystère. On voyait tout de suite le tableau. Et on était plus embarrassé qu'autre chose. On n'aime pas trop fouiner dans ces histoires-là, on ne sait jamais quel lièvre on risque de lever. On préfère étouffer l'affaire. L'armée n'a aucune envie de traquer les jolis garçons dans ses rangs. Ça fait désordre. L'assassin a simplement pensé qu'ils laisseraient tomber.

— Et maintenant c'est ce qu'ils vont faire.»

Holliday affecta l'indifférence. «Je parie qu'il n'avait même pas prévu la solution Ramon. Ça prouve une fois de plus que le bon Dieu sait protéger ses brebis galeuses.

— Et ça nous mène à quoi, tout ça?

— Comme je vous l'ai dit, l'affaire est classée. Je veux bien vous faire profiter de mes lumières de policier confirmé, mais si Hendron apprend que je mène une enquête illégale, il aura ma peau. Il en a le pouvoir.

— Pas si vous l'épinglez le premier.

— N'y comptez pas. Pas moi. Ni vous. Il a des aveux signés, vous n'avez qu'une théorie au sujet d'un parking et quelques malheureux échantillons de turquoise. Non seulement vous avez la tête sur le billot mais vous lui tendez la hache. Non, il a toutes les cartes en main, on ne peut pas le contrer. Si on était au combat, Hendron est le genre de type qui se ferait abattre par-derrière. Une balle perdue, tirée par ses propres hommes pour sauver leur peau. Mais, ici, ça ne se fait pas. Vous pourriez peut-être utiliser vos relations de Washington pour le faire appeler sous les drapeaux. Qu'il aille se frotter aux Japs.» Il écrasa sa cigarette. Le sujet était clos. «Mais je suppose qu'il faut des mecs comme lui pour maintenir la paix au pays en attendant le retour de nos petits gars.»

Connolly resta songeur un instant. «Et la voiture?

— La voiture? fit Holliday, intrigué.

— Oui. Vous devez toujours retrouver la voiture.»

Holliday sourit. «Ah, un véhicule volé, ça, c'est une autre histoire. Au sens strict, ça ne fait pas partie de l'enquête.

— Sauf si vous la retrouvez.

— C'est pas encore fait. On a bien le temps de s'inquiéter pour ça.

— Merci, Doc.

— Il n'y a pas de quoi. Juste une voiture volée.

— Merci quand même. Vous dormirez mieux. Je vous le garantis.

— Inutile de me passer de la pommade. Je dors très bien.

— Ils n'ont même pas envie de savoir! dit Connolly en dodelinant de la tête. L'assassin de Karl se balade quelque part et ils s'en foutent?

— Bah, pour eux, vous savez, ce n'est jamais qu'une histoire de pédé. C'est sans importance. En fait, je crois que tout le monde s'en fout, à part vous.»

**

«Pas maintenant, dit Oppenheimer en sortant du bâtiment. Je suis déjà en retard. Je m'envole pour Washington. Ça ne peut pas attendre?

— Non.

« — Accompagnez-moi à Albuquerque, si vous voulez », dit-il en saluant de la tête le chauffeur qui lui tenait la portière.

— Je rentre justement d'Albuquerque. Deux minutes.

— Alors, accompagnez-moi jusqu'à la grille. Je suis vraiment en retard. Comme le lapin blanc.»

Souriant, il se faufila dans la voiture comme le fameux lapin dans le trou de l'arbre. Connolly le suivit.

«Mauvaises nouvelles? demanda Oppenheimer comme ils franchissaient la Zone Technique.

— C'est une question de point de vue. Je voulais que vous le sachiez. La police d'Albuquerque a arrêté quelqu'un.

— Magnifique. Quelqu'un que nous connaissons?

— Non. Un minable qui a poignardé un type là-bas, il y a quelques semaines. Ils lui ont arraché des aveux pour les deux crimes.

— Pauvre Karl, dit Oppenheimer avec indifférence, l'esprit ailleurs. Enfin, c'est un soulagement, non? Un souci de moins, en tout cas.» Le mutisme de Connolly l'étonna. «Non?»

Connolly secoua la tête. Il hésitait à parler en présence du chauffeur, mais Oppenheimer lui fit signe de continuer.

«Ce n'est pas le coupable.

— Vous en êtes sûr?

— Oui.

— Ils le savent?

— Probablement. Ils s'en fichent.

— Je ne comprends pas.

— Il a tué leur homme. Il n'a pas tué Karl. Mais ça les arrange de lui faire porter le chapeau. C'est commode, alors ils ne s'embarrassent pas de détails.

— Vous avez dit qu'il avait avoué?

— Il ment. Ça ne tiendrait pas cinq minutes devant un tribunal.»

Oppenheimer parut complètement déboussolé.

«Mais personne ne mettra sa parole en doute. La police veut le croire et Kelly, c'est son nom, veut qu'elle le croie. Ils l'ont persuadé qu'il y gagnait.

— Je vois. Que comptez-vous faire?

— Rien. Nous ne pouvons rien faire. Mais je voulais que vous sachiez. Ce sera dans le journal. Vous allez voir Groves? Il voudra savoir. Et il voudra le croire.»

Ils avaient atteint la grille. Oppenheimer demanda au chauffeur de s'arrêter. «Que voulez-vous que je lui dise exactement?

— Que je continue notre enquête et que vous me soutenez.

— Je vous soutiens?

— Oui, si vous voulez savoir le fin mot de l'affaire. Bien sûr, vous pouvez donner raison à la police et me renvoyer à Washington.

— Non, non, rien ne presse de ce côté. Ça ne me déplaît pas de jouer les Dr. Watson.» Il hésita. «Si j'ai bien compris, vous affirmez qu'il s'agit carrément d'une erreur judiciaire...

— Ce ne serait pas la première fois.

— Et vous n'allez pas lever le petit doigt?

— Pas maintenant. Ça nous avancerait à quoi? Officiellement, Karl a été détroussé dans un parc en forniquant avec un mauvais garçon. Affaire classée. Pour eux, en tout cas.»

Oppenheimer regarda par la fenêtre. «Pas brillant, comme épitaphe, hein? C'est le souvenir que laissera Karl.

— C'est du moins ce que diront les journaux. On n'écrit jamais sa propre nécrologie.

— Non, en effet. Bref, parlons peu, parlons bien. Que voulez-vous que je fasse?

— Acceptez leurs conclusions. Affaire classée. Je mènerai l'enquête à ma manière. Officiellement, vous êtes soulagé que ce soit fini.

— Je serai soulagé quand ce sera réellement fini.

— Oui, approuva Connolly en ouvrant la portière pour descendre. S'il y en a un qui ait vraiment des raisons d'être soulagé en ce moment, c'est le véritable assassin.»

Mais, maintenant qu'il avait clarifié les choses avec Oppenheimer, il se retrouva comme une âme en peine, fatigué, ne sachant par où commencer. Au bureau, il s'entretint avec Mills, fort marri d'apprendre comment s'était passé l'interrogatoire de Kelly, et feuilleta distraitement les comptes bancaires. Il repensa à la reconstitution de la nuit du crime par Holliday. Pourquoi San Isidro? C'était un drôle d'endroit pour un rendez-vous, il y avait toujours le risque d'y rencontrer des touristes ou des paroissiens. Il nota : «Vérifier les horaires des offices». Mais c'était davantage par conscience professionnelle que par conviction, car il imaginait mal Bruner fixant un rendez-vous à l'heure de la messe. En vérité, il n'imaginait pas Bruner fixant un rendez-vous à quiconque. Pourtant, il avait bien dû le faire, et sans laisser de traces, sans téléphoner. Mais comment? Cette ville était si secrète qu'elle ne figurait même pas sur la carte, un simple numéro postal en plein désert.

Il en était là de ses réflexions sur les problèmes de communication quand Emma entra dans le bureau. Elle le salua de la tête, mais ce fut à Mills qu'elle s'adressa, pour remplir une demande d'autorisation d'excursion hors-site.

«Il vous faut l'itinéraire complet? Je vais à Chaco. J'y suis déjà allée, vous devez donc avoir ça quelque part.

— Motif de la visite? dit Mills d'un ton las.

— C'est pour voir les ruines, qu'est-ce que vous croyez ? Il n'y a rien d'autre à y faire.

— Archéologie ? dit-il en décapuchonnant son stylo.

— Non. Randonnée. Ecrivez randonnée. C'est plus général.

— Tourisme alors », dit Mills en écrivant.

Connolly brassait des paperasses. Il n'osait pas lever la tête. Quand il osa, il vit qu'elle le regardait fixement, les yeux brillants.

« Un numéro où on peut vous joindre ?

— C'est un trou perdu. Tout l'intérêt est là. Vous devriez y faire un tour, un de ces jours, répondit-elle à Mills. Vous serez baba. Vous n'avez jamais vu les sites anasazis ?

— Pas encore, dit Mills en remplissant le formulaire.

— Vous devriez, je vous assure. Mettez de bonnes chaussures et commencez par Bandelier. C'est plus près. Chaco est plus difficile à atteindre. Il faut prévoir de partir à 6 heures au plus tard, mais ça vaut le détour. »

Mills lui tendit son laisser-passer en souriant. « Ne parlez pas aux inconnus.

— C'est ce que me disait toujours mon père. »

Elle leur adressa un sourire à tous deux et disparut. Connolly baissa les yeux pour ne pas la regarder et s'aperçut qu'elle venait de tout arranger. Le jour. L'itinéraire. Ce qu'il fallait emporter. Un rendez-vous clandestin conclu dans le bureau même de la sécurité. C'était aussi facile que ça. Pourquoi Bruner n'aurait-il pas été capable d'en faire autant ? Les choses importantes étaient secrètes, se réglaient sous la fine couverture du monde visible.

Il dîna au mess avec Mills, puis alla au cinéma. Il ne pouvait pas rentrer chez lui : il se serait allongé sur le chaste lit de Bruner, en pensant au lendemain, torturé par la tentation de se rendre en catimini dans les appartements Sundt. Il s'assit donc sur une chaise pliante dans l'auditorium bondé devant un éblouissement de couleurs. C'était une comédie musicale, brillante et légère, avec un night-club, un quiproquo et un numéro de Carmen Miranda. Quand arriva le mot « fin », il avait déjà tout oublié. Les spectateurs sortirent en se plaignant du froid de la nuit et se dispersèrent par couples, exactement comme dans Main Street. Trop fatigué pour aller boire une bière avec Mills, il se retrouva seul dans la rue soudain déserte qui sentait le feu de bois et la résine.

« Excusez-moi. » La voix, venue de derrière lui, le fit sursauter. « Je peux vous parler une minute ? »

Connolly se retourna et, malgré la faible lumière, reconnut l'homme aux courts cheveux blonds, qui papillotait nerveusement des yeux devant lui.

« Vous êtes le chauffeur. D'aujourd'hui.

— C'est ça. Je n'ai pas pu m'empêcher d'entendre. Je veux dire, je...» Il n'acheva pas.

«Quoi?»

Il reprit sa respiration. «Eh bien voilà, je ne voulais pas parler. Je ne veux toujours pas, d'ailleurs. Je veux dire... je n'ai pas de révélation à faire. Simplement, vous m'avez l'air d'un type régulier.

— Je vous écoute.

— Il y a que... que vous vous trompez.

— Au sujet de Kelly?

— Non, pas lui, pas Ramon.»

Connolly fut surpris. «Vous le connaissez?

— Y a des tas de gens qui le connaissent. Il tourne un peu partout.

— Ah, je vois. Autrement dit, vous... hum?»

Le soldat se raidit. «Non, ce n'est pas ce que vous croyez. Ramon, c'est un juste un... un mec qui traîne ses guêtres, quoi.

— Dans le bar.

— Ouais, dans le bar. Mais pas Karl. C'est ce que j'essaie de vous dire. Vous faites fausse route. Il n'était pas...»

Connolly attendit qu'il finisse sa phrase, mais le courage lui manqua soudain. «Comment le savez-vous? demanda-t-il.

— Je le sais, c'est tout.

— Vous étiez un ami de Karl?

— Non. Par le bureau, simplement.

— Exact, vous êtes chauffeur. Donc vous dépendiez du bureau.»

Le soldat se mordit la lèvre.

«N'ayez pas peur, je ne dirai rien. Je ne vous demande même pas qui vous êtes.

— Qu'est-ce que ça change? Vous pouvez le savoir en une minute.

— Alors pourquoi me parler?

— Vous avez raison, je dois être cinglé. Seulement, je vois où ça mène, tout ça. Je connais la musique. Ils commencent à fourrer leur nez partout. Il paraît que vous vérifiez déjà les comptes bancaires.» L'étonnement de Connolly le fit sourire. «J'ai un copain dans l'administration, expliqua-t-il. Des bruits qui courent. Tout le monde s'entend bien, ici. Personne n'emmerde personne. Mais maintenant vous pensez que c'est un crime sexuel. Vous allez voir ce qui va se passer. Ça va être infernal. J'ai été dans une base où ils ont commencé à...

— Ce n'est pas ce que je cherche.

— Non? Mais c'est ce que vous allez trouver. Du jour au lendemain, ils vont nous mettre en fiches, fouiner dans des affaires qui ne les regardent pas et vous verrez le bordel que ça va faire. J'ai déjà vu ça. C'est pas joli-joli. Mais, cette fois, en plus, il n'y aucune raison. Tout a commencé à cause de Karl et il n'était pas comme ça.

— Vous l'avez déjà dit. Comment le savez-vous ?

— Je l'aurais su.

— Pourquoi, vous avez des signes de reconnaissance entre vous, une poignée de main secrète comme les francs-maçons ? »

Le soldat fronça le nez avec dégoût. « C'est bon, j'ai compris. Je savais que c'était de la folie de venir vous voir.

— Je trouve que vous avez du courage.

— Sans blague ?

— Oui, sincèrement. Mais qu'est-ce que vous attendez de moi ? Que je ferme les yeux parce que ça vous dérange ? Vous ne le connaissiez même pas. Nous sommes forcés de nous baser sur ce que nous avons. Et ce que nous avons, c'est un type retrouvé mort dans un parc avec son pantalon baissé.

— Et alors ? Je peux baisser votre pantalon et qu'est-ce que ça changera ? »

Silence.

« Si vous me tuez, ça me changera en Karl. »

Le soldat acquiesça et fit demi-tour.

« Attendez, dit Connolly en le voyant s'en aller d'un air soupçonneux, j'ai un marché à vous proposer. Si vous enquêtiez pour moi ?

— Qu'est-ce que vous voulez dire ?

— Vous avez peut-être vu juste, mais rien ne le prouve. Supposez que Karl ait été si discret que même vous, vous ne vous soyez douté de rien.

— Et puis ?

— Nous devons en être sûrs, savoir qui étaient ses amis, savoir qui il fréquentait. Interroger des gens que vous pouvez connaître.

— Vous vous êtes trompé de mec.

— Je vous crois sur parole. C'est le marché. Vous me dites qu'il se passe des choses que j'ignore ici et que je risque de créer la pagaille en essayant de les découvrir. D'accord, je n'en ferai rien. Pas de pagaille. Vous chercherez à ma place. Vous parlerez aux gens, sans me dire les noms, en me disant simplement si vous avez découvert quelque chose sur Karl. Je chercherai ailleurs. Si vous avez raison, parfait. Je vous croirai sur parole. Mais il me faut des certitudes. C'est votre part du marché.

— Pas d'entourloupe ?

— Pas d'entourloupe. Vous me rendez service. A vos amis aussi. Personne ne veut déclencher une chasse aux sorcières ici. »

Le soldat serra la main de Connolly. « Seigneur, me voilà bien. Qu'est-ce que je suis maintenant ? Un indic, un flic infiltré ? »

Connolly sourit. « Ma foi, c'est vous qui m'avez serré la main, non ?

— Personne n'en saura rien... promis ?

— Promis. Au fait, quel est votre nom ? Ça m'évitera de vérifier.

— Batchelor [1], répondit-il avec un sourire oblique. Ouais, je sais, un nom prédestiné. Bon, je vous tiens au courant dès que j'ai quelque chose. Mais ne vous faites pas d'illusions, je suis sûr de moi.

— Simple curiosité… vous ne vous trompez jamais ?

— Parfois. Il m'arrive de prendre mes désirs pour des réalités. J'aimerais bien m'être trompé sur vous, par exemple.»

Connolly, d'abord choqué, prit le parti d'en rire. «Dois-je prendre ça pour un compliment ?

— Non, je pense ça de beaucoup de gens.»

Il singea un salut militaire et s'en alla.

Connolly le regarda s'éloigner, puis se dirigea vers le dortoir. L'entretien lui avait redonné le moral, comme si un panneau de signalisation lui indiquait enfin le bon chemin, alors qu'il tournait en rond. Mais la contrepartie était moins réjouissante : désormais, il fallait tout reprendre à zéro. A Los Alamos, les secrets semblaient s'accumuler en couches successives par-dessus le secret originel. Un instant, il eut envie de retourner au cinéma, où tout était clairement défini à l'intérieur d'un cadre lumineux qui ne dissimulait rien.

---

1. Célibataire *(N.d.T.)*.

9

Bien que la voiture fût encore couverte d'une pellicule de givre qui réverbérait la lumière matinale, elle sortit vêtue d'un short de marche. Ses longues jambes étaient parcourues de frissons. Elle jeta son sac à l'arrière et lui fit signe de monter sur le siège du passager.

« Tu essaies d'être provocante? dit-il.

— Allez, monte, fit-elle. Je me gèle, j'ai hâte de mettre le chauffage.

— La prochaine fois, tu pourrais rester carrément toute nue.

— Ça te plairait, hein? dit-elle en démarrant, cap à l'ouest. Ça se réchauffe très vite ici, tu verras. Dans quelques heures, on étouffera. Tu as eu du mal à te libérer?

— Quand on rédige soi-même les autorisations, ça simplifie les choses. »

Elle cligna de l'œil. Elle était excitée comme une gamine faisant l'école buissonnière en quête de grande aventure.

« Où tu vas? La porte est de l'autre côté, dit-il.

— Porte Ouest. On va prendre la petite route, c'est plus rapide.

— Ah.

— Qu'est-ce qui ne va pas?

— Rien, dit-il en pensant à l'enquête. J'avais juste oublié qu'il y avait une autre porte. Je n'y suis jamais passé.

— Tu n'as pas manqué grand-chose. »

En effet, elle était beaucoup plus petite que l'entrée Est. Devant la barrière, une sentinelle à demi endormie vérifia leurs laisser-passer en bâillant et leur fit signe d'avancer.

« Il y a du thé dans la Thermos. J'espère que tu ne m'en voudras pas, mais j'ai horreur de boire du café dans la journée.

— Du moment que c'est chaud. »

Ils prirent à droite sur la route 44 et grimpèrent dans les monts Jemez. Les brumes se dissipaient au-dessus d'épaisses forêts vertes de pins et de trembles. Le chauffage soufflait sur leurs pieds, agréable cocon de chaleur, et de fines stries de condensation rayaient le capot.

«Tu as emporté des coupons? demanda-t-elle.

— N'est-ce pas pour ça que je suis ici?

— Tu as tout compris.

— Tu m'emmènes loin ou simplement à l'hôtel?

— Très, très loin. Ça prendra la matinée, alors installe-toi confortablement et détends-toi. Mais attends d'avoir vu ça. C'est merveilleux. Il n'y a rien de comparable.»

Il la regarda conduire en se rappelant le retour de Tesuque, le jour où, pour la première fois, il avait pensé que c'était possible. Ils continuèrent leur ascension et le soleil montait avec eux, si bien que, lorsqu'ils atteignirent la crête, la contrée était inondée de lumière. A part une camionnette rouillée transportant des chèvres vers Santa Fé, ils ne croisèrent aucune voiture. Connolly baissa sa vitre, respira une grande bouffée d'air frais et contempla l'immense vallée herbeuse. Quelques troupeaux paissaient, piquetant les prairies onduleuses comme des miniatures dans un diorama, tels des points blancs sur un tapis de velours vert. Une série de pics entourait la cuvette. On était à mille lieues de la vallée du Rio Grande, avec ses conifères tordus et ses rivières asséchées.

«C'est la Grande Vallée, dit-elle avec un geste vers la droite. Sauf que ce n'est pas une vallée, c'est une caldera – tu sais, le sommet d'un volcan. Elle s'étend sur des kilomètres, au-delà de ces collines. Une suite d'éruptions et d'effondrements qui ont fini par former ce grand lac de lave. Et voilà le résultat. C'est génial pour galoper. Oppie aime venir ici, on peut vraiment lâcher les chevaux. De l'autre côté, on est toujours freiné par des arroyos, mais ici, ah…»

Elle le laissa admirer le panorama.

«Tu as passé beaucoup de temps avec Oppenheimer?

— Un peu. Pas récemment. L'an dernier, c'était plus facile, l'atmosphère était moins tendue.

— Comme lui?»

Elle réfléchit. «C'est vrai que c'est un peu lourd, ce sacerdoce de l'homme face au destin, mais en fait je crois qu'il est vraiment comme ça.

— Il est difficile à comprendre.

— Tout le monde l'est.

— Toi aussi?»

Elle rit. «Demande autour de toi.»

Ils étaient en haute montagne, à présent, entourés d'arbres et de clairières constellées de fleurs sauvages alpestres. Elle roulait vite, fuyant la Colline comme un cheval caracolant dans la caldera. La voiture toussotait un peu dans les montées et reprenait de l'élan sur les tronçons droits et plats.

«Tu dois toujours t'en aller? dit-elle.

— Non. Ils se sont trompés. Je suis de nouveau à la case départ.»

Elle détacha un instant ses yeux de la route pour le regarder. «C'est une si mauvaise place?

— Pas en ce moment, répondit-il en souriant. L'ennui, c'est qu'on ne peut jamais y rester.

— Bien sûr. Mais on peut s'y attarder un peu.»

A ces mots, elle posa la main sur sa cuisse. Ce n'était qu'une petite tape amicale, mais il sursauta – un spasme révélateur qui la fit rire.

«Mazette», dit-elle en retirant sa main.

Connolly se sentit gêné d'être aussi réceptif à son toucher. «Tu peux la remettre si tu veux.

— Hmm. Plus tard peut-être. Tu as besoin de forces pour la randonnée. Où as-tu déniché ces bottes, au fait?

— Je les ai empruntées.»

Il faillit lui parler du placard de Bruner, de son trouble quand il avait constaté que les bottes lui allaient, comme si cela lui avait appris quelque chose de nouveau sur l'homme, mais Karl était resté derrière, à Los Alamos. Il n'y avait pas de place pour une tierce personne dans la voiture.

«Comment fais-tu ton compte? dit-il. Tu t'absentes, comme ça. Et les voisins?

— Eileen? Oh, ça ne lui fait ni chaud ni froid. Je m'absente toujours. C'est mon «opération secrète», tu vois. C'est ce qu'il y a de bien sur la Colline : tout le monde est entraîné à ne pas poser de questions, alors personne n'en pose.

— Elle croit que tu fais quoi?

— Mais ce que je fais réellement. J'étudie les Indiens. C'est vague mais je crois qu'elle s'en fiche éperdument. Elle se pavane dans une ignorance béate.

— En écoutant aux murs.»

Elle gloussa. «Ma foi, c'est un peu différent, non?

— Et ton mari?

— Je lui ai laissé un mot, dit-elle sans vouloir s'appesantir sur la question. Au cas où il rentrerait de bonne heure.» Puis, changeant aussitôt de sujet : «Dieu que c'est bon de prendre l'air, non? Regarde-moi cette matinée.»

Il n'insista pas et regarda au dehors les rayons de soleil qui trouaient les feuillages, en pensant à Los Alamos. La sécurité régnait, tout le monde était confiant. Puis il oublia; Los Alamos était loin déjà, effacé par des kilomètres d'air pur. Ils faisaient route vers l'ouest, vers une nouvelle journée, un nouveau paysage.

Ils roulèrent longtemps sans parler, aussi à l'aise dans le silence qu'un vieux couple, avant de plonger lentement vers la vallée, au gré des sinuosités de la route qui descendait par degrés en serpentant le long des versants inégaux. Parfois, la pente accélérait dangereusement la vitesse, obligeant Emma à freiner à l'entrée des virages. Puis une montée, plus courte, les ralentissait à nouveau jusqu'au sommet d'une bosse et la voiture reprenait son élan. La vue était limitée par une succession de tournants et de dos d'âne qui rappelait à Connolly les routes montagneuses de l'est.

Quand ils atteignirent Jemez Springs, un ensemble de constructions éparses le long de la route, ils roulaient à petite vitesse, à peine cinquante kilomètres à l'heure, et furent d'autant plus étonnés d'entendre une sirène derrière eux. Une voiture de police, dont le gyrophare clignotait sous le soleil matinal, avait surgi de sa cachette pour les prendre en chasse et leur faire signe de se ranger sur le bas-côté. «Zut!» fit Emma en s'arrêtant devant la façade blanche d'un hôtel en bois ornée d'un péristyle avec rocking-chair, typique des vieilles villégiatures des Adirondack. Le policier, en uniforme, prit son temps pour sortir de sa voiture. Dans cette rue endormie au creux des montagnes, la lenteur était de mise.

«Madame, dit-il avec un accent traînant de cow-boy, la vitesse est limitée à 35 dans cette ville. C'est clairement indiqué sur un panneau. Je peux voir votre permis?»

Emma, prompte à prendre la mouche, faillit le rembarrer sèchement, mais se résigna et lui remit ses papiers sans un mot.

«Oh, encore un de ces machins, dit le flic en regardant le permis anonyme. Eh ben, ça fait rien, un nom ou un numéro, c'est pareil, c'est pas ça qui va m'empêcher de rédiger le P.V.» Il sortit son carnet à souches. «Vous êtes de ce ranch-école, hein? C'est marrant, tous ces gens sans nom. Y a de quoi se poser des questions. M'enfin, c'est la guerre, comme ils disent. Levez le pied quand même, vous vivrez plus longtemps.»

Connolly connaissait bien ce ton, mi-populaire mi-provocateur, caractéristique des flics en uniforme.

«C'est combien? demanda Emma.

— Dix dollars.

— Vous voulez rire.»

Il la regarda sans aménité. «Non, m'dame. Ça nous fait pas rire du tout de voir des gens mettre la vie de nos enfants en danger.» La route était déserte.

«Tout de même, dix dollars,» répéta-t-elle, flouée.

Il sourit. «Vous pouvez régler par mandat. Y a des tas de gens qui le font. Mais s'agit pas d'oublier. Nom ou pas nom, on vous sucrera ce permis, vous pouvez en être sûre.» Il lui tendit le papillon et se pencha pour regarder dans la voiture. «Vous devriez dire à votre femme de ralentir. Achetez-lui une nouvelle robe. Ça vous coûtera moins cher à long terme.

— J'y penserai », répondit poliment Connolly.

C'était si facile de devenir quelqu'un d'autre, songea-t-il. Pour ce policier, il était évident, comme deux et deux font quatre, qu'ils étaient mari et femme.

« Bande de voleurs, dit-elle quand le flic eut disparu.

— C'est ce que nous appelons un piège à gogos, expliqua-t-il en souriant. C'est comme ça qu'ils gagnent leur vie. »

Elle sortit de la ville avec une lenteur exagérée, comme un escargot.

« C'est le mot, approuva-t-elle.

— Quoi qu'il en soit, nous venons d'être arrêtés ensemble. Tu avais dit que ce serait une aventure. » Puis, voyant qu'elle tremblait et semblait s'agripper au volant pour se calmer : « Tu vas bien ?

— Ça m'a énervée, c'est tout. Il y a de quoi être en colère, non ? Je fais une fugue avec un homme et, avant même d'avoir passé la montagne, j'ai la police sur le dos. »

Il rit.

« Tu trouves peut-être ça drôle, reprit-elle, mais pas moi. La police. Suppose que...

— Tu veux que je conduise ?

— Il ne s'agit pas de ça.

— De quoi, alors ?

— Je ne sais pas. C'est peut-être l'idée d'être mariée si vite qui me déplaît. Je ne dois pas être douée pour les escapades.

— Ne t'inquiète pas, je ne vais pas t'acheter de robe.

— Dommage, » fit-elle en souriant. Elle resta silencieuse un long moment avant d'ajouter : « Je ne veux faire de tort à personne.

— Personne n'en souffrira.

— Oh, si, répliqua-t-elle d'une voix lointaine. Nous allons tous souffrir. »

Il attendit. Il voulait éviter les mots de consolation faciles.

« Ça change quelque chose ? » dit-il finalement.

Elle ne répondit pas tout de suite.

« Non, fit-elle en secouant la tête. C'est bien ça, le problème. Ça ne change rien. Oh, et puis zut, » dit-elle brusquement en enfonçant l'accélérateur. La voiture partit en trombe. « On n'a jamais deux amendes dans la même journée, hein ? Alors, allons-y gaiment. »

La route continuait à descendre, en lacets de plus en plus étroits, tutoyant les ravins. Emma mordait sur la ligne médiane, se fiant au tracé, laissant la dénivellation moduler sa vitesse. Les oreilles de Connolly se débouchèrent. Ici et là, quelque arbre fruitier ou autre plantation rappelaient qu'ils avaient quitté les régions forestières inhabitées. La vue s'élargissait. Bientôt, les montagnes disparurent complètement, comme des rideaux s'ouvrant sur un immense panorama de buttes en grès rouge et de mesas, sous un ciel infini. C'était le paysage le plus spectaculaire que Connolly eût jamais contemplé.

Un moment, la 44 longea une rivière. Ils entrèrent dans des gorges criblées de rochers rouges et de genévriers, dont les parois étaient si hautes qu'ils se crurent ensevelis sous la pierre jusqu'à ce qu'un tournant leur rende la vision du ciel. C'était l'Ouest tel qu'il l'avait imaginé sans l'avoir jamais vu, ni l'aride désert de cactus de Trinity, ni même les étendues de sauges et de plantes grasses du Rio Grande, mais une terre qui semblait exister depuis la nuit des temps, monumentale, si réfractaire à l'homme qu'elle puisait sa beauté dans la géologie, comme si la végétation n'était qu'un ajout superflu de dernière minute. Les montagnes, à droite, semblaient marquer la frontière du monde connu. Devant eux, les mesas gigantesques s'élevaient comme des îles sur le fond d'un océan oublié, séparées par des mers de sol sablonneux. Les versants abrupts striés de couches sédimentaires blanches, jaunes, marron et rouges évoquaient une carte du temps en couleurs, tandis que de grands piliers rocheux, déchirés et hachés, se dressaient çà et là comme des statues de dieux.

Il la devinait souriante à côté de lui. Elle appréciait sa réaction. Quand enfin ils quittèrent les canyons tortueux pour filer à travers le plateau vide, la chaleur promise s'abattit sur eux comme un torrent de lumière. Ils baissèrent les vitres pour laisser entrer l'air sec et chargé de poussière. Les nuages qui s'accumulaient dans le ciel jetaient de vastes ombres sur la prairie, faisant varier les couleurs de l'herbe, tantôt verte, tantôt jaune, sur leur passage. Il aperçut des cactus et des buissons dont il ignorait le nom. Des survivants. Le soleil transperçait le pare-brise. Ils étaient seuls sur la route. Sur des kilomètres à la ronde, ce n'était qu'un paysage désolé, animé seulement par les nuages, les ombres et le vent.

Aux abords de Chaco, ils abandonnèrent la grand-route pour caracoler sur une voie cahoteuse, qui dessinait un long sillage de poussière derrière eux. Emma ralentit, obligée de slalomer entre les nids-de-poule et les crevasses de boue desséchée.

«Tu m'avais prévenu que c'était un trou perdu, dit Connolly. C'est encore loin?

— Une trentaine de kilomètres.» Elle ricana. «Ce n'est pas pour les petites natures.

— Seigneur. Ce n'est pas le moment de tomber en panne.

— Pense aux Anasazis. Ils sont venus à pied.»

Il avait du mal à imaginer une population dans ce désert. «Pourquoi ici?

— Personne ne le sait. Ça devait être moins aride, à l'époque, mais pas tellement. On a retrouvé des rondins qui avaient été transportés sur plus de soixante kilomètres. Pourquoi ne pas bâtir à l'endroit où se trouvaient les arbres ? C'est l'un des mystères.

— Quels sont les autres ?

— Eh bien, on se demande ce qui leur est arrivé. Ils ont disparu il y a environ huit cents ans. Comme ça, d'un seul coup. Tout s'est arrêté. Ils ont laissé des villages un peu partout – il y en a un grand près de la Colline, dans Frijoles Canyon – et puis plus rien.

— Ils sont tous morts ?

— Archéologiquement, oui. Ils sont probablement devenus les Hopis. L'architecture est très semblable – les habitations, les kivas, les sites. Mais personne n'en sait rien au juste. Sans traces écrites, c'est difficile. Imagine les Egyptiens sans les hiéroglyphes.

— Alors, comment connaissons-nous leur nom ?

— Nous ne savons pas quel nom ils se donnaient. Nous les appelons Anasazis. Un mot navajo. D'après l'office du tourisme, ça signifie les Anciens, mais j'ai lu quelque part que ça signifiait en réalité les Ancêtres de mes Ennemis. Une grosse différence. Bien sûr, ça convient parfaitement à la théorie des Hopis : ils sont *toujours* en guerre contre les Navajos. Nous y voici. Méfie-toi du garde. Plus personne ne vient ici depuis que l'essence est rationnée et il va te raconter sa vie si tu le laisses faire.»

Ils entraient dans un large canyon, constitué d'une longue mesa au nord et de deux plus petites au sud formant une porte ouvrant sur le désert. Connolly aperçut des amas de ruines adossées aux gorges, des hameaux bordant la vallée. Une camionnette de fonction, toute crottée, était garée devant un bâtiment, à l'extrémité sud-ouest de la route. Le ranger de garde, un uniforme incongru dans ces lieux vides, leur conseilla d'emporter de l'eau sur la piste en reluquant machinalement les jambes d'Emma. Elle n'y prêta aucune attention : tout un désert la séparait désormais du monde des convenances.

Quinze minutes plus tard, ils étaient à nouveau seuls. Le ranger n'était plus qu'une ombre. Ils mangèrent des sandwichs sur le mur délabré des ruines Bonito, le visage exposé au soleil. En fermant les yeux, Connolly pouvait entendre d'imperceptibles mouvements d'insectes. Dès qu'il les rouvrait, le bruit s'estompait dans la paix du canyon. Il la regarda, suivit le contour de sa gorge qui se perdait dans le blanc étincelant de son corsage et s'émerveilla d'être ici, loin de tout.

Elle le guida à travers le site, lui expliqua les schémas architecturaux, lui montra les portes, la disposition des pièces, et bientôt l'inextricable dédale de pierres mortes devint une réalité concrète, remplie de vie imaginaire. Car des gens avaient vécu ici, autour de ces kivas rituelles, avait irrigué ces champs et rempli ces granges. La vallée avait vibré d'activités. Peu à peu, la visite donnait un sens aux lieux, un ordre aux choses. Un jour peut-être, pensa-t-il, des gens erreraient pareillement sur la Colline, zigzaguant entre les bâtiments pour chercher à reconstituer le puzzle, le schéma de la ville originelle. Peut-être cela leur paraîtrait-il tout aussi mystérieux, tout aussi inconséquent.

«Mais pourquoi ici? répéta-t-il. Ce n'était pas l'endroit rêvé pour faire de l'agriculture.

— Non. A Frijoles, on comprend mieux, il y a une rivière. Et à Mesa Verde… je n'y suis jamais allée, mais je suppose que c'est vert. On sait qu'ils aimaient les sites incommodes, ils construisaient toujours sur des falaises et surplombs. Mais je reconnais que c'est un problème. On pense qu'il y a eu jusqu'à cinq mille personnes ici. Ça devait être un centre administratif. Religieux, peut-être. Selon moi, les raisons sont plutôt géographiques. Tu comprendras ce que je veux dire quand nous serons au sommet. Ça correspond à peu près au milieu de leur territoire, ce qui peut expliquer leur choix. Une capitale artificielle, en quelque sorte. Comme Canberra ou Ottawa.

— Ou Washington.

— Ou Washington. Qu'est-ce que tu regardes?»

Il lui prit la main. «Je regarde, tout simplement.»

La réponse était décevante, mais elle ne lui en voulait pas. «Tu n'as pas écouté un mot de ce que j'ai dit?

— Si. Ils ont construit au milieu de nulle part parce que c'était le milieu. Ça éloignait les bureaucrates des affaires juteuses.»

Il l'embrassa, longuement et langoureusement car, cette fois, ils avaient tout le temps devant eux.

«Ce n'est jamais une mauvaise idée, commenta-t-elle, blottie contre lui.

— Je ne sais pas. Ils ont peut-être un plus gros appétit que les autres.»

Il l'embrassa encore, mais elle s'écarta.

«Il va nous voir», dit-elle avec un mouvement de la tête en direction du pavillon de garde.

Connolly se mit à rire.

«Décidément, même ici il faut se méfier des voisins. Tu ne connais pas un endroit où nous pourrions aller? demanda-t-il, ironique, en regardant l'immensité du territoire.

— Plus tard, dit-elle en le repoussant pour se lever. Tu es toujours aussi angoissé?

— Non, je suis timide. Je déteste passer à côté d'une occasion. On pourrait aller derrière ce mur.

« — Non. Si tu t'imagines que je vais me coucher sur une kiva pour te faire plaisir, tu te mets le doigt dans l'œil, protesta-t-elle, moqueuse, en le forçant à se lever aussi.

— Tu as peur de déranger les esprits?

— Peut-être. Peut-être que je ne suis pas tentée par les dalles de pierre.

— Tu pourrais être sur moi.

— Plus tard, répéta-t-elle en se riant de lui. Viens. Un peu d'exercice ne te fera pas de mal. »

Mais le moment avait rendu sensuel le désert qui les entourait. Il était troublé par sa peau, devant lui, tandis qu'ils gravissaient la mesa, par ses jambes qui se tendaient en prenant appui sur le roc et fléchissaient pour propulser son corps. La chaleur était tangible à présent, il était trempé de sueur, et l'air résonnait du craquement de leurs bottes sur les cailloux et du bruit de leurs respirations. Ils escaladèrent une cheminée entre deux à-pic, au sol jonché de pierrailles instables, de sable et de racines. Quand ils atteignirent le sommet, un rocher plat en surplomb, il était à bout de souffle et son cœur s'emballait. A part une légère brise, tout était inerte alentour, mais il ne ressentait plus la touffeur de la vallée, il était ragaillardi par l'effort musculaire. Elle se retourna en riant, sautant comme un cabri de rocher en rocher, le défiant de le suivre. Sa gourde ballottait à sa ceinture. Une goutte de sueur tomba dans l'œil de Connolly. La piste décrivait une courbe, suivant une série de cairns probablement façonnés par le ranger, puis montait régulièrement jusqu'à une large corniche de roc aplati qui courait comme un trottoir sur le rebord de la mesa.

Elle l'attendit au sommet, le corsage collé à la peau, une main en visière au-dessus de ses yeux pour contempler le fond de la vallée au sud. D'ici, les ruines ressemblaient à des esquisses d'architecte; c'étaient des cercles et des carrés sans relief figurant des habitations. Elle lui tendit la gourde. Seul le miroitement de la chaleur, qui ondulait paresseusement sur le désert, donnait un semblant d'animation à ce paysage immobile. Ils étaient les seuls êtres vivants au monde.

Ils longèrent la corniche avec prudence, en évitant le bord du précipice. Le chemin était assez nivelé et large pour leur permettre de marcher ensemble, en passant rapidement d'un panorama à l'autre. Il ne sentait plus la fatigue dans ses jambes; son pas était si léger, si facile, si insouciant que, lorsqu'elle s'arrêta brusquement devant lui, en lui barrant la route d'une main tendue, il faillit tomber tête la première, emporté par son élan. La voyant ainsi pétrifiée, sans respirer, il s'alarma et jeta un regard autour de lui. Il ne vit rien jusqu'à ce qu'elle pointe un doigt en silence vers le bord. Devant eux, sur une saillie en contrebas, il ne remarqua rien d'autre que la forme contordue d'une branche de genévrier flétrie. Mais, en observant mieux, il discerna des marques grises et brunes. La chose n'était pas végétale. Le serpent à sonnettes bougea furtivement pour mieux capter le soleil, puis reprit sa position. Connolly se figea, les muscles tétanisés par l'effroi devant cette apparition impromptue et sournoise. La vie sauvage lui inspirait une peur de citadin, épidermique, irraisonnée. Pris de panique, il chercha un caillou, un gourdin, n'importe quoi pour se défendre. Mais le serpent restait paisiblement enroulé sous le soleil. Connolly était persuadé que le moindre bruit allait déclencher une attaque, mais Emma l'éloigna du bord, en douceur, avec une tranquille assurance. Il sursauta en voyant le serpent se dérouler lentement, dans un imperceptible frémissement de taches. Fasciné comme une proie, il le regarda se déployer mollement et glisser sur une saillie plus basse et plus ensoleillée, inconscient de la présence d'autrui dans son jardin. Emma continua à reculer en entraînant Connolly, qui gardait les yeux rivés sur le rebord, redoutant une ruse du reptile. Il avait honte de sa frayeur, mais son cœur palpitait encore.

«On devrait le tuer, non? dit-il quand ils furent à l'écart sur le sentier.

— Il ne nous ennuiera plus maintenant. Il vit ici, tu sais.

— Mais il est venimeux.»

Elle sourit, apaisante. «Je sais. Mais ils n'attaquent que si on les provoque. La première fois que j'ai entendu un serpent à sonnettes, j'ai cru que j'allais mourir, mais il ne faisait que me dire de m'en aller. Eux, au moins, ils t'avertissent, ce qui n'est pas le cas de tout le monde. C'est la surprise qui leur fait peur.

— Moi aussi, dit-il en reprenant son souffle. Je n'en avais encore jamais vu.

— Tu n'en reverras peut-être pas d'autre. Je n'en ai vu que deux. Les chevaux les avaient débusqués. Mais ils font partie du territoire, tu comprends.» Elle lui prit le bras. «Viens, on va monter sur le Pueblo Alto. Fais seulement attention où tu mets les pieds. C'est sûrement comme les P. V., on n'en a jamais deux dans une même journée.»

Mais le serpent l'avait perturbé. Malgré le caractère euphorisant de cet espace illimité, il se sentait exposé, à présent. Si le serpent n'avait pas fui? Il s'imagina avec une morsure empoisonnée à la cheville, loin de tout, sans pouvoir crier à l'aide. Il avait cru qu'ils fuguaient, que cette lumineuse immensité leur appartenait; or il devinait maintenant qu'il était un intrus, vulnérable à l'invisible.

Ils coupèrent à travers la mesa, vers le centre où se trouvaient les hautes ruines, sur le toit du monde anasazi. Un vent constant desséchait leur peau, ébouriffait leurs cheveux et agitait comme des bannières les manches blanches du corsage d'Emma, qui marchait devant à grandes enjambées. Il se demanda ce qui l'avait amenée ici, au milieu des serpents, des pièges et des escarpements, si loin des jardins pluvieux du

Hampshire. Mais elle y était chez elle désormais. Il aimait sa façon possessive d'arpenter le site, comme si elle l'avait bâti elle-même.

Sur le Pueblo Alto, ils pouvaient voir à des kilomètres de distance dans toutes les directions. Elle lui montra la trace des routes droites qui sillonnaient la vallée du nord au sud.

«Encore un de leurs mystères. Pourquoi avaient-ils des routes s'ils ne connaissaient pas la roue? Ni les bêtes de somme, apparemment.

— On ne peut pas marcher très longtemps dans ce désert.

— Pourtant ils l'ont fait. Sur des centaines de kilomètres. On a retrouvé des plumes d'ara qui provenaient du golfe du Mexique. Et des coquillages de basse Californie. Il faut bien que quelqu'un les ait apportés.»

Ils s'assirent sur un muret et fumèrent. Connolly sentait la brûlure du soleil sur son visage, mais l'ombre des nuages enveloppait la mesa d'une douceur de fin d'après-midi.

«Et par cette route, là, poursuivit-elle en indiquant la piste rectiligne qui reliait les mesas du sud et de l'est. Tu imagines? Des plumes, des perles et le reste, tout un peuple affluant par ici.

— Je n'y crois pas, dit-il avec le sourire. Une poignée d'assoiffés titubants peut-être. Mais je reconnais que ça vaut le coup d'œil.

— Oui, ça rachète tout.

— Tout quoi?

— Tu sais bien… la Colline. La vie là-bas.

— Pourquoi ne pars-tu pas? demanda-t-il.

— Pour aller où? Ça me convient, au fond, tant que je peux m'évader dans des endroits semblables. D'ailleurs, je n'ai pas fait tout ce chemin pour revenir en arrière.

— Ce n'est pas ce que je voulais dire.

— Je sais.» Elle écrasa sa cigarette, puis déchira le mégot, éparpillant au vent des pétales de tabac. «Mais c'est vrai quand même. J'aime cet endroit.

— Mais il faut bien que ça se termine un jour. L'Opération touche à sa fin.

— Et tout le monde rentrera chez soi? Tu penses? Je ne sais pas. Au début, je me disais ça aussi, ça semblait si provisoire. Maintenant, j'ai l'impression que ça durera.

— Ça se terminera avec la fin de la guerre. Tu sais ce qu'ils font ici?

— Tout le monde le sait, même si personne n'aime en parler. Je préfère me dire que c'est de la science fondamentale, dit-elle d'une petite voix, et non une entreprise de destruction. De toute façon, ils en feront une autre. Une plus puissante, peut-être. Nous ne partirons pas. On ne peut pas construire toute une ville et s'en aller après.

— Tes Indiens l'ont bien fait.

— Oui. Mais sont-ils vraiment partis?»

Elle se leva et fit quelques pas pour se dégourdir, en tapant du pied dans un caillou.

«Qu'est-ce que tu veux dire?

— Tu aimes les énigmes. D'après toi?»

Une question scolaire. Il regarda le paysage et haussa les épaules. «D'après moi, ils ont manqué d'eau.

— Hum. Une réponse évidente, n'est-ce pas?

— Mais tu n'y crois pas?

— C'est possible. Ils ont pu partir à la recherche de pâturages plus verts. Ça se comprendrait. Mais alors pourquoi ne pas emporter armes et bagages? Ils ont tout laissé. La poterie, les outils. On n'abandonne pas ses outils. Ni ses objets de valeur. Les plumes, les coquillages… enfin, ce qu'on emporte avec soi quand on déménage. Comme la porcelaine de ta grand-mère. Les perles de turquoise.

— De turquoise? Ils ont laissé des turquoises?

— Oui, répondit-elle, intriguée par sa curiosité. Ils avaient des turquoises. C'étaient leurs bijoux. Des émigrants qui partent sans leurs bijoux, c'est bizarre.

— Ils prévoyaient peut-être de revenir, dit-il, méditatif, en songeant au tiroir de Karl.

— Mais ils ne sont pas revenus.

— Parce qu'on les a tués.»

Elle le regarda. «Qu'est-ce qui te fait dire ça? On n'en sait rien.

— Non. Je pensais à autre chose.» Il se leva. «Ils étaient peut-être trop faibles. C'était peut-être trop lourd à porter.

— Des bijoux?»

Il lui sourit. «Tu reconstitues le crime.

— C'est le propre de l'archéologie. La reconstitution du crime.

— S'il y a eu crime.

— Il y en a eu un, d'une manière ou d'une autre.

— Alors, quelle est *ton* hypothèse?»

Elle se tut et contempla à nouveau la mesa. «Je pense que les Allemands sont arrivés.

— Les Allemands?

— Les Allemands. Je pense qu'ils les ont encerclés et déportés.»

L'esprit de Connolly, déjà distrait, dériva vers des photos de magazine, un homme pleurant derrière un violoncelle.

«Pourquoi?

— On ne peut jamais répondre à ça.» Elle s'ébroua, comme pour chasser cette pensée. «C'est une drôle de conversation que nous avons là.

— Ils sont peut-être responsables de leur sort.

— Quoi? Ils auraient eu un Hitler qui les aurait déportés?

— Ou ils sont simplement devenus fous. Ils se sont suicidés.»

Elle le regarda de nouveau, puis croisa les bras. «Ne parlons plus de ça. On ne saura jamais, de toute façon.

— Tu n'aimerais pas savoir?

— Je suppose que si. Mais quelle importance? C'était peut-être effectivement la sécheresse, tout le monde le pense. Je préfère que ça reste un mystère.

— Mais si on savait…

— Alors, ce serait un site comme un autre.» Elle se tourna pour partir. «Viens. Il se fait tard.»

La descente fut plus facile, mais ils s'arrêtèrent plusieurs fois pour admirer le panorama. L'éblouissante clarté de la journée avait cédé la place à une lumière mordorée de fin d'après-midi, qui teintait le roc. Une partie de la vallée était dans l'ombre et le grès avait perdu ses reflets vifs – ce n'était plus que de la terre sombre comme du sang séché. Quand ils arrivèrent en bas, le ciel avait changé : de nouvelles couleurs rayaient l'azur.

«Mes jambes vont s'en souvenir, dit-il en se massant le mollet.

— Fatigué?

— Pas trop.»

Elle se dérida. «Tant mieux. On a une bonne trotte à faire.

— Pour où?

— On va prendre par le nord, vers Nageezi, puis couper par la route de Taos.

— Pourquoi ne pas s'arrêter à Nageezi?

— Ce n'est qu'un nom sur la carte. Il n'y a rien. C'est un relais de poste. Une station d'essence. Quand c'est ouvert.

— Alors où?

— Anxieux? J'ai pensé que nous pourrions aller chez Hannah.

— C'est à des heures d'ici.

— Tout est à des heures. Nous aurions le ranch pour nous seuls.

— Nous serons vannés, dit-il en la prenant par la taille.

— Tu pourras dormir. Toute la journée.»

Il sourit. «Allons-y. Et si on trouve quelque chose en route?

— Ce sera un mirage, répondit-elle en montant dans la voiture. Il n'y a rien. Ne t'en fais pas… je vaux la peine de patienter.»

Ils adressèrent un salut poli au ranger, puis mirent le cap au nord-ouest, vers le ciel orange. C'était une route plus rude que celle du sud et Connolly, qui avait pris le volant, jurait chaque fois que la voiture heurtait un nid-de-poule. Même quand la voie était droite, il devait ralentir pour éviter les cailloux. Emma renversa la tête sur son siège en plissant rêveusement les yeux.

«Pourquoi cette question sur les turquoises? dit-elle, perplexe.

— Je pensais à Karl.

— Oh, fit-elle en rouvrant les yeux. Pourquoi donc?

— Il a laissé des turquoises dans sa chambre. La coïncidence m'a paru étrange. Enfin, coïncidence n'est pas le mot juste... disons que ça m'y a fait penser.

— Qu'est-ce qu'il faisait avec des turquoises? demanda-t-elle, sincèrement étonnée.

— Je l'ignore.

— C'est pour ça qu'il a été volé?

— Non. Elles étaient dans sa chambre.

— Ah. Alors c'est un mystère.

— Pour l'instant.

— Tu n'aimes pas les mystères?

— Pas celui-là.»

Elle adossa à nouveau sa tête. «C'est important pour toi? Il est mort, non? Comme mes Indiens. Qu'importe ce qu'il leur est arrivé?

— Tu ne penses pas ce que tu dis.

— C'est vrai. Mais parfois... oh, pourquoi ne pas laisser les choses comme elles sont? Que les mystères restent des mystères! dit-elle en regardant par la fenêtre, comme si elle s'adressait au paysage.

— Ce crime-là n'a pas huit siècles. L'assassin de Karl court toujours.

— Je croyais qu'il avait été dévalisé dans le parc. L'assassin a dû filer depuis longtemps.

— Pas sûr. Il est peut-être sur la Colline.»

Elle se tut un instant, puis: «C'est ce que tu penses?

— C'est une possibilité.

— C'est horrible. Alors, ce ne serait pas un accident – un simple vol, je veux dire. Tu crois que c'est un *vrai* meurtre? Avec préméditation?»

Il réfléchit. «Préméditation, dis-tu? C'est une idée, mais je ne crois pas. Ça n'a pas été planifié. C'était un réflexe.

— Explique-toi.

— Il a pu provoquer quelqu'un. Comme ce serpent, tout à l'heure. Tu m'as bien dit qu'ils n'attaquaient que si on les provoquait?

— Si on les surprend. Ils se défendent, c'est tout.

— Oui, dit-il d'un air songeur.

— En tout cas, ce n'était pas un serpent. Un meurtre... Non, qui aurait pu vouloir tuer Karl?»

Mais il n'écoutait pas.

«Qu'y a-t-il? demanda-t-elle, le tirant de sa méditation.

— C'est ce que tu viens de dire. Je n'y avais pas pensé. Il a pu surprendre quelqu'un.

— Dans quelles circonstances?» dit-elle. Il ne répondit pas. «Je n'aime pas ça. Ça me fait peur. Tu veux te persuader qu'il a été assassiné. C'est trop absurde. Ces choses-là n'arrivent pas dans la réalité.

— Oh, que si.

— Pas ici.» Elle s'empressa d'ajouter, avant qu'il ne la contredise : «Mais pourquoi pas un voleur? C'est la réponse évidente.

— Je croyais que tu étais contre les réponses évidentes.

— Mais tu ne fais que des suppositions. C'est comme ça qu'on procède dans la police? On fait une supposition pour voir si ça colle?

— Non, ça, c'est la méthode scientifique, paraît-il. Moi, il m'en faut un peu plus.

— C'est la raison de ta présence? C'est ça, hein?

— L'armée veut savoir ce qui s'est passé.»

Elle se tourna vers la fenêtre. «Et tu vas retourner tous les cailloux de la base pour voir ce qu'il y a en dessous. Je me demande ce que tu vas encore trouver.

— Je n'ai toujours rien trouvé. Aucun cadavre dans le placard.

— Prends garde à ne pas surprendre quelqu'un, à ton tour.

— Ce serait une occasion d'apprendre quelque chose.

— Je suis sérieuse.

— Moi aussi. Ne t'inquiète pas, je sais me défendre.

— Seigneur, écoutez-le! Ça doit être ton côté flic irlandais qui ressort.

— C'est le flic ou l'Irlandais qui te déplaît?»

Elle sourit. «Le flic, je pense.

— Bien. Pour l'Irlandais, je ne peux pas faire grand-chose. Mais je peux mettre le flic en congé. Pour aujourd'hui, en tout cas.»

Elle hocha la tête. «Eh, qui sait? C'est peut-être un ensemble.» Elle rit. «Je n'avais jamais pensé me retrouver un jour au lit avec un flic.

— Techniquement parlant, nous n'avons encore jamais été dans un lit», fit-il, amusé.

Elle posa la main sur son genou, comme une promesse. «Non, n'est-ce pas?

— Tu vas me faire quitter la route», dit-il en se tournant vers elle.

Il ne croyait pas si bien dire. Ce fut à ce moment-là qu'il heurta la pierre. Ils entendirent un claquement sec comme un coup de feu, puis la voiture fit une embardée vers la droite en dérapant sur le pneu éclaté.

«Nom d'un chien, dit Connolly en s'arrêtant. Et maintenant, qu'est-ce qu'on fait? Tu as une roue de secours?

— Dans le coffre.

— Nom d'un chien.»

Il alla inspecter les dégâts.

«Tu peux réparer?

— Il est foutu. Il va falloir changer de roue.» Il scruta le paysage vide dans la lumière déclinante. «Tu as un cric?

— Tout est là derrière. Il y a une boîte à outils, je crois.» Elle alla ouvrir le coffre. «Ça? Je ne sais pas à quoi ça sert. Mais quelle importance? Tu dois le savoir, toi, non?

— Je devinerai.

— Je croyais que les Américains étaient incollables en mécanique.»

Il préféra ne pas répondre et s'atteler à la tâche. Il se débattit avec le cric, essaya de fixer la manivelle et se baissa pour regarder sous le châssis.

«Tu y arriveras, tu crois? dit-elle.

— Il faut l'espérer. A moins que tu ne veuilles passer la nuit ici.

— Je peux t'aider?

— Tu peux t'écarter de la lumière.» Il leva les yeux. «Qu'est-ce qu'il y a de si drôle?

— Rien. Toi. Si tu voyais ta tête. Un petit garçon contrarié. As-tu au moins une vague idée de ce que tu fais?

— Je fais comme j'ai vu faire. Tu as une autre solution?

— Je pourrais retourner à pied jusqu'au poste de garde, battre des cils et persuader le ranger de venir réparer. Il rappliquerait aussi sec.

— Je me débrouillerai», dit-il en installant le cric.

Elle soupira en riant. «Les hommes. Vous êtes bien tous les mêmes.

— Mais encore? fit-il avec indifférence.

— Vous ne voulez jamais demander d'aide. Ou une direction. Un homme ne demande jamais une direction. Il tourne en rond mais ne demande jamais.

— Tu peux me passer ça?» demanda-t-il en désignant une clef à mollette.

Elle s'empressa d'obtempérer.

«Scalpel, dit-elle en lui tendant la clef. Eponge.»

Il la regarda. «Tu t'amuses bien.

— C'est vrai, j'avoue. Je devrais avoir honte, hein? Je me suis toujours demandé quel effet ça faisait d'être perdu au milieu de nulle part. Plutôt excitant.

— Ce sera encore beaucoup plus excitant si nous ne réparons pas avant la tombée de la nuit.

— Pas grave. On peut toujours dormir dans la voiture.

— Il y a autre chose à pourvoir, dit-il distraitement en dévissant les boulons.

— Oh, pauvre Michael, qui se languit encore du lit. C'est une malédiction, hein? Pour ça aussi, il y a la voiture. Je n'ai jamais fait ça dans une voiture. Et toi?

— Pour ne rien te cacher, oui.

— Vraiment ? C'est comment ? »

Il examina la roue, essayant de déterminer la phase suivante. « Dans l'immédiat, je ne sais pas ce qui m'énerve le plus, toi ou ce pneu.

— D'accord, je me tais. Voilà ce qu'on gagne à être aimable. Mais tu ne m'as pas répondu. C'est comment, dans une voiture ?

— Serré. »

Elle prit une cigarette dans la boîte à gants et s'assit à côté de lui pour le regarder travailler. La chaleur s'était dissipée. Elle étendit les jambes et se pelotonna, souriante, savourant un plaisir inattendu. Au bout d'un moment, il eut besoin de la lampe-torche. Elle la tint pour lui, en dirigeant le faisceau sur le pneu tout en observant son visage dans l'ombre.

« A part changer une roue, de quoi es-tu incapable encore ? dit-elle. Au fond, je ne sais rien de toi. Quels sont tes goûts ? Tes opinions politiques ? Pourquoi n'es-tu pas soldat, par exemple ?

— Les yeux. J'ai une faiblesse dans l'œil gauche.

— C'est vrai ? Tu ne vois pas bien ?

— Non. L'œil droit compense. Ce n'est pas grave, juste assez pour m'éviter l'armée. Ils ont pensé que je ne saurais pas viser.

— Ça t'a embêté ?

— Pendant environ dix minutes. Puis j'ai trouvé que j'avais de la veine. Voilà, maintenant tu sais quelque chose que je n'ai jamais dit à personne.

— Quoi d'autre ?

— Je ne sais pas. Je déteste les sports d'équipe, sauf le base-ball. Je ne suis pas très bricoleur non plus. Ça te va ? »

Elle secoua la tête.

« Non.

— Alors quoi ?

— Hm… rien.

— Tu m'en vois ravi, dit-il en s'échinant toujours sur les boulons. Merde. »

La clef roula par terre.

« Fais une pause », dit-elle en lui tendant sa cigarette. Son visage rougi par le soleil luisait de transpiration dans l'étroit rayon lumineux. « C'est génial, non ? » Elle regarda autour d'elle et vers le ciel, vers les premières étoiles. « J'aime le désert la nuit. Il prend vie.

— Je voudrais bien savoir comment. »

Il tira une bouffée de cigarette, suivit son regard, puis posa les yeux sur son visage.

« Voilà, c'est mieux, dit-elle. Nous devrions nous réjouir.

— D'être tombés en panne ?

— Hm. D'être perdus. Tu peux imaginer un meilleur moyen de faire connaissance ?

— Des centaines.» Il lui rendit la cigarette. «C'est pour ça que nous sommes ici? Pour faire connaissance?

— Pour être loin. J'avais envie de m'éloigner. De la Colline. Je ne pouvais pas vraiment te connaître là-bas.

— Et maintenant oui?

— Un peu. On apprend toujours quelque chose ici.

— Par exemple?

— Toutes sortes de choses. Tu es têtu. Tu aimes finir ce que tu as commencé.

— Pas toi?»

Elle réfléchit. «Pas toujours. Parfois, je... je laisse tomber. Pour passer à autre chose.

— Têtu. C'est un peu court.

— Tu es jaloux aussi.

— De qui?

— Du ranger.

— Il en pince pour toi, c'est sûr.

— Tu vois bien. Qu'est-ce que je disais!

— Tu n'as même pas remarqué.

— Oh, j'ai fort bien remarqué. C'était l'effet de la claustration, sans plus.

— Claustration, tu parles. Il te dévorait des yeux.

— Du lèche-vitrine. Ce n'est pas tout à fait pareil. Tu en fais autant.

— Ça se voit tant que ça?»

Elle acquiesça. «Tes yeux.

— Quand?

— Au ranch, au concert... tout le temps. Je sens toujours tes yeux sur moi.

— Ça te plaît? dit-il en la caressant du regard pour lui donner raison.

— D'après toi? fit-elle en se penchant pour l'embrasser. Mais tu es jaloux.

— Je ne peux pas croire que les autres ne te voient pas comme je te vois.

— Oh, c'est gentil, dit-elle en l'embrassant encore. Continue.

— Tu essaies de me séduire? chuchota-t-il en la frôlant.

— Non.» Elle lui effleura la joue. «Je te l'ai dit, j'essaie seulement de te connaître. N'est-ce pas merveilleux ici? Cet endroit? Je ne te l'ai pas dit?»

Alors, il l'embrassa à pleine bouche et elle se coucha sur la terre battue, réceptive, consentante, comme si son corps attendait ce signal depuis toujours. Il s'allongea sur elle, appuyé sur ses coudes. A part un rayon de lune, tout était noir. Son pied butait contre le pneu derrière eux.

Ils entendirent la voiture avant que les phares, qui balayaient la route, ne les fixent dans leurs faisceaux comme le flash d'un photographe. Connolly leva la tête, ébloui, se dressa sur ses genoux et se mit debout en s'époussetant.

«Z'avez des ennuis?» dit le ranger, en faisant comme s'il n'avait rien vu, bien que Connolly crût percevoir une vibration lubrique dans sa voix. Il descendit de voiture, en laissant le moteur tourner, les phares toujours braqués sur le petit écran de cet inattendu film érotique.

«Un pneu crevé, répondit Emma en se levant et en s'époussetant à son tour, d'une voix innocente.

— Ouais, pas étonnant, dit le ranger. Sur ces routes. Je vais vous donner un coup de main. Une veine que je sois passé par là, hein?

— Oui, n'est-ce pas?» dit-elle en réprimant un rire destiné à Connolly.

Le ranger, ne sachant s'il devait sourire, regarda tour à tour Emma et Connolly pour jauger le degré de familiarité qui lui était autorisé. Voyant que ni l'une ni l'autre ne répondaient, il recula d'un air penaud en traînant les pieds, comme si c'était lui qui avait été pris en faute. Ils restèrent bêtement plantés là, en écoutant le ronronnement du moteur au ralenti, incapables de bouger. Une seconde de plus et Emma aurait éclaté de rire, transformant la scène en farce. Mais, tout à coup, le ranger prit les choses en main, examina le pneu et monta la roue de secours. Amusée, Emma le regarda manier la clef à mollette, fixer les boulons avec une assurance fanfaronne et un étalage de compétence virile. Connolly, écarté des opérations comme un inutile, suivit la prestation en fronçant le sourcil. Le ranger acheva la besogne en deux temps, trois mouvements, retira le cric et poussa un soupir vainqueur en s'essuyant les mains sur son pantalon.

«Voilà. Ça devrait tenir. Faut être prudent dans le désert. C'est pas un endroit pour passer la nuit.»

Connolly, décelant un sous-entendu, le lorgna bizarrement, mais le ranger avait adopté une attitude polie, irréprochable.

«Je vous conseille de me suivre. Je vais rouler devant. Criez si vous avez besoin de quelque chose.»

Sur ces entrefaites, il grimpa dans la camionnette et démarra.

Emma regarda Connolly d'un air rieur. «Une bonne chose de faite, dit-elle en se frottant les mains comme si elle avait elle-même accompli le travail.

— Claustration, mon œil!» dit Connolly en lançant les outils dans le coffre, qu'il referma rageusement.

Ils roulèrent une demi-heure dans le sillage des feux arrière du ranger, de dos d'âne en virages, et Emma finit par arracher un rire bon enfant à Connolly. Les étoiles se déployaient devant eux, dans un ciel nocturne qui absorbait l'horizon. Connolly était arc-bouté au volant, attentif aux inégalités de la chaussée, si bien que, lorsqu'ils atteignirent enfin le macadam de l'autoroute et firent un signe d'adieu au ranger, il avait les épaules toutes courbatues. A nouveau, la route leur appartenait. Ils filèrent sans s'arrêter à Nageezi, où aucune lumière ne brillait. Emma chercha en vain une fréquence sur la radio : dans cette immensité, même les ondes sonores semblaient avoir été avalées par les ténèbres, piégées de l'autre côté de quelque haute mesa.

«Je boirais bien un verre, dit-il.

— C'est un territoire indien. Il n'y a rien sur des kilomètres. Quand nous arriverons à Madrid, peut-être.

— On trouvera encore un bar ouvert?»

Au lieu de répondre, elle se pencha par la fenêtre ouverte et dit : «On peut sentir la sauge.

— Il va bien falloir trouver quelque chose à manger.

— Hum...», fit-elle comme si c'était le cadet de ses soucis et que la richesse de l'air nocturne suffît à son bonheur.

Au bout d'un moment, il n'y pensa plus non plus, obnubilé par le petit cercle des phares devant eux. Il vit un lapin bondir sur le bas-côté de la route, mais ce fut une vision fugitive, une tache blanche aussi impalpable qu'un rêve. Il oublia l'heure : le temps se dissolvait dans l'espace, sans mesures fixes, et la voiture naviguait paresseusement entre deux infinis. Il n'y avait ni bornes ni poteaux indicateurs. Ils étaient sortis de la carte.

Il fallut attendre encore près d'une heure avant qu'il ne vît une lumière, une minuscule lueur qui prit peu à peu la forme d'une fenêtre, puis d'une façade éclairée, devant laquelle étaient garés quelques pick-ups, dont les capots reflétaient le néon d'une enseigne publicitaire pour une bière. En sortant de la voiture, ils entendirent de la musique country. Il crut d'abord à un mirage, tant ce bâtiment, aussi incongru et artificiel que ceux de la Colline, semblait déplacé au cœur de ce paysage désolé.

A l'intérieur, il y avait une épicerie vivement éclairée et un bar plus sombre, enfumé, avec des enseignes de bière, un juke-box aux couleurs criardes et quelques tables isolées en bois. Au fond de la salle, des Indiens en jeans et chemises de cow-boy buvaient en silence ou en se parlant par bribes, devant une mer de cannettes. Plus près de la porte, deux vieux fermiers en chapeaux de western étaient perchés sur des tabourets. Toutes les têtes se tournèrent vers les nouveaux arrivants. Les Indiens reprirent aussitôt leur pose voûtée, mais les fermiers détaillèrent Emma sans vergogne, puis sourirent en soulevant leurs couvre-chefs. Derrière le bar se tenait une grande Indienne, une sang-mêlé visiblement, dont les pommettes saillantes et les longues tresses tranchaient sur son visage anglo-saxon. Ses seins, affaissés par des années d'allaitement, se répandaient dans un corsage blanc orné de perles.

«On peut boire quelque chose? demanda Connolly.

— Sûr», dit-elle.

Sa voix était aussi peu expressive que son visage. Sans discuter, elle posa devant eux de la bière et du whisky, à croire qu'il n'y avait rien d'autre. Connolly tendit un whisky à Emma.

«Vous allez attraper la crève avec ce short, dit l'un des fermiers.

— Mes jambes vous plaisent?» dit Emma en reculant pour les faire admirer.

Le fermier s'esclaffa, surpris par son culot. «Ma foi, ouais.»

Emma but une gorgée. «Merci. A moi aussi. C'est pour ça que je les garde pour moi.»

Le fermier rit encore. «C'te bonne blague.» Puis, s'adressant à Connolly: «Faut pas le prendre mal. On voit pas ça souvent par ici.

— Oh, vous pouvez reluquer, ça ne me gêne pas.

— C'est ce que je vois, reprit le fermier avec bonhomie. D'où vous venez donc, à une heure pareille?

— De Chaco.

— Ah ouais? Ça, c'est la meilleure. Je croyais que c'était fermé. Y a plus beaucoup de monde en vadrouille ces temps-ci. Rapport à l'essence. Mais il paraît que c'est chouette.»

Les gens de l'Ouest étaient décidément bavards, se dit Connolly. Les cow-boys n'étaient taciturnes que dans les films.

«Je sais qu'il est tard, dit-il à la patronne, mais auriez-vous quelque chose à manger?»

Elle hésita.

«Allez, Betty, dit le fermier, donne-leur donc un peu de ton ragoût. On est tous partis pour faire la fermeture, de toute façon.

— N'importe quoi fera l'affaire, dit Connolly.

— Sûr,» dit-elle en versant deux autres whiskys.

Elle leur indiqua une table.

«Content de vous connaître. C'est une jolie petite femme que vous avez là, reprit le fermier. Mais vous devriez la couvrir un peu. On sait jamais sur qui vous pouvez tomber.

— Oh, elle sait se faire respecter.»

La réponse amusa le fermier. «Ça m'étonne pas. Oui, m'sieur.»

Il les suivit des yeux jusqu'à leur table.

«Encore un amateur de lèche-vitrine? dit Connolly en souriant.

— Hum, lui, il ne serait pas contre un échantillon. Pas comme ton boy-scout.

— Vraiment?

— Oh, il est inoffensif. Il veut seulement se rincer l'œil.

— Tu ne te trompes jamais?

— Jamais. Toutes les femmes savent ça. Nous sommes entraînées pour.

— Tu m'en diras tant.

— Hm hum.»

Il la regarda. L'alcool commençait à produire son effet. Ils semblaient tous deux enveloppés d'un halo. Il avala une autre gorgée. «Qu'est-ce que c'est, ce truc, d'après toi?

— De l'eau de feu.

— Tu ne crois pas si bien dire, fit-il en se tenant la gorge.

— Prends garde à ce que ça ne te monte pas à la tête.

— Comme dans la chanson.

— Quelle chanson?

— Tu ne la connais pas?»

Elle secoua la tête.

«Une simple chanson. Tu l'entendras sûrement un jour. Je t'emmènerai en boîte... ils la jouent tout le temps. Ça incite à boire.

— Comme ici?» dit-elle en désignant le juke-box qui déversait toujours sa musique country.

— Ici, ils n'ont pas besoin d'incitation. Celui qui peut boire ça peut boire n'importe quoi. Malheur, fit-il en déglutissant. J'aurais intérêt à y aller doucement.

— Ça cogne toujours quand on est fatigué.

— C'est fini, ça. C'était quand on crapahutait, qu'on se battait contre des serpents à sonnettes et qu'on regardait monsieur Muscle m'envoyer du sable à la figure...»

Elle rit. «On a fait tout ça?

— Avec un seul sandwich.

— C'est merveilleux.» Elle lui prit la main. «Recommençons.»

Il regarda ses yeux, qui luisaient dans la lumière enfumée. «Quand tu veux.»

Debout au bord de la table, avec un plateau chargé de gros bols de ragoût de mouton et d'une large corbeille de pain frit navajo, l'Indienne attendit qu'ils se lâchent la main pour servir. Elle dressa le couvert avec une surprenante délicatesse, disposa sans un bruit de lourdes cuillers et des serviettes artistement nouées.

«Merci, dit Emma.

— Sûr.

— Et une autre tournée quand vous aurez une minute.

— Sûr.»

Elle s'éloigna lentement, mue par un fil invisible.

Emma gloussa. «Tu crois qu'elle sait dire autre chose? C'est le seul mot que j'aie entendu de sa bouche. On parie? Un dollar?

— Trop facile.

« — D'accord. Comment est le ragoût ?

— Maintenant, je sais pourquoi les Anasazis sont partis.

— Si mauvais que ça ?

— Pas quand on ferme les yeux. »

Mais c'était chaud et il en engloutit d'épaisses cuillerées qui lui tapissaient l'estomac comme un onguent miraculeux.

« Comment arrivent-ils à faire tourner leur commerce ? dit-il.

— On doit se trouver à la limite du territoire indien. Il y a toujours un endroit, à la frontière, où on vend de l'alcool. »

Il déchira un morceau de pain frit, étonné par son propre appétit. Quand il leva les yeux de son bol, il vit qu'elle le regardait. Un langoureux bien-être les enveloppait comme une vapeur. Il goûta la bière, elle était bonne. Ils parlèrent de tout et de rien, histoire d'agrémenter le repas – des paroles en l'air, aussitôt oubliées. Avant d'avoir fini sa part, il s'adossa, prenant ses aises, rassasié, content, la tête bourdonnant des bruits confus qui provenaient du bar. La musique braillarde avait cessé.

Il se rendit devant le juke-box, espérant trouver quelque chose avant que les fermiers ne réalimentent l'appareil en nickels. Il parcourut les étiquettes sous la lumière jaune, ne vit d'abord que des chansons de cowboy inconnues, puis, contre toute attente, un trésor musical dans la colonne droite : Teddy Wilson, Lester Young. Où avaient-ils pêché ça ? C'était plutôt insolite dans un endroit comme celui-ci. Il s'interrogea. L'isolement du café faisait peut-être que personne ne venait renouveler les disques. A moins que ce ne soient des échantillons gratuits. Comme c'était de la musique noire, il était possible aussi que le représentant de la compagnie, incapable de placer sa collection dans le Sud, l'ait finalement casée dans un juke-box pour Indiens. Quelle importance ? Il glissa des pièces dans l'appareil, appuya sur les boutons d'ivoire et revint s'attabler, avec un sourire béat en entendant le tempo de *Sweet Lorraine* s'élever dans la salle et le piano danser sur une basse soutenue. Les fermiers le regardèrent avec étonnement, puis reprirent leurs conversations. Les Indiens, imperturbables, ne bronchèrent pas.

Ils repoussèrent leurs bols de ragoût au milieu de la table et écoutèrent la musique en fumant. L'Indienne vint remplir leurs verres mais se garda de débarrasser la table, comme si elle attendait encore qu'ils finissent. Ils restèrent muets un moment, contemplant les volutes de fumée, jouissant de l'instant. *It's the mood that I'm in.* La musique semblait transformer la pièce comme un jeu de lumière. Les angles durs s'estompaient. C'était la douce mélancolie des bars, la nuit, avec ses ronds humides sur le comptoir, ses cendriers et l'espoir de ne pas rentrer seul.

« Ça ressemble à ça, dit-elle, les boîtes où tu veux m'emmener ? »

Il sourit. « A peu près.

— On resterait assis, à boire et à se regarder dans le blanc des yeux ?

— Et on danserait.

— Oui.» Elle observa distraitement les fermiers et les Indiens. «Un jour.»

Le disque changea. Teddy Wilson attaquait au piano l'introduction de *The Very Thought of You*. Il la regarda fixement, lui prit la main et se leva. L'alcool alanguissait ses mouvements, comme s'il marchait sous l'eau.

«Ici? fit-elle avec un petit rire, en lui donnant le bras mais sans décroiser les jambes, clouée sur sa chaise.

— Pourquoi pas?»

Il ne la quittait pas des yeux. Peu à peu, elle céda à son invite, se dressa sur ses jambes et s'appuya contre lui. Il la tenait par le creux du dos et ils restèrent immobiles, un peu empotés, jusqu'à ce que la musique les force à s'animer. Il suffisait d'un premier pas pour commencer. Billie Holliday chantait. Leurs pieds, alourdis par la boisson, bougèrent d'eux-mêmes et la salle se fondit dans le flou de leur vision périphérique. Les paroles disaient : *Je vis dans une sorte de rêve éveillé, heureuse comme une reine.*

Un vieux fermier se mit à rire. Connolly le lorgna par-dessus l'épaule d'Emma et lui sourit, assumant la drôlerie de la situation. Ils devaient avoir l'air ivre, mais chaque centimètre carré de son corps s'imprégnait d'elle. *Ça peut vous paraître idiot, mais pour moi c'est tout.* Il tournait lentement, le cœur léger, heureux. Quand elle releva la tête, qu'elle avait posée sur son épaule, ils échangèrent un regard étonné. Au début, cette danse ne devait être qu'une plaisanterie, une parodie. *La seule idée de toi.* A présent, c'était autre chose, une plaisanterie d'un autre genre. Il faillit éclater de rire. Il avait déjà tenu des filles ainsi, connu des nuits d'ivresse, de tabagie et d'érotisme, mais c'était ici, dans ce boui-boui perdu qui sentait le ragoût de mouton et le mauvais whisky, c'était finalement ici que se réalisait pour lui l'idéal de milliers de chansons populaires.

Il mit un autre disque, puis un autre, et ils continuèrent à danser, trop fatigués pour s'asseoir. Ils ne s'aperçurent pas du départ des fermiers. *Tu révèles à tout le monde que je hante tes pensées où que tu ailles.* Comment pouvait-il avoir autant de pièces de monnaie? Les lumières s'éteignirent dans l'épicerie.

«Il est tard», dit-elle.

Il acquiesça.

«Je ne sais pas où nous pourrions aller.

— On s'en fiche», dit-il en chantonnant presque.

Elle lui toucha la nuque. «Ce n'est pas comme ça que tu avais vu les choses, hein?

— Non.

— Tu regrettes?»

Non, il ne regrettait pas. Il ne pensait pas au sexe ; il voulait seulement la tenir dans ses bras.

« Tu peux conduire ?

— Et toi ?

— Si je bois un café. »

Mais, quand ils regagnèrent leur place, d'un pas lent et insouciant, ils trouvèrent des verres remplis sur la table débarrassée et se mirent à les boire, oubliant le café. La musique s'était arrêtée mais il était trop tard pour remettre un disque. Alors, ils savourèrent le silence que rompaient seulement quelques bruits de vaisselle dans l'arrière-salle – les dernières tâches de la nuit. Quand les trois Indiens s'en allèrent à leur tour, le premier soutenu par les deux autres, il ne leur accorda qu'un bref coup d'œil. Ils entendirent le toussotement asthmatique d'un moteur au démarrage, puis le véhicule s'éloigna et le silence retomba. L'Indienne ne les pressa pas et ils finirent tranquillement leurs verres, engourdis par la marche et l'alcool, trop épuisés pour se lever et partir. Il avait les jambes lourdes, engluées au sol.

Quand la patronne vint enfin ramasser les verres, elle était habillée pour sortir. Elle avait enfilé une vieille veste militaire par-dessus son corsage à perles. Emma commanda du café, tandis que Connolly sortait son argent et demandait l'addition. Il n'y avait pas de facture. La femme prit quelques billets, qu'elle fourra dans sa veste.

« Pas de café. L'arrière-salle », dit-elle en indiquant une porte derrière eux.

Elle tira la chaînette d'un plafonnier, qui éclaira une petite pièce de rangement : des cartons empilés à côté d'un antique bureau à cylindre et, contre le mur, un lit paré de couvertures navajos.

« Faut pas conduire, dit-elle. Restez ici. » Puis, avec un petit sourire : « Personne vous embêtera. »

Elle refusa tout argent, balaya leurs remerciements d'un geste de la main, éteignit les lumières du bar et disparut.

« Notre suite au Waldorf », dit plaisamment Emma en considérant le linoléum et le lit exigu.

Debout sous l'ampoule, Connolly commença à déboutonner son corsage.

« Je crois que je ne peux plus bouger, dit-elle.

— Ne bouge plus, répondit-il en l'embrassant.

— La lumière », dit-elle.

Il leva le bras, tira le cordon, et la pièce fut plongée dans l'obscurité. C'était le noir complet. Il n'y avait plus que le toucher, le contact grumeleux de la poussière et une odeur de sueur mêlée à l'alcool. Quand ils s'affalèrent sur le lit, nus sur la couverture rugueuse, ils firent l'amour avec lenteur, comme en dansant un slow ou comme s'ils dormaient déjà.

10

On retrouva la voiture le 8 mai, le jour de la fin de la guerre en Europe. Connolly avait passé l'après-midi dans un motel sur la route de Taos, une espèce de parking entouré de cabines défraîchies qui était devenu leur lieu de rendez-vous habituel, où il s'était attardé. Daniel, presque constamment retenu sur le site d'essais, était de retour cette semaine et ils avaient dû se voir à la hâte, quelques heures dans de vieux draps, en regardant le soleil décliner jusqu'au soir à travers des stores vénitiens fanés. Au début, Mills avait été agacé par ses absences répétées, mais il avait fini par se lasser et ne sourcillait plus.

«Toujours sur la brèche? dit-il quand Connolly fit sa réapparition. Vous pourriez quand même venir aux nouvelles de temps en temps.

— Pourquoi? J'ai raté quelque chose?»

C'était une blague récurrente entre eux. Depuis des jours, des semaines maintenant, il ne s'était rien passé. Ramon Kelly avait été condamné, l'information n'avait tenu qu'une journée à la une du *New Méxican* de Santa Fé, un peu plus longtemps dans les journaux d'Albuquerque, les gens de la Colline avaient accueilli la nouvelle avec indifférence et avaient aussitôt repris leurs occupations. Karl n'avait plus droit qu'à quelques entrefilets dans la rubrique criminelle et n'intéressait plus personne. Le caporal Batchelor, qui regrettait de s'être mis en avant, n'avait rien à rapporter. Doc Holliday venait régulièrement faire le point, mais plus par désœuvrement qu'autre chose. Les dossiers restaient en souffrance sur le bureau de Mills, où le service d'entretien les époussetait une fois par semaine, en attendant qu'ils livrent leur secret. Autour d'eux, la vie de la Colline s'accélérait — les permissions étaient annulées, les lumières brûlaient toute la nuit, on travaillait dix-huit heures par jour, le dénouement était proche — si bien que, par comparaison, ils semblaient inactifs. Ils retenaient leur souffle. Curieusement, Connolly s'en trouvait bien. Il comptait les heures entre ses trop brèves escapades au motel, en attendant que la situation évolue.

«La voiture, dit Mills. Ils ont retrouvé la voiture de Karl. Un des hommes de Kisty.

— Sur le site S ? Elle était ici depuis le début ?

— Non. Faut pas rêver. Dans un des canyons en bordure du plateau.

— Je ne comprends pas.

— Vous n'êtes pas le seul. Drôle d'endroit pour planquer une bagnole.

— Accidentée ?

— Je ne sais pas. Je vous attendais.» Il consulta sa montre. «Depuis des heures, en fait.

— Eh bien, allons-y, dit-il en sortant aussitôt.

— Du calme. Elle ne va pas s'envoler. On a posté un garde.

— Il faut appeler Doc.

— C'est fait. Il nous attend à la porte Ouest. Je lui ai dit que vous seriez rentré à 5 heures.

— Pourquoi 5 heures ?

— Je suis agent de sécurité, n'oubliez pas. J'observe. Vous rentrez toujours à 5 heures.

— Je me demande pourquoi.

— J'ai pensé que ça devait être l'heure où une certaine personne était attendue chez elle.

— On joue les détectives ?»

Mills sourit. «Ça passe le temps. C'est plutôt calme ici, depuis quelque temps.

— Vous vous sentez délaissé ?

— Moi ? J'aime le calme. Les Allemands ont capitulé, au fait, au cas où vous ne seriez pas au courant.»

Connolly opina de la tête. «Ça ne se voit pas, dit-il en regardant la Zone Technique, où l'activité se perpétuait comme si de rien n'était.

— Oh, ils déboucheront quelques bouteilles ce soir. Vous connaissez les savants : le travail d'abord.

— Pas comme certains d'entre nous, vous voulez dire ?

— Non. Je suis sûr que vous êtes très occupé.» Il se dérida. «Je vous imagine très bien, c'est même ce qui me permet de ne pas mourir d'ennui.»

Ils franchirent le site S, le département des explosifs à l'extrémité du plateau, un nouveau nid industriel de tuyauteries sinueuses, de cheminées et de hangars de machinerie lourde. Si la Zone Technique était l'université, le site S était aussi concrètement fonctionnel qu'une fonderie où l'on transformait des plans en dur et où les ouvriers risquaient l'accident.

« Qui l'a trouvée ?

— Ils installaient une nouvelle rampe de mise à feu dans un canyon de la mesa sud. Vous savez qu'ils préfèrent remiser les explosifs à l'écart de la Colline.

— Oui, c'est rassurant.

— En tout cas, pour nous, c'est un coup de pot. On ne l'aurait jamais trouvée autrement. »

Au bout d'une route bordée d'épais conifères, ils virent Holliday qui bavardait avec le jeune planton, debout devant la porte.

« Vous avez mis le temps. »

Le planton reconnut Connolly et le salua innocemment.

« Tiens, c'est marrant, dit Mills en remarquant le geste. Depuis tout le temps que je suis ici, je n'étais jamais passé par cette porte. Vous oui ? dit-il à Connolly.

— Ça m'est arrivé, répondit Connolly sans le regarder.

— Eh ben, je vous comprends, dit Holliday à Mills. Mon ami ici présent me dit qu'il n'y a jamais beaucoup de circulation. La nuit, ils ferment la route et ça vous oblige à faire tout le tour. Plutôt décourageant quand on ne le sait pas.

— Mais tout le monde le sait, dit la sentinelle avec l'accent du Sud. C'est juste pour les gens de la Colline. Les camions passent par la porte Est.

— Et nous autres, les gens de l'extérieur, hein ?

— Y a personne de l'extérieur sur la Colline.

— Non. Bon, admettons. Et j'étais là, avec le nez contre le pare-brise, comme d'habitude. »

Holliday suivit leur voiture, qui contourna le plateau par de petites routes en lacets. La mesa était comme une main géante avec, entre les doigts, une série de profonds canyons, parfois eux-mêmes subdivisés en canyons plus petits qui plongeaient sous le couvert des pins, tels des repaires secrets. La Buick était dans l'un de ces escarpements, à un ou deux kilomètres de l'entrée, au bout d'une vieille route cahoteuse partiellement envahie par des buissons. Un policier militaire était en faction devant l'ornière que la voiture avait creusée en sortant de la route. Mills montra sa carte et ils s'approchèrent du véhicule en observant les traces de son passage.

« A quoi sert cette route ? demanda Connolly.

— Probablement un chemin forestier, dit Holliday. Il y avait pas mal de bûcherons dans le coin. Vous voyez cet autre canyon, là-bas ? Il y a une vraie route, par là, ils ont dû renoncer à celle-ci.

— C'est la rampe de mise à feu, dit Connolly.

— Qu'est-ce qu'ils mettent à feu ?

— Je ne sais pas.» Puis, devant la mine incrédule de Holliday : «Sincèrement.

— Ils mesurent la vitesse de déplacement des projectiles», dit Mills.

Ils le regardèrent avec étonnement. Mills se mit à rire. «Je leur ai demandé, tiens. C'est ce qu'ils m'ont répondu.

— Vous voulez dire comme la vitesse d'une flèche quand on tire à l'arc ? dit Holliday.

— Quelque chose dans ce genre.

— Et ils font un joli dégât pour le calculer, dit-il en indiquant le fond du canyon, où une série d'explosions expérimentales avait ouvert une large clairière.

— Mais pourquoi avoir conduit la voiture ici ? dit Connolly.

— Ben, si vos copains n'étaient pas venus faire sauter leurs pétards, personne ne l'aurait retrouvée.

— Vous savez ce que je veux dire.»

Holliday se tourna vers lui. «Vous voulez dire pourquoi si près de la Colline.»

Connolly acquiesça.

«J'en sais rien. Voyons déjà ce qu'on a. Ce n'est peut-être même pas la sienne.»

Mais il n'y avait eu aucune tentative pour maquiller la voiture : la plaque d'immatriculation de la Colline et le numéro d'enregistrement dans la boîte à gants étaient intacts. La peinture avait été rayée par la traversée des broussailles mais, pour le reste, la voiture était telle que Karl avait dû la laisser. La clef était encore sur le contact.

«Belle prise, dit Holliday. Je n'avais jamais vu ça.

— Vous pouvez faire rechercher des empreintes ?

— Je *pourrais*, mais ce n'est pas ma juridiction ici.

— C'est hors juridiction. Vous prêtez assistance au Projet Manhattan du Corps des ingénieurs militaires, dit Connolly en souriant. Opération de guerre.

— Vous aurez un papier, si je dois me justifier ?

— Du papier, on n'a que ça, ici.

— Je crois qu'il y a du sang, là, dit Mills en regardant le tapis de sol.

— Oui, monsieur, fit Holliday. N'y touchez pas maintenant... on verra si on a un élément de comparaison.

— Essayez les parkings d'église, dit Connolly. Je garantis le résultat.»

Il n'y avait rien d'anormal dans le coffre. A part des taches de sang à l'arrière, où avait dû reposer la tête de Karl, la voiture était propre.

«Je voudrais vérifier un truc», dit Connolly, en prenant un mouchoir dans sa main droite.

Il monta à bord et tourna la clef de contact. Le moteur démarra. Il resta derrière le volant une minute, l'oreille attentive, s'appropriant la voiture du Karl comme il s'était approprié ses bottes. Quand il coupa le contact, on entendit à nouveau le chant des oiseaux dans le canyon.

«Pourquoi avoir laissé la clef? dit-il en la tendant, enveloppée, à Holliday.

— C'est comme pour le reste. Ces choses-là n'ont pas de sens.

— Si, elles en ont. Elles ne sont peut-être pas réfléchies, mais elles ont forcément un sens.

— J'enverrai les gars relever les empreintes, dit Holliday sans l'écouter.» Il scruta le sol. «Il y a trop de passage par ici.

— Les hommes de Kisty, dit Mills. Ils ne savaient pas que c'était le lieu d'un crime.

— Vérifions quand même, dit Connolly. On ne sait jamais. Vous voulez bien régler ça avec le garde?» demanda-t-il à Mills.

C'était une façon polie de le congédier. Mills joua le jeu et retourna sur la route.

«Qu'est-ce que vous avez derrière la tête? dit Holliday

— Je ne saisis pas la logique de tout ceci, répondit Connolly en observant la voiture comme si la réponse y était visible. Disons, simple hypothèse d'école, que vous tuez Karl à San Isidro. Vous le casez à l'arrière et vous le larguez dans le parc. Pourquoi ne pas le larguer ici? Je sais, vous me l'avez dit, vous voulez qu'on le retrouve. Et dans des circonstances ambiguës, pouvant faire penser à autre chose. Mais pourquoi cacher la voiture? Pourquoi ne pas la laisser près du parc, à Santa Fé? A cause du sang, peut-être…

— Ou peut-être parce que le gars avait besoin d'un moyen de locomotion.

— En ce cas, où était sa propre voiture?

— Il a pu aller à pied à l'église.

— S'il était déjà à Santa Fé. Comment s'y est-il rendu?

— Vous supposez que c'était un gars d'ici.

— Oui.

— Le car. Il y a des cars qui font la navette, non? Le samedi soir. Vous délivrez des laisser-passer, exact?»

Connolly confirma, méditatif. «Alors, pourquoi ne pas rentrer par le car? Et laisser la voiture.»

Holliday s'appuya contre la carrosserie en examinant le sol. «Rappelez-vous. Qu'est-ce qu'on a pensé quand on a retrouvé le corps?

— Que la voiture avait été volée.

— Hm hum. Et ça collait, non? Crime crapuleux. Vous butez le client et vous filez au Mexique avec sa bagnole. C'est précieux, en temps de guerre. Si vous l'abandonnez dans la rue, les gens se posent des questions. Et, en plus, il y a du sang.

— Donc, il faut s'en débarrasser.

— C'est dommage, une belle voiture neuve comme ça, mais vous n'avez pas le choix.

— Il y a quantité d'autres moyens de le faire : l'abandonner dans le désert, la précipiter d'une falaise.

— Ouais, mais on ne sait jamais comment ça peut tourner. Elle peut mal tomber ou prendre feu. Et vous n'avez pas envie d'attirer l'attention. Vous voulez qu'elle disparaisse. Définitivement. Ou, au moins, pour un bon bout de temps. Et vous n'avez peut-être pas le temps de faire tout ça. Vous n'avez peut-être même pas le temps de réfléchir. Alors, vous la planquez comme vous pouvez.

— Ici.

— Ici. Comme je vous l'ai dit, il en avait peut-être besoin pour rentrer. Il se pointe ici. La porte est fermée. Il n'y a personne. Peut-être qu'il *savait* que la porte était fermée.

— Alors, il fallait encore qu'il rejoigne la porte Est. Et le seul moyen…»

Holliday approuva. «Le seul moyen, c'était de se faire conduire par quelqu'un d'autre.»

Connolly baissa les yeux. «Deux. Je n'y avais pas pensé.

— Je ne dis pas que ça s'est passé comme ça. Mais ça aurait pu.

— Ça se tient. Il y avait une autre voiture.

— Minute. Il faut encore parler au conditionnel.»

Mais Connolly rejeta son argument d'un revers de main. «Voyons voir, il amène la voiture ici et quelqu'un d'autre le conduit sur la Colline. Car il est de la Colline, vous êtes d'accord?

— C'est une présomption, dit Holliday en flic avisé.

— Alors, pourquoi laisser la clef? Pourquoi ne pas la balancer?»

Holliday soupira et sortit une cigarette. «Ouais, pourquoi? J'y ai réfléchi. Peut-être simplement par habitude. Ça ne se jette pas, une clef. Vous ne voulez pas l'avoir sur vous mais vous n'êtes pas sûr de ne pas en avoir besoin plus tard.

— Vous pensez qu'il voulait se servir de la voiture?

— Non, pas s'en servir.» Il leva la tête et suivit des yeux la crête du canyon. «Il devait faire noir quand il l'a garée ici, exact? Il ne pouvait donc pas savoir si c'était vraiment une bonne cachette. A cette heure de la nuit, on ne voit rien. Donc je pense — mais ce n'est qu'une hypothèse — qu'il voulait revenir voir de quoi ça avait l'air en plein jour. Du haut de cette crête, par exemple. Une voiture neuve qui brille, ça attire l'œil. Même si on n'en voit qu'un bout. Auquel cas, il aurait été obligé de la déplacer, pour s'assurer qu'elle était invisible. Et c'est pour ça qu'il a laissé la clef, à tout hasard. Evidemment, il ne se doutait pas que vos gars allaient venir poser des pétards.

— Il est de la Colline.

— Ouais, dit Holliday. Ou était.

— Il aurait couru un sacré risque en revenant déplacer la voiture.

— Mon cher ami, il avait déjà couru un sacré risque en assassinant un homme.»

***

Pour fêter la victoire en Europe, il emmena Mills dîner à Santa Fé. Ils longèrent Bandelier et la vallée du Rio Grande dans le sillage de la voiture d'Holliday, dans un paysage vallonné de pinèdes et de terres rouges. La plaza, d'habitude endormie, était bondée de gens qui agitaient des drapeaux et buvaient sans se cacher, en criant victoire au son des cloches de la cathédrale. Il était encore tôt, mais le La Fonda était plein à craquer : ils durent patienter une heure au bar avant d'obtenir une table.

«Vous pensez vraiment qu'il est du FBI? demanda Connolly en indiquant le barman.

— On le dit. N'empêche qu'il fait un margarita du tonnerre, répondit Mills en dégustant la boisson verte et glacée dans un grand verre.

— Peut-être qu'il rentrera dans le rang après la guerre. Un bon barman n'est jamais au chômage.

— Le FBI leur trouve toujours quelque chose à faire.

— Et vous?

— Après? Une jolie petite maison sur la côte nord. Un joli petit bureau avec une fenêtre. Wacker Drive, mettons. Qu'est-ce que vous en dites?

— Pas mal.

— Ouais, je sais, mortel. Bon Dieu, c'est quand même dingue de se dire que cette période aura peut-être été la plus excitante de notre vie. Et tout ce que j'aurai su faire, c'est éviter les balles.»

Le dîner arriva, une largée platée de chiles rallenos, et Mills commanda un autre margarita.

«Vous arrêterez peut-être un assassin, dit Connolly. C'est excitant.

— *Vous* l'arrêterez.

— Il est de la Colline.

— Je sais. J'ai pigé. A cause de la voiture…» Il mangea. «C'est de ça que vous avez parlé avec Holliday?»

Connolly acquiesça.

«Vous croyez qu'il y est toujours?

— Oui.

— Et ça ne vous inquiète pas?

— Non. Ça devrait?

— Moi, ça me flanque les jetons. Il ne vous est jamais venu à l'idée qu'il pourrait recommencer?

— Nous ne savons pas *pourquoi* il l'a fait.

— Cette fois, le mobile serait clair. Vous réussissez un beau meurtre et voilà qu'un emmerdeur vous traque pour vous envoyer au trou. Vous le liquidez. Obligé.

— Deux emmerdeurs, rectifia-t-il en le regardant.

— C'est bien ce que je veux dire. Je n'avais encore jamais servi de cible.

— Vous voulez changer d'affectation?» demanda-t-il sérieusement.

Mills se concentra sur son assiette. «Non, ça ira.» Il sourit. «Vous commencez à m'intéresser. Mais surveillez mes arrières, d'accord? J'aimerais retourner à Winnetka d'une seule pièce.

— Il ne sait pas, dit Connolly. Il ne sait pas que je sais qu'il est là.»

Mills leva les yeux. «Il sait que vous cherchez.»

Ainsi célébrèrent-ils la fin du Troisième Reich avec des margaritas et des chiles rallenos, comme si la guerre les avait acculés dans un pays exotique. Après quoi, fortement invités à céder leur table, ils se promenèrent sur la plaza, où la foule, tapageuse mais bon enfant, vociférait en espagnol. Le soir tombait, les briques perdaient leur éclat de corail.

«Faites-moi une fleur, dit Connolly. Conduisez-moi à San Isidro.

— Il n'y a rien à y voir. Ils ont ratissé le secteur cent fois.

— Je sais. Je veux juste me faire une idée *de visu*. Soyez sympa.

— Pour changer.»

Le trajet jusqu'à Cerrillos Bridge fut laborieux : les rues étaient pleines de fêtards. Mais la voie s'éclaircissait vers le sud, au-delà des postes à essence. Le quartier était plus sage. Il y avait quelques voitures dans l'allée de l'église, visiblement occupée, illuminée de cierges et résonnante de clameurs. Mills s'arrêta de l'autre côté de la rue, sans couper le moteur, et Connolly examina l'édifice.

«Vous en avez assez vu?

— Entrons une minute. Ils doivent dire une messe. Ils font ça toutes les nuits?

— Non, on a vérifié. C'est probablement un office spécial. Pour la guerre.

— Pas beaucoup de voitures.

— Ils viennent à pied. C'est leur paroisse. Il n'y a que les touristes pour rouler en voiture ici.»

Connolly fronça les sourcils, préoccupé, puis se ravisa et entra dans l'église. Les travées étaient pleines de femmes coiffées de châles et d'hommes tenant des chapeaux. Les petites lueurs des bougies votives léchaient les murs blancs et l'oratoire, mystérieux et obscur pendant la journée, luisait à présent comme un feu couvant sous la braise. Devant l'autel, des statues de saints en bois, naïves et peinturlurées, regardaient la congrégation comme des gargouilles aztèques. Un prêtre en chaire prêchait en espagnol. Connolly eut l'impression de remonter le temps. Les fidèles se rassemblaient ainsi depuis des siècles, égrenaient des chapelets, priaient pour qu'il pleuve, pendant que le reste du monde descendait aux enfers. Mais c'étaient ces mêmes gens qui avaient vaincu les nazis. Il devait y avoir parmi eux des mères de héros. Il se demanda s'ils recevaient des télégrammes en espagnol. La seule vue du papier jaune était peut-être pour eux un mauvais présage : un message de l'armée. Vues de l'extérieur, leurs vies semblaient simples et intemporelles ; on les imaginait séchant des fruits et des piments dans les greniers pour les jours de fête, mais ils avaient piloté des chars et lancé des grenades sur des adolescents apeurés qui essayaient de les tuer. Tous ces fous du Nord qui voulaient... quoi ? Davantage d'espace vital ou quelque chose comme ça. Maintenant une victoire en Europe. Et ils étaient venus ici à pied. Seuls les touristes étaient motorisés.

Connolly repassa la porte dans l'autre sens. Il se sentait intrus. San Isidro n'était pas son territoire. Il demanda à Mills de rouler vers l'Alameda, par curiosité, pour visualiser le trajet. Les rues étaient tranquilles. Le ruban de parc qui longeait la rivière était sombre, mais leurs phares éclairèrent quelques promeneurs au passage. Il vit un couple s'embrasser sous un arbre. Mills se gara près du lieu du crime, de sa propre initiative, et ils contemplèrent les buissons en silence.

« Il y a des gens, dit finalement Connolly. Pourquoi le déposer dans un endroit où il y a des gens ?

— Il n'y en avait pas. Il était tard. Il pleuvait.

— Mais il ne pouvait pas en être sûr.

— Il a peut-être roulé en maraude jusqu'à ce que la voie soit libre.

— Peut-être.

— C'est un parc. On ne fait pas attention aux autres, surtout la nuit. Regardez ce type, dit-il en montrant un homme qui marchait d'un pas mal assuré en soutenant un ami ivre. Qui peut dire que l'autre gars n'est pas mort ? Qui va lui poser la question ?

— Vous avez réponse à tout.

— Rentrons, Mike. Il n'y a rien ici. »

Mais Connolly, toujours insatisfait, lui demanda de rentrer par le canyon et la porte Ouest.

« Vous voulez suivre ses pas ? dit Mills comme ils montaient la route de Bandelier.

— Je m'y perds. Ecoutez, nous supposons que la voiture est là parce que le type avait besoin de regagner la Colline, exact ? Alors, pourquoi s'être éloigné de la Colline ? Vous avez vu l'église. Il y a des tas d'endroits sur la Colline plus appropriés pour un rendez-vous. Pourquoi aller jusqu'à Santa Fé, et dans un endroit public?

— Parce qu'ils ne voulaient pas être vus ensemble. C'est bien ce qu'on avait dit, non?

— En effet. Et on s'est trompés. Il leur suffisait d'aller dans les bois pour ça. Ou pour n'importe quoi.

— A condition que l'autre type soit déjà sur la Colline.

— Exactement. C'est bien ce qui cloche. Il y était. Il a dû y être. Il n'y a pas d'autre explication pour la voiture. Alors, pourquoi se taper tout le chemin jusqu'à San Isidro pour rencontrer quelqu'un qui habite au bout de la rue?

— Je donne ma langue au chat. Pourquoi?

— Il n'avait pas rendez-vous avec Karl.»

Mills garda le silence une minute. «Vous voulez me répéter ça?

— Il avait rendez-vous avec quelqu'un d'autre. Quelqu'un de l'extérieur. C'est la seule hypothèse plausible.

— Mais c'est Karl qui est mort.

— Il n'était pas censé se trouver là. C'était… une surprise.

— Vous n'en savez rien.

— Non, j'essaie de deviner. Mais suivez mon raisonnement. Tout à l'heure, debout dans cette allée près de l'église, je me suis dit qu'aucune personne saine d'esprit ne choisirait un endroit pareil pour tuer quelqu'un. C'est trop exposé. Un quartier mexicain. Mais personne ne l'a choisi. C'est le fait du hasard. C'est un hasard que ça se soit produit là, je veux dire. Pourtant, ça s'est produit. Alors quoi? Il a fallu agir dans la précipitation. Prendre des risques au besoin. Depuis le début, nous essayons de reconstituer les faits et gestes de Karl. Comment Karl interprèterait-il ceci ou cela? Que ferait-il? Comme s'il était l'assassin. Or, tout s'achève dans cette allée. C'est à l'autre gars que nous devrions penser. Ce soir, j'ai essayé de me mettre à sa place.

— Et?

— Et j'avais à me débarrasser d'un cadavre. J'avais à me débarrasser d'une voiture. Et j'avais à rentrer chez moi.

— Eh ben, dites donc, vous aviez du pain sur la planche.

— J'ai eu de la chance. Personne n'a rien vu. Jusqu'ici, je n'arrivais pas à imaginer Karl dans le tableau. Si j'avais voulu le tuer, je l'aurais fait ailleurs. Pourquoi serais-je allé à San Isidro pour le voir? Réponse: je n'y suis pas allé pour le voir.»

Mills réfléchit un instant. «Mais il y était quand même. Un autre hasard?

— Non. Il m'a suivi.

— C'est vraiment de la devinette maintenant.

— Pourquoi pas? Il était de la Sécurité, non? C'était son boulot, la filature.

— Pas exactement. Nous accompagnons les gens. Nous sommes des gardes. Nous ne les filons pas. C'est bon pour le FBI, ça.

— Karl en était capable.»

Mills hésita. «Moui…»

Connolly le regarda. «Mais encore?

— Rien.

— Avouez. Il faisait des filatures, n'est-ce pas?

— Oui, je crois que oui. Il savait des choses — où allaient les gens, des choses comme ça. Il aimait être au courant. Il me révélait un truc de temps en temps. Comment l'aurait-il appris autrement? Je suppose qu'il les suivait. Je n'y avais jamais pensé.

— Mais si.

— Bon, d'accord. Mais ce n'était pas offciel, alors quoi? Ça faisait partie du caractère de Karl. Il aimait jouer au shérif. On apprend à ne pas faire trop attention à ces choses-là.

— De la part d'un agent de sécurité, c'est un peu fort. Vous êtes censé faire attention.

— Ouais, bon… comment pouvais-je savoir qu'il allait se faire tuer? Je pensais qu'il était cinglé comme les autres.

— Quels autres?

— Les agents de sécurité. Ils sont tous un peu cinglés. Vous aussi, peut-être. Qu'est-ce que j'en sais? Ecoutez, je n'ai pas demandé cette affectation. Je baisse la tête et j'évite de me faire tirer dessus. Si vous montrez le bout du nez, il y a toujours quelqu'un pour vous l'écraser. On ne sait jamais ce que les gens ont derrière la tête. Pour moi, Karl était du FBI, il se comportait comme tel. Dans ces cas-là, on n'y regarde pas de trop près, on rase les murs.

— Il n'était pas du FBI.

— Vous en êtes sûr?

— Groves m'en aurait parlé.

— C'est ça! fit-il en riant. Tout comme il a parlé de vous à Lansdale, hein? Vous avez le chef de la Sécurité de l'Opération qui se tourne les pouces à Washington et son patron fait venir un homme de l'extérieur sans l'informer de rien. Il est déjà un peu cinglé, comme je vous l'ai dit. Alors, d'après vous, comment il a réagi?

— Je ne sais pas. Comment?»

Mills garda les yeux sur la route, sans répondre.

«Il vous a demandé de me surveiller, c'est ça?» dit Connolly à voix basse. Mills ne répondait toujours pas. «C'est ça?

— Désolé, Mike.

— Vacherie!»

Il éprouva un dégoût mêlé d'une peur irraisonnée, comme le jour où son appartement avait été cambriolé. Il n'y avait rien à voler. C'était juste l'idée que quelqu'un était entré chez lui. Mais, cette fois, il y avait quelque chose à voler. Il imagina le nom d'Emma dans un dossier à Washington.

« Vous lui avez rapporté des choses intéressantes ?

— Non, rien de ce genre, rassurez-vous. Seulement ce qui concerne l'enquête. Il veut savoir ce qui se passe. Il pense que Groves aurait dû lui confier le boulot.

— Donc, votre patron vous dit de m'espionner afin de pouvoir espionner son propre patron. Ça reste dans la famille. Charmant.

— C'était un ordre, Mike.

— Quelle connerie ! Du temps perdu. Et vous, qui vous surveille ?

— Je ne sais pas. Peut-être vous. C'est comme ça. C'était peut-être Karl. »

Connolly médita. « C'est possible, ça ? On lui aurait demandé de faire un truc comme ça ? Officieusement ?

— Je ne crois pas.

— Pourquoi ?

— Je ne crois pas qu'ils lui auraient fait confiance à ce point-là.

— Ils vous ont bien fait confiance, à vous. Pourquoi pas lui ?

— Il était étranger.

— Tout le monde est étranger ici.

— C'est ce qui les rend dingues. Ils ne peuvent faire confiance à personne. Mike, écoutez… ce que je vous ai dit là… promettez-moi de…

— Vous pouvez me faire confiance », répondit-il d'un ton lourd de sarcasmes.

Ils roulaient au pied de la mesa, loin du canyon où avait été cachée la voiture, vers la porte Est. Connolly regarda par la fenêtre, imaginant de nouveau le trajet de la nuit du crime.

« Je ne veux pas d'ennuis », dit Mills.

Mais Connolly était perdu dans ses pensées. « Reconnaissez au moins qu'il aurait été l'homme idéal, de leur point de vue.

— Non. Vous ne les connaissez pas. Il était trop malin pour eux.

— Pas vous…

— Ils n'avaient pas beaucoup le choix. Je suis la seule personne en liaison avec vous. Et puis, je ne suis pas communiste. Alors que Karl pouvait l'avoir été. Pour un temps, du moins. Ça leur donnait des boutons.

— Je croyais qu'il avait été torturé par les Russes. C'était un bobard aussi ?

— Non, il n'y a aucun doute là-dessus. Il les haïssait. Mais c'était dans son dossier. Ils n'allaient pas employer un type avec une casserole pareille dans son dossier. Je le sais. J'ai bossé sur les dossiers d'admission pendant mes premiers mois ici. Lansdale est un vrai monomaniaque sur ces questions. Et Van Drasek est pire. Vous l'avez rencontré? Un amour. Complètement timbré.

— Vous avez une haute opinion de vos collègues, dit Connolly en souriant.

— Ils ne font que suivre les consignes, eux aussi. Mais regardez qui les donne. La spécialité de Van Drasek, c'est les Rouges, et avec lui ils ont de quoi s'occuper. La moitié des universitaires de Berkeley étaient des gauchistes. Pour les syndicats, les Noirs... tout le toutim. Ça ne mange pas de pain, mais essayez d'expliquer ça à ce vieux Van Drasek. Il est en croisade. Il est encore fourré dans le labo de Lawrence, il passe tout au peigne fin.

— Peut-être qu'il essaie seulement d'échapper à sa femme.

— Ça arrangerait tout le monde. Malheureusement, il est sérieux. Je l'ai vu refuser le feu vert à des chercheurs et téléphoner ensuite à l'université pour qu'ils les virent. Un vrai teigneux. Et il fait courir Lawrence dans tous les sens, de peur qu'on lui coupe ses crédits. Il a des fiches sur tout le monde. Je le sais.

— Vous savez beaucoup de choses, dit Connolly en repensant à ce premier soir, au crâne luisant de Mills dodelinant dans un quadrille. Pourquoi Oppenheimer n'y met-il pas le holà?

— Vous rigolez? C'est à lui qu'ils en veulent en premier. Ils rêvent de lui planter un couteau dans le dos. Vous devriez voir le dossier qu'ils ont concocté sur lui.

— Je l'ai vu.

— Non, pas en entier. La moindre réunion. Le moindre chèque pour les réfugiés espagnols. Son frère. Sa maîtresse — elle est membre du parti. Sa femme a été mariée à un communiste. Ses étudiants — dès qu'un gosse est un peu à gauche de Roosevelt, c'est sa faute. Et ça s'accumule. Van Drasek ne lui aurait même pas accordé l'avis favorable de la Commission de sécurité si Groves ne l'avait pas envoyé se faire foutre.

— Mais pourquoi? Qu'est-ce qu'il croit? Qu'Oppenheimer travaille pour les Russes?

— Pourquoi? C'est un malade. Il adorerait qu'Oppie travaille pour les Russes, ce serait le pompon. La vérité, c'est qu'Oppenheimer s'en balance allègrement et ils le savent. Ils savent qu'il les tient tous pour des crétins. Ce qu'ils sont. Mais ils ne peuvent rien contre lui tant qu'il construit leur foutue bombe et que Groves le protège. Et plus il essaie d'arrondir les angles, plus ils le détestent. Ils sont tous obsédés par lui – les plus timbrés, en tout cas. Je crois que c'est pour ça que Karl le suivait. Il était un peu obsédé aussi.

— Quoi?

— Eh bien oui, s'il le suivait. Je n'ai pas de certitude. C'est vous qui avez dit qu'il suivait quelqu'un.

— Je n'ai jamais pensé que c'était Oppenheimer.

— Je sais, ça ne cadre pas dans votre scénario. Mais c'est la seule personne dont Karl m'ait parlé. Il s'intéressait à Oppie.

— Pourquoi?

— Pour se faire bien voir. Karl était ambitieux, vous savez. Il pensait peut-être que, s'il parvenait à trouver des poux dans la tête d'Oppie, il s'assurerait une jolie promotion et serait admis dans la cour des grands. Bien sûr, il se faisait des illusions, parce qu'il était lui aussi dans le collimateur.»

Ils gravissaient une côte raide, la dernière. Connolly était absorbé dans ses pensées. «Donc, s'il avait un doute sur quelqu'un, il fallait qu'il vérifie.

— Enfin chez soi», dit Mills comme ils approchaient de la porte.

Et, curieusement, c'était vrai. En regardant la haute clôture en barbelés, les sentinelles qui visaient leurs laisser-passer et les baraquements flous dans le clair de lune, Connolly se sentit chez lui, protégé du reste du monde. Le tueur avait-il éprouvé la même sensation, le soulagement du retour au bercail après avoir vécu l'angoisse derrière l'église et dans le canyon?

«Vous allez faire un rapport sur notre conversation de ce soir? demanda Connolly.

— Je suis obligé d'écrire quelque chose, répondit Mills, en manière d'excuse.

— Essayez ceci : dites que j'ai la preuve que Karl avait reçu l'ordre de Lansdale de faire un rapport sur Van Drasek. Et arrangez-vous pour que Van Drasek en ait une copie. Ça nous promet du spectacle.»

Mills secoua la tête en souriant. «Amusez-vous, si vous voulez. Moi, je tiens à rentrer intact à Winnetka.»

Ils rangèrent la voiture au garage et marchèrent vers la Zone Technique. Les rues étaient tranquilles et, comme d'habitude, les laboratoires étaient encore allumés. Même la victoire en Europe n'avait pas interrompu l'Opération.

«Simple curiosité, dit Connolly. Qu'est-ce que vous allez écrire?

— Je ne sais pas. Pas grand-chose. Que la découverte de la voiture vous laisse perplexe. Que vous êtes dans l'impasse.» Il marqua une pause. «Il est ravi quand vous tombez sur un os. Ça montre que Groves a été idiot de vous confier l'affaire. Alors, généralement, je dis que vous pataugez.

— Ce qui est vrai. Mais a-t-il vraiment des raisons de s'en réjouir? Supposez qu'il y ait eu une authentique faille dans la sécurité. Ça devrait l'inquiéter, non?»

Mills haussa les épaules. «Ce n'est pas la sécurité qui l'inquiète le plus, mais son propre job. Ils ont un sens des priorités très orienté, au G2. Un dernier verre?

— Non, mais je vous offre un café si le Lodge est encore ouvert.

— Mike, il faut me comprendre... j'avais les mains liées. Vous savez bien que je ne dirais jamais rien qui...»

Connolly observa son visage avenant et grave, le visage d'un homme qui voulait avant tout éviter les remous. «Sauf si vous y êtes obligé.»

Mills accusa le coup. Une vraie gifle.

«Peu importe, reprit Connolly, qui ne voulait pas le provoquer. Tout va de travers en ce moment.

— C'est la guerre.

— Ouais, la guerre.»

Il y avait encore du monde au Lodge, quelques dîneurs attardés qui fumaient devant les reliefs du repas et une tasse de café. Des collègues du bureau les hélèrent et Mills alla se joindre à eux avec un certain soulagement, lassé du tête-à-tête. Connolly s'assit en leur compagnie et écouta leurs plaisanteries faciles, mais d'une oreille distraite car Emma était à trois tables d'eux. Elle avait levé les yeux en le voyant entrer, puis l'avait ignoré pour accorder son attention à ses commensaux. Il l'entendait rire, tandis que, à sa propre table, les officiers racontaient des anecdotes – Feynman qui avait envoyé une lettre déchirée en morceaux pour faire la nique aux censeurs, un physicien qui filait à l'anglaise par une faille de la clôture et rentrait toujours par la grande porte, un gag des Marx Brothers, et ainsi de suite. Il détaillait leurs visages en se demandant si l'un d'entre eux espionnait les autres. La traîtrise était facile. Emma pensait-elle à lui? Il n'y avait guère plus de trois mètres entre eux. Daniel avait-il surpris son œillade, tout à l'heure, ou quelque signe de nervosité dans sa voix? Il bougeait sur son siège, mal à l'aise, craignant de se trahir. Mais personne ne lui prêtait attention.

Il regarda dans l'autre direction, vers une large tablée de savants qui riaient d'une blague de Teller. Bethe, Fermi et quelques autres l'entouraient comme des courtisans et il rayonnait de plaisir, trônant parmi ses pairs, avec ses sourcils broussailleux en accent circonflexe, la mine satisfaite. L'enfant à problème d'Oppenheimer. Voilà, d'ailleurs, pourquoi il était si jovial : en l'absence d'Oppenheimer, il était le roi de la fête. Connolly se demanda ce qu'Oppenheimer représentait pour eux : un gêneur dont ils voulaient voler la place, comme le patron de Mills? Non, c'était absurde. La bonne humeur régnait, ils semblaient former une joyeuse assemblée de potaches à la buvette du campus enchanté d'Oppenheimer. Comment avait-il su ménager une telle harmonie? Il avait le don d'écouter, disait-on, il comprenait les gens. Il tenait l'armée à l'écart, dissipait les rivalités, s'occupait de tout, depuis les mathématiques de Von Neumann jusqu'au service de repassage en passant par les neutrons rapides. On s'arrachait sa présence dans les réceptions. Et cependant, à en croire Mills, on voulait sa peau.

Oppenheimer s'en rendait-il compte? Remarquait-il la jalousie et la suspicion derrière le consensus? Savait-il que Karl le suivait, que l'on continuait à le surveiller, à chercher la petite bête? Tous des fâcheux à ses yeux, sans doute. Et Connolly lui-même n'était-il pas un fâcheux de plus? Oppenheimer lui en voulait-il aussi? Il se sentit soudain dans le même état d'âme que Mills, désireux de se justifier, de s'excuser. Il ne voulait pas nuire à l'Opération mais, qu'il le veuille ou non, il était un chien dans un jeu de quilles : un assassin démasqué, un mari trompé... ça se solderait forcément par des dégâts. Que faire? Il sourit intérieurement. Comme tout le monde à Los Alamos dès qu'un problème surgissait, il voulait en parler à Oppenheimer.

Il sortit, en saluant au passage la table d'Emma avec une sorte de plaisir coupable mêlé de lâcheté – elle était une autre personne ici –, et déambula vers la Zone Technique. Le bâtiment principal était encore allumé. Il montra son badge au planton et gravit les marches en bois. A l'intérieur, tout était calme. Il tourna à gauche, en direction du bureau d'Oppenheimer, puis s'arrêta dans le couloir. Qu'avait-il à lui soumettre, au fond? Un rapport sur une voiture. Une question sur Karl. Une plainte contre Lansdale. Des excuses, qui n'en valaient pas la peine. La vérité était qu'il avait simplement envie de lui parler, comme un étudiant appliqué cherchant à vérifier une hypothèse. Quand il vit le bureau d'Oppenheimer plongé dans l'obscurité, il se sentit à la fois soulagé et benêt. Pourquoi s'était-il imaginé le trouver là à une heure si tardive? Peut-être cela faisait-il partie du mythe qu'il contribuait à construire : le brillant cerveau infatigable, dont le bureau était toujours allumé et ouvert.

La porte voisine, toutefois, était ouverte. Un rai fluorescent barrait le couloir. Il entra. Personne. Machinalement, il leva le doigt vers l'interrupteur, puis se ravisa. Il y avait bien longtemps qu'il n'avait plus mis les pieds dans une salle de classe. Il demeura un instant pour s'imprégner de l'odeur familière de la craie et du radiateur. La salle était petite – un pupitre jonché de livres dans un coin, une table de conférence avec des chaises, un tableau noir et deux étroites fenêtres donnant sur Ashley Pond. Le tableau noir portait des traces de craie mal effacées. Il s'en approcha, prit le chiffon et l'essuya. Puis, il retira son pardessus et considéra la surface noire. A l'école, il avait appris à tracer des schémas pour visualiser les problèmes. Se rappelant que les formules écrites favorisaient toujours les solutions, il s'arma d'une craie, sans réfléchir, et se mit à dessiner.

A la base du cadre, il griffonna une église – deux tours trapues et une croix – et une allée avec un x au milieu. Une ligne suivait la route de Cerrillos vers le haut du tableau, traversait le pont et coupait l'Alameda. Les traits s'enchaînèrent vite : une rivière, un buisson stylisé, un autre x. Puis quelques rues, le rectangle de la plaza et, dans le coin gauche, à soixante kilomètres, des canyons, un autre x encore et des symboles représentant les portes.

Il recula pour contempler son œuvre. Tout ce qu'il savait était là, une formule algébrique en forme de dessin d'enfant. La craie dans la main droite, le coude posé dans la main gauche, il observa le plan comme une toile dans un musée. Comment connecter les x? Il est à l'église. Il est venu rencontrer quelqu'un. Karl arrive. Trois voitures? Au-dessus du tableau, l'horloge de la classe égrenait son tic-tac. Combien d'x avant l'x final? Il n'y avait aucune trace d'une autre voiture dans le canyon. Le bâtiment était calme; il aurait même été lugubre sans les bribes de voix qui parvenaient de l'autre bout du hall. On travaillait tard. Il regarda le plan. Il pouvait voir la voiture de Karl remonter la route de Cerrillos. Mais les autres? Combien étaient-ils? Bientôt le décor se brouilla. La pluie. Des phares. Il devait pourtant y avoir un moyen d'y voir clair.

Un «Oh» derrière lui le fit sursauter. Il se retourna et aperçut Friedrich Eisler, une main sur le cœur, un geste de surprise typiquement européen.

«Excusez-moi, dit-il, confus. Je ne voulais pas... sur le moment, j'ai cru que... vous ressemblez tellement à Robert.

— A Robert?

— Oui. Vous êtes plus costaud, bien sûr. Mais votre façon de vous tenir debout, comme ça, avec la craie. Excusez-moi, je ne voulais pas vous déranger.»

Il fit demi-tour.

«Non, entrez, je vous en prie. Je ne devrais pas être ici. Je gribouillais.»

Eisler sourit. «Gribouiller... oui.» Il prononça le mot comme un idiome exotique. «C'était tout à fait ça... Oh, c'est si vieux. Göttingen. Il pouvait rester debout des heures durant, vous savez, à regarder le tableau. En réfléchissant. Mais à quoi? Ça, je n'ai jamais pu le savoir. Un matin, je l'ai vu comme ça, et il était encore dans la même position quand je suis revenu, à la fin de la journée. Avec la craie à la main.

— Il avait trouvé la réponse?»

Eisler haussa les épaules. «Je ne sais plus.

— Il était votre élève?

— Non, un collègue. Je ne suis pas si vieux que ça.

— Comment était-il?»

Eisler sourit. «Ah! Vous aussi. Tout le monde veut connaître Robert. Comment était-il? Toujours le même. Moins occupé, bien sûr. A cette époque, on avait le temps. Le temps de réfléchir. Comme vous avec cette craie.»

Connolly s'était écarté du tableau, qu'Eisler regardait avec perplexité. «Ça ne ressemble pas à une formule mathématique.

— Non, reconnut Connolly, rieur mais embarrassé. Juste un plan. J'essayais de démêler quelque chose. Je ferais mieux d'effacer», ajouta-t-il en prenant le chiffon.

Eisler observa pensivement le dessin. Ses yeux sautaient d'un x à l'autre.

«Non, ne vous gênez pas, dit-il d'un air absent. Personne ne vient ici. Peut-être que vous trouverez votre réponse, comme Robert.» Il se tourna face à lui. «Puis vous me direz comment vous vous y êtes pris. Par quel procédé. Je me le suis toujours demandé.

— Le principe Oppenheimer, dit Connolly, badin.

— Oui. Eh bien, je vous laisse à votre problème.»

Mais Connolly rechignait à le voir partir. «Je pensais à quelque chose que vous avez dit l'autre jour.

— Vraiment? Quoi?

— Au sujet des nazis, qui nous donnaient la permission morale de faire ce que nous faisons.

— Oui.

— Ils ne sont plus là, maintenant. Qui nous donne cette permission désormais?»

Eisler le considéra d'un œil approbateur, comme un professeur content de son élève. «Ça, mon ami, je l'ignore. Ma guerre est finie. C'est à vous d'en décider.» Il indiqua le tableau d'un ample mouvement du bras. «Vous n'avez qu'à appliquer le principe Oppenheimer.

— En ce qui me concerne, c'est de la devinette.

— Seulement les réponses. Les questions sont réelles. Continuez à poser les questions.

— Peut-être que ça ne marche qu'avec lui.»

Eisler soupira. «Ça marchera avec vous aussi, je pense.

— Je ne suis pas comme lui.

— Non? Peut-être pas. Robert est un homme très simple, vous savez. Il ne...» Il chercha un mot. «Il ne dissimule pas. Il ne saurait pas comment. Il n'y a pas de mystère chez lui.

— Pour moi, il est un mystère.»

Eisler regagna la porte. «Peut-être parce que vous, vous dissimulez, monsieur Connolly. Bonne nuit.»

Connolly le regarda disparaître dans le couloir, d'un pas fatigué, les épaules voûtées, puis revint à ses moutons. Sur le tableau, il ne voyait rien d'autre qu'un graphique scolaire, un problème pour enfant. Aucune voiture ne transportait de cadavre sur la route. Aucune question ne s'imposait. Il s'attarda quelques minutes, puis effaça le tout. Demain, il y aurait là des chiffres pour grandes personnes.

Dehors, il faisait frisquet. Il enfila son pardessus. La lune soulignait de légers traits blancs les contours des bâtiments. Il eut l'impression de marcher dans son plan à la craie. Cette route allait vers le sud en partant de la Zone Technique. Le canyon était là-bas, à droite. Plus il avançait, plus le plan se remplissait. Il finit par visualiser le plateau tout entier, des doigts rocheux tendus des monts Jemez vers Santa Fé. Il continua à marcher ; le café et le clair de lune le tenaient éveillé. Mais, cette nuit-là, il y avait des nuages, la pluie tombait peut-être déjà quand la voiture était entrée dans le canyon. Il faisait sombre. Soudain, une question lui vint à l'esprit. Il accéléra le pas, jeta un œil à sa montre et trottina vers la porte Est.

La chance était avec lui. Le même soldat était de faction cette nuit, assis dans la guérite éclairée, avec une Thermos et un illustré. Il leva la tête, surpris d'entendre Connolly le saluer.

« Il est drôlement tard, fit-il.

— Je me promène. La nuit est belle.

— Ouais, c'est sûr, répondit-il, soupçonneux, avec un accent sudiste nasillard.

— J'ai une question pour vous. Il vous reste un peu de café ?

— Ouais, sûr. C'est sympa d'avoir de la compagnie. Qu'est-ce qui vous tracasse ? »

Il versa du café dans le couvercle-gobelet et le lui tendit.

« Comment ça se passe exactement, la nuit, quand ils ferment l'entrée ?

— Ben, ils ferment. Je vois pas ce que vous voulez dire.

— Ils abaissent la barrière, c'est ça ? Mais, ici, il y a toujours quelqu'un ?

— Ouais, moi, généralement. Je fais régulièrement le service de nuit.

— Mais si une voiture arrive à l'improviste, vous la laissez passer ?

— Ça se peut pas. Y a deux barrières. La route est barrée en bas, au tournant, donc y a jamais de voiture qui arrive ici.

— Mais vous êtes tout de même en poste. »

Le soldat eut un sourire en coin. « Eh, c'est pour empêcher les gens de sortir, pas d'entrer. Y a personne qui entre à c'te heure.

— Mais en supposant que quelqu'un veuille entrer… à pied, je veux dire, c'est possible ?

— A pied ?

— Simple supposition. Si quelqu'un veut entrer à pied, il n'y a rien pour l'arrêter.

— Ben si, y a moi. Je l'arrêterais.

— Si vous l'entendez.»

Le soldat était sur la défensive, comme si Connolly essayait de le prendre en défaut pour une raison qui lui échappait.

«Je l'entendrais.

— Vous ne m'avez pas entendu. Et maintenant, là, à l'instant, pendant que nous bavardions, quelqu'un aurait pu se faufiler de l'extérieur, non? Ecoutez, je ne vous accuse pas. J'essaie seulement de me faire une idée de la façon dont ça se passe.

— Ça se passe bien», répliqua-t-il sur un ton de défi.

Connolly sortit de la guérite en sirotant son café et en regardant autour de lui. Le soldat le suivit.

«Y a personne qui arrive par là à pied, vous savez, continua-t-il, toujours soucieux. D'où qu'ils viendraient, d'abord? Qui se taperait ce chemin à pied?

— Je ne sais pas, dit Connolly en scrutant l'obscurité, la route, le large espace autour de la guérite. Personne, sans doute. Je m'interroge.» Ça semblait si facile. Quelques grandes enjambées... incognito. «Vous patrouillez ou vous restez simplement en faction?

— Je fais des rondes. Y a personne qui peut se plaindre. Je suis debout toute la nuit, même si ça caille.» Mais il pleuvait cette nuit-là, sur le toit de la guérite. «A quoi ça rime, tout ça? Vous avez un problème?

— Non. Ils veulent juste vérifier tous les points de sécurité.

— Pourquoi? fit-il, toujours méfiant.

— C'est l'armée. Ils n'ont pas d'explications à fournir.»

Le soldat se dérida. «Ça, vous l'avez dit.»

Connolly regarda de nouveau la route obscure. Une seule voiture, pas deux. Il la cache et il rentre à pied. Une longue trotte, mais assez sûre. Le coup est jouable. Bonjour bonsoir et vite au lit.

«Il y a longtemps que vous êtes sur la Colline? demanda-t-il.

— Environ un an. J'avais jamais eu d'ennuis avant.

— Vous n'en avez pas maintenant non plus. C'est juste pour savoir. Ça vous plaît?

— J'ai rien à faire. C'est mieux que le combat, je suppose. Vous avez vu, dans le journal, ces Japs qui bombardent en piqué? Sont complètement ravagés, ces mecs.»

Connolly acquiesça. «C'est long, un an. Vous devez connaître tout le monde ici.

— Moi, je regarde les laisser-passer, c'est tout. On n'est pas invité aux dîners, nous autres. C'est seulement pour les huiles.

— Vous connaissez Karl Bruner?»

Le soldat plissa les yeux, à nouveau suspicieux. «C'est le gars qui s'est fait descendre.»

Comme si c'était sa faute, songea Connolly. «Il ne s'est pas *fait* descendre. *On* l'a descendu. C'est un peu différent. Vous le connaissiez?

— Je savais qui c'était. Je lui ai jamais parlé. Il paraît qu'ils ont arrêté le gars?

— Ouais. Il passait souvent par cette porte?

— Des fois.

— Donc, vous le voyiez.

— Eh, pour sûr, si j'étais de service.

— On raconte qu'il aimait sortir en voiture.

— Ouais, il avait une Buick.»

Donc, il avait remarqué.

«Est-ce que quelqu'un l'accompagnait parfois?»

Le soldat sourcilla, comme s'il ne comprenait pas la question.

«Eh bien? insista Connolly.

— Ouais, parfois. Vous en posez, des questions!

— Encore une. Qui l'accompagnait?»

Le soldat détourna les yeux. «C'est un interrogatoire ou quoi? Pourquoi vous voulez le savoir?»

Connolly le tança du regard.

«Merde, quoi, il est mort. Je veux causer d'ennuis à personne. Ça le regardait. Maintenant, c'est elle que ça regarde.

— Elle?

— Ben ouais, quoi. Ils avaient bien le droit de… de vadrouiller si ça leur plaisait. Ça me regardait pas, je vous dis.

— Considérez que ça vous regarde maintenant. Je suis sérieux. Vous savez qui elle était? A quoi elle ressemblait? J'ai besoin de le savoir.»

Le soldat parut troublé. «Ben, c'est-à-dire… je pensais que vous saviez. Je veux pas faire d'histoires.

— Comment l'aurais-je su?

— Ben, je pensais que c'était une amie à vous aussi.»

Connolly se figea. Quand il reprit ses esprits, sa voix avait la sourde insistance d'une menace : «Vous essayez de me dire que c'était Mme Pawlowski?»

Le soldat recula d'un pas. «Ben, quoi, vous arrêtez pas de me poser des questions. Vous l'avez cherché.

— Combien de fois? demanda Connolly, toujours sur le même ton.

— Plusieurs fois.

— Où allaient-ils?

— Où?» Sur son visage, la frayeur fit place à un sourire narquois, comme si la question était stupide. «C'est à elle qu'il faut demander ça.»

11

Il ne la revit pas avant la fin de la semaine. Il passa le temps dans l'indolence, assis à son bureau ou couché sur le lit de Karl, absorbé par son propre mystère. Les journées étaient chaudes et sèches. Un vent constant énervait tout le monde. On parlait de la sécheresse, de la varicelle qui sévissait à l'école et de la fréquence des convois vers Trinity. Les savants ne se montraient plus, s'enfermaient du matin au soir dans les laboratoires. Il n'y avait plus de fêtes. Une rixe éclata dans les baraquements des appelés, à la suite d'une insulte, disait-on, mais en réalité à cause du surmenage et du vent sec qui semblait figer le temps comme une poussière en suspension.

Connolly ne s'apercevait de rien. Une déflagration s'était produite en lui, comme un test de Kisty, et il essayait de recoller les morceaux, répétant mentalement les conversations d'Emma pour essayer de comprendre ce qu'elle avait voulu dire, ce qu'elle avait voulu lui faire croire. Mills l'évitait, effarouché par son humeur sombre, et Connolly ne voyait en lui que la pauvre image de la traîtrise insouciante. Il parcourut les dossiers d'Emma et de Daniel comme s'il s'agissait d'inconnus, de nouveaux venus sur la Colline. Pourquoi l'avait-elle épousé? Il ne le lui avait jamais demandé. Combien d'autres? Il se laissait miner par ses idées noires jusqu'à ce que sa douleur se transforme en colère. Alors, il se ressaisissait et pensait à autre chose.

Un jour, il la vit marcher le long d'Ashley Pond. Il eut envie de courir vers elle et de l'attraper par les épaules. Pourquoi m'as-tu menti? Mais il ne pouvait se résoudre à lui poser la question, comprenant, avec un sentiment de dégoût, qu'elle avait encore barre sur lui, qu'il la désirait encore. Elle marchait contre le vent, de ce pas cavalier qui la caractérisait, rapide et déterminé. Une démarche franche. Alors, pourquoi mentir? Qu'avait-elle donc à faire avec Karl, avec toute cette histoire? Il dessina en pensée son plan à la craie. Elle ne s'adaptait nulle part. Et pourtant elle était partout – un autre *x*, au Théâtre 2, devant le bol de punch, sur la route de Santa Fé, de Chaco – tout tournait autour d'elle dans son parcours personnel. Qu'y avait-il de vrai dans tout cela ? Où allaient-ils ensemble ? Karl la conduisait peut-être simplement en ville pour lui rendre service. Mais ce n'était pas ce que pensait le soldat, avec son stupide sourire narquois. Dans la chaleur lourde de cet après-midi, où il n'y avait rien d'autre à faire que de broyer du noir, personne n'était innocent. Pas même lui. Il n'avait été que le suivant sur la liste.

Quand ils se rencontrèrent finalement, il fut désarmé par son sourire, spontané et sans malice, clair comme le jour. Daniel étant reparti pour le site d'essais, ils étaient allés aux ruines de Bandelier, sous un soleil de plomb. Ils flânèrent sur le sentier ombragé en bordure de la rivière Frijoles, jusqu'à la cascade qui se déversait dans le Rio Grande. Elle était heureuse de le voir, bavardait joyeusement, tout au plaisir de leur excursion. Elle portait les mêmes bottes et le même short qu'à Chaco. Les choses étaient différentes alors, et cependant elles semblaient se répéter à l'identique, à tel point que, l'espace d'un instant, il oublia les affres de ces derniers jours, comme on oublie un mauvais rêve, quand la clarté du matin chasse le noir effroi de la nuit. Elle se lava le visage dans la rivière en riant et s'amusa à lui jeter de l'eau. Il s'émerveilla du naturel avec lequel elle jouait son rôle et se prêta à la mascarade pour ne pas éveiller ses soupçons. Il attendait qu'elle dise quelque chose, une phrase ambiguë, pour lui permettre d'engager la conversation, mais elle préférait gambader. Ils pique-niquèrent près de la kiva Tyuonyi, comme à Chaco, en plein soleil. Rien ne bougeait, à part quelques lézards furtifs et la brise chaude qui charriait des semences de coton virevoltantes comme des flocons de neige.

«On comprend pourquoi ils sont venus ici, dit-elle, oisive et contente. De l'eau. De la bonne terre. Des silos naturels.» Elle montra du doigt les grottes creusées dans le tuf volcanique au-dessus d'eux. «Rien à voir avec Chaco.

— Mais ils sont partis.

— Oui, dit-elle, face au soleil, les paupières closes. Bizarre, non ?»

Le silence fut rompu par une explosion étouffée en provenance d'un lointain canyon, un rappel de la vie de la Colline. Ils tournèrent la tête vers l'origine du bruit, alarmés, puis tout redevint calme. Elle se radossa, en refermant les paupières, comme pour oublier.

«Les Allemands sont venus ici aussi ? dit-il, retardant encore le moment de vérité.

— Je suppose que oui, répondit-elle sans rouvrir les yeux. Ou bien les prêtres. C'est toujours les prêtres. Un de ces maudits archevêques menant sa troupe vers la terre promise. Quelle idée ! Les Navajos ont pris peur en les voyant arriver. Ils ont trouvé ces villes toutes prêtes et ne s'y sont jamais installés. Ils n'y ont pas touché.

— C'étaient peut-être les Allemands.

— Non. Du moins, nous ne le pensons pas.» C'était un «nous» professoral. «Aucune trace de combat. D'ailleurs, ce n'est pas leur genre. Ils sont charmants. Dans leur mythe créateur, une partie des ténèbres a fait l'amour à une autre et les ténèbres au-dessus se sont changées en lumière pour donner naissance au premier jour. C'est beau, non? Si l'on compare au nôtre. Dieu qui remue ciel et terre, crée ceci et cela, se démène. Le tout bâclé en une semaine. Pas étonnant qu'il y ait eu de la casse.

— Et ensuite? Le jour a fait l'amour à la nuit?

— Ils ont créé le vent, l'énergie vitale. C'est pour ça que j'aime les Navajos. Avec eux, tout commence au lit.

— C'est vraiment ce qu'ils disent?

— Bien sûr. Tu crois que je te mentirais?

— Je ne sais pas. Tu le ferais?»

Elle ouvrit les yeux et le regarda, mais il n'en dit pas plus et elle laissa tomber. «Il y a beaucoup de sexualité dans leurs mythes. La terre et le ciel font l'amour, leur transpiration arrose le sol et fait pousser les végétaux. Reconnais que c'est plus sympa qu'un dieu étendant la main ici et là pour créer les zèbres et le reste. Et c'est drôle parce que les Indiens n'ont pas l'air sensuel du tout. Enfin, je suppose qu'ils doivent l'être tout de même.»

Sa voix se perdit dans le silence, comme si elle s'était parlé à elle-même. Elle se redressa et alluma une cigarette en contemplant une bande de verdure au bord de la rivière. Elle attendait qu'il parle.

«Qu'est-ce que tu rumines? dit-elle finalement. Qu'est-ce qui ne va pas?

— Rien. Pourquoi ça n'irait pas?

— Je ne sais pas. Tu es tout… renfrogné. Tu ne m'as pas touchée de toute la journée, donc quelque chose ne va pas. Tu n'es pas du genre navajo.»

Il se mit à dessiner des motifs informes sur le sol avec un bâton. «J'ai quelque chose à te demander et je ne sais pas comment m'y prendre.»

Elle se raidit imperceptiblement – un frémissement fugace, comme le tropisme d'un lézard sous un rocher.

«Ah. Eh bien, jette-toi à l'eau.

— Parle-moi de toi et Karl.»

Elle exhala de la fumée, comme un souffle trop longtemps contenu, en gardant les yeux fixés devant elle.

«Qu'est-ce que tu veux savoir?

— Tout.

— Oh. Tout.

— Tu m'as dit que tu le connaissais à peine, mais c'est faux, n'est-ce pas ? Tu as été vue avec lui.

— Quel détective !» Elle attendit. «C'est si important ?

— Bien sûr que c'est important. Il a été assassiné.

— Eh bien, ce n'est pas moi qui l'ai tué… Merde ! rétorqua-t-elle en le dévisageant.

— Pourquoi m'as-tu menti ?

— Je ne t'ai pas menti. Ça n'a rien à voir. Ça ne te regardait pas.

— Tu m'as menti.

— Pense ce que tu veux, dit-elle en se levant. N'empêche que ça ne te regarde pas.

— Réponds-moi, dit-il en se levant aussi.

— Qu'est-ce que ça changeait ? C'était *fini*.

— Réponds-moi ! cria-t-il, d'une voix qui déchira l'air tranquille comme, tout à l'heure, l'explosion dans le canyon.

— Réponds-moi, fit-elle en le singeant. D'accord, il était mon amant. C'est mieux, comme ça ?»

Ses paroles restèrent en suspens, comme si ni lui ni elle n'en voulaient.

«Pourquoi ? dit-il enfin.

— Pourquoi… pourquoi… Parce qu'il me l'a demandé, sans doute. Je suis une fille facile. Tu devrais le savoir.»

Ils se toisèrent.

«Réponds-moi.»

Elle baissa les yeux et écrasa sa cigarette. «L'an dernier. Quelquefois. Ce n'était pas sérieux.

— Pourquoi ne pas me l'avoir dit ?

— Je ne voulais pas que tu penses que j'étais ce genre de fille.

— Où ?

— Où ? fit-elle, exaspérée. Ce ne sont pas les endroits qui manquent, tu sais.

— A Santa Fé ?

— Nulle part où nous sommes allés, si c'est ce que tu veux savoir. Quelque part sur la route d'Albuquerque. Ecoute, ce qui est fait est fait. Je n'y peux rien. C'était fini. A quoi bon revenir sur les détails ? Tu n'as pas le droit.

— Si, j'ai le droit. Tu l'aimais ?

— Arrête.

— Tu l'aimais ?

— Bien sûr que non, je ne l'aimais pas. On baisait. Ça me plaisait… ça ne me plaisait pas. C'est ce que tu veux entendre ? De toute façon, ça n'a pas duré. Je ne voulais pas que Daniel sache. J'avais peur.

— Tu n'as peur de rien.

— J'ai peur de toi, dit-elle en détournant les yeux. Tu en demandes trop. Dis-moi tout… où alliez-vous… est-ce que ça te plaisait… est-ce que tu avais honte? Et tu joues les offensés, comme si ça te concernait. Je ne te connaissais même pas. Ça ne concernait personne, d'ailleurs. Sauf lui. Et puis il a été tué. Que voulais-tu que je fasse, que j'aille crier dans les couloirs de la Sécurité qu'on s'était envoyé en l'air dans un motel? J'étais soulagée. Je pensais que personne n'en saurait jamais rien.

— Et le fait qu'il y ait une enquête criminelle ne te faisait ni chaud ni froid?

— Non, pourquoi? Je n'avais aucune information.

— Même quand ils ont dit que c'était un crime homosexuel?»

Elle tomba des nues. «Qu'est-ce que tu me chantes?

— Ils pensaient que Karl était homosexuel. Ils le pensent toujours. Ils ont *condamné* un homme pour cette raison.

— Mais pourquoi? fit-elle, déroutée. C'est de la folie. Il ne l'était pas.

— Tu ne m'as jamais détrompé.»

Elle secoua la tête, confuse et courroucée. «C'est déloyal. Je ne savais pas. Tu ne m'as rien dit. Tout ce que je savais, c'est qu'il avait été tué dans le parc. Un vol. Qu'est-ce qui leur a fait croire que…»

Elle n'acheva pas sa phrase, ayant encore du mal à digérer la pilule. «Tu es sûre?

— Qu'est-ce que tu veux savoir? Ce qu'on faisait au lit? Ça fait partie de l'enquête? C'était génial, tu es content? Peut-être qu'il me prenait pour un garçon. Va savoir! Mais ce n'est pas l'impression que j'ai eue.

— Emma, l'assassin a essayé de maquiller son coup en crime sexuel. Probablement pour nous mettre sur une fausse piste. Et il a réussi. Nous n'avions aucune raison de chercher ailleurs, aucun antécédent. Jusqu'à maintenant. Voilà pourquoi je veux savoir. C'est tout.

— Vraiment? Ce n'est vraiment que pour ça? J'ai seulement couché avec lui, tu sais. Je ne l'ai pas tué.»

Il se détourna, leva les yeux vers le soleil et lui demanda, d'une voix plate: «Tu es allée à Santa Fé avec lui, la nuit du crime?

— Non, bien sûr que non. C'était fini depuis longtemps déjà.

— Tu es déjà allée à San Isidro?

— Non… enfin, oui, quand je suis arrivée ici. Tout le monde y va. Oh, à quoi bon tout ça? Arrête, je t'en prie.

— Je ne peux pas.

— Dis plutôt que tu ne veux pas. Tu fais mon procès. Pourquoi? J'ai heurté tes sentiments? Eh bien, je suis désolée.

— Il ne s'agit pas de nous.»

Elle se mordait la lèvre inférieure. « Ah non ? Je croyais.

— Emma, reprit-il avec patience, il n'a pas été simplement tué, il a été assassiné. Ça signifie qu'il y avait une bonne raison. C'est important. Tu dois m'aider. »

Elle parut déconcertée par son sérieux. « Que veux-tu que je fasse ? Que j'aille dire à la police que j'ai couché avec lui ? Qu'ils se sont trompés ?

— Non. Ça n'y changerait rien. Ils s'en fichent. »

Elle regarda une minute, essayant de comprendre. « Mais pas toi.

— Je veux seulement savoir.

— Ce n'est pas vrai. Quand tu mets ta casquette de flic, peut-être. Mais, là, tu te prends pour le juge. Et même pour le jury. J'ai avoué. Ça ne te suffit pas ? Je suis sortie avec lui. Et avec d'autres avant. Tu n'étais pas le premier.

— Pourquoi lui ?

— Je ne sais pas. Il était beau gosse. Je m'ennuyais. C'est arrivé comme ça. Est-ce donc si difficile à admettre, pour toi ?

— Oui.

— Pourquoi ? Je te déçois ? Tu pensais que je valais mieux ?

— Ce n'est pas arrivé comme ça, répondit-il avec assurance. Pas comme tu dis.

— Qu'en sais-tu ? Tu crois tout savoir et tu ne sais rien du tout. Laisse-moi tranquille. »

Elle s'en alla, mais il la retint fermement par le bras.

« Tu me mens encore.

— Fiche-moi la paix.

— Juste une envie passagère ? Avec Karl ? Non. Karl n'était pas comme ça. Il s'intéressait au dessous des cartes, c'était son truc. Il savait quelque chose sur toi. Alors tu as couché avec lui. Parce qu'il t'a forcée. A moins que ce ne fût ton idée – pour le faire taire. C'est ainsi que ça s'est passé, n'est-ce pas ? C'était ton idée ?

— Fiche-moi la paix ! s'écria-t-elle en dégageant son bras pour s'écarter de lui.

— C'était quoi, Emma ? lança-t-il dans son dos. Que savait-il de si important ? Tu lui as donné de l'argent, aussi, ou le motel lui a-t-il suffi ? »

Mais elle s'éloignait. « Va te faire foutre », dit-elle. Le muret de la kiva l'arrêta. Elle resta plantée devant les pierres empilées, en regardant au fond du canyon, sans pleurer mais en respirant par saccades. Connolly s'approcha d'elle très lentement, de peur qu'un mouvement vif ne la fasse fuir, et lui adressa la parole d'une voix douce, comme on fait pour apaiser un cheval effarouché.

« Emma, il faut que tu me dises. Il a été tué. Tu étais la seule à le connaître.

— Je ne le connaissais pas, répondit-elle, le dos tourné. J'ai seulement couché avec lui. Ça n'est pas forcément lié. La preuve, je croyais te connaître.

— Karl faisait chanter quelqu'un. Il recevait de l'argent. Si ce n'était pas de toi, c'était de quelqu'un d'autre. Tu ne comprends donc pas ? Il y a quelqu'un d'autre. Je dois découvrir qui c'est. Tu es la seule à pouvoir m'aider. »

Elle fit volte-face, les yeux humides. « Je ne peux pas. Je t'en prie.

— Mais je le découvrirai. Tu le sais, n'est-ce pas ? Il le faut.

— Pourquoi ? Pourquoi toi ?

— Parce qu'il y a eu un crime et que nous ne sommes pas n'importe où, ici. Ce n'est pas New York, ce n'est même pas Santa Fé. C'est un laboratoire d'armement. Ce n'est pas de la recherche scientifique qu'ils font ici, ce sont des armes. Des armes secrètes. Ça change tout. Pourquoi assassine-t-on les gens ? Pour l'argent ? Il n'y a pas d'argent ici. Pour le sexe ? Peut-être. Ça arrangerait tout le monde. Mais si c'était en rapport avec les armes ? Ils ne tourneront pas la page tant qu'ils ne le sauront pas. Si ce n'est pas moi, ce sera un autre. Est-ce vraiment si terrible que tu ne puisses pas me le dire ? Il faut que tu me fasses confiance.

— Tiens donc, fit-elle avec un sourire sarcastique. Je me demande bien pourquoi.

— Parce que je le découvrirai tôt ou tard. »

Ses épaules s'affaissèrent. « Oui, sûrement, fit-elle avec lassitude, tôt ou tard… Pour le bien du pays ou je ne sais quoi. Par sens du devoir. Par patriotisme. Si Karl avait une qualité, c'était celle-là, il n'était pas patriote. On peut parlementer avec quelqu'un qui ne croit à rien. Tandis qu'avec vous… »

Elle revint sur ses pas, vers les restes du pique-nique, et alluma une autre cigarette.

« Par où veux-tu que je commence ? Mon premier mari ? Il croyait en tout. Surtout en lui-même, en définitive.

— Tu avais été mariée avant ?

— Oui. Matthew. J'avais beaucoup de prétendants. Tous des idéalistes. Enfin, nous étions jeunes – ce n'est pas une excuse, mais c'était le cas –, il était en rébellion et donc je l'adorais. Il était drôle. Tu ne peux pas savoir à quel point l'Angleterre peut être ennuyeuse. Le rôti du dimanche, le carnet rose du *Tatler*… Matthew n'était rien de tout ça. Son truc, c'était la révolution des peuples. Mon Dieu, toutes ces excursions à pied à Highgate pour voir la tombe de Marx ! Mes parents le détestaient. Alors, quand il est parti combattre les fascistes en Espagne, je l'ai suivi, naturellement. Mon père disait toujours que je finirais à Gretna Green – c'est là que vont les filles enlevées par leurs amants –, mais ce fut à Madrid, en fin de compte. Un affreux bureau d'enregistrement. Pas le moindre prêtre – les camarades n'étaient pas très chauds pour les bondieuseries, tu imagines. Ils n'étaient pas très chauds pour le mariage non plus, d'ailleurs, plutôt pour l'amour libre dans les tranchées. Ça ne me ressemblait pas vraiment, mais quoi! J'étais devenue la señora Matthew Lawson, des Brigades Internationales.

— Tu étais communiste?»

Elle hésita, comme si la question interrompait une rêverie. «Lui l'était, répondit-elle en tirant sur sa cigarette. Membre du parti, tout le toutim. C'était plus ou moins obligatoire dans la Brigade. Moi, j'étais seulement… comment? amoureuse, peut-être. *Ailleurs*. En pleine aventure. Oh, je l'admirais. Passionnément. Il avait un idéal. Ça le distinguait des autres. A cet âge, tu sais, on est toujours persuadé que le monde court à la catastrophe et qu'il faut agir. Sauf qu'en ces années-là… eh bien, c'était une réalité. Je lui donnais raison. Tout le monde pouvait voir que les Allemands manigançaient quelque chose, et les gens que je méprisais le plus avaient l'air de s'en moquer. Oncle Arthur. Il est allé aux Jeux olympiques. Et il en est revenu tout ému, l'imbécile. C'était typique. Mais Matthew n'était pas dupe, il agissait. Et puis il a été blessé. Ce n'était pas grave, mais je ne le savais pas alors. J'ai cru qu'il allait mourir. On nageait en plein romantisme. Imagine-moi éplorée à côté de la paillasse, avec les camarades qui hurlent en espagnol tout autour en tirant sur tout ce qui vole, et mon brave Matthew qui met son corps en rempart contre les fascistes pendant que les autres, en Angleterre, prennent le thé dans le jardin en maugréant contre les mineurs en grève. Oh, je l'avais, mon aventure. Ça fait un peu pathétique, aujourd'hui, n'est-ce pas? Mais ça ne l'était pas. C'était romantique. Excitant.»

Elle s'interrompit pour regarder la rivière s'écouler, en bas, comme son passé. «Bah, peu importe. Tu n'as pas envie d'entendre tout ça. C'est Karl qui t'intéresse. Et ça, ça remonte à Berlin. Nous étions allés à Berlin. Je n'ai jamais su si c'était une idée de Matthew ou du parti. Du parti, je suppose. Je crois qu'il n'avait aucune idée personnelle, à l'époque. Il aimait faire le soldat. Ça lui allait bien. Ce qui était étonnant, quand on y pense, vu qu'il n'avait jamais obéi à un seul ordre de sa vie. Mais là, il obtempérait. Il devait penser qu'ils le rappelaient du front pour le muter dans une autre unité. Quoi qu'il en soit, nous sommes partis. C'était beaucoup moins romantique, cette fois. Je crois que ça leur était utile d'avoir un Anglais dans la place – les Boches nous accueillaient toujours bien, ils devaient penser que nous étions tous comme oncle Arthur. Les camarades allemands ne pouvaient pas faire grand-chose. La peur devait les paralyser. Elle me paralysait, moi. Mais Matthew était prêt à tout. Je ne savais pas ce qu'il faisait réellement, il me disait que c'était mieux pour moi de ne pas savoir, mais bien sûr j'imaginais le pire. C'était horrible. D'affreux petits appartements. Je me moquais du confort, remarque. Je suivais un cours à l'université, c'était notre couverture, et les étudiants ne sont pas censés vivre sur un grand pied. Et puis, c'était mieux que l'Espagne. Berlin était une belle ville. Quand on n'était pas en prison, on pouvait s'amuser. Mais je n'étais pas venue pour ça. J'étais juste… c'est terrible, mais je crois que j'étais juste une accompagnatrice, comme les cantinières ou les filles à soldats qui suivent les régiments. Sauf que mon soldat n'était jamais là. Il se battait pour la bonne cause. Et c'était réellement la bonne cause, donc je ne pouvais pas me plaindre. J'allais aux meetings uniquement pour être près de lui. Tu ne peux pas savoir comme c'était oppressant – cette clandestinité sordide – et interminable. Ça durait des heures. Matthew palabrait et je m'éclipsais en douce. Il ne remarquait même pas ma présence. Mais Karl l'a remarquée. Du moins, il le disait. Je ne me souviens pas de l'avoir vu, mais il est vrai que je ne faisais guère attention qu'à Matthew et à mes propres malheurs. Karl, lui, se souvenait de moi. Evidemment, je fais toujours beaucoup d'effet. Voilà.»

Elle se leva et marcha de long en large, en tapant dans des cailloux.

«Tu as couché avec lui parce qu'il t'avait vue à quelques meetings?»

Elle poussa un petit rire de dépit. «J'ai dit que je te raconterais ce qui s'était passé. Je n'ai pas dit que c'était sensé.»

Il suivait des yeux ses pas perdus. «Quand est-ce arrivé?

— Juste après son entrée en service ici. J'allais chercher un laisser-passer et il m'a reconnue. Il n'a pas tardé à me poser des questions. Il se demandait pourquoi ce n'était pas dans mon dossier.

— Et pourquoi n'y était-ce pas?

— Personne ne m'a interrogée. Je n'étais qu'une épouse. Daniel était passé sur la sellette à Londres. Ils savaient que j'étais allée en Espagne. Des tas de gens y étaient allés. C'était la chose à faire. Peut-être que personne n'y trouvait à redire, là-bas. Mais ici, tu sais comment c'est.» Elle se tourna vers lui. «Ecoute, j'ai eu peur. C'est si difficile à comprendre? Daniel tenait à venir ici, il en avait rêvé. Tu sais ce qui se passe quand la Sécurité te retire son aval. Je ne pouvais pas lui faire ça. Juste parce que sa femme est allée à quelques stupides meetings? Ça ne prêtait pas à conséquence. Je ne me rappelle même pas ce qu'ils disaient. C'était… innocent. Mais qui l'aurait cru, parmi tes petits copains? "Pourquoi ne nous l'avez-vous pas dit? Qui d'autre était là?" Tu connais le refrain. Ils ne lui auraient plus jamais fait confiance après ça.

— C'est là que tu l'as connu? Dans ces meetings?

— Non. Il ne savait rien de tout ça. Je l'ai connu à l'université.

— Donc, c'était ton petit secret.

— Je ne pensais pas que c'était important. Sincèrement. Par la suite… eh bien, par la suite, c'était trop tard. Ils auraient voulu savoir pourquoi je ne le leur avais pas dit tout de suite. J'attendais que les choses se tassent. Je n'essayais pas de ruser. Ça m'était égal.

— Mais Karl a rusé.

— Oui.

— Donc, tu as décidé de te sacrifier pour Daniel et de te faire un nouvel ami.»

Elle le toisa. «Parfaitement. J'avais besoin d'un ami.

— C'est ce qu'il a été? Un ami?»

Elle haussa les épaules et se remit à faire les cent pas. «Quoi d'autre?

— Pourquoi y aurait-il autre chose?

— Il y a autre chose. Emma, la moitié des gens de la Colline assistaient à des meetings politiques, il y a dix ans. Tu n'as pas couché avec lui pour ça.

— Peut-être que ça me plaisait. Qui sait pourquoi nous faisons ce que nous faisons? Tu le sais, toi?

— Quoi d'autre?

— Oh, laisse-moi tranquille.

— Que s'est-il passé à Berlin? Qu'est devenu ton mari?

— Je ne sais pas. Il est parti.

— Comme ça.

— Oui, comme ça. Il m'a abandonnée.» Elle épia sa réaction. «Je suppose que mes charmes n'ont pas suffi à le retenir. Il devait avoir quelque chose de plus important à faire.

— Mais où est-il allé?

— Aucune idée. Je n'ai plus jamais entendu parler de lui. Je présume qu'il est mort. Tout bien considéré.

— Tu as essayé de le retrouver?

— Non. Il m'a abandonnée, tu comprends? Il ne voulait pas que je le retrouve.

— Qu'est-ce que tu as fait? Tu es rentrée à Londres?

— Non, je suis restée.

— A Berlin. Avec un mari communiste disparu.

— Personne ne savait qu'il était mon mari. Ça faisait partie du jeu. Je sais que ça paraît grotesque aujourd'hui, mais la situation était différente alors. Il voulait que personne ne sache. Pour ma sécurité. Au cas où il serait arrivé malheur.

— Mais, bon sang, qu'est-ce qu'il trafiquait?

— Oh, ne t'emballe pas. Il n'était pas le représentant du Comintern à Berlin. Du moins je ne pense pas. Il devait être chargé de distribuer des tracts et d'organiser ces maudits meetings, rien de plus. Mais il aimait se dire que c'était dangereux. Et, au fond, ça l'était peut-être. Tout était dangereux, à l'époque. En tout cas, il le croyait.

— Et tu es restée.»

Elle eut un geste d'impuissance. «Je ne me voyais pas rentrer pleurer chez papa. Comme on fait son lit, on se couche. J'avais fait le mien, je m'y suis couchée.

— A Berlin, dit-il, sceptique. Pour vivre en rasant les murs, avec les nazis dans les rues.

— Exact. Stupide, hein?»

Elle alluma une cigarette en évitant son regard.

«Dis-moi tout, Emma, reprit-il calmement.»

Elle souffla la fumée et le fixa des yeux. «J'étais enceinte.»

Il attendit, mais elle continua à fumer en silence.

«Qu'est-ce qui s'est passé?

— Je m'en suis débarrassé. J'ai avorté.

— Mon Dieu…

— Quoi? Qu'est-ce que j'aurais dû faire, hein? rétorqua-t-elle, d'une voix qui flanchait soudain, pour la première fois.

— Je ne te fais pas de reproches.

— Non? Bah, laisse tomber. Ça ne change rien. Je me suis… enfin, ça s'est bien passé. Une seule visite. Très facile. La seule difficulté a été de trouver un praticien. Les Allemands ne plaisantaient pas avec ça. Matthew croyait connaître tous les dangers de la clandestinité. Mais trouver un médecin compréhensif… c'est ça, la vraie clandestinité.

— Comment as-tu fait?

— Daniel m'a aidée, dit-elle simplement. Ça te surprend? Aucun Allemand ne m'aurait touchée. Mais il connaissait des réfugiés. Ils ne crachaient jamais sur un petit boulot.

— Je suis navré.

— Inutile. C'est de l'histoire ancienne.

— Non. Je suis navré de t'avoir posé la question.»

Elle acquiesça. «Oui. Les choses prennent une autre tournure, n'est-ce pas? Parfois, il vaut mieux ne pas savoir.

— C'est pour ça que tu l'as aidé à sortir du pays?»

Elle esquissa un faux sourire. «Prendre une vie et en sauver une autre? Peut-être, je ne sais pas. Je n'analysais pas mes actes, je me contentais d'agir. Interprète-les comme tu veux.» Ses yeux se mouillaient. «Je ne sais pas pourquoi je te raconte tout ça. Ce n'est pas exactement ce que tu cherches pour ton rapport, n'est-ce pas?

— Non.

— Autre chose, alors? Profites-en, tant que le projecteur est braqué sur moi.

— Pourquoi as-tu rompu?

— Ah, c'est une bonne question, en effet. Parce que je ne voulais plus. Je ne pouvais plus.

— Et il a été d'accord? Il n'a pas insisté? Il ne t'a pas menacée?

— Menacée? Karl? Ce n'était pas ça du tout. Tu es aussi enragé que les autres. Il ne me faisait pas chanter. Je suis désolée, mais c'est ainsi. C'est ce que *tu* veux croire. Il ne m'a jamais menacée. Il savait des choses. En temps ordinaire, ça n'aurait pas eu de conséquences – ce n'est pas la fin du monde que d'assister à un meeting –, mais dans un endroit comme ici, c'était… gênant. Ils ne prenaient pas le temps de faire la part des choses. Je pensais qu'ils auraient renvoyé Daniel. Voilà.» Elle s'interrompit, songeuse. «De toute façon, c'est fait. Et ça n'aura servi à rien, puisque tu vas aller me dénoncer, maintenant.

— Ça lui était égal?»

Elle réfléchit un instant, comme si la question ne s'était jamais posée pour elle. «Eh bien, assez curieusement, je crois que oui. Oh, il m'aimait bien à sa façon, mais je crois que ça ne l'intéressait pas beaucoup, au fond. Il ne… s'attachait pas. Ça lui faisait peur. C'est difficile à expliquer. Quand il avait bouclé un dossier, il voulait passer à autre chose.

— Il te plaisait.

— Il me faisait pitié. C'est terrible de ne pouvoir se fier à personne. C'est le contrecoup de la prison, je suppose. Je me suis souvent demandé ce qu'il avait enduré. Pas physiquement, ça, je sais, mais intérieurement. Ça l'a rendu un peu fou, je crois. Il voyait des diablotins partout.» Elle s'interrompit pour s'essuyer le front avec un mouchoir. «En somme, c'était l'endroit idéal pour lui, ici. Il était payé pour se méfier de tout le monde. Je pense qu'il préférait ça au sexe. Les manigances. Ça l'excitait. C'était peut-être le contrecoup de la prison, ça aussi. Piéger les autres avant qu'ils ne te piègent. Il ne pouvait pas s'en empêcher. Il était persuadé que quelqu'un voulait sa peau.

— Et quelqu'un l'a eue.

— Oui, dit-elle en commençant à ramasser les ustensiles du pique-nique. Ramène-moi à la base maintenant. J'en ai assez du confessionnal. Ce n'est pas très bon pour le repos de l'âme, contrairement à ce qu'on prétend.»

Connolly la regardait empaqueter avec grâce les tasses et la Thermos dans la besace. A quoi pensait-elle? L'espace d'un instant, il eut l'impression de comprendre enfin l'étrange attrait que l'inconnu et le doute pouvaient exercer sur Karl.

«A-t-il jamais mentionné quelqu'un d'autre?

— Quoi? Une autre personne avec des antécédents louches? Non.»

Il la suivit jusqu'à la voiture. «Ça ne t'a pas semblé bizarre qu'il te laisse partir sans protester?

— Je n'ai pas dit qu'il sautait de joie, il n'a pas fait d'histoires, c'est tout. Je n'y ai pas réfléchi, j'étais soulagée. Lui aussi, peut-être. Il a peut-être trouvé quelqu'un de plus intéressant. Quand on est paranoïaque

– c'est le mot, n'est-ce pas ? –, il n'y a rien de plus ennuyeux qu'un livre ouvert. Il n'y avait plus de mystère. Il savait tout sur moi. »

Il s'arrêta devant la portière. « Moi aussi ? »

Elle hésita. « Je le pensais. Je pensais que tu savais l'essentiel, que… bah, peu importe ce que je pensais. » Elle rangea la besace dans la voiture, puis le regarda par-dessus le toit. « Il y a encore une chose. Je ne voulais pas te le dire, mais pourquoi pas ? Ça changera peut-être ta façon de voir. » Elle hésita encore. « Karl était… eh bien, Karl était très fort dans sa partie. Il connaissait son boulot, il savait des choses que, même moi, j'ignorais. Ne me demande pas comment. » Il attendit. « Je pense qu'on finit par tout découvrir quand on se donne vraiment la peine de chercher. Bref, il savait que Matthew était toujours en vie.

— Je croyais…

— Je le croyais aussi. Je ne m'en doutais pas. Tu devines ce que ça implique, n'est-ce pas ? dit-elle d'une voix presque suppliante. J'étais paniquée. Daniel ne s'en est sorti que grâce à notre mariage. Maintenant, il est britannique…

— Tu as pensé qu'ils le renverraient dans son pays ?

— Non, pas à ce moment-là. Il n'y avait pas vraiment de trains pour Berlin. Mais maintenant ? Si le mariage est sans valeur, que va-t-il devenir ? Ils vont le forcer à rentrer en Pologne ? Je ne peux pas l'abandonner de la sorte.

— Ils ne feraient pas ça.

— Qu'en sais-tu ? C'est logique. Je n'avais pas le temps de raisonner, tu comprends ? Tout ce que je savais, c'était que Daniel n'aurait plus de statut légal et que c'était ma faute. Il fallait que je fasse quelque chose…

— Et tu as couché avec lui.

— *Oui*, j'ai couché avec lui. On en revient toujours à ça, hein ? J'avais besoin de temps. Je pensais que je pourrais mettre de l'ordre dans tout ça après la guerre, mais pas ici. D'ailleurs, personne ne savait.

— Sauf Karl.

— Sauf Karl. Et maintenant toi. Michael, je te demande…

— Non. Ne me le demande pas. »

Elle se mordit à nouveau la lèvre, résignée. « Karl, au moins…

— Tu ne sais pas ce que tu me demandes.

— Je ne peux pas m'en empêcher. Je l'ai sauvé une fois… je refuse qu'il lui arrive quoi que ce soit. Je croyais que cette histoire était morte avec Karl. Faut-il que je t'achète aussi ? Ou as-tu déjà eu tout ce que tu voulais ?

— Monte dans la voiture. »

Ils gravirent la route du canyon en silence. Emma avait le visage un peu tuméfié, mais sec. Elle regardait par la fenêtre, Connolly regardait la route – en empoignant rageusement le volant, comme pour évacuer sa tension intérieure.

«Tu peux faire annuler le mariage.

— Oui, dit-elle distraitement.

— Comment Karl l'a-t-il retrouvé?

— Assez. Je t'en prie.

— Comment?

— Il est ici.»

Connolly arrêta la voiture, ébahi. «Ici? Sur la Colline?

— Non. Aux Etats-Unis. Depuis des années. Karl rédigeait des fiches sur les étrangers qui avaient eu des sympathies communistes. C'était sa spécialité, n'oublie pas.

— Où est-il?

— Je ne sais pas. A New York. Il y était, en tout cas. Karl a perdu sa trace quand il a quitté Washington en laissant toutes ses précieuses fiches. Si tu veux le retrouver, ça ne devrait pas être trop difficile.

— Tu le veux, toi?

— Non.

— Karl l'a mis au courant?

— Karl ne le connaissait pas. Ce n'était qu'un nom sur une fiche.

— Il sait où tu es?

— Personne ne sait où je suis. Je suis un numéro postal. Boîte 1663, Santa Fé. Nouveau nom. Nouvelle identité.» Elle tremblait. «J'ai fait une croix sur le passé. Changé de vie.»

Ils approchaient de la bifurcation pour la porte Ouest.

«Dépose-moi ici. Je rentrerai à pied.

— A pied?

— Oui, à pied. Pourquoi pas? Je suis une bonne marcheuse, tu ne savais pas? La balade me fera du bien. Et puis, il faut penser à ma réputation.»

Il s'arrêta.

«Bon, reprit-elle en s'attardant un peu, eh bien… à plus tard.

— Emma, tu m'as dit qu'il ne te faisait pas chanter. Mais il devait y avoir quelqu'un d'autre. Il avait de l'argent.»

Elle sourit tristement. «Tu ne renonces jamais. Qu'est-ce que tu insinues? Que je lui ai donné des idées? Que c'est ma faute aussi? Après avoir constaté à quel point c'était facile avec moi, il a continué avec d'autres, c'est ça? Peut-être. A toi de le découvrir, Michael. Je m'en fiche.» Elle ouvrit la portière. «Tu vas parler de nous dans ton rapport?» Il allait répondre, quand elle posa un doigt sur ses lèvres. «Non, ne dis rien. Je ne veux pas l'entendre… je le lis sur ton visage. Fais ce que tu as à faire. Je descends ici.» Elle mit toute sa main sur sa bouche, un effleurement, comme une lecture en braille. «On dirait que j'ai fait un beau gâchis, hein ? Tu veux toujours que les choses aient un sens. Parfois, elles en ont et le gâchis demeure. » Elle caressa ses lèvres du bout des doigts, comme un baiser. « C'était bien quand même... avant tout ce gâchis. Non, ne dis rien. » Elle laissa tomber sa main et sortit de la voiture, puis se pencha à la fenêtre. « Rentre le premier. Ça fera meilleur effet. »

Il resta figé une minute, ne sachant que dire, mais il était trop tard. Elle cheminait déjà et, quand il la vit dans le rétroviseur en la dépassant, elle regardait ailleurs.

***

Il roula vers le bureau. Des phrases fusaient en vrac dans son esprit, trop fugaces pour lui laisser le temps de les agencer. Elles se télescopaient, incontrôlables, sans autre finalité que leur propre vitesse. La fission. Au fond de lui, il savait qu'il n'avait aucune raison de se sentir vexé, trahi ou honteux de son incapacité à prendre une décision, mais ses sentiments, eux aussi, se télescopaient comme des sécrétions glandulaires qui sillonnaient ses vaisseaux sanguins et noyaient ses facultés de jugement. Il la voyait avec Karl, dans une chambre de motel comme la leur, crasseuse et mal éclairée. Elle avait pitié de lui. Et Karl ? Qu'éprouvait-il ? Se réjouissait-il de sa bonne fortune ou s'en inquiétait-il en se demandant ce que ça cachait ? En tout cas, il avait tenu parole, il avait menti pour elle. Maintenant elle voulait que, à son tour, il mente, comme un autre Karl. Pour Daniel. Parce qu'elle l'aimait assez pour le protéger, mais non pour lui être fidèle.

Or qui était-il pour lui jeter la pierre ? Il ne s'était jamais soucié de Daniel auparavant, il l'avait cocufié sans vergogne, estimant sans doute que, dans son cas, c'était aussi naturel et innocent qu'une randonnée dans le canyon. Je ne te connaissais pas encore. Mais si elle l'avait connu ? Aurait-ce été différent ? Il en revenait toujours au même point. Elle avait franchi la grille à pied. Je pensais que cette histoire était morte avec lui. Mais non, c'était de la folie. Tu es devenu aussi enragé que les autres. Tout à coup, et pour la première fois, il se dit que cela avait dû être semblable pour Karl, ce soupçon persistant qui ricochait dans sa tête comme un hochet assourdissant. Un bruit obsédant toujours suivi d'un silence de mort. Elle disparut du rétroviseur. Il se sentait aussi vide que la chambre de Karl.

Quand il se gara et pénétra dans la Zone Technique, il avait toujours l'esprit embrumé et préoccupé, mais ce fut Weber qui ne le vit pas et le bouscula par mégarde en lui heurtant l'épaule.

« Ouf. Pardon, pardon », dit-il – ce mot que les Français emploient à tout propos quand ils jouent des coudes dans la foule. Il scruta son visage derrière ses lunettes en faisant un effort de mémoire. «Ah! M. Connolly. La musique, oui, oui. Je suis confus. Je suis encore en retard, vous voyez.

— Non, c'est ma faute. Je rêvassais.»

Weber sourit. «Rêvasser…, dit-il en savourant le mot. Nous, nous ne faisons que travailler. On approche du but.» Il eut un geste vague de la main. «Chaque jour est un nouvel ultimatum. Mais ça avance. On y est presque.

— C'est ce qu'on m'a dit.»

Weber tiqua, un peu troublé, puis, trop pressé pour s'alarmer, laissa tomber. «Nous travaillons tous trop dur. Même vous. Vous ressemblez à Robert. Tous les malheurs du monde sur vos épaules. Pas de temps pour la musique. Vous jouez?»

Connolly sourit intérieurement. «Non, mais j'aime écouter.

— Très bien, très bien, venez demain. Une petite réunion. Beaucoup sont à Trinity maintenant, bien sûr.»

Avant que Connolly n'ait pu répondre, Weber avait filé, l'esprit assailli de formules. Connolly le regarda s'éloigner d'un pas nerveux, emprisonné dans sa bulle. Il incarnait l'âme de la Colline, avec sa distraction, ses viennoiseries et son pic à glace à l'heure du punch.

Mais le coup d'épaule l'avait réveillé : il était temps de se remettre à la tâche. Il savait que, plus tard, il retomberait dans son obsession, ce terrible sentiment d'avoir cassé des pots qu'il ne saurait pas recoller. Mais quel rapport avec l'enquête? Il lui restait au moins cela pour se changer les idées. Il repensa au regard incertain de Weber, qui avait dû fouiller sa mémoire pour mettre un nom sur son visage. Karl avait reconnu Emma au premier coup d'œil. Elle n'avait eu qu'à entrer dans le bureau.

Pourtant, quand il s'installa à sa table de travail, il resta oisif un bon moment, ne sachant par où commencer.

«Qu'est-ce qui cloche? demanda Mills.

— Rien. Pourquoi?

— Je ne sais pas. Vous avez l'air bizarre. Tout va bien?

— Ça gaze», fit-il distraitement.

Puis, pour se donner une contenance, il décrocha le téléphone et appela Holliday.

«Comment va? dit Doc à l'autre bout du fil. J'allais justement vous appeler.

— Laissez-moi d'abord vous poser une question. Vous avez examiné le corps.

— Ma foi, je l'ai vu…

— Est-ce qu'une femme aurait pu faire le coup?

— Il aurait fallu qu'elle soit méchamment baraquée. Il a été frappé plusieurs fois, vous savez. Et même à coups de pied. Il y a peu de femmes capables de ça. Du moins, je l'espère. A quoi vous pensez?

— A rien. Je dois être un peu timbré.

— C'est l'altitude. Faites gaffe. On dit que la moitié des gens sont timbrés là-haut.»

Connolly ne fit pas de commentaire. Il tapotait le rebord du téléphone, l'esprit ailleurs.

«Vous voulez savoir pourquoi je m'apprêtais à vous appeler? reprit Doc.

— Euh, oui, bien sûr. Excusez-moi.

— Ça va vous plaire. Vous remonter le moral. Vous savez, ces bars où vous m'avez conseillé d'enquêter, ceux du genre qu'on n'a pas ici. Eh bien, vous aviez raison. On en a un.»

Connolly resta muet, mais la chose l'intrigua.

«Maintenant, va falloir que j'ouvre l'œil. J'aimerais pouvoir dire que ça m'embête de le savoir, mais ce n'est pas le cas.

— Vous pourriez être plus clair?

— J'y viens. Il se trouve qu'il y a eu quelques bavardages au comptoir. Et un de mes gars avait une oreille qui traînait. Bien sûr, jusque-là, personne n'avait moufté, mais maintenant qu'ils ont arrêté le gars… enfin, vous savez ce que c'est. Quelques bières et…

— Doc…

— D'accord, d'accord. Minute. Laissez-moi finir. Apparemment, un des clients se trouvait dans le parc, cette nuit-là. Il faisait ses petites affaires. Il n'est pas très explicite sur ce point. Mais, bref, ce qui compte, c'est qu'il a vu quelqu'un entraîner Karl dans les buissons. Comme vous l'aviez supposé. Il a cru qu'il était saoul. Une voiture se pointe et, ni vus ni connus, les deux gars vont se planquer quelque part. Notre type n'y a rien trouvé de louche. En vérité, ça l'ennuyait plutôt. Il ne voulait pas de compagnie.

— Qu'est-ce qu'il faisait là?

— Il dit qu'il pissait.» Holliday marqua une pause. «Ouais, je sais, j'aurais intérêt à garder un œil sur l'Alameda aussi. Il se passe des trucs que j'ignorais.

— Il a pu donner un signalement?

— Non. Il a dit qu'il était grand.

— Grand.

— C'est ça. Or Ramon m'a paru plutôt court sur pattes, pas vous? Alors, je lui ai demandé s'il en était sûr. Il a confirmé. Grand. Bien sûr, vu ce qu'il devait être en train de faire, n'importe qui pouvait lui paraître grand.

— Quoi d'autre?

— Rien. Il se rappelle seulement avoir entendu la voiture repartir ensuite. Comme je vous l'ai dit, il n'a rien trouvé de louche là-dedans. Même par la suite, quand il a entendu dire qu'on avait retrouvé un cadavre à cet endroit, ça lui était sorti de l'esprit... Enfin, vous voyez.

— Il n'a pas aperçu son visage?

— Non. Grand, c'est tout. Je lui ai demandé.

— Bon, mais qu'est-ce que ça nous apporte?

— Pas grand-chose. Ce n'est même pas un vrai témoin oculaire, il a simplement vu deux types, dont l'un était bourré, entrer dans les buissons. Devant un tribunal, ça ne vaut pas tripette. Mais il a vu ce qu'il a vu. Si j'ai pu lui tirer les vers du nez, c'est uniquement parce qu'il croit que le type était Ramon et qu'il n'a plus rien à craindre. Il est du genre angoissé. Mais je me suis dit que ça vous ferait plaisir de savoir que vous étiez dans le vrai. Ça s'est passé comme vous le pensiez.

— Ouais. Merci, Doc. Et la voiture?»

Dans le court silence qui s'ensuivit, Connolly crut voir Doc sourire.

«Oh, j'allais oublier. Il l'a vue. C'est marrant, hein? Il n'a pas vu le type, mais il se souvient de la voiture.

— Laissez-moi deviner.

— Si vous dites Buick, il ne vous contredira pas.

— Vous le tenez toujours?

— Non, je n'ai aucune raison de le garder. Je pourrais l'inculper de quelque chose, mais quel est l'intérêt? Ça ne servirait qu'à mettre tout le monde en alerte. Il faisait déjà dans son froc. Maintenant, qu'est-ce que c'est que cette histoire de femme? Vous êtes sur une piste?

— Non. Je réfléchissais à haute voix. J'essayais de... de me faire une idée de la force nécessaire pour...

— Hm hum.

— Je ferai un tour chez vous dans quelques jours. Je vous mettrai au parfum.

— Qu'est-ce qui se passe? Votre téléphone est sur écoute?»

Soudain, il devint Karl. Instinctivement, sa main se rétracta, comme si les paroles de Doc avaient envoyé une décharge dans le poste. Bien sûr. Le téléphone d'Oppenheimer. Le sien. Evidemment. Ils n'avaient pas dû se gêner. Il jeta un œil vers Mills, qui signait des formulaires sans lui prêter attention. Il essaya de se rappeler tout ce qu'il venait de dire, imagina ses propos dactylographiés, avec un double au carbone. Avait-il prononcé une phrase qui, retranscrite, pouvait attirer l'œil et passer de main en main? Un doute le saisit.

«Mike?» dit Doc.

Surtout, qu'ils n'apprennent pas ce que tu sais. «Le déclic que vous allez entendre, c'est moi qui raccroche, dit-il plaisamment. Il faut que je vous quitte. Je vous rappellerai. Et merci.»

Il reposa le combiné et l'observa. Ils avaient le droit de s'informer, et par tous les moyens. C'était leur mission. Karl le savait, il s'était méfié.

Peu à peu, il sentit peser sur lui le regard de Mills, qui lui dit : «Quoi encore ?

— Rien. Je cogitais. Vous connaissez bien le système de fichage ?

— Intimement.

— Recherche d'antécédents, mises à jour, etc. Bon. Je veux voir tous ceux qui sont arrivés sur la Colline depuis... De quand datent les premiers 200 dollars ? Octobre ? Disons depuis septembre. Seulement les nouveaux venus. Les étrangers. Il y en a combien, pensez-vous ?»

Mills haussa les épaules. «Quelques-uns. Le groupe Tube Alliage a traversé le Canada vers cette époque. Ils sont tous étrangers. Pas les Américains ?

— S'ils ont été naturalisés. Je veux d'abord ceux qui ont été fichés à l'étranger.»

Mills haussa les sourcils. «Qu'est-ce que vous cherchez ?

— Tout ce qui ressemble à des antécédents de gauche – appartenance à un groupe, aide financière, Front populaire, tout.

— Des communistes ?

— Pas officiellement. Rappelez-vous ce que disait Karl : c'est ce qui n'y est pas. Je pense que Karl savait quelque chose comme ça. Un communiste qui n'apparaissait pas sur le papier.»

Mills l'observa longuement. «Qu'est-ce qui vous fait penser ça ?

— Une intuition.

— Une intuition.

— Parfaitement, répondit Connolly en le regardant dans les yeux.

— D'accord. Je vais commencer par la liste des arrivées. Vous voulez vous en charger personnellement ?

— Nous deux. Mais nous seuls. Pas de rapport.»

Mills se leva et écarta les bras en un geste d'impuissance. «C'est mon boulot, Mike.»

Connolly le jaugea du regard : un soldat aux ordres. Il croyait s'entendre lui-même, parlant avec Emma, enragé comme les autres, et ce souvenir lui fit honte. «Faites-moi un peu confiance», dit-il et, cette fois, ce fut la voix d'Emma qu'il entendit.

***

Il alla voir Ashley Pond, l'étang maintenant rétréci par la sécheresse, et déambula sur le collier de boue durcie qui en soulignait les contours. Le soleil de la fin d'après-midi se reflétait sur les fenêtres du bâtiment Gamma, créant des alignements de flammeroles. Comme toujours, la Colline était en effervescence : les camions croisaient des Weber pressés de gagner les salles de réunions et des secrétaires à hauts talons flânant devant le mess à l'heure de la pause – tout un petit monde qui s'agitait autour de lui pendant qu'il méditait au bord de l'eau. Karl n'avait rien dit. Pourquoi ? Par bienveillance ? Non, certainement pas. Peut-être attendait-il son heure, un moment plus propice. Ou peut-être pensait-il simplement qu'il n'y avait rien à dire, que c'était une histoire européenne incompréhensible pour eux. On aurait posé des questions, qui auraient risqué de le compromettre lui-même. Quel intérêt y aurait-il trouvé ? Son principal souci était sa propre sécurité, dans un univers de tables d'écoute, de rapports secrets et de fiches qui passaient toujours à côté de l'essentiel. La prudence s'imposait. Pour lui, la loyauté était une monnaie d'échange, qu'il fallait thésauriser en attendant de pouvoir l'investir avantageusement. Et, pendant ce temps, la vie continuait sur la Colline, à son propre rythme. Connolly l'imagina debout devant ce même étang, à l'écart, cherchant une combine. Pourquoi se seraient-ils fiés à lui ? Les Allemands ne l'avaient pas fait, les Russes ne l'avaient pas fait. Pourquoi ses nouveaux maîtres auraient-ils été différents ? Pour acheter leur confiance, il lui fallait une monnaie plus forte qu'un simple relevé de fiche, il devait leur offrir du solide, du sensationnel, alors il engrangeait en patientant.

Si l'hypothèse tenait. Connolly ramassa un caillou, qu'il jeta dans l'eau, et regarda les ondes se reformer, comme des pensées. Il revoyait Emma à l'office commémoratif, au bras de Daniel, puis à Fuller Lodge, quand elle lui tournait le dos en riant. Jouait-elle un rôle, alors ? Mais n'était-ce pas à cause de lui, pour lui, qu'elle s'était prêtée à la comédie ? Il l'avait contrainte à mentir et, maintenant, il lui reprochait son mensonge. Il s'en retourna vers le dortoir, les yeux baissés. Peut-être que Karl aussi manquait de certitudes, ou qu'il flairait un plus gros lièvre. Il n'avait que la parole d'Emma. Que pensait vraiment Karl ? Il avait l'impression de commencer à le connaître, mais c'était une illusion. Karl n'existait pas. Il ne pouvait que l'imaginer.

Le dortoir était tranquille. Même la table de ping-pong était déserte. Il se rendit directement dans sa chambre, où il s'assit près de la fenêtre, avec le dossier de Karl. Il examina la photo. Des yeux sombres, intelligents. Avait-il confiance en Emma ? Non, Karl n'avait confiance en personne. Des diablotins partout. Il avait bien choisi son endroit pour chasser les diablotins. Peut-être qu'il s'était senti dans son élément ici, peut-être qu'il avait aimé ça – les dossiers, les soupçons, l'adrénaline, l'excitation de la traque. Il était en pays de connaissance, il s'y retrouvait, il savait les usages et ce qu'on attendait de lui. Or qu'avait-il reçu en échange ? Une voiture, un peu d'argent et une mort mystérieuse. La moitié des gens ici étaient cinglés.

Connolly observa la chambre et constata avec stupeur qu'elle n'avait pas varié d'un pouce depuis sa première nuit. Etait-ce bien lui qui vivait ici? Un nécessaire de rasage sur le lavabo, un sac dans le placard, un livre. A part ça, rien n'avait changé. La même netteté. Le même vide. Il n'avait pas prévu de rester. Mais sa chambre de Washington n'était pas différente. Du provisoire, en attendant la fin de la guerre. Il vivait dans les histoires des autres. Pour combien de temps encore? Quand la guerre serait terminée, il réintégrerait sa propre vie, où il ne se passerait rien. Une poussée d'angoisse lui tordit l'estomac comme une nausée. S'il restait plus longtemps sur cette chaise, il allait se dissoudre dans la chambre de Karl, érodé par l'attente.

Il jeta le classeur sur le sol et se leva d'un bond, avec une brusquerie qui lui donna le vertige. Il sortit en hâte. La tête lui tournait toujours un peu et le soleil l'éblouit, mais il se sentit physiquement ragaillardi, plus réceptif. Tout semblait à sa place – les constructions temporaires, les cordes à linge qui fasseyaient au vent, l'odeur de l'essence. Quand il atteignit l'immeuble d'Emma, il eut envie de rire au souvenir de cette autre visite, de ses tergiversations devant l'entrée, de la voisine avec son café. Cette fois-ci, il frappa sans hésiter, bruyamment. Elle ouvrit avec crainte et retint la porte comme pour se protéger d'une bourrasque. Il détailla son visage, où il croyait lire sa propre histoire.

«Qu'est-ce que tu veux? dit-elle, en bloquant toujours la porte.

— Je suis amoureux de toi.

— Oh», fit-elle – une sorte de gémissement songeur.

Elle perdit sa raideur, relâcha les épaules, et ses yeux se mouillèrent. La porte sembla s'ouvrir d'elle-même, poussée par le vent, et il entra. Pendant une minute, ils se regardèrent. Elle lui parla avec les yeux, humides mais sans larmes, vivants, éloquents.

«Tu es revenu, dit-elle.

— Je suis amoureux de toi», répéta-t-il.

Elle lui prit le visage à deux mains, l'approcha de ses lèvres et lui donna de longs baisers assoiffés.

«Oui, murmura-t-elle contre sa joue.

— Tu sais ce que ça signifie?

— Non, dis-le moi.» Elle souriait, maintenant, taquine. Puis elle l'embrassa encore. «Non, ne me le dis pas. Tu parles trop. Ne dis plus rien.

— Je me moque du reste. Je ne peux pas te perdre.

— Non, dit-elle en secouant la tête, qu'elle renversa en arrière. Non, tu ne peux pas. Dis-le moi encore.

— Viens au lit.»

Et, cette fois, elle lui prit la main et le conduisit dans la chambre.

12

La sécheresse avait amené un été précoce et, avec lui, un de ces orages électriques qui, d'ordinaire, attendaient juillet. Par la fenêtre de la maison de Weber, Connolly pouvait voir la masse sombre du tonnerre, en forme d'enclume, rouler vers la mesa dans un ciel craquelé de zigzags fulminants qui fusaient comme des rayons X et laissaient une image négative sur la rétine. A l'intérieur, une bonne Indienne remplissait la fontaine à café en coudoyant la foule des convives qui envahissaient le living-room. Malgré les nombreuses absences de tous ceux qui étaient retenus sur le site d'essais, la pièce était bondée. Le brouhaha des conversations couvrait le bruit sourd du tonnerre au loin. En apparence, rien n'avait changé. Kitty Oppenheimer était toujours lovée dans un fauteuil, à l'écart, pendant que Johanna Weber s'affairait en mettant à l'épreuve sa mémoire des noms. L'atmosphère était étouffante, surchauffée, et, bien qu'il fût là depuis quelques minutes à peine, Connolly, en sueur, concevait déjà un plan d'évasion. Weber vint à sa rescousse en lui demandant d'aller chercher Eisler dans son laboratoire.

«Toujours dans les nuages, Friedrich. Mais c'est le Beethoven. On ne peut le jouer sans lui.»

La vraie musique était dehors : une basse continue de tonnerre sous un staccato de nuages. Pour une fois, il n'y avait pas de poussière; même la terre retenait son souffle. Le labo d'Eisler était à la lisière du plateau, non loin du bâtiment X, où se trouvait le cyclotron, et la pluie commença à tomber avant qu'il ne l'atteigne, l'obligeant à piquer un sprint. L'orage battait son plein maintenant, et le claquement de la porte, que le vent rabattit derrière lui, se perdit dans un fracas de tonnerre. Un éclair illumina le hall. Connolly s'attendit à une baisse de courant électrique, mais les lumières des plafonniers restèrent stables. Quand il entra dans le labo, le tonnerre étouffa le bruit de ses pas, si bien qu'Eisler ne remarqua pas son irruption. Au lieu de l'appeler, il s'immobilisa pour le regarder, craignant de l'interrompre.

Eisler, penché au-dessus d'une table devant un tableau noir, observait des espèces de dragées de métal, qu'il manipulait avec une baguette de la taille d'un tournevis, puis notait leurs réactions sur une fiche technique. Tout son corps était tendu, ses longs doigts s'activaient avec lenteur et précision. Le roulement du tonnerre ne le perturbait pas, il était isolé dans son monde intérieur, absorbé par sa tâche. D'un geste hésitant, il bougea imperceptiblement le métal, puis laissa sa main en suspens, figé en pleine concentration. C'était donc ça, ce qu'ils appelaient chatouiller la queue du dragon. Puis il se redressa, face au tableau, inspira profondément et, d'un geste plus assuré cette fois, sous l'œil de Connolly fasciné, déplaça la dragée d'un rapide mouvement de sa baguette.

Soudain, une lumière bleue inonda la pièce – un formidable éclair, qui arracha un «Oh» de stupeur à Connolly. Eisler pivota sur ses talons et, surpris de le voir là, cria : «Couchez-vous!» N'écoutant que sa panique, Connolly s'abattit sur le sol. Quand il releva la tête, terrifié, il vit qu'Eisler s'était jeté sur l'appareil et s'efforçait de séparer les dragées à mains nues. Enfin, la lumière bleue et l'effrayant grésillement électrique cessèrent. Ils restèrent tous deux pétrifiés. Eisler lança un regard anxieux à Connolly, qui commençait à se relever en reprenant lentement ses esprits, et l'arrêta d'un geste.

«Restez où vous êtes, dit-il sans s'affoler. La table va être contaminée.» Puis, avec la lente détermination d'un somnambule, il s'approcha du tableau. «Je suis à vous dans une minute, monsieur Connolly, reprit-il, perdu dans ses pensées. Combien de mètres, d'après vous? Dix? Peu importe. Nous commencerons par le pire.»

Il prit une craie, traça rapidement une ébauche de la pièce, à la manière des graphiques de Connolly, puis se mit à aligner des chiffres et des symboles. Connolly, encore tremblant, suivit le parcours méthodique de la craie sur le tableau.

«Qu'est-ce que vous faites? dit-il finalement, d'une voix blanche et essoufflée.

— Les effets de la radiation, répondit Eisler sans se retourner. Nous en savons si peu. C'est difficile. Ça n'a pas dû durer plus de deux ou trois secondes. Mais ce n'est pas rien. Vous avez d'excellents réflexes, monsieur Connolly, observa-t-il sur un ton dépassionné, comme s'il s'agissait d'un élément de calcul supplémentaire à intégrer. Ils vous ont peut-être sauvé la vie.

— C'est vous qui me l'avez sauvée», dit Connolly en frémissant.

Eisler se tourna vers lui. «J'ai failli vous la prendre.» Puis, après un bref silence. «Nous allons devoir faire quelques analyses. Mais je pense que vous n'avez rien à craindre, ajouta-t-il en devinant l'inquiétude de Connolly. L'exposition a été très courte.

— Qu'est-ce qui s'est passé? C'était une réaction en chaîne?

— Euh, oui.» Eisler s'écarta du tableau. Ses épaules s'affaissèrent. «Je suis vraiment navré, monsieur Connolly. Je ne savais pas...

— Mais qu'est-ce que... qu'est-ce que je dois faire? demanda-t-il, un peu affolé.

— Faire? Il n'y a rien à faire, dit Eisler en revenant vers la table. Nous devons aller à l'infirmerie. Mais avant, voulez-vous m'excuser? Juste une note.»

Hébété, Connolly le regarda griffonner sur une feuille de papier. Cela avait été si rapide. Un simple éclair. Et s'il avait succombé? La mort par radiation était douloureuse et sordide. Tout le monde savait ça. Mais personne n'en connaissait le processus exact. Un instant auparavant, il courait sous la pluie. Juste un éclair, comme une balle au combat. Ici, à mille lieues des champs de bataille.

«Puis-je vous demander pourquoi vous êtes entré ici? reprit Eisler.

— Weber m'a envoyé vous chercher. Pour le Beethoven.

— Ah, le Beethoven, fit-il tristement. Il faudra qu'il patiente, j'en ai peur. Nous devons vous montrer à un médecin. Tout de suite.» En le voyant avancer vers lui, Connolly eut un mouvement de recul. «Oh, non, n'ayez pas peur, ce n'est pas contagieux. Ça ne fonctionne pas comme ça.»

Connolly rougit. «Excusez-moi.» Puis, gêné de ne pas avoir posé la question plus tôt : «Mais vous-même? Vous allez bien?»

Eisler secoua gravement la tête, mais son inflexion eut l'insouciance feinte d'un sourire en demi-teinte : «Non, monsieur Connolly, pour moi c'est fatal. C'est dans les chiffres, vous voyez, dit-il en désignant le tableau. Les chiffres ne mentent pas.»

***

Ils étaient couchés côte à côte sur les petites tables d'auscultation de l'infirmerie. Les infirmières leur faisaient des prises de sang et le médecin procédait à des examens qui lui rappelaient un peu la visite médicale annuelle.

«Il y a quelque chose qui ne va pas chez moi? dit Connolly. Je ne sens rien.

— Nous allons vous garder une nuit en observation», répondit le médecin. Puis, se tournant vers Eisler : «Il a été exposé combien de temps, dites-vous?

— Une seconde. Deux. Trois. Ce n'était pas significatif. Il y a eu des cas plus graves, précisa Eisler en regardant Connolly pour le rassurer. Ils ne savent pas, vous voyez. Ils vous mettent en observation, mais pour observer quoi? Enfin, nous voilà compagnons de chambrée.

— Juste pour la nuit, dit le médecin. Par sécurité.»

Ces propos étaient destinés à Connolly. C'était à lui que s'adressaient les petits mots rassurants, car pour Eisler, qui patientait sagement dans sa blouse d'hôpital, le compte à rebours avait commencé. Il mourait.

Connolly le comprit quand Oppenheimer entra. Eisler, qui avait échangé des plaisanteries avec le médecin et Connolly au sujet du pauvre équipement de l'hôpital, s'était fait poliment excuser auprès de Weber comme s'il s'agissait d'un simple contretemps fâcheux, si bien que l'intermède avait paru banal. Mais l'arrivée d'Oppenheimer, consterné et blême sous son feutre dégoulinant de pluie, changea l'aspect des choses.

«Robert...», dit doucement Eisler.

Oppenheimer le considéra en silence, puis ôta son chapeau.

«Je suis venu dès que j'ai su, dit-il sans le quitter des yeux.

— Je suis désolé, Robert.

— Friedrich.» Il lui prit la main. Le geste surprit Connolly. C'était nouveau de la part d'Oppenheimer. Il l'avait vu contrarié, préoccupé, illuminé même, mais jamais encore affectueux. «Nous allons te transférer à Albuquerque, dit-il, retrouvant son autorité.

— Albuquerque? fit Eisler en souriant. Et quitter l'Opération? Qu'est-ce qu'il y a de plus à Albuquerque? C'est très bien, ici. J'ai toute la place pour moi. M. Connolly sortira demain... il va très bien.»

Alors seulement, Oppenheimer remarqua sa présence.

«Bon sang, qu'est-ce que vous faisiez là?» lança-t-il.

Connolly se demanda soudain s'il n'était pas responsable, par son irruption, de ce qui s'était passé.

«Robert, Robert, dit Eisler, apaisant. Tu accuses le messager. Il n'y est pour rien. Un accident stupide. Ma stupidité.

— Vous allez bien?» dit Oppenheimer à Connolly, en manière d'excuse.

Connolly acquiesça. «Je pense que ça ira.

— Comment est-ce arrivé, Friedrich?

— Le dragon. Le point critique. Tu n'as qu'à voir mes notes.

— Je t'avais dit...

— Oui, oui, cent fois.

— Combien de temps a duré l'exposition?

— Assez longtemps. J'ai dû... les séparer, tu comprends.

— Mon Dieu, Friedrich.»

Il lui prit la main à nouveau, affligé, et Connolly se détourna vers le mur.

«C'était un risque à courir, Robert, c'est tout. Tu ne prends pas de risques, toi? Chaque jour? C'est le seul moyen de progresser.

— C'était idiot.

— Peut-être. Mais nous avons du pain sur la planche maintenant. Nous sommes sur notre lancée. Nous devons calculer…»

Mais Oppenheimer s'était levé pour allumer nerveusement une cigarette, en regardant vers la porte ouverte.

«Robert, dans un hôpital…

— C'est mon hôpital, rétorqua-t-il en aspirant une bouffée de fumée. C'est fini, Friedrich, dit-il calmement. Je ne peux pas le permettre.

— Le permettre? Je ne suis pas mort. Les effets ne sont pas immédiats, tu le sais. Ça prendra une semaine. Peut-être deux. Je peux encore…

— Je te demande de rester ici. Ou à Albuquerque.»

Eisler voulut protester mais, voyant l'expression de son visage, reposa sa tête sur l'oreiller.

«En observation.

— Oui, confirma Oppenheimer à contrecœur, en observation.»

Eisler resta songeur une minute. «En somme, je sers de cobaye.

— Friedrich…

— Non. Bien sûr, tu as raison. J'aurais dû y penser moi-même. Chaque jour, nous observons et… c'est comme ça qu'on avance, petit à petit. Mais tu m'autorises quand même à aider, pour organiser l'expérience?

— Friedrich.

— Non, non, je t'en prie. Nous ne sommes pas des sentimentaux. C'est important de savoir. Nous pouvons observer la désagrégation des éléments… la façon dont le corps réagit.»

Oppenheimer alla éteindre sa cigarette sous le robinet du lavabo. «Je ne te demande pas de…

— Non, je suis volontaire. C'est mon idée. Mon souhait. Pour l'Opération. Il semble juste que ce soit moi.»

Connolly le regarda, dérouté, mais il n'y avait aucune ironie dans sa voix. Il était de retour devant son tableau noir, il faisait son travail, se préparait à enregistrer pour la science les circonstances de sa propre mort.

Oppenheimer se retourna et Connolly vit qu'il avait les yeux humides. «Je peux faire quelque chose pour toi?»

Eisler réfléchit. «Tu as de la morphine? Pour plus tard? Je crois que j'en aurai besoin. Je suis très peureux de ce côté-là. Et il n'y a rien à apprendre de la douleur. Rien que la douleur.

— Bien sûr, murmura Oppenheimer.

— Rien à apprendre», répéta Eisler.

***

La nuit, on dressa un paravent entre eux, un drap de coton tendu sur une armature à roulettes, mais Connolly ne put trouver le sommeil. C'était son tout premier séjour en hôpital et il n'arrivait pas à s'habituer à la constante lumière du hall, au bruit discret des semelles de caoutchouc dans le couloir, à l'odeur du café de l'équipe de nuit. Mais, comme Eisler était tranquille derrière son paravent, il devait s'abstenir de trop bouger. Bercé par les averses intermittentes sur les bardeaux du toit, il dérivait dans un demi-sommeil puis se réveillait en contemplant les ombres au plafond, l'esprit volage, sautant d'une image à l'autre, alternant entre veille et sommeil.

Il revit tour à tour Eisler penché sur la table du labo, Emma se mordant la lèvre inférieure puis, curieusement, son copain Lenny Keazer, qui avait été tué en Nouvelle-Guinée. Abattu en vol. Connolly se demanda s'il avait eu le temps de voir autre chose qu'un éclair avant que l'avion ne pique du nez. Il n'avait jamais imaginé la mort auparavant. Maintenant, il devinait : c'était n'être rien. Pendant que la vie continuait alentour. Lenny ne savait pas s'ils avaient gagné ou perdu – mais à quoi bon ? Rien n'a d'importance quand on n'est plus là. Karl avait découvert son secret et ça n'avait plus eu d'importance. Et Eisler, qui disait que sa guerre était finie…

Alors, il se vit chez lui. Une rue de Washington, un après-midi. La double fenêtre de la petite chambre grande ouverte sur le printemps. Des magnolias. Une voiture brune de l'armée qui remontait lentement la rue, égrenant les numéros des habitations. Quelqu'un qui épiait derrière les rideaux d'en face. Un soldat qui sortait de la voiture. Qui tenait une enveloppe. Qui montait les marches du perron. Puis c'était un cri, une longue plainte qui déchirait les airs, une lamentation venue du fond des âges. Le soldat remontait dans la voiture et s'éloignait. Puis passaient un camion, un vendeur de journaux, une autre voiture. Et la vie reprenait.

Cet après-midi-là, il avait eu le sentiment de voir le visage de la guerre, sous la forme de cette voiture brune. Cela valait la peine de mettre fin à cela. Un éclair de foudre qui arrêterait tout, arrachant enfin les Japonais à leur rêverie délirante. Cent pour en sauver mille. Un nouveau genre de mathématiques. Etait-ce ainsi qu'Oppenheimer voyait les choses ?

Une pluie violente le réveilla, comme une soudaine pétarade. Il entendit la respiration d'Eisler. Les fantômes de la nuit. Sur le plafond noir comme un tableau, il inscrivit des formules à la craie. Tant de minutes, tant de mètres. Eisler lui avait sauvé la vie et avait calmement repris sa besogne. Connolly avait été un facteur imprévu. Il ferma les yeux. Des images défilèrent – le laboratoire, la main sur la baguette, la froide impassibilité de la science, Eisler qui poussait soigneusement la dragée et… Et, tout à coup, il comprit ce qui le tracassait, ce qui l'empêchait de dormir. Ce n'était pas un accident. Seule sa présence dans le laboratoire, à ce moment-là, avait été accidentelle. Eisler savait ce qu'il faisait. La baguette n'avait pas bougé par hasard, elle avait obéi à la main d'Eisler. Ce n'était pas un accident. Il avait tout simplement menti à Oppenheimer. Il voulait n'être plus rien.

Connolly se tourna vers le paravent, parfaitement réveillé maintenant, et tendit l'oreille. La respiration était souple et régulière, ce n'était pas la respiration d'un dormeur.

«Professeur Eisler, dit-il.

— Monsieur Connolly? répondit Eisler, surpris mais courtois.

— Que vouliez-vous dire, tout à l'heure, en expliquant qu'il était juste que ce soit vous?»

Il ne répondit pas tout de suite. Quand il le fit, ce fut avec un intérêt poli, comme si la phrase l'intriguait. «J'ai dit ça? Tiens, je ne me rappelle pas. Vous avez une mémoire… quel mot emploieriez-vous pour désigner l'équivalent sonore de la mémoire photographique?» La question resta en suspens dans l'air. Connolly s'attendit presque à la voir flotter comme une ombre au-dessus du paravent et resta muet. «Je suppose que je voulais dire que l'un de nous devait ressentir… quoi? les effets de ce que nous faisons. Oui, c'est peut-être ça.

— Les gens ne seront pas tués sur le coup? Comme avec une bombe ordinaire?

— La plupart, si. Mais il y en aura d'autres. Nous ne savons pas.

— Mais pourquoi vous?»

Eisler garda le silence un instant. «Je ne saurais le dire, monsieur Connolly. C'est une question à laquelle, même moi, je ne peux pas répondre. Peut-être que c'est vous qui me le direz. En utilisant le principe Oppenheimer… votre saut dans l'inconnu. Votre graphique. Comment avance votre problème?»

Connolly comprit qu'il cherchait à détourner la conversation, qu'il voulait être seul avec ses démons. «Pas très bien, répondit-il, se prêtant au jeu.

— Ah. Mais vous y arriverez. J'en suis sûr. Une solution élégante. Oui, je le pense. Mais, pour le moment… si ça ne vous ennuie pas… j'aimerais dormir un peu.»

Bientôt, sa respiration s'appesantit et Connolly s'assoupit à son tour, si bien qu'il finit par se demander si cette conversation avait réellement eu lieu ou s'il n'avait fait que soliloquer dans le noir.

***

Le lendemain matin apporta un flot de visiteurs. Weber fut là de bonne heure, puis Fermi, plus grave, Bethe et, peu ou prou, tout ce qui peuplait la Suite Baignoires. Ils saluèrent poliment Connolly, ou l'ignorèrent carrément, poussés vers Eisler par un mélange d'affliction et de curiosité malsaine, comme des badauds après un accident de la route. Personne ne resta longtemps et personne ne parla de l'irradiation. Au chevet du malade, leur bonne conscience satisfaite, ils semblaient perdus, parlaient de choses et d'autres et prenaient bientôt congé pour retourner à leur travail en s'excusant. Seul Teller demanda des détails, avec concision, comme un consultant appelé pour émettre un avis complémentaire. Quand Emma arriva, Connolly était habillé, prêt à partir dès qu'on l'y autoriserait. Elle en fut surprise et soulagée, s'étant attendue à le trouver au lit. Elle lui adressa un petit sourire complice, puis se ressaisit et se tourna vers Eisler, motif apparent de sa visite.

«Vous aussi, madame Pawlowski, dit-il. Tout le monde est donc au courant?

— Les nouvelles vont vite, dit-elle.

— Les mauvaises nouvelles.

— Ma foi, je ne crois pas que Johanna Weber fasse la différence.»

Eisler rit bruyamment. C'était la première fois que Connolly l'entendait rire et il se sentit étrangement fier que ce fût elle qui ait su trouver les mots. Emma changea de ton aussitôt :

«Comment vous sentez-vous?

— Oh, non, ne prenez pas cet air sombre, dit gentiment Eisler. Tout le monde joue les infirmières, ici. Racontez-moi les ragots. Que dit encore Frau Weber?

— Elle vous prépare un gâteau.

— Excellent», fit-il en souriant.

Une fois de plus, Connolly s'apercevait qu'il ne connaissait pas les gens de la Colline. Hier soir, il avait parlé à un mourant, ce matin il voyait un homme taquin et presque gai, qui badinait avec une jeune femme. Etait-ce là celui qu'il avait été, des siècles plus tôt, à Göttingen, avec Oppenheimer?

Ils bavardèrent, masquant maladroitement leur malaise par des plaisanteries sur la nourriture des anges, mais c'était Connolly qu'elle était venue voir et elle le cherchait discrètement des yeux, en glissant imperceptiblement vers son lit, maintenant débarrassé du paravent. Si Eisler ne remarqua rien, en apparence du moins, tel ne fut pas le cas de Mills qui, debout dans l'encadrement de la porte, repéra immédiatement son manège. D'un œil rusé, il relia les trois personnages, comme les trois sommets d'un triangle, et tira ses conclusions : le théorème était démontré. Il entra en sourcillant à l'attention de Connolly, qui comprit aussitôt.

«Lieutenant Mills, dit Eisler. Enfin un visiteur pour M. Connolly. A moins que vous ne soyez venu pour m'arrêter.

— Vous arrêter?» dit Mills.

Eisler se pencha vers Emma, en conspirateur. «Mes amendes pour stationnement interdit. Nous devons les lui remettre et il nous gronde. Qu'est-ce que vous en faites? demanda-t-il à Mills. Vous envoyez des mots d'excuse?» Puis, à nouveau à Emma : «Je n'y peux rien. Quand il y a assez de place, je me débrouille, mais les créneaux, alors là, c'est trop fort pour moi. Ma conduite est...»

Il laissa la suite à son imagination. Mills sourit, un peu surpris par l'atmosphère détendue qui régnait, et, se tournant vers Emma, enfonça le clou : «Le stationnement, ce n'est rien encore. Derrière un volant, c'est un vrai danger public.

— Pas seulement là, semble-t-il», répondit-il en montrant qu'il était sur un lit d'hôpital.

Personne ne sut quoi répondre. Connolly sentit que la bonne humeur retombait. Pour rompre le silence qui s'installait, Mills lui dit :

— Vous avez l'air en forme.

— J'attends mon autorisation de sortie.»

Eisler, voyant que l'atmosphère avait changé, baissa tristement les yeux.

«Il vaut mieux que je vous laisse», dit Emma en se levant. Elle posa la main sur le bras d'Eisler. «Si je peux faire quelque chose pour vous, ne vous gênez pas.»

Il lui tapota la main. «Non, rien. M. Connolly ira chercher mes affaires.» Connolly acquiesça. «C'est absurde, je vais bien, mais je suis consigné ici. Ma prison, dit-il en indiquant la pièce autour de lui.

— Sortez de force, dit Emma, compatissant. Ils ne peuvent pas vous obliger à rester.

— Pour aller où? Non, ça me convient.

— Allez, Mike, dit Mills, piaffant, réglons vite ces formalités avec le toubib.

— Monsieur Connolly? dit Eisler, comme Emma et Mills s'en allaient. Ça ne vous ennuie pas? Quelques petites affaires?

— Bien sûr que non.

— Quelques habits. Je ne veux pas rester au lit. Je ne suis pas invalide. Pas encore.

— Vous avez la clef?

— La clef? dit Eisler en souriant. Ce n'est pas fermé. Nous ne fermons jamais rien à clef ici. Il n'y a rien à voler.

— Autre chose? Des livres?

— Je vous laisse choisir. Vous connaissez l'allemand? Non, alors, prenez n'importe quoi...» Il regarda si les autres étaient partis.

«Oui?

— Si ça ne vous dérange pas, une bible, s'il vous plaît.» Il sourit. «Non, pas pour les anges. Je suis un homme de science, vous savez. Mais j'aime les histoires. Si simples. Œil pour œil, dent pour dent. De bien belles histoires.

— Je vous en trouverai une.

— Bien sûr, les anges… Rien n'est prouvé, vous savez. Pas encore.»

***

Dehors, tous trois marchèrent de front sur une courte distance, puis Mills, avec un regard appuyé vers Connolly, bifurqua en direction du bureau.

«Je vais juste faire un brin de toilette, dit Connolly. Je vous rejoins dans un instant.

— Prenez votre temps. Je vous couvre», dit-il avec un clin d'œil.

Puis il inclina brièvement la tête pour prendre congé d'Emma.

«Il sait, dit Connolly en le regardant s'éloigner.

— Je m'en fiche. Il fallait que je vienne.»

Connolly se dérida. «Les rumeurs sur ma mort étaient très exagérées.

— Ce n'est pas drôle. Je me faisais un sang d'encre. Imagine que…

— Que rien du tout. Je vais très bien, dit-il en la prenant par le bras.

— Non, pas ici.

— Je croyais que tu t'en fichais.

— Tout de même, pas à ce point-là. Oh, et puis je ne sais plus ce que je veux. Du temps, peut-être. Le temps de prendre une décision. Mais tu vas bien, c'est le principal. Maintenant je me sens idiote. Qu'a dû penser Eisler? Débarquer comme ça. Je le connais à peine.

— Je pense qu'il n'a pas fait attention. Il a d'autres soucis en tête.

— Pauvre homme. C'est le plus sympathique de tous. Ce n'est pas juste. Toute une vie pour un simple faux mouvement et…

— Ce n'était pas un accident.

— Quoi? fit-elle en s'arrêtant.

— Ce n'était pas un accident.»

Elle ouvrit de grands yeux. «Tu veux dire qu'il a tenté de se tuer?

— Il s'est tué. Ce n'est plus qu'une question de jours.»

Elle frémit. «C'est affreux, ce que tu dis. Comment le sais-tu?

— J'étais là.

— Mais pourquoi?»

Il haussa les épaules et se remit à marcher. «Mystère. Je ne sais pas ce qu'il sait. Tout se bouscule dans sa tête. C'est en rapport avec le gadget. Il se sent coupable. Une expiation, en quelque sorte. Je ne sais pas… y a-t-il une bonne raison? Peut-il y en avoir?

— C'est de la folie.

— Peut-être. En tout cas, c'est sa vie. Je doute que nous le sachions jamais.

— C'est drôle que tu dises ça. Tu veux toujours tout savoir, d'habitude.

— Pas cette fois-ci.»

Ils étaient arrivés à l'angle où leurs chemins se séparaient. Emma regarda la boue séchée sur la route. «Je regrette que tu me l'aies dit. C'est si... si triste. Un vieil homme solitaire. Oh, Michael... nous ne devons pas... Pourquoi ne serions-nous pas heureux? Ce matin, quand j'ai appris...

— Tu es heureuse maintenant?» dit-il en lui prenant à nouveau le bras.

Elle acquiesça.

«Bien.

— Et piteuse. Heureuse. Piteuse. Effrayée. Tout.

— Tout ça?

— Ne te moque pas. D'ailleurs, c'est ta faute.

— Que veux-tu que je fasse?

— Rien. Viens ce soir, c'est tout, dit-elle en le regardant.

— Ça arrangera tout?

— Non. Mais viens quand même.»

Alors, en pleine lumière, elle lui prit la main, la posa contre sa joue, juste un instant, et s'en alla.

***

Il se doucha, se changea et se rendit dans l'appartement d'Eisler. Le bureau, Mills et ses sous-entendus pourraient attendre. Eisler habitait une des unités Sundt, un logement avec une seule chambre qui, bien que modeste, était d'un standing nettement supérieur à celui de la chambre spartiate de Connolly. Il y avait une cheminée, un fauteuil Morris, un lampadaire et des tapis indiens dispersés sur le plancher. C'était propre sans être vraiment bien rangé – des tasses à café sales dans l'évier, une cravate jetée sur l'accoudoir du divan. Il y avait des livres partout, une pipe près du fauteuil, une autre sur le guéridon, et des rayonnages le long du mur, avec des ouvrages allemands, quelques-uns reliés en cuir, d'autres brochés à l'européenne, en papier jaunâtre et aux pages coupées à la main au fil de la lecture. Connolly parcourut les étagères, reconnut quelques noms. Lesquels emporterait-on sur une île déserte? Goethe? Mann? Il choisit un titre, puis le reposa. C'était trop long. Il n'aurait pas le temps de le finir.

Il alla dans la chambre pour rassembler des vêtements. Le lit avait été fait à la va-vite. A côté, il y avait la photographie d'une femme, aux cheveux courts, probablement son épouse. Presque une jeune fille.

Qu'avait-il dit des circonstances de sa mort? Il suffit de se tromper de rue, et adieu.

Il était en train de remplir la vieille trousse de toilette en cuir dans la salle de bains lorsqu'il entendit la porte s'ouvrir. Il jeta un œil dans le miroir, s'attendant à voir apparaître quelqu'un, mais les pas se dirigèrent vers la cuisine. Bruit de robinet. Il sortit de la chambre, regarda au coin et surprit Johanna Weber. Elle était occupée à laver les tasses dans l'évier et sursauta en le voyant.

« Oh, fit-elle en crispant les mains sur les soucoupes qui avaient failli lui échapper. Monsieur Connolly.

— Je suis désolé. Je ne vous avais pas entendu venir. J'étais venu chercher quelques affaires.

— Vous? Ah oui, vous étiez avec lui, n'est-ce pas? C'est terrible.» Mais elle s'affairait de nouveau, rangeait les tasses sur l'égouttoir, s'essuyait les mains. «Quel désordre. Un célibataire. C'est toujours pareil. Vous avez trouvé la sacoche?»

Il leva les mains, bredouille.

«Sous le lit, dit-elle en riant. Attendez, je vais vous montrer. Asseyez-vous et laissez-moi faire. Les hommes ne savent pas. Regardez-moi ça, dit-elle en ramassant la cravate. Des habits partout.»

Elle tourbillonna dans la chambre, ouvrant les tiroirs, retroussant les chaussettes et brassant les airs, en parlant toute seule. Elle prit la photographie à côté du lit et la contempla un instant avant de la mettre dans la sacoche.

«Sa femme?» dit Connolly.

Elle acquiesça. «Il ne l'a jamais oubliée. Après toutes ces années. Il y a si longtemps.»

Elle hocha la tête et Connolly se demanda si c'était la réaction dépitée d'une marieuse frustrée ou d'une amoureuse déçue, émue par un souvenir. Qui pouvait le savoir?

Il se retira dans le living-room et détailla les rayonnages. On pouvait juger un homme à ses lectures, mais ces livres-là étaient en langue étrangère. Il n'y avait pas d'ordre apparent. Connolly s'apercevait seulement qu'il n'avait jamais quitté l'Allemagne. Il pensa à la modeste étagère de Karl, sans passé, où trônait le dictionnaire d'une nouvelle vie. Ici s'étalait la mémoire d'une culture. Il se pencha, en quête d'une bible sur l'étagère inférieure. Heine. *Das liebe zu Beethoven. Principa Mathematica. Historic Santa Fe.* Ce titre en anglais attira son regard. Intrigué, il sortit l'ouvrage, illustré d'une photo glacée de la cathédrale en couverture, et le feuilleta. Le livre s'ouvrit à une page marquée par un coin replié, sur une vue en noir et blanc de San Isidro. Son cœur s'arrêta de battre. Non. L'image se brouilla, comme si Connolly voyait trouble tout à coup. Tout se mélangeait. Un paragraphe d'histoire, les dates de l'oratoire en caractères gras, l'église avec son clocher, les murs en briques, le parking dans l'allée. Non. La page écornée. En guise de signet? Non, il n'aurait jamais détérioré un livre de la sorte. Quelqu'un d'autre avait marqué la page. Un message. Pourquoi n'avait-il pas redressé le coin? Mais qui serait allé regarder?

Connolly observait fixement le volume. Son visage s'échauffait. Ce n'était pas ce qu'il voulait trouver. Juste une bible. Pourquoi Eisler ne l'avait-il pas jeté? Il n'était pas homme à jeter des livres. Il suffisait de regarder dans la pièce. L'accès au parking était facile, pas de problèmes de créneau. Etait-il entré dans l'église? Que s'étaient-ils dit? Connolly retint son souffle, médusé. Il entendait des voix dans sa tête, la grille de mots croisés se remplissait... puis c'était un éclair bleu. Œil pour œil. Mais pas pour le gadget. Pour autre chose.

«Monsieur Connolly?»

Il leva les yeux.

«Monsieur Connolly? Quelque chose ne va pas? Je vous appelais.

— Non, rien, dit-il, décontenancé, le livre à la main.

— Vous êtes sûr? Vous avez l'air...

— Non, non, je réfléchissais.»

Elle clapa de la langue. «Tout comme Hans. Dès qu'il met le nez dans un livre...»

Connolly faillit le refermer d'un coup sec avant qu'elle n'ait pu lire le titre. Mais il baissa les yeux : c'était ridicule. Un guide touristique. Il pouvait y avoir toutes sortes d'explications. Pourtant, il savait qu'il n'y en avait qu'une. Eisler. Mais comment? Le crâne avait été défoncé.

«Vous lisiez? reprit Frau Weber, le rappelant à la réalité.

— Non, je cherchais seulement quelque chose à lui apporter. Malheureusement, je ne comprends pas l'allemand.

— Je vais lui trouver quelque chose. Je sais ce qu'il aime. Retournez à votre travail... je me charge de la valise. Vous avez été très aimable.

— Ce n'est pas trop lourd?

— Ça? Une plume. C'est le linge mouillé qui est lourd. Ne vous en faites pas, je m'occupe de tout.»

Il se dirigea vers la porte, en tenant toujours le livre, et elle le lorgna bizarrement, comme s'il chapardait.

«Je pensais que je pourrais lui emprunter ceci, expliqua-t-il. Je crois que le professeur Eisler ne m'en voudra pas. C'est juste ce que je cherchais.»

***

«On fait du tourisme? dit Mills en voyant le livre dans la main de Connolly.

— Vous avez toujours ces relevés bancaires?

— Ma parole, vous êtes du genre tenace, vous, hein? Qui est le suspect, cette fois?

— Je veux voir le compte d'Eisler.

— Allons bon, voilà autre chose! Vous envisagez de lui passer les menottes dans son lit?

— Vous avez le relevé?

— Non, mais je peux vous renseigner. Tout est là-dedans, dit-il en mettant un index sur sa tempe. Il est blanc comme neige.

— Mais il a ouvert un compte?»

Mills confirma, piqué par la curiosité. «A son arrivée ici. Un seul dépôt, le premier mois. Rien par la suite. Il devait garder l'argent chez lui.»

Karl avait reconnu Emma au premier coup d'œil.

«Vous en êtes sûr?

— Affirmatif.

— Je veux le voir quand même.

— Qu'est-ce que vous mijotez, Mike?» demanda Mills. Mais, devant le regard glacial que lui lança Connolly, il s'inclina. «C'est bon, c'est bon, je vais vous le sortir.»

Et il se mit en devoir d'éplucher la pile sur son bureau.

Connolly s'assit et examina le livre. Adobe Press, un éditeur local, copyright d'avant-guerre. Papier glacé, mais fin. Des photos un peu trop noires. Il consulta l'annuaire de Santa Fé et, ne trouvant rien, décida d'appeler Holliday.

«Vous avez déjà entendu parler d'Adobe Press?

— Sûr. Pourquoi cette question?

— Où sont-ils?

— *Ils* ne sont qu'un. Le vieux Art Perkins, c'est tout. Il a écrit ce guide. Je suppose que c'est à ça que vous faites allusion. Pas mal, d'ailleurs. Mais, avec la guerre, les touristes se sont faits rares et il a fermé boutique. Enfin, boutique, c'est une façon de parler. Plutôt un garage. En quoi ça vous intéresse?

— Où peut-on les acheter?

— Partout. Art a fait de bonnes affaires avec ça. J'en ai un exemplaire si vous en avez besoin, mais on les trouve encore en rayon dans les magasins.

— Il fait de la vente par correspondance?

— Il aurait du mal. Art est mort il y a un an.

— Oh.

— Ça vous ennuierait de me dire de quoi il s'agit?

— Dans un ou deux jours, Doc. J'ai quelque chose à vérifier d'abord.»

Mills avait glissé le relevé de compte devant lui, une colonne vide avec un seul dépôt, comme il l'avait annoncé.

«N'oubliez pas d'appeler, surtout, dit Doc en raccrochant. Le suspense est insoutenable.»

Connolly repoussa la feuille de relevé et considéra le livre. On pouvait l'acheter partout. Donc Eisler était tout simplement entré dans un magasin, un de ceux qui avoisinaient la plaza peut-être, et avait acheté... non, ça ne tenait pas debout. Comment aurait-il su quelle page marquer? Si c'était un message, il lui avait été envoyé. Mais pas par Adobe Press.

«Mills, le courrier est censuré hors site, exact?

— Exact. L'enveloppe part non cachetée. Ils vérifient, la collent et l'envoient au destinataire. S'ils ont un problème, elle revient.

— Mais pour le courrier qui arrive?

— Il atterrit directement à la poste d'ici. C'est dans l'autre sens que le problème se pose.

— Mais pour les savants de haut niveau, il y a bien quelqu'un qui regarde.»

Mills bougea sur sa chaise. «Là, je ne suis pas au courant», dit-il, sans se mouiller. Nouveau regard glacial de Connolly. «Bon, allez voir Bailey, deux portes plus loin, dit-il finalement. Et ne citez pas mon nom.»

Bailey n'avait pas tant de scrupules. Il était assis devant une pile de courrier à lire, ravi de l'interruption. «On ne tient pas d'archives, dit-il. Inutile. Qu'est-ce que vous cherchez?»

Petit et délicat, il ne remplissait pas complètement son uniforme soigneusement repassé et, quand il retira ses lunettes, il parut n'avoir guère plus de quinze ans.

«Le Dr. Eisler.

— Ça, c'est facile. Il ne reçoit rien. Pas de lettres. Rien.

— Jamais?

— Pas depuis que je suis ici.» Il remarqua le guide dans la main de Connolly. «Sauf ça, autant pour moi», dit-il, gêné, comme pris en flagrant délit de mensonge.

Connolly, qui l'avait emporté sans y penser, brandit le livre. «Ça? Vous vous souvenez de ça? dit-il, sceptique.

— Eh bien, oui, il ne recevait jamais rien, alors ça se remarque.

— Il y avait une lettre avec?

— Non.

— Vous en êtes sûr?

— Evidemment, dit-il, vexé, comme un artisan dont on dénigre le travail.

— Quand était-ce?»

Bailey observa le livre, ferma les yeux et se concentra.

«Avril, répondit-il.

— Vous gâchez votre talent, ici, commenta Connolly, impressionné. Et rien d'autre avec. Juste l'enveloppe.

— C'est ça. Je pensais que c'était un truc qu'il avait commandé.

— Il y avait une adresse d'expéditeur?»

Il ferma de nouveau les yeux. Connolly attendit.

«Non. Rien.»

Connolly soupira. «Bien, merci, dit-il en tournant les talons.

— Mais ça venait de Santa Fé, ajouta Bailey, désireux de se montrer utile.

— Comment le savez-vous?

— Le cachet de la poste. Santa Fé.

— Vous vous souvenez du cachet de la poste?» dit Connolly, ébahi. Le gosse acquiesça. «Bon sang, vous gâchez vraiment votre talent.

— Non, le boulot me plaît. C'est intéressant.»

Connolly détailla son visage juvénile, l'imagina lisant la correspondance d'Oppenheimer, témoin de l'histoire en marche. Un autre aspect de la Colline. Mais ce n'était pas le moment de philosopher.

«Merci, dit-il. J'apprécie.»

De retour au bureau, il alluma une cigarette, sortit la fiche de sécurité d'Eisler et s'assit confortablement pour la lire. Il ne cherchait rien de spécifique, il essayait de regarder une même information sous divers angles, comme un prisme qu'on tourne. Pourquoi? Avait-il estimé subitement qu'il ne gagnait pas assez d'argent? Le livre était arrivé en avril. Un avis de rendez-vous. Mais Karl était là aussi.

«Mike, dit Mills, qu'est-ce qui se passe?

— Je n'ai pas encore de certitude. J'essaie de me faire une idée.

— Mais vous ne voulez rien me dire. Ecoutez, si vous pensez que vous ne pouvez pas me faire confiance, vous devriez…

— Je vous fais confiance. C'est de moi que je me méfie. Pour le moment.

— C'est vous qui voyez. Je vais prendre l'air.» Il se dirigea vers la porte. «Juste une chose.» Connolly leva la tête. «Karl aussi aimait travailler seul.»

Quand il eut disparu, Connolly ne se replongea pas dans la fiche, mais regarda le mur. Karl aimait travailler seul. Personne n'avait prévu de le tuer. Un serpent attaque s'il est surpris. Mais le rendez-vous était prévu et il était là. Connolly imagina la route qui descendait de la mesa. Le parking. La voiture dans le canyon. Toutes les lignes étaient tracées, il n'y avait plus qu'à les connecter. Il suffisait d'emprunter la mauvaise rue, et adieu.

Il ne remarqua pas que la nuit tombait et, quand Mills alluma la lumière en revenant, il sursauta. Il se leva sans un mot et prit le chemin de l'infirmerie. Toutes les fenêtres étaient éclairées, la ruche était toujours active. L'air léger charriait des odeurs d'essence et de charbon, comme toujours, mais il avait l'esprit ailleurs, sur le tableau noir. En arrivant dans la chambre, il trouva Eisler habillé et assis, lisant. Le savant regarda par-dessus ses lunettes en apercevant Connolly sur le seuil, le guide touristique à la main. Son regard alla du livre à son visage et y demeura, tranquille et sans peur. Pendant une minute, ni l'un ni l'autre ne prononcèrent un mot. Puis, grave, il soupira et retira lentement ses lunettes.

«Monsieur Connolly, dit-il.

— J'ai terminé mon graphique.»

13

«Avez-vous déjà tué un homme, monsieur Connolly? C'est si vite fait, dit Eisler. C'est ensuite que vient le remords, et il vous poursuit à jamais… Ou, plus exactement, toute votre vie, rectifia-t-il. Ce qui n'est pas très long.»

La pièce était sombre, avec la petite lampe de lecture près de son siège pour seul éclairage. Dehors, l'infirmière était silencieuse, si bien que Connolly avait l'impression d'être encore couché à côté de lui, en conversation avec les ténèbres. Eisler semblait rêver à haute voix, délirer dans son sommeil, et Connolly, qui eût été bien en peine de mener l'interrogatoire, se contentait de l'écouter.

«Vous êtes venu m'arrêter?» avait demandé Eisler d'entrée de jeu. Connolly n'avait pas su comment répondre : maintenant qu'il avait ce qu'il voulait, il était atterré. Bien qu'il eût imaginé cette scène des dizaines de fois, prévu une liste de questions précises, il était soudain désemparé. A quoi bon se montrer menaçant? Eisler s'exprimait de lui-même et chaque aveu, prononcé d'une voix douce émergeant des profondeurs d'une extrême affliction, tombait comme une offrande. En le brusquant, Connolly aurait risqué de tout gâcher. Il ne servait à rien de le harceler. Alors, il écoutait, assis en face de lui, en se gardant de l'interrompre. Eisler évoquait tour à tour son passé, Karl, Göttingen, puis revenait au présent, oscillant sans cesse entre remords et raison.

«J'ai su quand je vous ai vu devant le tableau, disait-il. Ce fut un soulagement. Vous comprenez ça? Mais j'ai pensé qu'il me restait encore du temps… avant que vous ne découvriez.

— Avez-vous dévoilé des informations significatives sur la bombe?» demanda Connolly, essayant malgré tout de réorienter la conversation.

Eisler se tut – un silence inquiétant pour Connolly, qui craignit d'avoir tari la source –, puis reprit en soupirant :

«Oui, la bombe. C'est ça qui vous tracasse, hein? Ce n'est pas la mort de Karl. Comment avez-vous su?

— Vous avez dit qu'il n'y avait rien à voler sur la Colline. Or il y a quelque chose de précis à voler, au contraire.

— C'est ainsi que vous voyez la chose? Un vol?

— Pas vous?

— Quand Prométhée a dérobé le feu, ce n'était pas pour lui. Ce sont des données scientifiques. Croyez-vous qu'elles n'appartiennent qu'à vous?

— Pour le moment, oui. Vous lui en avez dit beaucoup?

— Tous les principes fondamentaux régissant nos travaux ici me sont familiers. Vous devez le savoir, je pense.

— Et maintenant les Russes les connaissent aussi.

— Mon ami, dit Eisler avec gentillesse, les Russes les connaissent depuis un bon bout de temps. Ce ne sont pas des secrets. Le procédé, oui, mais ce n'est qu'une question de temps. Ils l'auraient su tôt ou tard.

— Maintenant, ils l'ont su plus tôt.

— Oui. Monsieur Connolly, ne vous attendez pas à ce que je m'excuse d'avoir partagé des informations scientifiques. En ce qui concerne Karl…» Il hésita. «Là, c'est grave, je reconnais ma culpabilité. Mais le feu appartient à tout le monde. La bombe n'est qu'un début, vous savez. Tout cet argent…» Il eut un geste vague embrassant l'ensemble de la mesa. «Tout cet argent n'a pu être réuni que grâce à la bombe. L'Amérique est riche, elle a pu payer. Mais ce que nous allons obtenir, quand nous aurons fini, est entièrement nouveau. De l'énergie. Pas seulement pour les bombes. Vous ne pouvez pas vous approprier ça. Vous voudriez garder l'électricité pour vous? C'est impossible, même si c'était juste.

— Le fait est que ce n'était pas à vous de la donner. Le fait est que vous avez transmis des informations secrètes. C'est de la trahison.

— Que de faits! Je suis arrivé avec le groupe Tube Alliage. Etait-ce une trahison que de travailler avec les Anglais?

— Nous ne sommes pas en guerre contre l'Angleterre.

— Mon ami, nous ne sommes pas en guerre contre la Russie non plus. L'Allemagne est en guerre contre la Russie. Plus que vous ne pensez. La vraie guerre. L'Amérique est une usine et elle s'enrichit. L'Angleterre…» Il fit papilloter ses doigts. «L'Angleterre est un rêve. La guerre, c'est la Russie contre l'Allemagne. Depuis le début. Il est là, le vrai combat. A mort. Et qu'avez-vous fait pour les aider? Un second front? Ça pouvait attendre. Des comités Tube Alliage pour les Russes? Non, pas pour ces alliés-là. Pour eux, tout est secret. Je pouvais leur donner ce que je savais. Pour vaincre les nazis, j'étais prêt à tout donner.»

Peu à peu, il adoptait un ton de conférencier, plus alerte, et Connolly le regardait avec fascination : un visage bon, une idéologie austère. Mais pourquoi répondre ? C'était un vieux débat et la guerre était finie. Il détourna les yeux.

«Et c'est ce que vous avez fait, dit-il. Les nazis. Qui va vous donner une justification morale, maintenant ?»

Eisler eut un léger tic de la joue. L'argument le prenait de court.

«Vous êtes un bon élève, monsieur Connolly. Vous m'avez bien écouté.

— Pas tant que ça. Je ne m'étais pas rendu compte que vous étiez communiste.

— Vous n'étiez pas censé le savoir.

— Mais Karl le savait. Teniez-vous le même discours dans les meetings ?

— Les meetings ?

— Là où Karl vous a vu.»

Eisler sourit faiblement. «Qu'est-ce qui vous fait penser ça ?

— Karl avait de la mémoire. Il a reconnu une autre personne, qu'il avait vue dans ces meetings à Berlin. Il vous a reconnu aussi.

— Vous m'intéressez. Je me demande qui il a vu.» Connolly ne répondit pas. «Mais, pour une fois, votre méthode vous a trompé. Je n'ai jamais assisté à des meetings. J'étais dans un groupe secret. Depuis le début.

— Alors, où avez-vous rencontré Karl ?

— C'était un messager. Une seule fois, mais il s'en est souvenu.

— Un messager ? Pour vous ?

— Oui, il a assuré quelques missions pour nous. Un bon communiste. Il a dû être envoyé à des meetings pour… pour observer, disons.»

Connolly était stupéfait. Ainsi, Karl avait son secret aussi.

«Karl était communiste ? Je croyais que les nazis avaient commis une erreur.

— Les nazis commettaient rarement ce genre d'erreur, monsieur Connolly. Je vous l'ai dit, nous étions en guerre depuis longtemps. C'est pourquoi nombre d'entre nous devaient travailler en secret. Ils avaient l'œil. Une erreur… c'est ce qu'il a raconté à vos amis ?» La chose parut l'amuser.

«Mais, plus tard, en Russie…

— Oui, ce fut regrettable, dit-il avec sérieux. Une terrible épreuve. Il a été stupide d'y aller.

— En tant que bon communiste ?

— En tant que juif. Vous croyez que c'étaient seulement les Allemands ?» Il s'interrompit, revivant le passé. «La révolution n'avance pas toujours en ligne droite. Elle avance, mais elle a ses périodes sombres. On était en plein délire, à l'époque. Des fusillades. Des milliers de gens, peut-être plus. Des amis. Les gens dénonçaient leurs propres amis. Oui. Ça vous surprend de m'entendre parler ainsi ?

— Et pourtant vous avez fait tout ça pour eux.

— L'idée est juste. Le pays est parfois fautif. Vous n'avez jamais ce sentiment sur votre propre pays ?

— Vous n'êtes pas russe.

— L'idée vit là-bas, maintenant. Peu importe l'endroit.

— Donc, vous voulez qu'ils aient la bombe.

— Pas vous ? Avez-vous pensé qu'il n'y en aurait qu'une ? Avez-vous vraiment une telle confiance en vous ? Mais, bon, ce n'est qu'un point de vue philosophique, qui concerne l'avenir. Je ne m'occupais que de cette guerre, sans voir au-delà.

— La guerre est finie.

— Eh oui. Alors, avions-nous tort ? C'est à vous de le dire. Mon travail aussi est fini.»

Connolly se leva, mal à l'aise. «Votre travail…, dit-il. Un meurtre. Nous parlons d'un meurtre. Bon sang, comment pouvez-vous vivre avec ça sur la conscience ?»

Eisler le regarda sans répondre.

«Pourquoi ? demanda Connolly, d'une voix presque plaintive.

— Monsieur Connolly, je suggère que nous limitions notre discussion au comment. Le pourquoi m'appartient. Je n'ai pas d'excuses à fournir. J'ai fait ce qu'on m'a demandé. Je ne pouvais pas refuser. Pas maintenant. J'étais… utile. Je ne pense pas que vous vous rendiez compte de ce que ça signifie. Une obligation. Et même davantage. Je n'aurais jamais refusé. Mais mes mobiles sont hors sujet pour le moment, alors parlons d'autre chose.»

Il y avait du reproche dans son intonation, pourtant posée et réfléchie.

«Alors, pourquoi avouer ? dit Connolly.

— Peut-être parce que je veux m'expliquer. Peut-être par curiosité.

— Curiosité ?

— Oui. Pour voir si le principe Oppenheimer fonctionne. Pour voir ce que vous savez.» Il se tut à nouveau, pour mettre de l'ordre dans ses pensées. «Je vous aime bien, monsieur Connolly. Cette passion de la vérité. Vous voulez tout savoir. Mais voulez-vous comprendre ? Je n'en suis pas sûr. Savoir et comprendre sont deux notions différentes. Peut-être que j'arriverai à vous faire comprendre. Mon dernier étudiant.»

Connolly le regarda en repensant à Emma à Bandelier, puis se mit à faire les cent pas. «Bien, alors commençons par le commencement. C'est-à-dire par votre femme, je pense. Elle ne s'est pas trouvée par hasard dans cette rue. Il y a eu des échauffourées, certes, mais elle était partie prenante. Je présume qu'elle était communiste aussi ?

— C'est exact.

— Peut-être même depuis plus longtemps que vous. Je me trompe?»
Eisler ne répondit pas. «C'est à cause d'elle que vous vous êtes engagé,
n'est-ce pas? Pour continuer le combat, pour entretenir son souvenir.

— Allons, monsieur Connolly. C'est de la psychologie, ça, pas des
faits. Qu'est-ce que ça change? Tenons-nous-en à ce que vous savez.

— Mais vous voulez que je comprenne. Comment était-elle?»
Eisler grimaça, les yeux fixés devant lui. «Elle était jeune. Elle avait
la foi. En quoi? En un monde meilleur. En moi. En tout. Ça vous paraît
naïf aujourd'hui? Oui, à moi aussi. Mais, à l'époque, c'était tout à fait
naturel de croire en ces choses. Je l'aimais.» Il marqua une pause. «Votre
psychologie est simpliste, Connolly. Mettons qu'elle ait été le facteur
déclenchant, d'accord, mais elle n'était pas la cause. Il faut avoir vécu en
Allemagne pour comprendre, avoir vu les nazis arriver. La situation
empirait chaque jour. Et personne ne faisait rien pour les arrêter. Etiez-
vous seulement au courant de ce qui se passait là-bas? Quel âge aviez-
vous? Vous étiez un gamin. Vous rappelez-vous Nüremberg? Il a dû y
avoir des bandes d'actualité. Moi, je m'en souviens très bien. La Cathédrale de Lumière. Même le ciel en était infesté. Quelle puissance! Je
savais déjà qu'ils allaient tuer tout le monde. Et personne pour les arrêter,
personne. Qu'auriez-vous fait?

— Vous m'avez déjà dit tout ça.

— Oui, fit-il sans insister.

— Donc, vous avez travaillé pour les communistes. Une sacrée
chance pour eux. Un savant de premier ordre.

— Je n'étais pas de premier ordre, à ce moment-là. Mais je leur étais
utile, en effet. Je connaissais beaucoup de gens. Heisenberg. Beaucoup.

— Alors vos patrons les connaissaient aussi. Puis, vous vous êtes
enfui. Et vous avez continué à faire la même chose en Angleterre.

— A Manchester, oui.

— Comment procédiez-vous?

— Voyons, monsieur Connolly, vous ne croyez tout de même pas
que je vais vous le dire? Je faisais des rapports. Je rencontrais des gens,
dont j'ignore l'identité.

— Et vous leur avez parlé de Tube Alliage.

— Bien sûr. monsieur Connolly, voudriez-vous vous asseoir? Vous
me donnez le tournis avec vos allées et venues. Vous pouvez fumer si
vous voulez.

— Excusez-moi.» Il se rassit, un peu confus, et alluma une cigarette.
«Ça ne vous dérange pas?

— C'est l'hôpital de Robert, répondit Eisler en riant.

— Ensuite, vous êtes venu sur la Colline, au début de l'automne
dernier, continua Connolly. Karl a dû tout de suite comprendre. C'est

probablement lui qui a reçu votre dossier – c'était sa spécialité. Mais, sur le papier, vous étiez blanc-bleu. *C'est ce qui n'y est pas*, ajouta-t-il pour lui-même. Et Karl savait. Vous aviez travaillé ensemble au bon vieux temps. Alors, il vous a questionné – il ne pouvait pas y résister –, mais il a gardé ça pour lui. Pourquoi, je me le demande. A moins qu'il n'ait été encore communiste ? Cette prison russe était une invention ?

— Vous êtes trop soupçonneux. Un miroir dans un miroir ? Non, la prison était réelle. Il suffisait de voir ses mains. Il n'a plus jamais été le même après ça, et certainement pas communiste. Il avait renoncé à tout. Ce n'était pas tant… », il réfléchit, «ce qu'ils lui avaient fait là-bas que le sentiment de… comment dire ? d'avoir été rejeté.

— Et la douleur n'arrangeait rien. Une sévère désillusion.»

Le sarcasme fit sourciller Eisler, qui baissa les yeux. «Oui, je suppose.

— Alors, vous lui avez fait croire que vous étiez aussi désenchanté que lui.

— Oui, c'était très facile, dit-il avec une pointe de fierté. La page était tournée. Vous savez, monsieur Connolly, quand on cesse d'aimer une femme, on se demande quel charme les autres peuvent encore lui trouver.»

Le ton presque amical que prenait la conversation perturbait Connolly. Dans le petit cercle lumineux de la lampe, il avait l'impression d'échanger des anecdotes au coin du feu.

«Donc, vous aviez tous les deux vu la lumière. Mais rien dans le dossier… Ça ne devait pas lui plaire. C'était le genre de négligence qui chiffonnait Karl.

— Vous oubliez qu'il n'y avait rien dans son dossier à lui non plus. Il comprenait qu'on passe l'éponge là-dessus. Dans un endroit comme ici. Les gens ne sont pas très compréhensifs, ils ne savent pas ce qu'était la vie là-bas. Il risquait sa place, lui aussi. Dans ces cas-là, il vaut mieux ne pas réveiller le chat qui dort. Pour lui comme pour moi. Je vous assure qu'il était… compatissant.

— Compatissant au point de vous lier les mains.»

Eisler parut intrigué.

«Vous lui avez bien donné de l'argent, non ? Pour quelle raison ? En souvenir du bon vieux temps ?

— Ah, je vois. Vous pensez qu'il m'a menacé de me dénoncer ? Non, non, pas du tout. Karl était un opportuniste, pas un traître. S'il avait vraiment pensé que j'étais toujours… en service commandé, rien n'aurait pu l'arrêter. Sûrement pas un petit pourboire.

— Mais vous lui avez donné de l'argent. Et pas un petit pourboire. Et il a tenu sa langue. Et ce n'était pas du chantage.

— C'est ce mot qui vous égare. Il n'est pas assez précis. Que croyez-vous qu'il m'ait dit? Trente pièces d'argent pour mon silence? C'est du fantasme, ça, monsieur Connolly. Soyez précis.

— Bien, pourquoi lui avez-vous donné cet argent? 600 dollars, c'est bien ça?»

Eisler leva les yeux, admiratif. «Bravo. Un peu plus, mais c'est dans ces eaux-là. Comment l'avez-vous su?

— Si ce n'était pas du chantage, c'était quoi? demanda Connolly, négligeant sa question.

— De la sollicitude. Il avait la possibilité d'acheter l'évasion de certains membres de sa famille. Le cas se présente parfois, vous savez. Combien vaut une vie? Il était pauvre.

— Sa famille est morte.

— Oui, bien sûr. Il était bien trop tard pour ce genre d'arrangement. Ça marchait autrefois, au temps où ils laissaient encore sortir les gens. Mais c'est ce qu'il m'a dit. Et je ne l'ai pas contredit. Je savais que c'était… une façon de profiter de la situation, pour lui.

— Il se doutait que vous pensiez ça?»

Eisler haussa les épaules. «Je ne saurais le dire. Je n'ai pas posé de questions. J'ai été généreux. Peut-être pensait-il que notre passé créait un lien entre nous, que c'était un moyen de m'attendrir. Peut-être qu'il voulait savoir jusqu'où j'irais. Par jeu. Il avait la certitude que je ne dirais rien. C'était très bizarre. Je crois qu'il me considérait comme la seule personne en qui il pouvait avoir confiance.

— Et la première depuis longtemps. Mais après… ça devenait trop facile. Il vous a demandé encore plus d'argent et vous avez cédé. Et ainsi de suite. Pourquoi? Il a dû avoir des soupçons. Alors, il s'est mis à vous suivre… partout où vous alliez. Surtout à l'extérieur de la Colline. Il aimait conduire. Vous saviez qu'il vous filait?

— Non.

— Donc, vous ne l'avez jamais vu à l'occasion de vos rendez-vous?

— Il n'y en avait eu qu'un, avant cela. Il n'était pas là.

— Comment les fixiez-vous?

— Le premier avait été fixé avant mon arrivée. Pour le second, vous savez. Je connaissais déjà la date. On devait me contacter pour le lieu. Quand j'ai reçu le livre, j'ai su.

— Et, cette fois, Karl était là.

— Oui.

— Et il vous a vu transmettre des renseignements. Il y avait des documents écrits?

— Oui.

— Mais il avait déjà des soupçons avant. Il vous suivait. Vous ne l'avez probablement pas vu, cette fois-là non plus – il devait être doué pour les filatures –, mais j'imagine que vous avez fait quelques tours dans Santa Fé, par sécurité. Procédure standard pour les rendez-vous. Puis direction San Isidro. Mais vous ne vouliez pas vous arrêter tant que votre homme n'était pas à son poste, vous ne vouliez pas courir le risque d'être vu dans l'allée. Alors, vous avez encore fait quelques tours, en attendant, et là Karl a su que quelque chose se tramait. Combien de tours avez-vous fait ?

— C'est important ? Quelques-uns. Ça s'est bien passé comme ça. Vous semblez tout savoir.

— Sauf le nom de votre contact.

— Je ne le connais pas. Je ne pourrais pas vous aider même si je le voulais.

— Et vous ne le voulez pas.

— Non. Mais c'est inutile d'insister. Je ne sais pas.

— Allons donc. Si vous aviez eu un empêchement, si vous aviez dû reporter le rendez-vous, comment auriez-vous pu le joindre ?

— Je n'aurais pas pu. Un autre rendez-vous aurait été fixé.

— Comment ?

— Ça non plus, je ne le sais pas. Ce n'était pas mon affaire. Mais peu importe. J'étais là. Et Karl… eh bien, Karl y était aussi. L'imbécile, dit-il en secouant la tête. C'était impossible, nous ne pouvions pas permettre…» Il n'acheva pas. «Bref, il était là. Et maintenant je suis ici. Je crois que je suis un peu fatigué, si ça ne vous ennuie pas. Y a-t-il autre chose que vous désiriez savoir ?

— Qui l'a tué.»

Eisler haussa les sourcils. «C'est moi qui l'ai tué, monsieur Connolly.

— Non, c'est faux.»

Eisler lui lança un regard perplexe.

«C'est un meurtre très à la mode, reprit Connolly, tout le monde semble vouloir le revendiquer. Nous avons déjà un type en prison qui a avoué et je ne le crois pas non plus. Vous avez défoncé le crâne de Karl, puis vous l'avez largué dans le parc et vous êtes rentré à la maison ? Je ne le crois pas.

— Vous n'avez guère le choix.

— Je veux pourtant savoir. Karl a été tué dans cette allée, c'est entendu. Vous pouvez même dire que c'est votre faute, je vous l'accorde, puisque vous êtes si avide de culpabilité. Mais vous ne l'avez pas tué. Votre contact a fait le boulot. Sur place. Ça vous a choqué ? Tout ce sang. Quel bruit a fait son crâne en éclatant ? Ce n'est pas dans vos cordes, ça. Vous y avez peut-être perdu vos illusions, vous aussi. C'est pourquoi vous en êtes là. Ce que je ne comprends pas, c'est la raison qui vous pousse à vouloir encore le protéger.»

Eisler inclina la tête et considéra ses mains. «Nous étions seuls. Karl et moi, dit-il tranquillement. L'autre n'était qu'un messager... déjà reparti.

— Non. Il était là. L'avez-vous aidé à nettoyer et à mettre Karl dans la voiture ou êtes-vous rentré tout de suite? Vous avez dû drôlement gamberger sur le chemin du retour, hum?» Il attendit. «Je sais qu'il est ici.

— Ici? fit Eisler, troublé.

— Qu'avez-vous fait de la voiture?

— La voiture? dit-il, déstabilisé.

— La voiture de Karl. Vous ne l'avez pas laissée là.

— Non, non, quelque part dans une rue, improvisa-t-il. Pas loin. Elle a peut-être été volée.

— Non. Nous l'avons trouvée. Elle est dans un canyon, juste en bas de la route de la porte Ouest.»

Eisler s'agita, pinçant nerveusement son pantalon. «Je ne comprends pas.

«Quelqu'un l'a conduite là. Votre ami. Vous ne saviez pas? Vous deviez rappliquer ici en vitesse, décamper de San Isidro au plus vite. En rentrant par la porte Est, c'est le chemin le plus court. Voulez-vous que nous revenions à mon graphique? Votre ami a dû se débarrasser du corps. Quelqu'un l'a vu, figurez-vous. Il était seul. Vous deviez être déjà en sécurité chez vous, à ce moment-là. Inutile de multiplier les risques. Ensuite, il a ramené la voiture de Karl par un détour, l'a cachée en bas et est rentré à pied. A moins que vous ne l'ayez attendu avec votre voiture, mais ça m'étonnerait. Trop risqué. Vous devinez ce que ça implique. Vous comprenez pourquoi j'insiste. Il est ici.

— Je suis fatigué. Ça suffit.

— Qui était-ce?

— Je ne sais pas.

— Ce n'est pas possible.»

Eisler soupira pesamment. «C'est plus que possible, monsieur Connolly, c'est nécessaire. Vous devez bien vous en douter. Pour nous, c'est juste un contact, pas une personne. Nous ne sommes pas censés savoir. Au cas où il arriverait... eh bien, ce qui arrive maintenant.

— Un interrogatoire, vous voulez dire?

— Oui. Musclé. Même sous la torture, je ne pourrais rien vous dire.

— Nous n'utilisons pas de tenailles ici. Nous laissons ça à vos amis.»

Eisler détourna les yeux. «Je vous en prie, partez, maintenant. Ça ne vous suffit pas? Vous avez vos réponses. J'ai compromis l'Opération, oui... c'est fait. Et pour Karl aussi. Vous ne croyez pas à ma culpabilité? Dieu s'en est contenté. Il m'a déjà puni.

— Vous avez vous-même joué le rôle de Dieu. J'étais là, ne l'oubliez pas. C'est un suicide, pas un châtiment.

— Bon, vous savez ça aussi. Peut-être n'ai-je fait que L'aider.

— Comme vous avez aidé les Russes.

— Si vous voulez. Je ne demande pas de pardon. C'est fait maintenant.»

Connolly se leva pour partir. «Pas de pardon. Vous voulez être coupable de tout? Là encore, vous vous prenez pour Dieu. Tout effacer par un... un sacrifice, c'est ça? Vous avez raison, ça ne me suffit pas. Vous voulez que je comprenne. Quoi? Vos justifications? Mais qu'avez-vous vraiment fait? "Compromis" l'Opération, dites-vous. Qu'est-ce que ça signifie? Trahir Oppenheimer, un vieil ami. Trahir vos collègues, tout le travail accompli. Vous imaginez les complications que ça suppose pour eux? Vous croyez que tout se termine avec vous? Prométhée! Et quoi encore? Ils vont devoir vivre avec ça, dans le secret... la guerre ne finira jamais pour eux. Et Karl? Un conspirateur, un fâcheux. Un malheureux contretemps. Nous ne pouvions pas permettre... Peuh! Vous savez dans quel état on l'a retrouvé?» Il vit Eisler grimacer, presque se flétrir sur son siège, mais il ne pouvait plus s'arrêter. «Le crâne défoncé... ça, vous le saviez. Mais avez-vous vu aussi votre copain lui écraser la figure? Ou a-t-il fait ça un peu plus tard, en guise de dernier adieu? A coups de pied! Le pauvre vieux. Il était méconnaissable. C'était le but, je suppose. Un tas de chair et de sang. Et son froc baissé avec la queue à l'air pour que tout le monde croie... Voilà comment a fini Karl. Voilà le souvenir qu'il laissera. Bafoué jusqu'à sa dernière heure. Je ne parle même pas de l'avenir, de toutes ces bombes et Dieu sait quoi encore. Je veux seulement savoir : vous avez vu son visage? Et tout ça pour quoi? Pour votre cause? Votre grand idéal? Votre *femme*? Tout ça. Ça en valait la peine?»

Eisler baissa la tête, les yeux cernés et baignés de larmes, comme ployant sous les coups.

Mais Connolly ne le lâchait plus. «Répondez! Ça en valait la peine?

— Je ne sais pas», murmura Eisler.

***

Ce fut le seul éclat de voix. Chaque nuit, le visage d'Eisler hantait son sommeil comme la supplique d'un vieil homme désemparé. Il avait honte. Le matin, ils reprenaient leur entretien, comme un couple après une querelle, attentionnés et polis, pressés d'en finir. Connolly ne lui laissait pas de répit. Le poison de l'irradiation fixait un ultimatum inexorable et c'était une course contre la montre qui s'engageait, comme pour les hommes de Trinity, qui travaillaient trop vite, sans prendre le temps de réfléchir aux conséquences. Quand avait-il quitté la Colline, ce jour-là ? Etaient-ils seuls à San Isidro avant l'arrivée de Karl ? Décrivez le contact. Karl avait-il mentionné quelqu'un d'autre, en début de séjour ? Un autre rendez-vous était-il prévu ? Y avait-il des gens en place à Hanford, à Oak Ridge ? Décrivez le contact. Mais l'état d'Eisler se détériorait au fil des entretiens, la douleur croissante marquait son visage et Connolly devait lutter contre les drogues autant que contre le temps. Les périodes de lucidité se transformaient en corps à corps avec la mémoire d'Eisler et tournaient au martyre, où son âme livrait un ultime combat.

Ils étaient seuls. Au début, Oppenheimer, accablé par sa trahison, avait refusé de le voir mais, comme Connolly avait besoin d'un assistant pour les questions scientifiques et qu'il était le seul interlocuteur possible, il s'était résigné à lui accorder quelques visites, irrégulières et toujours brèves. Connolly était presque constamment au chevet du malade. L'isolement lui convenait ; cela lui permettait d'éviter les questions des autres et de s'abstraire du reste de la Colline. Holliday, Mills et même Emma devaient se contenter de billets d'excuses. Il était encore trop tôt. Un soir, tenaillé par la douleur, Eisler avait agrippé sa main. Ce geste désespéré, le contact de ces doigts décharnés l'avaient troublé. Paradoxalement, il avait eu le sentiment d'être devenu son protecteur : dans l'atmosphère fétide et confinée de la chambre, il était à la fois le bourreau et le garde-malade, le dernier fil qui retenait Eisler à la vie.

Oppenheimer ne venait plus. Il ne s'était jamais vraiment remis du choc de ce premier jour, lorsqu'il avait appris la nouvelle. Cela se passa au bord d'Ashley Pond, Connolly ayant insisté pour lui parler dehors. « A quoi rime tout ceci ? » protesta-t-il, contrarié par l'interruption. Mais, quand Connolly l'eut informé de la situation, il tomba en arrêt. Si les passants, autour d'eux, ne s'aperçurent de rien, Connolly, sur le moment, crut à une apoplexie ou à une crise cardiaque, comme si le choc porté à son esprit s'était répercuté dans son corps. « Vous êtes sûr ? » dit-il finalement en allumant une cigarette, et Connolly, exaspéré par son calme, fut presque rassuré de voir ses mains trembler. Il n'avait pas anticipé sa réaction – fallait-il s'attendre à un cri indigné, à un déni ? — et, quand Oppenheimer revint de sa stupeur, ce ne fut pas pour parler d'Eisler mais pour demander avec irritation :

« Etait-il vraiment nécessaire de me faire venir ici ?

— Nous devons présumer que votre bureau est sur écoute. »

Un éclair de surprise traversa son regard. « Présumer ? Vous n'en êtes pas certain ?

— Ils ne me disent pas tout. Je viens de l'extérieur, ne l'oubliez pas.

— Je ne l'oublie pas.

— Ils me surveillent aussi.

— Qui ? Le général ? » Puis, laissant la question en suspens, il se mit à marcher. « Aïe, je suppose que vous allez devoir le mettre au courant.

— Il vaut mieux que ça vienne de vous. Par une ligne téléphonique sûre, si vous en trouvez une.

— A vous en croire, il n'y en a pas. N'êtes-vous pas en train de vous laisser emporter par votre imagination ? De toute façon, je ne vois pas ce que ça change. Il faudra bien le leur dire.

— Il faut le dire à Groves. Pas aux autres, pas encore. Vous devrez le persuader de garder l'information pour lui.

— Et comment ferai-je ?

— Demandez-lui une faveur. Il vous doit bien ça.

— C'est du langage de journaliste, ça », fit-il, railleur. Il laissa tomber sa cigarette et l'écrasa. « Puis-je vous demander pourquoi ?

— Réfléchissez un peu à ce qui se passera quand le contre-espionnage sera au courant. Ils ne vont pas s'arrêter à Eisler.

— Si je me souviens bien, vous êtes précisément là pour éviter ça.

— Justement, je m'y emploie. Ecoutez, la balle est dans votre camp. Vous êtes le patron. Mais, à mon avis, il faut que le général étouffe l'affaire. Autrement, vous n'arriverez jamais à finir.

— Oui, dit Oppenheimer en regardant par-dessus l'étang. Pour le bien de l'Opération, c'est ça ? Je suis touché. Je ne me doutais pas que vous étiez attaché à ce point à nos travaux.

— Ils me renverraient aussi. J'ai idée qu'Eisler pourrait me faire des révélations. Vous croyez que Lansdale et ses sbires laisseraient faire ça s'ils l'apprenaient ? Groves m'a fait venir pour démêler un crime sexuel – ce qui ne leur plaisait déjà pas beaucoup – mais les Rouges, imaginez un peu. Une affaire d'espionnage ? C'est leur friandise. »

Oppenheimer parut presque amusé. « En somme, vous me demandez de sauver votre boulot ?

— Et le vôtre.

— Ah. Le mien. C'est vraiment le monde à l'envers. Friedrich… », dit-il, pensif, puis se tournant vers Connolly : « Et qu'est-ce qui vous fait penser que Groves sera d'accord ?

— Parce qu'il veut à tout prix que l'Opération aille à son terme. Pour lui, c'est encore plus important que la sécurité. Et c'est impossible s'il déclenche une chasse aux Rouges maintenant. Il vous croira. Les recherches ne peuvent pas aboutir sans vous. Il doit vous faire confiance.

— Et c'est pourquoi il m'espionne. Vous pensez vraiment qu'il a mis mon téléphone sur…

— Il y était obligé. Vous le savez bien. »

Oppenheimer soupira. « On finit par oublier. Au bout d'un certain temps, l'habitude aidant, on ne se rend plus compte de rien. Ça devrait m'être indifférent, au fond. Je n'ai jamais rien eu à cacher.

257

— Maintenant, si.»

Quand il vint enfin à l'infirmerie, il était effondré. Il s'arrêta au pied du lit d'Eisler et s'appuya sur l'armature comme sur une barrière dressée entre eux, raide, sans concession. Puis Connolly le vit peu à peu s'affaisser et baisser les bras, attendri par l'homme flétri, au teint blême et au cheveu rare, qui gisait devant lui.

«Robert, dit Eisler d'une petite voix, avec l'accent d'une vieille amitié, en souriant pour la première fois depuis des jours.

— Tu as mal?

— Pas maintenant. Tu as vu les chiffres?»

Oppenheimer acquiesça. Connolly aurait voulu les laisser seuls, mais le silence et l'intensité de l'émotion l'empêchaient de bouger.

«Ça va leur prendre des années, dit finalement Oppenheimer.

— Peut-être.

— Des années, insista Oppenheimer. Tout ça pour… quoi? Pourquoi toi? Mon ami.»

Eisler ne put soutenir longtemps son regard. «Tu te souviens des obsèques de Roosevelt? La Bhagavad-gîtâ? Un homme est ce en quoi il croit.»

Oppenheimer le fixait des yeux. «Et tu es quoi, toi?»

Eisler changea de visage. Déçu, il tourna la tête vers la fenêtre. «Je suis désolé pour ce garçon, dit-il enfin.

— Un juif, Friedrich. Un juif.»

Alors, Oppenheimer lâcha l'armature et s'écarta du lit, le regard à nouveau implacable.

«Tu étais le seul?» demanda-t-il avec un détachement étudié.

Mais Eisler garda le silence. Au bout d'un instant, Oppenheimer renonça. «Très bien, dit-il d'un ton sec et sans aménité. Par quoi on commence? Le combustible? Le processus de séparation? Je suppose qu'ils connaissent parfaitement les dosages maintenant?»

Ainsi avait commencé leur premier entretien, en présence de Connolly, assis à l'autre bout de la pièce, qui écoutait sans comprendre. Calibrages lenticulaires. Diffusion gazeuse. Altérations. Des mots sans signification pour lui. Oppenheimer passait les questions en revue avec froideur et efficacité, sans jamais flancher. Sa détermination émerveillait Connolly. Il n'y eut plus aucun reproche, plus aucune tentative d'établir un rapport humain. Mon ami. Ce n'était plus qu'un flot d'informations. Quelles étaient les pertes? C'était l'Opération qui avait été trahie; ses propres sentiments avaient été relégués dans quelque jardin secret, où il irait peut-être les rechercher plus tard, meurtris, quand l'Opération serait sauve.

Eisler lui dit tout. Connolly avait parfois l'impression d'écouter à la porte d'un séminaire d'élite. Question. Réponse. Observation. Avec

Connolly, Eisler avait été évasif ; maintenant il répondait spontanément, comme un étranger soulagé de rencontrer quelqu'un parlant sa langue natale. Pour lui, la science était réellement universelle et transparente – elle appartenait à quiconque pouvait la comprendre. Mais, pour le moment, elle appartenait surtout à Oppenheimer. Aux yeux de Connolly, la coopération sans réserves d'Eisler était une dernière et triste manière d'implorer le pardon d'Oppenheimer : en lui disant tout, il espérait que son ami, un homme de science comme lui, renouant avec le plaisir de leurs conversations savantes, comprendrait enfin que le savoir scientifique ne pouvait être un secret d'Etat.

Mais Oppenheimer avait l'esprit ailleurs. Dès qu'il voyait qu'Eisler, trop malade pour continuer, avait besoin de soins, il s'interrompait sans se plaindre, presque soulagé de pouvoir retourner à son vrai travail. Le lendemain, ils reprenaient l'entretien où ils l'avaient laissé et, alors, Connolly pouvait voir les yeux éteints d'Eisler s'éclairer à nouveau. La question était maintenant de savoir combien de temps encore il pourrait tenir. Connolly guettait les signes, quelques gouttes de sueur, les défaillances de la voix, les crispations des mains sur les draps, et le voyait lutter, résister à la douleur jusqu'au bout pour retarder le départ d'Oppenheimer. Puis, après une semaine, Oppenheimer estima qu'il en savait suffisamment et cessa de venir. Eisler continuait à attendre, chaque matin, que la porte s'ouvre, puis, résigné, tournait la tête et souriait faiblement à Connolly, son seul compagnon désormais.

«Groves veut venir, lui dit un jour Oppenheimer, dehors.

— Dites-lui d'attendre quelques jours. Il est mourant. J'espère encore qu'il me parlera.

— Il en a pour combien de temps, d'après vous?

— Je ne sais pas. Quelques jours. Ça ne peut plus durer longtemps. Il souffre constamment maintenant.

— Oui», dit Oppenheimer et, l'espace d'un instant, Connolly crut voir de l'affliction dans ses yeux. Ce fut éphémère. «Quelle étrange idée… Il y a cent autres manières plus commodes d'en finir avec la vie.

— Je ne sais pas. Pour que le châtiment corresponde au crime. Quelque chose comme ça.»

Oppenheimer l'interrogea du regard.

«Non, je ne parle pas de Karl, dit Connolly. Je pense à la bombe.»

Oppenheimer ne voulait pas entendre ça.

«Ridicule, dit-il.

— C'est un savant. Peut-être que, pour lui, c'est la solution élégante.»

Oppenheimer regimba. «Non, non. C'est une expiation. Seigneur, quel gâchis! Est-ce qu'il s'imagine que tout le monde le regarde?

— Il vous demande.»

Oppenheimer détourna la conversation : «Groves veut venir», reprit-il. Puis, anticipant la réaction de Connolly : «Je lui ai dit que vous faisiez tout ce qui était en votre possible.

— Il ne me fait pas confiance ?

— Il y est bien obligé. Nous y sommes tous obligés, monsieur Connolly. Intéressant, la façon dont les choses évoluent, n'est-ce pas ? Vous pensez qu'il parlera ?

— S'il ne parle pas, nous sommes au point mort. Littéralement. Tout mourra avec lui. Tenez Groves à l'écart, voulez-vous ? Et ses clowns aussi.

— Je ferai ce que je peux. Il faut bien qu'il vienne un jour ou l'autre, vous savez. Nous devons prendre une décision pour agir.

— Agir ? Il n'y a rien à faire.

— Vous ne connaissez pas G. G. Il y a toujours quelque chose à faire. Je vous conseille de commencer à y réfléchir. Il voudra des idées. Je dois vous laisser, maintenant. Nous avons toujours un gadget à construire.

— Vous ne voulez pas voir Eisler ?

— Je l'ai vu», dit-il, et il s'en alla.

Eisler eut donc Connolly pour seul interlocuteur. Certains jours, il restait allongé à regarder le plafond, les yeux mi-clos, dans un état second, puis devenait tout à coup intarissable. Hambourg. Un jardin. Les pièces humides après la première guerre, à cause de la pénurie de charbon. Les toits à pignon, les tramways, un lac en été. Et soudain les images changeaient, comme si un nuage voilait le soleil de son esprit. C'étaient alors d'interminables usines, des ciels plombés, son père, la toux hachée de la silicose. Un dernier désir de précision. Connolly se gardait de l'interrompre, espérant toujours une révélation. Parfois, il se mettait à parler allemand, un témoignage secret qui laissait Connolly désemparé. Il avait depuis longtemps cessé de répondre aux questions. Quand Connolly essayait de le ramener à l'allée de San Isidro, il se taisait, puis parlait d'autre chose. La joute verbale ne l'intéressait plus. Il n'avait plus de temps pour cela. Il épuisait le récit de sa vie. Berlin. Trude. Une randonnée dans les montagnes. Et, jour après jour, Connolly patientait dans la pénombre de la chambre, attentif au moindre indice.

Il ne vit Emma qu'une fois, un samedi, à l'occasion d'une excursion à Toas Pueblo par une route de haute montagne passant près du ranch d'Hannah. Ils traversèrent des villages qui lui rappelèrent l'Espagne. Après tous ces jours auprès d'Eisler, le soleil était trop vif, les façades trop blanches, et il regretta bientôt d'être venu : Eisler pouvait dire quelque chose d'important pendant son absence et personne ne serait là pour l'entendre. Il voulait à toute force reconstituer le puzzle. Eisler avait voulu qu'il comprenne, mais la seule chose qu'il ait apprise jusqu'alors était que sa vie était incompréhensible. Elle ne pouvait pas s'achever dans cette allée. Il devait laisser un nom, un signalement.

Le bourg était pauvre et triste. On y croisait des poules picorant, quelques camionnettes et des Indiens revêches vendant des couvertures. Les immeubles crépis de boue, aux fenêtres soulignées de bleu clair, ressemblaient à des logements de banlieue, avec leurs cordes à linge, leur quincaillerie et leurs échelles de secours bancales. Peut-être que les gens d'ici avaient toujours vécu ainsi et que la splendeur de la civilisation anasazi n'était qu'un fantasme d'archéologue. Ils s'assirent près du torrent qui séparait le site en deux parties. Non loin, des enfants traversaient le pont de bois sans rambarde.

«Tu es sûr d'aller bien? dit-elle.

— Qu'est-ce que tu veux dire?

— On jase. On raconte que tu es irradié aussi, que c'est pourquoi tu es la seule personne admise auprès de lui, qu'ils ont peur de laisser entrer les autres.

— Non. Je vais bien. Je lui parle, c'est tout.

— Tu veux dire que tu l'interroges. Je croyais qu'il était mourant.

— Il l'est.

— Tu lui parles de quoi? De Karl? Tu penses qu'il a tué Karl? Je n'y crois pas.

— Moi non plus. Mais je pense qu'il sait qui l'a tué.

— Pourquoi le saurait-il?» Il ne répondit pas. «Ah, je vois. Motus. Laisse tomber, Emma. C'est si terrible?

— Oui.

— Alors, ne me le dis pas, reprit-elle en frissonnant. Je ne veux pas savoir. Je l'aime bien.

— Je l'aime bien aussi.

— Alors pourquoi lui faire ça? Et, d'abord, qu'est-ce que tu lui fais au juste? Des piqûres pour lui délier la langue? Tu le harcèles jusqu'à ce qu'il craque? Comme dans les films? Mon Dieu, Michael. Tu es un vrai vautour. Tout le monde a droit au répit.

— Il ne veut pas de répit. Il veut parler. Alors nous... parlons.

— De quoi?

— De sa vie. De l'Allemagne. De tout. Il meurt, Emma. Il veut parler à quelqu'un.

— Et tu te dévoues.

— Ça a marché jusqu'ici. Je ne peux pas expliquer pourquoi. Ça ne me plaît pas non plus, tu sais. Ce n'est pas une belle façon de mourir et ce n'est pas drôle à regarder.»

Elle se leva, ramassa un caillou et le jeta dans l'eau.

«Je n'aime pas ce que tu fais.

— Je n'ai pas choisi.

— Tu n'as pas refusé. Et maintenant tu ne veux plus renoncer. Parfois, je me demande jusqu'où tu es capable d'aller. Tu lui ferais du mal?

— Non.

— Quelle est ta limite, alors? Tu le sais?»

Elle revint s'asseoir.

«Je ne suis pas un flic.

— Non, ce n'est pas ça. Oh… j'espère vraiment qu'il va te dire ce que tu veux savoir. Qu'on en finisse! Que nous puissions vivre pour nous-mêmes. C'est vrai, quoi! Nous pourrions partir ensemble.»

Connolly regarda devant lui. Un chien aboyait sur le pont, derrière les enfants.

«Partir ensemble? dit-il.

— Non?»

Il se leva et lui prit le bras. «Si c'est ce que tu veux, oui. Nous ferons tout ce que tu veux.»

Elle acquiesça. «Mais pas maintenant

— Non. Quand ce sera fini.»

**

L'état d'Eisler empira dans la nuit. La morphine lui causait des démangeaisons et il n'avait cessé de se gratter inconsciemment, si bien que, le matin, ses bras étaient couverts de stries rouges. Connolly le trouva attaché sur le lit par d'étroites bandes de gaze et quand, après avoir réprimandé l'infirmière, il délia ses bras frêles comme des bâtons, Eisler, reconnaissant, retrouva un peu de cohérence :

«Robert, dit-il d'une voix faible. Est-ce que Robert va venir?

— Plus tard», répondit Connolly.

Eisler hocha la tête en disant : «Il est très occupé», puis retomba dans le sommeil.

Ils tentèrent de reprendre la conversation dans l'après-midi, mais l'esprit d'Eisler battait la campagne. Il ne se souciait plus de ses chiffres ni de sa propre désintégration. Il vivait entièrement dans sa mémoire, soutenu par une perfusion dans le bras. Lorsque Connolly voulut l'interroger sur Karl, il parut avoir oublié qui c'était. Il était à Göttingen – une conférence sur l'instabilité des charges négatives. Connolly lui mettait de petits morceaux de glace dans la bouche. Sa peau s'était rétractée sur ses os et, quand la glace fondait, elle dégoulinait le long de son menton, ses lèvres gercées étant trop sèches pour absorber l'humidité. Une chaude brise de juin entrait par la fenêtre, mais l'odeur de renfermé était tenace. Connolly n'en était plus incommodé. Il observait son visage, patientait. Quand il le voyait grimacer en poussant un râle, il savait qu'il était temps de demander une autre injection. Alors, il fallait patienter encore, attendre que la drogue ait produit son effet.

«Il faut que vous alliez le voir, dit-il à Oppenheimer. Il vous demande.» Et, comme Oppenheimer ne réagissait pas : «Il ne passera pas la semaine. Ce serait charitable.

— Charitable, fit Oppenheimer en méditant sur le mot. Vous avez appris quelque chose ?

— Il est trop tard pour ça.

— Alors pourquoi restez-vous ?»

Connolly ne savait quoi répondre. «Ce ne sera plus long», dit-il.

Oppenheimer finit par venir, le lendemain matin, à l'heure où les premiers rayons de soleil filtraient par les interstices des volets. Il retira son chapeau et resta figé sur le seuil, consterné, puis s'approcha du lit à contrecœur. Eisler avait les yeux fermés et le visage impassible, tendu comme un masque mortuaire.

«Il est réveillé ? demanda-t-il à voix basse.

— Essayez», répondit Connolly.

Oppenheimer lui prit la main. «Friedrich.»

Eisler ouvrit les yeux.

«Oui ? murmura-t-il.

— Friedrich, je suis venu.

— Oui, dit Eisler, l'œil hagard. Qui êtes-vous ?»

Oppenheimer eut un mouvement de surprise. Puis, lentement, il relâcha la main et se redressa. «Oui ?» répéta Eisler, mais ses paupières s'étaient déjà refermées. Oppenheimer tourna les talons et regarda Connolly, les yeux mouillés de larmes.

«Ne partez pas, dit Connolly.

— Il ne me reconnaît pas», répondit Oppenheimer, bourru, en regagnant la porte.

Connolly alla réveiller Eisler mais, quand il se retourna, Oppenheimer avait disparu. Il baissa les bras.

«Oui ? gémit Eisler, revenant à lui.

— C'était Robert.

— Robert…», fit-il, absent, comme si ce nom n'évoquait rien pour lui. Puis ses yeux s'agrandirent un peu et il agrippa la main de Connolly. «Oui, Robert.»

Il y eut deux autres jours, toujours aussi pénibles. Plus personne ne venait, désormais. Il restait assis des heures durant près du lit, à l'écouter respirer. Un moment, Eisler reprit conscience. Sa voix était plus claire, son regard plus constant, sa douleur apparemment apaisée.

«Qu'est-ce qui te tracasse, Robert ?» dit-il. Connolly était toujours Robert, maintenant.

«Rien. Dormez.

« — Plus de questions ? Que sont devenues tes questions ? Demande-moi.

— Tout va bien.

— Demande-moi. Je peux t'aider ?

— Vous vous souvenez de Karl ?

— Oui. Le garçon.

— L'homme que vous avez rencontré… il portait des bottes de travail.

— Des bottes de travail ? Je ne comprends pas.

— Des bottes de travail… sur la Colline, c'est curieux.

— Je ne comprends pas, Robert. Pourquoi me poses-tu ces questions ? Et les essais ? Trinity ? Surveillez la météo. Le vent… les particules. Le vent va tout éparpiller…

— Nous ferons attention.

— Bien, dit-il en refermant les yeux. Bien. »

Une minute après, il retenta sa chance. « Friedrich, dit-il, jouant le jeu. S'il te plaît, dis-moi. Qui conduisait la voiture ? »

Eisler papillota des yeux. « Ils se sont arrêtés devant la rivière, Robert », dit-il, troublé. Connolly se pencha, tendant l'oreille. Mais c'était une autre rivière. « Les Russes. Ils se sont arrêtés à la rivière. En attendant la fin des combats. Ils n'ont pas traversé. Ils ont attendu que tout le monde soit mort. »

Alors, Connolly comprit que la partie était définitivement perdue. Ils n'étaient plus sur la Colline.

« A Varsovie, dit-il.

— Oui, à Varsovie. Ils ont attendu. Jusqu'à ce que tout le monde soit mort. »

Connolly regarda ses yeux se remplir de larmes. Un chagrin soudain. Il se demanda si tout le monde finissait ainsi, submergé de regret.

« Tu aurais imaginé ça ? Les Russes. » Il roula des yeux et s'accrocha à la main de Connolly. « Ne le dis pas à Trude.

— Non, je ne le lui dirai pas », promit Connolly avec de petites tapes affectueuses.

Eisler reposa la tête sur l'oreiller, en refermant les yeux mais sans lâcher la main de Connolly qui, n'osant la lui retirer, eut l'impression, en sentant son pouls faiblir et ses doigts se crisper puis se détendre, de tenir au creux de sa paume le dernier lambeau de sa vie. De toutes les situations étranges qu'il avait connues à Los Alamos, la plus étrange était celle-ci. Cette chambre fétide. Cette main serrée qui se trompait de personne. Cette intimité inattendue de la mort qui semblait faire de lui un imposteur. Quand, vers la fin, Eisler s'agrippa à lui en disant : « C'est si terrible, ce que j'ai fait, c'est si terrible ? », il sut qu'il ne parlait pas de sa récente trahison, mais des espoirs ruinés de toute une vie.

« Non, pas si terrible », dit-il, comme pour réconforter l'ennemi.

14

Groves prit prétexte de l'enterrement pour faire le voyage. Il régnait un calme étrange sur la Colline, qui avait cessé toute activité pour l'après-midi, comme dans une forêt sans oiseaux. Connolly n'avait jamais remarqué à quel point l'endroit était bruyant d'habitude ; les voix, les moteurs et les martèlements de l'unité métallurgique créaient un bourdonnement constant. A présent, on percevait même le bruit du vent, figure du mythe créateur, qui balayait la mesa. Dans le théâtre pourtant bondé, le silence était encore plus pesant. A part quelques murmures et grincements de chaises, on n'entendit rien jusqu'à ce que le quatuor du professeur Weber emplisse la salle de sonorités élégiaques de Bach. Puis Groves et Oppenheimer prirent place sur la scène à côté des orateurs, le premier ficelé dans son uniforme, le second, livide, dans un costume sombre trop large pour sa carcasse décharnée. Il avait refusé de prendre la parole, cédant sa place à Weber en hommage à la communauté émigrée. En réalité, et seul Connolly le savait, c'était une dérobade, la manœuvre d'un homme rompu au compromis.

Les discours furent sans surprise. Sa contribution à la science. Sa contribution à l'Opération. Son humanisme. Son amour des arts. Sa générosité. Sa rigueur morale. Connolly regarda autour de lui : des centaines de personnes affligées, quoique à des degrés divers. Eisler les avait toutes trahies. Comment réagiraient-elles si elles savaient ? Weber flancha au milieu de son discours, vaincu par une authentique émotion, et il y eut quelques pleurs dans l'assistance. Il incarnait la science dans ce qu'elle avait de plus élevé, la recherche pure, la quête de la vérité. Il avait même – là, Connolly faillit se lever et quitter la salle – donné sa vie pour elle.

Connolly songea que l'hypocrisie des éloges était une grâce rendue aux survivants. Si les gens savaient la vérité, y aurait-il jamais eu de rois ? Les tyrans étaient toujours loués pour leur amour du peuple, les politiciens pour leur sagesse, les artistes pour leur abnégation. Maintenant Los Alamos aussi avait son martyr et, en ce sens, il leur faisait honneur. Il était mort pour la science. Mais Oppenheimer, assis sur le devant de la scène, les jambes croisées, ne prononça pas un mot en sa mémoire.

Puis, tous trois, Oppenheimer, Groves et Connolly, marchèrent de conserve vers le site S, comme pour une tournée d'inspection.

«Un peu chaud pour une marche à pied, non? dit Groves, dont l'uniforme portait déjà des marques de transpiration, en s'épongeant la nuque.

— Connolly me dit que mon bureau est sur écoute. Des micros. Je sais que vous n'auriez jamais permis ça, dit Oppenheimer avec malice, mais vous savez comment ils sont au contre-espionnage. Il ne faut pas les contrarier. Ils sont si susceptibles, ça les mettrait en colère. Du moins, c'est ce qu'on m'a dit. Pourquoi n'enlevez-vous pas votre veste?»

Groves, optant pour le confort contre la dignité, balança sa veste par-dessus son épaule et la tint accrochée à son index. Privée de soutien, sa chemise seule contenait mal sa bedaine, qui déborda de sa ceinture.

«Vous choisissez mal le moment pour blaguer. Nous sommes dans un sacré pétrin. J'ai toujours dit que ça arriverait.

— Oui, vous l'avez dit, confirma Oppenheimer.

— Des étrangers et…

— Vous vous sentiriez mieux s'il était originaire de l'Ohio?

— D'accord. Venez-en au fait.

— Ces bougres d'étrangers fabriquent votre gadget, alors ne remettez pas ça sur le tapis. Ça aurait pu être n'importe qui.

— Pensez ce que vous voudrez, dit-il, résigné mais sans conviction. Bon, où en est le plan de marche? Toujours dans les délais?»

Oppenheimer acquiesça. «Tout juste. Cinq minutes de décalage, à peu de choses près. Nous ne pouvons plus nous permettre le moindre contretemps.

— C'est pourquoi je suis ici. Alors, allons-y. D'abord, évaluer les dégâts. C'est grave? Qu'est-ce qu'ils savent? Ils peuvent fabriquer une bombe?

— Non, dit Oppenheimer, pensif. Je ne crois pas. De ce côté-là, nous avons de la chance. Eisler était un physicien théorique. Il en savait long sur le combustible et, bien sûr, sur la théorie de l'implosion. Autant de gagné pour eux. Mais il ne connaissait pas les détails du système d'amorçage. Ni le calibrage des lentilles. C'est une grosse somme de travail et ce n'était pas sa partie. Il a surtout étudié les retombées. Les mesures radioactives. C'est utile à savoir après le largage de la bombe, mais ça ne sert à rien dans sa mise au point. Donc, non, je ne pense pas qu'ils sachent comment la fabriquer. Mais ça viendra. En son heure.

— Pas à ma montre, dit Groves. Et pendant vos fameux goûters mondains? Il n'aurait pas pu glaner quelques renseignements sur la mécanique?

— Si, soupira Oppenheimer. Je n'ai pas dit qu'il n'était pas au courant. Simplement, il ne connaissait aucun détail significatif.

— Pas la peine. Il lui suffisait de leur refiler les plans.

— Non. Il n'avait accès qu'à la théorie. Ses propres papiers.

— Il pouvait les voler.

— Il n'a rien volé. Il me l'a dit. Parfaitement, insista-t-il devant le regard dubitatif de Groves, je le crois. C'était un traître, pas un voleur.

— La nuance est subtile.

— Quoi qu'il en soit, il ne leur a pas donné ça. Je ne veux pas minimiser ce qui s'est passé, il leur a transmis des informations précieuses – bien qu'il nous soit difficile d'en évaluer la portée dans la mesure où nous ne savons pas où ils en étaient de leur côté – mais insuffisantes pour fabriquer la bombe. Il est presque certain qu'ils ne l'ont pas. Le problème, évidemment, c'est que maintenant ils savent que *nous* l'avons.

— Magnifique.

— Oui, c'est gênant. Politiquement.

— Gênant! fit Groves en s'étranglant presque.

— De ne pas leur dire. Parce que c'est ça, le hic, nous pourrions simplement le leur dire. »

Groves ouvrit des yeux ronds, comme s'il s'agissait d'une plaisanterie qui lui échappait. «Voilà bien le genre de propos fumants qui m'empêchent de dormir la nuit.» Il allongea le pas. A les voir de loin, on eût dit un trio de conspirateurs. «Ce qui me sidère, reprit-il, c'est la facilité de la chose. Ce camp est une vraie passoire. Un type sort avec des papiers sous le bras, et l'affaire est dans le sac. On n'aurait même rien su s'ils n'avaient pas tué un homme. Ça ne devrait pas être aussi facile. Nous pouvons au moins boucher quelques trous. Je veux que vous annuliez toutes les permissions. Plus personne ne sort.

— Ce n'est pas un peu tard pour ça? Le cheval est déjà à l'écurie.

— Je pense que c'est une bonne idée», intervint Connolly.

Oppenheimer le regarda avec surprise. «Ah? fit-il, contrarié.

— Qu'est-ce que vous avez en tête? demanda Groves en s'arrêtant.

— Ça ne se termine pas avec lui.

— Continuez.

— Eisler ne détenait qu'une partie des informations. Mais supposez qu'il n'ait pas été le seul. Ils peuvent être plusieurs. Les Russes sont sûrement prêts à donner très cher pour avoir le tout. Pourquoi s'arrêter à Eisler?

— Combien d'entre nous soupçonnez-vous? dit Oppenheimer. Dix? Tous?»

Groves, qui pâlissait malgré le soleil, secoua la tête. «Il a raison. Les Rouges peuvent avoir posté des hommes partout sur la Colline. Partout.

— Mais nous n'en savons rien, dit Connolly. Et nous ne le saurons jamais si nous continuons comme ça. Ce n'est pas sur la Colline qu'il faut chercher. Nous devons découvrir qui rencontrait Eisler.

— Vous avez dit que c'était quelqu'un d'ici, fit remarquer Groves.

— Eh bien, oui et non. Quelqu'un a amené la voiture de Karl jusqu'ici. Qui? Le contact d'Eisler? Non. Pourquoi se seraient-il donné rendez-vous à l'extérieur de la Colline? Il y a forcément un outsider. Pourtant, quelqu'un a ramené la voiture, puis est rentré par la porte Ouest. Ce qui signifie…

— Qu'ils étaient deux, conclut calmement Oppenheimer.

— Exactement. Je ne sais ni pourquoi ni comment, mais c'est la seule déduction logique.

— Alors, trouvez-les, dit Groves.

— Ce n'est pas si facile. La piste s'achève avec Eisler. Nous devons trouver l'outsider. S'il y a quelqu'un d'autre sur la Colline, il est la clef.»

Oppenheimer s'arrêta pour allumer une cigarette.

«Qu'est-ce qui vous fait dire ça? demanda-t-il, méditatif comme devant un problème de math. «Chacun pouvait travailler isolément. Ils ne se connaissaient pas forcément entre eux.

— Je tâtonne, dit Connolly, mais tout laisse supposer que le contact extérieur était le seul messager. Plus vous postez de gens à l'extérieur, plus vous augmentez les risques d'en voir un se faire prendre. A quoi bon? Ce n'est pas un rouage essentiel comme les savants. Il n'est là que pour encaisser le loyer. Si vous le perdez, vous le remplacez. Mais vous ne le perdez pas, parce que c'est lui le pro dans l'histoire. La difficulté, c'est d'acheminer la marchandise jusqu'à lui et, pour ça, vous devez vous en remettre à… à des gens comme Eisler. Vous ne savez pas comment ils peuvent réagir si ça chauffe, alors vous les tenez à l'écart, vous simplifiez leur rôle. Mais, une fois que vous avez l'information, là, vous avez besoin de quelqu'un qui sache vraiment ce qu'il fait.

— Et ce n'est pas le type de la Colline? dit Groves.

— Non, impossible. A mon avis, il n'est même pas dans les parages. Peut-être à Santa Fé ou à Albuquerque. C'est toujours risqué d'utiliser quelqu'un sur place. C'est probablement un type de passage en ville, un homme d'affaires ou un touriste – il a rencontré Eisler en touriste. Il encaisse le loyer et il disparaît jusqu'à la prochaine fois.

— Entre ici et Moscou», dit Groves.

Connolly haussa les épaules. «Quelque part.

— Eh bien, nous voilà beaux, reprit Groves. Qu'est-ce que vous suggérez?

— Annulez les permissions, dit Connolly à Oppenheimer. Compliquez-lui la tâche. L'essai est pour bientôt, c'est une excuse légitime. D'après Eisler, il n'y avait aucune procédure particulière en cas de rendez-vous manqué… ils s'arrangeaient pour en fixer un autre. Si de prochains rendez-vous sont déjà programmés, nous pouvons au moins le faire piaffer d'impatience. Postez quelques hommes dans les endroits touristiques, dit-il à Groves. Une surveillance discrète dans la mesure du possible. Je pourrai peut-être obtenir une aide locale : Holliday est un brave type et il ne posera pas de questions. Voyez qui arrive et vérifiez s'il revient. C'est long mais on ne sait jamais. Quelqu'un attendait Eisler à San Isidro. Il attendra peut-être ailleurs, cette fois. Les flics du coin ne sont pas des as, mais c'est tout ce qu'on a. Nous ne pouvons pas utiliser quelqu'un d'ici.

— Pourquoi pas ? dit Groves.

— Pourquoi m'avez-vous confié cette enquête ? Parce que vous ne pouviez vous fier à personne ici.

— Je n'ai jamais dit ça.

— Vous l'avez pensé. Karl était de la Sécurité et vous ne saviez pas si ça avait un rapport, mais vous ne vouliez pas courir le risque. Maintenant, nous le savons. Or personne ne doit se douter que nous avons des soupçons. La routine doit continuer. Ils vont se poser des questions sur Eisler, se méfier de tout ce qui pourrait leur paraître suspect. Mais, officiellement, personne ne l'a cuisiné. J'étais avec lui dans le labo, il est donc normal que j'aie été avec lui à l'hôpital. Faites courir le bruit que vous êtes toujours inquiet pour ma santé, dit-il à Oppenheimer.

— Je l'étais, soyez-en sûr, répondit Oppenheimer. Qu'est-ce qui vous fait penser qu'ils sont déjà au courant de sa mort ?

— S'ils ne le sont pas encore, ils le seront. Pas besoin de journaux ici ; la nouvelle filtrera. Nous devons présumer qu'ils savent tout. A une exception près : ils ne savent pas que nous savons. Karl est tué, ils le déculottent. Résultat : l'armée fait sa mijaurée et tombe dans le panneau.» Il lança un regard en coin à Groves. «Mieux : un autre coupable se présente pour porter le chapeau. Un coup de chance inespéré. Là-dessus, Eisler meurt. Un accident ? Des remords au sujet de Karl ? Peu importe, s'il ne parle pas. Et il n'a pas parlé. La preuve : il ne se passe rien. Pas de mesures de sécurité supplémentaires. Aucune visite impromptue de Washington. La routine. Ils ont toujours de la chance. Sauf qu'ils ont perdu un informateur. En ont-ils d'autres ? Nous l'ignorons. Mais ce qui est sûr, c'est qu'ils vont avoir faim. Or c'est exactement ce que nous voulons.

— Et c'est tout ? dit Groves. On se croise les bras et on fait surveiller les églises par la police ? C'est ça, votre plan d'action ?»

Mais Oppenheimer étudiait le visage de Connolly, essayant de suivre le fil de sa pensée.

«Qu'entendez-vous par "ils vont avoir faim"? demanda-t-il posément. Que comptez-vous faire?

— Je veux leur offrir un loyer à encaisser.»

Groves s'arrêta et le regarda avec perplexité. «Qu'est-ce que vous voulez dire?»

Oppenheimer, qui allumait une nouvelle cigarette, avait déjà compris. «Je crois que M. Connolly veut s'essayer au métier d'espion, expliqua-t-il en souriant.

— Pas question, répliqua Groves aussitôt.

— Nous avons déjà commencé», dit Connolly en souriant à Oppenheimer.

Groves inspira profondément, en bombant le torse, et Connolly ne put s'empêcher de penser au grand méchant loup s'apprêtant à souffler sur la maison du petit cochon.

«Minute, vous deux, fit-il. Robert, c'est la dernière fois que je vous écoute. Connolly devait sortir le lapin du chapeau. Laissez-le faire, disiez-vous. Eisler va lui parler. Eh bien, il n'a pas parlé. Il est mort et nous ne pouvons plus rien tirer de lui. Vous n'êtes pas le FBI, dit-il à Connolly. Vous n'êtes même pas au Service de Renseignement. Donc, c'est ma faute. Je ne sais pas où j'avais la tête. Mais je ne commettrai pas deux fois la même erreur.

— G. G…», commença Oppenheimer.

Mais Connolly l'interrompit :

«Général, je viens de passer deux semaines à regarder un homme mourir. Il était impossible de le bousculer… il s'était déjà châtié lui-même. C'était peut-être même pour ça qu'il l'avait fait. On ne peut pas torturer un homme dans cet état. Ça n'aurait mené à rien. Il le savait. S'il avait décidé de ne rien dire, rien au monde n'aurait pu le faire céder.

— Qui a parlé de torture? dit Groves.

— C'est vrai, j'oubliais. Seul l'ennemi fait ça. Peut-être qu'Eisler l'ignorait.

— Mon petit monsieur, j'ai l'impression que vous divaguez…

— Je propose que tout le monde se calme, d'accord? dit Oppenheimer. Général, nous sommes tous déçus pour Eisler. C'est très dommage. Mais c'est du passé, maintenant. La question est…

— Je sais quelle est la question. Nous avons dépensé des milliards de dollars pour créer un avantage stratégique dans cette guerre. Maintenant, toute l'Opération est minée de l'intérieur et Connolly veut jouer au gendarme et au voleur.

— Leslie, reprit Oppenheimer sans s'énerver, vous avez toujours votre avantage stratégique, à moins que la guerre ne se termine avant que nous ne l'utilisions. Rien n'est miné. Je ne vois pas ce qui vous tracasse.

— Et après?

— Après, ma foi… Je reconnais que c'est une question très intéressante, mais ce n'est pas celle qui nous occupe dans l'immédiat. Pas encore.

— Quelqu'un nous vend aux Russes, sous notre nez, et ça ne vous fait ni chaud ni froid? Eh bien, allez donc dire au Président que nous avons refilé nos secrets à l'ennemi. Moi, je n'irai pas de gaieté de cœur.

— Vous vous trompez, ça ne m'est pas du tout indifférent, dit Oppenheimer, comme se parlant à lui-même. Mais je ne savais pas que la Russie était notre ennemie. A moins que vous ne regardiez déjà vers l'avenir?

— Doucement, doucement, ne me faites pas dire ce que je n'ai pas dit. Je ne fais que mon boulot, ici, et vous aussi. Gardez vos réflexions politiques pour vos loisirs. Mais je peux vous affirmer une chose : quiconque possèdera ce truc *n'aura plus* d'ennemis.

— Voilà une idée réconfortante», commenta Oppenheimer en tirant sur sa cigarette.

Connolly avait observé leur dialogue comme un échange de balles de volée au tennis. Ils étaient maintenant tous deux plantés devant le filet et aucun ne semblait vouloir prendre l'avantage.

«Ne le lui dites pas, intervint Connolly, interrompant le match.

— A qui? fit Groves, intrigué.

— Au Président. Ne le lui dites pas.»

Tous deux parurent choqués. Ce fut Oppenheimer qui lui répondit, avec le ton patient d'un adulte s'adressant à un enfant : «Il le faut, monsieur Connolly.»

Campés devant lui, côte à côte, ils semblaient former un couple, unis par un lien étrange et résistant à toute querelle, mariés en définitive à l'Opération.

«Pourquoi? demanda Connolly.

— Je suis prêt à oublier que vous avez dit ça, monsieur, dit Groves. Mais vous, ne l'oubliez pas.

— Je ne suggère rien de… déloyal.

— Comment appelez-vous ça, alors?»

Connolly hésita une minute. «Un avantage stratégique.»

Groves le fusilla du regard, puis se calma. «Vous avez deux minutes pour vous expliquer. Et faites simple. Je ne suis qu'un soldat.

— Ecoutez, commença Connolly en s'adressant à Oppenheimer. Vous m'avez demandé de réfléchir à un moyen d'action. J'y ai réfléchi. Et je retombe chaque fois au point de départ : Karl.» Il se tourna vers

Groves. «Vous m'avez convoqué ici pour découvrir qui avait tué Karl. Ce n'est pas Eisler, et pas davantage le pauvre type qu'ils ont bouclé à Albuquerque. Nous ne savons toujours pas qui c'est, mais nous avons appris quelque chose d'autre, quelque chose de plus important encore, et il apparaît que l'un entraîne l'autre. C'est le même bonhomme. Trouvez qui a tué Karl et vous aurez trouvé l'outsider. D'accord? Jusqu'à maintenant, nous avons cherché un assassin. A la place, nous avons trouvé un espion. Karl nous a menés à Eisler. Et maintenant nous sommes coincés. Nous devons donc changer d'angle d'attaque. C'est comme une grille de mots croisés, vous voyez? Nous avons épuisé les définitions des horizontales. Maintenant, nous devons nous occuper des verticales. Pour compléter la grille. Chercher un espion pour trouver un assassin.

— Vous arrivez à le suivre, dit Groves à Oppenheimer, ou suis-je le seul à ne pas comprendre où il veut en venir?

— Laissez-le finir, dit Oppenheimer, intéressé.

— Qu'est-ce que je ne dois pas dire au Président, exactement? demanda Groves.

— Exactement? Qu'avez-vous d'exact à lui dire? Nous ne pouvons rien prouver. J'ai fait une hypothèse chanceuse et Eisler a avoué. Il n'avait peut-être pas toute sa tête. Peut-on vraiment se fier à quelqu'un qui se suicide par irradiation? Ou peut-être est-ce moi qui suis fou. Je vous ai dit qu'il avait avoué, mais vous n'avez que ma parole.

— Il m'a parlé aussi, dit Oppenheimer, jouant l'avocat du diable.

— Il a pu mentir. Pour toutes sortes de raisons. Comment savoir? Il n'y a peut-être jamais eu de trahison. Quelle preuve avons-nous?

— Il ne mentait pas, insista Oppenheimer.

— Non, bien sûr qu'il ne mentait pas, mais nous sommes les seuls à le savoir. Regardez autour de vous, dit-il avec un geste vers la mesa ensoleillée. Vous voyez quelque chose d'anormal? Avez-vous un indice, une *preuve* qu'il se passe des choses bizarres? A votre avis, général? Vous me croyez? Vous pensez que j'ai été mené en bateau par un vieux radoteur? Peut-être que c'est moi qui vous raconte des histoires – c'est mon métier, après tout. Vous n'avez que ma parole. Vous me faites confiance à ce point?

— Vous perdez votre temps, dit Groves. Je n'ai pas besoin de vous croire. Si le Dr. Oppenheimer dit que c'est vrai, alors c'est vrai. Nous devons faire quelque chose.

— Alors laissez-moi finir ce que j'ai commencé. Vous savez aussi bien que moi que, dès qu'ils seront informés, ça va être le branle-bas de combat ici. Tout le monde voudra faire quelque chose. Je les entends déjà. Pourquoi n'avez-vous pas renforcé la sécurité? Comment cela a-t-il pu arriver? Vous avez un nouveau Président. Vous le connaissez? Est-ce qu'il vous soutiendra quand tous les autres pousseront à la roue? Il sera obligé d'agir. Et peut-être qu'il commencera par le sommet.»

Groves fronça les sourcils, sans rien dire.

«Nous n'en savons rien. Mais nous pouvons d'ores et déjà affirmer qu'ils seront incapables de prendre des mesures efficaces et qu'ils créeront une pagaille monstre à force de s'agiter.»

Oppenheimer regarda le général qui, lui, regardait par terre, songeur, en bougeant un pied.

«Vous avez du bagout, dit Groves, mais vous ne savez pas ce que vous me demandez. Je ne peux pas. Il faut que je l'informe.

— Peut-être. Mais pas forcément tout de suite. J'ai seulement émis un soupçon. Votre rôle est d'enquêter pour vérifier s'il est fondé. Vous ne mettez pas l'Opération en danger. Il ne s'agit pas de sabotage. Et vous ne voulez pas répandre de fausses craintes. S'il y a des fuites, vous devez essayer de les colmater. C'est votre opération, c'est à vous de choisir le meilleur moyen.

— C'est-à-dire vous.

— En tout cas, pas eux. Il y a un risque, je sais. Mais nous devons garder ça pour nous si nous voulons arriver à quelque chose. Mettons que j'aie tardé à vous informer de la situation, dit-il en regardant Groves dans les yeux. Je suis indépendant. Je préférais attendre d'en savoir plus avant de vous mettre au courant. J'aurais dû, mais...

— Vous jouez votre tête.

— Oui.

— Je n'aurais pas le choix.

— Non.

— Vous le feriez?

— Je ne suis pas militaire. C'est plus facile pour moi. Je voulais juste... boucler l'affaire.»

Groves regarda alentour, puis vers les monts Jemez. «Mais vous n'étiez pas le seul ici. Il reste vous, Robert.»

Oppenheimer aspira une bouffée de cigarette et observa Groves. «Sans Connolly, nous ne serions pas ici. Nous ne serions au courant de rien. Vu les circonstances...» Il marqua une pause. «Je pense que nous devrions lui lâcher un peu de corde.

— La corde pour vous pendre, dit Groves après un court silence. Le Dr. Oppenheimer est hors du coup. C'est bien compris?»

Connolly acquiesça. «Vous aurez tout ce qu'il vous faut pour le rapport. Si vous en avez besoin. J'ai juste... retardé le moment de vous informer. Tous les deux.

— Je n'aime pas ça, dit Oppenheimer.

— Si, il a raison, insista Connolly. Vous ne pouvez pas être mêlé à ça. Vous savez, ça aurait vraiment pu se passer comme ça, ajouta-t-il à l'attention de Groves. Vous ne sauriez rien si je ne vous l'avais pas dit.

— Pourquoi l'avez-vous fait ?

— J'ai besoin de votre aide.»

La phrase s'adressait à Groves, mais ce fut Oppenheimer qui demanda : «Qu'est-ce que vous avez en tête ?

— D'abord, quelques papiers secrets, histoire de le ferrer. Un truc qu'Eisler leur a déjà donné, pour qu'ils sachent que ce n'est pas du bidon, mais auquel quelqu'un d'autre pourrait avoir accès. Un appât. Vous pourriez faire ça ?»

Oppenheimer confirma.

«Holà, minute, dit Groves. Vous voulez passer des documents classés ?

— Des documents qu'ils ont déjà, expliqua Connolly. A ce que nous a dit Eisler. Si nous le croyons, bien sûr. Mais nous le croyons, n'est-ce pas ?

— Je ne peux pas permettre ça. Vous savez ce que ça signifie si…

— Oui, mais je ne me ferai pas prendre. Je n'ai pas l'intention d'aller en taule.

— Dites, ça vous ennuierait d'éclairer un peu plus ma lanterne ? s'impatienta Groves en s'essuyant le front. Et on est vraiment obligé de rester debout en plein soleil ?»

Connolly les dirigea vers l'ombre du château d'eau.

«Il n'y a pas trente-six façons de procéder. Nous devons leur donner un nouvel Eisler. Nous ne savons pas comment ils infiltrent leurs hommes ici. Peut-être qu'ils n'ont personne d'autre dans la place. De toute façon, ils auront besoin d'un nouvel informateur. Il est tard. Ils ont faim.

— A qui pensez-vous ? demanda Oppenheimer.

— J'y ai réfléchi. L'idéal serait un savant, bien sûr, mais c'est trop trapu et nous manquons de temps. Nous devons présupposer qu'ils possèdent une liste des chercheurs travaillant sur l'Opération – c'est la première chose qui les intéresse.»

Groves bougonna.

«C'est donc trop facile à vérifier, continua Connolly. Ils repéreraient notre homme au premier coup d'œil en consultant la liste. Qui est ce nouveau type ? diraient-ils. Inconnu au bataillon. En outre, s'ils ont réellement un second agent déjà dans la base, celui-là flairera immédiatement le coup fourré. Et puis il y a le curriculum. Si notre homme est censé venir de Berkeley, il leur sera facile de vérifier, là aussi. C'est une communauté assez réduite. Je doute que vous ayez là-bas un physicien en réserve dont personne n'ait jamais entendu parler.

— En effet, approuva Oppenheimer. Vous proposez d'employer une personne réelle?

— Non. Il y a quatre mille personnes ici. L'assistance technique va et vient. Nous fabriquons un faux dossier dans l'un de ces secteurs. Peut-être le DSG, le Détachement Spécial du Génie. Il y a toujours de nouveaux DSG qui arrivent. Choisissons quelqu'un qui pourrait mettre la main sur les papiers. Un idéaliste, dit-il à Groves, qui semblait de plus en plus mal à l'aise. Vous pourriez nous concocter un faux livret militaire, non? Je vais rédiger un dossier-type – biographie, visa de la commission de sécurité, la routine. Glissez-le dans le fichier. S'il y a des fuites de ce côté, il saura où aller et nous aurons tout préparé pour lui.» Il leva les yeux vers le château d'eau, une gigantesque citerne étayée de croisillons de bois, l'Empire State Building de Los Alamos. «Nous pourrions l'appeler Waterman.

— Il y a déjà un Waterman en métallurgie, dit Oppenheimer.

— Bien, Waters, alors. Steve, par exemple. Ça sonne juste. Caporal Steve Waters, DSG. La taupe.

— Vous trouvez ça drôle? dit Groves. Moi, ça ne me fait pas rire du tout. Je ne sais pas à quoi on joue. Ce n'est plus un crime anodin.»

Connolly rougit, comme un collégien réprimandé. «Qu'est-ce qui rend un crime anodin? Le montant du butin?

— Ne me cherchez pas.

— Ce sont les mêmes crapules. Les mêmes que les malfrats qui braquent un débit de boisson. Appelez-les agents spéciaux, si vous voulez, ce n'est pas ça qui les rend plus brillants. A qui confie-t-on ce genre de boulot, d'après vous? A de beaux esprits? Je n'essaie pas de nettoyer la pègre… je cherche seulement un gars qui s'est énervé avec un démonte-pneu.»

Groves s'éclaircit la gorge et suivit des yeux un camion de charbon qui roulait vers la chaudière n° 1.

«Il y a tout de même une chose que je ne comprends pas, dit Oppenheimer, sans prêter attention à leur bisbille. Votre caporal fantôme, votre Waters, a des documents précieux à offrir. Comment le leur ferons-nous savoir? Une petite annonce dans le journal?

— Je suppose qu'il y a un réseau. Notre encaisseur de loyer n'est peut-être qu'un chaînon, mais personne ne travaille seul à ce niveau-là. J'ai besoin d'avoir accès à ce réseau, besoin de quelqu'un pour transmettre l'invitation. S'ils sont aussi efficaces que nous le pensons, ils viendront.

— Vous connaissez quelqu'un de ce genre? dit Groves. Pourquoi ne pas le mettre dans le coup tout de suite?

— N'importe qui peut faire passer un message. J'ai pensé à votre frère, dit-il à Oppenheimer. Mais je soupçonne, ajouta-t-il en se tournant vers Groves, que vous le faites déjà surveiller. Ça compliquerait les choses.»

Personne ne dit rien. Le visage de Groves, déjà rougeaud et suant, s'empourpra.

«Frank a quitté le parti, répondit tranquillement Oppenheimer. Depuis quelque temps.

— Et ils penseraient probablement que c'est trop beau pour être vrai, continua Connolly. Avec un de vos proches, ils redoubleraient de prudence et nous n'avons pas le temps d'assurer nos arrières. Il y a quelqu'un d'autre. Je ne sais pas s'il est impliqué ou non dans les activités clandestines du parti. J'en doute. Mais il connaît sûrement quelqu'un qui l'est – ou qui connaît quelqu'un. Il nous suffit de mettre la balle en jeu et d'espérer qu'ils l'attraperont pour courir au but. Ça ne marchera pas forcément. C'est un risque à tenter.

— Un sacré risque aussi pour votre ami, commenta Oppenheimer, songeur. Il faudrait qu'il *vous* fasse confiance. Ce serait le cas?»

Connolly croisa son regard. «Oui.

— Il est ici?

— Non. C'est là que j'ai besoin de votre aide, général, dit-il, ramenant à la conversation un Groves toujours bouddeur. J'imagine que vous pouvez vous procurer un dossier de la Section 1042 sans attirer l'attention? C'est le registre des ressortissants étrangers.

— Je sais ce que c'est.

— Il me faut une adresse. Actuelle.

— Nom?»

Connolly le fixa des yeux. «Vous marchez avec moi ou non?»

Groves hésita une minute, puis soupira.

«Nom?

— Matthew Lawson. Britannique. Ici depuis avant la guerre. New York, peut-être. Vous pouvez le retrouver?

— S'il figure au sommier, oui. Qui est-ce?

— Vous ne voulez pas le savoir. En fait, à partir de maintenant, vous ne voulez rien savoir. Vous ne voulez pas savoir ce que je fais. Je suis sérieux. Rappelez-vous que, jusqu'à présent, j'ai… omis de vous parler d'Eisler. C'est tout.»

Groves opina du bonnet et croisa les bras. «Juste une chose. Si je ne sais rien, je ne pourrai rien dire au Renseignement Militaire. S'il leur prenait l'idée de vous faire surveiller, je ne pourrais pas les en empêcher.

— Je sais.

— Dès l'instant où vous sortez ces documents d'ici, vous enfreignez la loi.

— Ce sera l'occasion de vérifier s'ils sont efficaces. Ce sera un test pour eux.

— Un test, marmonna Groves. Je n'aime pas ça. Mais alors pas du tout. Quel endroit! C'était plus facile de construire le Pentagone.»

Oppenheimer observait Connolly d'un œil amusé. «M. Connolly semble avoir un penchant pour la clandestinité. Vous avez une expérience en la matière?»

Connolly pensa aux chambres de motel et aux faux-fuyants de Fuller Lodge.

«Très récente.

— Bon, nous avons terminé? dit Groves. Nous pouvons rentrer nous rafraîchir avant que je ne change d'avis?

— Nous avons terminé, répondit Connolly. Je vais aller chercher les affaires d'Eisler à l'hôpital. Et inspecter encore une fois son appartement. On ne sait jamais. Quand vous aurez l'adresse, envoyez-la moi par télex. La ligne est plus sûre.

— Une dernière chose, dit Groves en enfilant sa veste moite. Vous me forcez à marcher sur la corde raide pour vous rendre service. D'accord. Mais, entre nous, dites-moi: pensez-vous réellement que nous ayons une bonne chance de réussir?»

Connolly secoua la tête. «Une chance unique… dans la mesure où nous n'avons que cette carte en main.»

***

Son assurance s'évapora pendant qu'il marchait vers l'infirmerie. C'était une partie de poker qui s'engageait – à ceci près que, pour une fois, le risque ne portait pas seulement sur la mise, mais sur la carte même qu'il comptait jouer. Car tout dépendrait d'Emma. Ce n'était pas juste. Mais il n'avait rien trouvé de mieux, c'était sa seule chance et il lui avait fallu la saisir. Il se demandait toutefois pourquoi il s'était si vite emballé pour une idée qu'il savait malvenue puis laissé entraîner dans un engrenage sans retour, sourd à ses propres intérêts. Pouvait-il la perdre? Non, il arrêterait tout de suite si les choses en venaient là. Il pensa à Eisler avec sa baguette dans son labo, à ces quelques secondes insoutenables avant le point critique. Le tout était de s'arrêter à temps, avant que le dragon ne se rebiffe. Mais si la machine devenait incontrôlable? Si le processus, une fois lancé, allait à son terme coûte que coûte? Il regarda la Colline autour de lui – du linge qui séchait au vent près des unités McKee, un réparateur juché sur un pylône de transformateur électrique, des soldats en jeep – et tout lui sembla parfaitement ordinaire. Chacun faisait sa part de travail quotidien. On y fabriquait simplement une bombe.

A l'infirmerie, il vit quelqu'un assis sur le lit d'Eisler – un visage couvert de bleus sur un côté et barré d'un pansement sur le front, derrière lequel il reconnut peu à peu le caporal Batchelor.

«Qu'est-ce qui vous est arrivé?

— J'ai buté dans une porte», dit-il d'une voix blanche. La disharmonie de son faciès brutalisé contrastait avec le soigneux empilement des effets d'Eisler. «Comment vous avez su? reprit-il, gêné.

— Je ne savais pas. Je suis venu prendre ces habits. Vous vous remettez?»

Le gosse acquiesça.

«Ça devait être une sacrée porte, dit Connolly en inspectant les affaires d'Eisler. Vous allez le laisser s'en tirer comme ça?»

Le soldat haussa les épaules. «C'était juste une porte. J'en mourrai pas.

— Ils sont méchants, hein?»

Il sourit faiblement, en grimaçant un peu à cause d'une coupure au coin de la lèvre. «Ouais, très méchants. Faudra que je sois plus prudent au mess.

— La prochaine fois, retenez-vous, dit Connolly sur un ton assez brusque, qu'il amenda aussitôt : Excusez-moi. Je ne voulais pas être blessant.

— Y a pas de mal, fit le soldat avec lassitude. Je l'ai cherché.

— Personne ne l'a cherché.»

Connolly s'aperçut qu'il s'emportait comme si on lui avait demandé de prendre parti, alors qu'il ignorait tout de sa situation. A quoi ressemblait ce genre de vie? Chaque rendez-vous était-il un risque? Derrière le monde ordinaire qui les entourait, il y en avait d'autres, invisibles. Mais, tout à coup, il se demanda si l'infortune du jeune soldat n'avait pas une autre cause : une question de trop, par sa faute à lui, Connolly.

«J'espère que ce n'est pas à cause de… je veux dire, vous n'étiez pas en train de…

— D'espionner?» Il secoua la tête. «Non. Rien à voir. Juste une porte. Je n'ai rien découvert d'intéressant, au fait. Depuis que vous me l'avez demandé.

— Je sais. Il n'était pas… nous nous sommes trompés.»

Le gosse leva les yeux. «Alors, c'était quoi?

— Nous savons que ce n'était pas ça. Ne vous en faites pas. Il n'y aura pas de chasse aux sorcières.

— Tant mieux. Voilà au moins une bonne chose.

— Alors, n'allez pas buter dans d'autres portes. Pas pour ça, en tout cas.»

Il haussa les épaules. «Je juge mal les gens, c'est tout. Je n'ai jamais été très psychologue. Et vous?»

Connolly fut pris de court, comme si cette question venait d'une autre conversation. «Quelquefois. Ça dépend.» Il commença à rassembler les affaires d'Eisler. «Je pense toujours que vous avez beaucoup de cran.»

Cette fois, le sourire fut plus franc. «Ouais. Merci.

— Je pense aussi que vous êtes bien bête de laisser ce salopard s'en tirer comme ça. Vous devriez le dénoncer.»

Batchelor lui lança un regard pitoyable. «J'peux pas. Impossible. C'est la règle. Ça se fait pas.»

Connolly pensait encore à lui en portant la valise vers l'appartement d'Eisler. Combien d'autres portes se dresseraient devant lui? Il se demanda ce qu'il deviendrait après la guerre, quand il quitterait la Colline pour une autre vie, loin des regards, inaperçu jusqu'à ce son drame transparaisse à nouveau sous forme de bleus sur sa figure.

Au moins son mystère avait-il laissé quelques traces visibles. Celui d'Eisler n'en laissait guère. Des habits, des livres, de vieilles photos. Connolly fuma quelque temps dans le living-room en observant les murs, comme pour y déchiffrer un indice, puis passa les livres en revue. Il les retira des étagères, les feuilleta, les entassa sur le sol. Rien. Il se rappela sa première nuit dans la chambre de Karl : quelques rares objets personnels qui paraissaient attendre le retour tardif de leur propriétaire. Quant à Eisler, non seulement il ne rentrerait plus mais il semblait n'être jamais venu ici. Tous ces objets relégués, abandonnés là jusqu'à leur effacement devant une idée unique. Ces dernières semaines avec Connolly avaient été son seul contact humain avant qu'il ne retourne se cacher. Comment pouvait-on vivre ainsi, obnubilé par une croyance unique, qui évacuait tout le reste? Pouvait-on vraiment être indifférent à la souffrance des autres au nom d'une idée? Debout avec, à la main, un livre allemand incompréhensible, Connolly sentait la pièce se vider. Une vie entière pour une idée. Et une idée fausse.

15

«Ah, ça non, pardi, je refuse, dit-elle en se redressant.

— Tu dois accepter.

— Non!»

Elle s'enveloppa dans le drap froissé, comme si elle avait été surprise par un intrus. Derrière les stores fermés qui l'abritaient du soleil de l'après-midi, la chambre était chaude.

«Ça ne peut pas marcher sans toi», dit-il calmement.

Elle le toisa, puis sauta à bas du lit, ramassa ses habits qui traînaient par terre et se dirigea vers la salle de bains en trébuchant dans la demi-obscurité. «Des clous!» dit-elle en s'approchant de la fenêtre. Quand elle tira sur le cordon du store, la chambre teintée d'érotiques lueurs ambrées fut inondée de lumière crue. Un tapis bon marché. Une table en formica. Connolly assis sur le lit défait. Il la regarda se débattre avec sa petite culotte dont elle n'arrivait pas à trouver l'ouverture, pressée de se couvrir.

«Je serai avec toi. A chaque pas», dit-il.

Elle s'interrompit, énervée par cette culotte qui lui résistait toujours.

«Tu es charmant, dit-elle. Charmant. Attendre qu'on ait fini avant de me le demander. Qu'est-ce que tu t'imaginais? Un petit câlin d'un côté et un peu d'espionnage de l'autre? Voilà une bonne fille. Tu as perdu la tête. Je refuse.

— Emma, s'il te plaît. Je me suis mal expliqué.

— Sans blague? dit-elle, à nouveau aux prises avec sa culotte. Tromper un mari et en piéger un autre. C'est à peu près ça, non? Très peu pour moi, merci. C'est mon mari. Ou c'était... C'est... Enfin, bref, je ne veux pas l'envoyer en prison.

— Il n'ira pas en prison. Ce n'est pas ce qu'ils veulent, il est l'inter-médiaire. Au pire, ils le renverront chez lui.

— Ah oui? C'est drôle, j'entends déjà les clefs dans la serrure.

— Je ne te comprends pas. Il t'a laissée tomber.

— Ça n'est pas passible d'emprisonnement, que je sache. Les geôles seraient pleines à craquer.

— Il ne s'agit pas de ça.

— Il s'agit de moi. Je ne *veux* pas le voir. Il est mort. Et je n'ai pas l'intention de le ressusciter pour que tu puisses le mettre au rancart.

— Personne ne le met au rancart.

— N'empêche que tout ce qui lui arrivera sera ma faute. Tu n'aurais même pas su qu'il existait si je ne te l'avais pas dit. Avant que tu n'aies ton idée de génie.

— Calme-toi.

— Non, je ne me calmerai pas. Je suppose que tu as déjà proposé mes services. Ça a dû faire des remous dans le bureau de la Sécurité. Seigneur, quel passé! Qui l'eût cru? Je ne savais pas qu'elle avait donné dans ce genre de choses.

— Personne n'est au courant. Personne ne le sera.

— Qu'est-ce qui t'a fait croire que j'accepterais?

— Je pensais que tu serais volontaire. Nous devons savoir. C'est important.

— Volontaire? Pourquoi? Pour le bien du pays? Ne me fais pas rire.

— Je pensais que tu le ferais pour Karl.

— Karl? dit-elle, déconcertée. Karl est mort.

— Eisler aussi. Peut-être d'autres encore, que nous ignorons.

— Pourquoi pas le monde entier? Vas-y, brandis bien haut le glaive de la vengeance si ça t'amuse. C'est ta spécialité, pas la mienne.

— Emma, j'ai besoin de ton aide. Il te fera confiance.

— Pour quelle raison? En souvenir du bon vieux temps? Ou veux-tu aussi que je couche avec lui? C'est ça? Tu voudras peut-être regarder.

— Arrête.

— C'est ça, dis? Comme Mata-Hari?

— Non, bien sûr. Si tu me laissais t'expliquer...

— Oh, toi! Tu persuaderais les oiseaux de descendre de l'arbre pour arriver à tes fins. Tu vas me dire maintenant que nous allons sauver le monde ensemble, je suppose? Avec moi en position allongée.

— Tu vas m'écouter?

— Ecoute-toi toi-même, rétorqua-t-elle en gagnant la salle de bains, incapable de dompter sa culotte. Ecoute-toi bien, tu pourrais être surpris par ce que tu entendras.»

Elle claqua la porte derrière elle.

Il attendit, assis sur le lit, mais n'entendit que le bruit de l'eau qui coulait. Il enfila son caleçon, s'approcha de la fenêtre et regarda le parking poussiéreux en écartant les lattes du store. Il était décontenancé par cette explosion de colère, qui avait jailli comme un geyser trop longtemps contenu, sans commune mesure avec sa rancœur blagueuse de cette première nuit, pendant le quadrille, lorsqu'il l'avait désirée pour la première fois. Etait-ce pour se défaire de l'empreinte de sa peau qu'elle était si pressée de se doucher? Il alluma une cigarette et regarda les volutes de fumée jouer dans la lumière. L'ennui, c'était qu'elle avait raison. Il avait attendu qu'ils aient fini. Il lui avait fait l'amour en sachant d'avance ce qu'il allait lui demander.

Elle ressortit de la salle de bains dûment culottée, mais avec le visage encore mouillé. Elle rejeta ses cheveux en arrière et vint s'asseoir en croisant les jambes avec un calme théâtral. «N'aie pas peur, dit-elle, je ne mords pas. Tu en as une pour moi?»

Il lui tendit une cigarette sans rien dire. Le silence fit office d'excuse. La chambre retrouvait la paix, la fenêtre aspirait les invectives en même temps que la fumée.

«C'est important pour toi? demanda-t-elle finalement.

— Oui.

— J'ai cru le comprendre, fit-elle en retroussant la lèvre en une mimique de résignation amusée, d'autodérision.

— A quoi penses-tu?

— A mon père, répondit-elle, rêveuse. Il avait vu juste, non? Regarde cette chambre... miteuse, c'est le mot qu'il aurait employé. Au beau milieu d'un désert américain. C'est-à-dire nulle part ou presque. Et me voilà assise là, à fumer une cigarette en slip, comme une traînée...

— Emma.

— Si, une traînée. Encore imprégnée de la sueur d'un homme, avec un mari au bout de la route et un autre ailleurs... Mon Dieu. Quel spectacle. Et mon amant. Oui, mon amant. Exactement comme il l'avait prévu.

— Non, c'est faux.

— Ah oui?

— Je t'aime.

— Et ça change tout, c'est ce que tu veux dire?

— Je veux dire que je ne te demanderai plus ça. Je ne te demanderai rien. Oublie.

— Vraiment? Allez, va, puisque tu as commencé, continue. Qu'est-ce que tu attends de moi au juste?

— Tu le ferais?

— Je ne lui ferai pas de mal. Peux-tu me promettre qu'il n'aura pas à en pâtir? Non, laisse tomber. Tu ne peux pas le promettre, mais tu répondrais oui quand même. Tu mentirais. C'est plus fort que toi.

— Je ne vais pas te mentir. Il ne lui arrivera rien.

— Je ne ferai pas la putain pour toi.

— Tu penses réellement que je te demanderais ça?

— Non.

— Alors pourquoi cette hargne ?»

Elle détourna le regard. «Je ne sais pas. Je n'ai pas envie de remuer le passé. Tu peux comprendre ça ? On ne sait jamais ce qu'on peut y retrouver. Je ne veux pas revenir en arrière.

— Il le faudra bien, pourtant.

— Pour clarifier la situation, c'est ça ? Oh, c'est admirable. Chéri, divorçons à l'amiable. En attendant, voici quelques jolis secrets pour ta peine. C'est ça, l'idée ? Seigneur, je ne pourrai jamais. Je ne mens pas assez bien.

— Ce n'est pas mentir. Les documents sont authentiques.

— C'est moi qui ne le serai pas. Il repérera le pot aux roses tout de suite. Pourquoi lui ?

— Tu ne savais pas vers qui te tourner. Tu lui fais confiance.

— Mais pourquoi justement maintenant ? J'aurais découvert son adresse comme ça, par hasard, juste au moment où j'en avais besoin ?

— Tu la connaissais depuis quelque temps. Seulement, tu ne voulais pas… remuer le passé.

— Et maintenant j'en ai envie ?

— Maintenant, tu as une bonne raison. Tu as besoin de son aide. Ton amant a besoin de son aide.

— Eh bien, ça au moins, ce ne serait pas un mensonge.

— Ton amant le caporal Waters. Boîte 1663, Santa Fé.

— A quoi il ressemble, celui-là ?

— Un idéaliste. Comme le premier.

— Tu es vache.

— Il te croira. Il connaît ton type d'homme.

— Jusqu'à toi», dit-elle en écrasant sa cigarette. Mais il commençait à l'intéresser, malgré elle. «Pourquoi pas Daniel ?

— Il est réel. Ils pourraient vérifier.

— Comment je vais lui expliquer ça, au fait ? Je vais lui dire que j'ai une course à faire à New York ?

— Je ne sais pas encore. Il faudra qu'on trouve un prétexte. Tu pourrais lui dire qu'Oppie t'a demandé de le représenter auprès de quelques visiteurs britanniques. Tu veux profiter de l'occasion pour changer d'air. Quelque chose comme ça.»

Elle se leva et regarda par la fenêtre. «Il va falloir que je lui parle de nous, tu sais. C'est peut-être le moment.

— Pas encore.»

Elle se tourna vers lui.

«Ah, et pourquoi, je te prie ?

— Il vaut mieux attendre. Nous ne savons pas comment il réagira. D'ailleurs, il est occupé.

— Utile, tu veux dire. A l'Opération. Nous ne voulons pas de complications de nature personnelle, c'est ça ?

— En effet.»

Elle le toisa un instant, puis se mit à marcher de long en large. «Bien. Donc, mon nouvel ami… je suppose que tu as une histoire toute prête en ce qui le concerne ?

— Nous pourrons mettre ça au point dans le train.

— Mon nouvel ami, dis-je, le dernier en date sur cette longue liste conforme aux prédictions de mon père…» Elle arrêta ses objections d'un geste. «Tu veux que j'aille au cœur des choses, non ? Bref, il est tout tourneboulé. Par sa conscience ?

— Nous fabriquons une arme terrible, dit Connolly sans relever son ton railleur. Si terrible qu'elle va tout changer. Nous pensions que les nazis en fabriquaient une de leur côté. Mais ils ont capitulé, alors il ne comprend pas pourquoi le secret est maintenu. Certains des savants ne veulent pas l'utiliser, ils veulent que le monde en soit informé mais ils ne savent pas comment s'y prendre. Tout est verrouillé ici. Leur seul espoir de contrôler l'emploi de la bombe est de répandre la nouvelle. Pour effrayer le monde. Sinon, l'armée pourra faire ce qu'elle voudra. Pas seulement contre le Japon. Contre la Russie. Contre n'importe qui. Pourquoi ne pas informer nos alliés ? Cela signifie-t-il que nous voulons la garder pour nous seuls ? Pour plus tard ? Tant que nous détiendrons ce secret, nous serons une menace pour le monde. Nous serons les nazis.»

Emma interrompit son va-et-vient et le considéra calmement, en croisant les bras comme pour se protéger d'un froid soudain. «C'est la vérité ?

— C'est ainsi que le caporal Waters voit les choses.

— Je veux parler des savants. Ils veulent vraiment que tout le monde sache ?

— Ils le voudront. Pour l'instant, ils ne pensent qu'à leur travail. Ils croient que c'est leur chose. Ils ne se rendent pas compte qu'ils sont simplement en train de produire du matériel militaire.

— Et toi, qu'est-ce que tu en penses ?

— Peu importe. J'en pense que… que, dans la mesure où nous sommes les seuls à tenir le revolver, des tas de gens doivent partager le sentiment du caporal Waters. Et peut-être avec raison.

— Mais tu veux les arrêter quand même. Même s'ils ont raison.

— Je ne vois pas l'intérêt de passer un revolver à d'autres. Ils peuvent tirer. C'est généralement ce qu'on fait, dans ces cas-là.

— Comme les cow-boys.

— Non, comme les nations. Avec la course aux armements, les guerres, les tueries. Je me méfie des peuples armés. Je ne suis pas un idéaliste.

— Oh, que si, dit-elle. De la pire espèce. Tu veux intervenir toi-même.» Elle décroisa les bras et avança lentement vers lui. «Je le sais. Je connais mon type d'homme.»

Il se leva, face à elle, n'osant la toucher. «Je ne te le demande pas. Si tu ne veux pas.»

Elle secoua la tête et posa une main sur son épaule. «Si. Demande-le-moi. Personne ne m'a encore jamais demandé ça.

— Il te faudrait être très prudente. Souviens-toi de Karl.

— Prudente. Si j'étais prudente, je ne serais pas ici.

— Alors, tu le feras?

— C'est ce que tu veux, non?»

Il acquiesça.

«Tu m'accompagneras?

— Obligatoirement. Tu es ma couverture, dit-il.

— Comment ça?

— Je te l'ai dit, personne ne sait. Si je quitte la Colline, nos amis du G2 vont me suivre. Ils se demanderont ce que je fais. Ils ne se le demanderont plus après t'avoir vue.

— Tu as pensé à tout, n'est-ce pas? C'est ça, notre couverture? Nous sommes censés avoir une liaison?

— Ça te semble invraisemblable? dit-il en souriant.

— Tu penses que n'importe qui peut croire ça?

— N'importe qui.»

Elle médita un instant. «Mais pas de mal à Matthew. Et si tu te trompais? S'il refusait? S'il me renvoyait avec mes cliques et mes claques?

— Alors, nous aurions gagné une semaine à New York. Mais il ne refusera pas. Les papiers sont authentiques. La tentation sera trop forte.

— Pas de mal, compris?

— Compris. Tu es drôlement loyale avec ton mari.

— Hm, dit-elle. Avec tous mes maris. Mais pense à ce que je fais pour toi.»

Il l'embrassa en la serrant contre lui. «J'en appelle à tes bons sentiments, c'est tout.

— Tu es une belle ordure. Tu te servirais même de mes bas instincts pour arriver à tes fins, hein?

— Si ça marchait, dit-il en l'embrassant encore. Ça marcherait?

— Je te répondrai plus tard.»

***

«Je croyais qu'ils avaient annulé les permissions, dit Mills.

— Les civils ont un traitement de faveur, répondit Connolly. Ce n'est que pour quatre jours. Vous ne croyez pas que j'y ai droit, avec tout ce que vous me faites endurer?

— Il y a eu deux permissions attribuées, reprit Mills en lui tendant les papiers. Prenez-les donc toutes les deux.

— Non, pourquoi? Il m'en suffit d'une, dit Connolly en prenant la feuille. Y a-t-il un sous-entendu ou n'est-ce que dans mon imagination?

— Vous avez un travail particulier à me confier pendant votre absence?

— Non. Gardez le contact avec Holliday, par courtoisie. Voyez si quelqu'un est allé à l'église. Dites-lui que je n'ai toujours rien trouvé. Même pas une idée. Peut-être que j'aurai une illumination en chemin.

— Vous avez l'intention de potasser la question, hum?

— Vous croyez savoir des tas de choses, à la Sécurité. Evitez toutefois de sauter trop vite aux conclusions. Ce n'est pas à moi de vous le dire, bien sûr, vous êtes un professionnel.

— Exact, fit-il en souriant. Amusez-vous bien quand même.»

Connolly lui retourna son sourire. «Soyez sympa, voulez-vous? Quand vous parlerez de ceci à qui de droit, ayez l'amabilité de ne pas mentionner son nom. Je ne voudrais pas qu'on se fasse des idées fausses. Les gens sont si susceptibles.

— Estimez-vous heureux qu'on ne vous tire pas dessus. Vous allez me laisser un numéro de téléphone? C'est la procédure.

— Inventez-en un. Celui que je vous donnerais serait bidon.

— Et je vérifierais. Ça aussi, c'est la procédure.»

***

Bien qu'Oppenheimer se fût arrangé pour leur obtenir un Pullman, une oasis de privilège dans le train bondé, le voyage fut étouffant. Après les hauts plateaux du Nouveau-Mexique, la chaleur des plaines centrales d'Amérique avait quelque chose d'oppressant. Un souffle d'air chaud, qui laissait des grains de poussière sur la peau, asséchait la sueur et éparpillait les papiers, transformait le compartiment en étuve. Une bande de troufions paillards et tapageurs avait pris d'assaut la voiture-bar. Leurs chants, qui résonnaient comme des querelles d'ivrognes, troublaient le calme des contrées désertes qu'ils traversaient. *Chattanoogo Choo-Choo*... Les auteurs de ces rengaines ferroviaires avaient dû trouver l'inspiration dans une voiture-bar, eux aussi, songeait Connolly avec irritation. Car il fallait être ivre pour trouver matière à se réjouir dans ces wagons crasseux. Le dîner avait été bref : des côtes d'agneau caoutchouteuses et des petits pois en boîte, catapultés sur la table par des garçons expéditifs, pressés de passer au service suivant. Après avoir bu une bière fraîche, ils étaient allés se coucher, plus par lassitude que par fatigue, en espérant que le ferraillement du train leur servirait de berceuse. Mais le sommeil tardait à venir. Il gigotait dans ses draps tièdes et voyait Eisler en rêve, plongé dans la contemplation de son destin devant le tableau noir.

Le lendemain fut plus agréable. Emma feuilletait des magazines, la jupe relevée sur ses cuisses pour capter le courant d'air. Connolly regardait distraitement le paysage, à présent verdoyant. Il avait lui aussi un magazine ouvert sur les genoux, mais il ne s'y intéressait plus. Le compte rendu d'un GI sur Okinawa, édulcoré par les soins d'un autre Connolly à l'OWI. Ni incontinences ni peurs nocturnes. Blessures à l'abdomen, jamais plus bas. Les parties génitales n'étaient jamais touchées. Les cadavres photographiés étaient entiers. Connolly avait entendu dire qu'on nettoyait le sol avant de prendre la photo pour qu'aucun membre démantelé n'apparaisse. Les choses avaient un peu évolué cependant. Le moral de la nation n'était plus la priorité. Les images sur papier glacé étaient plus brutales. Les GI étaient hagards, bouche bée, horrifiés par le fanatisme de l'ennemi. Les collines étaient grêlées de milliers de trous d'obus. Jusqu'à la fin, la guerre faisait rage. Il était encore temps pour le gadget. Derrière la vitre défilaient des fermes et des vallons boisés, endormis et insouciants.

Une averse orageuse raya de pluie les fenêtres du wagon-restaurant à l'heure du déjeuner. La vue s'assombrit. Emma, trop préoccupée pour prêter attention au paysage, piochait dans sa salade au poulet.

«Tu vas bien?» demanda Connolly.

Elle acquiesça.

«Tu ne regrettes pas d'être venue?

— Je le regrettais déjà avant de venir. Maintenant, c'est la curiosité qui l'emporte.

— Au sujet de Matthew?

— Moui. Je me demande ce qu'il est devenu. Tu le sais, toi? Ils te l'ont dit?

— Je n'ai que son adresse. Il travaille à Union Square. Il continue à rendre des services au parti. Je ne sais pas lesquels.

— Tu as peur d'être jaloux?

— Je ne l'ai pas encore vu. Il est bel homme?

— Il l'était. Ce n'était peut-être qu'une impression, parce que les autres camarades étaient plutôt moches.» Elle croisa son regard. «Oui, il est bel homme. Blond. Mince – il ne mangeait jamais. Un morceau de fromage et un biscuit, ça lui suffisait. Il aimait... mais tu n'as pas vraiment envie de savoir, n'est-ce pas?

— Non.

— Non… En tout cas, c'était une autre époque. Les gens changent.»
Elle retourna sa fourchette, songeuse. «S'il travaille toujours pour le parti, pourquoi est-il autorisé à rester?

— Ce n'est pas illégal.

— Mais ils l'ont à l'œil.

— Je suppose.

— Ils savent, pour moi?

— Non, tu n'existes pas.

— Ça me plaît. Comme les voyages en train. Personne ne sait qui tu es. Tu n'es qu'un billet. J'ai toujours aimé ça. Encore maintenant. Je n'y peux rien, j'aime ça.

— On ne dirait pas, à te voir.

— Pourtant, si. En un sens. Tous ces gens qui se croisent dans la chaleur. Mais personne ne nous ennuie. Même pas besoin de parler.

— Comme s'il n'y avait personne autour de nous.

— C'est à peu près ça.

— Nous ne sommes pas vraiment seuls, cependant.

— Que veux-tu dire?

— Ne te retourne pas… non, sérieusement, ne te retourne pas. Pourquoi faut-il toujours que les gens se retournent quand on leur dit ça? Si tu peux regarder discrètement… le type, deux tables derrière toi, avec la cravate cachemire.

— Qu'est-ce que je suis censée faire, laisser tomber ma fourchette? dit-elle, taquine. Je n'ai plus fait ça depuis l'école. Tu es sérieux?

— Fais semblant de chercher un serveur. Si tu veux un autre thé glacé.

— Tu es sérieux.»

Elle attendit un instant, puis se retourna pour regarder subrepticement l'autre table.

«Quoi, le type avec la crème glacée? reprit-elle. Tu plaisantes.

— Non. Il nous suit.

— Comment tu le sais?

— Tu as vu son chapeau? Ils posent toujours leur chapeau près d'eux pour pouvoir l'attraper facilement en cas de précipitation. C'est pratiquement une carte de visite.

— Balivernes.

— Il ne t'a pas regardée une seule fois.

— Je ne suis peut-être pas son type.

— Ce n'est pas ça. Il ne t'a pas regardée du tout.

— Je ne te crois pas.

— Tant mieux. Comme ça, tu te comporteras avec naturel, c'est parfait.

— Non, ce n'est pas parfait, dit-elle en reposant sa fourchette. Pourquoi tout ce mystère? C'est ridicule. Ce n'est pas un des vôtres?

— J'espère que si.

— Alors pourquoi…

— Le Service de Renseignement ne m'aime pas beaucoup. Quand on fait venir quelqu'un de l'extérieur, ils pensent qu'il y a du louche. Ils n'aiment pas être laissés sur la touche. Alors, ils surveillent. C'est leur marotte.

— Tu ne peux pas le faire renvoyer?

— En ce cas, ils *sauraient* qu'il y a du louche. Pour l'instant, je suis juste un vilain garçon profitant de privilèges qu'ils n'ont pas. Ils n'ont aucune idée de ce que nous faisons.

— Sauf ce qui saute aux yeux.»

Il sourit. «Sauf ce qui saute aux yeux.

— Alors, pourquoi espères-tu que c'est l'un d'eux?

— Eh bien, parce qu'il y a une autre possibilité. Nous ne savons toujours pas qui est sur la Colline. Karl était au Renseignement et il est mort. Ce type est peut-être des nôtres, mais je ne le reconnais pas. J'espère donc que c'est seulement un gars que Lansdale a envoyé jouer les détectives. Sinon, nous pourrions avoir un problème. De toute façon, je ne veux pas l'avoir dans nos pieds quand tu verras Matthew. Ça pourrait tout gâcher.»

Emma réfléchit en remuant son thé glacé. «Tu as raison. Ça ne me plaît pas. Je n'aime plus ça. Tout le monde se méfie de tout le monde. Je regrette que tu me l'aies dit. Tu n'aurais pas dû.

— Il aurait fallu que tu le saches, tôt ou tard. Nous allons devoir le semer. Seul, je n'y arriverai pas.

— A quoi bon? Si on le sème, un autre le remplacera. Lui, au moins, on sait à quoi il ressemble.

— Nous ne pouvons pas nous permettre d'avoir du public. Quel qu'il soit, allié ou ennemi – voire les deux à la fois. Ce serait trop risqué. Matthew devra te croire, sans quoi ça ne marchera pas.

— Et si c'était simplement un quidam avec un chapeau?

— Alors, la question ne se posera pas. Ecoute, personne n'est au courant pour Matthew. C'est notre seule chance de le protéger.

— Sauf si ça marche, dit-elle en tournant la tête vers la fenêtre. Il ne pleut plus. C'est seulement de la buée.

— Je t'ai promis de faire ce que je pourrai. Chaque chose en son temps, d'accord?

— D'accord. On commence par quoi? On le pousse hors du train?

— Je ne plaisante pas, Emma.

— Tu as l'air de bien t'amuser, pourtant. C'est un jeu pour toi. On le repère, on le sème. Voyons s'ils sont si forts que ça. Voyons si *tu* es si fort que ça. Mon Dieu, vivement que ce soit fini.

— C'est presque fini, dit-il pour l'apaiser.

— Je peux te poser une question? Si personne ne sait ce que nous faisons, ça signifie que personne non plus ne va s'inquiéter de nous. En cas de pépin, je veux dire. Il n'y aura personne pour nous venir en aide Pas même le type au chapeau.

— C'est exact.

— Je n'y avais pas pensé. Je devrais avoir peur?

— C'est le cas?

— Non. Curieusement, non. Mais tout le monde sait que je suis une imbécile.

— Ici, personne ne le sait, dit-il en souriant. Tu n'es qu'un billet, rappelle-toi.

— Ton ami le sait, dit-elle avec un léger mouvement de la tête vers l'homme au chapeau.

— Il sait que tu es ici. Il ne sait pas ce que tu fais.

— Qu'est-ce que je suis censée faire?

— Une escapade. En mauvaise fille.»

Il posa une main sur la sienne.

«Ça ne me plaît pas, dit-elle.

— Fais semblant. Souris-moi. Ris un peu, si tu y arrives.

— Je croyais qu'on essayait de le semer, pas de jouer la comédie.

— Pas encore. Plus tard. D'abord, nous devons camper ton personnage.

— Et comment?

— Finis ton thé. Ensuite, nous retournerons dans notre compartiment, nous mettrons une affichette "Ne pas déranger" et nous ferons beaucoup de bruit.

— Ils écoutent aux portes?

— Ils graissent la patte des contrôleurs.

— Tu es sérieux?

— Pour le bruit, tout au moins.

— Il fait chaud.

— On étouffe. Vite, un thé glacé.»

Elle poussa un petit rire.

«Voilà, dit-il. C'est mieux.

— Ça va nous prendre combien de temps? Pour camper mon personnage?

— Nous avons toute la journée. Nous pouvons le semer dans le New Jersey. Les gens se perdent toujours dans le New Jersey.

***

Ils descendirent du train à Newark, dissimulés par la foule des soldats qui saluaient leurs familles sur le quai.

«Va aux toilettes, puis retrouve-moi à la gare routière, dit-il en marchant.

— C'est où?

— Sur la droite. Suis les panneaux.

— Pendant qu'il te file.

— Non, il va croire que nous sommes encore dans le train.

— Et le contrôleur?

— Nous lui avons laissé son pourboire, il s'en fiche. Il pensera que nous sommes dans le wagon-restaurant. Dernier service.

— Mais s'il n'est pas dupe? S'il te file vraiment?

— Alors, tu ne me trouveras pas à la gare routière.»

Mais elle l'y trouva. Assis sur un banc de bois, il l'attendait en s'éventant avec un journal. L'air, pesant et moite, sentait le diesel.

«Qu'est-ce que tu as là-dedans, au fait? demanda-t-il en désignant sa valise.

— Mon trousseau.» Elle s'assit. «Alors, nous sommes seuls?

— Je pense.

— Et maintenant?

— Le bus dans dix minutes. Puis, nous chercherons un hôtel.

— Tu n'as pas réservé?

— Si, répondit-il en souriant, mais à quoi bon descendre du train en douce s'il sait dans quel hôtel nous retrouver?

— Je t'avais prévenu, je ne suis pas très douée dans ce genre de choses. Je veux seulement un bain. Peu importe l'hôtel. Que crois-tu qu'il fasse en ce moment?

— Notre ami? Il tourne en rond dans la gare de Penn. En transpirant.»

Elle pouffa. «Il doit l'avoir mauvaise. A moins que tu ne te sois trompé, bien sûr. Il est peut-être simplement en train de courir vers une baignoire et c'est nous qui transpirons.

— Possible.»

Le bus était plein à craquer et il dut rester debout, en s'appuyant sur l'accoudoir du siège d'Emma et en se tenant au filet à bagages tout au long du trajet. Quand ils abordèrent le grand virage avant le tunnel, il éprouva pour la première fois l'excitation du retour à la maison, en voyant la ville se refléter sur les eaux. Au sortir du tunnel, carrelé comme une salle de bains, ils débouchèrent dans les rues animées et s'arrêtèrent dans le sous-sol de l'hôtel Dixie, avec ses casiers de consigne et ses cireurs de chaussures, où une foule de voyageurs brandissait des tickets de transport. Dans la rue, il fut assailli par un flot d'images comme un garçon de ferme au cinéma. Malgré la chaleur, tout se bousculait, les marins en blanc, les soldats en kaki et les jeux de lumières des enseignes au néon. Ici, personne n'avait entendu parler de Los Alamos.

Ils prirent un taxi pour un hôtel dans Lexington, non loin de la Gare Centrale, où il parvint à arracher une chambre donnant sur une rue latérale. Quand il ouvrit la fenêtre, un air chargé de suie entra en même temps que le bruit du métro aérien, mais il y avait un ventilateur et de la pression dans les robinets. On était à mille lieues de la sécheresse de la Colline.

«Ce n'est pas exactement le Waldorf, hum? dit Emma.

— Il n'y avait plus de place au Waldorf. Prends un bain, tu te sentiras mieux. C'est la même eau.

— Pour la moitié du prix. Tu me rejoins? dit-elle en se déshabillant.

— Vas-y. J'ai quelques coups de fil à donner.

— D'anciennes copines?

— Non. Pour demain.

— Oh», fit-elle, cessant de sourire, puis elle s'enferma dans la salle de bains.

Il appela Manny chez Costello pour réserver deux tables séparées – «Ouais, deux box, c'est noté, tu as un nouveau flirt?» – puis recueillit quelques conseils auprès d'un ami du journal pour l'installation du micro. Ensuite, il demanda l'interurbain et fuma une cigarette devant la fenêtre en attendant la connexion avec la Colline.

«Je croyais que vous étiez à l'hôtel Pennsylvania, dit Mills.

— Qu'est-ce qui vous fait penser que je n'y suis pas?»

Il y eut un court silence, puis : «Très drôle.

— Je n'ai pas pu aller jusque-là, dit Connolly. Il fait une chaleur d'enfer ici et j'ai eu envie de me rafraîchir un peu à la campagne.

— C'est ce qui explique pourquoi l'opératrice a dit que l'appel venait de New York.

— Elle a dû se tromper.

— Ouais. Comment vous y êtes-vous pris pour disparaître?»

Connolly ne répondit pas.

«Compris. Autrement dit, je gaspille l'argent du gouvernement. Pourquoi appelez-vous, au fait?

— Pour entendre ce que vous venez de me dire.»

Nouveau silence, puis : «Vous n'aimez pas embêter le monde, vous, hein, Mike? Qu'est-ce que je vais lui dire maintenant?

— Dites-lui qu'il y a un bon orchestre au Pennsyslvania Roof. Ça lui plaira. Je veux juste un peu d'intimité. Ici à la campagne.

— Ouais, de l'intimité. Eh bien, vous l'avez. Sauf si je recherche l'origine de l'appel.

292

— Peine perdue. Je suis dans une cabine. Mais vous vous en doutiez déjà.

— Merde», dit Mills en raccrochant.

Quand il entra dans la salle de bains, Emma était couchée dans la baignoire, les genoux affleurant à la surface de l'eau comme des îles, et regardait dans le vide.

«Tu vas rester là toute la nuit? demanda-t-il en commençant à se dévêtir.

— Tout se passera bien, n'est-ce pas? dit-elle, toujours préoccupée.

— Oui.

— Vraiment bien?» insista-t-elle en le regardant.

Il acquiesça. «Allez, dépêche-toi de finir et on sort.

— Tu rigoles. Je ne peux pas bouger.

— Très bien.»

Il grimpa dans la baignoire et tomba sur elle en l'éclaboussant.

«Qu'est-ce que tu fais? dit-elle en riant.

— Restons ici, répondit-il en l'embrassant.

— Arrête. Oh, regarde-moi ces dégâts.

— Ce n'est que de l'eau. Ça ne les étonnera pas.

— Ah, c'est ce genre d'hôtel?

— Bien sûr.

— Non, vraiment, on ne peut pas. Regarde par terre.»

Elle se leva, les seins ruisselants.

«Je croyais que tu ne pouvais pas bouger, dit-il en la retenant par la taille. Viens, plonge.

— Je vais te calmer, moi.»

Elle bascula sur lui et lui enfonça la tête sous l'eau. Quand il émergea en s'ébrouant, elle était déjà sortie de la baignoire et tenait une serviette. Il se redressa en jouant les monstres marins et tenta de l'attraper.

«Mon Dieu, tu ne vas tout de même pas me poursuivre dans la chambre, s'esclaffa-t-elle. Tu es ridicule.»

Il la désirait. Elle sortit en courant vers le ventilateur, mais il lui saisit la taille et l'entraîna vers le lit.

«On est tout mouillés, dit-elle, amusée.

— Et alors?»

Il la coucha sur le lit.

«Les draps vont être trempés.

— On dormira dans la baignoire, répliqua-t-il en caressant sa jambe savonneuse et glissante. Autre chose?

— La lumière», murmura-t-elle.

Il lui sourit et alla tirer les rideaux. Elle resta immobile dans le courant d'air du ventilateur qui soufflait sur son corps. Debout au pied du lit, il contempla sa peau blanche dans la faible lumière qui provenait de la salle de bains, puis promena ses mains le long de ses jambes et sur son ventre jusqu'à la naissance des seins, qu'il baisa l'un après l'autre. Elle frissonna.

«Ce n'est pas bien, dit-elle. Nous ne sommes pas ici pour le plaisir.»

Il posa ses lèvres sur son cou et s'allongea sur elle, en se laissant glisser sur sa peau humide.

«Qui a dit ça? fit-il. Qui a organisé ce voyage?»

Elle lui prit la tête à deux mains. «Dis-moi que tu m'aimes. Dis-moi que c'est bien.

— C'est bien.»

Quand il la pénétra, il la sentit se contracter intérieurement comme pour s'accrocher à lui de tout son être.

Ensuite, ils se douchèrent séparément, soudain pudiques. Elle sécha ses cheveux sous le ventilateur, en les massant lentement, avec une paresse tropicale.

«Tu veux vraiment sortir? dit-elle. On ne peut pas dîner dans la chambre?

— Je ne pense pas qu'ils aient un service d'étage ici. Peut-être un garçon de courses avec un seau à glace. Tu veux boire un verre?

— Je vais m'écrouler.

— Tu te sentiras mieux après avoir mangé.

— Je dois l'appeler maintenant? demanda-t-elle inopinément.

— Non. Demain matin. Il ne faut pas lui laisser le temps de réfléchir, répondit-il avec une détermination de chasseur. Je veux dire...

— Je sais ce que tu veux dire», fit-elle tristement, et elle se leva pour s'habiller.

Dans un restaurant près de Times Square, ils dînèrent d'huîtres servies sur un lit de glace pilée et arrosées de bière dans de grands verres embués. Il faisait très chaud et il y avait foule dans les rues. Emma picorait dans son assiette, presque sans parler, et après une seconde bière Connolly commença à s'éteindre lui aussi, assommé par le brouhaha de la salle.

«Tu veux écouter de la musique?» dit-il.

Elle lui sourit. «Il y a longtemps que tu me promets de me sortir... Et, maintenant que nous sommes ici, je suis trop fatiguée pour partir. Demain peut-être. Quand ce sera fini.

— D'accord.» Il ne souhaitait pas parler de ça. «On pourrait monter au sommet de l'immeuble de la RCA. Il y a toujours de la brise là-haut.

— Ne te sens pas obligé de me divertir. Je me contenterai de mon lit.»

Mais, comme il faisait trop chaud pour rentrer à l'hôtel, ils allèrent dans un cinéma climatisé, où l'air froid leur rappela la fraîcheur des nuits de la Colline. La bande d'actualités, comme toujours, montrait des atrocités allemandes. On y voyait maintenant de longues files de déportés traînant le pas dans les villes bombardées. Le film, un truc intitulé *Pillow to Post* avec Ida Lupino, était un défilé d'images brillantes sans rapport avec ce qui avait précédé et, au milieu de l'histoire, Connolly avait déjà perdu le fil. Elle lui prit la main pendant la projection, comme s'ils étaient deux amoureux en goguette.

Les rues ne désemplissaient pas. Les gens sortaient des cinémas en flirtant et en suçant des cornets de glace. Les lumières étaient éblouissantes. Bière Knickerbocker. Une bouteille géante de Pepsi en perpétuelle effervescence. Ici, la guerre était finie, mais la vie quotidienne semblait entre parenthèses. Ils étaient tous venus pour oublier. La bande d'actualités n'avait été qu'un mauvais moment à passer en attendant le grand film qui, quel qu'il soit, drame ou comédie, serait forcément plus joyeux.

Ils s'éloignèrent du quartier des cinémas pour déambuler dans des rues plus calmes, en se tenant par la main, heureux d'être ensemble, heureux d'entendre l'écho des talons d'Emma sur le pavé de la ville. Il avait envisagé un dernier verre à l'Astor Bar, ou maintenant au Biltmore, mais tout cela semblait appartenir au passé désormais, ne les concernait plus. A présent, ils étaient un couple pressé de rentrer. Quand, de retour dans leur chambre, elle lui barbouilla le visage de crème de nuit, il trouva l'instant plus intime encore que leurs ébats amoureux : une familiarité nouvelle.

Il s'assit devant la fenêtre en attendant qu'elle s'endorme. Elle avait du mal à trouver le repos. En la regardant, il se dit que le vrai but de ce voyage n'était plus la journée du lendemain. La vérité était que sa vie venait de changer. C'était cela, le mariage. Pour lui avoir demandé son aide sans vraiment réfléchir à ce qu'il faisait, il se sentait soudain lié à elle par une profonde obligation. Ils auraient pu tout arrêter maintenant pour perpétuer cet instant, anonymes parmi la foule, blottis dans ce cocon d'air humide. Au lieu de cela, il allait la compromettre… au nom de quoi ? De la nécessité de mener *son* opération à son terme, à l'instar d'Oppenheimer ? Mais il savait déjà qu'ils ne s'arrêteraient plus. Ils étaient là pour une mission précise. Elle l'avait compris avant lui et elle l'avait accepté. Elle se retourna dans son lit, enfin apaisée, respirant profondément. Il avait toujours aimé sa témérité. Maintenant elle la lui offrait, comme un cadeau de mariage. Pour lui, elle était plus précieuse encore que la paix : elle était cette image heureuse d'une femme pleine de vie qui lui tendait la main en sautillant sur la piste de Chaco.

16

Quand il se réveilla le lendemain, elle était déjà levée. Assise près de la fenêtre, en petite culotte, elle se vernissait les ongles en rouge. Il y avait une cafetière et des tasses sur la table.

«Enfin, dit-elle. Viens prendre ton café. Tu avais tort, tu vois, ils servent dans les chambres. Il suffisait de demander.»

Il enfila un peignoir.

«Qu'est-ce que tu fais?

— Tu veux que je sois crédible dans mon rôle, non? répondit-elle en mirant ses ongles. Une fille doit se faire belle pour ce genre de choses.

— C'est très rouge, commenta-t-il en versant du café.

— Trop rouge, tu veux dire? Mon chéri, tu n'y connais rien. Sur Johanna Weber, ce serait trop rouge. Sur moi, c'est chic. Là... tu vois? Maintenant, il suffit d'attendre que ça sèche. En priant le ciel que ce ventilateur ne rende pas l'âme. Il a fonctionné toute la nuit.»

Il but son café et secoua la tête pour se réveiller.

«Tu fais toujours ça toute nue?

— Bien sûr. A cause des taches. C'est un vrai calvaire pour les enlever. Dis-moi, combien de femmes as-tu vraiment connu? dit-elle en souriant. Tu te sauves au petit matin, d'habitude?»

Il alluma une cigarette avec son Zippo, puis la regarda à travers la fumée. «Ça te rend toujours aussi joyeuse ou est-ce le trac?»

Elle eut un petit rire. «Ne cherche pas à comprendre. Un peu des deux, je pense. Peut-être beaucoup. Ça se passera bien.

— Tu veux qu'on répète encore une fois?

— Non. Je sais ce que j'ai à dire. Grosso modo. Les dialogues ne sont pas écrits d'avance. Ça dépendra beaucoup de ce qu'*il* dira.

— D'accord. Appelons-le.

— Non. Finis ton café et va prendre une douche. Je l'appellerai pendant ce temps. Je ne veux pas de public.»

Il la regarda avec surprise. Elle s'approcha de lui, cueillit délicatement sa cigarette sans replier les doigts, aspira une bouffée et la lui rendit. «Qu'est-ce qui te chiffonne ? Tu ne m'en crois pas capable ?

— Je serai présent au restaurant.

— Je sais. Je me demande pourquoi.

— En cas de problème. Pour te seconder.

— Pour m'espionner, plutôt. D'accord, mais pas maintenant. Je suis sérieuse. Allez, ouste, du vent.»

Connolly consulta sa montre. «Tu crois qu'il est déjà au travail ?

— Tu ne connais pas les camarades. Ils se lèvent avec les poules.

— Evite les plaisanteries. Il n'appréciera peut-être pas.»

Elle le tança du regard. «Ecoute, ça m'ennuie d'insister, mais je te rappelle qu'il est mon mari. Je sais ce qu'il apprécie.»

Il baissa les yeux et secoua sa cigarette. «C'est vrai. J'oublie toujours.

— Je ne pense pas à ce que tu crois que je pense. Oh, et puis zut. Allez, bouge-toi de là. J'ai un rendez-vous chez le coiffeur.

— Il est sensible à ça ?

— Moi, j'y tiens. Je ne veux pas avoir l'air d'une souillon.

— Tu veux l'impressionner, n'est-ce pas ? dit-il, piqué.

— Un peu. Tu me trouves mesquine ? Peut-être.

— Tu veux voir si tu l'attires toujours.

— Je veux juste voir s'il le remarquera.»

Le jet de la douche qui lui cinglait le visage acheva de le réveiller. Le doute le gagnait. Il n'avait pas prévu de rester sur le banc de touche. Mais il était bien obligé de lui faire confiance, sinon mieux valait tout annuler tout de suite. Quand il coupa l'eau, il entendit sa voix, de loin, indistinctement, et il dut se retenir pour ne pas ouvrir la porte. Il se planta devant le lavabo pour se raser, mais sans pouvoir s'empêcher de tendre l'oreille. Pourquoi était-ce si long ? Que se disaient-ils ? Il essayait d'écouter, debout, le rasoir à la main, les joues enduites de savon. Finalement, il ouvrit le robinet pour rincer sa lame et n'entendit plus rien.

Quand il sortit de la salle de bains, une serviette autour de la taille, elle avait encore le téléphone sur les genoux et regardait par la fenêtre.

«Un problème ?

— Midi pile, pas midi et demie, dit-elle, l'œil absent. Ça ira ?

— Bien sûr. Il a donné une raison ?»

Elle se tourna vers lui, un triste sourire au coin des lèvres. «Il est attendu à un meeting.

— Un meeting ?

— Tu surestimes mes charmes. Il a tout de même réussi à me caser dans son emploi du temps.»

Elle semblait à la fois insouciante et blessée. Il ne sut comment réagir.

«Il t'a paru comment ? dit-il.

— Surpris.»

Elle se leva pour mettre sa robe.

«Il sait où c'est?

— Il trouvera. 44e Rue entre la Troisième Avenue et la Seconde, c'est ça? Il aurait préféré un rendez-vous plus près du bureau, mais je lui ai dit que j'avais traversé la moitié du pays pour le rencontrer et qu'il pouvait faire un petit effort. Mon Dieu, tu crois qu'il y a des gens qui ne changent jamais?

— Il t'a demandé pourquoi tu avais choisi cet endroit?

— Oui. Je lui ai répondu que j'avais toujours voulu voir les fresques de Thurber. Et, sur ce point, tu t'es trompé : il n'a jamais entendu parler de lui. Cesse de t'inquiéter, tout va bien.

— Et toi?

— Moi aussi, dit-elle en s'approchant de la glace pour se mettre du rouge à lèvres. Je me sens un peu drôle, mais je tiendrai le coup. En fait, ça commence même à me plaire.» Elle plissa les lèvres. «Détends-toi. Ce sera plus facile que je ne pensais.

— Du gâteau, en somme.

— Et je me réserve la cerise.» Elle ferma son sac à main. «Bon, j'y vais. Qu'est-ce que tu me conseilles? dit-elle en palpant ses cheveux. Bouffant sur les épaules, mais pas trop vamp?

— Tu es magnifique», dit-il avec sincérité.

Elle s'arrêta devant la porte pour le regarder, inexpressive. «Merci», fit-elle. Puis, pour détendre l'atmosphère, elle cligna de l'œil. «La prochaine fois, essaie d'être habillé pour me dire ça. Je te retrouve ici? Nous avons encore la matinée devant nous.

— Non, allons nous promener. Retrouve-moi à la bibliothèque. Sur la Cinquième. Devant, près des lions. Patience et Courage.»

Elle le regarda sans comprendre.

«C'est leur devise, expliqua-t-il.

— Tu en sais, des choses.»

Après son départ, le silence retomba dans la pièce et il se mit à tourner en rond, désemparé. La situation ne ressemblait pas à ce qu'il avait imaginé sur la Colline. Son parfum flottait encore dans l'air. Il ouvrit la valise et sortit les papiers d'Oppenheimer. Il considéra longuement l'enveloppe, comme si le poids de son contenu allait le terrasser, mais, au fond, ce n'était rien de plus qu'un accessoire de théâtre. Il avait entre les mains une partie du plus grand secret de la guerre et ça ne lui faisait ni chaud ni froid : en cet instant, il ne pensait qu'à elle, à ce qu'elle éprouverait en le revoyant, le premier homme qu'elle avait aimé.

Elle tarda à venir. Il attendit devant la bibliothèque, à l'ombre des arbres déplumés de la terrasse, puis marcha vers les lions, de peur de la manquer. La journée était chaude mais moins humide que la veille. De temps à autre, une saute de vent tiède balayait l'avenue, soulevant les jupes. Il resta longtemps à regarder la circulation, un ballet incessant d'autobus et de voitures rutilantes, sous un soleil éblouissant. Il n'y avait pas le moindre véhicule militaire en vue. La lumière semblait trop vive, la cité surexposée, comme si rien ne devait échapper au regard et que même les rendez-vous furtifs devaient se dérouler au grand jour. Il fuma, impatient.

Lorsqu'il la vit enfin traverser la rue, il oublia sa longue attente. Son apparition resterait à jamais imprimée dans sa mémoire, comme un instantané fixé sur pellicule que l'on contemple encore des années plus tard. Elle portait une robe blanche à épaulettes, des chaussures à talons bas, un sac coincé sous le bras. Sa jupe, qui se mouvait au gré de ses pas, épousait le galbe de ses jambes. Ses cheveux, relevés sur la nuque, balancèrent de droite et de gauche quand elle tourna la tête, alerte et empressée, les lèvres déjà entrouvertes sur un sourire. Il eut le sentiment de la voir pour la première fois.

«Comment tu me trouves? dit-elle gaiement, contente d'elle.

— Quand une femme pose cette question, c'est qu'elle connaît déjà la réponse.

— Dis-le moi quand même.

— Belle comme un million de dollars. Comment tu te sens?

— Moins riche que ça. Ces chaussures…», fit-elle en grimaçant.

Ils allèrent dans Bryant Park, derrière la bibliothèque et flânèrent en faisant semblant d'avoir tout le temps devant eux. Elle s'assit, les jambes croisées, en se déchaussant un pied à demi.

«Tu aurais dû me donner ces papiers tout de suite», dit-elle.

Il prit l'enveloppe dans sa poche intérieure, puis la garda dans la main, comme s'il hésitait à la lâcher.

«Qu'est-ce qui t'arrive? Tu as peur que je la vole pour courir la donner aux Russes?»

Il lui tendit l'enveloppe, qu'elle glissa dans son sac.

«Ça semble irréel, dit-il. Je viens de commettre un crime et nous plaisantons.

— Excuse-moi. C'est nerveux.

— Non, pas toi… tout ça.

— Tu imaginais un autre décor?»

Il haussa les épaules. «Je ne sais pas. Des imperméables, du brouillard peut-être. En tout cas pas une belle journée ordinaire dans le parc.

— Tu as l'air déçu.» Elle regarda le ciel. «Tu l'auras peut-être tout de même, ta pluie. Ça t'aiderait?

— Possible.

— Tu lis trop de romans d'espionnage, avec des tiroirs secrets, de l'encre sympathique et le reste. Mais peut-être que ça se passe comme ça, dans la réalité. Dehors, en plein soleil. Tu jettes des graines aux petits oiseaux, tu échanges quelques informations et tu retournes à ton boulot. Tous ces gens sont peut-être en train de manigancer quelque chose, dit-elle avec un hochement de tête vers les flâneurs assis sur les autres bancs.

— Ils n'en ont pas l'air.

— Ma foi, nous non plus. Ni le professeur Eisler. J'ai encore du mal à y croire.

— Il n'avait pas le sentiment de faire quelque chose de mal. C'était un enfant de chœur.

— On a toujours une arrière-pensée», dit-elle en regardant dans le parc.

Sa voix était plus sombre, comme si un nuage était passé sur elle. Il se tut un instant, puis changea de sujet.

«Et cette femme, là-bas, avec le chapeau de paille? demanda-t-il, joueur. Qu'est-ce qu'elle mijote?

— Elle?

— Elle n'a pas l'air d'un agent secret.

— Peut-être qu'elle trompe son mari.

— Ce n'est pas pareil.

— La sensation est la même. C'est le mensonge qui est excitant. Et il y a toujours quelque chose de terrible à cacher.»

Il se tourna vers elle. «Je ne te tromperai pas.

— Non, je te le déconseille, dit-elle avec un vague sourire. Je le saurais.» Elle jeta un œil à sa montre. «Bon, sauve-toi, maintenant. J'ai besoin de quelques minutes de solitude. Préparation psychologique. Je ne peux pas me concentrer quand tu es là à ronger ton frein. A quoi il ressemble, au fait, ce restaurant? Lugubre?

— Bruyant. C'est un rendez-vous de journalistes.

— Eh bien, comme ça, tu l'as, ton atmosphère, fit-elle en riant. Non… ne dis rien.

— D'accord.» Il se leva. «Tu te souviens de l'adresse?

— Oui, oui. Allez, sauve-toi.

— Tu es sûre que tu vas bien?»

Elle le regarda. «Je vais très bien. J'ai une longue expérience.»

***

«Tu ne vas pas m'attirer d'ennuis, avec ça, hein? dit Manny en regardant Connolly tendre le fil entre les deux box.

— Voyons, est-ce que je te ferais ça?» Il s'assit dans le coin de son box, la tête appuyée contre le mur, en dissimulant l'écouteur dans le creux de sa main. «Tu vois quelque chose?

— Des ennuis. C'est tout ce que je vois.

— Si tu m'apportais une bière ?

— Sûr. Tu veux manger un morceau ? Tu monopolises un box.

— Qu'est-ce qu'il y a de froid ?

— Des palourdes frites.

— Frites quand ? dit Connolly avec un sourire en coin. Apporte-moi un sandwich au thon.

— Un sandwich au thon…, fit Manny en tournant les talons. Pour un box complet ! »

Le bar commençait à se remplir, mais Connolly avait toujours la salle de restaurant pour lui seul. Il cacha l'écouteur derrière un sucrier et fit semblant de lire le journal, en restant sur le qui-vive. Tout autour de lui, des satyres et des chiens aboyant poursuivaient des femmes surdimensionnées le long d'une frise en plâtre terre-de-sienne : c'étaient les fresques de Thurber, la fierté de la maison. Il y eut un éclat de rire au bar. Connolly avait oublié la joyeuse effervescence de New York. Quelle différence avec la délicate courtoisie des repas sur la Colline ! Ici, la tape dans le dos était de rigueur.

Il avait attaqué un problème de mots croisés quand Emma apparut, remarquée par Manny qui cligna de l'œil en la voyant se diriger vers le box voisin. Il baissa la tête sur son journal et n'aperçut d'elle que l'éclair rouge de ses ongles. Son parfum flottait dans son sillage. Il résista à la tentation de se retourner pour la rassurer du regard une dernière fois et se contenta de l'imaginer, assise dans son box et souriant à Manny qui lui apportait son thé glacé. Elle avait raison, le mensonge avait quelque chose d'excitant. Une idée absurde lui vint : il se dit qu'il était le seul à savoir qu'elle avait des chaussures trop serrées.

Il épiait tous les nouveaux arrivants qui passaient devant les tables. Manny déposa son sandwich devant lui, mais il n'y toucha pas – l'anxiété lui coupait l'appétit. Pourquoi était-il en retard ? Etaient-ce eux qui étaient en avance ?

Quand il fit son entrée, cinq minutes plus tard, Connolly le reconnut tout de suite : grand, efflanqué, attifé avec négligé – une chemise en coton sombre humide sous les aisselles, une cravate ordinaire au nœud serré mais pendouillant d'un col non boutonné, une veste tenue par deux doigts par-dessus l'épaule, la dégaine typique du Village. Ses cheveux blonds, clairsemés sur le front mais fournis sur le haut du crâne, luisaient de sueur. Son visage encore jeune d'éternel adolescent était rougeaud, comme s'il avait couru sous la chaleur. Il regarda nerveusement à la ronde, puis afficha un large sourire en la voyant.

« Emma, dit-il en s'approchant de la table. Tu es magnifique. »

Il resta debout un instant et Connolly l'imagina un peu gêné. « Qu'est-ce que je fais ? Je t'embrasse ? »

Connolly n'entendit pas de réponse, mais elle dut acquiescer car il perçut un froissement d'étoffe avant que Matthew ne s'asseye. Il se pencha contre le mur, l'écouteur collé contre son oreille, le crayon en suspens au-dessus de sa grille de mots croisés.

«Je n'en reviens pas, dit Matthew, apparemment enchanté, avec une pointe d'accent anglais. Depuis tout ce temps. Et te voilà.

— Quelle poisse! fit Emma.

— Non, c'est merveilleux. Mais que fais-tu ici? Depuis quand es-tu aux Etats-Unis? Comment as-tu... je ne sais pas par où commencer. Dis-moi tout.»

Ses phrases se bousculaient, il semblait sincèrement ravi, comme s'il s'était agi de retrouvailles avec une vieille amie d'école.

«Ça fait un bail, hein?

— Laisse-moi te regarder. Tu es vraiment une beauté, tu sais.

— Et toi, tu n'as pas changé», dit-elle. Une simple constatation, mais que Connolly prit pour un compliment.

«Les cheveux, un peu, dit-il (sans doute en se touchant les tempes). Ils vont finir par tomber. Mais toi... non, vraiment, je n'en reviens pas. Comment va ta famille?

— Ma famille? dit-elle, un peu déconcertée. Ils vont bien. Je ne les ai pas vus depuis des années. Je vis ici maintenant. Je suis mariée.

— Mariée?

— Matthew, j'ai divorcé de toi il y a plusieurs années. Tu as dû l'apprendre?

— Non.

— Tu n'étais pas là pour t'y opposer. Tu n'aurais pas protesté, n'est-ce pas?»

Un court silence. «Comment aurais-je pu? Ecoute, je ne t'ai jamais expliqué...

— Non, laisse, chéri. Vraiment. C'est de l'histoire ancienne, à présent, ça n'a plus d'importance. Je ne suis pas venue pour ça.

— Je ne comprends pas.

— Nous n'avons pas beaucoup de temps. Il faut que je te parle. Nous évoquerons le bon vieux temps *unter den linden* une autre fois.

— Tu es toujours fâchée contre moi?

— Non, franchement. Je l'ai été. Enfin, fâchée n'est peut-être pas le mot. Mais, bref, l'eau a coulé sous les ponts. C'était avant la guerre. Nous n'étions que des enfants. J'ai passé l'éponge. Si on commandait?»

Connolly vit Manny se poster devant leur box. Ils commandèrent des sandwichs.

«Ce ne sont pas que de mauvais souvenirs, tout de même, reprit Matthew. On s'est bien amusé. Au début. Quand je pense à ton père...»

Il avait un ton blagueur et Connolly croyait entendre ses regards – pétillants de malice, provocateurs. Etait-ce cela qu'elle aimait, cette façon de faire des pieds de nez au monde ?

« Tu étais une fille merveilleuse.

— Je suis toujours une fille merveilleuse. Et toi ?

— Moi ?

— Tu travailles toujours pour les camarades ?

— Bien sûr.

— Tu fais quoi au juste ?

— Je travaille au journal. Ça marche bien. On a eu une baisse de régime après le Pacte… les rats ont quitté le navire, tu sais ce que c'est. Mais la guerre a changé tout ça. On se tient de nouveau les coudes. Enfin, nous verrons bien.

— Tu veux dire que tu comptes rester ?

— Si je peux. Nous ne sommes pas exactement la publication préférée de l'Oncle Sam, mais nous tenons le coup. Browder a fait des miracles. De toute façon, c'est ici que ça se passe, maintenant. Politiquement, c'est un peu la tendance de ton oncle Arthur, mais tout va changer après la guerre. Il le faut. La pression sera énorme. »

On leur apporta leurs assiettes.

« Tu es bien toujours le même, dit-elle avec un sourire dans la voix. Toujours d'attaque.

— C'est plus fort que moi, répondit-il sur le même ton. Il y a du boulot. D'accord, ce n'est pas l'Espagne, c'est une lutte d'un autre genre, mais, comme tu l'as dit, on se fait vieux.

— Je n'ai jamais dit ça. J'ai dit que j'étais toujours merveilleuse.

— Oui, fit-il d'une voix éteinte. Mais mariée. Qui as-tu épousé, au fait ? Quelqu'un d'ici ?

— Un chercheur. Tu ne le connais pas. Matthew…, reprit-elle après une hésitation, j'ai un service à te demander.

— Accordé.

— Attends de savoir ce que c'est. Un service important.

— C'est pour ça que tu as voulu me revoir ?

— Oui.

— C'est drôle… je pensais que c'était en rapport avec… je ne sais pas, avec nous.

— Quoi, après tout ce temps ? »

Pas de réponse.

« Il n'y a rien entre nous. C'est compris ? Je veux que ce soit bien clair.

— Alors pourquoi ?

— J'ai besoin de quelqu'un de confiance. Ou plutôt l'inverse : quelqu'un qui ait confiance en moi. Qui me connaît. »

Connolly appuya l'écouteur contre son oreille. Il avait l'impression d'être une petite souris. Il reconnaissait bien Emma dans cette approche toute en finesse.

«Je ne comprends pas. Tu es dans le pétrin?

— Non, pas personnellement. Nous y sommes tous, en un sens. Voilà l'histoire. Oh, c'est compliqué. Je ne sais pas par où commencer. Ça va te paraître énorme. *C'est* énorme. Parfois, j'ai du mal à y croire moi-même.

— Emma, tu pourrais être plus claire?

— Oui, tu as raison. Bon. Allons-y. Je te l'ai dit, c'est énorme, alors accroche-toi. Tu as une cigarette?

— Tu fumes, maintenant?

— Oh oui, je suis une grande personne.» (Craquement d'une allumette.) «Merci. Eh bien, voilà. Mon mari est chercheur.

— Tu l'as déjà dit.

— Un physicien. Il travaille pour le gouvernement. Nous sommes dans une base militaire, dans l'Ouest.

— Où?

— Je ne peux pas te le dire, répondit-elle, avant de se reprendre avec un petit rire nerveux. Oh, excuse-moi, c'est l'habitude. Au Nouveau-Mexique. C'est une base secrète, tu comprends. Ils sont très pointilleux là-dessus. Ils fabriquent des armes.

— Quel genre d'armes? dit-il à voix basse.

— Des bombes. Tu as entendu parler de la fission atomique? Non, ça m'étonnerait. Personne n'est au courant. Peu importe. Le problème…

— Je sais ce qu'est la fission. On en parlait avant la guerre. Depuis, plus rien. Tu veux dire qu'ils ont continué les recherches? Je croyais que c'était considéré comme impossible…

— Non, ils ont réussi. Du moins, ils le pensent. Ils vont bientôt faire des essais. C'est pourquoi le temps presse.

— Tu te rends compte de ce que tu me dis? C'est fantastique.

— Oui. Mais tu vois, à la longue, on finit par trouver ça presque banal. En tout cas, c'est une réalité. Vingt mille tonnes de TNT.

— Bon Dieu.»

Connolly lui avait dit dix. Il se demanda si elle avait simplement oublié le chiffre ou si elle se laissait emporter par son propre récit. Pourquoi pas vingt?

«De quoi rayer de la carte une ville entière, dit-elle. Même Berlin.

— Berlin n'existe plus.

— Tokyo, alors. Ils vont la larguer quelque part. Et il y a autre chose. Il n'y a pas que la puissance explosive. Ça, ça peut se mesurer, mais personne ne connaît les effets de la radiation. Ils vont la larguer sur des gens sans même savoir ce qui peut en résulter. Car, j'insiste, ils n'en savent *rien*.

— Calme-toi.

— Non, laisse-moi finir. Tant que c'est secret, ils peuvent l'utiliser. A moins que quelqu'un ne leur mette des bâtons dans les roues. Les chercheurs ne peuvent pas, ils sont terrifiés. Mais, si nous ne passons pas le mot d'une manière ou d'une autre, il sera trop tard. Il ne faut pas les laisser faire, tu comprends. Je te parle de milliers et de milliers de vies humaines et ils ont déjà gagné la guerre. Il faut que quelqu'un les arrête.» Elle se calma. «Et j'ai pensé à toi.

— A moi? Je ne pige pas. Tu veux que j'annonce ça dans le journal?

— Non, bien sûr que non. Ils t'arrêteraient. C'est un secret militaire – aucun journal n'est autorisé à l'imprimer. Sinon, les savants auraient déjà parlé.

— Quoi, alors?

— Nous devons communiquer l'information hors des frontières.

— Hors des frontières…, répéta-t-il lentement.

— Aux Russes. Ils ne savent pas.

— Ce n'est pas possible.

— Si. Il n'y a pas un seul Russe dans l'opération. Des Britanniques, même des Allemands, mais pas un seul Russe. Je le sais, j'habite là-bas. Réfléchis à ce que ça signifie.

— D'après toi?

— D'après moi, ils vont taper du poing sur la table s'ils l'apprennent – peut-être assez fort pour arrêter ça avant qu'il ne soit trop tard. Il n'y a qu'eux qui en soient capables maintenant.»

Il prit son temps avant de répondre. «Tu te rends compte de ce que tu dis?

— Oui, je sais, c'est un gros risque à courir. Mais quelqu'un doit le courir.

— Toi, par exemple, fit-il, sceptique. Jeanne d'Arc.

— Non, pas moi. Je ne suis qu'une intermédiaire. Quelqu'un de l'opération.

— Ton mari.

— Non, quelqu'un d'autre. Je… je fréquente quelqu'un d'autre. Ne fais pas cette tête. Je suis une grande personne, rappelle-toi.

— Etais-tu déjà une grande personne à Berlin? Je me le suis souvent demandé.

— Non. Et toi? Ecoute, ce n'est pas le moment. Il est un peu tard pour ça. Tu vas m'aider?

— Tu n'est pas sérieuse. Tu me prends pour un espion?

— Tu me prends pour une espionne?

— Je ne sais pas quoi penser. C'est si extraordinaire. Tu débarques comme ça, un beau matin, et tu me joues *Les Trente-neuf marches*. Quel est ton rôle là-dedans, au fait?

— Je te l'ai dit, je suis une intermédiaire. Je veux l'aider. Ce ne serait pas la première fois, il me semble. Tu ne peux pas avoir oublié.

— C'était différent. Je ne t'ai jamais rien demandé de pareil. Mais pourquoi toi?

— Parce que je te connais. Je n'ai pas pu trouver quelqu'un d'autre. Tu crois que je serais venue, autrement? Tu es la dernière personne à qui je demanderais de l'aide. Et, justement, il se trouve que tu *es* cette dernière personne. Je ne suis pas vraiment cul et chemise avec les autres camarades. Ils ne me croiraient jamais.

— Mais moi oui?

— C'est ce que j'ai pensé. Je me suis peut-être trompée. De toute façon, tu n'as pas besoin de me croire. J'ai là quelques papiers... Tiens.» Connolly l'entendit sortir l'enveloppe. «Que quelqu'un d'autre en décide.

— Tu es sérieuse. Qu'est-ce que c'est?

— Des informations scientifiques sur l'opération. Une partie. Chacun n'en connaît qu'une partie. Mais Steven en a davantage. Donne-les à quelqu'un qui saura ce qu'ils signifient. Pour moi c'est du chinois et pour toi aussi, alors n'essaie même pas de comprendre. Eux, ils sauront. Et ils verront qu'il est fiable. Il veut seulement parler à quelqu'un, c'est tout. Pendant qu'il en est encore temps.

— Qu'est-ce qui te fait penser que je peux faire ça?

— Tu as des relations, tu as toujours été doué pour ça. Ecoute, Matthew, je n'ai jamais dit que tu étais un espion. Et puis, même si c'était le cas, je m'en fiche. Tous les camarades le sont un peu, non? Ils aiment bien intriguer entre deux meetings. Quoi qu'il en soit, tu n'auras pas besoin d'espionner. Contente-toi de passer le mot et ça s'arrête là. Tu n'es pas concerné. Je ne suis pas concernée. Laisse les camarades décider.

— Tu n'as pas changé. Tu les as toujours détestés.

— J'ai détesté ce qu'ils ont fait de toi.

— Et maintenant tu veux les aider.

— Peut-être que, maintenant, je me fiche de ce qu'ils feront de toi.»

Dans le silence, Connolly put entendre une petite cuiller heurter une tasse. Pas de dispute! faillit-il crier. Pas encore. Il n'est pas encore ferré.

«Je n'ai jamais voulu te faire de mal, dit-il.

— Si je disais que je te crois, ça changerait quelque chose?»

Il soupira. «Tu es dure, Emma.»

«Ah ben ça, par exemple! tonna une voix à côté de Connolly. Je croyais que tu étais à Washington. Qu'est-ce que tu deviens, vieille branche?»

Connolly leva les yeux, surpris et ennuyé, en escamotant l'écouteur. Ça tombait mal. «Jerry! dit-il.

— Pourquoi ne pas m'avoir dit que tu étais de retour? Tu es passé au journal?

— Je ne suis pas de retour. Juste pour la journée.»

Mais Jerry s'assit sans l'écouter. «Oswald est mort, tu sais. Il s'est évanoui dans la salle de rédaction. En plein jour. Il m'a presque fait pitié, ce salopard. Mais qu'est-ce que tu fiches ici?

— Jerry, j'attends quelqu'un», dit-il en s'impatientant. Il les entendait parler derrière lui.

«Ah ouais? Encore une poule? Nom d'un chien, tu ne grandiras jamais. Eh, tu as l'air en forme, remarque. Tu sais que cette enflure de Levine a eu une promotion? Si tu sais y faire, tu resteras à Washington.»

Et ainsi de suite. Connolly regardait s'activer son clapet, d'où sortait un flot de paroles confuses qui couvraient la conversation du box d'à côté. Allait-il se décider à partir? Connolly n'avait pas besoin de lui répondre, il se contentait d'opiner de la tête de temps à autre en rongeant son frein, pris au piège, contraint de laisser Emma naviguer seule. Etaient-ils en train de se quereller, d'échanger de vieux griefs pendant que l'enveloppe attendait, oubliée, sur la table? De toute façon, qu'aurait-il pu faire? Elle était livrée à elle-même depuis le début. Pensait-elle seulement à lui? De quoi parlait-elle maintenant, du brave caporal Waters? Que se disaient-ils? Elle n'avait pas davantage besoin de lui que lui de Jerry.

«Je t'en prie, Jerry, dégage, dit-il enfin. J'ai un rencard.» Il lui adressa un petit sourire égrillard. «Elle est du genre angoissé.

— D'accord, d'accord, fit Jerry en se levant. Eh, Ken est avec moi au bar. Passe nous dire bonjour.

— En repartant, d'accord. La tournée est pour moi.

— Naan, faut que j'y aille.» Il lorgna sur sa montre. «On dirait qu'elle t'a posé un lapin.

— Aucun risque.»

Il alluma une cigarette en saluant Jerry de la main et essaya de se ressaisir. S'il avait vu le fil du micro? S'il avait fait une scène? Le danger écarté, il remit l'écouteur contre son oreille.

«Il y a une condition», disait Emma. De quoi s'agissait-il? Ils n'avaient pas discuté de ça. Avait-il accepté, alors? «Tu sais que je ne lèverais pas le petit doigt pour tes amis. Ils ne valent pas mieux que les autres.

— C'est faux, mais continue.

— Ceci, dit-elle, se référant à l'enveloppe, ne leur est pas destiné. Ils ne doivent pas garder le secret. Ils doivent passer l'information, c'est bien compris?

— Oui.

— Les gens doivent savoir. Sinon, ça ne sert à rien. Steven n'est pas... politisé. Il faut qu'ils le sachent. Je ne veux pas qu'il soit piégé. Tu me le promets?» demanda-t-elle. Une impossible requête.

«Chacun a ses raisons. Nous les respectons, répondit-il sur un ton étrangement solennel.

— Non, je veux que ce soit bien clair. Ce n'est pas un coup de pouce pour votre maudite armée. Il ne marchera pas.

— Alors, pourquoi ceci? dit-il en palpant l'enveloppe.

— Il n'y en a pas assez là-dedans pour fabriquer une bombe. Il n'est pas complètement idiot. Il veut que l'information soit publique, c'est tout. Ce n'est pas pour lui. C'est... c'est un type bien.

— Pas comme nous.

— Par certains aspects, dit-elle, songeuse, il me rappelle celui que tu étais. J'ai toujours été bonne poire dans le rayon humanitaire, n'est-ce pas? Je croyais que tu étais sincère.

— Je l'étais.

— Oui. Tu l'étais moins quand il s'agissait de prendre soin d'une personne en particulier.

— Emma...

— Laisse tomber. Nous n'avons pas le temps. Je suis censée faire du shopping. Ceci est plus important, ça concerne des milliers de personnes, pas seulement deux. Promets-moi de bien leur expliquer les conditions de Steven.

— Ils voudront en savoir plus... si c'est vraiment ce que tu dis.

— Oui, il y est préparé. Mais il faut qu'ils sachent le *pourquoi* de son geste. C'est le marché.

— Ils n'aiment pas marchander.

— Personne ne leur a jamais fait un cadeau pareil. Tu verras. Ils n'en croiront pas leurs yeux. Dieu sait qu'ils ne le méritent pas.

— Alors pourquoi le leur donner?

— Ma foi, la vie est parfois bizarre. Ils sont notre seule chance. En tout cas, ça ne dépend pas de moi. Je ne suis que la postière. Mais promets-moi pour Steven. Pas d'entourloupe.»

Connolly attendit sa réponse, qui ne pouvait être qu'un faux-fuyant, vu son évidente impuissance à se porter garant de ce qui arriverait.

«Je te le promets», dit-il avec aplomb. Alors, Connolly comprit que c'était ce qu'elle avait cherché : elle avait voulu l'entendre lui mentir, en guise de preuve pour elle-même.

«Marché conclu, alors, dit-elle. Il faut que je parte, maintenant. Ne range pas ça dans un tiroir, surtout. Ce n'est pas le genre de choses qu'on laisse traîner. Tu n'imagines quel soulagement c'est pour moi d'en être débarrassée.

— Emma... c'est vraiment sérieux, tout ça?

— Pourquoi? dit-elle, désarmante. Tu crois que je n'en aurais pas eu le cran?

— Je ne sais pas de quoi tu es encore capable. Tu es différente.

— Non, toujours merveilleuse, répliqua-t-elle avec amertume. Mais je vais te dire une chose. Si tu as un doute, jette ça à la poubelle et l'affaire est oubliée. Seulement, si j'étais toi et si je savais à qui le montrer, je n'hésiterais pas une seconde. Qui sait? Ça te vaudra peut-être une promotion. Evite simplement de prononcer mon nom dans ton discours de remerciement. Pendant que j'y pense, d'ailleurs, tu ne connais pas mon nom actuel, n'est-ce pas? Ce n'est pas plus mal.

— Je ne t'avais jamais vue comme ça, dit-il sans vraiment lui répondre. Comment je fais pour te contacter?

— Tu ne me contactes pas. Ma mission est finie. L'adresse de Steven est à l'intérieur. Une boîte postale. Ils lisent le courrier, au fait, donc dis-leur d'être prudents... Hm, suis-je bête! Ils connaissent la musique, bien sûr. Dis-leur juste de lui indiquer un lieu, une date et une heure, il comprendra. Quelque part à Santa Fé... nous n'avons pas le droit de voyager. S'il n'a pas de nouvelles, eh bien il en déduira que les camarades ne sont pas intéressés et nous chercherons quelqu'un d'autre.

— Emma, dit-il à voix basse. A Berlin, quand je... j'obéissais aux ordres.

— Je ne veux pas entendre ça.

— Non, ne t'en va pas. Il faut que tu saches ce qui s'est passé quand je t'ai quitté. Je ne pouvais avertir personne. Ils m'ont dit que des vies humaines en dépendaient.

— Des vies humaines, en effet», rétorqua-t-elle sèchement.

Connolly l'entendit se lever. Floué, il se retourna et la vit debout devant leur table, raide, farouche, les épaules rentrées. Il voulut lui faire signe, mais elle avait les yeux rivés sur la table, indifférente à la salle autour d'eux.

«Je ne parle pas des nôtres, disait Matthew. Nous n'étions que des gosses. Les autres... ils avaient une liste, tout le réseau. Il fallait que je disparaisse. Je ne pouvais rien dire, ils me l'avaient *interdit*, tu comprends? C'était important. Il y avait trop de gens impliqués. Ce n'était pas ma décision.

— Ah non?

— Non. Tu crois que j'aurais filé comme ça ? Ils avaient une mission pour moi. Je ne pouvais pas refuser. C'est la discipline… les maillons de la chaîne. Il fallait que je fasse ce qu'ils me disaient. Après…

— Pourquoi me dis-tu ça ?» fit-elle d'une voix glaciale.

Connolly avait lâché l'écouteur et la regardait.

«Je ne veux pas que tu penses… Je n'y pouvais rien, tu sais.

— Tu voudrais que je te pardonne, peut-être ? Quel salaud tu fais.

— Je veux juste que tu saches ce qui s'est passé, dit-il, un peu décontenancé maintenant par sa froideur.

— Tu ne sais pas toi-même tout ce qui s'est passé à Berlin, Matthew, dit-elle d'une voix basse mais vibrante, qui effaçait tous les autres bruits de la salle. Tu as abandonné un enfant. Je l'ai arraché.»

Ses yeux s'emplirent de larmes, sous le regard d'un Connolly désemparé.

Elle se pencha vers Matthew. «Je l'ai vu dans un bassinet. Un caillot de sang. Ils m'ont arraché tous mes enfants à venir dans l'opération. Ils n'ont pas fait exprès, mais c'est ainsi. Tu me trouves dure ? Je suis stérile, Matthew. Voilà ce qui s'est passé à Berlin. Tiens, dit-elle en ramassant l'enveloppe et en la lui jetant à la poitrine. Va sauver le monde. Sauve-le pour nos enfants.»

Pendant une minute, personne ne bougea. Puis Emma prit son sac et sortit précipitamment, en faisant claquer ses talons sur le parquet. Connolly la regarda s'éloigner, pensant que Matthew la suivrait, mais le box était silencieux. Il attendit encore une minute, en retenant son souffle, puis se leva pour partir.

Il risqua un œil par-dessus la cloison. Matthew, assis devant l'enveloppe brune, le visage rouge comme s'il avait été giflé, se leva subitement et buta contre lui.

Connolly eut juste le temps de voir ses yeux, dilatés et hagards. «Excusez-moi», dit-il, mais Matthew s'en allait déjà d'un pas brusque.

Connolly le suivit à travers la salle bruyante et poussa la porte. Matthew était à une trentaine de mètres, sur le trottoir. Il s'arrêta, cria quelque chose – son nom ? – mais sa voix se perdit dans le fracas du métro aérien. Sur la Troisième, il fut stoppé par un feu rouge et Connolly aperçut au loin la robe blanche d'Emma qui louvoyait dans la presse, de l'autre côté de l'avenue. Ils traversèrent ensemble. Connolly, qui marchait en retrait, s'attendait à le voir courir, mais la foule lui barrait le passage : pour ne pas la perdre de vue, il était obligé de contourner les gens en empiétant sur la chaussée. Quand elle tourna dans Lexington, il accéléra le pas en slalomant entre les passants.

Emma n'avait rien remarqué. Arrivée devant l'hôtel, elle entra sans se retourner. Matthew la suivit jusqu'à la porte, esquivant de justesse une voiture quand le feu passa au vert, puis s'arrêta brusquement. Connolly attendit devant la vitrine d'une épicerie, en l'épiant du coin de l'œil. Matthew s'immobilisa, indécis, fit un pas vers l'entrée et s'arrêta de nouveau. Un soldat et une jeune fille sortirent de l'hôtel en portant des valises. Matthew s'épongea le front avec un mouchoir puis, résigné, pivota et s'éloigna lentement. Quand il croisa Connolly devant la vitrine, il regardait le bitume, maussade et dépité comme s'il venait de manquer un train. Bientôt, il se perdit dans la foule.

Emma était assise sur le lit. Elle respirait profondément pour se calmer. En le voyant entrer, elle détourna les yeux. Elle n'avait visiblement pas envie de parler. Il lui toucha l'épaule, puis passa dans la salle de bains et commença à empaqueter ses affaires de toilette.

«Tu as entendu? lança-t-elle finalement depuis la chambre. J'ai peur d'avoir tout gâché.

— Non, dit-il en ressortant. Tu as été parfaite.» Puis, baissant le ton : «Je suis désolé, Emma. Je ne savais pas.

— Non…» Elle secoua ses cheveux. «Et maintenant?

— Maintenant, on attend.

— Comme un message dans une bouteille.» Elle se leva pour aller vers la fenêtre. «Peu importe, c'en est fait, à présent. Bonne chance à lui.

— Tu vas bien?»

Elle acquiesça. «C'est drôle, les voix ne changent pas. Le reste, oui, mais pas les voix. Ça m'a fait un choc au début. "Nous les respectons". Tu parles!» Elle alluma une cigarette en regardant dans la rue. «Promets-moi une chose, veux-tu? Quand cette affaire Karl sera finie, ce sera fini pour de bon, d'accord? Tu vois ce qu'il est devenu. Toujours sur le pied de guerre, même s'il n'y a pas de guerre. Il est enraciné dans ses tranchées.

— Je te le promets. Et, moi, je ne te fais pas de promesse en l'air.»

Elle se retourna en souriant légèrement. «Il n'a pas pu s'en empêcher, hein? Qu'est-ce que tu fais? dit-elle en remarquant sa trousse de toilette. Tu t'en vas?

— J'ai pensé qu'on pourrait changer d'hôtel. Pour notre dernière nuit. Changer de décor.»

Elle s'égaya. «Ce n'est pas la peine. Je vais très bien, je t'assure.

— Pour ne rien te cacher, je crois qu'on n'a pas le choix. Il t'a suivie.

— Il m'a suivie?

— Pas pour espionner. Pour se réconcilier, plutôt.

— Mais il n'est pas monté.

— Non, dit-il en fermant sa trousse. Seulement, il sait où tu es. Ce qui signifie qu'ils sauront que j'y suis aussi, au cas où ça les intéresserait. Et ça les intéressera, crois-moi, quand ils auront feuilleté ses papiers. Nous ne pouvons pas courir ce risque…»

Elle croisa les bras. «Tu crois qu'il nous ferait surveiller?

— Ça ne dépendrait pas de lui.»

Elle accusa le coup. «Je croyais que c'était fini.

— Presque. Simple précaution.

— Toujours sur la brèche, hum? Compris. Et moi qui croyais que c'était par romantisme.

— L'un n'empêche pas l'autre.

— Où allons-nous? reprit-elle gaiement. Si on s'offrait quelque chose d'un peu plus sélect? Le Waldorf?»

Il se dérida. «Non. Je pensais au Pennsylvania. C'est l'unique endroit où nous soyons sûrs d'être seuls.

— Sauf si l'homme au chapeau y est encore.

— Il n'y sera pas. N'importe où, mais pas là.»

***

Il y était pourtant. Après le dîner, ils allèrent écouter de la musique au Café rouge et ce fut Emma qui le repéra, assis non loin de l'orchestre.

«C'est lui, dit-elle. Il ne doit pas être en service... il a laissé son chapeau au vestiaire.

— Et il a dragué une fille. Qu'est-ce que tu en penses?

— Je ne pense pas qu'il nous ait vus.

— Viens, dansons.»

Mine de rien, il l'entraîna vers l'autre table. Elle pouffa. «Tu le tortures», dit-elle en voyant l'homme feindre de ne pas les reconnaître. La fille, aux lèvres rouge vif, buvait un cocktail.

«Juste un peu, répondit-il.

— Il va être furieux.

— Parce que nous avons gâché sa soirée en boîte de nuit? Je doute qu'il en parle. Ça fait mauvais effet sur un rapport.»

Elle gloussa. «Mais que va-t-il penser?

— Que nous étions ici depuis le début et qu'il aurait mieux fait de se taire. Maintenant, il va devoir trouver une explication.

— Qui est cette fille, d'après toi?

— C'est une question.»

Elle posa la tête sur son épaule. «Maintenant, nous l'aurons encore à nos basques dans le train.

— Et il ne nous lâchera pas d'une semelle. Considère-le comme ton garde du corps personnel. Regarde, il va danser. Je n'aurais jamais cru qu'un type du G2 en soit capable.

— Arrête. Il va te voir rire. On ne devrait pas faire ça, tu sais. Pourquoi est-ce si drôle? Ça ne devrait pas.

— Il ne se trouve pas drôle. Et il va rédiger un rapport qui dormira dans un dossier pour être lu un jour ou l'autre par quelqu'un de pas drôle non plus. Et, dedans, il n'y aura pas un mot sur ses pénibles exploits de danseur ni sur ses entreprises de séduction. C'est comme ça.

— Pas drôle du tout.

— Non. Comment te sens-tu?

— Je ne sais pas. Tout va si vite. Aujourd'hui…

— N'y pense pas.

— J'ai fait quelque chose dont je ne me serais jamais crue capable. J'ai délibérément nui à quelqu'un.

— Tout dépend du point de vue d'où on se place.

— Je ne suis même pas sûre d'avoir mal agi. Comment est-ce possible? De ne pas savoir ce qui est bien et ce qui est mal. Je n'y pensais même pas. Je *voulais* que ça réussisse. Et maintenant nous nous moquons de cet homme et nous dansons… comme si de rien n'était. Quel genre de personne suis-je devenue?»

Il la regarda. «Ça m'est égal. Comme nous tous, je suppose. Chacun a ses raisons.

— Même Matthew.

— Là, je ne connais pas la réponse, Emma. Certains sont meilleurs que d'autres, peut-être.

— Autrement dit, on peut avoir tort pour de bonnes raisons?

— Là non plus, je n'ai pas de réponse. Nous n'allons pas résoudre cette question ici, tu sais. Profitons de la soirée. Je te trouve un peu trop songeuse.»

Elle eut un vague sourire. «Le vin, sans doute. Merci de ne pas l'avoir dit. Je vais avoir besoin d'une petite introspection tout de même.» Elle leva les yeux, examina son visage. «Et toi? A quoi pensais-tu aujourd'hui?

— Au restaurant? Que je ne t'aidais pas beaucoup.

— Au contraire. Tu me facilitais les choses.»

Il l'interrogea du regard.

«Je ne savais pas comment je réagirais. Et puis, ça m'a paru tout simple… j'ai su que j'y arriverais. C'est tout simple, quand on a cessé d'aimer quelqu'un.

— Il a été idiot de te laisser partir.

— Nous nous sommes lâchés réciproquement. En tout cas, il n'est plus là.

— Un divorce rapide, au fait.»

Elle sourit. «Je n'ai pas pu résister. Je voulais savoir ce qu'il dirait. J'espérais peut-être qu'il protesterait un peu. Quoi qu'il en soit, nous avons notre réponse. Libres. Ça ne te fait pas plaisir?»

Il la regarda dans les yeux. «Ce n'est pas pour lui que je m'inquiète.»

17

Connolly entendit la voix furieuse d'Oppenheimer, si peu colérique d'habitude, par la porte entrebâillée.

«Vous avez vraiment mal choisi votre moment, Jeff! disait-il sur un ton mordant.

— C'est le bon moment, répondit une voix jeune, presque adolescente. Il n'y en aura jamais de meilleur.»

Connolly put voir Oppenheimer debout derrière son bureau, une affichette à la main. «"Le Gadget et l'avenir", lut-il avec mépris. Qu'espérez-vous prouver avec cette petite réunion mondaine? Où vous croyez-vous, à Palo Alto?

— Nous ne pouvons pas fermer les yeux, Oppie, dit le jeune homme, campé sur ses positions. Il y a certaines questions qu'il faut se poser. La communauté scientifique a le droit de donner son avis. Pendant qu'il en est encore temps.

— Encore temps! C'est justement ça, notre problème. Le temps. Nous avons des gens qui travaillent vingt-quatre heures sur vingt-quatre. Nous n'avons pas de temps à consacrer à des séminaires sur la civilisation et ses mécontents.

— Nous devrions.»

La journée de travail d'Oppenheimer, à tout le moins, devait effectivement faire le tour du cadran, songea Connolly. Sa silhouette, naturellement frêle, était maintenant d'une maigreur alarmante. Il avait de profonds cernes sous les yeux, et c'étaient des doigts presque squelettiques qui tenaient son éternelle cigarette. Malgré une intense fatigue nettement perceptible dans sa voix éraillée, il maintenait son corps sans cesse en mouvement, marchait vite, gesticulait nerveusement pour évacuer la tension de ses veilles forcées.

«C'est Leo qui est derrière ça? dit-il tout à coup.

— Quel Leo?

— Szilard. A Chicago. Vous savez très bien quel Leo. Ne jouez pas au plus fin avec moi, Jeff.

— Je ne sais pas de quoi vous parlez, Oppie.»

Oppenheimer haussa les sourcils, soudain gêné. «Non? Désolé, alors. Je pensais que c'était lui. Il fait circuler une pétition. Je suis certain que vous voudrez la signer. En attendant, je vous saurais gré d'annuler ce maudit débat.

— Pourquoi?

— La Sécurité n'appréciera pas.

— Et alors?

— Et alors ce n'est pas le moment de les énerver. Vous le savez aussi bien que quiconque, Jeff. Ne rendons pas les choses plus compliquées qu'elles ne le sont déjà.

— Oppie, nous parlons d'un groupe de chercheurs scientifiques désireux de se réunir pour discuter des conséquences de leurs travaux.

— Je sais très bien de quoi je parle, rétorqua Oppenheimer en tirant sur son mégot. Je parle d'un essai prévu pour *aujourd'hui* et qui a déjà deux semaines de retard. Je compte les heures. Kisty est actuellement sur le site S en train de travailler personnellement sur le calibrage des moules. Vous le savez, et vous devriez être à ses côtés pour l'aider au lieu de… au lieu de…» Il bredouilla, surpris par le regard ébahi de son interlocuteur. «Qu'est-ce qu'il y a?

— Prévu pour aujourd'hui? Le 4, le jour de la fête nationale? Qu'est-ce que vous aviez en tête, le plus grand feu d'artifice de l'histoire?

— Ne faites pas l'idiot. Pas précisément le 4. Cette semaine. Personne n'a pensé à un feu d'artifice.» Il s'interrompit et sourit. «En fait, personne n'en a eu l'idée. Curieusement. De toute façon, qu'est-ce que ça change? Nous ne sommes pas prêts.

— Oppie, dois-je comprendre que vous me donnez l'ordre d'annuler ce débat?»

Oppenheimer alluma une nouvelle cigarette avec le bout incandescent de l'autre. «Non, fit-il, cédant du terrain. Ce n'est pas un ordre.

— C'est vous-même qui avez lancé l'idée de ces tribunes libres, il me semble.

— Oui.

— Et au diable les pantins de la Sécurité, vous vous rappelez?

— C'est bon, Jeff. Si les hommes le veulent…

— Qu'est-ce qui vous est arrivé? Il y a longtemps que nous n'avons pas eu de débat.»

Oppenheimer le toisa, courroucé. «J'avais autre chose à faire, Jeff. J'ai du travail.

« — Vous serez le bienvenu, au fait. Nous aimerions beaucoup entendre ce que vous avez dire sur le sujet. Nous ne cherchons pas à nuire à l'Opération.

— Je sais», dit Oppenheimer, amadoué.

Connolly frappa à la porte ouverte.

«Quand on parle du diable…, reprit Oppenheimer. Un de vos pantins de la Sécurité, en chair et en os.»

Jeff, un jeune chercheur à lunettes cerclées d'écaille, rougit.

«Je n'ai rien entendu, dit Connolly d'un air détaché. Nous n'écoutons pas aux portes.

— Quoique…, fit Oppenheimer

— Dimanche, dit Jeff en prenant congé. Si vous pouvez.»

Oppenheimer le regarda s'en aller, puis se tourna vers Connolly : «Vous avez fait bon voyage?

— Où voulait-il en venir?

— Ils commencent à se dire que le gadget n'est pas sans conséquence, répondit-il avec une pointe d'aigreur dans la voix.

— Ils s'interrogent sur les desseins de Dieu?

— On ne m'avait encore jamais appelé comme ça. Non, ils craignent plutôt d'œuvrer pour le diable. Ils ont l'air de tomber des nues, mais tout le monde savait depuis le début qu'il y aurait des conséquences. Maintenant ils se mordent les doigts. Le labo de Chicago veut proposer au Président – au Président, s'il vous plaît – de faire une *démonstration* aux Japonais. Faire sauter une petite île quelque part pour que l'Empereur et ses samouraïs tombent à genoux en implorant l'armistice. Et qu'il n'y ait pas de victime.

— C'est une idée.

— Ne soyez pas stupide. C'est déjà décidé.»

La réponse fut sèche comme un coup de trique. Connolly eut l'impression d'être renvoyé à la table des enfants. Tout en gérant le fonctionnement intérieur de la base, les problèmes techniques et les querelles intestines, Oppenheimer avait trouvé le temps d'aller à Washington, où il avait vu quelqu'un tracer une cible sur une ville. Déjà décidé.

«Ça ne marcherait pas, d'après vous? hasarda Connolly.

— Ce sont des fanatiques. Et puis, si c'est un fiasco, ça ne servirait qu'à prolonger la guerre.

— Mais vous n'y croyez pas. Au fiasco.

— Je ne sais pas. Personne ne le sait. Pour l'instant, nous n'avons que des chiffres sur du papier. Des chiffres sur du papier… Oui? dit-il à sa secrétaire, qui venait d'apparaître à la porte.

— Le général Groves au téléphone.»

Connolly haussa les sourcils comme pour dire : «Voulez-vous que je sorte?», mais Oppenheimer lui fit signe de s'asseoir.

«Une minute», marmonna-t-il en prenant le téléphone. Il se tourna de trois quarts comme pour s'isoler dans une cabine imaginaire. «Général ? Oui, merci. C'est le moulage des lentilles… une fissure, même quelques bulles. Je ne sais pas comment ils ont fait leur compte. Nous avons une précision au 1/30e et il nous faut du 1/300e pour être dans la norme. Nous allons avoir besoin de quelques jours supplémentaires.» Eclat de voix à l'autre bout de la ligne. «Non, ce n'est pas un simple couac. C'est un problème. J'ai envoyé Kisty sur le terrain, il y travaille en ce moment même. Il trouvera peut-être la solution, mais ce n'est pas sûr.» Nouvel éclat. «Je crois que vous ne comprenez pas. Il travaille avec une fraise de dentiste, des pincettes, tout ce qui peut lui tomber sous la main. On ne peut pas se contenter de coller un bout de scotch. Pas à ce niveau. Encore deux jours.» Ses traits, déjà tirés, se décomposaient à vue d'œil. Groves doit lui passer un savon, se dit Connolly, ou en tout cas râler sec. «Je sais que nous l'avons déjà déprogrammé une fois.»

Il laissa parler Groves et regarda par la fenêtre. Il était clair qu'il ne s'était pas attendu à une dispute, sans quoi il aurait prié Connolly de le laisser seul – Connolly qui, pour se faire oublier, se leva et examina les photos sur le mur : ici avec Lawrence au cyclotron de Berkeley, là un portrait de groupe des chefs de division de la Zone Technique, où l'on voyait un Eisler rêveur et bon enfant face à l'objectif. Finalement, Oppenheimer baissa les bras. «Bon, eh bien, c'est entendu. Nous ferons ce que nous pourrons… Non, je comprends. C'est un risque, vous devez le savoir… Oui, le 16. Vous y serez, j'espère.»

Là-dessus, il raccrocha, en regardant toujours par la fenêtre.

«Le Président veut informer les Russes lors de la rencontre au sommet, dit-il, en partie pour lui-même.

— Mais ils savent déjà.

— Ils ne savent pas que nous savons qu'ils savent, dit-il, jouant sur les mots. Et d'ailleurs *que* savent-ils ? Que nous cherchons. Il veut profiter de la rencontre pour leur dire que nous avons trouvé. Même si nous ne sommes pas prêts. Donc, nous serons prêts.

— Il ne peut pas attendre ?»

Oppenheimer haussa les épaules. «Il veut asseoir son autorité à la table, je suppose.

— Mais ils sont déjà au courant…»

Oppenheimer lui fit face. «Ça, le Président ne le sait pas, rappelez-vous. Personne ne le sait. Sauf vous, si vous pouvez le prouver. Le pourrez-vous avant la rencontre de Potsdam ?»

Connolly resta muet.

Oppenheimer sourit. «La rencontre aura lieu de toute façon. Ce qui vous fixe un ultimatum, à vous aussi.

— A ce stade, ça ne dépend plus de moi, vous savez.

— Ni de moi.» Il regarda les papiers sur son bureau. «Et j'ai toujours un pique-nique qui m'attend. Ils voudront un discours. Pour fêter le… combien, déjà? Le cent soixante-neuvième anniversaire? Même pas un chiffre rond, que voulez-vous que je fasse avec ça? Nous aurions dû procéder à l'essai aujourd'hui et non manger des pastèques en faisant des discours. L'Histoire devra attendre un peu. Aujourd'hui, nous avons un problème de barbecue. Voilà l'ultime recommandation du bon général : pas de barbecue. La mesa est trop sèche. Pas d'étincelle. Il doit craindre que toute l'Opération ne s'en aille en fumée à cause d'un hot-dog du 4 juillet. Je dois reconnaître qu'il pense vraiment à tout. En une minute, il est capable de passer des conférences internationales aux salades d'œufs durs. Et nous voilà dans le collimateur de la patrouille anti-feu.» Il leva les yeux, comme s'il venait seulement de remarquer la présence de Connolly. «Qu'est-ce que vous vouliez?

— C'est vous qui vouliez me voir.»

Oppenheimer parut perplexe un instant puis, retrouvant la mémoire, fronça les sourcils. «Oui, exact.» Il alluma une autre cigarette. «Au sujet de ce voyage.

— Merci pour le Pullman.»

Oppenheimer plissa le front. «Je sais que ça ne me regarde pas, mais…

— Vous voulez un rapport? Nous étions convenus de ne pas en parler tant que je n'aurais rien de solide.

— Il ne s'agit pas de ça. Je croyais que c'était un voyage de travail.

— En effet.

— Vous ne m'aviez pas dit que vous emmeniez une dame. Il paraît que vous dansez très bien.

— Vous avez raison, répondit Connolly, ça ne vous regarde pas.

— Ça me regarde dans la mesure où il s'agit de l'épouse d'un des chercheurs. Nous n'avons vraiment pas besoin d'un mari jaloux en ce moment. Vous me surprenez.

— C'était un voyage de travail. Elle en faisait partie.»

Oppenheimer arrondit les yeux. «C'est la vérité?

— Oui.

— Essayez-vous de me dire qu'il n'y a rien entre vous?

— Non, répondit Connolly en soutenant son regard. Je n'ai pas dit ça.

— Je vois.» Oppenheimer reposa le papier qu'il tenait à la main. «Ce ne serait pas la première fois, vous savez. La promiscuité suscite toujours quelques convoitises. Il faut s'y attendre. Il faut s'attendre à des ennuis aussi. C'est un homme bien.

— Je l'ai rencontré.

— Et ça ne vous a pas arrêté.

— Non.»

Oppenheimer sourit. «Au moins vous êtes franc. Puis-je vous demander ce qu'elle a à voir avec tout ça?

— Si vous le demandez, je vous répondrai, mais je préférerais que vous ne le demandiez pas. Pas encore.»

Oppenheimer retira sa cigarette de sa bouche. «Je croyais savoir tout ce qui se passait ici. Je m'aperçois que ce n'était pas le cas. Meurtre. Adultère. Un vrai nœud de vipères.

— Et espionnage, vous oubliez.

— Comment pourrais-je oublier?» Il souleva le papier. «Qu'est-ce que je fais de ça? Manquement au devoir. Détournement de subventions à des fins personnelles. Comportement de nature à... comment disent-ils dans leur jargon?» Il se référa au papier. «Comportement licencieux de nature sexuelle avec le personnel de l'Opération. Licencieux.

— Laissez-les dire. Vous êtes un homme occupé.

— Moins occupé que vous, apparemment. Je ne peux pas fermer les yeux sur une requête de la Sécurité. Ils veulent vous évincer.

— C'est un écran de fumée. Laissez-les dire.

— Ils ne lâcheront pas prise, vous savez.

— Vous prenez vos amis de la Sécurité trop au sérieux, dit-il en pensant au jeune chercheur et à son débat.

— Mes amis..., fit Oppenheimer. Vous semblez les prendre pour des amuseurs. Savez-vous qu'ils m'auraient refusé l'avis favorable si Groves ne s'était pas porté garant de moi? Savez-vous qu'ils continuent à enquêter sur mes anciens associés, sur ma famille? Ils ont harcelé mon frère. Ils... mais oui, vous le saviez. Il était membre du parti à Stanford. Moyennant quoi, nous devions tous deux être des traîtres. Mon dossier est toujours "vivant", ils ne l'ont jamais fermé. Voilà pourquoi je suis si chatouilleux quand il est question de nos amis. J'évite de les provoquer.»

Connolly se leva. «La dame en question m'a aidé à prendre contact avec quelqu'un qui, j'espère, nous mènera à l'assassin de Karl. L'argent sortait de ma poche. Elle a partagé ma chambre, mais j'aurais eu des frais d'hôtel de toute façon. Nos amis de la Sécurité pensent que nous étions en vadrouille et c'est exactement ce que je veux qu'ils pensent. Ne croyez pas que vous êtes en situation de quémandeur. Vous leur ferez toujours peur. Vous êtes tout ce qu'ils ne sont pas.»

Oppenheimer garda le silence une minute, puis eut une sorte de sourire bref, qui ressemblait plutôt à un tic.

«Dois-je prendre ça pour un compliment?

— Un petit.

— Vous voulez que je me porte garant de vous, alors.

— Groves l'a fait pour vous.

— Vous oubliez que j'ai de lourdes responsabilités concernant la sécurité de cette opération.

— Groves aussi.»

Il réfléchit. «En effet, dit-il en jetant le papier à la corbeille. Mais accordez-moi une faveur. Faites en sorte que votre… comportement licencieux reste discret. Le mari nous est trop précieux. Ce n'est pas le moment de le perturber avec des préoccupations conjugales.

— Je ne crois pas qu'il sache. Il est à Trinity la plupart du temps.»

Oppenheimer sursauta et griffonna quelque chose. «Merci de me le rappeler. J'avais presque oublié les câbles.

— Les câbles?

— Les câbles coaxiaux. Les rats rongent les fils électriques du site. Nous devons inspecter le sol nuit et jour. Des kilomètres de fils. Tout le monde est sur les dents. Euh… oui, excusez-moi, que disions-nous?

— Rien. Je dois rester discret.

— Oui, c'est ça.» Oppenheimer s'interrompit. «Soyez prudent. Ils savent, généralement.

— Qui?

— Kitty était mariée quand nous nous sommes connus. Nous pensions que son mari ne savait pas, mais nous nous trompions.»

Connolly fut stupéfait. «Vous devriez dormir un peu, lui conseilla-t-il.

— Tout le monde me dit ça, mais personne ne me dit quand.»

***

Toute la mesa semblait fébrile, comme quelque terminaison nerveuse d'Oppenheimer. Connolly était revenu dans l'Ouest avec un sentiment de soulagement – pour l'air sec de l'altitude qu'il respirait maintenant –, mais la Colline avait changé. Elle était curieusement déserte. Des centaines de personnes étaient parties pour le site d'essai et, les restrictions aidant, le rythme de la circulation avait considérablement baissé. Los Alamos rôtissait sous la canicule de juillet. L'herbe avait jauni depuis longtemps, les jardinets étaient arides et craquelés. Les enfants jouaient au ballon dans des tourbillons de poussière. Les mères étalaient des couvertures par terre pour des pique-niques improvisés ou s'asseyaient en s'éventant à l'ombre des baraquements et des maisons préfabriquées. Sans qu'on le leur ait dit, elles savaient que quelque chose se préparait. Les fenêtres des labos restaient éclairées toute la nuit. Vu le nombre des absents, l'été aurait dû être calme et léthargique; or l'anxiété régnait, chacun était sur le qui-vive comme si un incendie de forêt menaçait.

Connolly vérifiait le courrier, se promenait, arpentait la Zone Technique et ses environs en cherchant une occupation. Les livres d'Eisler furent mis en vente au profit des œuvres de l'école, ses effets personnels distribués dans la communauté émigrée par les soins de Johanna Weber. Connolly lui avait demandé une photo – l'équipe de physique théorique en excursion sur les monts Jemez – et, à sa surprise, elle la lui avait donnée avec des larmes dans les yeux. Il la plaça sur le bureau à côté de celle de Karl – deux pièces du puzzle. Il vit Emma au cinéma, mais ils s'évitèrent, de peur de se laisser distraire de leur mission. Finalement, après une semaine, claustrophobe malgré les grands espaces de la mesa, il alla trouver Holliday à Santa Fé.

«J'avais presque renoncé à vous revoir un jour, dit plaisamment celui-ci. Un café?

— Par cette chaleur?

— C'est un vieux truc indien. Il suffit de ne pas y penser et, au bout d'un moment, on oublie qu'il fait chaud.

— Il fait quand même chaud», dit Connolly en s'essuyant la nuque.

Ils allèrent s'asseoir derrière la maison, où une table avait été dressée à l'ombre d'un cotonnier géant.

«Excusez-moi de ne pas être venu plus tôt. Je n'avais simplement rien à vous dire.

— Vous ne vouliez rien me dire, plutôt. Ne vous excusez pas. Je suppose que ça regarde la Colline maintenant. Je ne vous pose pas de questions. D'ailleurs, quelque chose me dit que nous serons tous fixés bientôt.

— Ah, pourquoi?

— Ma foi, il n'y a plus beaucoup de passage en ville, ces jours-ci. Le calme plat. Sauf la nuit… On entend vos explosions dans les canyons. Les gens ne se plaignent même plus, ils se sont fait une raison. Mais tous les hôtels de la ville ont été réservés pour la semaine prochaine et cette brave Mme McKibben en est maintenant à écumer les chambres d'hôte. J'en déduis que vous attendez du monde et que, donc, vous êtes sur le point d'en finir avec vos mystérieuses activités.»

Connolly lui sourit. «Vous êtes un bon flic.

— Ce n'est pas difficile dans une petite ville. Il ne se passe rien. Sauf depuis votre arrivée.

— J'ai idée que vous serez soulagé de me voir partir.»

Holliday but une gorgée de café en le lorgnant. «Vous n'êtes pas encore parti. Une des choses qu'on apprend dans la police, c'est la patience. Or vous n'avez aucune patience. Vous rendriez le café nerveux.

— Et qu'est-ce que vous faites pour patienter?

— Généralement, je rumine des pensées.»

Connolly le regarda avec intérêt. «Quel genre de pensées?

— Cette voiture, par exemple. Personne n'est encore venu la bouger? Non. Pourtant, avec toutes ces explosions dans le secteur, notre type aurait peut-être intérêt à la déplacer, non?

— Pourquoi ? Personne ne l'a encore trouvée. Ça fait des mois.

— Exact. Mais c'est bizarre quand même. Rien de plus facile que de la conduire ailleurs et de prendre un bus pour revenir sur la Colline. Comme ça, personne ne ferait le lien.

— Personne n'a fait le lien. Pour autant qu'il sache, elle est toujours planquée.

— Peut-être. Mais pour combien de temps, avec tous ces feux d'artifice dans les canyons ? Si j'étais lui, je la déplacerais.

— A quoi pensez-vous ?

— Eh bien, la déduction la plus logique, c'est qu'il n'est plus sur la Colline.

— Si, il y est.

— Vous en êtes sûr ?

— Il le faut.

— "Il faut" n'est pas une preuve.

— Il est là, affirma Connolly. Je le sais.

— Si vous le savez, alors… Bien sûr, il y a une autre hypothèse plausible.

— Laquelle ?

— Eh bien, j'ai dit que *je* la déplacerais, mais il est peut-être moins futé que moi. C'est une autre chose qu'on apprend dans la police : ce ne sont pas des génies. Nous faisons semblant de le croire pour nous mettre en valeur. »

Connolly sourit. « Qu'est-ce que vous ruminez d'autre ?

— Pas grand-chose. Ce qu'il y a de drôle dans cette affaire, c'est que nous connaissons déjà le lieu, le moyen et j'ai idée que vous connaissez aussi le mobile sans vouloir me le dire. » Connolly acquiesça. « Eh bien, d'après mon expérience, l'un de ces éléments au moins devrait nous mener au coupable. Mais pas cette fois.

— Nous devons aborder cette affaire sous un angle différent.

— C'est pourquoi vous voulez que mes gars surveillent ces églises ? » Connolly confirma. « C'est peut-être une perte de temps.

— Bah, ça ne leur fera pas de mal. C'est toujours bon de connaître sa propre ville. Tenez, moi, par exemple… je n'ai jamais mis les pieds au Palais des Gouverneurs. Je passe devant tous les jours, mais je n'y suis jamais entré. C'est toujours comme ça, hein ?

— Vous avez une idée derrière la tête.

— Non, je vous enseigne la patience, dit-il, l'œil rieur. J'ai beau retourner ça dans tous les sens, c'est le diable si j'arrive à en tirer quelque chose. Evidemment, je ne connais pas le mobile… »

Connolly posa sa tasse sur la table et prit un air détaché. « Quelqu'un passait des secrets militaires et Karl les a surpris pendant l'échange. A San Isidro. Mais je ne vous ai rien dit, d'accord ? »

Holliday le regarda au fond des yeux, puis acquiesça. «Hum, c'est bien ce que j'avais imaginé.

— Comment ça?

— Tous ces mystères, la police militaire qui ratisse le secteur, les pontes qui débarquent de Washington. Il y avait forcément du secret militaire dans l'air. Cela dit… je suis content de le savoir. Merci.»

Connolly ne répondit pas.

«Et maintenant, vous manigancez un autre échange, c'est ça?»

Connolly se leva et marcha vers l'arbre. «Quand avez-vous compris?

— Il n'y a pas longtemps, ne vous emballez pas. Vous voyez, il a essayé de me balader avec cette histoire de crime sexuel. Et c'était bien vu parce que, quand on y réfléchit, il n'y avait aucune raison de chercher une autre piste. Futé. Et c'est justement ça qui me turlupine. Comment a-t-il pensé à ça?

— C'était dans le journal.

— Ouais, mais c'est futé. D'où le problème : s'il est trop ballot pour déplacer la voiture, comment pouvait-il être assez malin pour penser à ça?

— Je ne sais pas. D'après vous?

— Eh bien, peut-être que c'est son état d'esprit.

— Vous voulez dire que c'est réellement un homosexuel, en définitive? Doc, nous avons déjà suivi cette piste et elle ne nous a menés à rien. Et puis, qu'est-ce que ça changerait maintenant?

— Peut-être qu'il a simplement ça en tête. Si nous voulons savoir *qui* il est, aucune piste n'est à négliger. Je veux dire… il y a pensé. Question : pourquoi?

— Je n'en sais rien, Doc. Peut-être que vous devriez ruminer encore un peu. Nous savons qui faisait passer les secrets.» Holliday ne cacha pas sa surprise. «Et ni l'un ni l'autre n'aimait les hommes. Ni lui, ni Karl. C'était un montage.

— Hum», grogna Holliday. Il médita, puis : «Qu'est devenu le type que vous avez coincé?

— Il est mort.»

Holliday but une nouvelle gorgée de café et feignit l'indifférence. «Vous l'avez tué?

— Non.

— Donc, ce n'est pas lui qui organise le rendez-vous?

— Non.»

Holliday cogita une minute, puis se leva. «Eh bien, je ne sais pas. Ça me dépasse, maintenant. Peut-être qu'un jour vous me raconterez ce qui s'est passé.

— Je ne suis pas sûr d'y être autorisé, Doc, répondit sérieusement Connolly. Vous devez comprendre ça.»

Holliday opina du bonnet, puis se dérida. «Vous n'êtes pas sûr non plus de l'arrêter. Ce sont des choses qui arrivent. Même quand on patiente. Vous devez comprendre ça.

— Alors, vous ne trahirez pas mon secret.»

**

Ce ne fut pas avant le lendemain que, sans raison particulière, la conversation d'Holliday lui fit penser au caporal Batchelor.

«Il a demandé sa mutation, dit Mills. Il est à Oak Ridge. Pourquoi?

— Je voulais seulement savoir comment il allait. On peut l'avoir au téléphone?

— Vous rigolez? On ne peut pas appeler quelqu'un à Oak Ridge pour parler de la pluie et du beau temps. Pour une urgence familiale, à la rigueur. Sinon, il faut écrire.

— Appelons-le quand même.

— Qu'est-ce qui se passe? Je ne vous avais jamais vu aussi nerveux.

— Appelez-le, c'est tout.»

Mills décrocha le téléphone avec mauvaise grâce. «C'est vous le patron. Mais ça risque de prendre du temps.»

En effet, cela prit une journée. Et, quand Connolly entendit enfin sa voix, méfiante et craintive, il se sentit idiot de s'être donné tout ce mal pour une simple idée en l'air, sans aucun impératif réel.

«L'homme qui vous a frappé, dit-il. Qui était-ce?» Pas de réponse. «Vous êtes toujours là?

— Je ne sais pas.»

Comme il n'y avait pas d'hésitation dans sa voix, Connolly imputa son silence précédent à une mauvaise qualité de la ligne.

«Ecoutez, reprit-il, ceci est strictement confidentiel. Officieux, si c'est ce qui vous ennuie.

— Non, sincèrement, je ne sais pas.

— Mais c'est quelqu'un de la Colline.

— Je ne sais pas, répéta-t-il. Un visiteur, peut-être. Je ne l'avais jamais vu avant.

— Un chercheur?

— Non.»

Connolly se rembrunit. «Vous pouvez me le décrire?

— Les cheveux noirs.

— Mexicain, vous voulez dire?

— Je ne sais pas. Peut-être. Espagnol.

— Comment le savez-vous? Vous lui avez parlé?

— Je lui ai trouvé un air espagnol, c'est tout. Il avait les yeux noirs, aussi.»

Connolly eut l'impression de tourner en rond. «Vous le reconnaîtriez?»

Cette fois, Batchelor hésita. «C'est un entretien officiel?

— Non, officieux, je vous l'ai dit. Vous le reconnaîtriez?

— Je ne veux pas que vous le recherchiez. Il ne s'est rien passé.

— Je ne le recherche pas. Je suis curieux, c'est tout.

— Pourquoi?»

Pourquoi, en effet? «Une idée comme ça.

— Je ne veux plus parler de ça. Je suis désolé. Il ne s'est rien passé.

— Entendu. Je comprends. Mais vous le reconnaîtriez?»

Batchelor hésita encore. «Oui, dit-il finalement. S'il le fallait.»

Après avoir raccroché, Connolly observa le combiné en regrettant d'avoir appelé. Batchelor avait parcouru plus de mille cinq cents kilomètres pour oublier et, maintenant, il allait à nouveau se mettre martel en tête.

«Qu'est-ce que vous mijotez? demanda Mills, le tirant de sa rêverie.

— Rien. Je chasse des ombres. On ne peut pas réparer ce foutu ventilateur? fit-il, irrité.

— C'est la chaleur qui vous porte sur les nerfs?

— Non, l'inactivité.

— Vous attendez quelque chose?»

Connolly lui lança un bref regard, puis détourna les yeux.

«Non.

— Tenez, dit Mills en lui montrant une enveloppe. A la poste, on m'a demandé de vous donner ça. Qui est le caporal Waters?»

Connolly tendit la main. Leurs yeux se croisèrent. Il retint son souffle.

«Un ami à vous? dit Mills, en tenant toujours la lettre suspendue entre eux.

— Un de mes prête-noms, répondit-il en la lui prenant des mains. Pour les photos cochonnes.»

Mills ne dissimula pas sa déception. «Oh, fit-il, floué. Excusez-moi d'avoir posé la question.»

Connolly considéra l'enveloppe. Dactylographiée. Sans adresse de réexpédition. Cachet de la poste de Santa Fé. Maintenant qu'il l'avait enfin devant lui, il n'arrivait pas à le croire. Pourquoi une lettre? Stupidement, il s'était attendu à recevoir le guide touristique, avec une page cornée. Mills, interprétant son hésitation comme un besoin d'intimité, s'éloigna du bureau. Connolly tâta l'enveloppe. Pas lourde. Pas plus d'une page. Non, même pas, un simple rectangle, comme une carte postale.

Il ouvrit. Une invitation. Un vernissage dans Canyon Road. Dimanche de 4 à 7. Avec rafraîchissements. Dans deux jours. Il regarda le verso, cherchant un message, quelques mots griffonnés. Une réception publique et non un tête-à-tête à San Isidro. Mais qu'avait-il espéré ? Une conversation dans l'allée ? Y avait-il eu un protocole récurrent pour les autres rendez-vous ? Il pensa aux hommes d'Holliday qui usaient leurs semelles autour des églises de Santa Fé.

Mills vint se camper devant son bureau.

« Allez-vous enfin m'expliquer ? » demanda-t-il, le regard franc et direct.

Connolly remit le bristol dans l'enveloppe. « Je ne peux pas. »

***

En fait, il ne pouvait le dire à personne d'autre qu'à Emma. Il sortait avec elle du magasin de la base, en portant des paquets d'épicerie.

« Tu avais dit que ça marcherait, commenta-t-elle. Alors, qu'est-ce qui te chiffonne ?

— Ils n'ont pas confiance. Pourquoi une réception ? Il y aura du monde.

— Ils veulent juste voir qui tu es, voir si tu existes.

— Comment me reconnaîtront-ils ?

— Tu seras mon accompagnateur.

— Ote-toi ça de l'esprit. Il faut que j'y aille seul. » Il l'arrêta avant qu'elle n'ait pu l'interrompre. « Il ne te connaît pas, de toute façon. Ils n'ont jamais parlé de toi à leur contact. Si quelque chose tourne mal, l'engrenage s'arrêtera avec lui. Ils ne peuvent pas se permettre de laisser des traces. S'ils y croient.

— Ils y croient. Sinon, pourquoi auraient-ils envoyé l'invitation ?

— Pour tâter le terrain. Si c'est un piège, ils sacrifient leur homme, c'est tout.

— Alors, peu importe que je sois là ou non.

— Je ne veux pas. Nous ne savons pas ce qui peut arriver. D'ailleurs, ils chercheront un homme seul.

— Un uniforme, tu veux dire. Le caporal Waters. »

Il tomba en arrêt. « Un uniforme. Si je te disais que j'avais complètement oublié ça, tu penserais que j'ai perdu l'esprit ? »

Elle sourit. « Ce n'est pas ton esprit qui m'intéresse. Tu vois comme je peux être utile ?

— N'empêche. Je ne veux pas avoir à m'inquiéter pour toi, dit-il sans rire.

— D'accord. Nous arriverons séparément. Je me ferai toute petite, comme une souris. Au cas où tu aurais besoin de moi. Je ne veux pas avoir à m'inquiéter pour toi. »

Il ne voulait pas en discuter maintenant. « Quel genre de public y aura-t-il, selon toi ?

— Les notables du cru. Les gens en vue. Des artistes. Quelques femmes en sandales et robes de toile.

— Des soldats ?

— Des appelés ? Tu plaisantes. Ne t'en fais pas, il te repérera tout de suite.

— Mais je ne saurai pas qui il est.

— Ma foi, c'est bien pour ça que tu y vas, non ? »

**

Mills ne fit aucun commentaire, ce soir-là, quand il surprit Connolly dans le bureau en train d'essayer l'uniforme qu'il avait emprunté à l'un des chauffeurs. La tenue était un peu lâche, comme s'il avait perdu quelques kilos. Mills l'observa puis, sans un mot, sortit une clef de sa poche et alla ouvrir un tiroir cadenassé. Gêné, Connolly se retourna et entreprit de se déshabiller, de sorte qu'il était en caleçon quand Mills lui tendit le revolver et le chargeur.

« Prenez ça », dit-il.

Connolly considéra l'arme, sans savoir quoi répondre.

« Je ne pense jamais à regarder dans ce tiroir, dit Mills. Je me demandais où il était passé.

— Vous n'êtes pas obligé de faire ça. Je ne…

— Il a déjà tué un homme, dit simplement Mills. Je suis de votre côté, vous savez. Je l'ai toujours été. »

18

Plus tard, le souvenir qui lui en resterait serait celui d'une journée ensoleillée, d'un paysage aux contours nettement dessinés et anguleux sous un soleil blanc. Emma, ravissante dans une robe bleu pâle qui semblait avoir été découpée dans le ciel sans nuages, était au volant. Ils franchirent la porte Est déserte et descendirent dans la vallée par la route tortueuse. L'après-midi avait été tranquille et, maintenant encore, à l'approche du soir, Santa Fé semblait faire la sieste. Connolly, mal à l'aise dans son uniforme, essayait de dissimuler le revolver dans sa poche en faisant bouffer le tissu. Son calot, plié, pendait à sa ceinture comme un rembourrage de protection.

«Il ne va pas se sauver, tu sais, dit Emma.

— Est-ce que tu le vois?

— Seulement quand je regarde. Tu veux que je le mette dans mon sac?

— Là, j'aurais des raisons de m'inquiéter.

— Ne t'y trompe pas, je suis une fine gâchette. J'ai grandi à la campagne.

— Tu saurais tirer avec ça? fit-il, sceptique.

— Hum, sur les pigeons, oui. Tu ne penses pas vraiment que tu en auras besoin, j'espère?

— Non. Je devrais peut-être le laisser ici. Ça crée plus de problèmes que ça n'en règle.

— Garde la main dans ta poche. Comme si tu jouais avec de la monnaie

— De la monnaie?

— Oui, c'est un tic masculin.»

Ils longeaient l'Alameda et approchaient du pont de Castillo Street au bas de Canyon Road.

«Laisse-moi là, je continuerai à pied, dit-il en arrivant au coin.

— C'est à deux rues d'ici. Bon sang, tu as vu ce monde?»

La rue était bordée de voitures, certaines garées en double file près de l'entrée de la galerie – à croire que c'était la seule réception dans toute la ville.

La voix d'Emma, qui avait gardé un parfait sang-froid jusque-là, flancha quand il tendit la main pour ouvrir la portière. «Michael...» L'angoisse se lisait dans ses yeux. «Sois prudent.

— Nerveuse?

— Pour ne rien te cacher, oui. C'est drôle, après tout ce qu'on a traversé.

— Je sais. Cette fois, c'est pour de bon.

— Ça semble irréel.» Elle redressa les épaules. «N'aie pas peur, je ne te laisserai pas tomber.»

Il lui sourit. «Je sais bien. D'ailleurs, ce n'est peut-être qu'une audition. Il ne se passera peut-être rien.»

Elle le sonda des yeux. «Ce serait encore pire, non?»

Il acquiesça. «C'est bon, allons-y. Sois naturelle. Regarde les tableaux.

— Et pas toi. Je sais.

— Holliday est dehors. A tout hasard.»

Elle haussa un sourcil. Ce nom ne lui disait rien.

«La police, expliqua-t-il.

— Oh. C'est censé me rassurer?

— Prends ton temps pour te garer», dit-il, et il s'éloigna.

Holliday, sans uniforme, était assis dans une voiture le long du trottoir suivant. Connolly s'arrêta pour allumer une cigarette. Il fit semblant de battre son briquet pour lui parler. «Tout va bien?

— J'aurais pu gagner une fortune en P.V. de stationnement ici. Qu'est-ce qu'ils magouillent, ces types?

— Pas de flicaille, surtout.

— Qu'est-ce que vous avez dans la poche?

— Mon portefeuille, dit Connolly en le lorgnant du coin de l'œil. J'aime le porter sur le devant. On n'est jamais trop prudent dans une foule.»

Holliday soupira. «Surveillez vos arrières.

— Vous avez repéré un type louche?

— Pas encore. A part vous.»

Connolly sourit et continua son chemin, en regardant des deux côtés de la rue. Les portes de la galerie étaient ouvertes et la foule débordait sur la cour, par petits groupes discourant à voix basse. L'intérieur était plus bruyant; des heurts de petites cuillers et de glaçons se mêlaient au brouhaha des conversations. Dans la première salle, une table avait été dressée, avec une fontaine à café, des assiettes pleines de sopaipillas, des bouteilles de vin et des amuse-gueules apéritifs. L'assistance était telle qu'Emma l'avait prédit : des chapeaux mous, de longues jupes serrées par des ceintures en argent et turquoise, des hommes en costume avec des cravates-lacets. Connolly remarqua avec soulagement qu'il y avait quelques autres uniformes, tous des officiers, probablement des relations locales sans lien avec la Colline.

Il se fraya lentement un chemin dans la presse, avec une certaine gaucherie, mais personne ne sembla lui prêter attention. Accaparés par leurs amis ou intéressés par les tableaux, les gens devaient croire qu'il accompagnait quelqu'un. Bientôt, il se sentit invisible et anonyme, comme s'il n'était pas là. Voyant qu'il y avait moins de monde dans les deux pièces qui entouraient le patio, il s'y rendit, pensant qu'on le repérerait plus facilement. Les tableaux représentaient des cow-boys, des paysages de pueblos, des cactus en fleurs. Personne ne l'aborda.

Il retourna vers la salle principale et prit un verre de vin en observant les alentours. Et si personne ne venait ? Peut-être que quelqu'un l'avait déjà aperçu et avait décidé de ne pas risquer le contact. Il y aurait alors un autre message, plus adéquat cette fois, un guide touristique indiquant un endroit plus tranquille. Du coin de l'œil, il vit entrer Emma. Il se retira dans la pièce voisine. Entre les tableaux, des sculptures et des poteries en terre cuite ornées de motifs géométriques indiens étaient exposées sur des socles. L'une des toiles montrait le parc au bord de l'Alameda, qu'on devinait entre les arbres. Connolly s'y arrêta, comme s'il s'attendait à y déchiffrer un lieu de rendez-vous. On voyait les buissons où Karl avait été retrouvé. Il chercha la signature de l'artiste, dans le coin inférieur droit. Lothrop, en petites lettres capitales.

«Hello, dit une voix. Le monsieur aux turquoises, n'est-ce pas?»

Il se retourna lentement, pour prolonger l'instant. Il ne reconnut pas l'homme tout de suite. Le bijoutier… Chalmers? Un nom dans ce genre-là. Des lunettes à monture fine. L'œil vif.

«Bonjour», dit Connolly.

Hors de sa boutique, l'homme semblait plus mince. Connolly essaya de l'imaginer brandissant une barre à mine. Non, ça semblait impossible. A moins d'un coup de colère, d'un effet de surprise.

«Je me disais bien que c'était vous. Je n'avais pas compris que vous étiez sous les drapeaux. Vous aimez? dit-il en regardant le tableau qui retenait l'attention de Connolly. Ah, le parc, oui, oui.» Il se tourna vers lui. «Je me suis souvent demandé… vous avez trouvé ce que vous cherchiez?»

C'était une question anodine, comme s'il lui avait parlé du temps. Connolly le fixa des yeux.

«Oui, j'ai trouvé.

— Bien. Tant mieux. Qu'est-ce que vous avez fait de ces turquoises?

— Je les ai encore.

— Vous avez peut-être envie de les revendre.»

Et voilà, c'était aussi simple que ça : le lieu du nouveau rendez-vous, un petit entretien dans la boutique.

«Peut-être. Je ne crois pas m'être présenté. Je suis le caporal Waters.

— Enchanté», dit Chalmers sans s'émouvoir. Un nom comme un autre. «Vous êtes…», il hésita, «avec quelqu'un?»

Connolly, pris au dépourvu, eut l'impression inattendue que Chalmers essayait de lui faire des avances. A moins qu'il ne voulût simplement s'assurer qu'il était seul.

«Non, répondit-il. Pourquoi cette question?»

Chalmers se troubla. «Excusez-moi, dit-il, gêné, je croyais connaître tout le monde ici, c'est tout. C'est ma galerie, voyez-vous. Vous êtes le bienvenu.

— Je dois retrouver quelqu'un ici», expliqua Connolly. Nouvelle tentative.

«Oui, je vois. Eh bien, j'espère que les tableaux vous plaisent. Si vous voulez vendre vos turquoises, passez me voir à la boutique.

— A une date particulière?»

Chalmers parut désorienté. «Quand ça vous conviendra.»

Connolly le regarda s'éloigner et se mêler à un autre groupe d'invités en hôte attentionné – mais était-il autre chose? —, puis alla fumer une cigarette dans le patio, un peu décontenancé. Etait-ce un contact? C'était si vague… une simple allusion à un autre endroit et un autre moment, sans plus. Après toute cette attente, cette anxiété du trajet en voiture… Etait-ce fini, devait-il s'en aller ou avait-il été le jouet de son imagination? Peut-être que cet homme avait seulement voulu passer ses invités en revue ou cherché à se faire un nouvel ami.

En fait, il eût été déçu que ce fût Chalmers : une si longue quête pour un personnage aussi peu engageant, aussi ordinaire. Mais pourquoi pas lui? Un petit tour devant l'église, une brève rencontre, un rendez-vous ultérieur avec une autre personne et l'affaire était dans le sac. Pas de brouillard, pas d'imperméable, la routine. Mais qu'avait-il vraiment voulu dire? Connolly repassa la conversation dans son esprit. Etait-il possible – c'en était presque risible – que le langage de l'espionnable fût à ce point semblable à celui de la drague, ces mots à double sens, ce prélude verbal à la sexualité, cette invitation déguisée?

Il regarda autour de lui. Partout dans la salle les gens liaient des contacts. Il tâta son revolver dans sa poche. Le soleil de l'après-midi inondait le patio. En plein jour, songea-t-il. Peut-être était-ce ainsi que ça se passait. Un vieil homme brave, un échange innocent qui pouvait signifier n'importe quoi. Le rendez-vous de San Isidro n'avait rien eu d'un échange innocent, mais il est vrai qu'ils connaissaient déjà Eisler. Ceci n'était qu'une identification. Connolly essaya de s'imaginer dans la peau de l'autre homme. Que cherchait-il? Un amateur. Un soldat, empoté, nerveux. Un inconnu, qu'il fallait aborder de façon anodine avec la vague promesse d'une bonne affaire dans une bijouterie. Mais prudemment. Si tel était le cas, se dit-il, il était déjà sous surveillance.

Il déambula dans la galerie, s'attarda à la table des rafraîchissements et observa les gens ouvertement, sans faux-fuyants, comme un soldat cherchant quelqu'un. Il vit Chalmers l'épier en douce, mais sans malice, à la manière d'un propriétaire qui garde un œil sur son stock. Emma l'évitait, elle parlait à un homme en costume croisé qui lui demandait aussi, sans doute, si elle était accompagnée. Une femme le heurta du coude en se dirigeant vers les petits-fours. Où se cachait-il? Connolly était pourtant assez visible. Il passa dans la salle principale, qui commençait à se vider : les visiteurs avaient fait le tour des œuvres et s'agglutinaient dans le patio avec leurs verres. Il marchait lentement, en feignant d'examiner les tableaux. La cathédrale sous la neige. Le bar du La Fonda, à la manière de Soyer. Une lourde statue en métal – où s'étaient-ils procuré le matériau? — d'un cavalier au cheval cabré, les sabots dressés. Un épi de maïs géant. «Vous aimez?» Une voix de femme, gutturale.

Il se retourna. Les cheveux en chienne. Les yeux mobiles. «Hannah», dit-il.

Elle le regarda, un peu surprise. «Oh, c'est vous, dit-elle. L'ami d'Emma. Excusez-moi, je ne vous avais pas reconnu...» Elle hésita, intriguée. «Vous vous êtes engagé dans l'armée?»

Hannah. Il sentit les poils de sa nuque se hérisser. Elle avait cru aborder un simple soldat. Il l'observa, pétrifié, comme devant le serpent à Chaco. Hannah. Non un homme.

«Juste pour la journée», dit-il.

Il se jetait à l'eau.

«Je ne comprends pas», répliqua-t-elle, désarçonnée. Puis, se ressaisissant : «Mais où est Emma?

— Elle n'est pas ici. C'est vous que je suis venu voir.»

Hannah. Eisler avait été hébergé au ranch.

«Moi? fit-elle avec un petit rire nerveux. Mais je n'étais pas sûre moi-même de venir. C'est si difficile de voyager en ce moment.»

Los Angeles, aller et retour. D'autres la remplaceraient pour la prochaine fois. Inutile de risquer un autre rendez-vous à Santa Fé.

«Mais vous m'avez envoyé une invitation.

— Non. Je suis désolée. Vous vous trompez. Ça doit être la galerie. Bien sûr, si j'avais su...» Elle tourna la tête, cherchant un dérivatif pour interrompre la conversation. «Mais si, elle est là. Emma!» appela-t-elle.

Connolly, qui avait suivi son regard, adressa un signe négatif de la tête à Emma, qui passa son chemin.

Hannah se retourna vers lui, perplexe. « Vous m'aviez dit qu'elle…

— Elle ne sait pas. Je vous ai apporté un message du caporal Waters. »

Il eut l'impression de voir ses yeux s'agrandir, mais peut-être était-ce une illusion.

« Et qui est-ce ?

— Moi. »

Elle l'observa avec une incrédulité muette.

« Oh, c'est votre nom ? dit-elle poliment. Excusez-moi, j'avais oublié. Il doit y avoir une erreur.

— Non. L'invitation était pour moi. »

Ses yeux, alertes et méfiants, scrutèrent son visage, cherchant ce qui se cachait derrière les mots. Puis elle se recomposa et se détourna. « Vous faites erreur », dit-elle avec une telle spontanéité que, sur le moment, il crut s'être effectivement trompé. Tout devait se recouper. Tout comptait dans un meurtre. Etait-il possible que ce fût elle ? Encore une histoire européenne ?

Elle semblait chercher quelqu'un. Dans le patio. Il regarda : le grand Mexicain, avec une veste en denim, appuyé contre le mur. Son bras droit. Ajax. Un nom grec. Non, Hector. Le fidèle compagnon. En un éclair, Connolly situa les deux personnages dans son graphique, comme deux clichés instantanés. Hannah, le Mexicain. Les pièces manquantes du puzzle. Les bottes de travail. L'emploi d'Hector sur la Colline. Bien sûr, il l'avait accompagnée, en cas de problème. Assez fort pour porter un homme. Assez fort pour tuer un homme. Deux personnes – l'une pour ramener la voiture. Une clef anglaise, un outil quelconque. Avait-elle assisté au meurtre ? S'était-elle détournée comme Eisler ou avait-elle regardé ? C'était elle l'outsider, elle que devait rencontrer Eisler, et c'était Hector qui avait ramené la voiture. Il travaillait là-bas maintenant. La petite route. La porte de derrière.

Quand il se retourna vers Hannah, il vit qu'elle avait accompagné son regard et semblait attendre maintenant qu'il complète sa grille de mots croisés. « Ce n'est pas une erreur, dit-il. Eisler est mort. Il m'a parlé avant de s'éteindre. Je sais. »

Et, alors, il sut vraiment. Il le lut dans ses yeux. Une lueur, un aveu involontaire.

« Qui êtes-vous ? » dit-elle doucement.

Il ne répondit pas.

« "Je sais"… Qu'est-ce que ça signifie ?

— Je sais quelles informations vous a données Eisler. Tout, dans les moindres détails. Je sais pour le rendez-vous à San Isidro. Je sais ce qui est arrivé à Karl.» Elle haussa les sourcils et il comprit qu'elle ne connaissait même pas le nom de Karl. «L'homme que vous avez tué. Vous et votre ami.»

Elle l'observa plus attentivement, puis secoua la tête.

«*Fantastische*, dit-elle. Pauvre Friedrich. Il délirait. Où est-il allé chercher tout ça? Hélas, c'est souvent comme ça vers la fin. Les fantasmes, la paranoïa. Et vous l'avez cru? Toutes ces absurdités dans son sommeil.

— Il était bien réveillé. Je l'ai interrogé.

— Ah, fit-elle d'une voix pleine d'aigreur. La Gestapo, à présent. Comme dans les films. Le tuyau en caoutchouc. L'huile de ricin. De la drogue, aussi? C'est comme ça qu'il est mort?

— Non. Il s'est suicidé.»

Elle le regarda avec intérêt. «Pourquoi?

— Le remords, je suppose.

— Le remords.

— Pas à cause de vous. Il a été loyal jusqu'à la fin, Eisler. Un bon militant. Mais à cause de Karl... Ça, il ne l'a pas digéré. Je ne pense pas qu'il ait jamais vu tuer un homme auparavant. Ça l'a secoué. Il ne devait pas savoir que votre amant avait le sang chaud.

— Mon amant», dit-elle avec mépris.

Connolly repensa à cette journée au ranch. Il s'était passé quelque chose entre eux. Non pas une querelle d'amoureux. Non. Elle lui reprochait d'avoir pris un risque intempestif.

«Peut-être qu'il ne connaissait pas sa force, reprit Connolly.

— Assez de sottises, trancha-t-elle en essayant de s'esquiver.

— Restez où vous êtes», dit-il avec rudesse.

Elle s'immobilisa et le toisa.

«Voilà, c'est mieux. Vous ne voulez pas faire d'esclandre. Pas ici. Pas devant les clients. Allons poursuivre cette conversation ailleurs.

— Vous déraisonnez. Vous me tombez dessus, ici, dans cette galerie, avec vos... vos quoi? vos accusations. Les divagations d'un vieillard. "Je sais... je sais". A quoi ça rime? Vous ne savez rien. Laissez-moi tranquille.

— J'ai un revolver», dit-il calmement.

Elle s'arrêta. «Allons bon. Le mélodrame, maintenant?

— C'est fini, Hannah. Il y avait un témoin à San Isidro. Il a identifié votre ami. Et vous.»

Elle réfléchit.

«Mensonge, dit-elle.

— Ah oui?

— Si c'était vrai, pourquoi auriez-vous attendu si longtemps? Toute cette... mise en scène.

— Nous voulions voir s'ils enverraient quelqu'un d'autre. Mais ils ont préféré vous sacrifier, n'est-ce pas? Vos chers amis. Et si c'était un piège? On n'a qu'à envoyer Hannah. Elle n'est plus très utile. Maintenant qu'Eisler est mort. Ils vous mettent au placard aussi.»

Il avait touché une corde sensible. «Imbécile, dit-elle. Vous croyez que ça compte? Il y aura quelqu'un d'autre. Toujours. C'est pourquoi nous gagnons. Oui, nous! insista-t-elle. Qui a gagné cette guerre, à votre avis? Les bébés GI avec leurs barres de chocolat? Nous l'avons gagnée. Les communistes. Pour vous, c'est un gros mot. Mais nous *savions*. Nous les avons arrêtés. Vous croyez que la politique est une affaire d'élections? Non, de chair et de sang. Alors, un de plus, un de moins, qu'est-ce que ça change?

— Eh bien, nous commencerons par vous.»

Elle redressa la tête. «Oui, commencez par moi. Prenez votre temps. Vous croyez que vous avez tout le temps devant vous, hein? *Idioten*. Il est déjà trop tard. Qu'est-ce que vous pensiez? Que nous allions rester les bras croisés en vous regardant faire? Sans nous protéger? Des enfants. Vous êtes tous des enfants ici. Vous croyez que nous donnerions un revolver à un enfant?

— Vous croyez que nous en donnerions un à un gangster?»

L'ombre d'un sourire passa sur son visage. «Non. Il s'en servirait. Tandis que, pour l'enfant, c'est comme un jouet.

— Que vous lui retirez pour son propre bien.

— Oui, pour le bien de tous. Mais délicatement. Sans qu'il s'en aperçoive. Nous avons toujours été très prudents.

— Pas tant que ça, puisque vous êtes ici.

— Oh, pour une minute encore, pas plus. Ensuite, nous échangerons un sourire – charmante galerie, n'est-ce pas? – et les gens diront, vous voyez, ce n'était pas si sérieux. Ça devait être une discussion sur l'art. Vous croyez savoir quelque chose? Où est votre preuve? Friedrich? J'ai toujours fait très attention avec Friedrich. Quand ils l'ont logé au ranch, j'ai cru que c'était un piège… je ne le regardais même pas. Et il croyait que c'était moi qui avais arrangé ça. Mais, vous voyez, on croit à la chance, en Amérique. Pas comme en Allemagne. Tout est une question de chance ici. Ils ont cru que ça lui ferait plaisir de parler allemand. Mais nous n'avons pas échangé un seul mot. Nous avions trop peur pour parler. Nous, nous ne pouvions croire à notre chance, vous voyez. Ensuite, pourtant, ça s'est compliqué. Alors, j'ai fait attention. Pas de papier. Pas de fil à la patte. Rien qui puisse établir un lien entre nous. Maintenant, qu'est-ce vous comptez faire? M'arrêter? Avec votre revolver? Sans flagrant délit? Ça m'étonnerait. Qui vous croirait?

— Vous vous imaginez vraiment que vous allez pouvoir sortir comme ça?

— Non. Je dois d'abord dire aurevoir à quelques amis. Mais ensuite… il se fait tard. Vous pouvez me suivre, bien sûr. Mais pour trouver quoi? Friedrich n'est plus là. Et il n'y a pas de caporal Waters. Alors, ma mission est… eh bien, elle est terminée. Vous voyez, je n'ai même plus besoin de faire attention. A moins que vous n'ayez autre chose à me dire?»

Et, très calmement, elle commença à se diriger vers la sortie. Connolly connut un instant de panique. Il regarda dans la salle – Emma qui rôdait encore près du seuil, les œuvres d'art kitsch, les gens qui riaient dehors – et sentit l'enquête lui filer entre les doigts. Sans réfléchir, il lui attrapa le bras et la tira vers lui avec force.

«Il ne s'agit pas d'Eisler. Il s'agit de Karl. Vous n'écoutez pas. Je n'ai rien à prouver quant à votre "mission". Je vous arrête pour meurtre.

— Lâchez-moi.

— Là, vous avez manqué de prudence, en tuant Karl.

— Lâchez-moi!» répéta-t-elle en dégageant son bras. Mais Connolly tenait bon. «Que croyez-vous faire? De quel droit? Au nom de quoi?»

Sa voix résonna dans la salle vide. Plusieurs têtes se tournèrent.

«Au nom de la loi. La police est dehors. Vous ferez vos adieux plus tard.»

Elle blêmit. Une colère froide figea ses traits. «Otez vos mains», ordonna-t-elle, impérieuse, avec une telle autorité que Connolly obéit et lui lâcha le bras. «Fou que vous êtes. Je n'ai jamais tué personne.

— Oh, si. Juridiquement, vous n'étiez peut-être qu'une complice, bien que j'en doute, mais ça vous vaudra quand même de longues années à l'ombre. J'y veillerai.

— Vous! fit-elle en éructant presque.

— Il y a un problème? dit la voix grave d'Hector apparaissant à côté d'eux.

— Viens», dit Hannah, toujours aussi autoritaire.

Connolly jaugea l'homme et se sentit soudain tout petit. Des yeux noirs. Il improvisa: «Hannah affirme que vous avez tué Karl tout seul.» Le même haussement de sourcils. Aucun d'eux ne connaissait le nom de Karl. «Le type dans l'allée, à San Isidro. Vous n'auriez pas dû, Hector.»

Hector, ébahi, observa tour à tour Hannah et Connolly, puis se pencha légèrement en arrière, comme sous l'effet d'un coup.

«Ne l'écoute pas. Il est fou, dit Hannah.

— Tout seul. Nous pensions qu'elle vous avait aidé, mais elle affirme que vous êtes le seul coupable.»

Le trouble d'Hector attisait sa méfiance. Il était sur ses gardes, le visage tendu, l'œil fixe, comme une bête acculée.

«Vous n'auriez pas dû jeter ces bottes, continua Connolly en indiquant ses pieds. Nous avons comparé les empreintes.» C'était un mensonge, mais le devinerait-il? «Comme les empreintes digitales. Partout sur les buissons. Quand vous lui avez retiré son pantalon.»

Dans ses yeux, le trouble fit place à la menace.

«Viens, dit Hannah. Des âneries.

— Vous ne vouliez pas le tuer, je sais. Juste l'assommer. A votre manière.» En disant cela, il vit une autre pièce du puzzle se mettre en place. Une autre victime entre les mains de ce colosse aux yeux noirs. «Comme Batchelor. Le soldat au mess. Vous n'avez pas voulu le tuer. Juste lui donner une leçon, exact?

— La ferme, dit Hector d'une voix rocailleuse.

— Lui, vous ne l'avez pas tué, juste un peu secoué. Pas de quoi fouetter un chat. Mais alors pourquoi avoir tué Karl? Nous pensions que c'était sur un ordre d'Hannah, mais elle dit qu'elle n'était même pas là.»

Hector se tourna vers elle, visiblement surpris.

«Ne réponds pas, dit-elle.

— Nous savons que vous l'avez tué. Nous ne savions pas que vous l'aviez fait seul. Nous, on voyait plutôt la chose comme ceci : vous le cognez, il est sonné. Bien amoché. Mais elle vous dit qu'il faut le tuer, l'achever. Est-ce que vous saviez seulement qui c'était? Elle vous l'a dit? D'après Eisler, vous ne saviez pas.

— La ferme! répéta Hector, plus fort.

— C'était malin, cette mise en scène qui rappelait le crime d'Albuquerque. Pour vous dire la vérité, on pensait que c'était une idée à elle, ça aussi.

— Hector, viens», dit-elle, sur le ton qu'on emploie avec un petit chien, en l'entraînant par le bras.

Connolly était perdu. Il sentait qu'il devait faire quelque chose, dire quelque chose pour le retenir.

«Mais c'était bien une idée à vous. J'ai fini par piger quand vous avez tabassé ce type au mess. Je n'avais pas compris que vous étiez pédé aussi.»

Un coup de poing explosif s'abattit sur la figure de Connolly, qui tituba et bascula contre le mur, le nez en sang.

«Putain, je vais te tuer», dit Hector en avançant sur lui et en le frappant encore, sur le coin de la nuque. Connolly tomba à genoux, étourdi. Il entendit une femme crier dans l'autre pièce et vit, dans un halo, des gens affluer vers le patio. Il vacilla, essaya de se ressaisir et de résister à l'évanouissement.

«Hector, non! s'écria Hannah.

— Ta gueule», dit-il en la repoussant pour fondre sur sa victime.

Mais le répit avait été suffisant pour Connolly. Il eut le temps de dégainer son revolver, qu'il brandit à deux mains. Deux mains tremblantes. L'une était éclaboussée de rouge. «Pas un geste!» dit-il en crachant du sang.

Encore des cris. Des pas. Hector le regarda de haut, hésita une fraction de seconde puis, avec une grimace de dédain, lui lança un coup de pied latéral qui éjecta son arme. Celle-ci glissa sur le parquet ciré, vers un angle où Connolly la perdit de vue, aveuglé par la botte qui s'écrasa sur son visage. Il tomba de côté. Sa face heurta le sol avec un bruit de fracture.

«Arrêtez!» C'était la voix d'Emma. Connolly la vit confusément marteler le dos d'Hector, sur qui ses poings n'avaient pas plus d'effet que des piqûres de guêpes. D'un ample geste, le Mexicain l'envoya buter contre le piédestal de la statue de cow-boy, qui s'écrasa sur le sol à côté d'elle.

Connolly tenta de se relever, mais le pied d'Hector lui enfonça l'estomac. Il culbuta à nouveau, en se tenant la tête et en se recroquevillant pour se protéger des coups. «Arrêtez!» hurlait Emma. Puis ce fut un nouveau coup, à la poitrine. Il gémit. Hector frappa encore, et encore, comme une machine incontrôlable. Connolly comprit que, s'il ne bougeait pas, il allait agoniser, tabassé à mort comme Karl. Il hasarda un œil et, par quelque bizarre interférence d'images, ce ne fut pas Hector qu'il vit, mais Emma, les bras levés bien haut, la statue entre les mains. Cela avait dû se passer exactement ainsi à San Isidro. Il détourna légèrement la tête, par réflexe, et entendit le choc sourd du métal qui percutait la chair. Hector poussa un grognement. Il s'était baissé pour esquiver le coup, qui n'en eût que plus d'amplitude, et les sabots lui entamèrent le crâne. Un torrent de sang jaillit, giclant tout autour d'eux, un geyser de sang, et il tomba à la renverse sur Connolly, le corps parcouru d'un long spasme.

Connolly entendit la statue retomber à côté de lui. Des voix s'élevèrent, des cris de stupeur. C'était fini. Il chercha le revolver des yeux, dans le coin. Disparu. Il releva la tête pour mieux voir et fut saisi de nausée. Un signe précurseur de l'évanouissement. Il tendit les doigts vers la statue, qu'il put agripper et tirer vers lui par les sabots. Quand les gens s'attroupèrent autour de lui, il la tenait bien en main. Alors, étouffé par le poids mort du Mexicain, le visage poissé de sang, il perdit connaissance.

Il ne dut pas rester inconscient plus d'une minute. Il sentit qu'on dégageait la lourde masse d'Hector, puis qu'on le soulevait par les aisselles pour le remettre sur pieds, en le soutenant par-derrière. «Jésus Marie», dit quelqu'un. Il ouvrit les yeux: le crâne du Mexicain, affalé sur le sol, dégoulinait de sang. Il chancela, pris de vertige, et essaya d'inspirer malgré la douleur qui lui tenaillait la poitrine. Pendant un instant, plus personne ne bougea. Un jet de sang en arc de cercle maculait le tableau à côté de lui. Un des visiteurs se pencha sur le corps d'Hector et le retourna. Ses yeux, grands ouverts, étaient absolument immobiles, ses jambes complètement inertes. Connolly voulut s'approcher de lui, mais quelqu'un le retint par les bras.

«Qu'on appelle une ambulance», dit l'homme agenouillé près d'Hector en lui tâtant le pouls sur le cou.

Holliday accourut dans la salle. Tout le monde s'écarta sur son passage. Il s'arrêta devant le corps et apprécia rapidement la situation : d'un côté, Connolly ceinturé par un témoin, la statue encore dans une main, de l'autre, la grande carcasse étendue sur le sol, le crâne fendu, dans une mare de sang.

«Lâchez-le», dit-il à l'homme qui étreignait Connolly, lequel, libéré de l'étau de ses bras, s'affaissa contre le mur. Puis il examina les pupilles du Mexicain et lui ferma les paupières.

«O mon Dieu, fit quelqu'un dans la foule.

— Appelez mon bureau, dit Holliday à son voisin. Demandez du renfort. Vite.» Puis, se tournant vers Connolly : «Vous tenez le coup?»

Connolly acquiesça d'un hochement de tête qui relança sa nausée.

«C'est notre homme?» demanda Holliday.

Connolly acquiesça encore et sortit un mouchoir de sa poche arrière pour éponger le sang qui dégouttait de son nez.

«Cassé? dit Holliday.

— Oui.

— Quoi d'autre?

— Une côte, peut-être. Je ne sais pas.

— Il a de la chance d'être encore en vie, dit une femme. L'autre lui donnait des coups de pied, des coups de pied… C'était affreux.»

Tout le monde semblait parler en même temps.

Holliday s'adressa à l'assistance, sur un ton calme mais autoritaire, qui les fit taire : «Faites place, là, circulez. Si vous alliez tous attendre dehors, le temps que mes hommes arrivent? Mais que personne ne s'éloigne. On aura besoin de vos dépositions.» Le langage routinier du flic de petite ville.

«J'ai tout vu, dit une femme, fondant en larmes. C'était affreux. *Affreux.*»

Quelqu'un l'entraîna dehors par le bras et tout le monde commença à se retirer, en jetant un dernier regard en arrière.

Holliday considéra le corps, puis Connolly. «Il est mort, dit-il simplement. C'est vous qui l'avez tué?»

Connolly fit oui de la tête.

«Eh ben, mes aïeux. Il vous a agressé?

— C'est lui. Il a tué Bruner.»

Une sirène d'ambulance mugit dans la rue, couvrant les voix dans le patio.

«Qui était la femme qui l'accompagnait?

— Hannah. Sa patronne.»

Mais où était-elle? Connolly regarda dans la galerie vide, soudain affolé. «Où est Emma?» dit-il. Holliday ne savait pas de quoi il parlait. «Venez, Doc.»

Il avança d'un pas, mais Holliday lui barra le passage.

«Doucement. Je ne veux pas avoir deux cadavres dans mon rapport.

— Je vais bien.

— C'est qu'on a un homicide, ici.

— Doc, elle a le revolver.

— Qui?

— Hannah, fit-il, impatienté. L'autre. Je vous expliquerai plus tard. Elle a le *flingue*.»

Les ambulanciers firent irruption dans la pièce avec une civière et Connolly vit des uniformes de policier sillonner la foule dans le patio.

«Doc, *vite*. Elle va la tuer.»

Holliday réfléchit une minute, tandis que l'équipe médicale investissait les lieux, puis répondit : «Je prends le volant.»

Dans le patio, les gens reculèrent devant Connolly qui, à leurs yeux, incarnait la violence. «Demandez-leur, dit-il à Holliday. Quelqu'un a dû les voir partir.»

Holliday alla interroger un groupe de témoins, qui racontaient la scène à l'un de ses hommes, mais ce fut finalement Chalmers qui se présenta, de sa propre initiative, médusé par la face ensanglantée de Connolly. Oui, une Chevrolet noire. La voiture d'Emma. Qui fonçait vers le pont. Non, pas la route d'Albuquerque. Le pont. Il avait cru qu'elles s'en allaient par peur de la violence. Oui, elles étaient deux. Il espérait n'avoir pas commis d'impair en les laissant partir et...

Connolly empoigna Holliday et le poussa vers la rue, de sorte que quelques personnes, déconcertées, crurent que c'était le chef qu'on emmenait en garde à vue.

«Elles vont au ranch, dit Connolly en montant dans la voiture. Derrière Tesuque.»

Mais, quand ils atteignirent l'Alameda, un policier qui réglait la circulation affirma avoir vu la voiture se diriger vers l'ouest.

«Drôle de chemin pour Tesuque, dit Holliday.

— La Colline, dit Connolly.

— Qu'est-ce qu'elles iraient faire là-haut?

— Je n'en sais rien.»

A tout hasard, Holliday ordonna à l'agent de surveiller la route d'Albuquerque, puis braqua à angle droit et partit sur les chapeaux de roue en martyrisant la boîte de vitesses.

Connolly s'essuyait le visage. Son mouchoir était durci par le sang séché.

«Comment va votre côte?

— Elle fait mal. Peut-être une simple contusion.

— Faites-vous soigner ça. Vous pourriez vous trouer un poumon.»

Au détour d'une butte, à la sortie de la ville, ils débouchèrent dans une vaste étendue plantée de yuccas et de prosopis gris.

«Vous ne pouvez pas accélérer un peu? dit Connolly, anxieux.

— Si elles continuent à cette vitesse, il y aura sûrement un flic pour les arrêter. Ça nous simplifiera le travail.

— Elle ne pense pas à ça. Elle veut fuir, c'est tout.

— Elle est capable de la tuer?

— Oui, répondit froidement Connolly.

— Alors, il vaut mieux qu'elle ne nous repère pas. Règle numéro un de la poursuite: dès qu'ils vous voient, ils accélèrent.

— Ce n'est pas une raison pour ralentir.

— Je crois bien que c'est elle, là devant.»

Au loin, Connolly aperçut la tache noire d'une voiture qui se dirigeait vers les contreforts des monts Jemez.

«Depuis quand les avez-vous en point de mire?

— Quelques kilomètres. Si vous vous calmiez, vous verriez mieux. Evidemment, c'est un métier. Avec l'expérience, on sent mieux les choses. Holà, vous avez vu ça? dit-il après une embardée de la voiture d'Emma dans un virage. Pas un as du volant, hein?

— Non.

— Elle compte beaucoup pour vous?

— Oui.

— C'est marrant… Quelqu'un, là-bas, a dit que c'était une femme qui l'avait frappé.

— Non. C'était moi. La statue était par terre. Je l'ai attrapée juste à temps.

— Il était déjà au tapis?

— Non… en déséquilibre. Il se jetait sur moi.»

Holliday resta silencieux un instant. «Mouais, plausible. Ça aurait pu se passer comme ça.

— Ça s'est passé comme ça. De toute façon, personne n'a pu voir. Il bouchait la vue.

— Et, bien sûr, tout ça est allé très vite, je suppose…

— Exactement.

— Qu'est-ce que vous lui avez dit pour le mettre dans une rage pareille?

— Que nous avions la preuve qu'il avait tué Karl.»

Holliday médita. «Ça se défend.»

La route montait à présent. Ils quittaient la vallée du Rio Grande et il était plus difficile de garder la voiture en point de mire.

«Ouais, on dirait bien qu'elles se dirigent vers la Colline.

— Ne la perdez pas.»

Mais une énorme bétaillère, débouchant d'une voie secondaire, s'engagea sur la grand-route et leur barra la vue.

«Doublez-la, dit Connolly.

— Vous en avez de bonnes! Et par où?»

Ils se traînaient derrière la benne, assez près pour voir le bétail les regarder à travers les lattes. Le camion grimpait poussivement, en ralentissant dès que la pente s'accentuait et en crachant des nuages de diesel. Connolly appuya sur le klaxon, mais le chauffeur ne pouvait pas se rabattre, la corniche était trop étroite. L'attente était mortelle, la pente de plus en plus raide et le convoi, où s'était jointe une seconde voiture derrière celle d'Holliday, de plus en plus lent. Enfin, quelques kilomètres avant la bifurcation de Frijoles Canyon, la bétaillère tourna dans un chemin boueux qui descendait à pic vers quelque maigre pâturage encaissé dans un canyon.

Holliday, piaffant, enfonça l'accélérateur. La voiture gîta tellement dans le virage suivant que Connolly fut plaqué contre la portière. Les pins défilaient en rafale. Connolly tendait le cou à chaque tournant pour essayer d'apercevoir la Chevrolet, mais ils ne l'avaient toujours pas retrouvée en atteignant la bretelle de la porte Ouest. Un panneau, posé en travers de la route, indiquait qu'elle était barrée.

«Nom de Dieu, qu'est-ce que…

— Elles ont mis ça là pour qu'on ne les suive pas, dit Connolly. Foncez.»

Au moment même où il prononçait ces mots, il se rappela que les abords de la Colline avaient été quadrillés par mesure de sécurité supplémentaire avant l'essai. Mais où seraient-elles allées?

Ils contournèrent le panneau et filèrent à pleins gaz. Le planton à l'accent géorgien était toujours en faction. Il s'avança, armé d'une carabine, l'air mauvais.

«Savez pas lire, bordel? lança-t-il avec morgue. Route barrée.

— Vous avez vu passer une Chevrolet noire? dit Connolly.

— Y a personne qui est passé par ici. Route barrée. Savez pas lire?»

Il pointa sa carabine.

Holliday lui montra sa plaque par la fenêtre. «Rengaine ta pétoire, gamin. Alors, tu l'as vue, cette voiture, oui ou non? Deux femmes.

— Non, m'sieur », fit le planton, renfrogné.

Holliday se tourna vers Connolly. « Et maintenant ? »

Elles étaient sur la route 4. Il les avait vues. S'étaient-elles faufilées dans l'un des canyons ? Frijoles ? Les chemins y étaient truffés de chausse-trappes naturelles. Elles se dirigeaient vers la Colline, mais sans savoir que la route était barrée. Elles avaient donc continué, elles n'avaient pas le choix. C'était peut-être même un calcul, pour égarer d'éventuels poursuivants sur une fausse piste.

« Elles sont toujours sur la 4, dit Connolly.

— Elles ont pu bifurquer n'importe où.

— Elle ne se cache pas. Elle fuit. » Et jusqu'au Pacifique, si possible, songea-t-il. « Allons-y, on reprend la 4. »

Ils ne virent rien sur des kilomètres. La verte vallée de la caldera, qu'ils longeaient, rappelait à Connolly un autre périple, à Chaco, quand tout avait changé.

« Si vous vous gourez, on ne fait que s'enfoncer dans la mauvaise direction, dit Holliday. Saleté de route. »

Ils roulaient vers le soleil. A cette vitesse, les virages et les buttes s'enchaînaient comme dans une course d'obstacles. Il n'y avait pas de circulation. C'était dimanche.

« Elles vont vers la 44, dit Connolly. Autrement, pourquoi auraient-elles pris cette route ?

— Si elles l'ont prise. »

Quelques minutes plus tard, le panorama s'élargit. Ils redescendaient de la caldera et distinguèrent la voiture, en contrebas, qui sillonnait le paysage comme une petite auto dans un livre d'images pour enfants.

« Rapprochez-vous, dit Connolly.

— Pourquoi ? »

L'espace d'un instant, il imagina la Chevrolet dans un chemin creux… un bref détour, un bref arrêt, un seul coup de feu. Combien de temps encore Hannah estimerait-elle avoir besoin d'Emma ?

« Je veux voir si elles sont toujours deux. »

Holliday lui lança un regard, puis acquiesça. « C'est vous le patron. »

La voiture prit de la vitesse et sauta un cassis. Le vol plané leur secoua l'estomac. Connolly gémit.

« Ouvrez la boîte à gants », dit Holliday.

Connolly appuya sur le fermoir et le couvercle bascula. La taille du revolver, le renflement de la crosse guillochée, la longueur du canon l'impressionnèrent. Un colt de western. Menaçant comme un serpent, malgré son immobilité. Il le toucha. Le métal était froid comme de la chair morte. La mort, encore la mort. Mais la violence avait cessé avec Hector. Après Karl, après Eisler… il était temps que l'engrenage s'enraye.

«Vous vous êtes déjà servi de ça? demanda Holliday.

— Non», répondit Connolly en le soupesant. Une arme de cow-boy. Pour pourchasser la diligence en fuite à travers le pare-brise. Un accessoire de cinéma. Lourd. Un coup. «Il nous la faut vivante, dit-il en reposant le colt. Elle est la clef de l'énigme.

— Qui?

— Toutes les deux.»

Holliday soupira. «Laissez-le sur le siège. En cas de besoin.

— Si on tirait dans les pneus?

— Vous n'y pensez pas. Pas à cette vitesse.»

Connolly le posa soigneusement sur le siège à côté d'Holliday. Ce n'était pas fini. Les armes parlaient encore. Un instant, il eut envie d'arrêter la voiture, de tout arrêter avant le déclenchement de la phase suivante. Hannah se ferait prendre de toute façon, c'était fatal. Il la vit dans une gare, se mêlant à la foule, abandonnant Emma dans la voiture – mais une Emma qui ne bougeait plus, affalée contre la portière.

Ils passèrent devant un panneau indiquant Jemez Springs. Tout lui rappelait cet autre périple maintenant. Ils descendaient toujours, laissant une montagne entre eux et le mort de Santa Fé.

«Elles nous ont vus», dit Holliday.

La Chevrolet accéléra encore. Connolly pouvait imaginer la panique d'Hannah, dont la seule chance de salut était de se perdre dans l'immensité de l'Ouest, en reléguant de l'autre côté de la montagne le passé qui la poursuivait comme un croquemitaine pendu à ses basques. L'heure n'était plus à la prudence. Elle devait tenir le revolver braqué sur Emma, épier ses moindres gestes tout en surveillant le rétroviseur, prise au piège.

«Pas si près, dit-il. Elle va devoir s'arrêter. Il y a des carrefours.

— Elle ne s'arrêtera pas», dit tranquillement Holliday.

Connolly reconnaissait les maisons de la bourgade que la voiture d'Emma traversait en trombe, le péristyle du vieil hôtel, le poste à essence. Soudain, une voiture de police déboîta et prit la Chevrolet en chasse. Notre vieux copain attrape-gogos, pensa Connolly. Celui qui avait tellement exaspéré Emma. Ah, ce n'était pas le moment. Dégage de là, voulut-il crier, tu ne sais pas ce que tu fais! Mais le flic ne levait pas le pied. Elles l'avaient réveillé en sursaut de sa surveillance assoupie et il ne laisserait pas passer une si belle occasion de verbaliser. Il brancha sa sirène, qui déchira l'air comme une longue plainte.

Connolly sentit son pouls s'accélérer. Ce bruit! Elles allaient redoubler de vitesse. Cette sirène qui hurlait de plus en plus fort derrière elles, se rapprochait, les poussait à la roue. Il imagina Hannah se retournant et voyant les phares dans la vitre arrière, deux voitures, tout un cortège, l'hallali.

«*Imbécile*. Dégage!» s'écria-t-il.

Ils franchirent la petite ville en un éclair. Les voilà à nouveau dans les collines. Mais le flic ne dételait pas. Il gagnait même du terrain. Ce n'est pas un simple excès de vitesse! Tu vas tout gâcher! Peine perdue. Maintenant, c'était Emma que Connolly croyait voir, arc-boutée sur le volant, terrifiée par l'écho qui les traquait. Il était désemparé. Il avait tout découvert et ça ne servait à rien. Il ne pouvait pas l'aider.

Ils commencèrent une longue ascension. La voiture de police insistait, toujours tonitruante, rattrapait peu à peu les fugitives. Holliday, mâchoires serrées, pied au plancher, faisait des appels de phares pour attirer l'attention du flic, qui ne s'arrêtait pas. En arrivant au sommet, Emma parut perdre le contrôle de sa voiture. Un virage trop sec. Elle contrebraqua. Les pneus hurlèrent. Puis ce fut le dérapage. La Chevrolet sortit de la route, percuta un arbre de plein fouet, rebondit en tonneau dans un fracas de tôles assourdissant et bascula dans le vide. Un rideau tomba devant les yeux de Connolly. Sur le moment, il crut avoir perdu la vue. Mais c'était la voiture qui avait disparu.

Sans attendre qu'Holliday ait fini de freiner, il sauta en marche, manqua de renverser dans son élan le flic debout sur le bord du précipice et dévala la pente à grandes enjambées en soulevant des nuages de poussière. La voiture était renversée sur le côté droit, le côté du passager. Le capot fumait. Il y avait du verre partout. Il courait, courait. Il croyait entendre une nouvelle sirène, mais c'était son propre hurlement. Il criait le nom d'Emma, et le criait encore quand il s'abattit contre la voiture, emporté par sa course. Une vive douleur lui fouetta la poitrine. Il tourna la poignée et tira de toutes ses forces jusqu'à ce que la portière cède. L'arête de la tôle lui écorcha l'épaule. Il s'appuya contre le battant pour le maintenir ouvert. Emma était plaquée contre le volant, le visage couvert de sang, inerte.

Il essaya de l'extraire. Sa tête retomba en arrière. Respirait-elle? Il la prit par la taille et essaya de la soulever. Mais le volant le gênait et il dut la hisser par les bras comme un pantin désarticulé. Elle était à mi-hauteur quand Holliday arriva pour lui prêter main-forte.

«Elle est morte? Elle est morte?» criait Connolly en posant son oreille contre sa bouche. Il y avait beaucoup de sang. Son visage en était tout éclaboussé. Les éclats du pare-brise lui avaient entaillé les bras.

Holliday lui tâta le pouls, vérifia si elle respirait.

«Elle est seulement inconsciente, dit-il. Aidez-moi à la sortir de là.

— Il ne faut pas la bouger! aboya Connolly, qui perdait la tête. Vous ne savez pas ça? Il ne faut pas la bouger! Vous pouvez lui casser quelque chose.»

Holliday le ramena à la raison d'un regard impérieux et persuasif, qui le calma. «Faut la tirer de là en vitesse. Ça va exploser.»

Au même moment, ils entendirent une petite détonation, accompagnée aussitôt d'un souffle de flammes. Connolly se pencha sur elle pour la couvrir de son corps comme s'ils étaient bombardés. Comme aucune déflagration ne suivit, il se redressa, fit un signe à Holliday et, ensemble, ils la soulevèrent. Ils escaladèrent la pente en vacillant sous son poids. A mi-chemin, ils s'arrêtèrent. Connolly s'essuya le visage, pensant qu'il transpirait, mais c'étaient des larmes – avait-il pleuré, hystérique ? – et du sang frais.

« Elle respire », dit Holliday. Puis il héla le flic : « Vous, là, donnez-moi un coup de main. Faut la conduire à l'hôpital. Connolly, ôtez-vous de là. Ça ne sert à rien. »

Il essayait de nettoyer un peu le visage d'Emma, pour la voir. Holliday le repoussa gentiment pour l'éloigner du corps.

« Elle n'est pas morte, dit Connolly d'une voix absente.

— Pas encore, dit Holliday. Venez.

— Et l'autre ? » dit le flic.

Connolly redressa la tête. L'autre. Les flammes léchaient déjà l'arrière de la voiture. L'air empestait l'essence. L'autre, celle qui l'aurait tuée. Sans réfléchir, il redescendit en courant et en trébuchant, tremblant de rage.

« Ecartez-vous de là ! » cria Holliday.

Mais il voulait voir.

Elle était couchée contre la portière du passager, le cou tordu, le revolver de Mills encore dans la main. Il eut envie de plonger dans la voiture, de la faire souffrir encore plus, mais sa colère s'évapora brusquement. Sa jupe avait été relevée par le chavirage et il éprouva un étrange malaise. Etait-elle morte sur le coup, la nuque brisée sous le choc ? Ou avait-elle eu quelques instants d'affreuse lucidité pendant la chute ? Avait-elle eu le temps de se rendre compte ? Elle n'avait plus de secrets maintenant. Sauf le dernier. Ellè ne parlerait plus jamais. Ni elle, ni quiconque. Ils étaient tous morts. Connolly ne saurait jamais. Il entendit un craquement sec. Le feu gagnait par l'arrière. Il était urgent de fuir, mais il était comme pétrifié par le spectacle des flammes qui rampaient vers elle. Elle commençait à brûler. Ses habits noircissaient, fumaient. Il recula devant le feu qui s'engouffrait dans la voiture, et, à travers la fumée, crut voir son corps se recroqueviller comme un message secret flambant dans un cendrier.

19

La pluie la réveilla. Un courant d'air souleva les stores de la vieille chambre d'hôpital d'Eisler, qui retombèrent en claquant contre la fenêtre entrouverte. Il y avait eu de la grêle dans l'après-midi, lui avait dit l'infirmière, mais l'orage était passé, ne laissant que quelques plaques de grésil. Elle le regarda fixement, essayant d'accoutumer ses yeux à la pénombre, ou plutôt à la lumière. Un sourire rêveur se dessina sur son visage enveloppé de bandages. Elle ne voyait que lui, assis devant elle sur le lit.

«Où suis-je? murmura-t-elle, comme pour faire un essai de voix.

— Sur la Colline. A l'infirmerie.»

Elle tenta de bouger et grimaça de douleur. «Qu'est-ce j'ai?

— Côtes cassées. Epaule luxée. Fracture de la jambe. Traumatisme. Lésions multiples. Hémorragie interne...» Il s'interrompit. «Tu t'en sortiras.»

Le rapport médical la fit sourire. «Je dois être jolie à voir.»

Il toucha sa main bandée. «Horrible.

— Ils m'ont droguée?

— Des antalgiques.

— Donc je ne rêve pas. Tout ceci est bien réel.» Elle plissa les yeux. «Pourquoi es-tu déshabillé?»

Il était torse nu, avec du sparadrap sur le thorax. «Oh, ça, fit-il. Hector.»

Un nuage passa sur ses yeux. «Qu'est-ce qui lui est arrivé?

— Il est mort.

— Mort..., dit-elle, accablée.

— Je ne voulais pas le frapper si fort. C'est à cause de l'angle de trajectoire, sans doute.

— Je ne comprends pas, dit-elle, troublée.

— Je l'ai frappé avec la statue, expliqua-t-il en la regardant dans les yeux. C'était de la légitime défense. C'est la seule version acceptable. Ils ne poseront pas de questions. Il t'a assommée… tu te souviens? Il a tué Karl.»

Elle ferma les yeux. Il crut qu'elle s'était rendormie.

«Tu as eu ton coupable, dit-elle, somnolente.

— Nous l'avons eu.

— Alors, c'est fini?

— Oui, fini.»

Elle rouvrit les yeux. «Et Hannah?

— Elle était le contact. Le dernier maillon de la chaîne de Matthew.

— Mais elle n'a jamais… au ranch…

— Elle ne savait pas. Elle ne connaissait qu'Eisler.

— Pendant tout ce temps…, dit-elle, perdue dans ses pensées. Je croyais qu'elle était mon…

— Elle l'était. Elle t'aimait.

— Alors pourquoi?

— Tu t'es mise en travers de son chemin. Comme Karl.

— Comme Karl, répéta-t-elle en frissonnant.

— Dors», dit-il

Mais elle lui agrippa la main. «Non, ne t'en va pas. Reste. Je ne veux pas rêver de ça. Je ne veux pas dormir.

— Demain. Tu t'en sortiras vraiment, tu sais. Tu as eu de la chance.»

Elle sourit, les paupières lourdes. «Oui, de la chance.

— Je peux faire quelque chose pour toi?

— Appelle Daniel. Je veux le voir.»

Connolly acquiesça. «Ils essaient de le joindre. Il est sur le site.

— C'est fini maintenant, dit-elle sans l'entendre. Je peux mettre les choses au point.»

Il lui lança un regard inquiet. «Qu'est-ce que tu comptes faire?

— Quand je l'ai vu te frapper… j'ai su. C'était clair. Evident. Je l'ai tué, n'est-ce pas?»

Il ne répondit pas.

«Pas ta version. La vérité.

— Oui.

— C'est ce que je pensais. Tu comprends ce que ça signifie? J'ai tué pour toi. Si mes sentiments sont aussi forts, Daniel doit se douter… Peut-être depuis le début. Tous ces mensonges. Pas dans son lit mais… il savait.

— Il n'a jamais rien dit.

— Il attendait. Il voulait voir si c'était une passade. Comme avec les autres. Il m'attendait. Il était confiant, tu vois… mais, cette fois…»

Il lui baisa la main. «Je peux lui parler.

— Non. Moi. C'est le moment. Je vois clair maintenant. On pense toujours qu'on a le temps, et puis…» Elle n'acheva pas.

«Tu n'es pas mourante.

— Non. Mais regarde comme les choses vont vite. Quand est-ce arrivé? Cet après-midi? Un après-midi parmi d'autres.

— Nous avons tout le temps devant nous.»

Elle lui toucha la joue. «Nous irons danser.

— J'ai cru que tu étais morte. Dans la voiture.»

Elle lui caressa le visage, d'un geste apaisant.

«Epouse-moi», dit-il à voix basse.

Elle sourit. «Une demande en mariage. Tu ne crois pas que j'ai assez de maris?

— Pas encore.

— Tout le monde veut toujours m'épouser. Pourquoi? Tu le sais?

— Tu es une chic fille, répondit-il en lui baisant à nouveau la main.

— Vraiment?

— Hm. Je demanderai même à ton père.

— Il déteste les Irlandais.

— Je le ferai changer d'avis.

— Oh non.

— Oh si.

— Tu me promets, dis? reprit-elle sérieusement. Pas de mensonges. Entre nous. Même pas de petits mensonges.»

Il était penché sur elle et lui effleurait les lèvres quand l'infirmière entra. «Téléphone, dit-elle avec un regard désapprobateur. Elle a besoin de dormir.

— Tu l'entends? dit-il à Emma, en se levant.

— Ne l'inquiète pas, dit-elle. Dis-lui que je vais bien.

— Tu vas bien.»

Il se tourna pour partir, mais elle l'arrêta. «Juste une chose, dit-elle, l'œil soudain pétillant. Cette ville où ils vont tous... Reno[1]? Tu crois qu'ils font les deux à la fois?»

Il rit. «Prends deux juges.»

Au téléphone, dans le cabinet de l'infirmière, on lui demanda de certifier que l'appel était une urgence avant de le mettre en communication. Il y avait de la friture sur la ligne.

«Ici Michael Connolly. Nous nous sommes rencontrés à...

— Je sais qui vous êtes, répondit la voix avec froideur.

— Ecoutez, je suis désolé, mais votre femme a eu un accident. Un accident de voiture. Elle est hors de danger, mais elle est assez mal en point.» Silence. «Vous êtes toujours là?

---

1. Ville du Nevada où les formalités de divorce et de mariage sont simplifiées. (*N.d.T.*)

— Oui. Elle est hors de danger, dites-vous?

— Elle a quelques fractures graves. Un traumatisme.»

Nouveau silence. «Vous étiez avec elle?

— Non, dit Connolly, surpris. Pas dans la voiture.

— Où est-elle?

— Ici, sur la Colline. A l'infirmerie. Nous n'avions pas le temps de la faire admettre à Santa Fé. J'ai voulu vous prévenir.

— Merci. Puis-je lui parler?

— Elle ne peut pas venir au téléphone. Elle est au lit. Mais vous pouvez la voir. Vous pouvez partir tout de suite?

— Partir? Ce soir? Mais l'essai…»

Une voix les interrompit : «Excusez-moi. Ici l'agent de sécurité. Je dois vous rappeler que cette ligne est publique.

— Ecoutez, dit Connolly, agacé. Je suis agent de sécurité aussi. La femme de monsieur est à l'hôpital.

— Désolé. Ce sont les ordres. Vous avez terminé?

— Non, nous n'avons pas terminé. Pawlowski, vous m'avez entendu?

— Oui, mais si elle est hors de danger…» Sa voix se perdit dans les parasites. «… C'est ennuyeux, vous comprenez. Je ne peux pas partir. Pas ce soir. Je n'ai pas de permission, acheva-t-il, péremptoire.

— Pas de permission? Il s'agit d'Emma! Elle est à l'hôpital. Dites à Oppie…

— Je vais devoir couper la communication, dit l'autre voix. L'usage de noms est…

— Non, non, s'il vous plaît, dit Connolly. Pawlowski, vous êtes toujours là?

— Merci de m'avoir prévenu. Je serai là demain. Cette nuit, c'est impossible. On a besoin de moi ici.

— C'est tout?

— Je suis sûr que vous prendrez soin d'elle.»

Cette fois, le sous-entendu était clair. «Que dois-je lui dire, alors? Bons baisers?»

Un temps mort. Puis il répondit d'une voix glaciale : «C'est ça, monsieur Connolly, embrassez-la pour moi.»

Il tenait encore le téléphone, déconcerté, quand Mills apparut à la porte.

«Un problème?» demanda celui-ci, remarquant son trouble.

Connolly secoua la tête. «Non, une mauvaise liaison, c'est tout, répondit-il en raccrochant.

— Elle est tirée d'affaire?

— Oui.

— Et vous? dit Mills en désignant le pansement sur sa poitrine.

— Je survivrai, dit-il distraitement. Vous travaillez tard.»

Mills resta muet, puis entra et demanda finalement : «Qui est Hector Ramirez?

— Il s'appelait comme ça? Je ne savais pas. Vous n'avez pas perdu de temps, on dirait.

— Qui est-il pour vous?

— Il a tué Karl.»

Mills le considéra longuement.

«Vous voulez m'expliquer pourquoi?

— Plus tard, dit Connolly en retournant dans la chambre. Ça peut attendre.

— Pas longtemps.»

Connolly s'arrêta, le sourcil interrogateur.

«Il y a des tas de curieux au bureau, dit Mills. Le standard n'arrête pas de clignoter. Même les gars de Washington. Tout le monde semble vouloir vous parler tout à coup.»

Connolly attendit. «Je dois voir Oppenheimer d'abord.

— Je me demande bien pourquoi. Encore quelque chose que je ne dois pas savoir?»

Il ne répondit pas.

Mills haussa les épaules. «En tout cas, vous ne le verrez pas ce soir. Ils sont tous sur le site. Vous n'êtes pas au courant? Il n'y a plus un chat ici.

— Alors, les souris dansent. Vous êtes dans le bal? Ce sont eux qui vous envoient?»

Mills s'appuya sur le pupitre. «Ils ont le droit de poser des questions, Mike. Le type qui est mort était un employé de l'Opération. Ça fait des remous. Qu'est-ce que vous croyez? Von Drasek fulmine. Et il a Lansdale sur le paletot. On peut pratiquement l'entendre derrière lui au téléphone. Ils veulent savoir ce qui se goupille.

— Donc ils vous ont envoyé. Vous venez en éclaireur? Pour me retourner sur le gril ou simplement me tenir compagnie en attendant l'arrivée des caïds? Une petite visite amicale, tu parles! Ils vous ont choisi pour vos états de service ou bien est-ce vous qui vous êtes porté volontaire?

— Allez vous faire foutre.»

La réplique tomba comme une gifle. Connolly baissa les yeux, gêné. «C'est bon, dit-il, n'en parlons plus. Vous n'y êtes pour rien. Mais n'essayez pas de m'endormir avec vos berceuses. Je dois voir Oppenheimer et Groves. Ne me demandez pas pourquoi. J'ai mes raisons.»

Mills regarda alternativement Connolly et la chambre d'Emma, comme pour assembler les éléments d'un casse-tête. «Oppie ne rentrera pas avant demain soir. Je ne peux plus temporiser. Ne me compliquez pas la tâche, d'accord? Vous êtes censé travailler avec nous.

— Nous?»

Mills hésita. «Eux.»

Connolly sourit. «D'accord, alors simplifions. Vous êtes venu ici et j'étais déjà parti. Personne ne sait où.

— Mike…

— N'ayez pas peur, je serai de retour demain matin. Accordez-moi juste une nuit. Il faut que je le voie. Pour faire le point.

— Ça ne dépend pas de moi. Vous ne sortirez pas de la mesa, Mike. Ils ont des ordres pour vous arrêter à la grille.

— Mon œil.»

Mills secoua la tête. «Vous avez déjà oublié New York? Ils n'ont toujours pas digéré. Ils pensent que vous êtes incontrôlable.»

Connolly réfléchit. «En ce cas, nous prendrons votre voiture. Vous me cherchiez. Vous avez pensé que je me rendais sur le site pour voir mon pote Groves… et recommencer à casser les pieds de tout le monde. Ils n'arrêteront pas votre voiture.

— Et vous serez où? Dans le coffre? ironisa Mills.

— Simplement à l'arrière. En train de me reposer. Ils ne vont pas fouiller votre voiture. D'ailleurs, vous êtes pressé.» Il changea de ton. «Allons, Mills. Prenez un risque. Pour une fois.»

Mills s'empourpra, vexé. «Pourquoi? C'est un jeu? fit-il, dédaigneux.

— En quelque sorte. Un jeu de guerre. Ne craignez rien, on ne vous tirera pas dessus. Il n'y aura pas de blessés. Ce n'est pas ce genre de guerre.

— Ils ne sont pas l'ennemi, Mike.

— Ils ne sont pas de votre côté non plus, vous savez.» Il marqua une pause. «Aidez-moi à boucler cette affaire.

— De quelle manière? En la récrivant? C'est ça, votre idée? Vous allez récrire ça aussi?

— S'il le faut.

— Pour elle?» dit Mills avec un hochement de tête en direction de la chambre d'Emma.

Connolly ne releva pas l'allusion. «Pour tout le monde. C'est mieux comme ça.

— Qu'en savez-vous? Comment décidez-vous de ce que les gens doivent savoir ou ignorer?

— J'ai été formé pour ça, rappelez-vous. C'était ma fonction pendant la guerre.

— Ouais. Je croyais que vous aviez laissé tomber.

— Presque. Quoi qu'il en soit, je n'aurai plus à le faire longtemps. La guerre est finie. Tout le monde va la récrire maintenant. Bientôt, plus personne ne saura ce qui s'est passé.» Il alla vers la porte. «Pour le moment, j'ai besoin d'un chauffeur. Juste pour un petit tour.»

Ils se toisaient encore, en silence, quand l'infirmière reparut. Elle hésita sur le seuil, craignant de les interrompre, puis gagna le pupitre. «Elle vous demande, dit-elle à Connolly. Deux minutes. Je lui ai fait une autre piqûre.»

Mills baissa les yeux, d'un air las comme s'il venait de perdre un combat intérieur, puis se tourna vers l'infirmière. «Vous êtes de service de nuit?»

Elle acquiesça.

«Pas d'autres visiteurs. Ordre du G2. Compris?»

Bien que surprise, elle acquiesça de nouveau, en bon soldat.

«Merci, dit Connolly à Mills.

— Qu'elle ne parle à personne avant mon retour. Je dis bien à personne.

— Oui, monsieur.

— Son mari peut se présenter», intervint Connolly.

L'infirmière regarda Mills. «Je croyais que c'était lui, son mari.

— Lui? fit Mills en souriant. Non, il travaille avec nous.»

Quand il entra dans la chambre, elle semblait dormir. Il la contempla un instant. Le drap bougeait imperceptiblement au rythme de sa respiration. Il repensa à elle chez Costello, écoutant une version révisée de l'Histoire, le Berlin d'un autre.

«Il va bien? demanda-t-elle, les paupières closes. Tu lui as dit de ne pas s'en faire?»

Sur le moment, il ne comprit pas de qui elle parlait.

«Daniel? dit-il. Oui.

— Il va venir?»

Il choisit de mentir. «Bien sûr. Il faut que j'aille le chercher. Il n'y a pas d'autre moyen de transport.

— Oh, si loin?» Elle ouvrit les yeux. «Tu ne devrais pas conduire.

— J'emmène Mills. Ne t'inquiète pas, dit-il en se penchant sur elle. Je croyais que tu dormais. Tu devrais.

— Je pensais à quelque chose. Hannah. Tu sais qu'elle n'avait pas de famille?

— Non, je ne savais pas, répondit-il en se demandant où elle voulait en venir.

— Que va devenir le ranch? Nous pourrions l'acheter. Tu as un peu d'argent? Moi, j'en ai. Ça t'ennuierait? De vivre dans ses murs?

— Pas si tu te débarrasses des tableaux de maïs.»

L'infirmière fit irruption. «Il faut la laisser, maintenant. Elle a besoin de sommeil.

— D'accord. Tu l'entends? Tu vas dormir, que ça te plaise ou non.

— C'est une idée, tu ne trouves pas? C'est un beau terrain.

— Très beau.»

Son ton évasif lui parut révélateur. «Ça ne te plaît pas, hein?

— Emma, qu'est-ce que je ferais dans un ranch?

— Du cheval.

— Moi? Nous en reparlerons demain.»

Elle lui sourit. «Tu avais déjà demandé à une femme de t'épouser, avant?

— Non.

— Je m'en doutais. Tu ne connais pas les usages. Tu es censé tout accepter. "Tout ce que tu voudras, ma chérie." Comme ça, tu vois? "Je ferai tout ce que tu voudras".

— D'accord, dit-il en lui caressant la main. Je ferai tout ce que tu voudras.»

**

Il faisait noir sur la route de Trinity. Des nuages d'encre voilaient le ciel nocturne. Après Albuquerque, des averses intermittentes, entrecoupées d'éclairs, rendaient la chaussée glissante.

«Ils annuleront si le temps ne s'améliore pas, dit Mills en se penchant pour regarder à travers l'oscillation des essuie-glaces. La pluie va disperser les particules radioactives. Un vent un peu fort pourrait pousser tout ça jusqu'à Amarillo. Ils ne courront pas le risque.» Connolly fut frappé par ses connaissances techniques. Mills haussa les épaules. «On entend des choses.»

Connolly, qui somnolait depuis des heures pour oublier la douleur sourde de sa poitrine, se réveilla quand ils approchèrent du site. Les orages le rendaient nerveux.

«Qu'est devenu mon revolver? demanda Mills, affectant l'indifférence.

— Il est sous les tôles. La police le retrouvera. Je ne sais pas dans quel état.

— Vous vous en êtes servi?

— Non. Je n'ai pas eu le temps.

— Alors, c'est le Mexicain qui a tué Karl?

— Moui, mais je ne sais toujours pas avec quoi. Peut-être bien à mains nues, dit Connolly en palpant sa nuque endolorie.

— Pourquoi?»

Connolly pesa ses mots : «Par jalousie, d'après ce que j'ai pu comprendre. Karl avait une liaison avec son amie. Il les a surpris et ça l'a mis hors de lui.

— C'est pour ça qu'elle s'est enfuie?

— Elle était hystérique. Elle ne savait plus ce qu'elle faisait. Elle a dû croire qu'on l'accuserait d'avoir tout déclenché.

— Un triangle amoureux, en somme.

— Quelque chose comme ça.

— Et le pantalon baissé... c'était pour nous mettre sur une fausse piste, hum?

— Ça a marché, d'ailleurs.

— Et les turquoises?»

Connolly improvisa. «Ça reste un mystère. Elle était peut-être généreuse avec ses amis. Elle n'était plus toute jeune. En tout cas, elle n'est plus là pour nous le dire.»

Mills quitta la grand-route pour virer en direction du site. «Je m'attendais à mieux de la part d'un professionnel de la récriture.

— Je n'y suis pour rien. Ça s'est passé comme ça.

— Et toutes ces fiches que vous m'avez fait sortir? Ils sont au courant.

— Les fiches? Ah, ça, c'était...» Il sourit. «C'était juste pour faire diversion.»

Mills n'eut pas le temps de répondre. Devant eux, la voie était barrée. Tout un bataillon de policiers militaires, dans des jeeps et des camions, formait une véritable barrière humaine de sécurité en travers de la route. «Mazette», dit-il en s'arrêtant. Une lampe-torche balaya l'intérieur de la voiture.

«Désolé. Faites demi-tour. La route est barrée.

— Jimmy, dit Mills en reconnaissant le garde, c'est moi. Mills. Nous sommes attendus au camp de base.

— Pas ce soir, désolé. Même un serpent ne pourrait pas passer.

— Jimmy.

— Eh, oh, faudrait pas me prendre pour un con.

— Vous avez une radio?» intervint Connolly.

Le soldat le lorgna d'un air soupçonneux, puis confirma.

«Alors, servez-vous-en. Dites à Oppenheimer que Connolly a un message pour lui.» Le soldat hésita. «Allez.»

Il remonta dans sa jeep, où ils le virent parler dans le lourd téléphone de campagne puis acquiescer. «C'est bon, dit-il en se penchant à la fenêtre de Mills. Qui c'est, ce gars-là?»

Mills, la bouche en coin, enclencha une vitesse. «Faudrait pas nous prendre pour des cons.»

Il contourna la jeep et mit le cap sur le désert devant eux. «Vous ne craignez pas d'y être allé un peu fort? dit-il. Se servir de ce nom comme ça...

— On est passé, non?

— N'empêche, c'est probablement la nuit la plus importante de sa vie. Il doit être un peu sur les nerfs.

— On est passé», répéta-t-il.

Au loin, ils pouvaient voir les lumières du camp et, au-delà, une tour dressée en plein désert, illuminée par des faisceaux de projecteurs géants. La base de Trinity avait grandi. Des baraques et des tentes avaient poussé autour des bâtiments d'origine. On entendait bourdonner des générateurs électriques de fortune, et des voix s'élevaient du mess. Des jeeps et des voitures stationnaient un peu partout. La pluie avait cessé, mais le dernier orage avait laissé des flaques qui reflétaient les lumières. Des grenouilles coassaient dans l'ombre.

Malgré l'heure tardive – il était près de 4 heures du matin –, le mess était en pleine effervescence. Des œufs mimosas, du pain grillé et du café circulaient entre les tables. Des soldats jouaient aux cartes, d'autres lisaient pour tuer le temps, comme des voyageurs dans une salle d'attente de gare routière. Il y avait aussi des civils, des hommes en costume et cravate, portant des lunettes à monture fine, vêtus pour observer l'histoire en marche. Connolly reconnut Bush et Conant mêlés aux savants de la Colline. L'équipe au complet, songea-t-il. Dès qu'il l'aperçut, Oppenheimer se détacha du groupe et vint à sa rencontre. Si les autres étaient tendus, il était, lui, au bord de l'apoplexie : il était si fébrile que sa cigarette tremblotait au coin de ses lèvres – et, à ce stade, ce n'était même plus de la fébrilité, c'était un début de crise de nerfs.

«Qu'est-ce qu'il y a encore? dit-il sèchement.

— Je suis désolé. J'ai dû me servir de votre nom pour entrer. Il faut que je vous voie.» Il jeta un œil dans la salle. «Seul.

— Maintenant? Vous voulez me voir *maintenant*?»

Une main sur son épaule l'interrompit : la lourde masse kaki de Groves requérait son attention. A nouveau, Connolly fut frappé par leur étrange disparité. «La météo annonce une éclaircie. Dans une heure», dit le général. Puis, apercevant Connolly : «Qu'est-ce que vous faites ici?

— Après 5 heures 30, il y aura trop de lumière, dit Oppenheimer. Les caméras...

— Ils ont dit une heure, lui rappela Groves pour l'apaiser. Un problème? demanda-t-il à Connolly.

— Oui, qu'est-ce que c'est?» fit Oppenheimer, excédé.

Connolly vit qu'il les impatientait tous deux. Ce n'était pas l'endroit pour faire des phrases, or il avait deux versions à présenter. Pourquoi s'était-il imaginé qu'Oppenheimer serait seul? Il changea son fusil d'épaule : «Je dois voir Pawlowski», dit-il.

Oppenheimer tomba des nues. «Vous avez un sacré culot de venir ici, à un moment pareil, pour des problèmes personnels! dit-il en postillonnant presque sur les *p.*

— Sa femme est à l'hôpital.

— Vous êtes son infirmière?

— C'est-à-dire que... je voulais vous voir aussi, mais ça peut attendre.

— En effet.

— Nous tenons le coupable. C'est fini.

— Félicitations. Maintenant, disparaissez.» Puis, se rasérénant : «Pawlowski est à S 10000... c'est le bunker de contrôle. Vous pourrez le joindre après l'essai.» Il regarda sa montre. «*Si* l'essai a lieu. Nous l'avons déjà reporté une fois. 50 kilomètres à l'heure de vent. 50! Dix de plus et...

— Ils ont dit une heure», dit Groves, rassurant. Il se tourna vers Connolly. «Je ne comprends pas. Vous avez découvert...

— Oui, M. Connolly a élucidé cette affaire, trancha Oppenheimer pour clore la question, en allumant une autre cigarette. Il a l'air de penser que c'est un moment *au poil* pour faire un rapport.» Dans sa bouche, cette expression populaire sonnait comme une langue étrangère. «Si c'est vraiment pour dans une heure, il faut éloigner Kisty de cette tour. Nous devons évacuer le personnel une heure à l'avance.» Groves tiqua. «Au cas où un véhicule tomberait en panne. Il leur faudrait une heure pour rentrer à pied. Il y a neuf kilomètres jusqu'au bunker.

— Et personne pour garder le gadget? s'inquiéta Groves.

— Non. Il faut laisser une chance à vos saboteurs.» Il consulta de nouveau sa montre. «Ils ont intérêt à se dépêcher.»

La plaisanterie n'amusait pas Groves. Il regarda alternativement Oppenheimer et Connolly, dont la présence semblait le gêner. «Alors, en route pour S 10000, dit-il à Oppenheimer. Nous n'avons plus rien à faire ici. Les huiles sont bien entourées, dit-il en indiquant les visiteurs de Washington. Prévenez le chauffeur, j'arrive tout de suite. La météo sera bonne.»

— Parfait, dit Oppenheimer en se tournant avec le sourire vers Connolly, qui venait d'être poliment congédié. Je vous l'enverrai après l'essai. Personne ne peut quitter son poste maintenant. Puisque vous êtes ici, joignez-vous donc aux autres visiteurs, sur la colline Compania. Demandez à un homme de vous y conduire. Vous devriez y être en sécurité – c'est assez loin –, au cas où nos calculs seraient erronés. Car tout ça est relatif, n'est-ce pas? Si vraiment nous nous trompons, Enrico pense qu'il est possible d'enflammer l'atmosphère. Une réaction en chaîne ici…

— Ce genre de propos est déplacé, commenta Groves, agacé. Je le lui ai dit.

— Oui. Il me l'a rapporté. Je pense qu'il blaguait, vous savez.

— Drôle de blague.»

Oppenheimer s'adressa à Connolly : «Je vous l'enverrai. Excusez-moi si j'ai été un peu brusque. Mais je persiste à dire que vous avez mal choisi votre moment.»

Là-dessus, il tourna les talons et gagna la porte.

«Il n'a pas dormi depuis deux jours, dit Groves. Nous sommes tous à cran. Et la pluie n'a rien arrangé.»

Il épousseta son uniforme marbré de taches humides.

«Je ne voulais pas l'ennuyer, dit Connolly.

— Eh bien, moi, vous pouvez m'ennuyer. J'ai le temps. Le pire, c'est l'attente. Rien d'autre à faire qu'à se tourner les pouces en ressassant toujours la même chose. Racontez-moi tout. Vous avez vraiment tiré cette affaire au clair ?

— Eisler avait rendez-vous avec un nommé Hector Ramirez, commença Connolly, échafaudant une nouvelle fable. Un Hispanique. Peut-être un Mexicain, nous ne savons pas encore. Un costaud. Un ouvrier. Il avait même réussi à se faire engager sur la Colline – comme maçon ou manœuvre, je crois. Pas un savant, en tout cas. Il apparaît qu'Eisler était son seul contact et il essayait probablement d'étendre son champ d'activités.

— Où est-il maintenant ?

— Il est mort.

— Mort ?

— Je l'ai tué.» Connolly palpa son front bandé. «Une bagarre. Sa tête a percuté un objet métallique.

— Vous êtes sûr que c'était lui ?

— Certain. C'est la raison de la bagarre. Il a essayé de me tuer.

— Il vous a parlé ? Il a dit qui étaient ses amis ? A qui il a transmis…»

Connolly secoua la tête.

«Magnifique, dit Groves.

— Il est mort. Ça se termine avec lui.»

Groves soupira. «Et maintenant ?

— Maintenant, je vais avoir besoin d'une version pour les journaux. La bagarre a eu lieu en public. Je pourrais dire que c'était à cause d'une femme. Ils ont l'habitude, ici. Il y a des faits divers de ce genre tous les samedis soirs. Le chef de la police de Santa Fé est un ami. Je peux arranger ça avec lui. Mais il faut que vous teniez vos hommes à l'écart. Votre ami Lansdale m'a déjà dans le collimateur. Alors dites-lui de garder les mains dans les poches. Je suis votre subordonné immédiat, rappelez-vous.»

Groves lui lança un regard oblique. «Vous êtes sûr de ne pas me raconter d'histoires?

— Général, je travaille pour vous.

— Vous travaillez pour votre pays, monsieur.

— Et vous avez obtenu ce que vous vouliez depuis le début. Vous aviez une fuite, elle est bouchée et personne n'est obligé de le savoir. Vous pouvez en informer qui vous voulez, mais si j'étais vous, je garderais ça pour moi. Le type qui a fait le coup est mort et son complice aussi. Et personne ne sait pourquoi, pas même leurs patrons. Votre affaire est bouclée. Il ne vous reste plus qu'à la sceller.»

Groves délibéra intérieurement. «Ils essaieront encore.

— Peut-être. Donnez-leur du fil à retordre. Je dirais que nous avons eu de la chance. Pensiez-vous vraiment pouvoir contrôler une opération comme celle-ci? Des milliers de gens? Ils savent quelque chose, mais ils ne savent pas tout. Et ils ne savent pas que vous savez. Un joueur de poker tuerait pour ça. C'est ce qu'ils font en Allemagne actuellement, n'est-ce pas? Ils jouent au poker? Et vous pouvez donner une indication à votre partenaire.

— Mieux que ça, monsieur Connolly. Dans une heure, je vais lui donner l'as.»

Connolly se tâta. «Alors, il n'a pas besoin d'autre chose.

— Du genre?

— Du genre crime minable. Parce que ça se réduit à ça, en fin de compte. Un crime de droit commun. Pas de quoi sonner l'alarme.

— Je ne suis pas sûr de vous suivre…

— Il ne s'est rien passé. Ni Eisler. Ni New York. Rien.

— Pourquoi?

— Je pense que c'est préférable. Pour l'Opération.

— Pour l'Opération.

— Oui, dit-il avec conviction. Inutile de mettre ces questions sur le tapis maintenant. Vous avez l'as. Vous emportez la mise.» Groves cogitait. «C'est dans votre intérêt aussi. Si vous leur servez une affaire d'espionnage sur un plateau, ils vous retireront l'Opération.

— Je me suis toujours conformé au règlement, monsieur Connolly.» Connolly baissa les yeux. «Je suppose que vous voulez un rapport?

— Qu'est-ce qu'il contiendra?

— Général, je le rédige pour vous. C'est à vous de me le dire.»

Groves resta silencieux un instant, dans le brouhaha du mess autour d'eux. «On attache trop d'importance au papier, dit-il finalement en bougeant une jambe. Je veux un autre entretien avant de prendre une décision.»

Connolly était d'accord.

«Officiellement, vous avez été appelé ici pour enquêter sur un meurtre. Rien d'autre.

— Ce qui nous laisse une ouverture, d'ailleurs. Notre ami mexicain aimait tabasser les folles. Il y a eu un autre cas, sur la Colline même. La victime l'a identifié. Je peux l'amener à témoigner si nécessaire mais, entre nous, je préférerais le laisser en dehors de ça. Vous savez comme les gars du G2 sont chatouilleux là-dessus... Ils se mettent à surveiller les types sous la douche, à tout hasard. Mais ça nous permet d'établir un lien avec Karl, si c'est la version que vous choisissez. Eisler ne figurera même pas dans le scénario.»

Groves sortit un bonbon de sa poche et le déballa pensivement. «Et chacun retombe sur ses pieds, hum? Ce n'est pas souvent que les choses se terminent aussi bien.

— Presque jamais.

— Mais cette fois, oui.

— Et tout le monde est content. N'est-ce pas ce que vous m'avez demandé, la première fois que vous m'avez vu?

— Je ne pensais pas que vous y arriveriez.

— J'ai eu de la chance. Nous avons peut-être eu de la chance tous les deux.»

Groves l'observa. «Pourquoi ai-je toujours l'impression de marchander avec vous?

— Parce que j'ai un marché à vous proposer. J'ai besoin d'une faveur.

— Quel genre de faveur?

— J'ai dit que personne n'était au courant de cette histoire à part vous. Mais il y a quelqu'un d'autre. Moi. En fait, je suis le seul impliqué publiquement. J'ai tué un homme. Je vais devoir en répondre. Et je vais devoir faire en sorte que tout le monde croie notre version... sur Karl, sur Hector et le reste.

— Mais vous avez dit...

— Et je m'y emploierai. Je connais la musique. Le Projet Manhattan est le secret le mieux gardé de la guerre. Peut-être de toute l'histoire. Il ne s'est jamais rien passé. Oppenheimer et vous pourrez recevoir des félicitations. Vous les méritez. Mais la guerre ne va pas s'arrêter pour vous. Pas maintenant. Peut-être que ça vous plaît, vous êtes dans votre élément Moi, je veux en sortir.»

Groves ne semblait pas comprendre. «Vous me demandez de vous démobiliser?»

Connolly sourit. «Je ne suis pas dans l'armée, général.

— Eh bien, alors?

— Il y a un dossier sur moi. Je veux que vous le classiez.

— Que voulez-vous dire?

— Simplement ça. Egarez-moi quelque part. Vous m'espionnez depuis le début. Vous ne pensiez pas que je réussirais, mais vous deviez assurer vos arrières. Il fallait que quelqu'un me surveille. Or vous deviez vous méfier de celui-là aussi et, de fil en aiguille, tout le monde a fini par s'espionner mutuellement. Vous avez déclenché une réaction en chaîne à votre manière et elle n'est pas près de s'arrêter. Vous espionnez Oppenheimer aussi?

— Ça suffit, dit Groves, fâché.

— Votre copain. C'est évident. Ils adoreraient lui mettre la main au collet, n'est-ce pas? Quelle belle prise ce serait!

— Il n'y a aucune raison de croire…

— Bien sûr. Mais ils le traqueront quand même. Eh bien, que ceci reste entre vous et moi. Rappelez vos chiens. Refermez mon dossier et je fermerai l'autre. Chacun retombera sur ses pieds, comme vous dites.» Il marqua un temps. «Et un autre encore. Celui d'une femme. Elle a failli mourir aujourd'hui… hier, plutôt. J'estime que vous avez une dette envers elle.»

Groves haussa les sourcils.

«Ne me demandez pas pourquoi. Classez son dossier. Ils vont s'intéresser à elle et elle a eu assez d'ennuis comme ça. Effacez-nous tous les deux.

— Comme ça, d'un coup de gomme.

— Vous en avez le pouvoir. Je vous fais confiance.

— Tiens donc.

— Vous êtes doué pour garder les secrets. Regardez autour de vous, dit-il avec un geste circulaire de la main. Toute une ville. Ce petit secret-là ne pèse pas lourd.

— Monsieur Connolly, dit Groves avec une patience exagérée, il s'agit d'une opération militaire. Ça signifie qu'il y aura des procédures…

— Ouais, je sais, vous vous conformez au règlement. Mais le règlement pue. Il va vous bouffer. Pas moi.»

Groves plissa les yeux. «On pourrait croire que vous avez quelque chose à cacher.

— Ne me cherchez pas. Si vous lâchez vos chiens sur moi… ou sur cette dame… les journaux auront un merveilleux scoop pour leurs premières pages. Ils publieront la version que je voudrai leur donner. Croyez-moi. Je m'y connais.

— Vous me menacez?

— Non, je vous demande une faveur. Sortez-nous de la guerre.»

Groves médita, puis consulta de nouveau sa montre. «Je n'ai pas le temps de discuter maintenant. Vous êtes sûr de m'avoir tout dit?»

Connolly acquiesça. «Vous pouvez classer l'affaire.»

Un haut-parleur annonça le bulletin météorologique et l'assistance s'anima.

«Je vous conseille d'aller sur la colline si vous voulez voir quelque chose, dit Groves. Je ne peux pas négocier, monsieur Connolly. Ce n'est pas dans mes attributions.

— Votre parole me suffit.

— Je ne l'ai pas donnée.»

Connolly opina de la tête.

«Au fait, qu'est-ce que S 10000?

— 10 000 mètres au sud. Du gadget, répondit Groves machinalement. Le bunker sud. Vous ne saviez pas?

— Général, dit Connolly, je ne sais rien.»

***

Quand il arriva à la colline Compania, peu avant l'aube, le vent était retombé. Des savants et des visiteurs attroupés sur la crête sablonneuse conversaient par petits groupes, entre les jeeps et les camions. Certains regardaient vers le sud-est, guettant les signaux lumineux. Quelqu'un tendit à Connolly un masque de soudeur. Il l'essaya. Dans la nuit, le verre fumé semblait complètement opaque. Etait-ce vraiment nécessaire? Qu'en savaient-ils? Quelques savants s'étaient barbouillé le visage d'huile solaire. Leur peau luisait. Il reconnut Teller, qui enfilait consciencieusement de gros gants comme un garçon sage avant de sortir dans les frimas. Ils étaient à cinquante kilomètres du gadget. Pouvait-il vraiment embraser l'air, comme cette boule de feu qui avait asphyxié les habitants de Hambourg? Comme un tapis de bombes? C'était censé être une explosion d'un genre nouveau.

La plupart des hommes attendaient là depuis la tombée de la nuit. Transis de froid, tapant du pied pour se réchauffer, ils commençaient à chausser leurs lunettes de protection. Il n'y avait plus rien à dire. Les caméras avaient été installées à N 10000. Ici, il n'y avait que des gens, pelotonnés sur un promontoire sablonneux, anxieux et attentifs, ainsi que des Romains aux jeux du cirque. Comme des images défilant en boucle, Connolly revit la Zone Technique telle qu'elle lui était apparue la première fois : les allées et venues des secrétaires pressées, le ballet des chercheurs qui entraient et sortaient des labos comme des écoliers en retard. Ils touchaient enfin au but et s'apprêtaient à voir leur travail, le fruit de tous leurs calculs et de toutes leurs réunions d'étude partir en fumée.

Mills lui passa un gobelet Thermos de café.

«Il paraît qu'il ne faut pas regarder, dit-il. Même à cette distance. Oh, qu'est-ce que c'est?

— La fusée. Cinq minutes.

— Bon sang, c'est aveuglant.

— Lunettes, tout le monde ! cria une voix.

— Au diable ces machins, dit un des savants, tout excité. Je veux voir ça. Même si c'est la dernière chose que je vois.

— Ce ne serait pas impossible, Howard», répliqua une grosse voix hongroise.

Connolly leva son masque de soudeur. «Qu'est-ce qu'il y a? demanda-t-il à Mills, qui tremblait.

— C'est bien ma veine, dit-il. J'ai envie de pisser.

— Retournez-vous, fit Connolly en souriant. Je ne regarderai pas.

— Maintenant?

— Je vous raconterai si vous ratez quelque chose.

— Merde.»

Mills recula d'un pas et se retourna. Connolly entendit le zip d'une braguette, puis un écoulement de liquide, et ricana intérieurement en se demandant si, dans quelques années, à Winnetka, Mills raconterait à ses enfants qu'il était en train de faire pipi la nuit où avait explosé le gadget ou s'il faudrait récrire cette histoire-là aussi.

Personne d'autre n'y fit attention. Tous les regards étaient braqués sur l'horizon. Mills reprit son poste d'observation et s'empressa d'enfiler son masque. Mais il n'y avait rien à voir. Un espace noir, la minuscule lueur de la tour. La dernière minute était dépassée, et toujours rien. Pas un mouvement.

Soudain, un éclair, plus blanc que le magnésium, comme un flash d'appareil photo. Une éblouissante lumière lui transperça le corps et envahit l'espace autour d'eux. Tout devint blanc. Il ferma les paupières une seconde, mais la prodigieuse lumière resta imprimée sur sa rétine. L'éclat grandissait, dévorait le ciel, transfigurait le panorama. Et si Fermi avait raison? Si cela ne s'arrêtait plus, si les corps fondaient sous la chaleur? C'était maintenant une immense boule, toujours aveuglante, qui montait en soulevant le désert. Une sorte de jupe se forma, comme une mesa de lumière en expansion. La boule grandit, grandit, jaune d'abord, puis violette, étrange, terrifiante – un violet surnaturel que personne avant eux n'avait vu. La lumière d'Eisler. Son cœur s'arrêta de battre. Il voulait se détourner, mais le spectacle l'hypnotisait. Stupéfait, il ouvrit la bouche comme un personnage de dessin animé. Alors les contours du scintillement se précisèrent : le désert s'arrachait du sol en un nuage ascensionnel, relié à la terre par une tige colossale.

Le bruit arriva à retardement. Si la lumière voyagea en une fraction de seconde, le son ne vint qu'ensuite : un fracas de tonnerre répercuté par les montagnes, qui roula dans la vallée en déchirant les airs. Connolly se boucha les oreilles en étouffant un cri. Qu'est-ce que cela devait être à proximité de la déflagration! Il chancela, étourdi. Une violence sans limite, inexorable. Personne s'y survivrait. Il retira son masque et, plissant les yeux, regarda le nuage ourlé de rouleaux mouvants s'élever toujours plus haut sur sa tige renflée puis, comme fléchissant sous son propre poids, retomber mollement pour se dissiper en une fumée informe. Connolly ne pensait plus à rien. Au-delà, il pouvait voir la pâle lueur de l'aube poindre timidement derrière la montagne, telle une merveille surannée aujourd'hui reléguée au rang d'éclairage d'appoint.

Mills était couché, comme si le souffle de la déflagration l'avait jeté à terre ou l'avait vidé de toutes ses forces. Il semblait catatonique, envoûté par une vision surnaturelle. Connolly entendit des cris, des oh et des ah fascinés, des applaudissements spontanés. Les savants échangèrent des poignées de main et des embrassades. Quelqu'un dansa. Mais ce fut un émoi éphémère. Bientôt, l'enthousiasme fit place à la solennité. Chacun regarda le nuage se dissiper avec incrédulité. Connolly ressentit un picotement dans la nuque, un besoin de déglutir, comme pour s'assurer qu'il avait toujours un corps. A quoi s'était-il attendu? A une grosse explosion, à un gigantesque feu de joie? Les gens de la Colline n'en avaient parlé que par euphémismes, comme d'une version amplifiée des terribles armes qu'ils connaissaient déjà – une lance plus pointue, un arc plus tendu, une flèche plus rapide. Mais ce qu'il venait de voir était plus qu'une arme. Il en tremblait encore. Peut-être Oppenheimer en avait-il prévu l'ampleur, peut-être personne. Cela n'avait pas encore de nom. Ce n'était pas la mort. On savait représenter la mort, on avait inventé les pyramides, les indulgences et des métaphores à n'en plus finir pour s'en faire une idée. Or tout cela était dérisoire en regard du nuage qui venait de s'élever du désert. Tout ce que nous avions cru savoir n'était qu'une suite de contes insignifiants à réviser. Le vrai secret était ici. L'anéantissement. La table rase. Un déclic chimique transmué en lumière violette. La fin du conte. Dorénavant, nous allions vivre à jamais dans la peur.

Il entendit une éructation sonore et tourna la tête. Derrière le capot d'un camion, un savant vomissait. Un relâchement après une trop grande tension – ou peut-être un signe annonciateur des terreurs nocturnes qui allaient suivre. Ses voisins s'écartèrent par pudeur.

Peu à peu, la foule regagnait les bus. La route était longue jusqu'à Los Alamos. On ferait la fête, ce soir – histoire de se sentir revivre, pour donner le change, pour ne pas avouer sa peur. Dans la lumière du matin, les gens semblaient hébétés, vidés, presque blafards sous les reflets cireux de l'huile solaire et la barbe naissante qui bleuissait leurs joues. Ils traînaient le pas comme des noceurs rentrant au bercail après une nuit blanche. Mais Connolly ne pouvait pas bouger. Voilà donc à quoi ils avaient travaillé depuis tout ce temps. Il regardait le nuage se dissiper lentement dans l'atmosphère, attendant sa disparition totale comme pour se persuader qu'il ne s'était rien passé.

Mills, encore ébloui et hagard, le reconduisit au camp de base sans prononcer un mot. Quelques morceaux de métal tordu et des débris pulvérisés par l'onde de choc traînaient au pied de la crête mais, vers le centre, il ne subsistait aucune trace de l'événement. A midi, le soleil brillerait à nouveau sur Trinity et le désert miroiterait comme avant, mais tout serait mort. Connolly avait l'esprit vide. Aussi épuisé que les savants, il se demandait pourquoi il était rentré. La mission qui l'avait amené ici lui paraissait maintenant sans objet. Un tel phénomène n'était pas destiné à rester secret, alors pourquoi lui avait-on demandé d'intervenir? Au bout du compte, il n'aurait servi qu'à élucider un meurtre, qui n'intéressait en rien Oppenheimer. Et pourtant c'était Oppenheimer qu'il voulait voir. Pour une dernière mise au point.

Il avait oublié Daniel. Ils dépassèrent une troupe de soldats qui récupéraient des capteurs et autres instruments de mesure dans le désert, puis baguenaudèrent dans le camp, désœuvrés. Quand l'homme l'aborda, il ne le reconnut pas tout de suite. L'Opération l'avait vieilli. Connolly avait gardé de lui le souvenir d'un jeune étudiant amène. Or il avait à présent les traits durs et sévères, comme si l'explosion avait étiré sa peau sous les pommettes et dégarni son front.

«Oppie dit que vous désirez me voir.

— Oui», répondit Connolly, à la fois surpris et embarrassé. Avait-il vraiment demandé à le voir? Il avait l'air de surgir d'un autre temps, où la vie avait encore du poids. «J'ai pensé que vous auriez besoin de quelqu'un pour vous conduire à l'hôpital.

— Quelle sollicitude! fit-il avec raideur.

— Elle croit que vous êtes déjà en route. Elle va s'inquiéter. Vous pourrez lui dire que les voies d'accès étaient barrées, ce qui est la vérité.»

Pawlowski étrécit les yeux. «Je pensais que vous étiez auprès d'elle. Ce n'était pas suffisant? dit-il, soudain amer.

— Elle vous a demandé. Arrêtez de lui jeter la pierre.

— Je ne lui jette pas la pierre. C'est après vous que j'en ai.»

Connolly haussa les épaules. «Vous voulez me casser la figure? Allez-y, c'est le moment. Dans l'état où je suis, je ne sentirai rien.

— C'est pour ça que vous êtes venu? Pour vous battre?

— Non, pour vous aider.

— Moi?

— Mills, ici présent, peut vous conduire. Vous ne vous le pardonneriez jamais. Qu'est-ce que vous cherchez à faire? A régler un compte avec moi? Je ne suis pas important.»

Pawlowski jeta un œil à la voiture de Mills. «Si vous pouviez dire vrai…» Puis, ses épaules s'affaissèrent, sous le coup de la fatigue. «Une voiture. Délicate attention. C'est une coutume américaine?

— C'est juste une voiture.

— Et vous pensez que j'accepterai ça de vous?

— Allez la voir. Elle en a besoin.

— Pour qu'elle puisse tout m'avouer? Soulager sa conscience? Je sais déjà, monsieur Connolly. Je sais toujours. Pour vous. Pour les autres. Vous croyez être le premier?

— Mais vous restez.»

Il hésita. «Oui, je reste. Ça vous épate, hein?

— Non. Je pense que vous êtes amoureux d'elle.»

Pawlowski le considéra avec une profonde lassitude. «Pourquoi êtes-vous venu ici?»

Connolly ne répondit pas.

«Bien. C'est fini. Maintenant les excuses.

— Non, ce n'est pas fini.»

Pawlowski alla s'appuyer contre un mur, défait. «Elle veut me quitter?

— Elle veut que vous la laissiez partir.»

Il regarda le sol, puis Connolly dans un dernier sursaut de colère. «Pour vous? Et mes sentiments ne comptent pour rien dans cette histoire. C'est ce que vous pensez?

— Non.»

Pawlowski contempla la rue en silence. «J'avais raison, dit-il finalement. Vous n'êtes pas comme les autres. Vous ne vous contentez pas de prendre, vous voulez en plus… quoi? un collaborateur?

— Je veux qu'elle soit heureuse. Elle ne le sera pas en vous sachant blessé.

— Autrement dit, vous voulez que je fasse semblant?

— Parfois, c'est mieux.»

Pawlowski l'observa avec un vague sourire ironique. «Mieux que la vérité? Oui… Peut-être. Chaque fois, je me suis dit: "Qu'est-ce qui me manque?" Chaque fois.» Il se remit d'aplomb. «Ça vous embête que je vous dise ça? Vous voulez que je fasse semblant avec vous aussi?

— Je suis navré.

— Au fond, c'est peut-être un soulagement. Ça va mieux en le disant.» Il se redressa pour partir. «Emma n'est pas prisonnière. Elle est libre de faire ce qui lui plaît.» Il embrassa du regard la contrée dévastée. «Tout cela semble bien futile maintenant.

— Pas pour elle. Aidez-la.»

Il regarda Connolly droit dans les yeux, puis se tourna vers Mills. «C'est vrai, j'oubliais. En Amérique, il faut toujours un *happy end*. C'est mieux que la vérité. Et si facile. Même une voiture avec chauffeur.» Il avança d'un pas. «Mais il y a toujours les impondérables, vous savez. Même ici.» Il indiqua la jeep, un peu plus loin sur la route. «Elle doit retourner au bunker. Vous la ramènerez?»

Connolly acquiesça.

«Tout droit, au bout de cette route. Vous ne pouvez pas le rater. C'est tout ce qui reste.»

Connolly le regarda s'éloigner d'un pas pesant et faire un signe à Mills en montant dans la voiture sans se retourner.

***

Il y avait beaucoup de circulation sur la route de S 10000, des visiteurs qui revenaient du périmètre de sécurité et des soldats qui récupéraient encore des capteurs. Il vit le feutre d'Oppenheimer émerger d'une marée de têtes devant la porte du poste de contrôle. Quelqu'un prenait une photo. Il gara la jeep et attendit quelques instants derrière le volant, en contemplant le paysage ravagé. Quand le groupe se disloqua, Oppenheimer l'aperçut et vint à sa rencontre. Il avait meilleure mine, avait repris des couleurs et s'était calmé.

«Vous pouvez me déposer quelque part? dit-il.

— Bien sûr. Où?

— Par là-bas, répondit-il en indiquant les abords de la zone interdite. Je veux m'éloigner un instant. Il n'y a plus de danger.» Il se reprit : «En principe.»

La route goudronnée s'achevait à quelque distance du bunker. Sur le sable, Connolly remarqua des espèces de cristaux verts.

«Le sol a fondu sous la chaleur», expliqua Oppenheimer.

Ils n'avaient pas de destination précise. Au bout d'un moment, ils s'arrêtèrent et descendirent pour regarder le désert à la ronde. Le silence était complet. On n'entendait plus ni lézards ni insectes. Oppenheimer s'immobilisa, les yeux perdus dans le néant.

«Le pire est que... j'y ai pris plaisir», dit-il soudain. «Quand c'est parti. Ça a marché.»

Connolly baissa la tête. Le miroir déformant de l'aube étirait leurs ombres sur le sol. «On vous le reprochera», dit-il.

Oppenheimer se tourna lentement, étonné. «Vous croyez? Prométhée?

— Non. Le feu était un cadeau. Ceci est une malédiction.

— Pas nécessairement. Nous ne sommes pas obligés d'en faire...» Il étendit la main. «... Ça.

— Quoi qu'il en soit, c'est la fin des guerres. Ils n'oseront plus, maintenant.»

Oppenheimer médita. «Vous êtes optimiste, monsieur Connolly. C'est ce que disait Alfred Nobel au sujet de la dynamite. Il se trompait.

— Pas moi.

— Nous verrons. Je l'espère. Ce serait tout de même le comble… qu'on me reproche d'avoir mis fin aux guerres.

— Au début, on vous rendra hommage. Et puis…»

L'éternel sourire ironique d'Oppenheimer s'était évaporé.

«Retirez-vous pendant que vous le pouvez, reprit Connolly.

— Après ça? Vous voulez que je laisse les généraux imposer leur loi?

— Non, reconnut Connolly. Vous ne pouvez pas.» Il tapa du pied dans les éclats verts qui jonchaient le sol. «En tout cas, ça a marché. Conformément aux chiffres. Vous avez trouvé. C'est ce que vous attendiez?

— Il fallait trouver, monsieur Connolly. C'était un problème.» Puis, avec un imperceptible sourire : «Comme le vôtre, peut-être. Il fallait l'élucider. Et vous dites que vous avez trouvé. C'est ce que *vous* attendiez?

— Je n'attendais rien. Je voulais juste savoir.

— Oui, fit Oppenheimer, songeur. C'est tout ce que je voulais, moi aussi.»

Il alluma une cigarette en faisant quelques pas. «Et quelle est la solution? Vous ne me l'avez toujours pas dit.

— Groves vous mettra au courant. Un ouvrier hispanique de la Colline. Il y a cependant une chose qu'il ne sait pas.»

Oppenheimer sourcilla.

«Il travaillait pour Hannah Beckman. C'était elle, le contact d'Eisler.

— Hannah? fit-il, ébahi, incrédule.

— Votre vieille amie.

— Nous montions à cheval ensemble. Lors de mon premier séjour au ranch. Mais ce n'est pas possible… Hannah? Elle n'avait aucune opinion politique.

— C'est plus que possible, c'était bien elle.»

Oppenheimer accusa le choc. «C'était?·

— Ils sont morts tous les deux. Personne n'a besoin de connaître son rôle dans l'affaire.

— Pourquoi? demanda Oppenheimer avec curiosité.

— Parce que ce serait vous jeter dans la gueule du loup. Ils sont déjà sur vos talons. Cette fois, vous seriez à leur merci. Aussi sûrement que si vous leur tendiez un fusil. Après Eisler, vous. Si le bruit se répand que l'Opération a été trahie par de vieux amis à vous, ils flaireront l'odeur du sang jusqu'à Washington. La vérité ne les intéresse pas. Ils vous détruiront.»

Les yeux d'Oppenheimer retrouvèrent le vif éclat qui les avait quittés. «A vous en croire, ils le feront de toute façon.

— Pas avec mon aide.»

Oppenheimer sourit malgré lui, puis se rembrunit. «Donc, je… dois me taire?

— Vous ne savez rien. Je ne vous ai rien dit.

— Vous voulez récrire l'histoire.

— Juste un peu. Les pages essentielles sont de vous. Il vous suffit de modifier une ou deux phrases.»

Oppenheimer le regarda pensivement. «Pourquoi faites-vous ça?

— Parce que je veux vous épargner des ennuis. Je pense que nous allons avoir besoin de vous.»

Après un bref silence, Oppenheimer acquiesça. «Merci.

Leurs regards se croisèrent, puis Connolly inclina la tête. Un peu mal à l'aise, il se baissa pour ramasser un éclat vert de terre fondue. «Bon, eh bien… je crois qu'il est temps de rentrer. C'est un grand jour pour l'Opération. Vous ne voudriez pas rater ça.

— Oui, soupira Oppenheimer. Je suis satisfait.» Il pointa le doigt vers l'horizon. «La tour était par là. Elle s'est évaporée. Carrément évaporée. Vous vous rendez compte?» Il regarda autour de lui, perdu dans ses pensées. «Tout est mort.»

Connolly attendit.

«Nous allons nous en servir contre une population.

— Je sais. Une fois.

— Deux fois, rectifia Oppenheimer. Il y en a deux. C'est ce que m'a dit le général juste après l'explosion. "Deux comme ça et la guerre est finie."

— Pourquoi pas une seule?

— Nous n'avons testé que le gadget au plutonium, répondit-il, redevenant l'homme de science. La bombe à uranium demande…» Il se reprit et haussa les épaules. «Je suppose qu'il veut les terroriser.»

Ils marchèrent vers la jeep.

«Ils ne se souviendront que de ça, dit Oppenheimer en contemplant les dégâts funèbres. En oubliant le reste. Ils se demanderont ce que nous avons fait pendant tout ce temps. Que vais-je leur dire?» Il marqua un temps. «Seigneur, je n'ai jamais été plus heureux de ma vie.

— Vous n'êtes pas le seul. Les autres aussi.

— Oui… Nos plus beaux jours. Nous nous garderons bien de l'avouer… que nous avons pris plaisir à le faire.» Il s'interrompit. «Et pourtant, Dieu me pardonne, c'est la vérité.»

Un instant, Connolly crut qu'il allait flancher physiquement, que son conflit intérieur allait finalement avoir raison de ses nerfs.

«Les gens réagissent bizarrement quand ils ont peur. Je suis inquiet pour vous», lui confia Connolly sur un ton plus plus intime qu'il ne l'aurait voulu.

En observant cette frêle silhouette à côté de lui, ces joues creuses, ces yeux angoissés, il se dit que sa vraie place était à Göttingen, devant quelque problème de math sur un tableau noir.

«Je suis inquiet pour nous tous, dit Oppenheimer.

— Ça fait trop de monde pour moi. Dans l'immédiat, c'est à vous seul que je pense.»

Mais Oppenheimer s'était ressaisi et dirigeait sa craie vers un problème plus vaste. «La peur ne dure qu'un temps, dit-il. Un petit avertissement est dangereux. Un grand ne l'est pas. Peut-être est-ce ce qu'il nous faut… un grand avertissement. Pour tout changer.

— Ça ne changera rien. Ils vous haïront pour avoir essayé.

— Bah…» Il regarda Connolly avec une sorte de désinvolture amusée. «Vous savez ce qui ne va pas chez vous, Mike? Vous ne faites pas confiance aux gens.»

Connolly rougit. C'était la première fois qu'Oppenheimer l'appelait par son prénom. Il en fut aussi flatté que décontenancé.

«De temps en temps, il faut avoir un peu la foi», disait Oppenheimer.

Et soudain Connolly eut le sentiment de le perdre, de le voir lui échapper pour ne pas se laisser distraire de son nouveau théorème. «Pas en eux», dit-il avec insistance, en le retenant par le coude comme pour l'empêcher de s'en aller à vau-l'eau. «Vous ne les connaissez pas. Soyez prudent. Protégez-vous.»

Les yeux d'Oppenheimer dérivèrent vers l'emplacement de la tour. «Et comment fait-on ça?» dit-il. Puis il regarda la main de Connolly et dégagea doucement son coude. «Vous pouvez vous tromper, vous savez.

— Non.»

Oppenheimer le considéra d'un air las et compréhensif. «Eh bien, nous verrons, dit-il. Je croise les doigts.»

Achevé d'imprimer en mars 1998
sur presse Cameron
par **Bussière Camedan Imprimeries**
à Saint-Amand-Montrond (Cher)
pour les éditions FLAMMARION

Cet ouvrage a été composé
par les éditions Flammarion

— N° d'édit. : FF736001. — N° d'imp. : 981380/1. —
Dépôt légal : mars 1998.
Imprimé en France